南来北往

高满堂　李　洲◎著

作家出版社

第一章

火车一直一直往前开，载着过路的云彩与星海，载着日与夜的白与黑。

一里又一里的铁轨延长着，在如春雷般的轰隆隆里，在驶出车站的鸣笛声中，刚刚入职还不到一周的汪新，像那蒸汽机车开动时咕嘟嘟散发的浓烟似的，热血升腾，激情澎湃。

一九七八年的这个春日，唤醒的何止是春泥化开后的残雪，还有汪新的童年梦想。立志做一名人民警察，是汪新这些年持续不断的动力，现在梦想得以实现，他拥有了自己想象中的样子。

小时候，汪新调皮捣蛋，长得却可人疼。他像母亲，皮肤白皙，大大的眼睛闪着光。若不是汪新太过顽劣，母亲打心底里是想把他当女孩子养着的。即使这样，汪妈妈还是会喊他“小白月亮”，这是属于母亲的称呼。

母亲去世后，汪新与父亲相依为命，可能是跟谁久了外貌就随了谁的缘故，汪新的样貌越来越像父亲。当警察需要磨砺，一路摸爬滚打下来，汪新的皮肤黑了不少，五官棱角分明，多了几分不符合年纪的凌厉，只有那双眼睛，清新如月。

平时，汪新不苟言笑，面对普通群众和大院邻里时，他的热心与亲和力自然而然就流露出来。

想母亲的时候，汪新就会对着镜子照照，再瞧瞧小时候与母亲的合影，依稀还能听见母亲呼唤“小白月亮”，记忆仿佛就在昨天。

如今，汪新和他的同事一样，撞入人海，在南来北往的路上，投身于汹涌的人潮。

东北味儿的春天，乍暖还寒。

车厢里拥挤不堪，严重超员，车座上坐满了人，车座下、车座靠背上、行李架上躺满了人，过道站满了人，大家挤得像沙丁鱼罐头……

乘客有睡觉的，有聊天的，有看报看书的，有嗑瓜子的，有下象棋的，有织毛衣的，有纳鞋垫的，还有喂兔子喂鸡的……

汪新伴随着嘈杂的声音巡视车厢，听着车厢里播音员正气凛然地说："马列主义、毛泽东思想之所以有力量，正是由于它是经过实践检验了的客观真理，正是由于它高度概括了实践经验，使之上升为理论，并用来指导实践。正是因为这样，我们要非常重视革命理论……"

年轻的乘务员蔡小年一边拎着水壶给乘客添水，一边不停地吆喝着："南来的、北往的、佳木斯的、鹤岗的、棉纺的、工厂的、马上接班上岗的、下乡的、插队的、回城没找到单位的、宾缝的、犯法的、成天投机倒把的……"

乘客的喧哗声、孩子的哭闹声以及鸡叫声满满当当地搅和在了一起。汪新深吸一口气，感到整个人都被挤扁了，真是寸步难行。车厢拥挤不堪，几乎找不到下脚的地方，想得到想不到的地方，都塞满了人。

乘客前胸贴后背，每个人都看似一动不动，仿佛又在暗自使出吃奶的力气，才能保持自己的方寸之地。汪新恨不得把自己的身体缩成纸片，挤一挤总还是有缝隙，他艰难前行。

突然，汪新前面的人群骚动起来，一只鸡扑棱棱地飞了起来，拍打着鸡翅越过人群。乘客瞬间乱作一团，尽其所能，各显神通，纷纷举手跳着抓鸡，可是谁也抓不住。

鸡像是抖了起来，有种不可一世之感，嚣张地在人们头顶、肩头乱飞。

说时迟，那时快，只见一个警帽猛地扣在了鸡的头上。刚刚还高昂着头颅的鸡，像是被雷劈了似的，耷拉着脑袋被汪新提在了手里。此时，警帽已经戴在了汪新头上。

给鸡盖帽的速度一气呵成，快如闪电。被鸡扑棱过的乘客身上落了鸡毛，他们被汪新那双手惊得目瞪口呆，大家纷纷朝汪新看去，空气中像是还残留着他出手时一掠而过的劲风。

汪新穿着崭新的警服，胳膊夹着工作包，刚十八岁的年纪，正是少年意气风发时。他的一双眉眼流光溢彩，那是青春的印记，是少年璀璨的绽放。

也许是鸡也怕强人，它在汪新手里，老老实实的，听话得像只假鸡。鸡主人讪讪地说："嘿嘿，同志，这是俺的鸡，你可把它捉住了，谢谢你啊！"

汪新扫了鸡主人一眼，把鸡举起来，正色道：“自己的东西得看住了，不能弄得到处乱飞，这要是伤着人，怎么办？”

鸡主人赔着笑脸说：“实在不好意思，这回，我一定把它五花大绑！”

汪新抓着翅膀把鸡递到主人手里，清清嗓子，对着车厢喊：“没事了，没事了，大家都回到自己座位上去，注意安全。”

汪新话音一落，旁边的几个乘客，缩回自己的座位，继续嗑瓜子聊天。

“怪不得人家是警察，出手就是准儿。”

“人家那双手是干啥的，是抓坏人的，逮只鸡，还不容易吗？这就叫杀鸡用了牛刀，大材小用。”

乘客议论的声音此起彼落。

有个小孩喊：“是小题大做。”妈妈制止说：“大人说话，小孩别插嘴。”

汪新整了整帽子，抿嘴一笑，夹着工作包见缝插针地抬脚朝前挤去。

汪新刚过了一个车厢，就看见一个满头是汗的男人站在座位前，高声地喊：“我的包呢？我的包被偷了。”

汪新赶紧扒着车座靠背，挤到男人身前问：“同志，你先别着急，我是警察，你跟我说说具体情况。”

那男人一边比画一边语无伦次地说：“我打盹儿了，唉，就睡着了。一睁眼，抱在怀里的包就丢了！”

汪新听罢，环顾四周，说：“包是从你怀里丢的，也就是说，偷包的人就坐在你旁边，你还记得周围都坐过什么人吗？”

汪新一问，那男人更有点急了，连忙说：“我哪能记得？我上车就睡了，这车一会儿一到站，不知道都换多少人了。”

汪新望向周围乘客，问道：“大家有人看见谁偷了他的包吗？”旁边的人们都忙不迭地摇头。汪新见问不出什么，便从工作包里拿出记事本和笔，询问男人做起笔录。“乘客王国富，男，丢失一只黑色皮革包，上面印着‘上海’字样，丢失时间不详。”

汪新见王国富急得气都喘不匀，关切地问：“你包里都有什么东西？”

“三个烧饼！”王国富回答道。他指着汪新的包，说尺寸大小差不多。王国富真是急眼了，汪新惊讶地看向他，感觉丢的东西不像三个烧饼这么简单。王国富见状连忙补充说：“还有半条人参烟、一包药材！”汪新低头唰唰地在本上记录着。

呜呜呜，火车的长鸣从车头悠悠传来，王国富伸长脖子往窗外看去，车外的树影蹿得慢了下来。

王国富的心火往外冒，一把摁住汪新的手，恳求道："警察同志，你先别写了，火车马上要到站了，你赶紧地把包给我找回来吧！"汪新琢磨片刻，说道："你跟我来。"

王国富忙拿起行李，跟着汪新朝前走去。汪新带着王国富，在乘客之间奋力挤着，不忘细致地观察周围乘客，寻找王国富那个黑色皮革包。他们好不容易挤到车厢连接处，碰到了蔡小年。

"汪新，有案子了？"蔡小年问道。他和汪新同在铁路工人大院内长大，比汪新大几岁，看待汪新像是弟弟。"小年哥，你看见有人背黑色的上海牌皮革包了吗？"蔡小年摇了摇头说："火车马上到站了，不好找了。"

望着越来越拥挤的乘客，汪新寻思片刻，对王国富说："同志，到站后，咱俩先下车，你跟住我。"王国富满心的希望都寄托在汪新身上，头点得连腰都弯了下去，他忍不住地喊："我的包啊！"对于王国富来说，丢包如同丢了半条命。

火车进站了，沿途的风景在火车停下来的那一刻，变成静止的画面。车上的人看着窗外，只有流动的人群；事物在不同的眼睛中，呈现不同的世界。

副司机老吴看了看司机老蔡，转身下了车，提着长嘴油壶，去给火车各处浇油。"要想马儿跑，还得给马儿好好喂草。"老吴边认真检查边念叨着。

老蔡坐在驾驶位上，漫漫长路，人到中年，难得片刻悠闲。他拿着水壶，咕咚咕咚喝了几口水，又把水壶递给了牛大力。牛大力接过水壶，仰头灌着，水顺着他的下巴流淌下来。

牛大力是司炉工，他刚检查过煤炉，满脸黑灰，让他本就黝黑的皮肤，更是黑成了锅盖。牛大力人如其名，喝水如牛饮，干活如牛般卖力，他的汗水从始至终都没停过。

牛大力与蔡小年、汪新，都在一个大院生活，他年龄最长。现在，他们仨在一趟列车上。青春走向前，雾裹前路。

火车一站一站，赶路的人，生命之河流向一个又一个节点。

车厢门打开的那一刻，汪新率先带着王国富下了车，他飞快地和车站警察打过招呼，就远远地站着，目光如炬盯着车厢涌下的人流。

乘客带着他们的大小包裹，脚步匆匆。汪新提醒王国富，让他注意一下，警觉着点，哪怕是有和他的包相像的，都别放过。

就在这时，汪新看到一个男乘客背着一个黑色皮革包，伸手一指问："那个包，是你的吗？"王国富忙看去，失望地摇了摇头。

车站的警察也加入了搜寻，人群中有人多了几分慌张。汪新敏感地察觉到了一个男乘客有意闪避的动作，定睛一看，只见他背着一个黑色皮革包。那人步伐凌乱，汪新一下蹿到他的面前，速度之快，如离弦之箭。就在王国富还在纳闷之时，汪新已强行把那人的包翻过来，包上赫然印着“上海”字样。

王国富立刻反应过来，激动地喊着：“就是这个包，他偷了我的包！”

那人眼中闪过一丝慌张，随即镇定下来，装模作样地说：“谁偷你包了，你这人，怎么胡说八道？”

那人的小动作没有逃过汪新的眼睛，他面不改色地说：“同志，请你打开包，我要看一下。”“这是我的包，凭啥给你看？”“我是警察，有这个权力！你要是不想配合，那就跟我走一趟。”

那人一听汪新要带走他，顿时瘫了下来，唯唯诺诺地打开了包。王国富探头看了个清楚，那不是他的包。对于误判，汪新很是惭愧，诚恳地向那人道歉，心里忍不住感叹：“看来，想要成为一名优秀的警察，要走的路，还有很远。”

那人腿肚子转筋，直到走出车站，心里仍不住嘀咕：“若不是犯过事儿，刚出来不久，哪能一看到警察就腿软，不听使唤。今后，得做个堂堂正正的人，才能站在光天化日之下不虚得慌。”

王国富的包还没找到，他又嚷了起来，像催命似的催汪新。包找不回来，可真是要了他的命。汪新不停地在出站口的乘客中搜寻，可惜王国富的那个包依旧难觅踪迹。

时间不等人，眼看着快要开车了，王国富绝望地望着汪新问：“同志，车要开了，我的包是不是找不回了？”“我们先上车。”

对于王国富的问题，汪新无法回答。作为一名人民警察，他内心渴望的是，让群众的财物物归原主。面对王国富不停的询问，汪新无法给他答案，也无法给自己答案。汪新闭口不言，上了车，径直朝广播室走去。

广播员姚玉玲和蔡小年、牛大力、汪新都生活在一个大院里，她比汪新大一岁。十九岁的年纪，美艳不可方物，再加上天生爱打扮，不捯饬个花枝招展，她就不是姚玉玲，车上车下，她可是人见人爱的“一枝花”。

姚玉玲在广播室内背对着车窗，拿着随身携带的小镜子，一遍遍地照着。望着镜子中的自己，姚玉玲觉得，这个世界的魂儿，都能被她吸了去。

姚玉玲满意地高举着小镜子，镜子里竟然出现了牛大力的脸，她眉头一皱，扭头望向牛大力。

牛大力忙完了自己的事情，趁着仅有的一点空隙，从车头跑到广播室车窗外，就为了看姚玉玲一眼。只看一眼，就心花怒放，春光灿烂，连气血都不稳，似梦非梦。

看到姚玉玲发现了自己，牛大力忙朝她笑着。那一张粗糙的男人脸，愣是笑出了一个明媚的光圈，像一大朵瓜子饱满的向日葵。

姚玉玲瞥了牛大力一眼，把小镜子揣进兜里，刚背过身去，就听到了敲门声。姚玉玲打开门，一看是汪新，眼睛顿时亮了起来，忙问："汪新，有事吗？""玉玲姐，麻烦你，多报几遍发车预报。"姚玉玲毫不犹豫地答应，汪新满腹心事地转身就走，他的眼睛始终望着窗外。

车厢内，姚玉玲一遍又一遍地广播："尊敬的旅客朋友，本次列车马上就要开车了，请没有下车的乘客，抓紧时间下车。尊敬的旅客朋友，本次列车马上就要开车了，请没有下车的乘客，抓紧时间下车……"

伴随着姚玉玲的广播声，汪新和蔡小年帮乘客放行李，汪新眼睛里的余光始终扫视着窗外。猛然，汪新发现一名男乘客双手捂着肚子，鬼鬼祟祟地朝出站口走去。他把一个行李包扔上行李架，旋风似的下了车，身后的蔡小年高声提醒着他："没时间了，车马上就要开了。"

蔡小年话音刚落，汪新风驰电掣般地去追那个男乘客。他察觉到什么，脚步生风。争分夺秒之间，汪新追上男乘客，从身后拍了拍他肩膀。

男乘客迟疑了一下，停下脚步，回头看了一眼汪新，始终不与汪新对视，然后强作镇定地问："你干什么？我串气了，得赶紧上厕所，一会儿拉裤兜子了。"说着，他着急忙慌地要走，汪新一把拽住了他，问道："你怀里揣着什么东西？"

经汪新这么一拽，男乘客感受到一股不容拒绝的力量，他心慌意乱，躲闪着，一截黑色皮带从他衣服下面露了出来。汪新一把抓住黑色皮带往外一拉，黑色上海牌皮革包出现了。

扒手见事情败露，拔腿就朝出站口跑去。汪新迅速追上前，一把抓住扒手，他抡拳砸向汪新，汪新闪身躲过。扒手趁机冲向人群，汪新高喊："站住！"扒手在人群中冲撞着，汪新像一簇燃烧的火焰，朝着扒手的身后扑去。

火车将要启动，牛大力想着姚玉玲苗条的身影，魂儿还没回正，他走向车头，脚步还有点虚。"大力，拦住他！"汪新一嗓子，瞬间让牛大力心魂归位。他循着声音看过去，那个扒手正跑过来。牛大力是典型的东北汉子，胳膊腿儿又长又壮又灵活，他把腿一伸，扒手就被绊倒在地。

汪新追了上来，扒手再没有一丝挣扎和喘息的机会，被汪新牢牢擒拿住。这位年轻警察冒出的火焰，差点把他烧成渣儿。这小警察的手劲儿真大，稍微一反抗，都能让他骨肉皆碎。他都不记得，刚刚逃跑的勇气是哪儿来的。

王国富的皮包找回来了，汪新把他带到餐车里，坐了下来，拿出案情记录本，不停地书写着。与王国富一一核实，确定一样没少后，汪新把包递给了他。王国富迫不及待地想知道，自己的烧饼还在不在。汪新说了几遍，烧饼还在。没有亲手触摸烧饼，王国富很难相信。

王国富把包紧紧抱在怀里，从里面掏出烧饼，查看片刻，又闻了闻，这才情不自禁地笑了。汪新看他痴痴笑笑的样子，问道："你这人挺有意思，半条人参烟和药材，不比烧饼值钱？"王国富肯定地点了点头说："还真就没烧饼值钱。"

汪新一脸疑惑地看了看他，王国富小心翼翼地朝周围望了望，低声地说："钱馅烧饼，一百多呢！"王国富说着，当着汪新的面掰开烧饼，里面竟然夹着一卷钞票。汪新一看，差点儿笑出了声："你真是比贼还贼。"

人生总是不易的，挣钱花钱是一个辛苦流通的过程，自己辛辛苦苦赚回来，再变着法儿花出去，用来维持艰辛的生活。在王国富心里，钱就是命。他爱钱如命，赚钱如同赚回了命，若是钱丢了，真是要了他的命。

王国富笑着，强迫症似的一遍遍地数着钱，还不忘认真地回答汪新："我比贼可差远了，贼差点儿给我一锅端了。"

见王国富一遍遍地数钱，汪新劝他不要数了。这时，一个乘客端着搪瓷缸子，从旁边路过，他瞟了一眼正在数钱的王国富，纵然是轻飘飘地走了，可是那背影透着不舍与沉重。

汪新轻声地提醒王国富："这车上人多眼杂，财不外露。"经过一次丢包过程，王国富实在是吓怕了，汪新这么一说，他立刻把钱塞回到烧饼里，把烧饼揣兜里，双手紧紧摁着，颇有此地无银三百两的架势。王国富越来越紧张，这会儿，他觉得，搁哪儿也不保险了，心都提到嗓子眼了。

汪新仿佛听到了王国富的心跳得跟拨浪鼓似的，站起身，让他回车厢去。王国富迟疑着，有点可怜巴巴地望向汪新。"还有事？"汪新不解地问。"你就帮我揣着烧饼呗，也不占多大地方。"王国富央求说。"同志，我没有保管乘客东西的职责，你自己注意点。""我是真不敢回去了，要不这样，你去哪儿，我去哪儿，我跟着你得了。""那哪儿行，我这事多着呢！"

汪新连着拒绝王国富几次了，可他还是不死心，一副不达目的不罢休的样子。列车马上就要启动了，汪新最后一次说："马上开车了，请你赶紧回自己车厢去。"

"警察同志，这满车都是眼睛，我这心啊突突的，实在是放心不下。你就帮帮我！”“可我东一头西一头的，你也不能一直跟着我呀？”

王国富一见汪新口气放软，他就知道，警察面对人民群众的请求，是心软的。于是，他立刻顺着杆子爬：“那你帮我找个不东一头西一头的可靠人，我跟着他，保证寸步不离。”

汪新语塞，他刚上班不久，头一回碰上王国富这样的。王国富的嘴里还在不停地絮叨，什么“大恩大德，天可怜见的”……这些话王国富都往汪新身上贴，贴得汪新皮都紧了。

火车已经开动了，蒸汽机车喷着浓烟，飞驰过原野。汪新看了看窗外，这春日的光景，这春日的风，不动声色地抹去寒冬。

火车继续地朝前开，开过广袤的沃土，万物生长万物复苏。

司机老蔡开车，副司机老吴瞭望前方，牛大力往炉膛里添煤。王国富坐在一旁的小凳子上，他抱着皮包，小眼珠子滴溜溜地转，坐上这个位置，他彻底踏实下来了。老吴调侃说：“就不怕我们三个动心思？”王国富笑了笑：“你们都是好人。”“你看这个壮得跟牛一样的家伙，是好人吗？”老吴说着，指了指牛大力。

牛大力扫了王国富一眼，嘿嘿地笑了一下，吓得王国富又抱紧了皮包。老蔡看出王国富还真的多心了，让老吴别吓唬人。经过丢包这糟心事儿，老蔡还真怕王国富吓破胆儿了。

老吴笑着拿起大茶缸，正准备让牛大力去添点水，王国富急忙提起水壶，殷勤起来，十足的店小二模样。“让你伺候我们，那我们不成资本家了？放下。”见老吴毫不犹豫地拒绝了，王国富把注意力瞄准了牛大力，又是要帮牛大力擦汗，又是要帮他添煤。王国富的热情着实有点过火，牛大力还真是尴尬住了，一边躲闪一边说：“你可别闹了，老实地盯住你的包吧！”

王国富一听到包，立刻敏感起来，牛大力这才逃过了让一个大老爷们儿给他擦汗的窘境。老蔡见状哈哈大笑起来，拉响了汽笛。

时间不会停止不前，行驶的火车，滚烫的风，载着这春日越来越厚重的色彩，向前，一直一直地向前。

暂时忙完了一切，汪新也到了吃饭时间，他朝餐车走去。

此刻，老陆、广播员姚玉玲、乘务员蔡小年以及另外两个乘警和两个乘务员，大家都在吃饭，他们拿着自己的饭盒。列车长老陆四十岁了，说成熟还真成熟，比实际年龄看上去大那么一些。可能是路途奔波太久了，他脸上带着沧桑，略微显老。看到汪新走了过来，老陆叫他赶紧吃饭。

汪新扫了一眼，蔡小年和姚玉玲对面都有空位，姚玉玲把自己的搪瓷缸子拿开，空出来一块地方。汪新见了，便坐到了姚玉玲对面。姚玉玲冲汪新笑了笑，汪新不由自主地回应一下，他的笑容浅淡。这仿佛是一种感应，汪新的一举一动，她都能嗅出味儿来。

汪新确实饿了，他打开饭盒，津津有味地吃了起来。蔡小年真心为汪新高兴，这才上班几天，就破了案，可真是露脸了。姚玉玲一脸崇拜，都说喜欢一个男人，是从崇拜开始的。在姚玉玲眼中，汪新还真符合她的心意啊！

蔡小年对着汪新一顿猛夸，夸得汪新有点不好意思了，脸色微红，说："芝麻小案，没啥大不了的。还得亏了大力，把那小子绊了个大马趴，要不然也没这么顺利。""哟，还挺谦虚呢！哎，你是怎么把那小子从人堆里揪出来的？"蔡小年实在好奇。

"这还不简单，失主丢了东西，肯定得找，还会报警，小偷肯定急着下车。可是，他做贼心虚，看见站台上有警察，肯定不敢下，那我干脆给他让条道。他看见警察走了，再加上玉玲姐多报了几遍发车预报，那小子一心慌，想着赶紧下车溜。心里有鬼的人，走路都跟旁人不一样，一眼就能看出来，剩下的事儿，就好办多了。"

听了汪新一席话，姚玉玲夸道："不愧是警校毕业的，脑子就是好使。"蔡小年附和说："看不出来呀！汪新，你这贼心眼还挺多的。"蔡小年的话，汪新认同："没点贼心眼，怎么抓贼？"老陆一番感慨："小汪他爸，那是个大能人，这就叫'虎父无犬子'。小汪，你可别骄傲，小尾巴得按住了，别翘到天上去。"

"陆叔，有您在，我哪敢翘尾巴，夹得紧紧的呢！"汪新说着，还真有点夹尾巴的模样。老陆看着，笑出了声音，都在一个院子里住着，还能摸不清这小子？不过，孩子还真是长大了，老陆连番感叹："岁月不饶人，只见孩子疯长。"

这时，姚玉玲请示老陆，想把汪新破的案子播报出去，希望能引起乘客的注意和警惕。这件事儿，于公于私，合情合理，怎么说都是一件好事情。老陆琢磨片刻，点头同意了。姚玉玲忙让汪新给她详细地讲破案经过……

蒸汽机车奔驰在春日的原野上，原野缄默不言，在路途上的人，只看着这一片原野，自问自答。

大地领悟着一切，活着的与死去的，只剩风吹而过。风扫过原野，原野只剩一缕风。

火车一直向前，姚玉玲的播音声不断传来："大家好，我现在播报一条发生在本次列车上的新闻。在刚刚过去的三个小时内，本次列车的乘警，汪新同志破获了一起盗窃案……”

姚玉玲娓娓道来：“案情经过是这样的，乘警汪新同志，在车厢巡查过程中，有人报案说丢失了上海牌皮革包……”

关于案件，关于汪新，姚玉玲声情并茂地讲述，内里无比激动，绘声绘色：“失主急坏了，求助乘警汪新。此时，火车快到站了，要是小偷下了车，那丢失的包就不好找了。在这么短的时间里，乘警汪新沉着冷静，迅速破案，为失主找回了皮包，挽回了损失。乘客同志们，虽然，我们的乘警办案经验丰富，很能干，但是，你们也要提高警惕，一定要看护好自己的东西，以防再次出现类似情况……”

正在车厢内巡查的汪新，听着姚玉玲的声音，心里的某个角落像是被打开了，仿佛是蒲公英，落在了它该降落的地方。当有乘客向他确认是不是自己时，他笑着点点头，这是群众第一次对自己的肯定。

赞美声不绝于耳，有乘客带头鼓起了掌。“这是我职责内的事，都是应该做的，大家都要看好自己的东西，这才是最重要的！”汪新的话音一落，掌声更热烈了。在这片热烈的掌声中，汪新体会到了，是群众的声音激励他前行。这份小小的赞誉，对刚走上工作岗位的他，是一份鼓励的力量。这是对他工作的认可，让他更加自信，到群众中去奉献。

警察这份职业，是光荣伟大的，也是无私牺牲的，守卫万家灯火，守护温暖与光明。警察队伍需要前赴后继地补充新鲜血液，十八岁的汪新，正是这股新生的青春力量。

夜幕笼罩，火车奔驰在原野。路上凝聚着风暴。一切随意，不只是这场雨。列车停靠在松林车站，雨中的站台，乘客纷纷上车。三个穿着雨衣的人，他们的帽檐都压得很低，上了硬卧车厢。

雨一直下，大颗粒的雨珠拍打着车窗，像是垂直降落的飞鸟，不惧突变的天气，无畏向前。

蒸汽机车驾驶室内，牛大力汗如雨下，奋力铲煤添煤，一副使不完的力气，要把煤全部填满的样子。老吴望着斗志昂扬的牛大力，感叹这小子真随了他的姓，孔武有力，舍得下力气，舍得强健的身板。

“哎哎哎，别添煤了，还有十根电线杆子就过弯道了，该减速了。”听老吴这么说，老蔡嘿嘿一笑：“这黑灯瞎火的，电线杆子都能瞅见。老吴，你这眼睛是太上老君炼丹炉里炼出来的吗？”“就靠这俩眼吃饭，不好使不行啊！”老蔡转头就对牛大力说：“大力，瞅见没？这火车，不是好开的。”牛大力抹了一把脸上的汗："那我也得进炼丹炉里炼炼去。"老吴望向牛大力："炼成灯泡眼，好坐我这儿呗？""我哪有那本事。""你那点小心思，我一摸一个准儿。"老蔡看着老吴和牛大力你一言我一语，说："年轻人心气高，是好事。"老吴说："那也得实打实地干出来。"

牛大力憨憨一笑，老蔡控制汽门，火车开始减速。火车缓缓从铁轨上驶过，前方是一条长长的弧形弯道。

车厢内，汪新仔细地巡查，他打量着床铺上每一个熟睡的乘客，鼾声不断传来。看到有乘客的被子掉在地上，他捡起被子，给乘客盖上了。

汪新走着走着，突然站住身，三个穿雨衣的人，默默地坐在床铺上，黑暗中，看不清他们的脸。汪新见并没有异常，转身欲走，中间穿雨衣的那个人，冲他做了个要水喝的动作。"你要喝水？""我要喝酒！"这一问一答让汪新愣住了。

旁边一人用胳膊肘顶了那人一下，呵斥道："吵什么吵，老实待着！"那人毫不示弱，立即用胳膊肘顶了回去："干什么，有话说话，别动手！"这一来一回，纵然他们很警惕，汪新仍看清了那人手腕上的一副闪亮手铐，尤为扎眼，便问道："同志，麻烦看下您的车票。"

一位押送人员掏出警察证，在汪新面前亮了一下。汪新看了一眼，沉默了一会儿，朝前走去。望着汪新离开，押送人员看着那个要酒喝的男人，暗讽道："马魁，你还真是个人物。"

十年前，说起马魁，真是响当当的一号人物。十年说是一瞬，又像是整个人生都过去了。此刻马魁心里五味杂陈。十年时间，沉底的还在深埋，浮出的还在发酵。

马魁瞄了一眼车窗外，要起身，身边的押送人员立刻警觉地问："干什么？""上厕所。"马魁说着站起身，雨衣搭在手上遮着手铐，朝车厢连接处走去，身边的两人寸步不离地跟着他。

车厢里拥挤不堪，没有座位的乘客，横七竖八地或坐或躺地挤在过道里。马魁跨过一个坐在过道里的乘客，故意踩了他一脚，这乘客疼得喊了一声，骂道："没长眼呢！"

正在巡查的汪新，听到乘客的喊声，回头看了一眼。马魁没理那个乘客，低着头朝前走。乘客大呼小叫，马魁从头至尾都没看他一眼。乘客见马魁置之不理，怒火中烧，冲过去就拽他的胳膊。马魁已经察觉到，一闪身，那乘客抓了个空，一个趔趄撞到另一乘客身上。那乘客更加愤怒了，高呼："你给我站住！"

马魁依旧我行我素，在混乱中往前走，却没有减缓速度。他的手从一个熟睡的妇女头上拂过后，手里多了一枚发卡，那妇女毫无察觉。

两位押送人员，急速追了上去，接连撞到乘客身上。几个正在熟睡的乘客被惊醒，车厢里一下就乱了，热闹非常，你一嘴我一嘴地吵了起来，吵闹声和孩子的哭声混成一片。

押送人员焦急地在人群中寻找马魁，汪新也快步过来，张望寻找着。听到有乘客捡到了雨衣，汪新与押送人员一起，拨开人群，在人缝中如飞针走线，朝着前面穿行。

汪新和两位押送人员来到厕所旁，他敲了敲厕所门，里面传来男人声音："上厕所呢！"押送人员留下来一个，站在厕所门前等候，汪新和另一名押送人员，继续朝前快步走去。

汪新再度敲了另一节车厢的厕所门，厕所门开了，一位女乘客从里面走了出来，埋怨说："没看锁着门吗？敲什么呀！"汪新一边朝女乘客道歉，一边朝里面望去，厕所里空无一人。

汪新和押送人员向下一节车厢快步挤去，在乘客中扫视着马魁的身影。

马魁穿梭在乘客中，他一边走，一边用发卡解手铐。就在这时，汪新发现了他，立即和押送人员冲马魁而去。

乘客太多，拥挤异常，这种感受，难以用语言描述。还有一些摸不清状况的乘客看新鲜，还有几个大胆的，拉拽着要问咋回事儿。汪新和押送人员甲一前一后，渐渐地拉开了距离。

马魁的速度很快，到了厕所门前，他拽了拽厕所门，见上了锁，立即又奔向了下一节车厢。汪新一边快速追赶，一边喊："都让让，让让！"

马魁到了另一节车厢，推开厕所门，转手就要关上，这时汪新的一条腿，已经伸进门里，别住门。汪新猛地推开门，冲了进去。

马魁伸手欲抬起半开的车窗，打算跳车，汪新迅速从后面抱住他的腰，双手释放着强劲的力道。马魁一个肘击，力量充沛，汪新反击钩踢，两人近身肉搏，拳拳到肉。

只能说姜还是老的辣，马魁经验老到，见汪新一个稍不留意，一个膝击，直冲汪新最脆弱的要害。汪新本能一避，马魁一把握住他的手腕，有种要捏碎他的感觉。汪新面露痛苦，马魁另一只手拿着刚刚解下来的手铐，咔嗒一声扣到汪新手腕上，另一半手铐，铐在扶手上。

汪新大惊，用力挣扎，可手铐牢牢地锁在扶手上。马魁抬起车窗，一阵冷风吹进来。马魁深吸一口气，自由在即，他却有难言的痛楚，即便是十年的光阴，也难以抚平。

汪新怎么能放任马魁跳窗逃脱，他的另一只手死死地拽住马魁的皮带，马魁反身一脚，重重地踹在他的胸口。这一脚险些让汪新背过气去，半天喘不上来。

马魁跳出车窗，消失在茫茫夜色中。

押送人员赶了过来，望向坐在地上的汪新，默然无语。他忙来到车窗旁朝外望去，夜幕笼罩，雨幕低垂，早不见马魁踪迹。

押送人员掏出钥匙，给汪新解开手铐，他不经意地叹了口气，似乎在埋怨、嘲笑汪新。汪新一脸尴尬，抱着手腕，陷入了痛苦的沉思。

窗外已经平静，车厢恢复如常。

火车缓缓行进，已经驶过弯道，蒸汽机车携着它独有的声音，渐渐消失在夜幕中……

“大槐树，槐树槐，槐树底下搭戏台……”站在铁路工人大院门口的大槐树下，汪新仿佛还能听到儿时老奶奶们念叨他们这帮小孩的声音。那些声音不远不近，像是至今还没离开。

落叶归根，秋天的叶子归于根部，这春日的新芽才刚刚吐露。在这明媚的春光里，每一片明天的叶子，都有它的未来。

走进大门，刚进院子，汪新就见到一群孩子在玩游戏，拍纸片的、弹玻璃球的、滚铁环的、丢沙包的……一片叽叽喳喳，一片欢声笑语。

汪新在马魁手里吃了亏，他吊着胳膊，斜挎着一个大布兜，抬头望了望自家的窗台，窗户是关着的。

汪新曾经在无数个时刻，透过那个窗口，仰望天空。那是母亲离开他的时候给他说的，想母亲的时候，就多看看天。从此以后，汪新喜欢望天，似乎他的视野之内、想象之外，有母与子的心灵交汇，有爱的源头。有种即便阴阳相隔，也能彼此感应的力量，这是母亲留下的牵挂。

“橡皮筋，脚上绕，绕在脚上跳呀跳；像飞雁，像小鸟，先跳低来后跳高；跳过山，跳过海，跳过祖国台湾岛；见亲人，见同胞，同跳皮筋同欢笑。”童声嘹亮，在汪新耳边，同时，一只沙包朝他飞了过来，正中他的脑袋。看到打中了汪新，几个孩子哈哈地笑了起来。汪新捡起沙包，飞起一脚踢向空中，结果把沙包踢漏了。

这一下，汪新可真是闯祸了，沙包的小主人一看这情形，哇的一声大哭起来，号啕不止。汪新哄孩子很有一手，他忙从兜里掏出糖果，哄得这位小朋友破涕为笑，其他孩子一看有糖吃，纷纷围拢上来，个个争着、抢着糖果。直到把这一群小朋友哄得心满意足，一个个地喊着：“小汪叔叔回来了！小汪叔叔回来了！”

副司机老吴的媳妇正在公用水池子旁洗衣服，望着汪新，说：“小汪回来了，这趟挺顺利的吧！”“挺顺利的，吴婶。”汪新说着，就要给左邻右舍分捎来的东西，布料、糖果、松子、榛子、蘑菇、木耳、小米……真是五花八门，应有尽有，连正在喂鸡的司机老蔡的媳妇，也停下来领自己的东西。

给邻居们发东西时，汪新忘了自己手腕受伤，疼得哎哟叫出了声。“小汪，你这手咋了？”有人关心地问。沈大夫瞧了这一眼，就知道汪新腕子伤得不轻。“哦，没留神，栽一跟头。”汪新有点不好意思，这才上班多久，自己就伤了，多伤自己的小自尊。

人民警察是汪新最热爱的职业，处于这个热血滚烫的年纪，尊严与梦想让他更想自强争强。

“你这跟头，栽得可够瓷实的，伤着骨头了吧？”老吴媳妇关切地问。汪新依旧轻描淡写地说：“没事儿，小小的擦伤。”他一边说着，一边就朝家走去，老蔡媳妇连忙叫住了他：“小汪，看见你蔡叔和小年了吗？”“刚才我过来的时候，好像看见他爷俩往公共澡堂子那边去了。”

看汪新走了，又看老蔡媳妇一副魂不守舍的样子，老吴媳妇调侃道：“嫂子，看把你急的，两天摸不着，就抓心挠肝的？”“还说我，每回老吴一上车，你那好看的衣服就锁柜里了；等老吴一回来，立马又换上了，勾得老吴眼睛都直了。”“没办法，他就好我这口。”老吴媳妇扬扬自得，果然是做了男人媳妇的人，话里话外，骚里骚气。

老吴媳妇和老蔡媳妇的一番言语，惹得邻居哈哈大笑，连沈大夫也忍不住插了一嘴：“夫妻恩爱，是好事，可一定要计划生育，千万不能脑瓜一热，就什么都忘了。”老吴媳妇连忙说：“沈大夫，有你这双眼睛在，就是想不计划，也得计划呀！这计划来计划去，还怪有意思的，我们家老吴，就好计划。”列车长老陆的媳妇笑得直不起腰来：“这可不好说，人家沈大夫的眼睛，还能大半夜的钻到你们家里去吗？计划这点事儿，得靠自己，亲力亲为。”她话音一落，大院里又是一阵爆笑声。

有女人的地方，烟火气旺盛得了不得。她们是这个大院的生机，又是各自命运之河的主宰，她们每一个都有自己的灵魂之火，从不熄灭，创造着属于自己独具一格的小世界。

春日的傍晚，来得还是早一点，比起即将到来的春花灿烂，隐隐中有一种伤感。

汪新回到家中，第一件事就是给母亲的灵位上香，向母亲报个平安。这个家，只有他和父亲了，母亲的灵位一直在外屋摆放着。这些年来，他们父子俩都觉得，老子的媳妇，儿子的母亲，一直都在家里，从来没有离开他们，一直守护着他们。

汪新用受伤的手小心翼翼地拿着香点上，插到香炉里，说道："我就是没留神儿，才让他把我给伤了，也不是什么大伤。妈，您别担心，大夫非得让我休两个礼拜，我觉得没必要。可是假条都开了，那我就听大夫的吧！"

上完了香，厨房里飘来了饭菜的味道。

汪新的父亲汪永革，自从妻子不在了，就独自一人照顾汪新，儿子喜欢吃的菜，他是信手拈来。

锅里炖着棒骨酸菜，咕嘟咕嘟冒着热气，汪新的肚子也是咕噜噜地叫，确实是想父亲做的饭菜了。这些年，他依赖父亲，父亲身上，是他所感知的家的味道。

汪永革拿小勺舀了一点汤，尝尝咸淡，味道正好。他把汤锅蹲到桌上，揭开锅盖，满满一锅棒骨炖酸菜。汪新的口水都要流出来了："真香！""这个月的肉票，都伺候你一人了，补补吧！"汪永革扫了一眼儿子的胳膊，说不心痛是假的。虽说儿子要糙养，也是他做父亲的心头肉。

"爸，我给您盛一碗。"汪新吊着右胳膊，要用左手盛汤，动作很笨拙。"你歇着，还是我来。""谢谢爸。""我是怕你撒了，我还心疼这锅大棒骨呢！"汪永革说着，帮汪新把大棒骨上的肉剔下来，让他拿勺子舀着吃肉。

看儿子狼吞虎咽的样子，汪永革语重心长地说："你这刚参加工作，方方面面还不熟，别太拼了。""这不是为人民服务嘛！""把命拼没了，给谁服务去？这火车上，啥人都有，想想都悬。真有个好歹的，将来到了那头，我都没法跟你妈交代。""没那么严重，几天就好了。"汪新满不在乎地说，汪永革连着叹了几口气。这叹息声很绵长，像是无尽头。

父爱如山，是儿子成长的依靠，汪永革一想到此，心都像被扎了一样。为了儿子，他不奢求完美无缺的生命程序，他给自己的任务就是护佑着儿子，竭尽全力，陪伴着他，看着他过好自己的人生，作为父亲，能看多久就多久。

时光如流水，汪新休息的时间匆匆而过。胳膊好了以后，汪新就迫不及待地去了火车站乘警队。

火车站乘警队大院的墙根下，蹲着几个罪犯，两位同事正在训话。汪新和他们打过招呼后，就朝派班室走去。

走进派班室，汪新扫了一眼，看屋内无人，却听到了旁边更衣室里传来的一些动静。他走进更衣室，探脑袋张望，只见一个身着便衣的中年男子正在撬柜子，汪新一眼就认出了他，正是马魁。

汪新惊讶地看着马魁，记忆的画面一幕幕闪现。那个雨夜，那一副闪亮的手铐，仿佛被马魁伤了的胳膊都发出了呼叫声。

马魁打开了柜子，发现汪新的一刹那，他也是一愣。汪新毫不犹豫地猛然扑了过去。有了上一次的交手经验，他长了记性，用一只胳膊死死地勒住马魁的脖子。

马魁去扳汪新的手腕，他已经拿出手铐，咔嗒一声铐住马魁，手铐的另一半铐在柜子扶手上。这套动作迅猛凌厉，干净利落，一气呵成。“胆子不小，偷到这儿来了！”铐住了马魁，汪新有点小得意。

马魁挣了挣手腕，汪新冷冷地瞪着他问：“还认识我不？”马魁瞟了他一眼，冷冷一笑。汪新继续说：“火车上，让你给跑了，居然跑到乘警队行窃！怎么着，想偷身警服干一票大的？”马魁冷冷地哼了一声，不屑回答。汪新指着他下令：“蹲地上！双手放头顶！”“手铐着呢！”“蹲下！”

马魁站着不动，汪新很生气，过去使劲按他，却按不动。

派班室领导胡队长听见动静跑了过来，手里抱着一身警服问：“小汪，你这干啥呢？”“胡队长，您来得正好，抓了个贼！”看胡队长一脸疑惑，汪新解释道：“上回，跳火车那老贼，就是他，还把我的手弄伤了。居然偷到我们这来了，哼！这回，看你还往哪儿跑！老实交代，姓名，年龄！”

马魁冷笑一下，看了一眼胡队长。胡队长把警服放在一边，朝汪新伸手：“钥匙。”汪新愣住了，胡队长重复一遍：“手铐钥匙。”

汪新不明白胡队长是何用意，胡队长不由分说，从汪新兜里掏出手铐钥匙，给马魁开手铐，然后说：“姓名，马魁；年龄，四十六；职业，警察。”

胡队长把手铐还给汪新，他整个人都蒙了。他怎么也没想到，马魁是警察。一个戴着手铐的警察，在火车上伤了他的警察，这里面有什么玄而又玄的故事呢？他一头雾水。

胡队长拿过那身警服递给马魁，说道：“老马，衣服帮你领了。哦，你那柜子的锁，不太好开，回头找人给你修一下。”“不用，有点锈了，抹点机油就成。”“你试试衣裳，不知道合不合身，你这些年，可是瘦多了。”“能不瘦吗？”马魁笑了笑，旁若无人地脱衣服，换警服。胡队长说：“不合身的话，让后勤给你改一改。”

马魁看了看，觉得差不多，说道：“挺好，有点肥，回去后，让我媳妇给收两针就成。”马魁的媳妇手巧，这是左邻右舍、同事故友都知道的。

马魁嘴上说着，心却是颤抖的。十年了，这身衣服就是他的皮，又穿回了身上，他的魂儿也回来了。警魂依旧，何惧光阴；警察的信仰还在胸中。

想到曾经被揭皮的痛，想到这些年的种种，马魁的双眼通红，也仅仅是一瞬间，又恢复了风轻云淡。他与胡队长熟稔地聊着，汪新被晾在了一边。

“哦，正式给你俩介绍一下。老马，他就是汪新，也不是外人，汪永革的儿子。”胡队长终于说到汪新了，拉过他给马魁介绍。

马魁抬头看了汪新一眼，这是汪永革的儿子，眉宇间有他老子的影子。他若有所思，意味深长地嘀咕：“汪永革的儿子，你是汪永革的儿子？”“咋了，你认识我爸？”“太认识了！我说呢！越瞅着，越是眼熟，这种子和根儿，差不太多。”

某一个瞬间，马魁是把汪新与汪永革重合的，说不出的滋味在心头。不过，强烈的痛苦，昭然若揭，那是他暂且还无法言说的痛。

话说到这份上，胡队长忙不迭地又说：“小汪，从今天开始，马魁同志就是你的师傅。”“队长，弄错了吧？”汪新难以置信，他觉得，他命中和这老马头儿有点不合。老马头儿看他的眼神不善，有种把他盯个窟窿的感觉。

“这种事能错？马魁是咱们警队的老人了，多学着点儿。”转头，胡队长又交代马魁：“老马，小汪刚从警校毕业，你好好带一下。”

马魁没说话，汪新瞪着眼，还是不太能接受。只是看胡队长的样子，是下了决心的，他心里暗想：“目前也只能这样了。”

胡队长叫了马魁，见他一喊一立正，这是十年劳改落下的习惯。胡队长提醒马魁从明天开始，就改了毛病，毕竟正式上班了。

马魁心里也琢磨着，半生警察，十年监狱，这个落差实在太大，一时难以适应。如今，又回来做警察了。马魁想落泪，为自己这个老警察，一个坐过监狱的老警察；也为妻子女儿遭受的冤屈。无论风吹雨打，热血铸就的心魂，是不离其宗、不会更改的。

拿着胡队长郑重递过来的警察证，马魁感慨万分，他曾盼了一个又一个四季，在这个春天，他回来了，枝繁叶茂的春天也来了。

直到马魁的身影彻底消失，汪新才问胡队长：“胡队长，这老家伙，咋回事儿？”胡队长立刻斥责汪新：“别一口一个‘老家伙’的，小汪，你俩的事，我们都清楚，是个误会，这也叫不打不相识。马魁当年也是铁路刑警，那可是咱铁路公安头一号的反扒高手，哦，跟你爸，也是老相识了……”

人过留痕，关于马魁，关于那十年，关于过往，众所周知却又不为人知的那些事情，能够讲述的早已讲述，沉入心海的，还一动不动地躺在海底。

每一处经历，都是人生标记，酸甜苦辣咸，各有各的味儿。

汪新抬头看了看天，大好阳光。

宁阳火车站的站台上，汪新提着工作包走着，忍不住又想到了马魁，想到胡队长讲的，十年前列车上的那伙惯犯……他在内心消化着那些人和事儿。

当时，蒸汽机车正在缓缓进站，马魁追着小偷来到餐车，小偷打开一扇窗，准备往外跳，马魁把他拉进来，两个人展开了激烈的肉搏战。小偷的两个同伙跟过来大喊：“警察打人了。”

有了两个同伙的加入，小偷胆气顿时壮了。趁着马魁分神之际，小偷冲进了列车厨房，关上了门，从里面锁上。马魁用力连踹带砸，破门而入，厨房里空无一人。他看到窗户被抬了起来，忙走过去探头一望，发现远处铁轨旁躺着一个人。

小偷的两个同伙，看到这情形，互相递个眼神，疯了似的大声呼喊：“警察杀人啦！”

这次事件影响很大，小偷跳车逃跑的时候摔死了。可是，他的两个同伙一口咬定，是马魁把人推下车摔死的。就这么着，马魁因为过失杀人罪，被判了十二年有期徒刑。

汪新清晰记得，胡队长讲到这时，那愤愤不平的神情。都是同事，在警察这个职业里，最不缺的就是感同身受。

说起从前，胡队长的表情很沉重，汪新作为听者，都能感受到压抑的气氛。后来，胡队长的情绪上来了，铿锵有力地说：“十年来，马魁一直给上边写上访信，可一直没有结果。直到三个月前，死者的两个同伙，因盗窃落网，人赃俱获，他俩为了立功减刑，就把十年前冤枉马魁的事情供了出来。可是马魁却不知道，那天他趁雨夜逃跑，是要亲自去上访。其实，他是被平反专案组带到咱们这儿来，重审案情的，他的案子属于冤假错案。”

直到走到火车近前，汪新还在马魁的往事里翻腾，思绪万千。而此时的马魁，站在站台上，穿着一身警服，望着眼前的一景一物，眼眶微红。终究是热爱这份职业，远远超过自己的生命。

热爱，是最一无所求的期待。

汪新站在马魁身后不远处，看着他的背影，表情无奈又带着愤懑。见汪新走过来，马魁瞥了他一眼，两人都不想跟对方说话。

“老马，你在这看啥呢？马上要发车了。”最后，还是汪新忍不住了。马魁斜睨汪新一眼，斥责道：“老马？是你该叫的吗？没大没小。”“那叫你啥？马叔？师傅？马警官？您挑一个。”这会儿，汪新就显露出少年心性，调皮起来。“随你。”马魁撂下这两个字，就上车了，汪新也紧随而上。

马魁在车厢里巡查，从厕所到座位底下，不会放过任何一个角落，汪新一直跟在他的身后。“跟在我腚后，你是在查我吗？”“我查您干吗？您又不是犯人。哦，对了，您在劳改农场待了这么些年，乘警队的好多规章制度，都跟过去不一样了，很多事儿，也不一样了，您有不懂的就问。”听汪新这么一说，马魁笑了笑，点了点头。汪新沉默片刻，转身朝反方向走去。

乘客们纷纷上车，人潮涌动。这上车的，是去一节节车厢；下来的，奔着各自的前方。人在旅途，茫茫人海，各自寻找，各自忙碌，各自的脚步丈量着人生。

马魁和汪新站在车厢外，望着众乘客。蒸汽机车运行区段指示牌显示：“宁阳—哈城”。

“那天，把你手腕子弄伤了，也不能全怪我，谁让你死抱着我，不撒手来着。”马魁主动提起这事儿，汪新心里是憋着不服的：“那是我的职责。”“看你穿一身警服，我手上才留了三分力，不然，你得上石膏打夹板。”“老马，您可别得意，那天我是没留神，才让您偷袭了。有机会，咱当面锣对面鼓地，干一仗您试试。”“你没机会。”

听马魁如此说，汪新也是无语了。看来，这位太自信了，怕是没尝过被后浪拍死在沙滩上的滋味吧！

不过，这个当口，还不是两个人激战辩论的时候。乘客接连不断地上车，马魁跟汪新搭过几句话后，左右帮忙，两只手就没闲着，汪新自己也陷入了忙碌当中。

直到乘客上车完毕，有了片刻的空闲，马魁问起汪新：“为什么当乘警？”

“打小就喜欢当警察。”“是吗？我咋没看出来？”“凭啥让您看出来？”“你光屁股蛋那会儿，我就见过你，翻墙上树堵人烟囱，给你爸气得直冒烟。他还跟我说呢，要不好好收拾你，早晚得进公安局。嘿嘿，还真进公安局了。”“这些事儿，您都知道？您跟我爸很熟？”“何止是熟啊！回去问问你爸，就知道了。”

汪新有一种感觉，一提到自己的老爹，马魁总有一种说不清道不明的情绪。甚至，马魁叹气的声音里，都夹杂着听不透的心声。他的这位师傅，和他的亲爹之间，有着汪新所不知道的纠缠。像是从来没有真正认识过，又像是一起肝脑涂地过，究竟是一个真相的悲苦，还是一个谎言的炽热，又仿佛是一个空白，抓不住，描不上。

马魁盯了汪新几眼，拍了拍汪新的另一只胳膊，说：“跟我干，得小心，万分小心！”说着，就走开了。汪新望着马魁的背影，哼了一声。马魁回过头问：“什么动静？”“鼻子痒。”说着，汪新赶紧揉弄鼻子。

对于这位师傅，汪新觉得还是少招惹。本来，不打不相识，听着还不错，可惜现在看来，他们师徒，都想朝对方伸手，斩了对方的手爪。

蒸汽机车在夜幕中前行，经过春日的原野，奔赴没有星星的夜。黑的夜，夜的黑，这都是夜晚要表达的全部。

车厢里，随着夜深，乘客们开始犯困。人挤着人，人贴着人，各种睡姿，千般模样，都在这旅途上一一展现。

一个小伙子闭着眼睛，他的身体左右摇摆着，良久后倚在身旁的一个女乘客身上。女乘客猛然惊醒，推开小伙子，尖叫道：“你干什么？要流氓吗？”小伙子惊醒，刚才实在是睡得沉了，大脑还是蒙的，说话都不利索了，战战兢兢地问：“我咋了？”“你说你咋了，往我身上贴什么呀！”“我没往你身上贴。”“大家都看着呢，你别不承认！”

两个人的争吵声，吵醒了周边的乘客，他们不满地望着两人。只是，两个人完全没有要停下来的意思，各说各的理。“嘴硬是吧，我找警察去！”女乘客威胁说。“没做亏心事，不怕鬼敲门，叫警察我也不怕！”小伙子不甘示弱。“你说谁是鬼？臭流氓，你还有理了？”“你那嘴，能不能干净点？再骂人，我可不客气了！”“我就骂你了，臭流氓！你还敢打我吗？”

吵架的声音越来越大，妈妈抱在怀里的小孩吓得禁不住哭了，孩子妈妈可不愿意了，说：“大半夜的，你们吵吵什么？把孩子都吵醒了！”孩子妈妈话音一落，身旁的乘客就附和着：“就是，还让不让人睡觉了？”“正梦见啃猪头，被你们给吵没了！”乘客你一言我一语，议论纷纷。

突然，小伙子大叫一声，这一声彻底唤醒了车厢里的乘客，睡迷糊的已经不迷糊了，就连刚刚还在哭闹的孩子，也吓得止住了哭声。那位和他争吵不休的女乘客，也震惊住了，忙问："你咋呼啥呀？我怎么了？"小伙子挠了挠头说："我说我后面那位呢！"

一个老头站在小伙子身后，很不耐烦地说："你是点了炮仗吗？尿都被你吓回去了！"小伙子被挤得回不过头来，高声地喊："什么玩意，还热乎乎的？你往我腚后撒尿！"

小伙子这一嗓子，把老头彻底惹火了，他把手里的尿袋子，提溜到小伙子面前，说："小伙子，我要是被你吓出病来，你就得再养个爹了。"小伙子一脸嫌弃地捂着鼻子："那边不有厕所吗？""我要能挤过去，就不用尿袋里了。""大爷，这大庭广众的，您也不嫌害臊。""活人还能给尿憋死？脸重要，还是命重要？"老头说着，提着他那黄澄澄的尿袋子，艰难地挤向厕所。"还说人家呢！你往我身上贴，你不嫌害臊吗？""谁贴你了，要脸不！""臭流氓，我找警察抓你。"见老头离开了，小伙子和女乘客的争吵继续，他们仿佛没受刚才那个小插曲的影响，争吵进一步升级。

刚才那个老头，终于挤到了厕所门口。一个男乘客焦急地拍着厕所门，他是真的要憋不住了："谁在里头？别占着茅坑，这么多人跟这排队呢！"

等着上厕所的乘客骂骂咧咧的，老头挤到男乘客面前，把尿袋递给他，好心地问："尿不尿？"男乘客一脸为难地说："这么多人看着，咋好意思？""又不是黄花大闺女，没人稀罕看你，你是要脸，还是要尿泡？"老头说得理直气壮，毫无顾忌。生活才是真正地扒人皮的艺术大师，给人涂抹一层层，又揭下一层层。

男乘客无奈，接过塑料袋，背过身去。最终，他还是没有下定决心。他就算真的抹下脸皮装口袋里，在大庭广众之下，他也是那种要憋死也尿不出来的人。

男乘客拎着尿袋，一时不知怎么处理，可是这尿急，他是真的不能忍。于是，男乘客开始砸门踹门。厕所门终于开了，只见里面有两个人，搭着一张小桌，正就着一只烤野兔，喝酒呢！

看到有人如此暴力砸门，厕所里的乘客不但没有反省，反而变本加厉，一副谁扰了大爷吃喝就揍你的样子。等着上厕所的乘客，个个义愤填膺，你一嘴我一嘴地指责两人："太过分了！这么多人，等着上厕所，你们倒在这里，吃吃喝喝。""这是喝酒的地方吗？""也不怕串味，不是有餐车吗！"

厕所里的乘客摆出一副我是大爷我怕谁的神情，毫无愧疚地嚷嚷："俺俩就好这一口，咋地了？有本事往我身上尿啊！"拎尿袋的男乘客被激怒："这可是你说的，送你袋鲜啤酒！"

厕所里的乘客愣住了，还没等反应过来，那男乘客就把那一塑料袋尿，泼了进去，然后关上厕所门，厕所里传来叫骂砸门声。

车厢里一片混乱，马魁和汪新出现在车厢的一头，往厕所这边挤过来，混乱中就有人喊着：“警察来了！”随着马魁和汪新的到来，车厢终于恢复了平静，他们把涉事几人，带到了餐车。

小伙子和女乘客站在一张桌前，泼尿乘客和老头以及两个被泼尿乘客，站在另一张桌前。马魁坐在小伙子和女乘客那桌，汪新坐在另一张桌前。

汪新坐在桌前，他嗅嗅鼻子，一皱眉。泼尿乘客忙说：“这味儿有点冲，能不能弄点风油精啥的，驱驱味。”汪新瞥了他一眼，讽刺说：“把尿泼人家身上了，你还添毛病了，忍着吧！”“警察同志，你是没看着，当时我是紧着敲厕所门，他们就是不开，你说气人不气人？”“那你就朝人家泼尿？”“都是被他们气的！”泼尿乘客越想越来气，怒气冲冲地说。

被泼尿的一位回敬说：“你要是这么说话，这事儿就没完了。我现在也有气，我想卸你一条胳膊，行吗？”“行，你试试看！”眼看着又要吵起来，汪新拍了一下桌子，斥道：“都别吵了！到了这儿，还不老实吗？”

吵架声停了下来，他们的脑袋耷拉下来，汪新从工作包里拿出纸笔，开始做笔录。

另一边，马魁也在聆听着女乘客与小伙子的纠纷过程。“警察同志，当时我睡着了，他紧贴着我，头还靠在我身上了。更气人的是，他死不承认。”“我也睡着了，就感觉她推了我一把，我就醒了。”“就是因为你靠在我身上了，我才推你的。”“可就算我靠你身上了，那我也不是故意的，你凭什么当着那么多人面，骂我是流氓！”“我看你就是故意的！”“警察同志，她这是往我脸上抹泥巴，这要是传出去，我还有脸见人吗？我媳妇不得挠我呀！”“挠你也活该！别装好人了，赶紧说说，这种事儿，你干过多少回了？”“警察同志，我冤枉！”小伙子大呼冤枉，马魁没说话，他端起大茶缸喝了起来，若有所思。

旁边桌的汪新，询问老头：“大爷，问你话呢！为啥在车厢里小便？”老头不回答，装聋作哑，汪新继续说：“这招不好使，见多了，赶紧说！”老头举起手：“我可以给那个小伙子作证！”

接着，老头走到马魁桌前，马魁示意他有话尽管说。“老话讲，眼见为实，我一直在这个小伙子身后站着，看得最清楚。刚才，这个小伙子是左歪一下，右倒一下，前点头，后仰脖，看样子，应该是睡着了。”老头刚说完，小伙子猛地握住他的手，激动地说：“大爷，您真是好人！”“我就是看到啥说啥，可没向着你说话。”“有这几句话，就够了，我谢谢您。”

有了大爷的作证，小伙子顿时有点沉冤昭雪的感觉，否则他怎么都说不清了。女乘客听了大爷的叙述，也觉得没必要追究，既然人家不是故意的，那她就无话可说了。

马魁看着女乘客，说：“同志，我得批评你一句，往后，没把事情搞清楚时，不要出口伤人，不能胡乱冤枉人。有多少人，稀里糊涂被冤枉，被乱扣的帽子到死都摘不下来，就算摘了，也会留下一脑瓜盖儿的疤。”

或许，这一刻马魁想到了自己被冤枉的那十年，语气有点沉重。原本一场误会，说了个明明白白，女乘客和小伙子都心满意足地离开了。

马魁这边结束了，汪新那桌还在继续，泼尿乘客与被泼乘客之间，小鬼斗法似的纠缠不清。“警察同志，他往我身上泼硫酸了，我得去医院看病去。”被泼乘客说着，故意眯缝着眼，假装眼疼。“当着警察的面，敲诈勒索，你找死呢？”泼尿乘客听着对方睁眼说瞎话，气得不行。“完了，完了，睁不开眼了。”被泼乘客还真是演一出是一出，越演越像，演得他都以为是真的了。“好，老子今天就让你永远睁不开眼。”泼尿乘客说着，抡起拳头就要干过去。即便汪新大声喝止，两拨乘客还是不停手，乱成一团。

马魁走了过来，伸手抓住泼尿乘客衣领子上的那只手，一下就给掰开了。被泼尿乘客，捂着手大呼着疼。

马魁不慌不忙地坐在桌前，老头也跟了过来。马魁沉默片刻，说：“老人家，那袋尿的根儿在您这儿，您先说。”老头解释道：“车厢里人太多，根本挪不动步，我上不了厕所，憋急了，只能自己想法子解决了。”

汪新扫老头一眼说：“那也不能在车厢里小便呀？”“那你让我去哪儿撒？尿地上，不成吧？憋着？再给我尿泡憋炸了，我死车上，你们更麻烦，是不？”老头这么一说，汪新还真不知如何回答他。马魁看了看汪新，让老头回车厢去，汪新急了：“怎么能没他的事呢？要是这样的话，那他往后不还得在车厢里小便吗？别的乘客有样学样，这火车不成了茅房了？”“那你给想个办法？”“不管怎么说，他违反了规章制度！”“别总拿规章制度往上扣，人是活的，规矩是死的，得就事论事。”

听着汪新与马魁争论，老头插嘴说：“这话讲得好，毛主席说过，教条主义，会把人学笨的。”老头还真是一套一套的，看汪新又说不出话来，继续说：“我再多句嘴，泼尿的这位同志，你这样做是不对的。再着急，火气再大，也不能拿尿泼人。孔老爷子说过，己所不欲，勿施于人，就是这个道理。”

泼尿乘客一听，老头指向了自己，忙说：“大爷，他们占着厕所，叫门不开，等开门了，还骂骂咧咧大呼小叫的，他们这样做，就有理了？”“他们当然也不对，怎么能占着厕所吃烤兔子呢？再说就着那味儿，吃得能香吗？”被泼尿的乘客解释说：“说到底，要不是被逼的，谁愿意在厕所里吃？警察同志，你们去前面看看，都挤成啥样了，大家伙跟捆在一起的苞米秆一样。”

老头接着说：“所以说嘛，一个巴掌拍不响，车里这么挤，大家得互相体谅。只有这样，才能安安稳稳地坐到站，才能安安稳稳地回到家。你们说，是不是这个理儿？”

老头的一番话，算是让大家听明白了，马魁当即表态：“散了。对了，你俩身上味儿大，就在这待着。”

被泼乘客留了下来，老头又凑向马魁：“警察同志，我倚老卖老了，你千万别见怪。”马魁站起身，搂住老头的肩膀说：“老人家，我这身衣裳，该给您穿上。”“这是哪里话，我是胡说八道。”“走，我请您抽根烟。”马魁说着，搂着老头走了。汪新拿着笔，待了片刻，气呼呼把笔拍在桌上。

新手警察上路，还需更多指教，这份从警体验，是汪新从与马魁的第一次较量中得来的。

生活的经验，生存的理念，生命的尊严，漫漫长路，人生起伏，每一次擦肩而过，每一次的重逢，是最初的起步，亦是最后的旅程。

年轻的乘警汪新，正准备用脚步不断探寻人生的价值和意义。他相信自己，只要付出汗水和努力，就不会被辜负。

这一趟工作结束了。一趟一趟路程，一次一次感激，总是在南来北往中，见证那些人、那些事儿。

下车的乘客熙熙攘攘，马魁拎着工作包从车上下来。他打了个哈欠，掏出烟盒，拿出一支卷烟，刚擦着火柴，一阵风又给吹灭了。

汪新走了过来，马魁叼着烟卷，瞟了他一眼问：“有事？”汪新欲言又止。“有话直说，是爷们儿，就别掖着藏着的。”“老马，咱俩是一块的，您得向着我说话吧？”“我向着理说话。”“可他确实违反了规章制度。”“我再说一遍，人是活的！”“就算是这样，当着那么多人，您总得给我留点面子吧？”“我已经给你留面子了。处理个小案子，弄得鸡飞狗跳的，都不如一个老头！”“您说得没错，规矩是死的，人是活的，可规矩都是人定的，要是规矩可以随意破坏，那还定它干啥？”明明是老头不遵守规章制度，这道理怎么说，汪新也不服。

“一套一套的，行，那依你看，这小案子，该咋处理？罚款还是把他们轰下车？”马魁这么一问，汪新一时语塞。马魁把烟卷塞回烟盒里，扭头走了。望着马魁离去，汪新内心一时无法平静，五味杂陈。

汪新走了一路，就郁闷了一路，直到回到铁路工人大院，小孩子们还在那儿玩游戏，一看到汪新走过来，又玩起小把戏，围着他要糖吃。“找你爸要去。”汪新心情沮丧，连带着没有哄孩子的心思。对于十八岁的他来说，自己还像一个大孩子，离真正的成长，还需要一个过程，还有更长的路要走。

回到家的汪新，在父亲面前享受着照顾与关爱，内心一千一万个不想长大。如果能停留在那片时光里，一家三口和和美美，母亲打理着爷俩的生活，该是多么幸福。如今已经是人民警察的汪新，无比渴望自己更成熟，更有力量。成长需要时间，经验需要时间。

父亲一如既往地在厨房忙碌着，母亲去世以后，厨房就是父亲的天地。汪永革整日琢磨着，怎么照顾好自己儿子的胃，又当爹又当娘让他有点儿疲惫。

汪永革在切黄瓜，汪新站在门口，他沉默了一会儿，说道：“爸，领导给我安排了个师傅，他叫马魁。”听到马魁的名字，汪永革心里一震，问道：“他出来了？”“您说这事巧不巧？我的手腕子，还是他弄伤的。”见汪永革没说话，汪新问道：“爸，听他说，跟您很熟。”“嗯。”“怎么从前没听您说过？”“我跟他共事的时候，你还小。再说了，大人的事儿，跟你也说不着。后来，他犯了事儿，进去了。”“他那案子平反了，不光提前出狱，还恢复了警籍。”“平反？”“嗯，冤假错案，当年冤枉他的那俩人被抓了，全都供出来了。”

汪新听着父亲不是“哦”就是“嗯”地应付他，像是有什么心事。就在汪永革分神时，听到汪新一惊一乍地喊：“爸。”汪永革连忙问：“啊？咋了？”“切到黄瓜把了，再切就轮到手指头了，您想黄瓜炒肉片？”“去你的！那马魁可是个能人，你得好好跟他学本事。”“能人？他哪儿能？”

“就跟你说一件事，那是一九六五年，马魁在我那趟车上执勤。有一回，一个杀人犯被发现了，他想跳车，身子出去了，可一只手被马魁给抓住了。火车紧急制动，也得跑一段才能停，马魁是一只手把着车窗，一只手拽着那人，直到火车停住了。”“那杀人犯的手，也骨折了吧？”“没骨折，可掐得血管不能回血了，缓了好长时间，手才有了知觉。不过留下了后遗症，五个手指动不动就抽筋，一抽上跟鸡爪子一样，算是个半残吧！”

“他的手劲儿咋这么大？”“娘胎带不来这能耐，后来练的。”“这算啥能耐？也不知道领导是咋想的，让一个刚放出来的劳改犯当我师傅，回头我得找领导说道说道。”“说啥？”“换师傅。那老马头除了手劲大点，没看出来有啥本事，就他处理案子的方式，全是老一套。”“既然是领导安排的，那你就好好听话。一句话，跟马魁好好学真本事，保你一辈子受用。”

听到父亲这样说，汪新不置可否。汪永革继续切菜，他的心神走得有点远，远得有点模糊。旧日不可追忆，过往不能重来，告别的早已告别，现有的已无答案。

风渐缓，花香渐浓。就让这春日，彻底归于春日。

第二章

傍晚的光线，柔和平缓，周围显得特别安静。天边的云霞，色彩浓烈，深入眼睛，深入人心。

国营商店里，马燕正坐在柜台后面，捧着一本高考复习题集，一边默念一边查字典。不认识的生字有点多，她蹙眉扶额，心里叭叭八百遍，这是真的读不下去了，没耐心也很烦。

马魁在商店窗外看着，就这么一直一直地看着。看一眼是一瞬间，看一眼也如十年。时光流转，指缝之间。

一个男顾客拎着酒瓶子摇摇晃晃地走过来，还真醉得不轻，马魁看了看他，他瞅了马魁一眼，走进商店。

男顾客站在柜台外，把酒瓶子蹾在柜台上。马燕见到男顾客，问："同志，要点什么？""你还记得我吧？""瞅着有点眼熟。""熟就好，我今天晌午，在你这打的酒，看看吧！"

马燕望着酒瓶子，男顾客拧开瓶盖让她闻闻。马燕闻了闻，不明所以地问："咋了？""拿个碗。"马燕拿了个小瓷碗放在柜台上，男顾客倒了小半碗酒，对她说："你自己尝尝！""工作期间不能喝酒，到底咋了？"马燕想都没想，直接拒绝了。"咋了？你说咋了，兑水了！我喝了二十年地瓜烧了，兑没兑水，我一尝就知道，甭想蒙我！""你说兑水就兑水了？我闻着酒味挺冲的。就算兑水了，你凭啥一口咬定是我们兑的？没准你自己兑的呢！这地瓜烧，是我们店里最贱的酒，都懒得兑水，不够费工夫的，喝不起，就少喝点，赚便宜没够是吧？"男乘客听到马燕这么说，直冲着她怒道："你，你……你给不给换吧？"马燕一点也不怵，问道：“我问你，你打了多少酒？”“一勺。”

马燕掀开酒坛子，把挂在坛沿的木勺子拎出来，控干残酒。然后，把男顾客酒瓶里的酒倒进勺子里，勺子满了，可是酒瓶里还剩了两指来厚的酒。马燕冷冷一笑：“同志，看仔细了，我们这可是标准的八两勺，你不是打了一勺酒吗？你这瓶子底的酒哪来的？怎么还越喝越多？你真是喝多了！”

窗外的马魁看到这儿，莞尔一笑，忍不住嘀咕：“果真是我的闺女，就是这么聪明伶俐。”男顾客磨不开面子，急了：“今天，你要不把这瓶酒给我换了，我……我……”男顾客“我”个半天，也没说出个所以然来。马燕一直盯着他，哼了一声，那双少女精灵般的眼睛，像是能飞出小刀子一样，直盯着男顾客问：“你怎么着？”男顾客掏出火柴，威胁道：“我给你点了，你信不信？”

男顾客说着，就擦着一根火柴，马燕噗一口就吹灭了，干净利落，一点也不拖泥带水。此刻，她连眉梢都像带着刀，直冲着男顾客嚷道：“这可是国营商店，少跟这撒酒疯！想进派出所，出门左拐！”

男顾客又擦着一根火柴，突然被人一把抓住手腕，火柴又被吹灭了。马魁把酱油瓶子放到柜台上，掏出警察证，他故意用手指把证件上“铁路公安局”的铁路两字给挡住，说道：“警察。”马燕眼尖，看了马魁一眼。

男顾客顿时消停了，马魁把警察证收好，说：“我都看见了，同志，你要真把这一把火点了，那你下半辈子，可就喝不着酒了。”这一下男顾客慌了，酒醒了不少，连忙说：“那啥，我闹着玩的。”

看看顾客醉醺醺的模样，马魁给了他一个台阶：“我看这事儿就算了，没准是你媳妇怕你喝多了，悄没声地给你兑了水，你不知道而已，也是为你好。”马魁这么一说，男顾客顺着台阶就下：“有可能，我回头问问那婆娘。”马魁说：“把酒给人倒回去。”

马燕拿了漏斗，把勺子里的酒倒回瓶里，男顾客拿了酒瓶，灰溜溜地走了。

一场小风波平息，马燕望了望父亲，问道：“爸，你咋来了？”马魁指了指柜台上的酱油瓶，说：“打酱油。”“我捎回去就行了。”“顺道的事儿。”

一听父亲说顺道，马燕没好气地白了他一眼，眼珠骨碌碌地转着说：“顺啥道？刚刚干吗把‘铁路’两个字遮住？”

感觉女儿看透了自己，马魁笑了笑，马燕也跟着笑了。闺女啊，是父亲内心最柔软的那部分。他不在的那十年，没有一天不想陪伴闺女成长，那份思念抓心挠肝。

黄昏暮色，蕴藏希望。没有什么比家更温馨的地方了。回家了，对于马魁来说，老婆孩子热炕头，十年饮冰，终是团圆了。

马魁的妻子王素芳才四十岁，看着却比同龄人沧桑了不少，像是陪了马魁在劳改似的，老去许多。对于自己的妻子，马魁是无比愧疚与心疼的，若不是自己错失的十年，妻子何苦一个人带着闺女遭罪。她该是经历了怎样的艰难，让她的身上挂满难以缝补的补丁，仿佛轻轻一触，就能拆掉一块，动了她生命的根基。

热气腾腾的饭菜一上桌，这一刻，仿佛疗愈了这个家的十年心伤。

王素芳微笑着，招呼丈夫与闺女吃饭。望着妻子的笑容，马魁不禁感叹："这就是我的妻啊！她经历了如此的困境，用坚韧的心性，明亮地浸润着这个家。"

一家三口吃着饭，马魁边给马燕夹菜边说："挑着饭粒吃，这叫吃饭吗？要吃就得虎实点儿，大口吃，那才香。""我自己来，爸，您也吃。"见丈夫话都说了，闺女依旧我行我素，王素芳忙打圆场："燕子打小就是这么个吃法。""怪不得这么瘦，得多吃。"马魁看看妻子，再看看闺女，十年缺失，他心里难受得紧。

马魁从盘子里挑了一块肉夹给王素芳："素芳，你别光吃菜，吃点肉。""我不爱吃肉，你多吃点，补点油水。"王素芳又把肉夹给马魁。不过就是一片肉，在夹来夹去中，双方的眼眶都有点热，尤其是马魁，嗓音喑哑地说："素芳，现在，我回来了，你可以喜欢吃肉了。"王素芳夹起肉片放到嘴里，低头慢慢地嚼着，有泪水落下。

一家三口默默地吃饭，马燕瞅瞅王素芳又瞅瞅马魁，说："爸，您以后不用老去我单位那块溜达，整得跟巡逻似的，我都多大了。""你爸这不是不放心你？都十年没见你了，怕你有事。就跟今天似的，多悬，幸亏你爸在。"马魁总是去看闺女，王素芳挺乐意，闺女大了，花儿一样，她这当母亲的，可真不放心，现在亲爹回来了，当然要多放眼皮子底下。

马魁一看妻子站在自己这边，立即上杆子，说道："燕子，往后，碰见那种酒蒙子别跟他戗戗，你瞧你那张小嘴，你是占理了，可他要真急了眼，把酒坛子给点了，那吃亏的是咱自个儿。"王素芳也说："燕儿，你爸说得对，真出点事儿，肠子都悔青了。"

这爹一回来，妈就跟他成了一伙的了。听着父母一唱一和，马燕心里很不舒服，不耐烦地说："我知道了，我吃完了。"说完，起身回了自己屋。

瞧着闺女不愿和自己多话了，马魁对妻子说："这孩子，在商店里小嘴巴巴的，跟爆豆一样，怎么一到我这儿，就没话了呢？""你不是也没话。"听到妻子这样说，马魁觉得自己有点冤："我这嘴没停啊！""唠了半天，都是有一搭没一搭的白开水话。”“那我该跟她唠点啥？”“唠点儿当爹的该唠的呗！”“啥是爹该唠的？”“等你们爷俩处久了，就知道了。”“要不是跟她十年没见，也不用费这个劲。”“你走的时候，她才上二年级，这一转眼，都成人了，有点生分也正常，慢慢就好了。”

妻子的话，重锤压心，重重地砸在了马魁的心上。这十年，他失去得太多了，他甚至都不敢看看他走过的路。

十年后归来，等待自己的，不仅仅是重新拾起业务，还要学习怎么样当好一个父亲，做一个让闺女满意的父亲。

王素芳剧烈的咳嗽声，吓了马魁一跳，王素芳还不忘安慰他：“饭吃得有点急了。”王素芳越咳越厉害，不得已，她进了内屋，拉开抽屉，从满满一抽屉药中找出一盒，打开服用了几粒。王素芳咳嗽得厉害，脸都憋红了，马魁一边端着水喂她喝，一边忧心不已。

马魁从抽屉里拿出一沓病历，翻看着，越看越揪心：“我走的时候，你可是好好的。”“都是些慢性病，什么肺气肿、风湿啊啥的，不打紧的。”“素芳，委屈你了。要不是我坐了十年牢，你也不会落下这一身的病。”“没事儿，慢性病就得慢慢治，死不了人，没准还长寿呢！”“瞎说。”“这可不是瞎说，那些个壮壮实实平时轻易不上医院，一进医院就是大病，说没就没了。像我这样病病恹恹的，三天两头跑医院，啥病都耽误不了。”“你就拿话甜和我吧！我要没去劳改，咱家不会变成这样。燕子没准都考上大学了，你也会健健康康的，说来说去，都是我害了这个家。”“别这么说，现在你回来了，立马还穿上了警服，多好！燕子这不正复习高考嘛！孩子也不笨，指定能考上，我这身体也没啥大事儿，眼前全是奔头，享福的日子，多着呢！”

听着妻子娓娓道来，马魁又提起了汪新：“上级给我派了个徒弟。”“好事儿，这说明领导还是信任你的。”“你知道是谁吗？汪永革的儿子，汪新。”

马魁的话音一落，夫妻间陷入了一阵沉默，过了一会儿，王素芳才说：“这么巧。”“就是这么巧，你说，我带他还是轰他？”“既然是领导给你安排的，那你就好好带，有些事儿，该翻篇就得翻篇。”“有些事儿能翻篇，有些事儿，翻不过去。”“我跟你说，你心里这把刀不能总横着，久了会生病的，压箱底的事儿，就别翻腾了，日子总得朝前过。”“走一步看一步吧！”

纵然是这么给妻子说，马魁心里明白，日子固然是向前走的，只是这刀，还是得横着。死死地横着，连姿势都不能动。

旧时事，往日人，这些命运里的刀，如刀刀砍击般闪着光，穿透心脏，还能听见回响。

春日的夜晚，树有树的响动，花有花的撩人。

铁路工人大院里的大灯分外明亮。灯下，邻居们坐在院里，喝茶聊天。有的人在下象棋，有的人在织毛衣、烧水，孩子们在跳房子。

副司机老吴坐在小马扎上，他媳妇在一边刷鞋垫。司机老蔡坐在一旁，喝着茶水，和老吴有一搭没一搭地唠着。“老吴，瞧瞧你这鞋垫，这一盆水都不够刷一双的，跟墨汁似的，拿毛笔蘸上都能写大字了。”“那没办法，谁让咱干的是这行。”“正应了那句话，远看像个要饭的，近看像个拾炭的。”

老蔡话还没说完，蔡小年从家里走了出来，接过话：“仔细一瞅，原来是机务段的。”老蔡横了蔡小年一眼：“显着你了？”“这不赶上了。”蔡小年说着，赶紧地倒茶，老吴继续说：“哎，上头给小汪派的这个新师傅，有点来头。听说，跟小汪一见面就差点打起来。”

旁边的老陆一听，疑惑地说：“按说不应该，老马跟老汪当年经常跑一趟车，好得跟哥俩似的。说起来，老马算是小汪的叔，咋就横竖不对眼呢？”老蔡也猜测着说：“是不是老汪跟老马有啥事？”老吴说：“小汪心气高，一般人镇不住他，这出戏，有的唱。”

几个人议论着，老陆提醒着大家小声点，老蔡则为汪新的日后担忧，老吴则认为：“这帮后生摔打摔打，也不是坏事。”老蔡不忘告诫蔡小年，老吴媳妇在一旁劝慰：“小年能说会道，到哪都吃不了亏。”“全是嘴上本事，没长正经精神头。”听老蔡一味地说蔡小年，老吴说：“该说不说，我看小年是个当列车长的料。”

老吴的这话可说到老蔡心坎里了，老蔡望向蔡小年：“小子，你行吗？”“说行不一定行，说不行也不一定不行，行就行，不行就不行呗！人活在世，没啥大不了的。”蔡小年说完，就往家里跑去，坐在大院里的一众人，瞬间都不吭声了。

过了一会儿，才又是一片窃窃私语声。家长里短，人间烟火，疏星朗照，这是最普通生活里对人情世故的阅读，是每个人对自己的认识与对生活的认知，无论肤浅与深刻，都有意义。

夜，又深了一些。夜晚是如此地静悄悄，小伙子的心蹦蹦跳，跳哪儿？跳到天涯海角。

铁路工人大院外，牛大力来回走着，不时地朝周围望去，他走到一个石礅旁，坐下身，继续朝远处张望。良久，牛大力埋下头。头低下来，那一步两步三步地还在心里走着，牛大力可是知道，这等待的滋味真是难熬。

突然，传来姚玉玲的惊呼声，牛大力忙抬头观看，只见姚玉玲望着他，埋怨道："是你啊！可真吓死我了。""回来了。"见到了姚玉玲，牛大力什么煎熬都没有了，倒是显得有点平静。"大黑天的，你在这坐着干什么？""屋里闷，出来透口气。""那也不能在这坐着，多吓人！""我老老实实地在这坐着，啥都没干，有啥吓人的？""那怎么把我吓了一跳？""咋这么晚才回来？去哪儿了？""看电影去了。""一个人去看的？"

听牛大力这么一问，姚玉玲纳闷地想，这个牛大力是不是管得有点宽。对于牛大力，她是不屑的，没再和他搭话，径直地朝院门走去。牛大力起身跟在后面规劝："我是说，你往后该早点回来，这街上都没几个人影了，黑灯瞎火的，万一……"姚玉玲不等牛大力说完，就打断了他："你别进院，让别人看见，还以为咱俩出去了。"说完，她看都没看牛大力一眼，径直走开。

牛大力心里明白，他一颗热乎乎的心，捧出去了，人家不接；他更懂得，精诚所至，金石为开，这男追女，不容易，总有一天会成功的。

就在牛大力把自己的心思刀切斧砍般地反复琢磨时，回到家的姚玉玲，一刻也没闲着，她去汪新家喊来了汪新，帮她修收音机。

汪新在姚玉玲家摆弄着老式收音机，姚玉玲给他端了杯水，笑吟吟地专注地看着汪新，问道："汪新，你刚上班，还适应吧？""还行，大伙都挺照顾我的。""汪新，你属啥的来着？""属鼠。""哦，比我小一岁，属鼠的都聪明，脑瓜子活泛！"

汪新笑了笑，他感觉到一种莫名的灼热。眼看时间已经不早了，这种老式收音机，也不是一时半会能整好的，他也是瞎鼓捣，又不是专门修理的，只好对姚玉玲说："玉玲姐，要不，这戏匣子我拿家去修吧！这工具不太凑手。"这种老式收音机，在老百姓口中，就是戏匣子。"行，那太谢谢了。""客气啥，回头修好了，给你送过来。"汪新说着，起身就走，姚玉玲把他送到门口，眼神也没收回来，心也像是跟着去了，飘飘忽忽的。

铁路工人大院的大灯，像是黑夜里的大眼睛，随着夜深，更加明亮耀眼。

起初，牛大力还在院子里溜达，来回徘徊，望着姚玉玲家的窗口，心里燃烧着一团火，就连老吴出来倒污水，他都差点没躲过。老吴看牛大力魂不守舍的样子，还上前询问了他几句，他都找借口搪塞掉了。

夜已深，牛大力只好在暗处猫着，直到汪新从姚玉玲家出来，他才从黑暗处闪身出来。汪新吓了一跳："大力哥，你在这干啥呢？""没……没干啥。"牛大力说这话时，心是虚的，有点结巴。

“没干啥？大晚上的戳在这儿，怪吓人的。”汪新说着，看他一眼，转身就走。谁知牛大力一把抢过了他手里的戏匣子，一边跑开一边说：“等修好了，我给小姚送过去就行了，你甭管了。”汪新还没整明白牛大力这是唱的哪一出，就见他拎着戏匣子往家冲着，还不忘回头对他又说：“谢了弟弟，回头请你吃冰棍。”

汪新两手空空地站在院子里，愣怔了一会儿，回家去了。

少年不知情所起，还在听风沙沙地吹。在这样的春夜里，总是有带着念想的人，在心里栽种，种一棵属于自己的树，那根在心里。

每个深夜的每一家，那闪光的窗台，都映照着一家人的圆缺。

马燕在自己的房间里，醉心于小说，黑夜是多么适合读小说啊！马魁推门进来，马燕赶紧用复习资料盖住小说。马魁端了一小碗核桃仁，放到马燕面前：“闺女，刚给你砸了几个核桃。”“爸，给您提个意见，您以后进我屋，能不能先敲敲门？”“行！燕子，白天上班，晚上复习，吃得消吗？”马魁本是犹豫的，心想：“当爹的，还敲什么门？”可瞧瞧闺女的脸色，也不想为这事儿惹了闺女，答应得还是干脆利落。恍惚间，仿佛他的闺女还停留在他坐牢之前，还是个小女孩。他似乎忽略了，现在的闺女是个大姑娘了。

“人这辈子，都有挨累的时候，先苦后甜，等考上大学，就好了。来，吃几个核桃仁，这玩意儿补脑子。”马魁劝道。

马燕捏了个核桃仁，露出了《福尔摩斯探案集》的一角，被马魁发现了。马魁把书抽出来，书皮已经很旧，他的脸色一沉，马燕一脸尴尬地说：“爸，我不想考大学。”“为啥？”“我连高中都没上，这题我都不会，好些字都不认识。”“你还没学，当然不会，学着学着就会了，拼一把，你又不笨。”“这可不是拼不拼的事儿。”“燕子，我也是为你好，你总不能一辈子卖咸菜吧？”“卖咸菜咋了？好些人想卖，还卖不上呢！我挣钱养家，有啥不好的。”

“燕子，当初要不是我被送去劳改，你也不会早早地接你妈的班挣钱养家。现在我回来了，不用你再养家了。好好复习，考个好大学，咱老马家也光宗耀祖一回。”马魁说得如此语重心长，马燕勉强点了点头，父亲不在的那十年，她不敢回头再望。

马魁随手翻开《福尔摩斯探案集》，看到扉页上签着“汪新”的名字，忍不住地念道：“汪新？”“我初中同学，借我看两天，你别给人弄坏了。”马燕看父亲纳闷，解释说。“怎么哪儿都有他。”“啥？”“没事儿，这书先放我这儿，我帮你还他。”

看着父亲没收了自己的书，马燕一副生无可恋的样子。这个世界咋那么巧，汪新咋和自己家的倔老头认识了呢？马燕脑瓜子里一堆问号，同样地，马魁心里也是万马奔腾，汪新这个小子，还真是无缝不钻。

夜，彻底地安静下来，作为父亲，马魁的心沉入这黑夜。

生命不止，人生会经历无数个黑夜，这不过是最平常的一个罢了。生活也终究是五颜六色的，即便是暂时黑幕，也终将揭开。

夜色如海，月是灯塔。

随着天边的第一缕光明到来，姚玉玲家的敲门声开启了新的一天。

姚玉玲还在洗脸，一听是牛大力的声音，顿时有些不耐烦，她一边拿毛巾擦着脸，一边过来开门。

牛大力拎着收音机，像一个犯错的孩子，站在姚玉玲家门口。等到姚玉玲开门，他怯懦地说："戏匣子，给你修好了，我给你放屋里。"牛大力说着，就要进屋，姚玉玲及时地拦住了他，没好气地问："咋在你这儿？""汪新根本不会修，我给修好了，给换了个喇叭。以后，这种事儿，你直接找我就行了。"姚玉玲拿过收音机，敷衍道："谢谢你。""要不要试一下，听那喇叭声大不大，不行的话，我再给捯饬捯饬。""不用了。"姚玉玲砰的一声关上门，想都没想就拒绝了。面对牛大力，即便他真心讨好，姚玉玲心里也没有一丝一毫的波澜，甚至讨厌他，或者是连讨厌都显得多余。

姚玉玲是骄傲的，如同这春日阳光，她是那么明媚亮眼。在她眼中，牛大力就是一个扔到人堆里找不出来的，连普照的光她都不想给他，何况那独一无二的一束光呢！她姚玉玲要的人，要的爱情，是不一般的。

爱情一定是有条件的，姚玉玲心里很明白。而牛大力，他渴望的爱情，如他那身蛮力一样，催促着他勇往直前，奋力追逐他自以为是的爱情。他不懂顺其自然，一味蛮干，舍了全部的心肠，只为得到她的青睐，她能看他一眼，他就活力满满。

年轻时，谁会想风轻云淡呢！就这样，去追吧！追着去远方，总好过一颗心一直流浪，却没有交付的地方。

宁阳火车站的站台上，与往常一样，熙熙攘攘。乘客纷纷上车，马魁站在车外巡查。汪新提着工作包快步走了过来，马魁看了看站台上的钟，严肃地看着他，汪新被看得毛骨悚然，解释说："那啥，我出门闹肚子，上了趟茅房，来晚了。"

"自己看看几点了。""人有三急。""要是有案子，你这一泡屎的工夫，罪犯已经没影了。”“这不是没案子？”“你知道啥时候有案子，啥时候没案子？犯罪分子会等你拉完屎再动手，是不？”“我这拉泡屎，您至于这么上纲上线吗？”“至于！”

两个人戗戗着，直到马魁再也懒得和汪新掰扯，狠狠地说了句：“下不为例！”然后，马魁从身后拿出《福尔摩斯探案集》，一把甩给汪新。汪新惊讶地问：“怎么在您这儿？”“马燕是我闺女。”“马燕是您闺女？哦，对了，我是听马燕说过，她爸蹲监狱呢！”“线头掉在针眼里，真巧，是不？”“哦哦，呵呵，这……”听到马魁这么说，汪新一时不知该怎么回答，只好打哈哈，心眼子却转了八百圈一样，有种要拽住老马马尾巴似的感觉。

马魁一瞧汪新那个样子，气都不打一处来：“甭这个那个的，她现在全力备战高考，你别耽误她。”“老马，这事儿，可得跟您掰扯掰扯。那天，我刚从同事那儿借的书，顺道去马燕的商店买点东西，她死乞白赖地非要看，我都一眼没瞅呢，就被她抢了去！”“甭跟我说这些没用的，以后别拿这种书在我闺女眼巴前晃悠。”“老马，我觉得，您倒是应该看看这本书，瞧瞧人家福尔摩斯是怎么破案的。算了，估计您也看不懂。”汪新说完，扬长而去。

汪新那副你看不惯我，还拿我无可奈何的样子，着实气着马魁了。马魁心里想：“汪永革这个老鬼，他的儿子这个小鬼，看起来人畜无害的，咋回味起来，总是有种诡计多端的感觉，这感觉很不好。”

无论心里多么不舒服，马魁很快地擦去，还是要投入到工作中去。

列车已经启动，火车行驶在原野上，载着每个人的向往，载着人群里的家长里短。车厢里，一如既往地人多，有人在打扑克，有人在喝酒猜拳……移动的一节节车厢，如同一个个人间小社会。马魁和汪新一前一后巡查车厢。

马魁指着挂钩上的包问：“这是谁的包？”一个男乘客说：“我的。”“自己的包，自己拿着。”“我拿眼睛盯着呢，没事。”“再盯着也有眨眼的时候，等丢了，可不好找！”马魁话音一落，男乘客立即拿过包，紧紧地抱在怀里。

马魁看了男乘客一眼，又接着巡查，提醒着众乘客，直到他走到车厢连接处，汪新也跟了过来。

一个老瞎子坐在地上，在啃一穗苞米，手里还有一块猪骨头。汪新望了老瞎子一眼，朝前走去，老瞎子伸出腿来，把他绊了一个趔趄。面对老瞎子的故意，汪新的嗓门有点高：“你干什么！”“不好意思，眼神不好，没看见人儿。”“把票拿出来。”“啥东西？”“车票，我们要查票！”

一听汪新要查票，老瞎子哈哈笑了起来：“啥叫车票，没见过。”“坐车就得有车票，要不就不能坐车！”“这话是谁说的？这车就是我的家，在家里待着，还用买票吗？”

一听老瞎子这话，汪新终于明白什么叫无理占三分了，他还真的有点气急了，一时语塞。反观老瞎子，倒还理直气壮起来：“我还告诉你，想当年，这车给我撵下多少回了，可撵下去，我再上来，来来回回，我还是坐这了。这车腿快，可从来没把我甩下过。这么说吧，只要我活着，就得在这车里，没办法，这就是我的家。”“看来，你这些年，欠了不少票钱，今天算赶上了，你得把票全补上。要不，咱们就得说道说道了！”“可以，说道完了，我还能上来，不信就试试看。”

马魁望着老瞎子，汪新望着马魁：“老马，这人不讲理，是块滚刀肉，您看怎么办？”“你也是乘警，别问我。”“让他补票，估计他也没钱，下一站让他下车。”“那他要是再上来呢？”“再上来，就抓起来呗！”“你也就剩这招了。”“那您说，该咋办？”“这话头儿是你挑起来的，你自己看着办。”马魁说完，正准备走，列车长老陆走了过来，挺热情地和老瞎子打起了招呼：“哟，来了。”“这两天伤风了，在外面熬了两宿，没回来。”“回来就有肉骨头啃了？”“不是偷的，好心人赏的。”“你这好啊！整天一分钱不花，还有吃有喝的。”“那可不，进了家门，满眼都是亲人儿。”老瞎子说着，就笑了起来，老陆也跟着笑，两个人笑得真心实意。

然后，老陆对马魁说：“车上多少年的老人儿了，没儿没女，老哥一个，比我上车都早，说句玩笑话，算是看着我长大的，就让他在这待着吧！”马魁点点头，汪新却反驳：“不买票就不能坐车，这是规定。”“那你把他赶下去。”马魁说完，看都没看汪新一眼，陪着老陆走了，只剩汪新，呆若木鸡。

过了会儿，汪新心想：“一个个老狐狸，还真不按常理出牌，火车在正常行驶中，我能把人赶下去吗？整得我多没人情味似的。”

成长的经验值，是需要长久地投入到人情世故中，这世间百态，对于年轻的汪新来讲，哪是一时半会儿能看明白的呢！

陪着马魁离去的老陆，和马魁两个人聊着老瞎子的过往，忍不住悲悯，是个苦命人，闺女让人拐走了，眼睛哭瞎了，南来北往中，找了一年又一年。两个人感叹着，可怜着老瞎子的苦，眼眶微红。

人与人之间的善意，从来也是将心比心，感同身受的吧！

人是铁饭是钢，一顿不吃饿得慌。当乘客们开始吃饭时，马魁和汪新也去了餐车。两人坐下身，马魁拿起大茶缸喝水，汪新也拿起茶缸子喝水。马魁望着汪新说："把茶缸子放下。""咋了，我这喝口水，您也管？""拉肚子身子虚，别喝凉的。"马魁说着，从旁边把开水壶拎过来，放到汪新面前。

马魁的这一举动，让汪新莫名就想到了父亲的身影，他还真的有些感动，诚心诚意地对着马魁说："谢谢。""困了，就眯一会儿。"汪新点了点头："哎。""手腕子好利索了？""早好了，那天，我也是没留神，才让您给拧伤了的。""你的意思是说，跟别人动手前，人家得提前跟你打个招呼，说他有啥能耐呗？"

"您可能不知道，我毕业成绩全校第一，擒拿、侦查、射击，样样满分。尤其是射击，在我们警校，那是出了名的，人送绰号'小枪王'。""枪那东西，基本用不上，还是得靠手头儿功夫。""您这么厉害，咋干上乘警了呢？""乘警咋了？你还瞧不上乘警？""不是这意思，我是说，当乘警一天到晚的都是鸡零狗碎的小破案子。当刑警多过瘾，早晚我得当刑警，办大案子。""小案子都办不好，还想办大案子，我劝你，还是脚踏实地。"马魁喝着水，斜睨着汪新，瞧着这小子一副不服气的样子，心里想着："是块材料，且需好好地调教。"

蒸汽机车隆隆前行，碾过大地，在大地的头顶上，聆听这声音，聆听这春天的声音，分外清楚。

马魁和汪新巡视车厢，刚走到车厢连接处，一个乘客跑了过来，着急忙慌地高声呐喊："警察同志，我的钱被人偷了！"见乘客情绪太过激动，马魁试图让他稳定一下情绪，问："你别着急，钱放哪被偷了？""就在裤兜里，这个兜。"

一听丢钱乘客这样说，汪新看他一眼，摇摇头说："钱怎么能放裤兜里，那不等于送给小偷一样吗？""你们就别埋怨我了，赶紧帮我把钱找回来吧！"马魁问："总共多少钱？""十块钱，有三个两块，四个一块的。""在哪丢的？""我上车后，坐在自己座位上，那时候我摸了摸兜，钱还在。""中途你起来过吗？"

"起来了，活动活动腿，又坐下了。"

马魁沉思了一会儿，汪新看着丢钱乘客："没上厕所什么的？""没有。""你坐在哪儿？带我们过去。"

于是，马魁和汪新在丢钱乘客的带领下，朝着他所在的车厢走去。马魁和汪新走到了丢钱乘客的座位前，这个位置靠过道，他丢钱的裤兜，也在过道这边。

看到这情况，汪新对马魁说："老马，他装钱的裤兜在过道这边，说明他的钱，是被过道这边的人偷走的。"

汪新的话，马魁置之不理，他望着周围邻座乘客，问道："大家好，这位同志裤兜里的钱被偷了。请问，有人看见是谁偷的吗？"

乘客纷纷摇头，有的说在睡觉，有的说在看书……说得五花八门，只有对面的乘客，面露紧张，始终回避着马魁的目光。最后，他才结结巴巴地说："我也没看见，上车就睡，刚睡醒。"说完，就低下了头，像是找地缝往里钻。

对面这位神色不安的乘客，引起了马魁的重视，马魁和汪新把他带到了餐车。

餐车内，马魁和汪新坐在桌前，凝视着他，他忙说："警察同志，那钱不是我偷的，不信你搜搜，我兜里就五块钱。"马魁端详着他说："我也没说是你偷的。""那你把我带到这干啥？""看你人不错，唠唠嗑。"

马魁的一番话，让这位乘客放松下来，他的神情轻松了不少。马魁接着说："这样的事不少见，大家不敢说出来，就是怕被小偷报复，可要是都这样的话，那好人不是怕了坏人了？那坏人不是更加猖狂了？"

一瞬间，乘客又紧张起来："警察同志，我都说了，我没看见，你还是去问问别人吧！""换句话说，你的钱要是被偷了，你是盼着抓住小偷，把钱追回来，还是就这么算了呢？话我都说完了，能不能给我们提供线索，能不能把小偷抓住，就看你了。""那么多人，你非得问我不可？""帮了小偷，小偷不但不会感谢，反而还会继续偷。""我真没看见。"乘客说完，立即就要走，马魁在他身后说："说不定哪回，他就偷到你身上了！"

乘客站住了身，有些为难，欲言又止，汪新看着他，若有所思。马魁趁热打铁："我相信，这世上是有正义的，是有正气的，不能长了坏人的威风，灭了好人的士气。要是那样的话，这世道就乱了，我们每一个人都得深受其害，谁也逃不掉！"

乘客看了看四周，又看了看马魁与汪新，一想到若有一天自己被偷了，那还真是如割他肉杀他人似的，就下定了决心。乘客凑近马魁与汪新，悄声地描述着小偷的样子："偷钱的人是个男的，看起来四十来岁，中等身材，穿蓝色衣服、灰色裤子，没戴帽子……"

听了乘客的描述，关于小偷的样貌，马魁和汪新心里已经打好了底稿。

马魁和汪新出了餐车，走到车厢连接处，汪新好奇地问："你是怎么认定那个乘客看到了偷盗过程呢？""猜的。""猜的？可够准的。""你怎么没猜到？你不是满身能耐嘛！什么侦查擒拿射击的，没学怎么猜吗？福尔摩斯没教你怎么破案？看来你是白学了，书也白看了。"马魁一连串的言语攻击，让汪新无言以对。

见马魁朝前走去，汪新也紧紧跟着。"你跟着我干什么？""抓小偷。""抓个小偷，用得着俩人吗？""您要一个人抓？""你俩肩膀顶了块木头墩子吗？时间紧迫，得裤裆放屁，兵分两路，明白吗？""您是这个意思，早说不就完了。”“我不说你就不知道吗？警校毕业的高才生，就你这副模样？什么都得我来教？”“好好好，您别说了，咱俩各找各的。”汪新说着，麻溜地走了。马魁望着他的背影，摇摇头说：“说木头墩子是夸你，就是一块烂石头。”

马魁和汪新两个人，分头行动，仔细地巡查车厢，他们的眼睛落在每一个乘客身上，审视着打量着。

汪新查来查去，一无所获，在车厢的连接处，又和马魁碰头，细致地汇报了一下情况。马魁琢磨片刻，朝汪新巡查的车厢走去，汪新对着他说：“您这是信不过我吗？”“我宁可信鬼！”马魁说罢，径直朝前走去。汪新望着他的背影，一脸不服，他朝马魁反方向走去。

马魁走着，扫视着每一个乘客。

马魁走着走着，站住身，他的目光落在一个戴着帽子的男乘客身上，那个男乘客抱着胳膊睡着，帽子遮着半张脸。马魁伸手掀开男乘客衣领，男乘客睁开眼睛，躲闪着问：“你要干啥？”“没睡着呀！”“让你弄醒了。”“是拿眼睛瞄着我吧？”“困死了，我得再睡会儿。”说着，那个男乘客闭上眼睛。

瞧着男乘客一副故作镇静的样子，马魁说：“我那有卧铺，你可以躺着睡，舒坦着呢！走吧！”“我凭啥跟你走？”“我再说一遍，跟我走。”“你到底要干啥？我睡我的觉，惹着谁了？”见男乘客这么说，马魁觉得不使用点强制手段不行了，他伸手抓男乘客的胳膊。男乘客想甩开他，但被马魁一把握住手腕，连早已赶过来看着的汪新都替他痛，这力度、这滋味，汪新是尝过的。

果然，男乘客惨叫一声，面露痛苦，五官扭曲得像要飞出去，连声叫道：“轻点，我跟你走，还不行吗？”

男乘客被马魁顺利带到了餐车，汪新带着之前的乘客，站在餐车门窗外，让他指认。“就是这个人，他趁那个同志站起来的时候偷的钱，只是他的衣服颜色不对，我记得是蓝色的。”汪新点点头说：“同志，谢谢您，没事了，回座位去吧！”“你们可千万别把我漏出去！”“放心。”“不管咋说，干了件积德的事。”

汪新目送指认乘客离开，就推开餐车门，走了进去。他坐在马魁身旁，朝马魁点点头，又从工作包里拿出纸笔。马魁望着男乘客：“衣服脱了。”“为啥脱衣服？”“你说呢？”“我哪儿知道。”“咱俩打个赌，你这件衣服，里子是蓝色的。”“那又怎么样？”“你兜里有多少钱？”“十多块。”“到底是多少？”“十二块五毛。”“把钱掏出来。”

男乘客犹豫片刻，从兜里掏出钱，放在桌上。马魁数钱：“三个两块，六个一块，还有一个五毛的，一分不少。”“那当然，自己的钱，能记错？”“这话不假，嗯？这钱上有字儿。”

男乘客愣住了，汪新朝钱上望去，马魁捂住钱说：“有人丢了钱，说他钱上写了自己的姓，我这一看，他的姓怎么在你的钱上？如实招供，还有一缓，要是嘴硬，后果你清楚。”“我看看钱。”“看完了可就没的缓了。”马魁说着，拿起茶缸子，慢悠悠地喝了起来。

男乘客的心一下子提到嗓子眼，良久，他苦苦哀求说：“警察同志，我错了，我再也不偷了。”马魁放下茶缸子，笑了：“逗你两句，就撑不住了，你这脑瓜儿，往后还是别偷了。”马魁说完，拿起十块钱，起身走了。走之前，给了汪新一句：“小汪，该你了。”

当汪新做好笔录，忙完一切，他从餐车里走出来时，见到了正在抽烟的老马，忍不住好奇地问：“老马，您是怎么发现小偷的？”“猜的。”“能不能别总开玩笑，我说正事呢！”“男的，四十岁左右，睡觉眼睛没闭紧，露个缝瞄着我，由此判断他是心虚装睡。另外，他的衣领子露出蓝色里布，应该是把衣服反穿了。还有，我询问的时候，他很紧张，就凭这些，我猜个八九不离十。”马魁说完，看了汪新一眼，调侃着他：“咋着？你那真本事咋没把他看出来？”

汪新辩解说：“我先前查车的时候，从他身后过来的，他看我过来就装睡，我后脑勺又没长眼。”“是你白长了一对狗眼。”“您怎么骂人呢？”“你姓汪，狗汪汪叫，不是狗眼吗？”“您不光骂我，还带着我全家？”“我就骂了，有能耐，你堵住我的嘴！”

汪新真的有点怒了，真心想去堵住马魁那张老嘴，马魁看他那架势，挑衅地问：“还想动手吗？”“别以为我怕你！”“耍嘴皮子不爷们儿，拿本事说话！”“不就是破了个芝麻小案，有啥呀！”汪新说完，转身回到餐车，他的不屑，马魁看得一清二楚。

马魁冷冷地笑着，这笑里透着冷风，笑里藏着刀。还有一把刀，在心里横着，那刀是冷的，只有真正地插进去，才会更深刻了解什么是冷兵器。

汪新是汪永革的儿子，无论汪新作何姿态，马魁都很难把他和汪永革区分开来。这父子血脉，某一刻，马魁能从汪新身上，看出汪永革的影子，嗅出汪永革的味道。

都说往事如过眼云烟，可到了马魁这儿，就是过不去。

结束了一趟工作行程，汪新回家了。他心里的家，就是家里有父亲，自从母亲不在后，是父亲给他撑起了一个温暖的家，给了他全部的爱。

每次出门归来，等待汪新的都是父亲做菜的味道。

汪永革见饭菜都摆上了，儿子还没从自己屋子里走出来，他明显地感觉到，儿子心里有什么事儿，可能是工作中遇到了难题。

汪永革一边督促着汪新吃饭，一边耐心地劝导着：“不能带着气吃饭，顶得慌。”“那个马魁到底是什么人？”想到父亲与马魁可能有的渊源，汪新忍不住地问。汪永革心里一紧，问道：“他怎么了？”“张嘴就骂人，还骂得那么难听！”“骂你肯定是你表现不好，再说做学徒的，哪有不挨骂的，还有挨打的呢！”“他要是敢动手，我……”

“你要干啥？还想还手？我可告诉你，那样的话，就没人教你了！”汪新话没说完，就被父亲严厉打断了，嘴上又不饶人地说：“没人教我，就自己学，早晚能学明白！”“这些年，就咱爷俩过日子，我是舍不得打舍不得骂，把你当宝贝疙瘩，给惯坏了！碰上马魁这样的师傅，是好事，让他好好规矩规矩你。”

“就怕哪天我搂不住火，跟他掐起来。”“不是我看不起你，真掐起来，你还真不是他的对手。”“爸，按说您跟他这么熟，他怎么着也得给个面子，不指着他给我开小灶，最起码别给我穿小鞋，不会是你俩有啥过节吧？”汪新之所以这样问，是他真实地感觉到，在某个时刻，马魁身上散发出来的敌视，这种气息，是不自觉的本能带出来的怨恨。

“我跟他能有啥过节？都十年没见了。别胡琢磨了，你要想少挨骂，就得塌下心来，抓紧跟师傅学，早学成本事早当家，明白吗？”父亲话音一落，汪新就闷头吃饭，他心里明白，论道理谁都懂。只是现在的他，对马魁这个所谓的师傅，总感觉与之相克，眼见父亲也不支持自己，多说无益。

看着儿子狼吞虎咽，汪永革心里又是一番心疼：“慢点吃。”“这馒头就是老马头，我吃了他！”汪新正拿着馒头发泄，一只大母鸡从外走了进来，它咯咯咯地叫着。片刻，飞上桌子，踩翻碗盘。

“欺负人欺负到桌上来了，这还了得！”汪新说着，就伸手抓鸡，这大母鸡也是气人，它飞下桌，跑出了门。能从汪新手下逃出生天不容易，汪新赌气追着大母鸡，一直追到大院子里，大母鸡边跑边咯咯咯地叫着。

蔡小年在院中央的水池旁接水，见状笑问：“汪新，你在跟鸡赛跑呢？”还没等汪新回话，老吴媳妇从家里走了出来，问道：“小汪，你追我家蛋王干啥？”

“吴婶，你家鸡飞到我家饭桌上了！”“鸡也不认门儿，哪知道是谁家。”

这个时候，老陆媳妇也从家里走了出来，住在同一个大院里，一家热闹那是家家看。这次，老陆媳妇站在汪新一边，说道：“那也得看住了，不能让它到处乱跑。上回，还差点钻我家锅里去呢！”蔡小年一听，忙接上说：“多好的事儿，白捡一只鸡，占大便宜了。”

老吴媳妇心知这大母鸡平常没少闯祸，她也是睁一只眼闭一只眼。汪新这么一闹，怕是自家要被邻居针对上，她翻了翻白眼说：“那我还能给我家蛋王套上铁链子和脚镣子？”一旁的老蔡媳妇帮腔说：“我看还是门的事，把门关好了，鸡不就飞不进去了。”“就是嘛！”

汪新看着老吴媳妇和老蔡媳妇一唱一和，哼了一声：“你们这么说话，可不讲理呀！”“我可以讲理，但我跟鸡没法讲理，要不，你跟它讲讲？”老吴媳妇胡搅蛮缠，汪永革一直听着外面的声响，大声叫回了汪新。

老蔡媳妇一看汪新走了，连忙对着老吴媳妇说：“妹子，赏俩蛋吧！”老吴媳妇就知道，这忙没有白帮的：“嫂子，亏不了你！”转头又安慰鸡：“蛋王，别害怕，一天两个蛋，可不能停啊！”

老蔡媳妇与老吴媳妇各得各的好，两个人相谈甚欢。大院里的树，被风吹得树叶哗啦啦地响，遮掩着妇人们的交头接耳。

汪新回到家里，倒头进了屋子。

天更黑了，汪永革望着准备好的礼物，眼神愣怔了好大一会儿。对于汪永革来讲，他心里早已有了打算，自从知道马魁做了儿子的师傅，他就盘算着应该走一趟。马魁他是了解的，儿子更是亲生的，心底的事儿，自己也明明白白的，总要把该说的话说出来。

十年了，是为儿子用心良苦也好，是为了自己的这颗心去探望也罢，终究是兄弟一场，要见面的。

马魁家的房门敞开着，汪永革提着两瓶酒和两瓶水果罐头，走到房门前，问：“屋里有人吗？”王素芳从房门里走了出来，看到汪永革，愣了一下。汪永革掩饰着转瞬而逝的不自在，问道：“嫂子，老马在家吗？”

王素芳点了点头，把汪永革迎进屋里。汪永革看到马魁和马燕坐在桌旁，桌上摆着饭菜，还有一瓶酒。汪永革顿时有点尴尬，王素芳忙说：“老马，汪段长来了。”

马魁没有看汪永革一眼，十年了，第一次相见，汪永革这张脸，他还真不想看。不过，当着妻女的面，他皮笑肉不笑地说：“要来早说，得多添俩菜。”汪永革忙说：“这事闹的，我是紧赶慢赶，到底是赶上饭口了，你们吃你们的，我吃过了。”王素芳感觉到丈夫的不痛快，忙打圆场：“赶上了，就是让你再吃点，随便坐。”汪永革把东西放在桌上：“老马，给你带了两瓶酒，这两瓶罐头给孩子吃。”

见马魁不搭理，王素芳接过话：“来就来呗！你也太客气了。”马燕也在一旁，礼貌地向汪永革打招呼。汪永革笑着问：“燕子，我听说你要高考，功课复习得咋样？”“马马虎虎。”“你脑瓜子聪明，比汪新强，指定能考上。”听到汪叔叔夸奖，马燕像中了奖似的，特别高兴，白皙的面颊上漾起了一团粉色，好像一朵春日的小花苞。

马魁端坐在那儿，一句话不说。都是王素芳和马燕在和汪永革有一句没一句地唠着，母女俩互相使了眼色，默契地各自找了借口，离开了饭桌。

饭桌前只剩马魁和汪永革坐着，两个人大眼瞪小眼，都不言语。最后，还是汪永革率先打破了沉默：“日子过得真快，一眨眼，孩子们都长大了。”“是呀！一晃十年，我都回来了。”

十年一瞬，叹息绵长，汪永革仿佛能够听见这声音，他拿起桌上的酒瓶，闻了闻说：“这酒挺烈。”马魁不阴不阳地说：“喝的就是这口儿，北大荒的风硬，没这酒劲儿顶着，直不起腰来。”汪永革笑了笑，倒满两盅酒，说道：“老马，这杯酒我敬你，恭喜你顺利平反。”

马魁没抬酒杯，冷冷地说：“用不着恭喜，我本来也没错，都是被冤枉的。至于某些人看见了，故意不给我作证，早晚能查清楚。”

马魁坐着不动，汪永革只好自己端起酒杯喝了，又给自己倒了一杯，不接马魁之前的话茬，只说自己想说的话：“老马，我儿子汪新交到你手了，我高兴，我放心，你一定要给我好好管教他。”“那是你儿子，不是我儿子，教他做人是你的事儿。”“那是，那是。这小子脆生，以为自个儿有两把刷子。你是老资格了，把他身上的毛毛刺蹭下去，把他给我捋直了。”“你儿子那是警校的高才生，那腰杆老硬了，我可没本事教他。”马魁不无讽刺地说。

不论前因后果，这一刻，汪永革在马魁面前，是真有些低三下四，他自己又干了一杯，马魁依旧没有举杯。

两个人的气氛很不融洽，他们心里横着的那把刀，砍切记忆，似乎给活人唱亡魂曲。良久，马魁端起酒杯，自己喝了一杯，汪永革见状，赶紧端起酒杯，随着他干了一杯。

汪永革拿起酒瓶倒酒，马魁用手遮住酒杯说：“不喝了，今天的酒够数了，你喝。”马魁拒绝得干脆，汪永革把酒瓶子放下，只听马魁又说：“我看你满脸冒红光，应该是干得不错。”“这不是见着老工友你了嘛！”马魁的脸上刮着飕飕冷风，又是一阵冷笑：“真会说话，不减当年。”“还别说，这一见着你，就想起当年来了，咱们常在一趟车上，那会儿多有意思。”“是你有意思，还是我有意思？”“你呗！带响动的事，全让你包了。”

“你是列车长，管人的，干干净净。我是乘警，干活的，手上抓的全是鸡毛蒜皮。”“针眼儿里才能出大活，那是哪年来着，车上冒出来一个抢劫的，手里还攥着枪，逼急了，枪顶你头上了，我都没看清你是怎么弄的，转眼就把那人的枪给缴了。”“枪顶头上，那叫明枪易躲，这人啊！怕就怕，暗箭难防。”说这句话的时候，马魁特意加重了语气，他直视汪永革的眼睛，汪永革不与他对视，只低头倒着酒。

马魁哈哈大笑起来，似乎疯狂：“哦，对了，你现在不是列车长了，升副段长了，这说起来，也是大领导了。”马魁的一字一句都夹枪带棒，字字句句透着冷风，他话语里的弯弯绕，汪永革自然能听出来，自嘲说：“啥大领导，就是换个岗位，管的事儿比以前多点，说到底都是给乘客服务的。”“这领导说话，就是有水平。”“老马，你这么说，可就见外了。”

马魁给自己到了满满一杯酒：“汪段长，祝你步步高升。”说完，马魁一仰脖子干了，汪永革紧随着，跟着干了自己的这一杯。马魁再次直视着汪永革：“汪段长，你放心，一码归一码，你崽子在我手上，你把心搁稳当了。”“我放心。”

汪永革太知道马魁是什么人了，马魁的话，他是真的放心。

直到夜深，直到汪永革回到家，他带给马魁的礼物，原封不动地被他带回了。汪永革明白，什么样的礼物过了他的手，马魁都不会要。

如果拒绝能够让自己心里好受一点，马魁宁愿老死不相往来。走了那么久，谁还能没点变化。

到了今天，大半个人生，谁还能比谁聪明多少？各自都把自己的心摸得一清二楚，各自的棱角也被磨得油光发亮，都是老鬼谁也骗不了谁，更重要的是，谁能拿捏住谁呢？谁又能比谁更懂隐藏呢？

人世间，处处是分寸，处处是边界，处处是底线。但凡僭越，没有时光可倒流，没有岁月可回头。

若是没有汪叔叔来家里走一遭，马燕还不知道汪新做了父亲的徒弟，如今知道了，她说什么也得和父亲讲清楚。

马魁坐在炕沿上，一脸醉意，低着头。马燕不顾母亲劝阻，开诚布公地对马魁说：“爸，汪新是我初中同学，这事您知道吧？”“知道又怎样。”“汪新那人不但聪明，还有正义感。上学的时候，谁欺负我们班女生了，他都会去帮着出气。您去劳改这些年，班里没人跟我说话，都躲我远远的，只有汪新拿我当朋友。”说到这时，马燕的脑海里闪现着那个时候的时光，小小的汪新和小小的她，现在回忆起来，心里还藏着一个小小的愿望。

马魁皱着眉头说：“行了，行了，你跟我说这个干什么？”“他现在给您当徒弟，您可别给人穿小鞋。”“啥叫穿小鞋？我这当师傅的，不能教训徒弟？”“不爱听拉倒。”马燕一赌气，对着父亲甩脸子走人。

马魁觉得好冤枉，忍不住地和王素芳抱屈：“平时跟我没话，可一说起汪新来，噼里啪啦，跟放鞭炮似的，我真不爱听。”“你和闺女分开十年了，你走的时候她才七岁，当然跟你生分了。你得多关心她，多疼她，等处热乎了，就好了。”

“行了，我知道。说来说去，都是这十年给害的，十年……十年呢……”一想到十年，马魁的酒劲就上来了，没完没了，絮絮叨叨。“都醉成这样了，不说了，赶紧睡吧！”王素芳轻声地劝慰着，贴心地帮马魁脱下鞋，扶他上了炕。

“素芳，我一直想不明白，当年，汪永革为啥就不给我作证？他明明就在现场。”“当年他不是说你看错了吗？”“没有，我没看错，肯定没有看错，绝对没有看错。”对于自己的眼睛，马魁是绝对信任的，他不容有任何质疑，在这件事上，他百分百相信自己。

何况，除此之外，还有马魁天生的敏感与直觉，就算十年之后，还是迷雾一团，他相信，早晚会真相大白。

只是，这个夜晚的事儿，这个夜晚止。夜有长短，人生也是。生活里的下一个希望，不过是一个接一个的短暂烟花。大家始终在寻找，更好地活着的方式。

要说这铁路大院里最爱扮俏的，非姚玉玲莫属。姚玉玲本来就漂亮，正值青春年华，那双大眼睛一天到晚忽闪忽闪的，遇见谁都合不上，仿佛上下眼皮子一夹，就能把人的魂夹走。身形更不用说了，姚玉玲前凸后翘，与同龄的女孩相比，她丰满不少。

水蜜桃般的姑娘，走在春天里，别说是遇见的人，就是遇见的风，都是打着旋儿地绕。

姚玉玲平常最爱去老陆家，老陆媳妇有一台缝纫机，每每她需要改衣服什么的，都第一时间找陆婶。看到陆婶蹬缝纫机，姚玉玲就很羡慕，渴望自己也能够有一台。因此，眼看着，心里急，姚玉玲适时地对老陆媳妇表达诉求：“陆婶，等将来我也买台缝纫机。”“哟，有对象了？”姚玉玲摇摇头，老陆媳妇说：“不结婚咋买缝纫机？咱单位的缝纫机票可抢手了，每个月可就那么几张。”“陆婶，必须得结婚才能发缝纫机票吗？能不能让陆车长给递个话啥的？”“可拉倒吧！

这么些个小两口都排着队呢！我这台，也等了大半年。”

听到陆婶这么说，姚玉玲就知道希望破灭了，她岔开话题：“陆婶，您这手艺不当裁缝太可惜了。”

关于姚玉玲，老陆媳妇有时也看不懂她，好好的衣服，总是想着改这儿改那儿的。老陆媳妇望着姚玉玲：“小姚，我是真弄不明白，你们这些个小年轻咋琢磨的，好好的一身衣裳，非要往瘦了改，你穿得上吗？”“您放心，肯定穿得上。”“这么瘦干活也不得劲啊！”“我不用干活。”“说得轻巧，不干活吃啥？”“喝西北风。”“再瘦就成纸片了，没等你喝上西北风，就让风给刮跑了。”

正在这时，姚玉玲挤出一丝笑，神色有些异样，肚子里发出咕噜咕噜的声音。老陆媳妇看了她一眼：“啥动静？小姚，你是饿了吧？”“没有。”“还没有！瞧你那脸色跟酸菜似的，别光想着瘦，不吃饭，饿坏了身子，不值当的。”“没事儿。”

老陆媳妇知道再劝无用，无奈地瞄了她几眼，收完最后一针，剪断线头。陆婶的活计不错，瞧着身上改好的衣服，真是显身材。姚玉玲很了解自己的优势，她属于那种天然有肉型的，所以，她异常自律地尽自己所能维持，瘦一些能接受，胖一点绝不允许。

姚玉玲穿着刚改好的衣服从老陆家里走了出来，一下子就吸引了正在喂鸡的老吴媳妇，她羡慕地问：“小姚，你这身衣裳真好看，陆嫂给做的？”“陆婶给我改了改，要不，您也做一套？”“你是一人吃饱全家不饿，我家那点布票，得留给孩子。”“孩子不急，您得先穿上，要不等岁数大了，穿也不好看了。”“这话有理，等我琢磨琢磨。”

蔡小年在一边打蜂窝煤，从头到尾，他的眼球都不敢往姚玉玲身上骨碌。在蔡小年心里，这个女人是妖精般的存在，否则牛大力为啥整天失魂落魄的，气血像被抽干了似的，蔫了吧唧的。

姚玉玲正要出大院门，突然站住身，然后缓缓蹲下身。她感觉头晕眼花，一时站不住，想坐又不敢坐，怕自己的衣服脏了。老吴媳妇观望着姚玉玲不对劲，喊了一嗓子，牛大力立刻从屋子里冲了出来，蔡小年也放下了手里的活，汪新先是从屋子里露了个头，看看围观人群，才走了出来。

牛大力只要一碰到姚玉玲的事儿，就是六神无主，幸好一旁蔡小年提醒：“大力，你还愣着干啥？赶紧把小姚背屋里去。”一听要背姚玉玲，牛大力可真激动坏了，他蹲下身子，蔡小年和汪新把姚玉玲扶上牛大力的背，牛大力的心都是发颤的，呼吸急促。姚玉玲是万般不愿，只是，此刻她有气无力，只好任大伙安排。

牛大力背着姚玉玲进屋，汪新、蔡小年和老陆媳妇、老吴媳妇都跟在一旁，沈大夫也从外面走了进来，交代着牛大力把姚玉玲放到床上。姚玉玲脸色苍白，额头上都是冷汗。

牛大力担心极了，沈大夫看了他一眼，说道："估计是低血糖，赶紧弄碗糖水去。"听了沈大夫的吩咐，牛大力一溜烟儿跑出去，汪新也跟着出去了。

沈大夫给姚玉玲诊了脉："小姚，你今儿就别上班了。"转头对蔡小年说："小年，帮小姚跟陆车长请个假。"蔡小年点了点头，只见牛大力神色慌张地进来说："家里没白糖了，陆婶，你那还有吗？""哟，我家里也刚用完。"老陆媳妇说着，又问姚玉玲："小姚，你家里有白糖吗？"

姚玉玲摇摇头，沈大夫掏出二两白糖票，让牛大力去买。这时，汪新回来了，他递给沈大夫一个小铁盒。沈大夫打开小铁盒一看，有些惊讶："哟，还是大白兔呢！"沈大夫说着，就剥了一块糖塞到姚玉玲嘴里。

姚玉玲吃着奶糖，心里沁香，感激地看了一眼汪新，那双眼睛里，水汪汪地装满了一个春天的桃李芬芳。这是牛大力看不到的一双眼睛，他心里很不是滋味，看向汪新时，心里是一万个不舒服。倒是沈大夫，继续和姚玉玲搭话："小姚，你这是饿了几顿了？"

姚玉玲不吭气，老吴媳妇说："小姚这段日子，瘦得不轻，小脸都尖尖了，不会是没粮了吧？"姚玉玲欲言又止，眼尖的老吴媳妇看了姚玉玲家的柜子上堆着的一捆捆布料，失声叫道："哟，小姚，你咋买了这么多布料呀？"

老吴媳妇这一嗓子，提醒了大家伙儿，敢情小姚的钱都花在打扮上了。老陆媳妇又是羡慕又是心酸地问："这么多布料，得用多少票，小姚，你哪来的票呀？"姚玉玲不答话，老蔡媳妇猜测着说："不会是拿粮票换的吧？"

沈大夫一听，劝道："小姚，我得严厉批评你，怎么能为了穿，饿了肚子呢？"老蔡媳妇接话："就是啊，身子骨塌了，再漂亮的衣服也没用。"沈大夫赞同老蔡媳妇："小姚，我们都是从你这个年龄过来的，女孩子爱美，都理解，可也得看条件，豁上命不值得！低血糖严重了，可是能要人命的。"姚玉玲卖给沈大夫一个乖巧，冲她笑了笑，沈大夫说："行了，大家都散了吧！让她好好休息休息。"

众人纷纷散去，汪新也准备离开，他叮嘱说："大力，小年，咱们也该上班去了。玉玲姐，你好好休息。"姚玉玲说："剩下这几块糖，你拿回去吧！""拿都拿来了，你留着吃。""那多不合适，这么金贵的东西。""我不咋爱吃甜的，我爸牙口不好，你留着吃吧！往后，兜里揣几块糖，头晕了就吃一块，可不能再饿肚子了。”

汪新说着，就和蔡小年往外走，牛大力的双眼恋恋不舍，他的心却沉入了谷底，姚玉玲连一点余光都没瞧他。姚玉玲拿起糖盒看着，露出甜蜜的微笑。牛大力的心情低落，和蔡小年、汪新走在一起，气氛沉闷。

蔡小年调节气氛，又不忘揶揄汪新：“汪新，你可以啊！藏了一盒大白兔，也不想着哥几个。”“也没几块，也是头一阵在哈城买的，都拿去哄院里那帮小崽子了，剩了几块。我平时也不爱吃糖，搁抽屉里都忘了。”汪新说着，又看了看牛大力，解释了一句：“也没别的意思，这不想着先救人要紧。”

牛大力对姚玉玲的情意，大家都看得明明白白的。眼见牛大力沮丧，打不起精神，蔡小年催促着说：“哥几个，咱麻利点儿，别晚点了。”蔡小年这一吼，三个人啥情绪都扔在了脑后，跨上破旧的自行车，飞驰而去。

宁阳车站的站台上，一年三百六十五天，天天如此。乘客拥挤在车门前，争先恐后地上车。汪新和蔡小年站在车厢门外，蔡小年提醒着喊：“别挤了，一个一个上，都能上去车！”

一位男乘客扛着大包，他挤不上去，汪新帮着把他的大包从车窗塞进车里，又把他推进车门，他兴奋地对着汪新喊：“警察同志，谢谢你！”汪新摆了摆手，另一位男乘客借此提出要求：“警察同志，你把我从窗户塞进去呗？”他话音一落，汪新就抱住他的腿，把他塞进车窗。

汪新刚塞完，就看到一个孩子把着车窗，正往里爬。汪新赶上前，把小孩塞进车窗里，小孩还不忘探出头：“谢谢警察叔叔！”

这时，一位老太太拖着一个大包赶来，她来到车窗外。车窗里，有人朝老太太一边招手，一边不停地喊：“妈，这边，这边！”老太太抱起大包，没抱动，她望向汪新：“同志，帮帮忙！”

汪新二话不说，接过老太太手里的大包，塞进车窗，随手又抱起老太太的腿，铆着劲儿，往车窗里塞。老太太拼命挣扎起来，她的上身已被汪新塞进车窗，老太太无奈地嘶吼：“孩子，把我放下！我是送站的！”老太太的高声呐喊，彻底熄灭了汪新塞人的热情，周围留下一阵阵笑声。

一番轰轰烈烈的忙碌之后，列车出发了。餐车内，蔡小年说着汪新的笑话，大家笑得前仰后合。汪新的脸红了起来，有些不好意思，蔡小年声情并茂地讲着，还卖起了关子：“等汪新把那大娘放下，你们猜怎么了？”众人不解，蔡小年接着说：“那大娘一屁股坐地上了。”有人问：“怎么坐下了？”

“吓得腿抽筋了呗！汪新可倒好，还要帮那大娘拉腿抻筋，那人家能干吗？人家儿子直接从车窗里跳了出来，火大了，要跟汪新说道说道。汪新是一个劲儿地赔礼道歉，那脸色儿，跟烧鸡一样……”

此时的汪新，真想找个地洞钻，他的脸火烧似的，老陆瞄了他一眼，及时地制止了蔡小年。见大家安静下来，马魁肆意地大笑着，笑得眼泪都出来了：“这就是烧鸡大窝脖，太有意思了！多少年没听过这么有意思的事了，比笑话还笑话，都能写进笑话集了。”

马魁的话，成功吸引了大家的注意力，一众人望着他，他站起身，走到汪新近前：“小汪，我就说你这眼睛不好使，狗汪汪，怎么样？事实证明，确实是出毛病了。你赶紧去找大夫好好看看，别再闹出这样的笑话来，万一把人笑个好歹的，你得负责任。”汪新带着火气说：“有那么可笑吗？是您看的笑话太少了吧！我家有本笑话集，明天给您带来，保您能把嘴笑歪了。对了，吃饭的时候，千万别看，容易呛着。”“好啊！拿给我看看。”“话说前面，笑死人可不偿命。”汪新说着，转身欲走，马魁一把抓住了他的胳膊。汪新再一次感受到了那力道，好在他是有防备的，冲着马魁说：“我要是残废了，这辈子您得负责到底！”

老陆见火药味越来越浓，借口找马魁说事，分别支开了两人。汪新愤愤不平，冷厉地望了马魁一眼，马魁的眼睛里闪着火，不明不暗，大家都感觉到这师徒二人不太对劲，却又说不出个所以然来。

总之，经过这一次，在众人眼中，这两位的身骨往那一站，彼此都透着寒气；他们的身影，在彼此眼中，冷得扎人。

春天的风，吹啊吹。春天是它吹来的，春天被它吹着跑。

汪新的心是烦闷的，他的耳边，仿佛随时随地都能响起马魁的笑声。

汪永革已经从儿子口中，了解了事情的经过，见儿子还是闷闷不乐，一味地靠在被垛旁，抱着膀子不吭声，劝解说：“笑话两句就笑话两句呗！不疼不痒的，再说了，这事也怪你，太毛躁了。”“爸，您是没看见，顶数老马头笑得欢，眼泪都笑出来了！他是师傅，不帮徒弟不说，还火上浇油，有这样的师傅吗？还连带着骂人，狗汪汪。”

汪永革坐在炕沿上，语重心长地说：“儿子，骂两句说两句有啥呀！又不掉肉。不管谁笑话你，也就是当个笑话，笑笑就完了。再说，你也没得罪过谁，没人会故意找你茬，笑话算什么，挨骂又算什么，谁还没当过愣头青，等学成了真本事，就没人敢笑话你了。”

“看来，我得加把劲儿了。”听儿子这么说，汪永革知道，儿子的那口气顺过来了，笑着拍了拍他的肩膀：“这就对了，等你当了师傅那一天，也牛气！晚上，咱爷俩喝点，给你去去火。”“行，我去打点酒去。”汪新爽快地应着，他站起身，去饭桌旁的小柜子里，拿起酒瓶子，飞快地走了。

望着儿子的背影，汪永革神思恍惚，都说孩子见风长，一转眼儿子这么大了，儿子大了，这颗老父亲的心，还在悬着。父爱如山，屹立不倒！

汪新拎着酒瓶子朝院门口走的时候，老蔡正擎着炉钩子，隔窗望着他，对身旁的蔡小年说：“汪新这孩子，还跟小时候一样，到哪儿都不吃亏。你们小哥几个，打小和尿泥长大的，互相照应着点。”

“爸，我知道，我看汪新和老马挺不对付的，这俩人哪像师徒俩，那话里话外都夹枪带棒的。”“严师才能出高徒。”“我看没那么简单。爸，这老马劳改前啥样啊？”“我可不知道，那会儿，你汪叔跟他一趟车。”“那老马跟汪叔应该关系不错，老马应该对汪新多看一眼才对，怎么看着他俩好像谁都不夹谁。”

“你就别管别人了，记住了，多干活少说话，你要是能当上列车长，我就能闭上眼了！”“这话说的，那我还敢当列车长吗？”蔡小年说着，像小时候那样冲老蔡做了个鬼脸，然后就逃了，老蔡嘴巴里嘟哝着说：“又玩上嘴了，我刨你！”

蔡小年跑到大院门口，就看到牛大力在那里徘徊，笑问：“戳在这晃悠，捡钱呢？”“你忙你的去。”蔡小年瞧着牛大力一副心不在焉的样子，没再理他，径直走了。

牛大力不知道在院门口绕了几圈，终于看到了姚玉玲，她拎着个菜篮子，里面放着几捆青菜。牛大力一看，就更心疼了，上次姚玉玲犯低血糖，他担心得不行。于是，牛大力赶紧地迎了上去，热情地打招呼：“姚儿，你回来了，等你半天了。”“你等我干啥？”姚玉玲明知故问。

都说鲜花插在牛粪上，牛大力在姚玉玲眼中，牛粪都算不上，她是真心地瞧不上他。只不过，姚玉玲是个聪明人，吊着就吊着吧，反正也不吃亏，自己心里有谱就好。

一见姚玉玲，牛大力就莫名地紧张，他吞吞吐吐地说：“我打了个野鸡，在野地里烤着呢！”“哦，烤吧！”姚玉玲说得甚是敷衍，说完就走，牛大力慌忙拦住她：“给你烤的。”“我不吃，你自己吃吧！”“你得吃肉，得补。”“我不用补，你补吧！”“我这烤了半天了，就等你了。”“天都快黑了，我才不去呢！”

看到姚玉玲态度坚决，一遍遍地毫不犹豫地拒绝，牛大力急赤白脸不知道怎么办，他近乎哀求：“姚儿，给点面子。”

正在这时，汪新拎着酒瓶子走了过来，好奇地问：“你俩跟这嘀咕啥呢？”

姚玉玲一见到汪新，立刻来了精神，一瞬间春风拂面：“汪新，那啥，牛大力打了个野鸡，在野地里烤着呢！请咱们去吃。”“是吗？你说巧不巧，刚打的酒！大力哥你可以啊！还能打着野鸡。”

牛大力一时无语，汪新的到来，的确解决了他的燃眉之急。否则，姚玉玲死活都不会跟他去的，他的一番功夫等于白费，迫于无奈，他只好叫上了汪新。汪新答应得痛快：“等我两分钟，我把这酒给我爸留一口，等我。”汪新说完，小跑着往家冲去。

从汪新出现的那一刻，姚玉玲就一直笑吟吟的，牛大力的心里真不是滋味。姚玉玲不是不理解牛大力的良苦用心，但她根本不在意；牛大力与汪新根本没有可比性。等汪新跑了出来的时候，他拎着酒瓶子和三个搪瓷缸子，兴冲冲说：“走！大力哥，带路！”

牛大力带着汪新和姚玉玲来到一处野山坡，小山崖下的一处空地上，正燃烧着将要熄灭的篝火。牛大力拿了根小木棍把篝火拨开，用铲子挖出来一坨烤得硬硬的泥坨。汪新一看，惊叹说：“大力哥，你这手艺可以啊！这就是传说中的叫花鸡吧？”姚玉玲也紧跟着说：“牛大力，你不当叫花子可惜了。”

牛大力笑得憨憨的，他敲碎泥坨，露出荷叶包。牛大力撕开荷叶，里面是一只放着油光的烤鸡，鸡很烫，他用手指头捏了捏耳垂。汪新两眼放光，咂巴着嘴，他拧开酒瓶子，倒了三缸子酒。

牛大力掰了一只鸡大腿递给姚玉玲，姚玉玲接了过来，看着鸡腿，转手就要给汪新。汪新干脆地拒绝，姚玉玲半点客气没有，把鸡腿直接塞到汪新嘴里。汪新也是馋了，到了这一步，他半推半就地吃了下去。

汪新咬了一口，嘴角流油，觉得不对劲儿：“大力，这看着不像野鸡，咋这么肥呢？”牛大力迟疑了一下，说：“老野鸡。”汪新这么一问，给牛大力问警醒了，他下意识地朝旁边瞥了一眼，旁边草丛里，露出一地鸡毛。牛大力趁汪新的注意力都在鸡大腿上，赶紧用脚拨拉着土坷垃把鸡毛盖住。

汪新又问：“你拿啥打的？”“弹弓子。”“是吗？那你这弹弓子可够准的。”牛大力看了汪新一眼，不再接他的话，他掰了一个鸡翅膀给姚玉玲。姚玉玲这一次没拒绝他，接了过去，捏着兰花指小口吃着。

汪新吃得高兴，招呼道：“来来来，喝酒。”三人举起搪瓷缸子，碰到一起，汪新又说：“大力哥，谢谢款待。以后，像这种野鸡可以多打几只，肉票都省了。”姚玉玲喝了一口酒，辣得直咳嗽。

三个人吃着、喝着、笑着，空气里飘散着鸡的味道。直到汪新掰开鸡身子，发现了不对头，问道："大力哥，这鸡肚子里咋还有鸡卵呢？一二三四……好几个呢！""哦，是吗？我说这野鸡咋飞得这么慢，原来是带着仔呢！要不然，也不能让我打下来。""大力哥，我看着咋像是家养的鸡呢？""你别开玩笑了，这荒郊野地的，哪来的家鸡？来来来，喝酒喝酒。"牛大力说着，就和姚玉玲碰杯，姚玉玲轻轻地抿了一小口。

天已经黑了，牛大力又燃起篝火。火光映照着姚玉玲的脸庞，美丽动人，牛大力痴痴地看着。同时，姚玉玲的目光，也痴痴地看着汪新。他望着她，她望着另一个人，他们的眼睛里都注满了情深似海的温柔。

汪新喝着酒，火光映照着他棱角分明的脸庞，他注意到姚玉玲炽热的目光，有点微醺地笑问："我这吃相，是不是太难看了。""没有，你多吃点，我吃得少，别浪费了。"姚玉玲说着，把剩下的一只鸡大腿也掰下来，再次塞进汪新的嘴里。

牛大力的心仿佛被扎了一下又一下，他已经有些麻木了，完全没有胃口，意兴阑珊。牛大力的心里有伤，有种他的恋爱还没开始就结束的感觉，这让他呼吸不上来。

夜风起了，总能让人冷静一点点，牛大力还在对自己说："不能放弃。"

这爱情的种子，种下了，发芽了，牛大力不想让任何人收割了去。他的一颗饱经蹂躏的心，随风入夜。

一夜春花香，清晨随风落。

大院里随着天亮，也热乎起了。老吴媳妇端着鸡食盆，来到鸡舍旁喂鸡，喊道："吃饭喽，吃饭喽。"老吴媳妇看着鸡舍里的小鸡，立马觉得不对劲，左看右看，又数了数，瞬间感觉天塌下来，拉长声音，大呼小叫："蛋王呢！我家蛋王呢？老吴，老吴！"

老吴披着件衣裳从屋里出来，问道："大早上咋呼啥？""咱家蛋王不见了！"

"你昨天关好鸡笼子了没？""关得好好的，昨下午还喂了呢！""这可奇了怪了！蛋王成精了？"

见自家的蛋王就这么凭空消失了，老吴媳妇又是一番哭天喊地："谁看见我家蛋王了？谁看见我家蛋王了？"邻居听见动静，陆陆续续出来了，纷纷上前询问，老吴媳妇急得直跺脚，涕泪横流地说："昨天还下了俩蛋呢！"

早晨的宁静随着老吴媳妇的哭喊，被撕裂得七零八碎。汪新也出来了，他一边穿着上衣一边看向鸡舍，立刻就知道咋回事儿了，安慰说："吴婶，别着急，许是笼子没关严跑了，赶紧找找去。”

姚玉玲站在一旁，抹着雪花膏，不动声色地看着，她和汪新不约而同地看向牛大力的屋子，窗帘拉得严严实实。

汪新大声喊着牛大力，把他从屋子里喊出来，瞪了他一眼，牛大力的眼神充满闪躲。蔡小年说：“都别戳着了，赶紧找找蛋王。”老吴媳妇一听，急忙说：“小汪、小年、大力，赶紧帮我找找去，找着了，赏你哥几个一人俩蛋。”

汪新问：“吴婶，您别着急，您最后一次看见蛋王是什么时候？”“昨天下午三点来钟，我把鸡给喂了，那会儿还在。完了之后，我就跟老吴带着孩子看电影去了，本想着看完电影回家吃晚饭，没承想，那电影巨老长，三个多钟头，回来天都黑了。”

邻居你一嘴我一嘴地安慰着老吴媳妇。“嫂子别着急，没准蛋王一会儿自个儿回来了。”“就是，养了这么些年，能认道。”

邻居众说纷纭，老吴听着心烦，想着蛋王平常惹的祸，这一刻对媳妇也没了好脸色，斥道：“都怪你！笼子老关不严，三天两头在院里瞎扑棱，这回踏实了吧！”“走地鸡下的蛋才好吃！你吃鸡蛋的时候，给你美的，这会儿又赖我！”

大院里吵成一团，越来越闹，一团乱麻，吵成一锅粥。

汪新拽着牛大力去到吃鸡的地方，姚玉玲也跟着过来。牛大力挣脱汪新，狡辩说：“你拽我来这儿干啥？不给你说了，那就是个野鸡，不是老吴家的蛋王。”

汪新在周边搜索着，找到鸡毛，捡起一根，凝视着牛大力追问：“野鸡毛长这样啊？还不承认？作案不知道毁灭证据，一点常识都没有。”“吃都吃了，能咋地？你可没少吃，两只鸡腿都进你肚了。”“我要知道那是蛋王，打死都不吃！你胆子也太大了，你知不知道，吴婶拿他们家蛋王跟亲儿子似的。”

姚玉玲在一旁提醒：“汪新，蛋王是母鸡。”汪新及时纠正：“哦，跟亲闺女似的。”转头又问：“牛大力，现在，你打算咋办？”牛大力还没回答，姚玉玲接过话：“反正吃都吃了，干脆死不承认，一会儿把这一地鸡毛给烧了，来个毁尸灭迹，就算福尔摩斯来了，也查不着。”“那可不成，那不成孬种了。”汪新第一个反对。

听汪新说“孬种”，牛大力拍着胸脯说：“我一人做事一人当，不连累大家。”“你说得轻巧，你这天天跟吴叔待火车头，你整这么一出，往后吴叔能待见你才怪！”一想到这儿，汪新就替牛大力发愁。“那咋办？”“这么着吧！大家凑点钱，给吴叔他们家再买只鸡还回去。”汪新说着，掏出钱包，只剩几张毛票：“我这儿，就剩一块钱了。”

姚玉玲磨磨唧唧地不想出钱，牛大力自告奋勇：“姚儿，你那份我掏了。”“你还有钱吗？”姚玉玲一提钱，牛大力沉默了。姚玉玲最后出三毛钱。汪新把零零散散的毛票递给牛大力：“这点钱，怕是不够，那可是蛋王！”“差不多就行了，反正都是鸡。”“明天早晨，你去早市买只鸡，趁大伙儿没起床给放回去，要是吴婶看不出来最好，要看出来……”“看出来咋整？”“我也不知道，看出来再说。”

汪新打心底里不知道怎么办，只能兵来将挡水来土掩了。

这一夜，汪新的梦里都是两只鸡腿在走路，心想：“早知道就不嘴馋了。”

天蒙蒙亮，牛大力拎着麻袋，悄摸地来到鸡舍旁，他从袋子里拿出一只鸡，轻轻地放进鸡舍。这只鸡比蛋王差远了，耷拉着脑袋，没精神，老吴媳妇一早醒来喂鸡，一眼就发现了它，一脸惊诧地喊：“怎么多出来一只鸡？”起得早的邻居赶来：“是不是蛋王回来了？”“这不是我家蛋王，蛋王个头比它大多了。”

大院里热闹起来，汪新和牛大力都在家里，听着外面的动静。老蔡媳妇说：“这好像是跟蛋王长得不一样，是不是跑了几天，饿瘦了？”老吴媳妇反驳说：“俺家蛋王长啥样，我门儿清。”

新鸡被老吴媳妇否定了，她气呼呼地回到家里，倒豆子似的给老吴抱屈。老吴坐在桌前说：“你能不能慢点说，我都听糊涂了！”“就是咱家的五只鸡没少，可是蛋王没了，回来一只半大的小鸡！”“你的意思是说蛋王变小了呗？”“你这脑袋让门挤了吗？鸡能变小吗？是被调包了！”“偷鸡又送鸡，这事新鲜。”

老吴媳妇气呼呼地说：“我也纳闷，可不管怎么说，咱家蛋王天天下蛋，赶上好心情，还能一回下个双棒，丢了多糟心。不行，我得把这事捅出去，让全院的邻居们都来评评理！”“等等，那只小鸡是公的还是母的？”“母的。”“个头小，吃喝省了，又不耽误下蛋，这是好事。”“可蛋王吃了那么多，才长了那么大的个儿，眼下换来个小的，说到底，还是咱家亏。”

老吴和稀泥说：“亏点就亏点，再说了，蛋王年岁不小了，说不定哪天屁股一紧，蛋没了，人家给你换个年轻的来，接了蛋王的班，也不错。”老吴媳妇不甘心地问：“那这事就捂被窝里了？”“被窝里还有我呢！不能占我的地儿。”“去你的，没个正经的。”“不就是一只鸡嘛！算了，别往外捅了。”“吃了哑巴亏，这叫啥事呢！”

听着妻子一肚子的抱怨，老吴费尽口舌，说得口干舌燥，才让媳妇缓下来。

话说得太多，以至于在工作中，老吴还能嚼出嗓子冒火的味道。牛大力察言观色，连忙给师傅倒了一茶缸子水，老吴接过喝了一口。牛大力殷勤地问：“师傅，水烫不烫？烫的话给您兑点凉的。”“你小子又憋着啥坏水呢？”“看您说的，我这关心您。早晨，我听着婶子跟那嚷嚷，出啥事了？”“有人把蛋王给送回来了，不是蛋王，瘦了两圈。”“是吗？呵呵，回来就好。”“我估摸着，那偷鸡贼肯定是害怕了，一看咱院里有警察，肯定也害怕把事儿整大了。”“那您打算怎么处理？”“嗨，不就是个鸡？还能咋处理，就这么着吧！”

试探过了师傅的态度，牛大力暗暗松了口气，这件事上，他不地道。想来师傅也明白，左右逃不过院子里的这帮熊孩子。无论多大了，在师傅眼中，还能调皮捣蛋，想来也是一件不错的事儿。

那些完美与残缺，好的与坏的，有人在意着，有人关心着，其实，也是别样的幸福。生活就是这样，充满着苦乐与哀愁、趣味与宽容。

生活是原始的，又是新鲜的，容纳着每一个人的过去和未来、起始与结束。

第三章

春天的温柔，铺满原野。飞驰的蒸汽机车，行走的车厢，摇摇晃晃的人群，南来北往。一个叫作刘桂英的女人，不停地在车厢内嗑着瓜子，她的眼神灰暗，目光一直盯在一个三岁孩子身上。

小孩坐在临近过道的座位上，他母亲和邻座乘客在唠嗑，眼见小孩母亲投入，刘桂英起身走到小孩近前，她摸了摸小孩的头，笑容和煦。

刘桂英从小孩身边走过，边走边回望。她从兜里掏出一小把瓜子，逗引着小孩，朝她过来。小孩经不住哄，迈着步子朝前走，还没走几步，就站住身。原来，小孩的腰间拴着一根绳子，另一头缠在了母亲的手腕上，小孩这一动静，引起了母亲的防备，她朝着四周警惕地望着。

经过这一遭，小孩母亲可不敢掉以轻心，一心一意地看顾孩子，眼睛都不敢眨一下。作为一个母亲，她感觉自己孩子被盯上了，这年头拐子都是神不知鬼不觉地偷孩子。

刘桂英也不知在何时，悄无声息地消失在了这对母子身边。

车厢响起了广播声，姚玉玲的声音，穿透耳边，甜美如往常，提醒着大家日常注意事项。

忙完工作，姚玉玲从她贴身口袋里掏出糖盒，这是汪新给她的，她捧在手里，一遍一遍摩挲。不知道过了多久，姚玉玲才依依不舍地从盒内拿出最后一颗糖，剥开塞进嘴里，一脸甜蜜。

嘴里甜着，心里更甜，姚玉玲把糖纸展平，认真地叠了起来。姚玉玲手上叠的是糖纸，心里想的是折叠自己的心，一朵花打开了春天的大门，她的一颗心起着波浪，毫不犹豫地奔赴爱情海洋。

这个春天，姚玉玲感觉要把自己挂在枝头，迎着春风。她要汪新看得见，她只想让汪新看得见。

车厢里，汪新跟着马魁在例行巡查，姚玉玲从身后叫住了他。

姚玉玲把汪新叫到一边，马魁瞟了一眼，这点眼色他有，小年轻有意避着自己，示意他们继续，就自行走开了。看着马魁离开，姚玉玲的脸呈玫瑰色，和她的心一样，荡漾着快乐。她把糖盒递给汪新："这个给你。""嗨，不用了，你留着吃吧。""吃完了，糖盒还你。"

汪新接过糖盒，姚玉玲转身走了，一步三回头，回眸嫣然一笑，汪新的手抖了一下，他打开糖盒，里面是用大白兔糖纸叠成的星星。姚玉玲叠了幸运星给他，汪新的心跟着又颤了一下，他长呼一口气，像是吹动了花开的声音。

马魁走了过来，汪新赶紧盖上盖，把糖盒揣进裤兜里。马魁斜睨着他，戏谑道："还藏着掖着？""跟您也没关系，那啥，我到前头车厢看看去。"汪新说着，就加快步伐离开，马魁狐疑地望着他，心里想："这小子，不安分。"

过日子，过的就是吃喝拉撒睡，这吃啊，就是第一位，一等一地重要。酸甜苦辣咸，这都是从农贸商店开始的。

农贸商店里那个闹，堪比汪新所在的火车车厢。

农贸商店里，一个个摊位鳞次栉比，摆着土豆、萝卜……商品并不丰富。顾客都挤在卖鱼摊位，人头攒动，每个人的头上都举着盆子，快把鱼摊挤倒了，急得售货员高声地喊着："大家别挤了，再挤鱼摊就倒了！"

人实在太多了，售货员的声音效果有限，汪新提着盆走了过来，他看到了被挤得东倒西歪的马燕。

突然，马燕一个不小心，盆子就被挤掉在地上。汪新连忙挤过来，说："燕子，别挤了！我刚看见拉过来一板车羊骨头，咱去肉摊排队买骨头去。"

汪新这么一说，立刻就有人凑过来问："是吗？多少钱一斤呢？""八分钱一斤，肉特多，老实惠了，赶紧的，燕子！"

汪新的话音一落，几个顾客立刻撤出鱼摊，冲向肉摊。趁着空隙，汪新顺势帮马燕捡起盆子。汪新唱了这一出"调虎离山"，他和马燕心满意足地各自买到了一盆鱼。

两个人抱着自己的一盆鱼走着，马燕偷偷地瞧瞧汪新，心里的那份小欢喜，像一股清泉咕嘟嘟地往外冒。这一刻，马燕觉得时光安静，她的小幸福来得有点快，希望这路再长一点点，能走得久一点，再久一点。

两个人默默走着，想到买鱼时汪新要的小聪明，马燕终究张了口：“还羊骨头呢，我差点就信了。”“不这么着，你能买上鱼吗？”“你这人贼心眼子咋这么多呢！啥时候学成这样了？”“这叫调虎离山，燕子，你复习得怎么样了？”“都是中国字，单个都认识，连一块就不认识了。”“你学习好，考大学没问题。”“学习好有啥用，这几年全都腌咸菜了。”

汪新告诉马燕，他给她爸当徒弟呢。马燕点点头，说她知道。汪新好奇心顿起，问老马回家怎么说他的。马燕摇摇头，说她爸就没说过他。两个人说着说着，不知不觉地走到了岔道口，汪新站住身说：“燕子，我往这边走了。”

马燕望着汪新，沉默片刻：“我听说，他把你的手腕子弄骨折了？”“这都谁传的，我骨头可没那么软和，就是有点瘀血，轻微的，早好了。那是我没留意，要不，说不定谁受伤呢！”

马燕看汪新一副不在乎的样子，嘴唇嘟起，眼里的关切，汪新也看得见，忙解释：“我是说留意了，我就伤不了。”“汪新，对不起，我替我爸给你道歉。”“都是多久以前的事了，我早忘了。再说了，你爸是老人儿，我是新人儿，我就是你爸手里的面团，随他揉搓吧！”“他又欺负你了？他要是欺负你了，你跟我说。”

汪新大大咧咧地说：“用不着，汪小爷从来都是光明正大，不干背后捅刀子的事。你非要我说，那就请他小心点，这面团里也有针，弄不好，就扎他满手血。”

马燕皱起眉头问：“怎么还扯到血上了？”“打个比方，说我们师徒感情好着呢！”“那你还要扎他的手？”“惹急了就扎呗！”

汪新一副兔子急了还咬人的架势，马燕听得心情如过山车一般，一个是亲爹，一个是汪新，左右为难。听到汪新要扎她爹，她作势要踹汪新，汪新假装躲闪，两个人嬉笑成一团。

不过，马燕对老爹是信心十足，她是真的怕汪新吃亏，嘴里说的心里想的，也很矛盾：“你就嘴硬吧，就我爸那巴掌，跟老虎钳子似的，针插不进刀砍不动，你留点神。”

汪新听着马燕这样形容她爹，呵呵笑起来，马燕的眼睛也笑成了月牙儿。彼此含笑的眼睛，在夕阳中，映照成了一幅画。

两个人仿佛都陶醉在这个画面，沉浸在夕阳的光线中，这个时候，姚玉玲的声音传来：“汪新。”

汪新走出了他和马燕的画面，就看到姚玉玲从对面走了过来，她穿着一身碎花小裙子，裙角飘扬，妩媚动人。汪新问：“玉玲姐，你也买鱼去？”“我不买鱼，刚去图书馆借书去了。”“借的啥书？”

姚玉玲从小包里掏出一本《福尔摩斯探案集》，汪新一看，说道：“没想到你也喜欢看这个，你早说，我那也有一本。”“是吗？你那本是第几册？”“第一册。”

“我就第一册借不到，回头你借我看看呗！”“没问题。”

姚玉玲和汪新说着话，眼神却溜在了马燕身上。同样，马燕的眼睛也盯着她，她们从彼此的眼中，莫名都看到了敌意。汪新见她们打量着对方，对姚玉玲说：“我初中同学，马燕，马魁的姑娘。”紧接着又向马燕介绍：“燕子，这是列车广播员，姚玉玲。”

“姚玉玲同志，你好。”“你好！瞅着有点眼熟啊，是不是在哪儿见过？”汪新接过话：“马燕在国营第一商店工作。”“哦，我想起来了，是卖咸菜的小同志吧？”“对对对。”“我说瞅着这么眼熟呢！我肯定跟你买过咸菜，以后买咸菜秤给高点。”

关于情感，女生之间敏感异常，这种知觉仿佛天生的。

马燕挤出一丝笑，心里横来横去是各种不舒服，想要张牙舞爪，想要平息一切，甚至都想要上天入地，七十二变。愤怒中的小姑娘，心情难以捉摸，脑海里全是五花八门的猜想。

姚玉玲也一样，心里想：“这个小姑娘，摆明是个任性的小辣椒，可惜啊！小辣椒又怎样？怎比我懂得投其所好！怎比我更懂惹春光！”

这女孩子，大两岁就是不一样，比起马燕，姚玉玲不仅仅是年龄大一些，她更早熟。对一个男生的情感，她更具备掌控能力，关键时刻，更懂得如何选择。

只是生活，也从来不是靠心意决定的，更不是靠理解，什么都看透了，生活也就没意思了。

马燕憋着一肚子气，气哼哼拉着个脸，端着鱼盆子回到了家。一进家门，马燕就把鱼盆扔到地上，几条冻鱼被颠了出来。王素芳一看闺女不高兴，忙问：“看着点儿，你这拉着个脸干啥呢？谁又招你了？”“狐狸精！”“大白天的，哪来的狐狸精？这是碰见谁了？”

母亲这么一问，马燕头脑清醒下来，她的小秘密，还得藏在心里。于是，她岔开话题：“我爸是不是又欺负汪新了？”“他们的事，你别管。”“汪新是我的同学，我爸欺负他，我要是不闻不问，等传到别的同学耳朵里，好像是我跟汪新有仇一样，故意这么做的！”

王素芳劝道：“燕子，这事儿你就别操心了，等你爸回来，我问问他。”马燕愤愤地说："我就想不明白，汪新才多大，欺负人家干什么？""师傅管教徒弟，就像你老师批评你一样，那叫欺负吗？"

从闺女一进门，王素芳就感觉到了她的心情不好，猜着闺女情绪低落，八成和汪新有关。她一边收拾着鱼，一边安慰闺女，又想着得找机会，好好地和马魁聊聊。

手心手背都是肉，丈夫和闺女，哪个都是她的最爱。在王素芳心里，想让他们都开心。晚上，趁着帮马魁挠痒痒的机会，王素芳说："瞧着都抓秃噜皮了，估计让小跳蚤欺负了。你欺负别人，跳蚤欺负你，也算扯平了。""我欺负谁了？""咱闺女都不乐意了。老马，汪新是个孩子，你对他别太严厉了。""汪新跟你说的？""我知道，严师出高徒，可燕子和汪新是同学，你总得留点情面。""老的做事，轮不到小的管！""我是小的？""说燕子呢！再说，这是工作上的事，外人少掺和！"

"老马，说句你不爱听的，你在北大荒这些年，燕子在学校里可没少遭人欺负。你是不知道，那帮半大小子使起坏来，多招人烦。后来，汪新天天陪着燕子上学放学，就跟亲哥哥似的，说起来，你得谢谢汪新。"

王素芳话音一落，只听啪的一声，马魁抡起巴掌，拍死了一只跳蚤："让你折腾，小样儿！""好了，别跟跳蚤使劲了，睡吧！"

王素芳说着，上了炕，她明白马魁心里自己和自己在较劲。马魁抬手熄了灯，也暂时熄灭了心里的是非。是刀，就在心里横着。那是十年，不是眼睛一睁一闭就过去了。

眼睛一张一合，是新的一天，铁路大院一如既往。各家正张罗各家的，只听老吴媳妇一声尖叫。老陆媳妇、老蔡媳妇和邻居闻声都跑了出来。老吴媳妇站在鸡窝旁，鸡窝里的鸡全躺在地上，老吴媳妇欲哭无泪："全死了！全死了……""怎么一下都死了呢？""我要开全院大会！"老吴媳妇振臂高呼。

老吴媳妇呼叫着，号啕大哭，悲痛无比，在她的哭天抹泪中，铁路工人大院各家各户都被叫来召开大会。

左邻右舍坐在凳子上，由汪永革主持。他站起来，神情凝重地说："今天，把大家召集在一起，是为了解决老吴家的鸡命案问题。具体情况我已经了解了，他家的一只大母鸡被人偷走了，换成了一只小母鸡，小母鸡不下蛋不说，还有传染病，把另外的鸡都给害死了。老吴媳妇为了这事，哭红了眼睛，哭哑了嗓子，差点急病了。"

汪永革说到这儿，老吴媳妇又是一阵号，越思越想越伤心，老蔡媳妇搂着她的肩膀轻声安慰着。汪永革接着说："要说那只大母鸡是被谁偷走的，这是个谜；偷走了鸡，又给添回来一只，这也是个谜。这件事，出现在我们大院里，大院里的每个人，都有偷鸡的嫌疑。当然，也不排除是外来人偷的鸡。所以，我想请大家先回想一下，上周二一整天，都有哪些外人来过咱们院里。"

众人都不说话，汪永革又问："是都没看见外人来过吗？"见众人纷纷摇头，汪永革只好说："既然这样，那就是咱们自己人的事了。"一听是大院里自己人，老蔡媳妇可憋不住了："我说汪段长，这事可得好好查查，咱们院里蹲着警察呢！老虎脑袋上拔毛，好大的胆子！"

汪新是警察，这一刻，众人的目光都聚到了他这儿。汪新连忙说："大家请放心，这事我会一查到底，不冤枉好人，也绝不放走坏人！"

汪新信誓旦旦，牛大力看着他，又看看姚玉玲，几个人心照不宣。姚玉玲瞪着牛大力，心里恨死他了。比起鸡的这件事儿，牛大力更恐惧姚玉玲的眼神。

汪永革继续说："咱们大院里的这些老邻居，处了多少年了，平常大家屋里屋外的，关系都不错。可勺子碰碗、刀敲菜板，都在所难免。一家人还拌嘴呢，何况一个院，大家互相间免不了磕磕绊绊。可不管怎么说，这些年来，都没出过大热闹。"

老吴媳妇嫌汪永革唠叨，提醒道："赶紧说鸡的事吧！我都急死了！""人家老汪嘴没闲着，你就别插话了。"老吴忙制止媳妇。"可讲了半天，都在门槛外晃悠，就是不进屋动真格的呀！"老吴媳妇不甘心，她只想一步到位。

汪永革说："那咱们就一步一步分析分析。偷鸡摸狗很常见，可偷了鸡，又还回了一只鸡，这事我是头一回听说！那个偷鸡人为什么这样做呢？这是一个很大的问号。"老吴媳妇气呼呼地说："这还用问吗？他就是想把一只病鸡塞进我家里，害死其他的鸡！""那他为什么要害其他的鸡呢？""我哪儿知道。"

见媳妇回答不上，老吴说："你看，人家说话你插嘴，等人家问你了，你又不知道了。""我说老吴，你别总说道我，那鸡不也是你的吗？养了鸡，到头来蛋没了，肉没了，连汤都喝不上了，你不亏得慌吗？"老吴一拍大腿，叫道："亏！亏死了！老汪，这案子，一定得查清楚！""对，得查清楚，不能让老吴一家屈着了。"老蔡媳妇高声支持，众邻居纷纷附和。

汪永革点点头接着说："我也问过老吴两口子了，这些年，他们跟大家伙相处得都不错，虽然拌过嘴，但转眼又都热乎起来了，要说谋鸡命泄私愤，这也说不通。"

汪永革陷入了沉思，众邻居也是一阵沉默。这个时候，有个小孩不停地闹着肚子饿了。汪永革只好说："要不这样，先散会，大家都回去琢磨琢磨，谁发现了线索，就跟我说一声，你们看这样行吗？"

大家纷纷点头，到了这一步，也不是一蹴而就的事情。老吴媳妇一听，扯着嗓子又哭上了，哭声拉得很长，不知道的人以为在唱戏。

汪新拉着牛大力，牛大力拽着姚玉玲，一起走到了街角。瞧着周围没人，汪新劈头盖脸地冲着牛大力吼："牛大力，你咋回事儿？你咋给弄了个病鸡？""我哪知道那是病鸡？那点钱，能买着鸡就不错了！"姚玉玲急了："现在怎么办？本来以为能遮过去，现在闹大了。"

汪新皱着眉头说："现在，吴叔家的鸡都给闹死了，想想咋办吧！"姚玉玲说："我可没钱了。"牛大力也说："我……我兜也空了。"

望着姚玉玲和牛大力，一个理直气壮，一个结结巴巴，汪新叹了口气，因为这两位都把希望寄托在他身上。"你俩都看着我干啥？算我倒霉！"听汪新这么说，牛大力和姚玉玲就放心了，这事儿也只能让他顶着。

这边老吴家为此事也伤了脑筋。一天折腾下来，老吴和老吴媳妇筋疲力尽。躺在床上，回想过往种种，老吴媳妇说："我想起件事来，要说最近跟咱家有磕碰的，只有老汪家。当时，就因为蛋王的事，小汪红脸了，到头来，让我几句话顶了回去。小汪能不能是怀恨在心，报仇来了？""能吗？那孩子不像是小心眼儿的人。"

"那可说不准，里外两张皮的人，多了去了。对了，今天开会，那汪永革白话话，说了半天，可全是转圈话，到头来什么都没查出来。我看，他父子俩是揣着明白装糊涂，把咱们当傻子，耍着玩呢！""我说媳妇，不管这事是谁干的，还是让它过去吧！""凭啥呀？""老邻居这么多年，不能为一点小事，散了热乎气儿。"

老吴媳妇叫道："这是小事吗？我的鸡，命都没了！""别的事你做主，这件事，你得听我的。"老吴一锤定音，要让这页翻过去，他随即翻了个身，沉沉入睡。老吴媳妇翻了一千个白眼也没有办法，谁让自家老头已经睡香了。

老吴这一觉睡得可真香，一觉睡到大天亮，又听媳妇一阵号叫，只是这号声里夹杂着兴奋。老吴出去一看，原来是一群小鸡仔来了，看样子比他家之前的鸡多了许多，鸡仔们叽叽喳喳地跑着，欢快得狠。

邻居围在鸡窝旁，老吴媳妇嘴里念叨着说："都是鸡仔，不顶蛋用！""可总比没有强。""看来，这偷鸡的也不是来报仇的！那他忙活半天，为了啥呢？""不管为了啥，小鸡仔都饿得嗷嗷叫了，赶紧管饱吧！"邻居你一言我一语，老吴媳妇的心情逐渐开朗起来，大院里恢复了热闹，家长里短，生机勃勃。

大院的天空，瓦蓝瓦蓝的，是一个大艳阳天。

当昨日的风已经逝去，火车依旧一直一直地往前开，它的声音饱满，敲击着原野，边唱边消失。这一路的节奏，跟随着时间的脉搏。

蒸汽机车停靠在春林站的站台上，乘客拥挤着登上火车。一个年轻女人与五个男人在人群中尤为扎眼，他们拿着竹板、唢呐、三弦、板胡、锣鼓等乐器挤上车。列车开动，马魁和汪新一如往常，开始巡查车厢。车厢内，二人转的唱腔响了起来，唱的是《处处有亲人》。

乘客纷纷围观，各种姿势都有，只见四个弹拉乐器伴奏，一男一女唱着，男的看起来很矮，个子小小的，他们唱着："阳光灿烂照山河，江南塞北新事多，汽笛长鸣震天响，火车轰隆隆隆唱赞歌。大娘我心里高兴面带笑，满面春风走下了车，我的家住在四川省，到部队去看我儿赵志国……"

马魁和汪新也注意到了这六个人，他们唱得起劲，乘客中又有人起哄："换一个！换一个！"于是，那对男女又唱起了《小两口回门》："正月里也是里儿呀，正月里初三四儿啊，社里头放年假，我们两个去串门儿。转回身来呀，叫了一声他呀，你过来我有点事儿，你听外边没有风丝儿，咱们两个人抱着孩子儿，去串门儿。当天去咱们当天回呀，看一看我爹我妈，你的那个老丈人儿啊，哎呀，哎呀，哎哎咳呀……"

乘客越聚越多，甚至都把唱戏的伴奏团挤散了，他们夹杂在人群中间，挤来挤去。马魁扫视着众乘客，乘客中再度有人起哄，唱戏的男女响应了乘客的要求，唱起了《十八摸》："紧打鼓来慢打锣，停锣住鼓听唱歌，诸般闲言也唱歌，听我唱过十八摸。伸手摸姐面边丝，乌云废了半天边……"

那对男女这么一唱，老爷们儿小媳妇的纷纷叫好，小伙子姑娘则羞红了脸，原本就很拥挤的车厢，场面更加混乱。"唱的什么东西，得让他们赶紧闭嘴！"汪新高声说。"大家注意自己的钱包和物品！"看着人群拥动，马魁大声呐喊着，提醒大家，可惜他的声音被嘈杂声淹没了。"动静小了。""你动静大你来，赶紧喊两嗓子！""徒弟哪有师傅嗓门大？"

随着和师傅斗嘴，汪新也没忘师傅的嘱咐，扯着嗓门："大家注意了，看好自己的东西！别唱了，听我说句话！"不过，汪新的声音一样被淹没，看到他的窘境，唱戏的女人还朝他抛媚眼，卖弄风姿。

正在这时，汽笛声传来，火车快到吉平站了。车速减缓，汪新想往前挤去，见挤不动，索性原地不动。

列车慢慢地停了下来，乘客忙着下车，唱二人转的六个人，也急匆匆地朝车门走去。突然，就听见呼天抢地的声音传来：“我的包呢？”“我的钱丢了！”“我的全国粮票被谁偷走了！”

听着声音，被偷的乘客有好几位，马魁愤恨地说：“又玩这套把戏！”汪新靠近师傅：“您是说那帮人偷的？不对啊！他们没动地方。”“螳螂捕蝉，黄雀在后，这叫障眼法。”

此时，唱二人转的人早先已经下了车，汪新快步走到车窗前，他犹豫片刻，跳出车窗。马魁试图阻止，可他眼中那个不成器的小徒弟，已经如一片叶子飘到了窗外，马魁喊着：“你给我回来！”汪新像是没听见，追赶那六个人而去。

伴随着鸣笛声，蒸汽机车驶出了吉平站，马魁望着窗外陷入沉思。火车越来越快，火车站渐渐远去，马魁的表情越来越严肃。

汪新在吉平站的出站口发现了二人转团伙中的其中一个，就是那个小个子男演员。汪新尾随着小个子，在人群中穿梭，小个子很小心，汪新更谨慎。他紧跟着小个子，追至一条小胡同。

小个子似乎察觉到了什么，猛然拔腿就跑，汪新几个箭步冲上前将他按住，拿出手铐，提溜着他，将他铐在墙根的一辆自行车上。小个子叫起来：“呀！这咋还给铐上了？同志，你这是干啥？我犯啥罪了？”

汪新把他的背包从身上拽下来，打开一看，里面只有几件破衣服。接着，汪新搜他身，只搜出了一张火车票的票根，于是审问道：“你同伙呢？你们怎么联系？老实交代！”“啥同伙？同志，你说啥呢？我咋听不懂呢？”“少在这儿装蒜了，刚才火车上跟你唱二人转的那帮人去哪儿了？”

不等小个子回答，两个男子从一间民房里走了出来，慢慢地逼近汪新，围住他。他们正是火车上负责行窃的二人转同伙，冲汪新挑衅道：“警察同志，这干啥呢？”“好！都在呢！都给我蹲地上，两手放头上！”“凭啥呀？你让俺蹲下就得蹲下，那我不成王八了吗？”“跟这装蒜，还有两男一女，也出来吧！”“啥两男一女，你找谁？”

汪新义正词严地说：“你们在车上唱戏转移群众视线，趁机行窃，我已经掌握了你们的作案手法和犯罪事实，你们最好配合调查。”一个扒手反问：“你有证据吗？谁丢东西了？丢的啥呀？东西在哪儿呢？”“甭跟这狡辩，都跟我回派出所。”“你是谁呀？警察就能乱抓人哪？赶紧把手铐解开，别以为你是警察就不敢办你！”

二人转团伙一开始还是和汪新在唇舌上胡搅蛮缠，说着说着就威胁起来，其中一个掏出一把弹簧刀，在汪新面前晃着。虽然是新手，汪新毫无惧色，猛然出手，夺下那把弹簧刀，并锁住他的脖子，把刀反架到他脖子上，扒手的嚣张气焰顿时熄灭。

另一个同伙一看这架势，拔腿就跑。被锛住的小个子机灵起来，问道："警察同志，你抓人也得有根据吧！你搜出来啥了？我偷谁了？我偷男还是偷女了？证据呢？"他这么一问，汪新还真无言以对，他愣怔了一下，松开了手。

刚从刀下解脱出来的同伙，立刻就附和小个子："就是，俺们跟车上唱戏犯法吗？"小个子伶牙俐齿地接着说："我们丰富了群众文化生活，活跃了车厢气氛，犯哪条王法了？""警察同志，就算我们是小偷，你人证物证啥玩意没有，干脆放了我俩得了。"

纵然是一万个质疑，纵然是心底万般失望，汪新也不得不认同，他们说的话，他无法反驳。他想抓他们，想为民除害，想将他们绳之以法，可捉贼拿赃，他什么都没拿着。他的心一松动，此事只能暂时搁这儿。

汪新的心情是灰色的，明明疑犯就在眼前，却只能眼睁睁地看他们溜走。汪新跺跺脚，心想："这条路还长，烟不消，云不散，只是早晚。"

与汪新的懊恼相比，马魁心里更加烦闷。

乘警队领导的办公室内，胡队长站在办公桌前絮絮叨叨，让马魁是烦上加烦，他站在桌对面，也不言语。胡队长说："老马啊，你倒是说话呀！你怎么能让汪新一个人下车？人家那么多人，汪新身单力孤的，这要是有个三长两短，谁负得起责任！"马魁辩解说："他跟兔子一样，一下就蹿出去了，我喊他别追，可他不听，你让我怎么办？""他是你的兵，不听你的话，是你管教不严，是你失职！"

"那就请组织处分我吧！""老马，我这也是急的，说话冲了点，你别往心里去。"

"对事不对人，我明白。""我已经给站里去电话了，汪新正在回来的车上，等见到他再说。"

马魁点点头，松了一口气，终于从胡队长嘴下解脱出来，可以回家放松一下了。家，是他最放松的地方，是他唯一的躲藏。

马魁回到家里，脱下警服，挂在衣架上。王素芳跟了过来说："别挂了，都穿了多长时间，得洗洗了。""这衣服不能总洗，洗多了，就不立挺了。""不洗倒是立挺了，都能立到地上了。"马魁有点火了："我说不用洗就不用洗，你怎么不听话呢？”王素芳毫不退让：“我说洗就洗，你怎么不听话呢？”“这是我的衣服，得听我的。”“你还是我的呢，你也得听我的。”

听到妻子这么说，马魁嘴角微扬，仿佛妻子还是当初那个霸道的小姑娘，笑了笑：“拿你没招儿。”“这是哪来的火气？”“还不都是那个小崽子惹的！”“小汪又咋了？”“不听我的话，私自下车追疑犯，害得我挨了领导一顿口水！”“小汪也是直性子，又年纪轻轻的，免不了一股猛劲儿。”“怪不得他姓汪，确实是一条狗，还是一条不听话的狗，我非得给狗汪汪套上链子不可！”

王素芳笑着说：“别说旁人了，你年轻那阵，这样的事还少吗？哪回不把你师傅气得跟点了炮仗一样，都能把房盖掀了。”马魁摇摇头说：“你怎么还说上我了？”“说小汪就想起你了呗！都是一个味儿。”“跟我一个味儿？他那是狗尿味儿，那姓汪的，一家子狗汪汪。”

望着不顺气的丈夫，王素芳没再理他，抱着警服走了出去。一抬头，就看到了汪新。

马魁先是在领导那里挨了刺儿，又没在老婆这里讨到好，两番争论之下，他口干舌燥，刚给自己倒了一杯水，喝了一口，就听到外面媳妇的声音：“小汪来了，你马叔在屋呢！等我叫他，你先坐。”

马魁把水咽下去，把茶缸子蹾在桌上，朝内屋走去。王素芳走进来，关上屋门，低声说：“小汪来了，我可跟你说好了，不准发火！”“那我这一肚子气，往哪儿撒？”“我都说了，他是孩子，就比咱家燕子长一岁，你跟孩子计较啥？”“上了班领了饷，就不是孩子了！”“你能不能小点声？要实在压不住火，那就出去吵，别影响燕子学习。”“行了，行了，我掐着分寸呢！”马魁说着，就去开门，王素芳挡住门：“你可答应我了！”“别絮叨了。”

马魁和王素芳走了出来，汪新看到他，立刻站起了身，王素芳忙说：“小汪，我去做饭，你们爷俩慢慢唠。”王素芳说完，就去了厨房，马魁看了看汪新，坐了下来问：“这是刚回来？”“下车就过来了。”“累坏了吧？”“不累。”“渴了吧？先喝点水。”马魁说着，就要给汪新倒水。汪新急忙说：“我自己倒。”“哪能让劳模倒水。”马魁坚持给汪新倒了一杯水。

汪新愣住了，一时没明白马魁什么意思，只听马魁继续说：“舍命追疑犯，这不是劳模吗？我估摸用不了几天，你这胸前就得挂上大红花了。”“都是我应该做的。”汪新说着，端起水杯，大口喝了起来。

厨房内的王素芳削着土豆，不时地望向马魁和汪新，生怕两个人吵吵起来。在自己房间里学习的马燕，从汪新到来的那一刻，就一直注意着，她透过门帘缝，一直望着外面的动静。

汪新喝完一杯水，马魁问：“再来一杯？”“不喝了，要不回去该吃不下饭了。”

“还惦着吃饭，看来是饿坏了。”“您说得没错，那帮人唱二人转就是幌子，他们想方设法吸引乘客的注意力，然后他们的同伙趁机作案。我逮住两个唱二人转的，不过这小子嘴硬，死鱼不张嘴，东一榔头西一棒子地胡搅蛮缠，后来逼急了，就全说了。”

马魁冷冷地问：“人呢？”汪新说：“因为我没有证据，所以只能把他俩放了。”

“那你不是白遛腿儿了？”“也不能说是白遛，起码把他们这套勾当弄明白了。”

“都说完了吧？”“说完了。”“那就回去，等着戴大红花。”“咱俩是一伙的，要戴大红花，也是咱俩一块戴。”“那东西我戴不习惯，你还是自己戴。”“那我走了。”

汪新说着起身要走，他怕和马魁再聊下去，话不投机半句多，马魁的阴阳怪气，他不是不懂。

眼见汪新要走，马魁冲着他说：“对了，你下车的时候，听见我叫你了吗？”

“听见了。”“那怎么还追？”“不追他们就跑了。”“我说话不好使吗？”“不是不好使，是有贼就得抓，耽误不得。再说，您不是还在车上嘛！”“那不还是不听我的吗？”“可等听您说完，他们早跑没影了。”“就算跑不了，你逮住他们有用吗？不还是得放了？毛手毛脚，尽放没味儿的屁！”

汪新不服气地说：“我现在逮不住他们，不代表以后也逮不住，起码能震慑他们，让他们下次作案前，得先掂量掂量。还有，能不能及时下车抓疑犯，这是态度问题。要是连这个态度都没有，还做什么警察！”马魁冷笑：“你是说我不配当警察？”“没说您，说事呢！”汪新话音一落，马魁猛地一拍桌子，汪新凝视着他。

马燕在房间里紧张极了，看着母亲从厨房出来，才稍稍放了心。马魁言辞激烈：“我是你师傅，你归我管。没经过我同意，你私自下车，无组织无纪律，你眼里还有我吗？”“我都说了，时间紧迫，来不及了。”“别放屁了，说到底，你就是在充能耐梗！要是碰上狠茬子，你的小命早扔那了！作为一个警察，连自己都保护不了，怎么保护老百姓？”

“我还是那句话，有贼就得抓，不抓就不配穿这身衣服！”汪新撂下这句话，抬腿就走，马魁喝止："你给我站住！"汪新就像没听见一样，继续朝房门走去。马魁是真的急眼了，不顾妻子劝阻，起身赶上前，伸手欲抓汪新的胳膊。

汪新闪身而过，嘲讽道："还想把我弄骨折？这回要是再骨折了，就是故意伤害，得蹲牢房！""牢房"二字彻底击穿了马魁，这内中纠葛，本来就是他心底的痛。这一刻，汪新无疑是伤口上撒盐。马魁怒火中烧，一个飞踢，汪新扑通一下摔倒在地。王素芳连忙上前扶汪新，劝道："都消消气，有话好好说。"汪新说："我没做错，我问心无愧！"

马燕从房间里冲了过来，她瞪着马魁，掌心有点出汗。汪新也瞪着马魁，他的眼珠像子弹一样，射向马魁，冷冷地说："真够劲！您岁数大，我岁数小，我得尊老。这一脚，不能白踹！我记下了！"汪新说罢，头也不回地走了。

望着汪新离去，马燕的心直抽抽，怒视着马魁质问："您怎么能打人呢？"瞧着闺女的小模样，马魁的语气缓和了许多："我打他，不行吗？""他是我同学！""我在打我的徒弟！""那也不能打，等传出去，同学都会以为汪新得罪我了呢！"

"你就说他得罪你爸了！""我跟您说不明白！"马燕说着，跺着脚甩着胳膊地回到了自己房间，砰的一声摔上门。

瞧着闺女对自己耍横，马魁气不打一处来，喘着粗气嚷："你摔谁呢！我徒弟，我想打就打，想骂就骂，你管得着吗？"王素芳心疼丈夫，说："你先别说管不管得着的事，咱不都说好了，不发火吗？""本来扛座大山压着呢，可让他硬是给掀翻了，这事可不怪我，要怪，你怪他去！""你动的手，我怪得着人家吗？"

王素芳长叹一口气，她何尝不明白丈夫的心结？那个十年，消磨了丈夫对人性光明的信任；那个十年，得需要多大的勇气去支撑；那个十年，对于马魁，干瘪了他的期待。时光，是悲催的，但它缄默不言。

汪新带着一身疲惫回到家里，回到了父亲身边，委屈劲儿就来了。他先是给母亲上了香，在母亲的牌位前，他努力地想让眼泪回到眼眶里，试了多次，依旧没有忍住。十八岁的年纪，他需要一场哭泣，也需要母亲虚幻的拥抱来慰藉。

受委屈的时候，特别思念母亲，为母亲他写过日记、诗歌和一些奇奇怪怪的句子，只是这些，都不是唯一的表达。

思念母亲时，夜晚有白色的月光，他是母亲怀抱里的小白月亮。

痛哭一场，会少了许多悲伤，当着父亲的面，汪新诉说经过。无论年龄多大，在父亲面前，他都是让人牵挂操心的孩子。听了儿子的诉苦，汪永革不置可否。他穿好工作行头，这是要出门了，瞟了儿子一眼说："这一脚踹得轻了！”“爸，老马头打我，您还向着他说话？”汪新一想到，从小到大，父亲从来都没动过他一手指头，现今却被老马头给打了，就觉得憋得慌，他凭什么？

汪永革客观地说：“凡事得讲道理，这事要是抠到底，是你犯错在先！”“您也说我错了？”“乘警不能私自下车，这是规定！要是都像你这样，说下车就下车，说没影就没影，那不乱套了？车上谁管呀？再说了，你一个人去抓疑犯，多险，你师傅说得没错，真要是碰上不要命的，你还回得来吗？我都恨不得想抽你！”

汪新赌气说：“那就抽吧！打死拉倒！”汪永革皱起眉头：“你再说一遍！”“爸，我不想跟老马头干了。”“因为他打你了？”“不是，就是受不了他。”

汪永革推心置腹地说：“可换个师傅，你能保证一定就会顺心吗？在一块待久了，谁没毛病，受不了就想换，就想逃，能行吗？再说，你是谁？还能全顺了你的心，把你当佛供起来？就算真把你供起来了，你有坐稳当的本事吗？想学真本事，就得肯吃苦，这些苦不白吃，早晚会变成肉，长在自己身上！再说回来，你这祸惹得不小，受多大处分，看领导的意思吧！”“还能把我开除了？”“饭菜在锅里热着，我上车了。”

汪永革说完，就走了出去，心里感慨：“到底是自己一手带大的儿子啊！”汪永革又是心疼又是盼着儿子成长，没错儿，他是把儿子当宝贝疙瘩疼，可别人不这样啊！出了家门，谁能像亲爹一样待他。汪永革叹了一口气，或许真的把这孩子惯坏了，看来委屈他还是受得少了。

父亲话里话外语重心长，汪新仿佛听见了父亲的唉声叹气，这个声音在他的耳边回荡着，让他产生一种感觉，父亲的内心深处，是否隐藏着一片未知的水域？表面风平浪静，内里波涛汹涌。都说父子连心，他从父亲挺直的背影里，像是看到被巨石压弯的腰，到底是什么压在父亲心里？到底是什么堵着父亲？父亲究竟承担着什么？追究着什么？汪新不知道，为何会有这种幻象。或许，仅仅是一种直觉。

可怜天下父母心，汪新在接受汪永革疼爱似的教育时，马魁也在琢磨着怎么样讨好一下闺女，心里想着：“亲闺女啊！惹不起！”

马魁拿着毛巾，一边擦警帽上的警徽，一边左思右想。幸好，妻子王素芳给他想了个法子，他对着妻子竖起大拇指，连连称好。

于是，马魁端着奶走到马燕屋门外敲门，没人答言。他继续敲门，还是没人答言。“燕子，开门，爸给你冲了杯奶。”

见没有动静，马魁继续问：“是不想喝吗？”问完，等待了一会儿，闺女终于开门了。“叫你没听见吗？”“没听见能开门吗？有道题刚想出思路来，让您给打断了。”“这还赖上我了，给你冲了杯奶，喝了吧！”

马燕没接奶杯，埋怨说：“爸，您不该打汪新。”马魁解释说：“你不了解他，这小子心高气傲，眼高手低，得好好教训。”“可他是我同学，您打他，往后我们还怎么来往？”“那就不来往，他做错事了，嘴还硬，不打不长记性！”

马燕一听父亲这么说，立刻变了脸，那怒气冲冲的样子，看得马魁心里一惊，感觉自己眼中娇弱的小姑娘，一下子变成了小老虎似的。

马魁还没反应过来，就听到女儿砰的一声关上了房间门。随着这声关门声，马魁这颗当爹的心碎了一地。

马魁心情无比沮丧，在女儿面前装都装不出一个威风。他回到自己屋里，坐在炕沿上，把没送出的奶杯蹾在桌上。

王素芳一看马魁这副模样，摇摇头说：“你说你，送杯奶都能吵起来？”“也不是我要跟她吵，劈头盖脸，上来就数落我，这孩子怎么回事，胳膊肘往外拐，自家人不向着自家人吗？”“行了，以后你俩甭管怎么不对付，别吵吵。这啥事一吵吵就小事变大事，赶紧把奶喝了，睡吧！”“我不喝。”“我也不喝。”

“那都不喝不馊了？”王素芳说着，就往炕上躺去，不再搭理马魁。终究是怕浪费了，马魁拿起那杯奶，大口喝了起来，他喝急呛着了，一口喷了出来，剧烈咳嗽着。王素芳说：“你慢点喝，又没人跟你抢。”

马魁缓了口气，说：“原本以为回来了，苦日子也就到头了，这看起来还远着呢！”说完又咳嗽起来。“你离家这些年，小汪可是对燕子跟亲妹妹似的，说句你不爱听的，燕子跟小汪比跟你亲。”

听了妻子的话，马魁心里难受极了：“是我愿意离开家吗？”“老马，你别生气，是我不对，不该提这个。你跟燕子慢慢来，回头我也说说她。”“苦了你了。”

“老马，别嫌我叨咕，先不说老汪当年在不在现场，那是咱们这一辈的事儿，别把火撒到孩子身上。孩子又没做错啥，你别老给汪新穿小鞋，你是师傅，得大度点。”

“素芳，你这么说，还真把你男人看低了。说实话，汪新这孩子，敢冲敢打不怕死，是个当警察的料。就是有点虎实，不给他吃点苦头，早晚得吃大亏，踹他一脚算轻的。”“照你这么说，你这是磨炼他呢！”

“素芳，汪新是跟我搭帮的，甭管他是谁的儿子，我都有责任确保他的人身安全。怎么说我也是警队的老人，连手底下的小崽子都护不住，我还有什么脸在警队混？”“你能这么想最好了。”

“汪新比他爹强，老汪胆小如鼠，自私自利，我顶看不上的就是这路货。不过，也奇怪了，就这么个软蛋尿泡，居然生出个硬骨头的崽子，歹竹出好笋，是他亲生的吗？”“这话忒难听了，只许关起门来说，别嚷嚷出去，还老警察呢！”“这不是跟你絮叨两句。”

此时，王素芳又咳了起来，一阵比一阵猛烈，马魁赶紧给她敲背：“你这病，还是得去大医院瞧瞧去，不能拖着。”“看过了，没用。”“那就多跑几家医院，再踅摸几个老中医啥的。”“再说吧！不早了，睡吧！”

说是要睡了，夫妻两个各怀心事，直至夜深，才渐渐沉稳。

日子一重重，一切难随风。艳阳高照，宁静清爽。心跟着跑，心里的那朵花，追啊追，追着它盛放。牛大力站在窗前，望着姚玉玲的身影出现在大院里，他赶紧地抻了抻衣服，抹了抹头发，像一块石头，滚落在姚玉玲身前：“小姚，上班去呀？”“尽说废话，不上班还能去哪儿。”“正好我也去，咱俩一道。”“我得上趟茅房，你先走吧！”“我也不着急，要不等你一会儿。”“你等我干什么？”

“一个人走没意思。”“我得一会儿呢！你快走吧！”

无论姚玉玲怎么劝，牛大力就像一颗钉子一样钉在她面前，姚玉玲急了：“你走不走啊！”“我走，我这就走。”

牛大力怕姚玉玲真的恼了，悻悻地走了。姚玉玲在院里转了两圈，才等到汪新出来，她急忙上前说：“汪新，咱俩一块走。”“那得快点，我要迟到了。”汪新说着，与姚玉玲一起急匆匆地赶路。这一幕，躲在暗处的牛大力看得清清楚楚，他的心刹那间酸得冒泡。

汪新和姚玉玲有说有笑地走着，突然汪新猛地站住身，只见马燕朝他们走了过来。马燕看都没看姚玉玲一眼，朝着汪新问：“汪新，你没看见我？”“呦，走得急，还真就没瞅着，你怎么到这来了？”“汪新，我想跟你说句话。”“说什么？”

这时，马燕才瞧了姚玉玲一眼，姚玉玲也不看马燕的眼色，问汪新：“我在这不方便，是吗？”汪新说：“有啥不方便的，说吧！”“就是不方便！”见汪新热乎，马燕火大了，直接拒绝了姚玉玲。见汪新不再说话，姚玉玲有点尴尬，只好走了。

汪新望着马燕说：“有话赶紧说，我要迟到了。”“我爸他火气大，你别埋怨他。”“你火气也够大的。”“能不能好好说话？”“你爸对别人也这样吗？”“他十年没回家，我也不清楚他是什么样的人。”“算了，过去的事不提了。”

马燕解释说："我爸其实也是为你好，怕你出事，你那么做确实太危险了，真有个三长两短的，可咋办?"汪新不以为然地说："他是怕我出了事，拖累他吧!""你别这么小心眼，我虽然跟我爸十年没见面了，不过我知道，他不是你说的那种人。""你爸是好人，为我好，是我不知好歹，行了吗?"汪新说完，转身就走。关于马魁的话题，他与马燕不欢而散。

马燕左右为难，当着父亲的面，她坚定地维护汪新；当着汪新的面，她又心疼父亲。在没有父亲的日子里，她想了父亲十年，十年光阴，十年思念，足够她试着理解父亲，试着爱她的父亲，然而当面她却不会表达。

汪新像初生的小牛犊子，冲得很，以他的阅历，还不太懂得站在马魁的角度往深了去想。他和马魁之间，没有天生的血缘，更没有交情。马魁对他来说，就是天降一个师傅，相处既不融洽，还常给他穿小鞋。

马燕的态度让姚玉玲情绪低落，她一个人走着，牛大力假装不经意，从后面赶了过来，打招呼说："巧了，又碰上了。""你没走啊?""本来是走了，可肚子不舒服，找地儿拉了一泡。""你说话能不能文明点?""这有啥，谁还能不吃不拉吗?""懒得跟你说。"

姚玉玲一皱眉，一跺脚，狠狠地剜了牛大力几眼，气哼哼地走了。牛大力小心翼翼地跟了上去，轻声地哄着逗着姚玉玲。

汪新心里也不大痛快，在走进乘警队会议室之前，他抬头看了看天，风吹着白云飘，该来的总会来到，他心里清楚，这场会议是为了什么。

汪新进来时，会议准备就绪，相关领导、同事都在座。胡队长让马魁先说，马魁看了看汪新："还是汪新同志先说。"

汪新仔细地瞧着马魁，马魁闭着眼睛不看他。胡队长说："汪新，那你说说。"汪新闷闷地说："不是都知道了吗，没什么可说的了。"胡队长说："我知道的，都是听别人说的，你是当事人，你得自己说!"

"有六个人在车上唱二人转，他们吸引乘客们的注意力，然后同伙伺机偷窃乘客财物。我本想在车上抓住他们，可车到站了，只能下车追踪。当时马魁同志叫我不要去，我没听，一意孤行。我违反了相关规定，认错，认罪，甘心受到组织处分。""说完了?""完了。"

胡队长望向马魁："老马，你还有说的吗?"出人意料，马魁作了自我检讨："要说起这事，我也有不可推卸的责任。要是我能早点发现案情，早点控制住他们，就不会给乘客们造成那么大的损失了。我在农场待了十年，刚回来没几个月，还没缓过神来，这事怪我，是我脑袋转得慢了。"

胡队长说：“老马，咱们说的是汪新同志不听指挥，私自下车追疑犯的事，没说车上。”马魁辩解说：“没有车上的事，就没有车下的事。车上、车站、线路，这是一体的，不能拆开想问题。办案得刨根，这事也得刨根，而这根就在我身上。当然，汪新违反了相关规定，他有错，这个他得认。可汪新是我徒弟，他犯了错，就是师傅没教好，这个我也得认。好了，就说这些了，请领导处理吧！”

猛一听马魁这么说，汪新还以为他搭错筋了，再细细一想，不好意思地低下了头。

由于马魁一力担责，会议结束后，胡队长特意把他请到自己办公室。一见胡队长，马魁开门见山地问：“还有事？”

胡队长让马魁坐下说话，马魁说他坐不住，有事赶紧说。“你这性子，真是一辈子都改不了。老马，你看该怎么处分汪新呢？”“这事你怎么能问我？”“关上门说话，你是他师傅，我不得问问你吗？处分轻了还好说，要是重了，怕你再有意见。”“我哪敢有意见？”

胡队长说：“我知道你稀罕那孩子，要不，也不能把他留在自己身边。”马魁瞪起眼睛：“我稀罕他？”“我还不知道你？越稀罕谁越给人往死里整。”“这孩子太莽撞，有勇无谋，毛茬太多，不给他捋顺了，早晚吃大亏。”“咱们是什么交情，有话直说，我会酌情处理的。”“要不就记个过吧！不大不小就行，我再带他遛遛看。”“就是不疼不痒呗？”“不行，得疼点，不疼他不长记性！”“好了，我明白了。”

马魁一听胡队长懂自己的意思，心满意足地笑了，那笑容都起了褶子，每一道褶子仿佛都携了一缕阳光，他的心情轻松了些。

刚到乘警队大院，就看到了汪新等在那儿，马魁的脸立即变了。“马叔，谢谢您。”“哟，叫上马叔了？踹了你一脚，我还长辈分了，谢从何来？”“开会的时候，您为我说话了。”“你小子给我听好了，我说的那些都是实打实的大实话，不是为你说话！”

汪新火了：“我说您这人怎么油盐不进，我感谢您，还能点起您的火来？”马魁阴阳怪气地说：“用不着你感谢，弄得像是我徇私情一样！”“好好好，我不谢您总行了吧？怪人！”“你说啥？”“我说我非得干出个样子，给您看看不可！”

“好啊！我睁眼瞅着！”

背过身去，马魁笑了，大步朝前走。汪新望着马魁离去，他的身形高大，影子拉长。

蒸汽机车的浓烟翻滚，滚滚向前，鸣笛的声音，越来越大。列车就要进站了，广播里传来了姚玉玲的声音：“旅客同志们，列车即将到达海河火车站，请大家带好自己的随身物品，准备下车……”

马魁站在车厢门内，抻了抻警服，正了正警帽。

列车缓缓停住，车厢门打开，乘客纷纷下车。汪新不住地提醒：“大家都好好检查检查，别忘了自己的东西。”

一对看起来不到三十岁的夫妻，男的叫卢学林，女的名字白玉霞，他们坐在座椅上，互相挽着对方，依依不舍，甚是亲昵，像是忘了时间。

好几位乘客排在他们座位前面，等待他们下车好占座。最前面的那位乘客，眼巴巴地望着他们，忍不住问：“同志，您是这站下吧？”

卢学林回过神来，从妻子的那片温柔里移出，说：“我送个人，一会儿还回来。”卢学林说着，就站起身，从行李架上拿下两个行李包，把其中一个小包放到自己座位上，然后牵着妻子，朝车厢门走去。

卢学林前脚刚走，等座乘客后脚就把卢学林座位上的行李包扔到行李架上，大大咧咧地坐下说：“熬了八站了，总算舒坦了！”

卢学林提着行李包，和白玉霞走到车厢门前，这时迫不及待的上车乘客也往上拥来。卢学林拉着白玉霞的手，朝车下挤去，不管怎么使劲，都挤不下去。卢学林急得大声吆喝：“大家请让让，我们下车！”

“下面的同志先等等，让上面的同志下车！”汪新喊着，毫无效果，没有办法，汪新带头往前挤，看到是警察，乘客才避开，卢学林和白玉霞跟着汪新挤下了车。

站台上，夫妻俩不住地向汪新道谢，汪新提醒说：“下回到站早点下车。”

卢学林不好意思地笑了笑，把行李包递给妻子：“道上注意安全。”白玉霞给卢学林整理衣领，叮嘱说：“别省着，得吃饱。”“你也是。”“你要是忙得没时间，衣服埋汰了就拿回来，我给你洗。”“那不就臭了嘛。”“臭了我也不嫌弃。”“真是我的好媳妇，快走吧。”“你先上车。”

夫妻彼此叮咛，多少爱的絮语，喋喋不休。列车快要开动了，还是舍不得告别，卢学林说：“你再不走，我可上不了车了。”白玉霞深情地说：“正盼着你能留下来呢。”“别闹了，听话。”

白玉霞沉默片刻，提着行李包走了。卢学林望着白玉霞的背影，转身上了车。在卢学林转身的一刹那，白玉霞站住身，望着他的背影，红了眼眶。

车门关闭，列车轰隆隆地往前开，载着谁的伤离别；载着谁的眼泪，像蒲公英飞啊飞；载着谁的忧伤，像晨露一般哭泣；像蝴蝶扇动翅膀，开往爱情的城池。

天气如此晴朗，南来北往，一如往常。

还沉浸在与妻子离别的伤感中，回到车厢的卢学林，就发现自己的座位被占了，和占座乘客说不通，两个人争论起来。卢学林说：“我刚刚都说了，我就是去送个人，不下车。”那乘客问：“你说了吗？我咋没听着？你也坐了好几站了，老坐着也难受不是，站起来疏松疏松筋骨，没坏处。”“同志，你这就有点不讲理了，这座明明是我的。”“你车票拿出来看看。”

卢学林拿出车票，占座乘客拿过去看了一眼，车票上写着“无座”，这一下，他更觉得自己有理了：“瞧见没？无座，都一样，你就站着吧！就这么些个座位，谁占上就是谁的。”

卢学林生气无奈，可是碍于他知识分子的面子，又不好跟他争吵。卢学林看上去斯斯文文，占座乘客更加嚣张，卢学林仍然慢条斯理地说：“我虽然买的也是站票，可是，我在宁岗站的时候就抢到座了。我刚才起身的时候，还特意把行李放座位上。”“我就不起来，你能怎么着？”“你这人怎么这么不讲理呢？”“不服气你可以找警察。”

占座乘客话音一落，碰巧马魁过来了：“啥事？”卢学林忙说：“警察同志您来得正好，这个人占了我的座位。”占座乘客扯着嗓门问：“啥叫你的座位？你票上写了吗？”

马魁拍了拍占座乘客：“同志，这个座位确实是这位同志的，在宁岗站的时候有人下车，人家就占了这个座了。咱车上的规矩是站票乘客谁占到座位那就是谁的，先到先得。你没经人家允许，把人家座位上的行李给扔行李架上，我都看见了。”

话说到这份上，且是正儿八经警察说的，占座乘客一脸无奈，很不情愿地站了起来。卢学林激动地向马魁道谢，因为争到失而复得的座位，突如其来的幸福感，让他淡化了一点点与妻子分开的愁绪……

人在旅途，各有各的故事。

结束一趟旅程，回家的温暖，让马魁加快步伐。只是，这位老父亲，迎来了当头一棒——马燕高考失利。瞧着受了打击的老爹，马燕低着头，像一朵没有了枝秆的花儿。

马魁抽着烟，叹着气：“燕子，你也不笨，你算账的时候脑瓜子挺快呀，这数学是咋考的？”“那能一样吗！”“你是不是落了题？才九分！”“能有九分就不错了，实话说吧，就这几分也是蒙的，那题我都看不懂。”“不能啊！你小时候学习不挺好的吗?”“那是小时候，这可是高考！我高中都没念，那卷子跟天书似的。就说语文吧，大段大段的文言文我念都念不下来。古人也是吃饱了撑的，不好好说话，都跟外国话似的，还没学会走路呢，就让我蹦高，那不摔跟头才怪。鲤鱼跳龙门，哪儿那么容易。”

听到闺女这么说，王素芳心怀愧疚地说：“老马，我得替燕子说两句，她不光没上高中，初中也上了个半吊子。那时候我身体不好，拖累着燕子三天两头地请假，好不容易把三年初中熬完了，赶紧接了我的班。燕子小时候学习多好啊，是家里把她拖累了。”马魁抱歉地说：“都是我拖累的，那十年……”“爸，妈，你们也别这么说，考不上就考不上，没啥大不了的，我该着就是卖咸菜的命。”

马魁深吸一口气，鼓励着闺女：“没事，你岁数还小，再复习一年，明年接着考。”“还考?”马燕惊讶地问。她内心直呼八百个亲爹，她是真的不想考了，学习要靠熬啊！

人生理想，多少莽撞；春去秋来，复苏收获。人生四季，缠绕着一个又一个季节，或许只结出酸涩的果实。

第四章

火车停靠在红阳车站，站台上人来人往。

牛大力小心翼翼地穿上新制服，系着扣子，左看看右瞧瞧，总觉得连自己的模样也刷新了一样。

老蔡一边喝着水，一边冷眼望着他说：“大力，咱这新制服可不是让你穿着烧锅炉的。”“穿一会儿过过瘾，要不然，这一天到晚的也没机会穿。”“马上开车了，接着铲煤，赶紧脱了吧！”“我去叫吴叔上车。”

牛大力说着，就从车上下来，他背着双手，模仿着领导干部，跟来往的旅客摆手打招呼，动作夸张又嘚瑟。看到老吴拎着油壶正在给蒸汽机车注油，牛大力清了清嗓子，装模作样地说：“老吴同志，辛苦啦！”“不辛苦，领导。”

老吴说完，听到了嬉笑声，抬头一看，发现是牛大力，拎着油壶就去追打他，牛大力巧妙地躲开了。

车厢内，蔡小年忙碌地帮助旅客放行李，旅客对他的新制服很好奇，搭讪说：“同志，这趟车我经常坐，头回看你们穿这身制服。”“新发的，现在是试穿阶段，要是乘客反应好的话就全国推广。”“这身衣裳老神气了，哎，这四个兜八道杠是啥官啊？”“四个兜八道杠，代表着四通八达，所以咱们这制服又叫四通八达装。”“这个寓意好！”

这时，老陆走了过来，说：“往后，咱们的火车越跑越快，线路越来越多，大伙上车人人有座，再远的犄角旮旯，也能瞅见咱火车头冒出来的烟。”

老陆的话音一落，大家纷纷鼓掌，人人有座，这是多么美好的期盼，再也不用两条腿站成麻木的两条线。在大家的热情中，姚玉玲拎着一把暖壶经过，老陆立即就发现了她的异样，确切地说，是她的制服出了问题。

等姚玉玲回到了机车广播室，老陆就跟了过来，指着她的衣服：“小姚，你看看你这是什么样子？”“咋地了？”“你说咋地了，你自己照照镜子！”“不就改了几针，我穿着有点肥，不能改呀？”“这勒着个腰、包着个腚的，像啥样？”“陆车长，您这往哪儿看呢？”

姚玉玲这么一说，老陆一时也尴尬了，只好说：“我把大伙儿都叫来，让大家看看！”

见老陆走了，姚玉玲拿出一面小镜子，左右照着，小腰细细，前凸后翘，她非常满意。一会儿，老陆带人进来，姚玉玲挨个瞥了他们一眼，蔡小年愣头愣脑地说：“挺好看的，显得玉玲姐苗条。”姚玉玲一听，高兴极了，得意地说：“本来就苗条。”老陆问汪新：“小汪，你们警服能随便改吗？”

汪新说，能改。他的回答让姚玉玲心花怒放，马魁不满地瞪着他。汪新忙解释：“能改，但不能随便改。”马魁说：“小姚，爱美不是坏事儿，可是这制服是咱铁路人的门面，可不能随便改。”

老陆严肃地说：“听见没？制服象征着咱铁路职工的精气神，人人都瞎改，那不乱了套了，统一制服还有啥意义？这次换发统一制服，上级领导非常重视，你这么瞎改，领导会怎么想？这马上就要评选文明列车了，往年都是咱们，今年也不能落后，可是小姚你看看，你这哪有文明列车广播员的样子？”“改个衣服，咋就不文明了？”姚玉玲不服，爱美之心人皆有之，凭啥呢！老陆又说：“小姚，你可不能拖咱列车的后腿，要有集体荣誉感。”

姚玉玲的憋屈，汪新看在眼里了，忙说：“陆叔，没那么严重，我看挺合身的，您要不说，我还以为这衣服本来就这样。”“你闭嘴！”马魁喝止汪新。“小姚，谁帮你改的？”老陆问。“陆婶。”姚玉玲回答得很干脆。大伙一听，哈哈笑了，老陆心里郁闷，嘴里嘟囔着说：“这个不省心的，改回去！”

大家伙小的闹、老的气，但这仅仅是一个小插曲。再说牛大力，原想穿上新制服让姚玉玲瞅瞅，可没腾出空。他换上劳动服，埋头往炉膛里添煤，心里想着姚玉玲。这时，老吴从兜里掏出个鸡蛋，剥着鸡蛋皮。老蔡看了一眼，说：“这是眼气我们呢？”老吴自豪地说：“没办法，我家那十只鸡抢着下蛋，都快把鸡窝塞满了。”“别吹了，这要是传出去，你家的鸡还得丢！”“来，见面分一半，三人分三瓣，都香香嘴儿。”

老吴说着，掰一块鸡蛋塞进老蔡嘴里，牛大力望着，有些失神。老吴又掰了一块鸡蛋说：“大力，你的。”“我不爱吃鸡蛋。”“不吃拉倒，省了！”老吴说完，就把鸡蛋塞进嘴里。

一旁的老蔡插嘴问：“老吴，你到底整没整明白，那十只小鸡哪来的？”“我掐指头一算，跑不了那个人！”听到老吴这么说，牛大力立刻紧张起来，压低声音问：“你说谁？”“你说呢？”“我哪知道。”“一句话就给你逗得脸红脖子粗，大力，你这脸皮儿，还得磨呀！”

望着牛大力那张黑得发红的脸，老蔡瞄着他试探：“大力，你跟我说实话，是不是你偷的蛋王？”“不是偷，是换！”“不管偷还是换，你给我讲清楚！”牛大力沉默片刻，不好意思地说：“没忍住，把蛋王吃了。”

老吴一听，心想，果真是和自己猜想的差不多，就牛大力那两把刷子，还能刷过自己的眼睛。这事终究逃不过是院里这几个熊孩子，随即说：“你一个人吃不了！还有，也不是你馋了！”“咱就说吃完后面的事，等吃饱了，觉得对不住您，就买了一只鸡还回去了。没想到那是只病鸡，还害死了您家的四只鸡，我就更难受了，可钱不够了，只能买了十只小鸡崽。”

老蔡乐了：“简单点说，就是你买了十一只鸡，换了老吴家一只鸡，没错吧？”牛大力摇摇头说：“不对，是我买了十一只鸡，换了五只鸡。”老蔡感叹说：“到头来，你老吴家赚了六只鸡，大力，你亏大了！”老吴反驳道：“我哪赚六只鸡了，我家本来就有五只鸡！”老蔡算着：“那大力买了十一只鸡，你就赚一只？”

牛大力听着他们俩唠着，绕得头晕：“你们别算了行吗？都把我算迷糊了！”“老吴，你早就知道这事是大力干的，为啥不跟我说呢？”“吃都吃了，磨叽来磨叽去的，还有啥意思。再说了，也都是咱自家人吃的，不亏。”

老吴说着，从兜里又掏出个鸡蛋，扔给牛大力：“你的鸡下的蛋，你得尝尝。”

牛大力的脸涨红了，一时语塞，老吴看他欲言又止的样子，嘿嘿地笑了：“还说啥，吃完干活！”牛大力把鸡蛋往嘴里一塞，似乎要一口吞下，碰着牙齿才惊呼，是忘了剥皮了。他咧了咧嘴，憨憨地笑着，心里彻底放松了，终究是一个院里住着，大家都厚道朴实。

当然，在这场关于“鸡”的风波中，牛大力体会到了邻里亲厚，但这并不意味着，拿着别人的宽容就能抹平自己的自私与贪欲。他自我警醒，这事的确做得过头了，今后不可再犯。

牛大力平时勤劳厚道，他自己也闹不清，为啥只要一想到姚玉玲，他就方寸大乱，蠢蠢欲动。为了姚玉玲，他敢上刀山下火海，更何况杀一只鸡为心上人补身体，他有啥好怕的。只是，他感觉很不甘心，他的一片心意，几乎都补到汪新肚子里去了。

火车不停，步履不止。人间烟火，五谷杂粮，是路过的人心里的方向。这不，在车厢的连接处，卢学林和白玉霞发生了激烈的争吵，过往的爱意有多浓，这一刻的怨气就有多汹涌。

卢学林的脾气也真的上来了，曾经他对妻子连句重话都舍不得说，这会儿不管不顾："你从结婚那天就开始絮叨，都絮叨了好几年了，还没完没了吗？"白玉霞不满地问："那你还不让我说了？""在结婚前，我就是这个工作，你同意了，我们才结婚的。""当时，你说用不了几年就能调回来，可这都多久了，你还能回来吗？这样的日子，还有个头吗？我们就这样一辈子吗？"

卢学林说："哪能一辈子呢，不是调不开人手，你以为我愿意在哈城那边。"白玉霞逼问："那你给我个准信儿，到底什么时候能调回来？""要不，你先去我那儿？""我放着好好的工作，凭什么去你那儿呀？要调也是你调回来。""可我一时半会儿回不来呀。我都跟你说了，我单位的科研项目正处于攻坚阶段，我走不了。""我领导还要给我提干呢，我也走不了呀。"

这话越说火药味儿越浓，两地分居太伤感情了，由工作扯到前途，再扯到婚育，人生的关键时刻，谁都不想做出牺牲。白玉霞失望地说："算了，你爱回来不回来，谁没谁都能活！"卢学林忙问："你这话是什么意思？""你自己明白！"

卢学林伤心地望着白玉霞，一时无语。这时，乘务员走了过来，提醒说："二位请让让，车要到站了。"卢学林和白玉霞闪到一旁。片刻，火车缓缓停住了，乘务员打开车厢门，乘客们争先恐后地下车。卢学林望着妻子，沮丧地说："等下回见面再说吧。""下回又得一个月后了，这段时间你好好考虑考虑，再见面给我个确定答复。""你这是逼我吗？""算是吧。"

这一次，白玉霞像是下了某种决心似的，下了车脚步不停地一直往前走。卢学林对着她的背影，喊了一句："我想好了，我肯定不回来！"

白玉霞的身影被乘客淹没了，卢学林的心也被淹没了。回到座位上，卢学林喝着闷酒。酒喝多了，就去厕所呕吐。

早在巡查车厢时，马魁就注意到了他，等卢学林从厕所里走出来，他扶着门，摇摇晃晃，险些摔倒。马魁一把扶住了他："你慢点。"卢学林满脸醉意，推开马魁："我没事。"

卢学林走到车厢连接处，他靠着墙，满脸醉相。马魁走到卢学林近前，劝道："同志，你喝醉了，别在这站着了，危险。""有烟吗？""别抽烟了，我给你倒杯水吧。"

少顷，马魁端来一个搪瓷茶缸子，卢学林接过去。马魁说："喝口浓茶，醒醒酒！这茶苦，清热解毒，慢点喝。"卢学林伤感地说："比这再苦的我都尝过。""同志，我看你经常坐这趟车。""一个月坐一个来回。""家是哪的呀？""海河的。""那就是在哈城上班？"

卢学林点点头，马魁又说："我看你们两口子每回都是从宁阳上车的。""怪不得是警察，把我们都盯上了。""主要是你们总坐这趟车，都眼熟了。""我老爸老妈在宁阳，我和我媳妇去宁阳是为了看望他们二老，等看完了，我媳妇回海河，我回哈城。""这可真够折腾的。""谁愿意折腾啊，没办法。"

马魁同情地问："怎么喝了这么多酒？"卢学林叹息说："跟媳妇吵了一架，心里憋得慌。""谁家两口子能不拌嘴。""主要是她说话太气人了，非让我调回来不可，还威胁我！我的工作就不是工作吗？能说不干就不干吗？什么事都得可着她吗？我是男人，我得有自己的事业！"

卢学林说着，一个踉跄，险些摔倒。马魁赶紧扶住卢学林，看到他的挎包上印着"哈城一化"，问道："你在哈城第一化工厂上班？"见卢学林点头，马魁试探着问："好单位，是工程师？"

卢学林又点了点头，马魁说："看您这面相就是念过书的。""那有啥用！我好不容易当上科长，明年就能升主任了，一旦调走了，又得从头开始。""别站着了，赶紧回去坐吧。"

"我没喝多，清醒着呢。我跟你说，你以为我不想回去吗？我不想天天搂着媳妇过日子吗？我不想早点生个儿子吗？可我没办法呀，我现在要是不干了，那这些年就白忙活了！""你说的这些我都理解，可你媳妇说得也没错，两口子过日子嘛，总这样下去，确实不太好。""那她怎么不到我那去？媳妇跟着丈夫走，不应该吗？""话也不能这么说。""不对呀，你怎么总向着我媳妇说话呀？""我谁也没向着，这不说事呢。""跟你唠不明白。"

卢学林见和马魁唠不到心坎上，他站在自己的立场，有点失望，晃晃悠悠地朝车厢走去。马魁摇了摇头，这人哪，都是习惯了自己的方式、自己的角度。

大院染上了秋色，秋意浓，人依旧。

老陆出差回到家，第一件事就是把缝纫机头放到机舱里，盖上盖子，然后锁上。瞧着老陆气呼呼的样子，老陆媳妇一脸的不情愿："干哈呀？还用呢！""拿针缝！我警告你，再胡乱帮别人改衣裳，我就把缝纫机搬我妹那儿去。""你敢！你要敢给你妹，我就……就不过了！"

老陆嚷嚷说："你身为列车长家属，牵头帮职工改制服，这要传到领导耳朵里，我这个车长还怎么当？"老陆媳妇示弱："行了，行了，上纲上线。我以后注意。赶紧把缝纫机打开。""禁用一个月！"

老陆心头冒着火，强制执行。老陆媳妇一看这架势，唉声叹气，过日子，有时候还得忍一时。

还没等老陆消火，姚玉玲又找上门来，老陆媳妇一脸为难地说："小姚，不是我不帮你，你看。"老陆媳妇说着，指着上了锁的缝纫机。"那咋办呀？陆婶。"

"这我可真帮不了你，小姚，昨天，老陆把我臭骂一顿，要把缝纫机搬我小姑子那去，那还得了！小姑子惦记我缝纫机好几年了，一旦搬过去，那就是肉包子打狗——有去无回！"

听到陆婶这么说，姚玉玲就知道没指望了，只好去路边的缝纫摊。裁缝师傅看着姚玉玲的制服说："姑娘，肥改瘦好办，再改回去可就费劲了，裁下来的布料呢？""扔了。""那你得再扯点布料去。""上哪儿扯去？""国营商店好像有一模一样的布料，你去看看。"

姚玉玲道过谢，拿着制服，心里犯愁。

回去的路上，姚玉玲路过小画书摊，看到牛大力正津津有味地看着小画书。像是有心灵感应似的，牛大力下意识地一抬头，正好看到姚玉玲从他身边走过去，忙放下小画书，连忙起身就追。

牛大力跟在姚玉玲身边，难得的是，姚玉玲这次没有对他横挑鼻子竖挑眼，沉默了一会儿，姚玉玲说："大力，那啥，能帮我个忙不？"一听姚玉玲要帮忙，牛大力开心极了，对他来说，只要是姚玉玲想要的，爬梯子摘星星都愿意，于是说："跟我还客气啥，有啥事儿尽管说。""你能借我点布票吗？""布票？我都寄给我妈了，我平时用不着那玩意，咋了？""那算了，没事儿。""你要多少？我帮你淘换淘换。"

姚玉玲摇头拒绝了，她心里嘀咕："为什么每次真正需要时，这个讨厌的家伙都使不上力呢！"姚玉玲的心情更低落，径直走了，徒留牛大力怅然若失。

姚玉玲直接去了汪新家，当她从汪新手里接过几张布票时，很感激，大眼睛里聚着一汪水："太谢谢你了，汪新。""不客气，平时就我和我爸，也用不着布票，你都拿走吧！"

姚玉玲心里美滋滋、甜腻腻的，当她仔细看布票时，发现不对："汪新，你这布票过期了。"汪新接过来一看，果真如此，姚玉玲急了，眼眶微红："这可咋办，买不了布，我这衣服就改不回去，回头穿这身上班，还得挨陆车长批评。”“要不问问吴叔蔡叔，跟他们借点。”“问过了，都紧紧巴巴的不够使。”

姚玉玲灵光一现，想到了马燕，对汪新说：“汪新，你那个初中同学，她不是在国营商店上班吗，他们店里就卖这种布料，能不能先欠着。”

汪新一听，觉得这样做不合适，望着姚玉玲那恳求的目光，他有点难以拒绝，左思右想，决定和她一起去试试看。

汪新和姚玉玲到了国营商店，马燕狐疑地望着他们，汪新先铺陈了几句，又说：“燕子，就帮个忙，布票先欠着，等回头再补上。”“开什么玩笑！国营商店，概不赊账！”姚玉玲讨好说：“马燕，帮个忙，我就扯一尺布，就够了。”马燕果断地说：“没有布票不卖！”姚玉玲不死心：“半尺也行，只要够改衣服的就行。”“听清楚了，一寸都不行！”

望着姚玉玲，马燕是真心地烦她，看她怎么都不顺眼。姚玉玲可怜巴巴地看着汪新，马燕的脸拉得更长了，漂亮的小脸蛋恨不得拉成一条鞭子，抽在他们脸上。

汪新有点儿没眼色，觍着脸说：“燕子，帮个忙，回头肯定给补上，你还怕她跑了？”姚玉玲忙接话：“你放心，燕子，等我领了布票，肯定第一时间补上。”马燕冷着脸说：“你拉倒吧！”

马燕看都没看姚玉玲，望着汪新，从兜里掏出一张布票，啪的一声拍到他面前：“算我借你的，想着还我！”姚玉玲连连道谢，马燕给她一眼冷刀子：“不用谢，又不是借你的。”姚玉玲悻悻地笑了笑，看了汪新一眼。汪新说：“燕子，谢了，扯布吧！”

姚玉玲赶紧掏出钱包，她心里乐开了花儿，这是汪新帮她的，这是她眼中最好的汪新。另一边牛大力正鬼鬼祟祟地和票证贩子交易，他把一沓粮票交给对方，对方给了他一沓布票。

望着牛大力出手，票证贩子都忍不住了，好奇地问：“哥们儿，粮票都换成布票，不吃饭了？”牛大力说：“有些事儿比吃饭重要。”“你这是有喜事，做新衣裳娶媳妇吧？”“呵呵，差不多。”“那恭喜了，回头有需要再找我。”

这一声恭喜，说中了牛大力心底的事儿，他捏着布票，很欣慰。

姚玉玲心满意足地和汪新离开了国营商店，到了大院附近，她止住脚步：“汪新，今天真是太谢谢你了。”汪新大大咧咧地说：“小事一桩，不用客气，回头你赶紧把衣服改回去，改肥点儿。说话就立冬了，衣服太瘦咋穿毛衣？”“嗯！你说得有道理。”

两个人说笑着，走到了大院门口，就看到牛大力在等着。看到姚玉玲，牛大力热情地上前，再一看汪新，有种被泼了冷水的感觉，问："你俩这干啥去了？"汪新刚想张口说话，姚玉玲抢先一步："牛大力，你有事儿吗？"

虽然姚玉玲态度冷淡，可面对她，牛大力连生气都提不上劲儿，他从口袋里掏出一摞布票，憨憨地说："姚儿，你不是找布票吗？我帮你弄了点，你看够不够。"

"现在不用了，汪新已经陪我把布料买回来了。"姚玉玲这么说，牛大力脑袋嗡嗡的，汪新也呆住了，忙说："玉玲姐，你和大力哥聊着，我先回去了。"

汪新说完转身走了，姚玉玲望着汪新的背影，权当牛大力是空气，往家走去。牛大力待在原地，他心空荡荡的，一片空白。

秋夜，适合伤心。牛大力和汪新、蔡小年约在小饭馆，他们围坐在小饭桌旁，桌上只有一盘花生米和老白干。牛大力端起酒杯，咕咚一下喝了一满杯，咂摸着嘴。汪新看不下去，问道："大力哥，你说你这是图啥？"牛大力嘟囔说："你……你不懂。"蔡小年说："你这么喝伤胃，吃个花生。""大力哥，你给小姚凑布票，也用不着搭上半个月的口粮。这后半月，你吃啥？"汪新的这句话，彻底惊醒了蔡小年，他对汪新说："该不会想吃我俩吧？我家没有余粮。""我家也没有，有也管不起你。"

不管汪新和蔡小年怎么说，牛大力的心还是伤在姚玉玲身上，他质问汪新："汪新，小姚凑布票改衣服，跟你有啥关系？你管这闲事干啥？""这咋叫管闲事？那人家找到我头上了，大家住一个院上一趟车，顺带手地帮个忙，咋了？"

"顺带手帮个忙，顺带手找个对象，再顺带手娶个媳妇，你这手挺顺呀！"

汪新有点不高兴："大力哥，说句你不爱听的，这搞对象，不能剃头挑子——一头热。你跟小姚，就不是一路人。"牛大力瞪起了眼睛："看不起我？""不是看不起你，就是因为我太看得起你，我拿你当兄弟，我不想看到自己兄弟跟没头苍蝇似的。""我跟你们说，我这辈子，就小姚了。"

牛大力这是真爱，爱得死心塌地，他难过得流下眼泪，蔡小年暖心地劝慰着他。夜风微凉，牛大力喝多了，汪新和蔡小年扶着他。

听着牛大力说着胡话，听着他戗戗汪新，蔡小年说："汪新，大力，你们俩为了个女的，至于吗？不就长得好看点，嗓门亮堂点，有啥稀罕的？"

这会儿，牛大力耳朵里都不能听到姚玉玲，仿佛每个人都在和他抢，他对着蔡小年说："你看得够细的，你说实话，你是不是也看上小姚了？""我蔡小年什么人？我绝不跟咱们单位的搞对象，上班黏在一块，下了班，回到家还是这张脸，她就是仙女，也有看腻的那天，再说，哪有仙女？""你，你就吹吧！那是你够不上。”

汪新一听牛大力撑蔡小年，他也撑牛大力：“你，你够得上，你够一个我看看。”牛大力嚷嚷说：“你别跟我抢，她就是我的！你，你答应我，别招她！”汪新也来了气：“我凭啥听你的？”蔡小年怕两个人再较劲儿，他给汪新使眼色，汪新无奈假装先答应：“行行行，不招她。”

见汪新答应，牛大力放松了，他这一放松，吐得稀里哗啦，一边呕吐一边失声痛哭，这哭声随风入夜。

秋天，是多么满足的季节。秋天结下果实，碰落一片叶子。

汪新一到马燕家，进了马燕房间，就把布票还给她。马燕不要，汪新不想欠她的。马燕笑嘻嘻地说：“说不要就不要，让你一直欠着我。”“你这丫头，闹呢！赶紧收起来。”马燕和汪新把布票推来推去，两个人嬉闹着。

从汪新到来，马魁就听着女儿房间的动静，怕女儿讨厌，也不敢靠近。最后，借助帮妻子剁肉馅的机会，他很使劲剁，声音很大。王素芳站在一旁揉着面：“你能不能消停点？”马魁装模作样说：“剁馅呢，动静小不了。”“你朝菜板子使哪门子劲儿。”“我倒想朝那人使劲儿了，可你横挡竖拦的，不让。”“你别剁了，擀饺子皮儿吧！”被妻子剥夺了剁馅的机会，马魁接过擀面杖，很不甘心。

汪新和马燕坐在书桌旁，早已把外面剁肉馅的声音听得清清楚楚，那节奏汪新都数着呢！他对马燕说：“马叔这是剁肉馅呢，还是剁我？你爸是不是不愿意我来找你？”“你来你的，甭管他。”“哎！你这功课复习得咋样了？”“别跟我聊这个，哪壶不开提哪壶。”“看样子，是不咋地，上初中那阵，你学习挺好的。”“那又有什么用，不还是样样都落在别人后面。”

汪新感叹说：“我以前还纳闷，你学习好、表现好，怎么连班干部都当不上，现在，我算明白了。燕子，一切都过去了，也都好起来了，你好好学习，争取考上大学，那才是真格的。”马燕郁闷地说：“算了，不说那些事了。对了，你为什么帮姚玉玲买布？”“她私自改了制服，让陆叔批了一顿，想改回去，一没布料，二没布票。”“那就帮她？”“这不求到我头上了，我们家布票都过期了，这才来求你。”

马燕望着汪新，眼珠骨碌骨碌转着，灵动有光芒，汪新仿佛被她眼睛里的光闪了一下，着急说：“你要是碰上难事，我也会帮你的。”“这可是你说的。”“君子一言，驷马难追！赶紧把布票收起来吧。姚玉玲还你的，干吗不要。”

听到汪新这么说，马燕才把布票收起来，否则，她还真要凭票和他纠缠一辈子。马燕心想：“自己瞧上的，绝不让跑了，溜都不能溜走。”小姑娘胡思乱想着，不停地扒拉着自己的手指头，谋划着怎么弄一出五指山，就算这个汪新七十二变，也逃不了。

叮叮当当的声音又来了，打断了马燕的遐想，汪新也朝屋门望去。厨房里，马魁拿擀面杖敲着面板，王素芳搅拌着饺子馅，冲他说："让你擀饺子皮儿，你敲面板干吗？"马魁言不由衷地解释说："擀一张皮，敲一下，计数。""小汪好容易来一回，你别这样。""他耽误燕子学习了！""也就耽误一会儿，有什么关系。"

正在这时，女儿银铃般的笑声传来，马魁狠狠地敲了一下面板，用力过猛竟然把擀面杖敲折了，他随手把擀面杖塞进灶洞里烧了。

在马燕房里的汪新闻到了炒菜香，吸吸鼻子说："这菜味不错，真香。"马燕笑着说："那就在这吃。""那不合适吧！我怕马叔把我当肉馅给剁了。""他敢！你是我初中同学，是我请来家里的客。"

汪新一看马燕说话时的那个霸道样儿，顿时来了自信："嘿嘿，那成，那我就蹭一顿。"

等王素芳把饺子、炒菜、半瓶白酒摆上桌，就把汪新和马燕叫了出来，一家人围着桌子坐着。王素芳对汪新说："赶紧趁热吃，吃好吃饱。"汪新笑嘻嘻地说："那我这肚子可要撒开欢儿了。"马燕说："可劲儿造。"

王素芳身上，有天然的母亲味道，汪新也不拘束，笑着开吃。看马魁独自喝酒，汪新问："马叔，您这是啥酒，好喝吗？""不好喝。"王素芳忙打圆场："小汪，你想喝就喝，正好陪陪你师傅，我去拿酒盅。"

见王素芳走了，马魁瞪着汪新，汪新无视他的目光，大大咧咧地用手捏了个饺子，又冲着王素芳喊："婶，有醋吗？再来头蒜。"

王素芳把一切置备齐，汪新是一口大蒜一口饺子一口酒，酒瓶里的酒很快见底了。马魁拿起酒瓶晃了晃："你倒真不拿自个儿当外人！可逮着吃白食的地方了，是放开腮帮子可劲儿造，行，明天别忘了把酒票、面票给我补上。"

马燕一听不乐意了，她在心里画了一个圈，汪新在她的圈内，气呼呼地对着父亲说："不就是吃了一顿饭，至于嘛！"马魁瞪眼说："这米面都是按人头定额的，他吃了，就得从我们嘴里往外掏，他撑饱了，我们就得饿肚子！"马燕说："那我的粮匀给他点儿，不就行了？"

马魁一听，这闺女胳膊肘往外拐得没边儿了，紧盯着女儿，眼看父女俩又要干起来，王素芳连忙说："赶紧吃，一会儿饺子凉了。"汪新不管这些，嗞溜喝一口酒，问："这饺子是谁包的？""你师傅包的。"王素芳说。汪新话里有话："真好吃！马叔，您这手能握碎骨头，还能捏住饺子，真是里外一把手，文武全才，小徒佩服得是五体投地，五心朝天。”

听到汪新这么形容父亲，马燕憋住笑，又听汪新说：“马叔，我得跟您好好学！来，敬您！”汪新说完一口干了杯中酒，马魁暗中憋气。这一顿饭吃得憋屈，闺女、妻子都哄着那小子，马魁眼热，又没有办法。

汪新这一顿饭吃开心了，他一路哼着歌回家，能气到马魁，对他来说，还真是一件不错的事情。

傍晚的光线，如梦如幻。汪新刚走到大院里，迎面就碰到了姚玉玲，她笑脸相迎：“汪新，你这是从哪回来呀？”“去马燕家还布票去了。”“这事儿闹的，让你一趟一趟地跑，谢谢你，汪新同志。”

姚玉玲说着，伸手要跟汪新握手，汪新一看礼貌性地握了握。不过，这一握姚玉玲再也不松开了。汪新一时不知该如何是好，年轻懵懂，这一切被牛大力看得一清二楚，他快步走向他们。

一看到牛大力，两个人赶紧地松开了手，姚玉玲温柔地看着汪新，轻声说：“那我先走了。”姚玉玲走后，汪新走到牛大力近前问：“大力哥，找我吗？”牛大力不快地说：“老弟，哥哥我有句话，以后你能不能别老跟小姚黏糊在一块？”“我没有。”“这还没有呢？我又不瞎。”“大伙住一院子又跑一趟车，抬头不见低头见的，这不很正常吗？”“握手都成牵手了，还正常吗？你就不能躲着她点？”

汪新皱起眉头说：“我凭啥躲着人家？我又没干亏心事。”牛大力不依不饶地说：“老弟，你说你浓眉大眼的，找个啥样的不行？干吗非盯着小姚？”“大力哥，我知道你啥意思，你要跟玉玲姐处对象，谁也拦不住，可人家不拿正眼瞅你，你也不能赖我，是吧？”“看你这意思，是非要跟我抢？”“不是这意思，一个大活人，又不是小猫小狗，是你的别人抢不走，不是你的也抢不来，强扭的瓜不甜。”“行！就冲你这句话，我还非扭一个给你们看看。”牛大力说完，扭头朝自家走去。

汪新一脸苦笑，望着天边夕阳。夕阳无限好，只是让人伤感。

回到家里，汪永革让儿子修理收音机。汪新打开收音机摆弄，里面发出嗞嗞啦啦的声音。弄了半天，依然不见好。汪永革看汪新额头都冒汗了，问道：“你会不会呀？别给我整坏了，不行找大力来帮忙。”“哪用得着他，整坏了，再给您换个新的。”“说得轻巧，刚挣俩月工资，就飘了，怎么？你跟大力闹别扭了？”

汪新摇摇头，矢口否认。就算儿子否认，汪永革也能猜到几分，活到这把年纪，儿子心里想啥，他还能不明白？汪永革说：“小姚这姑娘招人，大力又是个厚道孩子，你也不是省油的灯，你们几个往起一拧，不闹别扭才怪。”

“您说别人就说别人，扯上我干吗？”在父亲面前，汪新像一个被父亲宠坏的熊孩子，对父亲说话的语气有点急。汪永革暗中叹气，这小子，在他面前太肆无忌惮了。说来说去，也只能怪自己什么都依着顺着他。这父子角色，在他们家里像是颠倒过来的。

“说的就是你！大家都是一个单位，又是街里街坊的，就怕男男女女这种事掰扯不清，你又刚参加工作，多少双眼都盯着呢！千万不要在生活作风方面，让人揪着辫子。”“您想哪儿去了，我压根就没那心思。”“哎，对了，最近这一阵，我看你老往你师傅家跑，看来你俩磨得还行。”“行啥行，我那是找马燕去了。”“找马燕？找她干啥？”

汪新嘿嘿一笑：“老马头不是嫌我打扰马燕复习吗？我就偏偏在他眼巴前晃悠，我气死他。”“你这孩子！这不是添乱吗！人家是要上大学的人，别真给人耽误了。”听着儿子赌气任性的话，汪永革苦劝，就是拿不出父亲的威严训斥他。“我可不白去，我每回都帮她复习，给她答疑解惑。”“你一个中专生，还能帮答疑解惑？那题你会做吗？别闪着舌头。”“中专生咋了？我可是咱老汪家到目前为止学历最高的，我在警校的时候，文化课也是拔尖的。说句实话，马燕学的那点东西，都扔咸菜坛子里了，捞都捞不起来。要不是她爸劳改了十年，她也用不着早早地就招工上班，她小时候学习挺好的，可惜了。”

听了儿子这话，汪永革心里黯然，他努力掩饰着情绪，不在儿子面前泄露一星半点儿。那纷乱的现场，让他陷入了沉思。

汪新终于摆弄好了收音机，直到传出咿咿呀呀的戏曲声，汪永革的思绪才从旧事中拉扯出来。汪新嘚瑟地说：“咋样？我们警校有无线电课，别说一戏匣子，步话机我都会修。”“你吹吧。”

收音机里放着《智取威虎山》的选段，汪永革哼唱着，暂时忘却了刚刚忆起的那十年。

秋日的海河火车站站台，每一位乘客行色匆匆。火车已经靠站了，白玉霞还趴在桌子上睡着，马魁及时发现了她，敲着桌子，提醒着她。

白玉霞一脸疲倦，勉强站起来，身体摇晃着，连伸手拿行李包的力气都没有，仿佛进入了一场梦还没醒过来。马魁帮白玉霞拿下来，她接过行李包，步履蹒跚地下了车，她的背影里，像是有故事发生……

五号车厢内，一位叫唐兴国的年轻小伙，跟一位女青年热切地倾诉着。两个人说着说着，女青年的声调就提高了些："你把手表拿出来，给我戴一会儿呗。"唐兴国说："着啥急呀，早晚都是你的。""我戴会儿咋了？正好看着点时间。""火车上人这么多，让人盯上就麻烦了。""我就是要让人看见，这么贵的手表不让人看见那不白买了，赶紧拿出来。""等下了车再给你。""我现在就要，赶紧的！""给你，给你，看把你急的。"

唐兴国拗不过女青年，他有点生气，翻着军用黄挎包，却怎么都找不到手表，这才发现挎包被划了个口子。唐兴国大叫一声："坏了！表被偷了！""你搁哪儿了？""就搁包里了！""你揣包里，那不是等着被偷吗？""那你说还能揣在哪儿？"

两个人着急了，说着都有点火，火花四溅！正在此时，马魁和汪新走了过来，唐兴国赶紧报案。马魁问："同志，请问你贵姓？""我叫唐兴国，这是我媳妇。"唐兴国介绍着自己，又指了指身边的女青年，女青年立即说："我们还没结婚！"

唐兴国说："对，没结婚，我们是哈城的，来宁阳走个亲戚，顺便去拍结婚照。警察同志，我的手表被人偷走了，是上海牌的。你看这包，被划一口子，就是从这被偷走的！"马魁问："同志，你好好想想，把表揣包里后，都去过哪儿？""我除了上趟厕所，哪都没去过。""当时厕所外面人多吗？""怎么不多，乌泱泱地都挤成一团了。"

这时，汪新插了一句："马叔，他的手表有可能是在厕所那丢的。"马魁没说话，唐兴国急眼了："警察同志，那块手表可是凑了十二个工业券，花一百二十五块钱才买到的，是彩礼，丢了可就麻烦了！"

唐兴国越说越心疼，周围乘客听了吃一惊，有乘客说："那可是金贵东西，小伙子，看来你家条件不错。"女青年一听，不太高兴地说："还条件不错呢，是穷得要死！买表的工业券和钱是他求爷爷告奶奶才凑够的。要不是他对我好，给我买了块上海牌手表做彩礼，我妈才不会答应呢！"

听着女青年的口气，唐兴国不快地说："你说这些有用吗？"女青年不依不饶地说："怎么没用，没了手表，这婚还能结吗？非黄摊了不可！早让你把表拿出来，磨磨唧唧死活不肯，我要一直戴手腕上就丢不了了。""你也不能全怪我呀，我不是怕人多眼杂，让小偷盯上吗？""这下好了，怕什么来什么！你赶紧把表给我找回来！"女青年越说越生气，说出的每一个字都要喷到唐兴国脸上。

马魁则望着周围乘客，他的目光落在不远处的侯三金身上。侯三金约莫有二十五岁，贼眉鼠眼，他拄着下巴，笑眯眯地望着这一切，一不小心就撞上了马魁的那双眼，他不慌不忙地伸了个懒腰，装作不经意地走了。

汪新已经制止了唐兴国二人的争吵，他做好了案情记录，大概情况已经了解清楚了，只听马魁对他说："汪新，你留在这儿，把他们的家庭住址都记清楚，我去遛遛。"马魁说着，就走了，他紧随着侯三金。

随着列车减速，广播里传来姚玉玲的声音："旅客同志们，列车即将到达本次列车的终点站宁阳火车站，请大家带好自己的随身物品，准备下车……"

乘客起身收拾行李，侯三金夹在中间，他靠近一个男乘客，从怀里掏出一个东西，塞进那个男乘客手里，若无其事地继续朝前走去。

侯三金与男乘客所做的一切，都被马魁看在眼里，马魁走到男乘客近前，盯着他："同志，请你把兜里的东西都掏出来。"男乘客低着头，没看马魁，马魁拍了拍他的肩膀："把兜里的东西都掏出来。"听马魁再次怒喝，男乘客这才抬起头："你要干什么？""赶紧的，别让我动手！"

男乘客往衣兜里摸了摸，展开手掌，表示什么都没有，说道："你不是让我把兜里的东西都掏出来吗？我听你的话，全都掏出来了，看见了没？"

马魁迅速地摸了摸男乘客的衣兜，果真什么都没有，他又对男乘客仔细地搜索，检查了座位下及周边可能的地方，什么都没发现。

马魁心里一琢磨，立刻朝前追去，他扫视着每一个乘客，乘客正朝车门拥去，等待下车。

另一边，唐兴国和女青年又开始了新一轮的争吵，唐兴国的耐性已经消磨殆尽："你还有完没完了？"女青年威胁说："火车马上到站了，找不回手表，看我妈怎么收拾你！""她还能要了我的命？""你这是什么态度啊，是你把表弄丢了，你还有理了？""我没说我有理，可我也不想把表弄丢了呀！""唐兴国，你说实话，你到底买没买表？""你这是啥意思？当然买了！表盒你不是见过吗？""我见过表盒，里头有没有表我可不知道。""你……你知不知道我买这块表托了多少人？临上火车才拿到表，这一路着急忙慌地赶车，没来得及给你看！""唐兴国，你够了吗？想拿个空表盒糊弄我？我告诉你，这婚我不结了。"

汪新听到这儿，实在听不下去，他三番五次制止他们，可两个人是熄一会儿燃一会儿的，争吵步步升级，忙劝道："我说你俩能不能都消消气，好好说句话，那表是金贵，可也不能为了一块表，婚都不结了。"

女青年越想越觉得自己是对的，她看唐兴国的目光多了些审视，更加确定了内心的想法："唐兴国，你穷，我认了！可我不能嫁给一个骗子！"

女青年的咄咄逼人与不信任，彻底击垮了唐兴国的心，他叫道："你再逼我，信不信我死给你看！"

"你吓唬谁呢！张嘴就要死要活的，别丢人了！"女青年话音一落，只见唐兴国一把夺过旁边正在削苹果的乘客的水果刀，对着手腕就划拉一刀。事情发生得猝不及防，唐兴国的手腕见血了，车厢里顿时乱成一团。当他再次用水果刀划拉手腕时，汪新及时地擒住他。

女青年有点吓傻了，她站在那里一动不动，周边的乘客惊魂未定。

汪新忙叫人给唐兴国止血，好在伤口不是很深。汪新对唐兴国进行一番言语安慰，车厢恢复了安定，火车的速度慢了下来，等候下车的乘客交头接耳。

马魁在乘客中搜索侯三金，终于在其中一节车厢的连接处，他看到了角落里的侯三金，同时侯三金也发现了他。

侯三金猛地推开周围乘客，快步走到厕所外，推开门，钻了进去，随手大力关上了厕所门。厕所门随即被马魁撞开，他看到侯三金正往便池里扔东西，马魁上前一把抓住侯三金的手腕，侯三金的惨叫声不停地从厕所里传来。

马魁不理会他，问："你往便池里扔啥了？"侯三金嘴硬说："没扔啊！""那你钻厕所里干什么？""撒尿呗！你把我手腕子弄伤了，这事不能完，我得告你去！"

马魁一听，手劲儿又加大了几分。侯三金疼得鬼哭狼嚎起来。

火车停靠在宁阳站的站台上，蔡小年站在那里，望着乘客下车。马魁下来了，看到蔡小年问："小年，车到站前，厕所门怎么不锁呢？""锁坏了，这事巧了，偏赶上厕所门坏了，要不就人赃并获了。""哪有这么巧的事儿！""你是说门锁是他们弄坏的？"

马魁叹了口气，心里："到底是年轻人，不长心。"马魁转身去了宁阳站铁路医院，汪新早已架着唐兴国去了沈大夫那里。

沈大夫给唐兴国包扎好了伤口，看着他一脸颓废，忍不住说："你这是何苦，不管遇到什么事儿，都别这么作践自己。"唐兴国的未婚妻又开始了嗷嗷叫："唐兴国，别以为你扎了自己一刀，我就信了你，手表找不回来，照样散伙！"

马魁一听女青年刁蛮，嘴巴不饶人，说："同志，这我就得批评你两句了，手表重要还是人命重要？他要真把命搭上，你这辈子能过安生了？虽然手表暂时还没找到，不过就目前掌握的线索来看，大致已经锁定了犯罪嫌疑人。你俩回去该结婚结婚，好生过日子，手表没了，还能再挣，人没了，那可就啥都没了。"女青年将信将疑地问："这么说，确实有手表？"马魁说："要真是一空盒子，小偷早给扔了，还值当费这么大劲？”“其实我也不是真的那么在乎那块表，哦，当然也在乎，老贵了，主要是怕他骗我。”

听了马魁的话，女青年早已转怒为喜了，唐兴国瞟了她一眼说：“人警察同志都替我作证了。”女青年心有余悸地说：“你也真够狠的，这一刀，你没死，我半条命吓没了。”

大家一看这俩年轻人软和了，两个人说话越来越柔声细语，便不动声色地都离开了，解铃还须系铃人。

马魁带着汪新离开了铁路医院，师徒俩一起沿着铁道线，寻找手表。想着唐兴国自残这事，汪新检讨说：“都怪我没看住他，要不他也不至于把自个儿划成这样。我一直在劝他俩，可那女的不依不饶，一个劲儿地逼那男的，就为了一块手表，值得吗？这可倒好，差点把人逼死！”“知道笨就好，还不是无药可救。”“马叔，您说谁呢？”“你说呢？在你眼皮子底下差点丢了一条命。”“可我尽力了！”“你不是满身能耐吗？不是让我看你的本事吗？说来道去，你就给我看这个？”“那您抓到偷表的人了吗？”“还转枪口冲我来了？汪新，信不信我踹你！”“信，您又不是没踹过，都多少回了！我得罪谁了？怎么倒霉事全让我赶上了！”

唠着唠着，师徒俩心头都有火苗往上蹿，彼此索性再不多言。

一里一里的铁道线，往前绵延，心里的明天，无限蔓延。这是秋天，是高高的天空，白云朵朵的秋天。

乘警队领导办公室内，马魁和汪新站在胡队长面前。胡队长说：“都来了，随便坐吧。”马魁和汪新坐了下来，两个人都有不好的直觉。马魁开门见山地说：“看来是又摊上麻烦了，直说吧。”胡队长也不跟他客气：“老马，你下手能不能轻点啊？”“这劲儿不好拿捏呀，怎么，那个小偷的手腕骨折了？”

胡队长叹气说：“人家是一把鼻涕一把眼泪，委屈得不得了！他说他好好一个人，被你当成坏人了，手腕子还被你活生生地弄骨折了。他要你报销医疗费、伙食费、雇人照看费……据说七大姑八大姨一家老小都归他管，那些人的生活费，还有心情调整费！”马魁问：“心情调整费是啥东西？”“那人说被你吓着了，刺激着了，晚上睡不着，抓心挠肝，一闭上眼，全是你这张脸。他是整宿做噩梦，总之是折磨得不轻，都有上吊的心了。”“你看我这脸吓人吗？”“我看不吓人好使吗？是他害怕呀。”汪新插嘴说：“整宿做噩梦有点夸张，人家这是在形容难受的心情。”胡队长忙附和汪新：“小汪说得对，就是这个意思。老马，我数了一下，总共有十二种费用，你看这事怎么办？”

见胡队长和汪新一唱一和，马魁几次给汪新递眼刀子也不见起色，气哼哼地说：“他这是讹诈！”“不管是不是讹诈，他那手腕子确实骨折了，这是事实！”见马魁没说话，胡队长试探着说：“要不你见见他，说点顺耳话，争取少掏点钱。”“让我跟贼说顺耳话？”“我同意，贼也是人。”汪新又附和胡队长。

胳膊肘往外拐，这徒弟成心让自己难堪。马魁狠狠地瞪着汪新，只听胡队长又说：“不管怎么样，人家找上门来了，咱们理亏，就得顺着毛摩挲，让他先把伤治好。至于他是不是贼，只能等找到证据后再说。”“有道理。”汪新点着头，整个过程，汪新都对胡队长的意见表示赞同。

马魁不置可否，胡队长出去带侯三金了，办公室内只剩下马魁与汪新。马魁凝视着汪新说：“当着领导面，给我上眼药，小子，你出息了！”汪新坏笑说：“我那是夸您手劲大，是跟领导表扬您呢。再说了，我要是说您坏话，还能当面说吗？”“少跟我玩心眼儿，我知道你小子心里横着刀呢。”“我可不敢，万一把您惹毛了，再把我弄残废了咋办。”“知道就好！”“老马，缺钱我那儿有！”“你留着接骨头用吧！”

师徒俩针尖对麦芒般说着，彼此冷笑着。这时，胡队长带着侯三金从外走了进来。两人暂时熄火了，胡队长冲着马魁和侯三金说：“侯三金，马魁同志，你俩好好协商，有事儿说事儿，别戗戗。尤其是你侯三金，别得理不饶人。”胡队长说完，就带着汪新出去了，留下马魁和侯三金大眼瞪小眼。

侯三金坐在椅子上，跷着二郎腿，撇着嘴，斜着眼瞄着马魁，他的胸前吊着缠着纱布的手腕。马魁不慌不忙地拉了一把椅子，坐在侯三金侧面。

一看马魁靠近，侯三金有点慌神：“坐我旁边是啥意思？”马魁笑眯眯地问：“那我该坐哪儿呀？”“对面呗，咱俩是冤家对头。”“我不敢坐对面，怕把你吓出精神病来。”

侯三金扫了马魁一眼，犹豫片刻，把椅子挪了挪，离马魁远了一点。马魁说：“离远了说话听不真亮。”“那就大点声呗。”“贵姓啊？”“姓侯，名三金。”你问我答，两人暗藏机锋地聊上了。马魁点点头说：“这名有点意思啊。”侯三金说：“生下来三斤重，以为活不成了呢，就随便起了个名，叫三斤。后来呢，越活越硬实，越活越值钱，就改成了金子的金。”“越活越值钱这话怎么讲？”“就是顶数我本事大，全家的嘴都靠我喂呢！”

马魁劝道：“我说侯三金，你那点本事我清楚。不管你承认不承认，那不叫本事，都是害人的东西，不光害别人，还害自己。”侯三金哪是听劝的人，态度生硬地问：“别废话了，你把我手腕子弄骨折了，这事咋办？”“你说咋办就咋办，听你吩咐啊。”

马魁说着，伸手摸向侯三金吊着的手腕，侯三金一边躲闪一边惊呼：“你要干啥！”马魁和颜悦色地说：“我摸摸，看你伤得重不重，过来。”“我不过去，有话说话，别动手！”“看把你吓的，刚说自己能耐大，装得跟只大老虎一样，转眼就变成小猫了。”“哼，以为我怕你呀！”

侯三金说着，按下心中恐慌，装模作样地重新坐回椅子上。马魁把椅子挪到侯三金身旁，摸了摸侯三金吊在胸前的手。侯三金从兜里拿出一沓单子：“这是医院开的单子，各种费用，你自己看吧。”

马魁没有伸手接，侯三金壮着胆问：“这是不想认账吗？”马魁语重心长地说：“我说小侯啊，你一只手腕已经骨折了，花了这么多钱，又误时又误工的，还得雇人照看你。要不这样，你那只手腕干脆也弄骨折得了，我把你接回家，把你供起来，吃喝拉撒睡，我全包了，你看这样行吗？”

听到马魁这样说，侯三金愣住了，马魁继续说：“不说话就是答应了，爽快人儿啊。”马魁说着，伸手就去抓侯三金的手腕，侯三金猛地躲开身，嚷道：“你要再这样，我可喊人了！”“想喊就喊，也就我能听见。”

马魁一步两步三步往前，侯三金是一步两步三步后退着说：“等等，我有话要说！”“边说边骨折，不耽搁事。”“我服了还不行吗！我知道你姓马，叫你一声‘马哥’。马哥，咱们也算不打不相识，这样，各种费用我都不要了，咱们交个朋友，行吗？”“想做朋友，就得交实底，说掏心话。”“算了，就这样吧！我走了。”“别走啊，正唠得热乎呢。”“不要你赔钱了，还不行吗？”

侯三金说着，转身就跑，马魁望着他兔子般的背影，哼哼着：“小子，记住我这句话，早晚有你哭的时候！”

望着侯三金落荒而逃，一直躲在门口偷听的胡队长和汪新，不约而同地都朝马魁竖起了大拇指。

终于脱离了马魁，侯三金感觉轻松多了，他琢磨着去铁道线上寻找那块手表。

马魁从一开始就没想过让侯三金离开眼线，他藏在铁路边的灌木丛中，望着侯三金的一举一动。

侯三金在铺路石里翻找，像是找到了什么，马魁一看这情形，从旁边取过自行车，骑了过去。侯三金一看马魁来了，撒腿就跑。马魁骑上自行车追赶，这一着急车链子掉了，他扔了自行车，继续追赶。

侯三金转着圈跑，马魁奋力追着，渐渐体力不支，越跑越慢，他心想：“过了十年，果真老了，吃了体力的亏……”此时，侯三金站住身，挑衅着说：“马哥，你还是回家歇歇吧！”

侯三金越说越得意，见马魁继续追，他边跑边笑，还翻上跟头了。得意忘形，没承想转眼摔了个屁股蹲，坐在地上。这时，汪新出现了，侯三金大惊失色，起身就跑。他还没跑几步，就被汪新一个“饿虎扑食”扑倒在地，手被迅速地扭过去，疼痛的感觉传来，侯三金大喊：“轻点儿，我不跑了！你们逮住我也没用，还是得把我放了。”“那你跑什么？”“我怕骨折。”

马魁喘着粗气过来，弯腰搜侯三金的衣兜裤兜，没发现手表，他看向汪新问：“你怎么来了？”“随便溜达溜达。”“看住他。”马魁说完，就沿着铁路线，继续寻找手表。

汪新抓着侯三金的衣领子一通搜查，侯三金装起无辜，竟然唱起《窦娥冤》：“我不要半星红血红尘溅，将鲜血俱洒在白练之间；四下里望旗杆人人得见，还要你六月里雪满阶前；这楚州要叫它三年大旱，那时节才知我身负奇冤……”

侯三金唱得正欢，只听汪新说：“表在这儿呢！”汪新说着，俯下身欲捡表，马魁冲了过来，把他推倒在地。只见地面上的土石里，露出一截表带。“你什么意思？是我先看到的，要抢功吗？”汪新说着，就要去捡表，马魁抬腿把他踹了个趔趄。

侯三金看到了时机，想要趁机逃跑，被马魁一把拽住，冲着汪新说：“看好你的人！”马魁说着，就把侯三金推给汪新。

汪新抓住侯三金的胳膊，惊讶地望着马魁。马魁小心翼翼地戴上白手套，捡起手表，在阳光里仔细端详着手表。然后，马魁走到侯三金近前，拿起侯三金的手说：“侯三金，一会儿我把这表蒙子上的指纹提取出来，要是跟你的对不上，那就是真冤枉你了，要是对得上，你知道啥后果不？”

侯三金可怜巴巴地说：“马哥，咱有话好商量。”马魁一把搂过侯三金的肩膀问：“还冤吗？”“马哥，马叔，马大爷，我求你放我一马吧！我对象马上就要生了，我也是为了生计，我以后再也不偷了，我保证！”“接着唱。”“我求求你了……”

任凭侯三金怎么苦苦哀求，马魁也不可能放了他，哀求只是无用功。

第五章

蒸汽机车驶向哈城。在这秋天里，铁路线在阳光下延伸。

黄昏的街道上，出现了马魁和汪新的身影，他们边走边望着一户户的门牌号。功夫不负有心人，马魁和汪新终于走到了唐兴国的家门前，那是一个破旧的老房子，房门敞开着。

马魁和汪新刚进门，就看到了手腕缠着纱布的唐兴国，他带着马魁和汪新进了屋内。唐兴国的家可以用“家徒四壁”来形容，除了一个大炕和一个立柜，什么都没有。炕头上坐着一位老太太，瞧着有八十岁了，她抽着烟袋锅子，笑眯眯地说：“来人儿了，坐。”

唐兴国用手划拉划拉炕沿，马魁示意他没那么多讲究，不用擦，随即问老太太：“老人家，您好啊。”老太太迷糊着眼问：“吃了吗？”马魁点点头，跟老太太聊起家常。望着马魁和奶奶唠嗑，唐兴国提醒了一句：“她听不见。”

马魁笑了，此时唐兴国的未婚妻从里屋出来，她端着一碗汤药，一看到马魁和汪新，眉眼一笑：“哟，马警官，汪警官，你们咋来了？”“顺道过来看看。”马魁答。唐兴国未婚妻把汤药放到老太太手边，伺候着老太太喝药。

汪新的目光落在唐兴国手上，问道：“唐兴国同志，你的手怎么样了？”“好得差不多了，幸亏没伤到动脉，再偏半寸我这条小命就交待在车上了。”“大难不死，必有后福。”“谢谢！你们这是来办案吗？”

唐兴国话音一落，马魁就从怀里掏出一个用布包裹的东西，递给了他。唐兴国伸手一触摸，热泪盈眶，他激动得双手颤抖着说：“找回来了！”“拿稳了，别激动！”马魁连忙说。

唐兴国捧着手表，眼泪下来了，他把手表递给未婚妻，未婚妻的眼一热，泪珠就滚落下来。她抹了一把眼泪，依旧忍不住地埋怨："你个臭嘎嘣的，早给我不完了吗？还麻烦警察同志。警察同志，谢谢，谢谢！"

埋怨着、说着、笑着，这一刻，任何情绪都抵不过失而复得的甜蜜，马魁和汪新望着两人渐渐拥抱在一起的身影，悄无声息地离开了。

秋天的日光，透过车窗。坐在座椅上的女乘客昏昏欲睡，小男孩坐在她身旁，扭了扭身体喊："妈，我想尿尿。"女乘客睁开眼："快到站了，憋一会儿，下车尿去。""我憋不住了。"

女乘客望向行李架上的旅行袋，担心行李被人拿走，就对小男孩说："那你去吧，妈瞅着你。"

不远处站着的刘桂英，看到小男孩起身走了，她凑了过来，用身体挡住了女乘客的视线。她倚着椅背，嗑着瓜子，女乘客探头让开她的身体，视线追逐着小男孩。刘桂英有意无意移动身体，遮挡住她的视线。

小男孩走进厕所刚要关门，一个男乘客挤进厕所，迅速关上了门。

见自己的视线总是被遮挡，女乘客站了起来，朝厕所望去。看不到儿子的身影，她心下有点焦急，不时地朝厕所方向望着。

等了几分钟，见儿子还没回来，女乘客彻底慌神了。她快步走到厕所门外，欲打开厕所门，发现门上了锁。女乘客焦急地敲门，片刻，厕所打开半扇门，她朝厕所里一望，并没有儿子的身影，冲着男乘客问："我儿子上厕所来了，他哪去了？""我在里面呢，哪有孩子啊？是不是走丢了，赶紧报警吧！"

男乘客的话，吓到了女乘客，她疯了似的去寻乘警。女乘客刚走，男乘客关上厕所门，门后地上，一只小手露了出来。

刘桂英挪到车厢门处，抱着胳膊靠在一旁。那个男乘客提着一个鼓囊囊的袋子，路过刘桂英时，把袋子放在她的脚旁，然后若无其事地朝前走了。

这时，女乘客已经在两位乘警的陪同下，匆匆而来，他们从刘桂英身边经过。刘桂英露出了半张侧脸，偷眼望着，她脚边的袋子微微动了动。

火车嘶吼着，车窗外阴天了。

乘警怀着沉重的心情，一下车就进了乘警队的会议室，胡队长早已等在了那里。每一个人的心情都不好过，胡队长面色阴沉地说："先说说情况吧！"

最先见到孩子妈妈的乘警说："我们接到孩子母亲报案后，立刻兵分两路，迅速寻找，在火车到站前，没找到失踪孩子。后来车到站了，我们下车找，还通知了到达站，可还是没找到。”“你们是不是没搜彻底?”“我们带着孩子母亲一块搜的，能搜的地方都搜了。”“那这事就怪了，一个大活人，说丢就丢了?”“领导，时间非常紧迫，我们确实尽力了。”

胡队长不语，他望了望马魁，马魁问，孩子是怎么丢的。乘警一五一十说了详细经过。马魁还是发现了蛛丝马迹，孩子妈被人挡住视线，孩子这时可能已进了厕所。汪新摇摇头说，孩子妈说的话也不一定准确，或许孩子可能没进厕所，被人贩子拐跑了。

分析了半天案情，汪新惹火了马魁，胡队长劝他消消气。马魁冷静下来，说孩子要是没进厕所，就是有人把他拐走了；要是孩子进了厕所，厕所里那个男人就有很大的嫌疑。汪新问：“你是说，当时那孩子可能还在厕所里?”马魁说：“我当刑警的时候，赶上个案子，一个老头偷了一只兔子。他躲在厕所里，把兔子打晕藏门后了。”

胡队长一听，是这道理，望向最开始搜寻的乘警，问道：“查清楚厕所里那个男人的相貌特征了吗?”马魁紧接着又提示了一句：“还有挡住孩子他妈视线的人。”乘警一听紧张了，忙说：“当时急着找孩子，没来得及问这么细。后来找不到孩子，孩子母亲急晕了，直接送医院去了。”

马魁冷静地分析说：“孩子上厕所时，孩子妈被挡住视线，然后孩子就丢了，这一串事儿都太巧了。要都是人贩子一手干出来的，那他们的作案手段是相当高明的。”

胡队长沉默了一会儿，说：“案子确实很蹊跷，这样，孩子这边，我们要尽量寻找线索，争取尽快把孩子找回来。另外，人贩子非常狡猾，大家一定要提高警惕!”

散会后，大家走出会议室时，外面的天已经黑了，夜风凉。黄叶舞秋风，街道上铺了一层又一层。

这日，马魁正在家门外做煤球，看到汪新提着工作包走来，忙问他来干啥。汪新说，他帮马燕找了几本复习资料。马魁让汪新将复习资料交给他，汪新不肯，说他在资料上划了重点，要亲自跟马燕讲解。

马魁回头看了一眼屋里，压低嗓门说：“小子，你别以为我看不出来。你小子一撅腚，我就知道你拉什么屎，你来找马燕，不就是为了气我吗?你有事儿，冲我来，要打要拼我伺候着，别祸祸我闺女。”“我怎么就祸祸您闺女了?”汪新说着，就从包里掏出几本复习资料，“你瞅瞅，我说瞎话了?这是不是复习资料?这是我跟一乘客借的，你见天把马燕高考挂嘴边，得动点真格的，当爹的还不如我这当同学的。”

瞧着汪新理直气壮的，马魁气得不知道说什么好了，汪新随即进了屋，敲开了马燕的房门。汪新把复习资料给了马燕，她一翻顿时一脸沮丧。看马燕脸色不好看，汪新说：“拉着个脸干啥？好不容易给你淘换的。好好看，回头考个大学，离老马头远远的。”“那是我爸，干吗离他远远的。”“天天守着这么张驴脸，你不难受？”“能不难受吗？我都难受死了。”

两个人说着悄悄话，挤对着马魁，说到合心处，两个人笑得直不起腰来。回归正经，汪新问马燕，想考哪儿的大学，想考啥专业。马燕问都有啥专业。汪新摇摇头，他又没上过大学，哪儿知道。

马燕鼓动汪新跟她一起考大学，双双远离老马头。汪新说，他三天两头地跟车，一趟就是两三天，哪有工夫复习。马燕笑道：“我发现，这人呀！劝别人积极努力的时候一套一套的，轮到自己的时候吧，那更是一套接着一套。”“咱俩情况不一样，努力方向不一样，这出人头地的艰巨任务，就交给你了。马燕同志，努力吧！世界是你们的，也是我们的，但早晚是你们的，你们就像早晨八九点钟的太阳……”“行了，行了，打住吧！”不等汪新说完，马燕就打断了他的说教。不一会儿，两个人又开始了窃窃私语。

已经做完煤球回屋的马魁，坐在桌旁，闭着眼睛，听着女儿房间不时传来的笑声，心里像打翻了五味瓶，脸上的肌肉仿佛是跳了起来。王素芳进屋看到这一幕，问道：“你跟一尊佛一样，等着供品呢？”马魁气哼哼地说：“再过十分钟，赶他走。”“人唠得挺好的，燕子都多久没这么高兴了，一会儿我还留小汪吃饭呢！”“咱家没有汪家人的碗筷！”“你在里头这些年，汪段长可给咱们家帮了不少忙，一到冬天帮着盘炉子、换烟囱，到了夏天张罗着糊天棚……”马魁打断说：“他那是心里头有鬼！”“你小点声，别让孩子听见。老马，我可把话说前面，不能总闹动静。”王素芳说到这儿，咳嗽起来，马魁连忙好言劝着。房间里又传来女儿银铃般的笑声，马魁再次闭上了眼睛，暗气暗憋。

直到夜深，马魁把喝醉了的汪新送回家时，他这口气也没有顺过来。汪永革见马魁搀着汪新进屋，急忙上前和他一起，把汪新放倒在炕上。瞧着儿子迷迷糊糊的样子，汪永革心疼地问：“这是喝了多少酒？”马魁看了汪永革一眼，说：“把我的酒都喝了！”“老马，你不但教汪新本事，还管酒管饭，这样的师傅上哪儿找去。”“是啊，我欠你们老汪家的！”

听了马魁的话，汪永革识趣地从抽屉里拿出几张粮票，塞到马魁手里说：“老马，你拿着。”“你这是干什么？”“谁家的粮都不宽绰。”“可也不用拿这么多。”“备着吧！说不定哪天他又去了。”“还想叫他去我家吃？”“徒弟到师傅家吃饭，说得通。”“这账啊，就怕乱，一笔是一笔，得挨个算！”马魁说着，就把多余的粮票放在桌上，汪永革苦笑：“还是这副老脾气。”

马魁凝视着汪永革，像是有话说，汪永革看了看炕上的汪新，示意马魁出去说。马魁和汪永革出了屋，一直走到大院门外，才停下来。

二人先是沉默了一阵，直到马魁憋不住问：“等啥呢？说吧！”“不是你有事吗？”“是你有事吧？”“我还以为你有事要跟我说，不会是汪新又惹祸了吧？”

马魁冷冷地哼一声，汪永革继续说：“他要是不听话，你只管跟我说，我教训他。”

马魁答非所问：“心虚了，张不开嘴了？”“老马，你喝醉了吧？”“还装！”“你能不能把话说清楚了？”“当年，你是不是都看见了，你为什么不给我作证，你明明就在现场！”“我真的不在现场，你看错了。”说这话时，汪永革的眼神里夹杂着一丝犹豫。

事到如今，汪永革还这么说，马魁的心里刺痛的感觉卷土重来，差点一口老血喷出来，他扭头走了。

马魁的身影渐渐消失在夜色中，汪永革蹲了下来，捂住了眼睛。也许，汪永革的那一丝犹豫，就是既定的答案。

汪永革再一次听到了发问，马魁再一次听到了答案，两个人谁都不曾改变，误会加深，只能无言。隔了十年，或许早已无话可说。

汪永革从外面走回来时，就看到汪新在厨房里，一手扶着水缸，一手拿着水舀子喝水。汪永革狐疑地问：“你这是真醉了，还是演戏呢？”汪新打了个水嗝：“一半儿一半儿吧！”“要的是哪门子心思？”“这老马头，挺难摆弄的。”“别总琢磨那些邪门歪道，对你不好！心思得用到正地方，老老实实做事，踏踏实实做人。”“爸，不是我不好好学，是马魁的心太黑、手太狠！”“我最后说一遍，你没权利选师傅，组织安排的必须服从，再说得清楚点，这就是你的命！”“听爸一席话，感觉这脑袋通透了。”

离开汪永革的家，马魁不否认自己的脆弱，这一刻，他失魂落魄。只是，他不会放弃追寻，直至他找到想要的真相。这十年，马魁从来不敢遗忘，汪永革也是如此。

人生有多少个十年，他像是做了一场噩梦：十年来，与妻女分离；十年来，蒙受不白之冤。十年心路，是一条乌黑冰冷的河流，不知流向。十年怨恨之火，难以熄灭……

马魁回到家里，整理好情绪，提着暖壶，敲了敲女儿的房门。马燕正在津津有味地看小说，听到敲门声，立即把小说收进抽屉，把课本端正地放在桌前。收拾好一切，马燕开了门，从始至终，她没有抬头看马魁。

马魁给马燕倒了一杯水，说："头抬高点，别把眼睛看坏了！不能坐太久，起来活动活动。""刚才活动完了。"马魁望向课本，说："我记得之前进来的时候，你看的就是这页。""怎么会呢？您记错了。""你爸是干什么的，盯上的东西，跑不了。""也可能是看到后面，又翻回来了吧。""倒有这一说。燕子，这学习啊得专心，打开书，就要一心一意地钻进去，碰上不会的题，坚决不能放过……"马燕听得耳朵都磨出了茧子，打断说："一定要迎难而上，研究明白，今天解决一个问题，明天解决一个问题，一年三百六十五天，就能解决三百六十五个问题……""这弄得比我还明白。""爸，您别总为难汪新。"

听到女儿提到汪新，马魁的心像是被扎了一下，只要闺女提到汪新，她对他这个父亲的姿态总是放得那么低，像一只小绵羊。马魁沉默着，并不答言，他闭了会儿眼睛，再次回头望望那十年，他过不去那个心坎儿。

窗外满月了，大大的月亮高高地悬在天上。很多事情，看似无心之举，实则命中注定。

火车行驶着，驶过秋天的原野。马魁和汪新一前一后，在车厢里巡视。走着走着，马魁站住身。他看见白玉霞和一个男人亲昵地依偎着，闭目养神。马魁沉默了一会儿，带着汪新从他们二人身边，匆匆而过。马魁面无表情，汪新心里犯嘀咕："怎么换人了？"

火车到达海河车站，站台上，那个叫宋朝华的男人与白玉霞依依惜别。直到火车快要开了，白玉霞才告别那片温柔，恋恋不舍地上了车。

白玉霞站在车厢门内望着宋朝华，他朝她挥了挥手，两个人的眼睛倾注了全部的情意。当白玉霞回到座位，火车缓缓启动时，她感觉到了一只手的温暖，那是宋朝华的手，她微笑着问："你怎么没走啊？"宋朝华笑答："舍不得你。"

两个人说着话，手牵着手一起去了车厢连接处，这一刻的紧紧拥抱，不需要太多言语。窗外枝头那只秋天的鸟儿，它不在笼中，冲向天空。

火车到了哈城站，卢学林守在站台上，他接过白玉霞手里的旅行包，搂着她的肩膀，快步向出站口走去。望着他们离去的背影，宋朝华黯然神伤。

马魁和汪新远远地站着，望着这一幕，汪新摇摇头说："这是变戏法吗？真有意思，那女的可不讲究啊！"马魁骂道："你懂个屁，两地生活不容易。算了，说了你也不明白。”“您不是也两地生活过吗？”“那又怎么了？”汪新话里有话地说：“我就是受了点启发。”马魁怒道：“你小子是不是找揍啊！”

汪新见状不妙，拔腿就开溜了。马魁气呼呼地想，这小子，八百个心眼子都不止，闺女比起他，就是一只小白兔。想到了闺女，马魁就想回家了。

今夜无风，铁路工人大院内静悄悄的。姚玉玲刚从外面回来，走到楼梯下时，牛大力叫住了她。牛大力背着手走到她的近前，拿出一块豆饼子说：“拿回去烤烤，可香了。”姚玉玲撇撇嘴说：“谁知道你是从哪偷的，我可不要。”“不是偷的，是熟人给我的。”“你家是牛家沟的，在咱这有熟人吗？”“我一个老乡在豆油厂，他给我的！你把我想成啥人了，我那回也不是偷鸡，是换鸡！再说就算偷了，我也没把你供出来。”“你这话什么意思，我要是知道那是偷来的鸡，也不能吃！”“好了，不说了，赶紧拿着吧！”

牛大力让得真诚热情，姚玉玲也有点馋了，她刚要伸手，就听到不远处飘来一句话：“说悄悄话呢？”姚玉玲和牛大力吓了一跳，就见蔡小年直愣愣地站在那里，姚玉玲对牛大力翻了个大白眼，快速回了家。

姚玉玲走了，蔡小年靠近牛大力，拿下巴朝姚玉玲家门口抬了抬，问道：“咋样了？”“挺好的。”牛大力硬着头皮承认，此刻他满脑子都是姚玉玲离开时的那个大白眼，哪怕是一个大白眼，被注意到了，他也喜欢。

就在牛大力脑子里想着姚玉玲时，蔡小年冷不丁抢过他手里的豆饼子，牛大力登时急了，嚷道：“给我！”“豆饼子，真香，见面分一半！”蔡小年说着，掰了一半豆饼子，转身就跑。牛大力追上去，拽着他进了自己家。

哥儿俩掰着豆饼子，喝起了小酒。牛大力对姚玉玲的心思，蔡小年看得明白，问道：“这又是给小姚淘换的吧，老话说上赶着不是买卖，搞对象也是一样。”牛大力苦恼地说：“你说我到底哪儿不行？这丫头死活不拿眼皮夹我。”“早跟你说了，你跟小姚就不是一个路子。要换了我是小姚，我跟汪新也不跟你。”“你啥意思？”“我没别的意思啊，我是帮你分析。人家汪新是警察，是干部，你就是一工人。”

牛大力气得叫起来：“工人咋了？你看不起工人阶级？你不也是工人？你们全家都是工人！”蔡小年继续说：“别给我扣帽子，有个顺口溜没听过吗？有女不嫁司炉郎，三天两晚守空房；有朝一日把家归，带回一包油衣裳。小姚跟了你，你能给人家啥？跟着汪新那就不一样了，拿脚后跟都能想明白的事儿你咋就不开窍呢？”“你小子到底哪头的？”“我当然你这头的，咱俩这一趟线上风里来雨里去多少年了，我就是看你在这一棵树上吊死，不落忍。”

蔡小年说完，喝了一大口酒。牛大力则一口闷了，他的叹息声，在酒杯里荡漾。窗外起风了，牛大力心里空空荡荡。一杯一杯苦酒下肚，牛大力觉得自己一无所有。

翌日休班，马魁提着一兜菜，刚走进家门，把菜兜子递给妻子，就听到女儿房间传来的欢笑声，他头顶立刻生出一团火。王素芳一瞧，轻声细语地说："小汪来了，刚来没一会儿，你消停点。""又来混饭吃？""人家哪回来都没说要吃饭，不都是咱们主动留的嘛，再说人家也没占咱家口粮，给的粮票只多不少。""我进去看看。""老马，你过来，我跟你说句话。"

王素芳一看马魁那脸色，连忙制止，把他拽进自己房内，关上屋门。马魁望着她说："这是咱的家，说话还用关着门吗？""坐下说。"

马魁坐在炕沿上，王素芳继续说："老马，咱们这么说吧，自打小汪常来咱家串门后，燕子的笑模样比以前多了，话也多了，这是好事。""还好事？""闺女高兴了，不是好事吗？""你知道啥？这小子是故意气我。""那也是你先给人家气受。""你到底是哪头的？""闺女这头的。"

王素芳开导马魁："你也看到了，燕子的性格多孤僻啊。平常下班就闷在家里，大门不出二门不迈的，能有个唠得来的人，多好！"马魁说："小伙哪能总往大姑娘家跑，这事传出去不好听啊！""人家是同学关系，有什么呀。再说了，小汪是你徒弟，他来师傅家，是多亲多近，谁也挑不出刺儿来。""那小子肚子里转的是什么轴，我清楚。他是在逼我赶他走，臭小子，你想得美！"

夫妻俩窃窃私语了一阵，听到女儿房间有动静，就走出房内，看到汪新关上了女儿的房门，和他们告别。王素芳刚想张口留饭，就被马魁不动声色地劝阻了，王素芳笑着："小汪，没事就过来。""婶儿，我来你们家，就跟回了自己家一样，可自在了。""那就好，我和你师傅都欢迎你常来。""没说的，再见。"

汪新走了，马燕站在门口，望了一会儿。少女的心事逃不过马魁的眼睛，他说："燕子，以后跟汪新少来往。""为什么呀？""没有为什么，我说少来往就少来往，这个家，我说了算！""我真没想到，您是这样的人！""没想到我是这样的人，那你说我是哪样的人？你了解我吗？""您出去十年，我当然不了解您。"

"你以为是我想出去十年吗？这十年来，我经历了什么，是怎么过的，你不清楚！"

"您说我不知道您那十年是怎么过的，可您也不知道我这十年是怎么过的！""那你先说你咋过的，完后我再给你讲我咋过的。"

"这十年，我入不了少先队，也入不了团，就连班干部都选不上，我学习再好再努力，也没有用！同学们都不愿意跟我玩，甚至，都不愿意跟我说话。我知道，他们都看不起我，都在嘲笑我，包括他们的父母。我不敢说话，不敢上街，同学欺负我骂我，我也不敢还嘴。我知道，就算我反抗，也没有用，除了我妈和江新，没人会帮我，没人会可怜我同情我！我以为，我的人生就这样了，多少次我站在河边，想跳下去，一了百了。可我想起我妈，我不忍心留下她一个人，我不想让她难过，她身体不好，我得留命活着，陪着她，照顾她……”

提及往事，马燕边说边哭，王素芳也忍不住悲从中来，上前抱住了马燕：“孩子，你别说了，妈的心都碎了！”

原本，父女俩言辞激烈，王素芳几乎插不上嘴，偶尔说一两句劝和，也被他们父女俩的声音淹没。只是，当马燕溯及过往，王素芳难以释怀，那艰难的时光，是泪水洗刷过的。

望着妻女失声痛哭，马魁转身进了里屋，他眼中有泪，却没有流下来。这十年，马魁曾经一度以为，他的眼中不会再有泪水了；这十年，每一次稍稍碰触，都扎了心肠。他痛苦地闭上了眼睛，像是暂时关闭了悲伤。

夜半，大风刮过，电闪雷鸣，大雨倾盆而下。豆大的雨珠敲打着窗子，整座屋子都像是在瑟瑟发抖。马魁家的窗户被风吹开了，大雨被吹进屋里。马魁爬上炕，关紧窗户，雨水从棚顶滴落下来。王素芳拿着两个罐头瓶子，把瓶子放在地上接雨水。“燕子那屋咋样了？”马魁问道。“还行，一个盆够了。”“这一下雨就漏，也不是个事儿，等我跟领导说一声，看能不能换个地儿住。”

王素芳说，也不是天天下雨，将就住吧。马魁刚回来，就跟领导要这要那的，传出去影响不好。马魁理直气壮，他也不是戴罪回来的，怕什么。王素芳不想惹事，让马魁听她的，别去招惹闲话。马魁感叹说，下辈子千万别跟他过了，遭老罪了。王素芳问马魁，那她这辈子遭的罪，找谁算账去？

第六章

第二天，雨后天晴。汪永革在院子里晾晒衣服，正好姚玉玲看见，忙上前说："汪叔，这是要晾衣服啊，我帮您。""不用不用，我自己来。""都碰上了，怎么也得伸把手。"姚玉玲说着，就上手了，隔了一会儿，她又说："汪叔，这件衣服没洗干净。""等我再搓搓。"

有这样表现的机会，姚玉玲怎会错过。她说，正好她也有衣服要洗，不如拿去一起洗了。不等汪永革说啥，姚玉玲拿起那件没洗干净的衣服就走。对于姚玉玲这种热情，汪永革颇感诧异。

马燕背着书包来到铁路工人大院，姚玉玲正站在公用水池子旁洗着衣服，她一看到马燕，嗓子拿捏得有点尖："哎，你是卖咸菜的那个马燕吧？"

马燕没有理会姚玉玲的阴阳怪气，而是大声喊汪新。姚玉玲尖着声说："他没在家，你找他啥事，我帮着转达吧！"马燕不接姚玉玲那茬，接着喊汪新，汪永革从屋里出来，告诉说："汪新那小子还没回来，燕儿，进屋唠！"

马燕正准备进屋，就看到了汪新，只是姚玉玲比她更快一步，凑到汪新面前说："汪新，有人找你。"汪新对姚玉玲点了点头，看向马燕问："你咋来了？""找你有事。""那进屋说。"

汪新招呼马燕进屋，马燕暗暗给了姚玉玲一个眼刀子。进屋后，马燕从书包里掏出数学练习题册，说有几道题要请教汪新。汪永革端着一盘西瓜走了过来，让马燕先吃西瓜再学习。马燕笑着拿起西瓜吃，让汪新也吃瓜。汪永革看了看两人，转身回了自己屋。

房间里有点闷，汪新提议去大院里解题。于是，马燕啃着西瓜，端着西瓜盘，汪新拿着文具夹着练习册，来到院子里，坐在小马扎上看书解题。姚玉玲洗着衣服，不时地望向汪新与马燕，他俩小动作不断，嬉戏玩笑声让她心里酸水直冒。

汪新一看那道数学题，头当时就大了，他根本就不会。马燕鼓励说，上学那会儿汪新数学可比她强，琢磨琢磨说不定就弄明白了。汪新发狠了，今天他非得把这道题解出来不可。汪新皱着眉头，在纸上演算。马燕托着腮在一旁看，还不忘瞥一眼姚玉玲。

姚玉玲突然大声喊："汪新，你有没有衣服要洗，我一水洗了得了。"汪新摆摆手说："我今天刚换的衣服，干净着呢！""别客气，顺手的事。"姚玉玲热情过了头，整得汪新有些不知所措，他尴尬地冲马燕笑了笑，马燕哼了一声："还有人给你洗衣服，人缘不错！""那是，走到哪儿都是个亮堂人儿。"

姚玉玲的这一嗓子，把牛大力从家里喊了出来，他走到姚玉玲跟前说："我正好有件衣服要洗，要不你给我洗了得了。""拉倒吧！你那衣服要是放进盆里，把水染得跟墨汁一样，别的衣服还不如不洗。""谁说的，不信你洗洗。""晚了，洗完了。"姚玉玲说着，端起洗衣盆就走了。牛大力讪讪一笑，望着姚玉玲的背影，半天才回屋。

姚玉玲和牛大力的一言一语、一举一动，汪新都看在眼里，以至于他好一会儿都没转过神来，马燕拉扯着他说："别看热闹了，赶紧解题。"汪新叫苦："这玩意我是真不会，我就会写个解和答来着。"汪新紧皱眉头，马燕嘴角上扬，拿起笔隔空对着汪新比画。汪新忍不住问："干啥呢？""我想试试你眉头的褶子，能不能夹住这根笔。"

两人嘻嘻哈哈，大院里飘荡着一串串笑声。这笑声随风飘荡，潜入有心人的耳中。汪永革透过自家的门帘，望着儿子和马燕若有所思；姚玉玲心情复杂，透过窗子关注着这两人的言行……

情不知所起，一往而深。牛大力为情所困，整日郁郁寡欢，虽没影响到工作，却影响到他人。他挥舞着铁锹，埋头给锅炉添煤，一声不吭。老蔡望了他一阵了，说："大力，你这是吃饭噎着嗓子眼儿了？咋一声不吭？"老吴接话道："他准是琢磨小姚呢！"被老吴戳中心事，牛大力否认说："我才没琢磨。""我早看出来了，你一跟小姚说话，就脸红脖子粗的，嘴都咧成瓢了。""就我这脸色儿，还能看出红来？""大力，你就说你是不是稀罕小姚？"

姚玉玲的名字只要在耳边响起，牛大力的心就控制不住地沸腾，只是老吴的问话让他陷入了沉默。看牛大力不说话，老吴瞥了他一眼说：“不说算了，本来还想帮你支支招呢。”一听老吴说有招，牛大力激动了：“你有办法？”“你看，让我说准了吧，青瓜蛋子，我一拿一个准儿。”

老蔡一听，笑着说：“大力，当着我俩的面，你还有啥可背人儿的，把心思倒出来，咱们三个一块琢磨，说不定就给你琢磨出来了呢！”牛大力犹豫片刻，还是耐不住说道：“那我就直说了，我喜欢小姚！可看小姚和汪新处得挺热乎，我这心里七上八下的。”

老蔡推心置腹地说：“大力，叔是过来人，跟你说句掏心话，那小姚确实长得漂亮，还年轻，工作也体面，黏在她身上的眼睛保准少不了，咱不说别的，就说你娶了她，能放心吗？”“有啥不放心的，再说也得看人，在一个院里也住了两年了，她是啥人，你们看不出来吗？”

听牛大力对老蔡这么说，老吴哼一声：“那姑娘整天描眉画眼的，换着样地穿漂亮衣服，我看她不像过日子的人。”老蔡附和说：“跟我看一块儿去了。”牛大力望着他俩，极度不认同：“女的哪有不喜欢打扮的，更不用说长得好看的，这个我理解。何况，她就是一枝花，我就要铆足了劲儿攀花枝。”老吴和老蔡一听，都忍不住感叹：“这小子完了，这是被迷住了，自古好汉难过美人关。”

等了一会儿，见两个人都不说话，牛大力觍着脸问：“你们不是说要帮我想办法吗？”老蔡抬了抬眼说：“老吴，这可是大力的人生大事，咱们得使使劲儿。”“嗯，正经得费费脑子了。”老吴话音一落，和老蔡再也无话，只剩下牛大力，愣头愣脑地呆在那儿。

火车往前开，开过田园与屋舍，开过路途与风景。

硬卧车厢里，四个乘客正在热火朝天地打扑克。突然，一个姓陈的乘客高声讲：“你们等一会儿，我去吃片药。”说着，就穿上了拖鞋。“输得小心肝受不了了？”旁边的乘客得意地笑道。“你别得意，一会儿我把你裤衩都给赢来，让你光着腚下车！”“光腚好，风凉！”

两个乘客斗嘴，正好被巡查车厢的马魁和汪新听见，马魁提醒说：“同志，你们小点声，别打扰其他乘客休息。”“我这紧压着嗓门呢。”瞧着姓陈的乘客一副不服气的样子，汪新插话说：“叫你小点声就小点声，要不你们就换个地方玩儿！”“有话好好说，凶啥呀！再说我这嗓门是爹娘给的，就这么大动静，受不了你找我爹娘说去！”说完姓陈的乘客就走了。

汪新哼了一声：“怎么还有理了！”马魁看了他一眼，抬步向前走去，汪新紧跟了上去。

姓陈的乘客回到自己铺位旁，伸手拿起挂在衣架上的衣服，猛然一回神，他赶紧俯身在铺位下寻找，叫喊道："我的鞋没了！"姓陈的乘客嗓门儿大，惊动了马魁和汪新，他们停住脚步，回身过来。汪新问："什么鞋？""一双新皮鞋，黑色的，我媳妇刚给我买的，花了不少钱呢！"

在汪新与姓陈的乘客对话时，马魁扫视四周，周围的乘客有的坐、有的躺，其中一个老头靠着被子看报纸，他扫了马魁和汪新一眼，收回眼神，继续看报纸。"你看这事怎么办？"马魁问汪新。汪新琢磨片刻，问姓陈的乘客："同志，你什么时候离开你的铺位的？""也就不到一个小时吧。"

听姓陈的乘客这么说，汪新问："各位同志，你们在这一小时内，有谁一直没离开这？"汪新话音一落，一个乘客说："我刚上了趟厕所。""谁能作证？""我能给他作证。"另一位乘客毫不犹豫地替那人出头，汪新转过头问他："那你呢？""他去上厕所，我去抽了根烟。"这时，为自证清白，一位乘客打开自己的包，说："我一直睡觉呢，没离开过。我就这一个包，你们可以检查。"

汪新看了看乘客的包，又看向老头。老头依旧若无其事地看报纸，汪新走上前，碰了碰报纸问："大爷，您呢？"老头抬起头说："你说啥？我耳朵不好使。"汪新抬高声音："这位同志的鞋丢了，您看见是谁偷的吗？"老头大声说，他没瞅见。汪新要检查老头床铺下的包，被马魁制止了，他朝老头笑了笑："我们再去别的地方找找。对了，谁要是发现了那双鞋，去餐车找我。"

汪新虽然有点不解，但马魁很强势，汪新只好跟着他走。走到了车厢连接处，他们身后姓陈的乘客憋不住了，问道："警察同志，我的鞋怎么办呀？"马魁站住，回过身说："可能是你动静太大，烦着人家了，让人拿走了。""烦着了可以说呀，怎么能偷我的鞋呢，这是犯法呀！""这样吧，你去玩你的，我争取尽快把鞋找回来。""行，我信你，要是找不到鞋，我可就下不了车了。""去吧，记住了，要小点声，要不衣服都得让人家给拿走了！""好，我一定注意！"

等到姓陈的乘客远远离开，汪新终于忍不住了，问："马叔，您怎么不让我查那个老头的包呢？""要是那样的话，这车上每个人的包，你都得查。""我看那个老头有点问题。""说来听听。""那老头不是说他耳朵不好使吗，可咱们刚过去的时候，他扫了我一眼。"

汪新说着，脑海里不断闪现那一刻的情景，继续说："他要是真耳背的话，怎么会发现咱们过去了呢？所以说，他是装的！""行啊，你小子长进了。""原来您也看出来了呀，怎么不抓他？""不急。""办案还不急，这是啥道理？"

汪新不断追问，马魁没再答言，抬腿就走。到了餐车，马魁和汪新坐在桌前，马魁眯着眼睛，像是睡着了。汪新忍了又忍，终于还是忍不住了，起身就走，被打盹的马魁叫住。汪新说，他想来想去，那双鞋一定是老头偷的，得把他逮住，等他下车就晚了。马魁让汪新稳坐钓鱼台，票都查过了，都是到宁阳的旅客，没人为了一双鞋提前下车。汪新实在想不明白，马魁让他慢慢琢磨着，要是实在坐不住，就翻几个跟头。

就在汪新还想说啥时，看到那老头提着一个布包走了过来，马魁客气道："老人家，请坐。"老头站在马魁面前说："警察同志，实在不好意思，这双鞋是我拿的。"老头说着，从布兜里掏出一双鞋，放在桌上，继续说："我看地上放着一双鞋，半天没人来穿，还以为那人下车了，就把鞋收了起来。警察同志，我错了！"

马魁告诉老头，把鞋送过来，就没事了。老头诚惶诚恐地一再道谢，转身刚要走，却被汪新叫住。汪新把手铐掏了出来，老头一看这架势，顿时吓坏了，哆嗦着，裤裆湿了一片。马魁喝道："汪新，你要干什么？收起来！""偷了东西，就是小偷，怎么能放走呢？"马魁霸道地说，他说放就放。

马魁拦着汪新，放任老头离开。汪新盯着马魁，眼光冒火，重重地把手铐摔在桌上。马魁指着汪新说："都把老人家吓尿裤子了，这要是留下病根，你就是作孽呀！""有贼不抓，等到手又放了，我不明白！""人这一辈子，谁没犯过错，知错立马改正了，就还是个好人，能放一马得放一马！""那我也改正了，您为啥还抓着我的小辫子不放呢？""谁让你是我徒弟了。""马叔，我知道您看我不顺眼，要不干脆把我赶走算了。""那不便宜你了？小子，你死了这条心吧！"

马魁言辞坚定，汪新心里叫苦，他们师徒之间，彼此都在承受着对方的敲打。

终于回家了，回家的感觉真是舒服。想到家，想到妻女，马魁心头暖暖的。当他夹着包，风尘仆仆进屋时，王素芳正在择菜，她赶紧放下手里的活，笑容满面地迎了过来。王素芳帮马魁把包放好，说："晚饭一会儿就好，你先洗把脸去。"

马魁问："燕子呢？""在屋看书。"

马魁正和妻子唠着，就听到了汪新的声音，他的脸顿时拉了下来。等汪新进了屋，王素芳笑着问："你们爷俩还一脚前一脚后的，咋不一块呢？"汪新说："我去了趟宁阳一中，找我从前的班主任去了。他现在教高三，我跟他要了几套数学卷子，这不赶紧给燕子送过来。”

马燕一听汪新来了，梳了梳小辫子，快步走出了房间。汪新从包里拿出一个大信封，说：“燕子，这儿套题给你。”“我看见卷子头就大。”“你不是数学不好吗？得多做题，老师给划了重点，我给你说说。”

在马燕的带领下，汪新去了她的房间。马魁阴沉着脸，王素芳捅了捅他：“脸拉得跟驴似的，也不谢谢你徒弟。”“谢不着。”“人家好心好意帮燕子提高成绩，你还甩脸子给人看，哪有你这么当师傅的。”“他那点小心思我还不知道？”

马魁痛心的是，他把汪新那点小心眼子看透了，偏偏闺女不甩他的好意，让他的心犹如钝刀子割肉。女大不由爹，软的不听，硬的不行，马魁拿女儿一点儿辙都没有。

汪新坐在桌前，让马燕好好把卷子做完，他拿着找班主任批改一下。马燕哭丧着脸问，能不做吗？汪新斩钉截铁地说，不能！现在就做！他掐着表，一个半钟头做完，就当是高考。在汪新的一再催促之下，马燕一脸不情愿地拿过试卷，耷拉着脑袋，咬着笔，脑子里像是长满了荒草，无从下笔。

就在马燕苦思冥想时，王素芳在厨房忙碌着，马魁走了进来，问：“你这炒仨弄俩的干啥？”“快到饭点了，不得留小汪吃顿饭？”“还真把咱家当食堂了。”马魁话音刚落，就听到汪新喊了一嗓子：“马叔，婶儿，我走了。”王素芳急忙留人：“小汪别走，吃了再走。”“今天就不蹭饭了，马叔，我回头再来。对了，我把燕子的试卷拿给老师看一下，批改完了再给送过来，我先走了。”

马魁没搭话也没抬眼看汪新，王素芳不停地向汪新道谢，汪新笑着说：“婶儿，您太客气了，燕子就跟我妹妹一样。她要真能考上大学，我也有功，脸上也有光。”

“小汪这孩子，真不错。”听着妻子对汪新的赞扬，马魁气哼哼地甩手回了屋。姓汪的就没好东西，汪新这小子跟他爹一样，鬼点子、坏心思多得很，真怕女儿吃亏上当。

汪新漫不经心地向家走去，走进大院时，他顺手收起自家晾晒好的衣服，却发现少了自己的那一件。正纳闷呢，只见姚玉玲拿着自己的衣服递了过来。汪新好奇地问：“怎么跑你那去了？”姚玉玲笑着说：“看你衣服掉了个扣子，给你钉上了。”汪新接过衣服，查看着说：“这扣子色儿不对呀，怎么是红的？”“红红火火，多好！”“就这一个扣子是红的，顶数它显眼。”“不喜欢算了，我给你拆了去。”“谁说不喜欢，这针线活儿不错，跟你妈学的？”“爸妈离得远，一个人在外面，什么都得会点。”“那倒是！玉玲姐，谢谢你。”“我们这是互相帮助。”

“对，革命同志要互相帮助。”

两个人说到这儿，都笑了。姚玉玲眼波荡漾，那一刻，差点淹没了汪新。汪新望着姚玉玲窈窕的背影，沉思片刻，转身欲走，却又站住身，他瞅见了牛大力。牛大力将这一切看得清清楚楚，他和汪新无话可说。

汪新抱着衣服进了家门，汪永革立马跟过来问，去哪儿了，怎么才回来。汪新说，去马燕家了。汪永革沉默片刻，提醒儿子，别总去打扰马燕，人家要考大学。汪新说，他是去送数学卷子，帮着马燕复习高考。马燕要是考上大学，第一个感谢的人就得是他。汪永革劝道：“听老爸的话，没事别总往你师傅家跑了。”汪新说：“放心吧，我有数。”

汪新心里有数，马魁心里却乱糟糟的，没有一点儿定数。他坐在餐桌旁发狠说：“燕子要是被姓汪的耽误了学习，明年再考不上大学，我要了那小子的命！”王素芳边摆碗筷边说：“人家一个劲地给燕子找复习题，这本来应该是你这当爹的干的事儿。你要真瞧着小汪不顺眼，就别带他了，省得你俩都难受。”“那不是遂了他的心思？那小子，就是不想当我徒弟，所以才总来没事找事，惹我心烦。”

王素芳劝马魁别这么小心眼儿，整得家里鸡飞狗跳。马魁拿起筷子闷声吃饭，心里酸酸的，这家里尽是胳膊肘往外拐的。

宁阳站到了，深秋的色彩更浓了一层。北方的深秋，满目萧然，更显得伤感。

马魁在车厢里遇见了正准备下车的卢学林，他胳膊上戴着黑纱。马魁关切地问：“这是家里老人过世了？”“我老父亲走了，回来奔丧。”“媳妇没跟你一块回来呀？”“她提前回来了。”

卢学林说完，转身欲走，又站住身说：“那回在车上喝大了，让你见笑了。”“我都忘了。”“我和媳妇和好了，现在她也不催我回来，日子很平静。她对我更加关心和体贴了。我就说嘛，困难都是暂时的，只要互相理解，不管多大的坎，都能迈过去。对了，我还欠你一杯茶呢，等下回见面，我还给你。”

马魁笑了笑，催卢学林快走。卢学林提着旅行包朝车厢门走去，马魁望着他的背影若有所思……

秋去冬来，雪花飘在空中，飘飘荡荡。火车行驶着，车窗上结着薄薄一层冰花。车厢连接处，老瞎子坐在破棉垫上打盹。马魁走了过来，把一件棉衣盖在他的腿上。老瞎子摸着棉衣说：“碰上好心人了。”马魁会心一笑，朝前走去。

车厢里四处坐满了人，刘桂英用围脖挡着半张脸，慢悠悠地走来走去。刘桂英路过老瞎子时，他嗅了嗅鼻子，他的手里握着好心乘客给的吃食。刘桂英朝前走，老瞎子却穿过拥挤的人群追了上去，步伐意想不到地快。

老瞎子追到车厢连接处，刘桂英停下脚步靠在车门旁。老瞎子站定，在人群中嗅着鼻子，他仿佛嗅出丢失女儿的气味儿，那份记忆仿佛很远，又像是在眼前。刘桂英有些好奇地看了看老瞎子。

火车到站，站台上铺着一层浅浅的雪。准备下车的乘客挤在老瞎子身边，刘桂英从老瞎子身边走过去，老瞎子拎起破袋子，拿着破棉垫嗅着鼻子跟着她。

车厢门打开了，老瞎子随着人流下了车，他嗅着鼻子，在人来人往中被乘客挤撞得失去判断的方向。刘桂英回头看了一眼老瞎子，迅速离开，在记忆里的那种味道消散了，老瞎子茫然失措地站在站台上。

马魁和汪新在车厢里巡视时，听到了孩子的啼哭声。他们闻声而来，在一个座位前驻足，俯身查看，片刻后，马魁拽出一个箩筐。

箩筐里啼哭的孩子瞧着一岁左右，是个男孩。汪新一看，立即朝车门奔去，大声喊："车上有个孩子！谁的孩子丢了！"马魁望着箩筐里的孩子，把他抱了出来，轻轻地摇晃着臂弯，孩子止住了哭泣，委屈的小模样让马魁的心柔软起来。

见孩子没人认领，马魁只好连筐子带人一起带到了乘警队。在胡队长的办公室里，马魁一直抱着孩子没松手。胡队长望着马魁说："老马，你这孩子抱得不专业。""那该怎么抱？"

胡队长刚想接过孩子示范一番，谁知一靠近，他就皱起眉头问："味挺大呀。"

马魁说："刚拉完。"胡队长一听，赶紧缩回了手："老马呀，你看这孩子怎么办？""先养着呗，等他爸妈来领。""谁养啊？""要不放你家？""你知道我离了，一个人过呢，哪有时间伺候他，实在不行就送福利院去吧。""这么小的孩子，送去多遭罪。""那怎么办，你领回家？"

马魁没搭话，胡队长看出了他眼睛里的犹豫，又说："这样吧，我放你几天假。你在家全心全意照看这孩子，等孩子父母来了，你再上班。"马魁想了想说："也只能这样了。"

于是，马魁就把孩子抱回了家。马燕看到小男孩，好奇地问："爸，你打算怎么处理这孩子？你不会是想把他领回家吧？""先在咱家放两天，等找到孩子爹妈，就给人送回去。"

孩子像是能听懂话似的，一听要送走，大哭起来。马魁从炕上把孩子抱在怀里，晃晃悠悠半天也没哄好。王素芳也过来哄孩子，孩子的哭声更大了。马燕被孩子哭得心烦意乱，说："别哭了，别哭了，再哭你就背过气去了。""别胡说八道。"马魁看了她一眼。"这咋哭起来没完了，他是不是尿了？这么臭！"

王素芳一看，还真是尿了，多年没有带过这么小的孩子，她都有点忘记了。王素芳忙找块尿布换上，发现孩子身上有些红斑，忙问马魁："你看看这孩子身上，一块一块的这啥呀？""看着可怪瘆人的，尿给捂的吧？"

王素芳越看越觉得孩子身上的红斑有问题，实在是不放心，就和马魁一起，带着孩子去铁路医院找沈大夫。

经过沈大夫的检查，确定是湿疹。沈大夫给开了药膏，嘱咐着该怎么涂抹。听了沈大夫的细致交代，王素芳真心实意地感谢，在她眼中，沈大夫一直是个温和柔软的人。

临走时，沈大夫望着这对夫妻，笑着说："这孩子也是福大命大，得亏碰上马哥这个大善人，要是落别人手里头，还不定怎么着。"

从铁路医院一回家，马魁就忙着给孩子上药，孩子不舒服，哭闹不停。王素芳拿着一瓶奶走到孩子旁边，哄着孩子喝奶。孩子哭声不断，她一时无从下手。

在房间温习功课的马燕，本来对学习就了无兴致，再加上这孩子的"魔音"绕耳，更无心思学习。她从房间出来，走到王素芳身边。王素芳歉意地问："是不是吵着你了？""妈，他这么一天到晚地哭也不是个事儿。""这孩子不是生病了吗，你多担待点。""妈，你歇会儿去吧，我来喂。""你连孩子都不会抱，怎么喂呀。万一呛着了，就麻烦了。"

突然，马魁来了一句："你会喂？"问完这句话，他才意识到自己有多傻，连忙找补说："这话问的，你当然会了。""就是，要不我怎么长大的。"马燕接话说。王素芳给孩子喂奶，不小心呛着了，她赶紧轻轻地拍着孩子的后背，惹来孩子的一阵哭泣。

一看这架势，马燕止不住问："妈，您也不行，给我喂过奶没呀？""尽说废话，我这是年月久了，手生了。""爸，要不您喂？""我还不如你妈。"瞧着父亲心虚的样子，马燕笑了："那我小时候，你俩谁喂的？""你吃的是妈的奶，不用这么喂。"孩子哭号不止，马燕被他哭得脑仁儿痛，从母亲怀里接了过来。

王素芳还有些担心，谁知孩子被马燕抱着，立刻不哭了。王素芳不敢相信地说："老马，你瞅瞅，这孩子往燕子怀里一放，立马不哭了。"

马魁瞪大了眼睛看着，难以置信，闺女竟然拿着奶瓶子，顺利地给孩子喂奶，忍不住问："燕子，你这是跟谁学的？""咱家周围邻居，生孩子的多了，看都看会了。"马燕说完，又冲着小孩说："小不点，慢点吃，都是你的，吃饱了长大个儿。”

王素芳一看，闺女喂起孩子来，还真有模有样，感叹说：“不是一家人，不进一家门。”“他跟咱可不是一家人。”马魁纠正着。“这要是咱家的孩子多好。”王素芳看着闺女哄孩子的温馨一幕，真心感觉到了幸福。

这时，马燕问：“要是一直找不到孩子爸妈，你们打算怎么处理他？”王素芳说：“那咱就养着，正好给你添个弟弟。”“拉倒吧！妈，咱养不了他。我白天上班晚上还得复习，我爸三天两头地跑车，就剩您一人在家。您身子骨这么弱，可经不起折腾。”闺女的话，得到了马魁的赞同：“燕子说得对，养个孩子，可不是养猫养狗。”“再说了，我可不想要什么弟弟，您有我这个大闺女伺候着，您还嫌不够啊？”

瞧着父女俩难得一个鼻孔出气，王素芳想到了那个自己不幸流产的孩子，不无伤感地说：“老马，当年咱那个孩子要是生下来，这会儿都能打酱油了。”“让你受罪了。”“现在我就是想受那份儿罪，肚子又不争气了。”“可别这么说，当年要不是我被送去劳改，你怀的那孩子也不会掉，你也不会落下这一身的病。”“过去的事儿不提了。”王素芳说着，又望着闺女，“燕子，把孩子给我，你去学习。”

王素芳从马燕手里接过孩子，不承想孩子刚一离开马燕，就又哭了起来，马燕莫名有种当姐姐的成就感。她从母亲怀里要回孩子，哄着说：“哦，好好好，抱着抱着，这小东西真黏人。”哄了好久，终于把孩子哄睡了，马燕这才回自己房间。

夜已深，王素芳还坐在炕上絮褥子，孩子睡在一旁。马魁躺在炕上说：“别点灯熬油了，睡觉。”“我不困，躺下也睡不着，你赶紧睡。再说，孩子不能将就，小被子、小褥子、小枕头、小棉袄、小棉鞋、小棉袜，哪个都不能少。”“忙活半天，等人家爸妈来了，不是白做了。”“怎么是白做？到时候给他们拿走不就行了。”“我帮他们养孩子，管吃管喝，还得供着全套家当，这买卖亏本。”“这不像你说的话。”“我是怕你累着，万一把老病根给折腾犯了，我……”“你怎么着？”“我心疼。”“就看你这句话，不干了，睡觉。”“早知道这话好使，我还用费那么多唾沫星子。”

谁知，两个人刚关了灯，要躺下，孩子的哭声就在耳边响了起来。这孩子嗓门特大，有一嗓子要掀翻屋顶的感觉。王素芳赶紧打开灯，抱起孩子说：“呀，尿了，赶紧给他换个尿褯子。”马魁爬起身问：“尿褯子在哪儿呢？”“在你枕头底下。”“我说怎么总有股骚烘烘的味，原来枕着尿褯子睡呢！”

马魁从枕头下拿出尿裤子，王素芳正给孩子换着，屋门突然开了，马燕探进头来问："怎么了？""跟你有什么关系，赶紧睡觉去！"马魁喝止她说。"我怕你们不会弄。""就你会弄！不会弄怎么把你养大的？""您小点声，别吓着他，我回屋了。"马燕说着，就关上门离开了。她的身后又是小孩哇哇的哭叫声，她捂起耳朵，心里却想着那个小家伙："怎么这样黏人。"

人与人之间，常说缘分，这个孩子的意外到来，让这个家庭陷入兵荒马乱，各自又产生了各自的期待。

窗外落雪了，白茫茫一片，火车驶过白雪皑皑的原野。

车厢里人满为患，蔡小年很是忙碌着，他嚷道："查票了！查票了！宁阳的宁岗的，甭管您是南来的，还是北往的，把票都拿出来啦。"蔡小年的声音，飘荡在耳边，马魁和汪新也没闲着，认真地在巡查车厢。

汪新看到前方不远的卡座处，两根竹竿搭在前后两排卡座上方，竹竿上穿了帆布变成一个简易的"担架"，上面躺着个孩子。汪新眉头一皱，问道："这是谁的孩子？"一个乘客说："我儿子。""这太危险了，赶紧把孩子放下来。""孩子一上车就犯迷瞪，实在没地方待着。""那也不能放这儿啊，万一摔了咋整？"

听了汪新的顾虑，孩子的家长无奈，只好把孩子抱下来了。汪新问"担架"底下的一位乘客："同志，您哪站下？"那乘客说："二道沟子。"汪新想着还有四站地，随即对孩子家长说："你就在这等着吧，一会儿他下车，你坐这儿。"

汪新话音一落，旁边的乘客不愿意了，嚷嚷道："同志，这可不行，这座儿我可等八站了。"汪新劝道："人家带着孩子呢，出门在外都不容易。"话说到这份上，旁边的乘客纵然不情愿，也勉强同意了。马魁看在眼里，微微点了点头，对汪新这一举动表示赞许。

解决了这件事，马魁和汪新继续朝前方车厢走去。来到车厢连接处，汪新站住身，好奇地问马魁："马叔，上回捡到那孩子，还在您家呢？"马魁嗯了一声。"您不会打算给马燕领个弟弟吧？马叔，您别怪我多嘴啊。燕子又得上班又得复习考试，婶儿呢身体也不大好，您工作又忙，要不……"没等汪新说完，马魁就打断了他："你啥意思？让我再把孩子给扔了？""瞧您说的，都不容我把话说完。我的意思是要不搁我家几天，我们大院人多，吴婶、陆婶、蔡婶她们平时在家，没事能帮着看一看。等过一阵，没准就找到孩子父母了，到时候再给人送回去。""这还像句人话，那孩子身体有点毛病，先在我那儿养着吧！过一阵儿再说。"马魁说完，转身就走，他不想和汪新讨论过多工作之外的话题。

一回到家，马魁就和王素芳一起带着孩子，去铁路医院检查身体。沈大夫检查了一番，说："好得差不多了，再接着用两天药应该就没事了。孩子爹妈还没联系上？"见夫妻俩摇头，沈大夫又说："那您和嫂子咋打算的？放家里养着？"

马魁说："走一步看一步。""马哥、嫂子，你们得有个思想准备，这孩子可能是弃婴。八成是爹妈以为孩子得了啥大病，没救了，一狠心就给扔了。我当大夫这么多年，这种事见过不少。"

听了沈大夫的话，夫妻俩互相看了一眼，若有所思。把妻子和孩子送回家之后，马魁就赶到了乘警队去找胡队长。巧了，听人说胡队长也在找他，马魁着急忙慌地来到胡队长办公室，一进门就问："孩子爸妈找到了？"胡队长说："先坐，慢慢说，还没找到。""都半个多月了，还没人来找，这孩子不会是弃婴吧？"

胡队长分析说，目前来看，这孩子可能是弃婴。如果没人收养，只能送福利院。一听要把孩子送到福利院，马魁心里说不出什么滋味。

夜深人静，马魁和王素芳怎么都睡不着。王素芳抱着熟睡的孩子，一会儿摸摸，一会儿亲亲。马魁给王素芳讲了胡队长的交代后，她整个人就像丢了魂儿似的。马魁轻声劝慰："素芳，咱家养不了他，还是送走吧。""他爸妈怎么这么狠心啊！自己的孩子，都能扔了吗？就算孩子有点儿毛病，那也是身上掉下来的肉。"

"虎毒不食子，他爸妈可能也是没招了。""没招还生，生了就得养！""你小点声，别吓着孩子！现在孩子的病也好得差不多了，是时候送走了。""你看这孩子，长得多好，要是一辈子没妈疼没爸爱的，多可怜。""你去福利院看看，可怜的孩子多了，你能都领回家养吗？算了，我明天就把他送走。"

王素芳抱紧孩子，眼含热泪，望着马魁，马魁轻叹一口气："你身体不好，这孩子早晚能把你熬趴下。那天一说要把孩子留下，你看燕子的反应，那叫一个大，那是吃醋呢！想他了，咱们就去福利院看他；有好吃的，咱们就给他送过去。这样还不行吗？""那我得好好给孩子收拾收拾，把奶瓶、小被子、小褥子什么的，都给他带上。"王素芳说着，就把熟睡的孩子放下，动手收拾起来。

这一夜，注定无眠。

天亮了，是一个好天气。马魁骑着自行车，背着孩子，驮着一个大布包。王素芳的目光依依不舍，一直追随着丈夫的背影。

直到再也看不见马魁的身影，王素芳才失魂落魄地回到家里。望着母亲神色落寞、眼神呆滞的样子，马燕忙安慰说："妈，您别难过了。那孩子福大命大，没准能碰上更好的人家。""那年我怀着你弟，六个多月的时候，你爸被带走了，我一着急动了胎气，孩子掉了。你知道吗？燕子，那孩子都有人形了。”

王素芳说完，失声痛哭，沉浸在过往里难以自拔。马燕搂着母亲说：“那会儿我小，不过我记得，三天两头地跑医务室给您拿药。”“打那以后，我就再也生不了了。一想起来，我这心里就跟让小刀子挖了一块肉似的。你爸把那小家伙抱回来那天，我就觉得，他是咱家的人了。算了，不说了，送都送走了，还说这些干啥。”

王素芳试着控制情绪，不想让悲伤影响到闺女。她擦了擦眼泪，起身去了自己屋里。看着母亲瘦弱的身影，哭得头发都乱了，马燕好心疼。她眼睛骨碌一转，旋风般出了家门。

马魁将孩子送到福利院，院长带着工作人员热情接待。院长瞅着孩子说：“这孩子的眉眼挺俊，长大保准精神。”马魁笑了笑，把大布包放在桌上说：“这些都是为这孩子准备的过冬家当，该穿就穿，宁可热点也别脱早了，千万别冻着。”“同志，孩子放在我们这儿，你就放心吧。”“我放心，孩子有什么需要，尽管跟我说。”“这孩子能碰上你们家，有福了。”“我会经常来看他的。”“这是要监督我们的工作吗？”

马魁一听，哈哈笑了起来，院长说：“开个玩笑，行了，去忙吧！”

告别院长，马魁转身就走，还没走几步，就听到了孩子的哭声，小狼崽子似的号叫。马魁立刻回身走到孩子身边，把他抱了起来，院长看着说：“你这样下去，就走不了啦。”院长说着，对旁边的工作人员说：“来，接过去。”

工作人员就上前接孩子，马魁刚要递出，谁知孩子的手抓着他的衣领，铆足了劲儿哭着。孩子哭得上气不接下气，怎么哄都不行，工作人员疑惑地问：“这孩子没啥毛病吧？咋哭起来没个完？”马魁说：“不缺胳膊不缺腿的，能有啥毛病？”他话音一落，就听到一个熟悉的声音：“我来吧！”

只见马燕气喘吁吁地走进来，伸手就把孩子抱在怀里，孩子一触碰到马燕，立刻就消停了，一副很委屈的小模样，周围一下子安静下来。“爸，咱回家。”听到闺女这么说，马魁跟着说了一句：“咱们回家了。”

冬日的阳光，洒满了回家的路。

当王素芳看到马魁背着孩子与马燕一起回家，激动得热泪盈眶：“可算回来了，想死我了，赶紧让我抱抱。”“妈，先说好，往后看孩子的活儿，就交给我了。您要是为了看孩子把身体熬垮了，还得给他送走。”“我听你的，让我抱抱这小东西。”

王素芳抢先一步把孩子抱在怀里，她刚逗弄一下，孩子就嘎嘎地笑了起来。

马魁像是看到了什么不得了的事情，说：“哟，这一路上都没动静，转眼笑开花了，这是高兴了呗？”“你别看这孩子小，他认人儿了。”马魁仔细瞅着孩子说：“小子，你是真认人儿吗？”王素芳高兴地说：“老马，你去割二两肉。”“还没到开荤的日子呢。”“今天高兴，炒俩肉菜。”

孩子回来了，原本一家三口变成了一家四口，屋子里喜气洋洋……

街上人来人往，热闹繁忙。路边商店喇叭里播放着新闻：“邓小平同志在中央政治局会议上发表重要讲话，他指出，现在的中心任务是三年调整，这是个大方针、大政策，过去是以粮为纲、以钢为纲，是到该总结的时候了。”

来来往往的人群，心情舒畅，寒冬已过，春天近了。

铁路工人大院里，姚玉玲收着晾衣绳上的衣服，她发现汪家有件衣服破了个洞，没有动手收，特意单独留了下来。

姚玉玲抱着收好的衣服，去了汪新家，殷勤地对汪永革说：“汪叔，我帮你们把衣服收了。”“麻烦你了，你这孩子，真是热心肠。”“别夸了，我会骄傲的。”说完，姚玉玲喜滋滋地走了。她把那件有破洞的衣服带回家，一针一线细细地缝补起来。

汪新从外面回来，还没来得及进家门，就看到姚玉玲在等他。姚玉玲羞答答地望着汪新，把藏在身后的那件衣服递过来，指着衣服缝补处：“都给你补好了。”汪新接过衣服一看，摇摇头说：“这不是我的衣服。”汪新的否认，让姚玉玲一下子蒙了，急声问：“那就是你爸的？”“我爸哪能穿这么大的衣服，你弄错了吧？看这衣服大小，应该是牛大力的吧？”

汪新这么一说，姚玉玲像是受到了沉重的打击，还没等她回过神，就听到牛大力在晾衣绳下嚷嚷着找衣服。汪新拿着衣服朝牛大力走去，到了牛大力面前，把衣服递给他说：“大力哥，这是你的衣服吧？”“是我的，咋跑你手里去了？还帮我缝补好了，谢谢。”不用看，牛大力闭着眼睛就知道，那是自己的衣服。“别谢我，是玉玲姐给缝的。”一听是姚玉玲缝的，抱着衣服的牛大力胸口一热。

姚玉玲狐疑地看着牛大力问道：“你的衣服，怎么跟汪新家的衣服晾在一起了？”“都是男人的衣服，我就找个空晾上了。”姚玉玲一听，就怀疑牛大力是故意的，她心里气恼，一声不吭地回家了。牛大力抚摸着衣服缝补处，一遍一遍自我猜想。

蒸汽机车驾驶室内，牛大力埋头干活，他干起活来，憨得一棍子都打不出一个屁似的。老吴状态也不对，闷闷不乐的，老蔡看了他一眼，慢悠悠地说：“眉头都拧成疙瘩了，又咋了?”老蔡话音一落，老吴马上接了话茬：“出门前跟媳妇拌了两句嘴。”“为了啥呀?”“这段日子忙，回家倒头就睡，她不乐意了呗。说我在外面有人儿了，都跟她不热乎了。”“那你就热乎热乎呗。”“回去累得跟死狗一样，哪还有劲儿，总不能赶鸭子上架吧。”

老蔡郑重其事地告诉老吴，夫妻之间的这种事儿，说大就大，说小就小，得认真对待。老吴问老蔡，他回家就没事儿。老蔡避而不答，只说老吴身在福中不知福。两人瞎聊了半天，把话题扯到牛大力身上。这小子上车就瘪茄子一样，打不起精神头，一定遇见啥事了。老吴笑着说，把他家的炕头话儿给套出来了，大力占了便宜，他听得挺过瘾的。

老蔡和老吴唠得热乎，牛大力依旧闷声不响，老蔡指名道姓地问：“大力，你到底咋了?”牛大力气哼哼地说：“那个汪新，跟小姚处得挺热乎，又跟马魁的闺女嬉皮笑脸的，他脚踩两家门，不是个好玩意!”老蔡忙说：“大力，这话可不能乱说。”“我都看到了，没跑。”老蔡分析说：“汪新是马魁的徒弟，跟马魁闺女热乎点，能理解；他跟小姚在一趟车上，走得近点也能理解。”牛大力愤愤地说：“他这是端着盆盯着碗，就是不对!”

望着牛大力越说越激动，不像有假，老吴插嘴说：“真要像大力说的，汪新可不厚道，汪永革是啥人，咋能教育出这么一个孩子呢!”想了想，老吴又说：“真是高估老汪了，他就是一个惯孩子的，汪新怕是被他爹惯得没形了。”老蔡琢磨着劝道：“大力，你要收着点火气，事没弄清楚前，千万不要捅娄子。”

越往下唠，牛大力越难过，对汪新的误会越深。

车厢里，老瞎子边走边闻着身边乘客的味道。路遇一名女乘客，老瞎子嗅了嗅，笑着说：“粉扑得有点厚，多大了?”女乘客摸摸脸，嫌弃道：“碍你啥事!”“四十好几了吧? 真就不碍我事。”“脑子有毛病!”

老瞎子像没事儿人一样，径直朝前走着。在车厢连接处，老瞎子碰到了迎面而来的马魁，他从马魁身边走过时站住，伸出手说：“查票!”马魁迟愣片刻说：“你的眼不瞎呀。”老瞎子嘿嘿一笑：“眼瞎，可鼻子好使。”“你能闻出我的味儿来?”“不光是你，男的女的、老的少的、丑的俊的、好人坏人，就算猫猫狗狗，都能闻个八九不离十。”

马魁瞪大了眼睛，觉得老瞎子在吹牛。老瞎子像说快板一样说道：“男的老了身上有股老头味儿；女的老了身上有股箱子底的味儿；小男孩身上有股奶味儿；小女孩身上有股粉味儿；俊的女人身上有股清凉味儿；丑的女人身上有股老苞米味儿；好人身上有股正味儿；坏人身上有股邪味儿；你呢，身上有酒味儿。”

马魁一听，赶紧地闻了闻自己的衣服，只听老瞎子接着说："高粱烧，五十度往上走的，味儿挺正。"

这时，一个五十多岁的女人从老瞎子和马魁身边走过，老瞎子的鼻子又灵动起来，问马魁："闻到啥没有？""没闻着。""老天爷白赏了你一副鼻子。刚才那个老娘儿们，身上有股酱缸子味，在家是个勤快人。日子过得还不错，估计是家里头蹲着几缸子酸菜，不过这酸菜有点腌过头了。""老哥，收我做个徒弟吧！真是佩服您啊。""开啥玩笑，我哪敢呀。""你比我强，就能做我师傅。""看你表现吧。"

老瞎子说着，直起腰板，快步离开了。望着他的身影，马魁笑得意味深长。

汪新和姚玉玲的关系一直让牛大力耿耿于怀，他终于找到了一个机会。这天，他和汪新在院子里碰上，牛大力试探着问："汪新，最近我看你老跟马燕在一块儿，你俩不会那啥吧？"汪新解释说："你想哪儿去了，马燕是我师傅的闺女，她这不是要高考，我帮她整点复习资料啥的。""哦，是这样。我还寻思着，你俩要是真能成了，那也挺好，亲上加亲嘛！""你别胡说八道。"

听汪新全盘否认了马燕，牛大力刚想张口问姚玉玲的事儿，就听到耳边娇滴滴的一声："汪新。"姚玉玲这一声，听得牛大力都酥了，可惜不是在叫他。姚玉玲径直走到汪新面前，亲昵地拍了拍他肩膀，从包里拿出一本书，一脸得意地看着汪新说："瞧见没，《福尔摩斯探案集》第五册。""哪儿弄的？""单位图书馆借的。""我说呢，头两天去借书，说被人借走了，原来在你这儿。"

姚玉玲说，她刚看完，怕一还了，让别人借走，就给汪新留着。汪新连声道谢，和姚玉玲交流起读书心得，越说越来了兴致，竟然忘了旁边还站着牛大力。牛大力的心被伤得千疮百孔，四面透风。

聊到最后，两个人有说有笑地去了姚玉玲家。牛大力像被人施了"定身术"，一动不动地站在那儿，直到马燕站在大院里喊汪新，才把他的魂儿唤回来。

汪新和姚玉玲一起走了出来，马燕的小脸顿时扭成了一团，气呼呼地问："你咋从人家屋里出来了？"汪新晃了晃手里的书，说："跟她借本书看。"马燕一把夺过书，瞥了一眼说："你不是看过了吗？""这本没看，找我啥事？"

马燕心里有气，质问汪新，没事就不能找他？汪新还想解释，马燕让他少啰嗦，陪她买本书去。汪新这会儿没空，家里还有洗洗涮涮的活儿等他干。马燕要帮汪新做，汪新忙找理由推托。马燕动了气，说不去拉倒。

马燕快步往外走，汪新忙追了出去。到了大门外，马燕停了下来问："不是不去吗？”汪新说：“送送你。”马燕气呼呼地说：“用不着！”

马燕近乎小跑着离开，汪新喊：“道上注意安全，买完书，早点回家。”马燕没再回答，她是真的生气了。第一次，她感觉到了汪新的敷衍与逃避，这打击了她那颗爱幻想的心。

直至马燕的身影彻底消失，汪新才回转身，却看到牛大力站在一旁，他的眼睛里有火光，冲着汪新说：“你还挺忙。”汪新惊讶地问：“哪儿忙了？”“一会儿小姚，一会儿马魁闺女，你都招待不过来了吧？”“牛大力，你这话啥意思？”“啥意思你自己清楚！”“我就算都招待了，跟你有关系吗？”“跟我没关系，可你这样做不正派！”“牛大力，你说话可得负责任！”“一身肉在这摆着，顶得住！”

汪新不想让误会加深，矛盾升级，解释说，一个是他同学，一个是他同事，都有来往，不很正常吗？牛大力豁出去了，威胁说：“汪新，你心里装的是啥，我清楚着呢！告诉你，你要是敢耍流氓，害了别人，我第一个饶不了你！”“你这话就过分了，谁耍流氓了！牛大力，你别以为仗着一身腱子肉，我就不敢动你，本人亮堂着呢！”“那你动我试试？”

眼看着两个人的火都拱了起来，就差要动手了，姚玉玲冲了过来，问：“你俩在干什么呢？”汪新和牛大力阴沉着脸，都没说话，姚玉玲接着问：“怎么都不说话？”牛大力指着汪新说：“你问他！”“问得着我吗？是你找茬的！”“那也是你心怀鬼胎，有茬可找！”

话越说越僵，火越拱越旺，牛大力存心要汪新好看，发出了挑战。汪新也不甘示弱，让牛大力头前带路，找个地方比画比画。

一看两人要干架，姚玉玲忙拽住汪新，让他跟她回去。汪新气哼哼说，是牛大力想打架。姚玉玲跑到牛大力跟前，问他是怎么回事。牛大力嘴笨，骂汪新不是人。汪新很恼火，索性放开了，说道：“玉玲姐，他因为咱俩关系好，不高兴了。”姚玉玲沉默片刻，盯着牛大力问：“牛大力，我跟谁好是我的事，你管得着吗？”牛大力气鼓鼓地说：“我是管不着，可路见不平，要拔刀相助。”“还拔刀呢！赶紧抡你的铁锹去吧！”姚玉玲不无讽刺地说，她拉着汪新离开。

这院里院外的热闹被蔡小年看在眼里，他暗想，都是一院子住着的哥们儿，得找机会化解一下。

再说马魁家，自从领养了孩子，他们两口子的生活就更忙碌了。王素芳心疼孩子，做饭的时候，也把他背在背上。马魁回家看到这一幕，摇摇头说：“他都睡着了，你还背他干什么，多累。”“放炕上，万一掉地上怎么办。”

马魁把孩子接过来，望着王素芳一脸疲惫的样子，心疼地说：“看把你累的，你跟他回屋歇着，我做饭。”“你做饭燕子不爱吃，还是我来。”“有吃的就不错了，还挑上人儿了！”

还是母亲心细，王素芳告诉马魁，马燕最近好像心情不太好，她心里有事。马魁立刻想到了汪新：“是那臭小子惹的？”“你没看出来吗，小汪一来，燕子那脸上就开了花；小汪不来，燕子就不声不响，连个笑模样都没有。”“完了，这是中病了！”“还不是怪你，实在不行，就换个徒弟。”“还没到时候。”马魁说完，抱着孩子走了，身后的王素芳轻声地叹息。

第七章

火车一路向南，又一路向北，火车载着一路天南海北的声音。

汪新巡查车厢时，看到一群乘客围成一团，瞧着什么，他探头望去。只见一个十五岁左右的少年“小温州”，戴着墨镜，背着两个大眼镜架，里面装满了各色墨镜。被团团围住的少年，用带着温州口音的普通话说：“阿哥阿姐听我讲，讲讲墨镜哪里好，一二三四五六七，一讲就是一星期。精神气爽礼拜一；漂漂亮亮礼拜二；眼睛明亮礼拜三；工作顺利礼拜四；媳妇疼你礼拜五；囡子敬你礼拜六；吃好睡好礼拜日。”

小温州的声音好听，可他的口音东北乘客听不太懂。有人说：“温州的，小南蛮，这眼镜带色儿能看见道儿吗？”小温州说：“看不见道，我上得了火车吗？上不了车，你见得着我吗？见不着我，你还能买我的墨镜吗？”众人听了哈哈大笑。一个乘客说：“这小嘴嘎巴嘎巴的，说得挺好听，不给大家试试，没人信啊。”

小温州说：“试试没问题，但我把话讲前面，谁要是想偷我的墨镜，你趁早死了这条心。为什么呢，这墨镜都拴着链子呢，跑不了。”“这小南蛮是真精明。”

“没办法，走南闯北山太多，过了河滩又过坡，爬着滚着朝前赶，碰破头了没地讲，怎么搞？记心窝呗。”

乘客你一言我一语地与小温州纠缠，小温州也很大方，让跃跃欲试的乘客一一试戴墨镜，但凡试戴过的，都舍不得摘下来。就连汪新都动了心，想臭美一下。这时，马魁的声音从他身后传来：“看热闹呢？”

汪新回头看着马魁说：“南方人跑车上卖墨镜来了，说话一套一套的，挺有意思。”马魁暗讽说：“我看你更有意思！”汪新莫名其妙挨了说，心想老马头又犯病了。

马魁对大家喊说：“都别看了，别试了，回到座位上去！”一看是乘警，乘客一哄而散，小温州机灵地向马魁打招呼：“警察叔叔好。”“我说孩子，你知道你这是什么行为吗？”“卖墨镜的行为呀。”“这是投机倒把！别说你不懂，走南闯北你心里明镜一样，拿好你的东西，跟我走吧。”“警察叔叔，我不知道你这车上不能卖墨镜啊，要是早知道，打死我也不敢呀。”“有话咱们换个地方说去。”

瞧着马魁的脸色越来越难看，汪新凑过来说：“马叔，他是一个孩子，你为难他干什么。”“你给我滚一边去，一会儿再收拾你！”汪新弄了个大红脸，小温州却连说带唱的：“这样的事，在我们温州不叫事，警察不管，税务不抓，合情合理又合法；出了山海关，怎么两个样，东北太落后，蛮荒之地不能来，不能来呀不能来……”

马魁一听，皱着眉头说：“你说的是什么玩意？”一旁的乘客煽风点火：“这个小南蛮说，咱们东北不好落后，他瞧不起咱们东北人，揍他！”他这一嗓子果真奏效，周边的乘客纷纷向小温州逼来，小温州迅速蹲下身，抱住头，蜷成一个团，吆喝着：“打人不打脸，更不能打眼镜。”马魁黑着脸，高声喊：“我看谁敢动手！”蠢蠢欲动、借机闹事的人见状，立刻消停下来。

马魁将小温州带到了餐车，他和列车长老陆、汪新坐在桌前，商量这事怎么办。马魁的意思是，小温州这是投机倒把罪。老陆说，这事在南方可不老少。汪新点点头，南方的同学给他来信了，沿海城市可热闹了，卖什么的都有。这话正好被刚进来的姚玉玲听见，她来了兴致，问汪新是真的还是假的。汪新说，同学能骗他吗。姚玉玲问，南方都卖什么好东西。汪新说，他也没细问，要不她去南方走一趟，眼见为实。姚玉玲不敢一个人去，想让汪新陪着一起去。汪新痛快地答应了。

汪新和姚玉玲正说得热闹，只听砰的一声响，马魁气得拍了桌子。马魁虎着脸说：“办案呢！胡诌八扯闪一边去！”“遵令！不过我还得说一句，这不叫投机倒把，所以不能抓人。马魁同志的思想十分顽固，观念十分落后，他需要学习和进步……”老陆忙打断道：“小汪，你怎么能这么说话！”“中央刚开了大会，要搞四个现代化，要发展经济，一再强调实践是检验真理的唯一标准。”

上面的确有这种精神，老陆和马魁都没话了。汪新说：“我说完了，边上去了。”见汪新走了，姚玉玲忙跟了出去。老陆对马魁说：“那孩子还没成年，走南闯北不容易，要不就算了吧！”

列车长都发话了，马魁还能说什么，他望向窗外，沉默不语。原野上已有了春的气息。

春天来了，春天是真的来了。铁路大院里热热闹闹的，气象与往日不同。汪新在家和老爹讨论工作心得，说到马魁，汪永革严肃地说：“跟师傅顶什么嘴，他说怎么办，你做徒弟的，听着就是了。”汪新不服气地说：“可他说得没道理。”“你哪来的那么多道理，我看你就是欠抽！”“十一届三中全会都开了，说要解放思想，实事求是，全党工作的着重点转移到社会主义现代化建设上来，还说……记不清了，等我再看看。”

汪永革很好奇，儿子竟然还关心国家大事了。汪新觉得老马头是有些本事，可在思想这块儿，他就是个顽固的臭石头，不能全听他的。汪永革不以为然，让儿子少招惹师傅，要不没好果子吃。

汪新接过老爹递来的大苹果，狠狠咬了一口，又脆又甜。

马魁家里却是另一番场景，父女俩直到上桌吃饭，还在面红耳赤地争论不休。马燕支持汪新的观点，马魁感叹家里有叛徒。马燕坚持解放思想、实事求是的观点没错。马魁给闺女讲起人生经验，他吃的亏比女儿吃的馒头都多。尤其是汪新，那小子不用嘚瑟，早晚得犯大错误。

王素芳眼看着父女俩又吵起来，劝也劝不住，便看了看躺在破沙发上的孩子，说：“你俩能不能别吵吵了，孩子睡着呢！”

马魁被闺女噎住了，他忍了又忍，愣是没上手。他看了马燕一眼，马燕竟然奓毛了，质问道：“这眼神凶巴巴的，您还想打我呀？”马魁火了，说道：“别以为我不敢！”王素芳啪的一声把筷子拍在桌上，怒道：“这饭还能不能吃了！”

小孩被吓醒，哇哇大哭起来。王素芳赶紧起身抱起孩子哄，冲着马魁说：“你看看，到底是把孩子吵哭了！”马魁说：“你看我干啥？也不是就我一张嘴。”马燕说：“总之不是我吵的。”

在推卸责任方面，父女俩出奇地一致，王素芳直摇头：“那是我吵的？”马魁点了点头：“你刚说完话，小宝就哭了，应该是你吵的。”“妈，最后一句话，确实是您说的。”

王素芳眼睛瞪得铜铃大，没想到父女俩这么快就统一战线了，又好气又好笑地说：“你俩拌嘴，到头来落到我头上了，还讲不讲点道理了？”“本来就是这么回事，不信你问小宝。”“懒得搭理你们！”王素芳说完，抱着孩子就进了里屋。

牛大力没想到，居然会有人给他写信。这封信是从门缝里塞进来的，他捡起信封，抽出信纸，里面就一句古诗，他念道：“曾经沧海难为水，除却巫山不是云。”牛大力琢磨了半天，也没弄懂啥意思。

姚玉玲也以同样的方式收到了信，信中也是一首古诗：“愿得一人心，白首不分离。”她沉默片刻，深情的目光望向窗外。

奇怪的是，汪新没收到信。他坐在家门外的小马扎上，一边看书，一边不停地握着一个弹簧，他在练手劲，以防不测，指不定哪天会跟牛大力干上一架。

这时，牛大力走了过来，汪新根本没有抬头看他，他却冲着汪新挑衅说：“小弹簧捏着有意思吗？”“你别看它小，劲儿大着呢！”“拉倒吧，孩子玩的。”汪新让牛大力试试，牛大力接过弹簧，毫不费劲就捏扁了。汪新愣住了，没有说话。牛大力说，想练手劲儿，他可以帮忙。汪新好奇地问，怎么帮。牛大力告诉汪新拿他这手练，比弹簧好用多了。汪新点点头，问怎么感谢他。

牛大力犹豫了一下，话锋一转：“问你个事，‘曾经沧海难为水，除掉巫山不是云’是啥意思？”汪新愣住了，想了想说：“哦，就是说……这不明摆着吗，这都不懂，曾经沧海嘛，就是说从前是大海；难为水就是，让那些个小河小溪抬不起头来。”牛大力没听懂，狐疑地问：“啥呀，咋就抬不起头来了？”汪新也有点心虚，说道：“嗨，我帮你查查。”

汪新说完，就回房间找辞典去了。过了一会儿，汪新拿着辞典走出来，牛大力斜眼看着他说：“整了半天你也不知道啥意思啊？还跟我这瞎解释。”“以前学过，忘了。”汪新边说边查辞典。他好奇地问牛大力，咋还研究上诗了？牛大力有点儿得意，这他别管，到底啥意思吧。汪新撇撇嘴，既然不说，那他就自己慢慢去琢磨。牛大力拿出信纸，一脸得意地放在汪新面前。

汪新一看，上面的字迹歪歪扭扭，问道：“这谁写的？跟蚯蚓似的？”牛大力有点不耐烦：“我要知道就不问你了，这到底啥意思啊？”“就是说看过大海的人，别处的小江小河很难吸引他；除了巫山的云，别处的云彩都看不上眼。”听了汪新的解释，牛大力心潮澎湃：“那这意思我好像明白了，我就是大海是巫山的云彩？”“差不多是这意思吧。”

牛大力让汪新破个案，帮着判断一下，到底是谁写的？他不是警察吗。汪新想了想，问：“这封信是在哪儿发现的？”“就门缝里，早晨起来一开门就瞅见了。”“首先可以肯定的是，写这两句诗的人肯定出自咱们铁路局，用的是咱铁路局的信笺。”“这不用你说我也知道。”“这人应该就住咱院里，看这笔迹像是小孩写的。不过，咱院里那几个臭小子哪能知道这两句诗？也就知道个‘锄禾日当午’啥的。所以说，写信的人是在故意掩盖自己的笔迹，怕让人认出来。”

两个人正分析着，只见蔡小年拎着两根油条过来了，好奇地问：“哥俩干吗呢，背着我吃好吃的呢？”牛大力赶紧把信纸收起来，蔡小年眼明手快，夺过信纸，看了一眼，一脸惊讶地问：“大力，这你写的？打算给谁呀？”汪新说：“这是别人给大力的。”“哟，大力，没看出来呀，还有人给你写情书呢！谁写的？”

“这不正猜呢嘛。”“这还用猜，就咱这个院，文学水平最高的人是谁？谁能写出这么肉麻的句子？”

蔡小年和汪新唱和着，又不时抬头看了看姚玉玲家的窗子，蔡小年说：“大力对小姚的心思谁看不出来？”牛大力难以置信，激动得头脑发昏：“小年哥，那她平时干吗对我爱搭不理的？”“女人都这样，越是喜欢谁越不搭理他，越要折磨他。你看，她还故意把字写得歪歪扭扭，就是怕你一眼认出来，这是在跟你玩捉迷藏呢，故意吊着你。”

牛大力像是掉进了蜜罐里，喃喃地说：“这小姚，跟我整这一出。”蔡小年接着忽悠：“大力，恭喜你，精诚所至，金石为开。你总算守得云开见月明了。”“那我接下来该咋办？”“我的建议是，按兵不动，看看对方下一步的行动。”

和蔡小年越聊，牛大力越陶醉、越甜蜜、越幸福。他真的是心花怒放，仿佛这一切都是真的，他掉入了幻想的情感汪洋。只有汪新觉得不可思议，换句话说，他根本不信。

牛大力像打了鸡血，上班时身上有使不完的力气。他心情格外舒畅，就连擦汗时，嘴里也没忘哼着小曲。老蔡与老吴一看这情形，还有什么不明白的，八成与姚玉玲有关，老吴张口问了一句：“小姚搭理你了？”牛大力得意地说：“何止是搭理。”老蔡惊讶地说：“哟！大力小子，有戏呀！”

牛大力还没完全昏头，他向老吴和老蔡取经，如何谈恋爱，如何讨女孩子欢心。他俩有一搭没一搭的，也没啥经验传授。老蔡还是画龙点睛说了一句，感情是后来培养的。一听感情也能培养，牛大力烧起煤来，更加起劲。

人似秋鸿来有信。姚玉玲和牛大力最近总能接到写着古诗词的信，搅得两人情感起了波澜。姚玉玲信纸里的诗句是“在天愿作比翼鸟，在地愿为连理枝”。牛大力信纸上的词是“相思只在，丁香枝上，豆蔻梢头”。牛大力既读不懂，字又认不全，便又来找汪新。

汪新拿出辞典，告诉牛大力，那个字念“蔻”，豆蔻是一种植物。牛大力忙问，到底啥意思。汪新解释说，翻成大白话就是，刻骨的相思，如今只在那芬芳的丁香枝上，那美丽的豆蔻梢头。牛大力咧嘴笑了：“还挺能整词，还刻骨的相思。”

汪新摇摇头说：“这咋还有错别字呢，这‘蔻’不这么写。”牛大力不管那么多，一脸陶醉地陷入到遐想中。这时，碰巧姚玉玲从屋里走出来晾衣服，牛大力赶紧迎了上去，热情地打招呼：“姚，晾衣服啊，我帮你。”

牛大力说着，就去接衣服。姚玉玲的眼睛乌溜溜地朝汪新身上转，她看到汪新手里的信纸，嘴角一笑，那种妩媚更加诱人。牛大力瞧得痴傻了，直到他僵硬地晾好衣服，姚玉玲也没看他一眼，径直走开。牛大力望着姚玉玲婀娜多姿的背影，一个人憨憨地傻笑。

春风吹过，天气越来越暖了。

王素芳的病情似乎加重了，她坐在炕沿上，捂着嘴剧烈地咳嗽着。马魁担心地拍打着王素芳的后背。良久，王素芳展开手，手上沾着血。马魁一看惊呆了，拉着老婆，背着孩子，就往铁路医院跑。

沈大夫检查一番后，语重心长地建议：“嫂子，我先给你开点药，吃上能舒坦点。不过，我还是建议你在内科挂个号，好好查查！”

王素芳有点推托，这病拖得太久了，她有一种不好的预感。马魁态度坚决，执意让老婆去检查。沈大夫推荐了内科的刘主任，她是铁路医院有名的专家。

夫妻俩谢过沈大夫，回家的路上，两人的脚步莫名有点沉重。

隔日，在沈大夫的安排下，马魁陪着王素芳走进内科诊室，见到了刘主任，刘主任开门见山地问：“咳嗽多久了？”王素芳脑子像短路了一样，犹豫了一会儿说：“有个三四年，也不好说，一阵一阵的。”“这样吧，你先拍个胸片，验个血。”“还整这么复杂，主任您给我开点药就行了。我自己有数，回家吃点药，睡上一觉就好了。”“小沈可跟我交代了，一定得给你瞧仔细了。你别害怕，都是常规化验，真有病的话早点治，没病最好，好好查一查心里也踏实。”刘主任耐心地劝着。

见王素芳还不太情愿，马魁拿定了主意，让她必须听刘主任的。王素芳拗不过，只好点头同意了。那种不好的预感更强烈了，让王素芳有些难以招架。

从医院回到家里，天色已经不早了。王素芳在厨房忙碌，她揉着面，不时地擦着脸上的汗水。马魁走了过来，心疼地说：“你能不能听我的，进屋歇着去？”

“我不累。”“大夫让你好好养病，要不就白吃药了。”“沈大夫都说了，我没大碍。”“小病也得养啊，小宝睡了，你陪他躺会儿去。”

两个人正说着，里屋传来小宝扯着嗓门啼哭的声音，王素芳和马魁赶紧往里屋跑去，只见孩子躺在地上，号啕大哭。马魁赶紧抱起孩子说："这怎么掉地上了，没摔坏吧？"王素芳心疼得又是摸又是瞧，埋怨马魁："看样子没事，让你盯住他，你咋就不听呢！""我看他睡着了，谁想到转眼就醒了。""这孩子能爬能走的，身边不能离人！老马呀，跟你说了多少遍，照顾孩子得精细，一眼看不住，就得出大事！"马魁虚心地承认错误，忙不迭地哄着孩子。

化验单出来了，王素芳特意选了马魁不在的时候去医院。她已经做好了心理准备，万一有不好的结果，她只想一个人承受，不让这个家承担。过去这个家在摇摇晃晃中度过了十年，好不容易过到今天，她只想珍惜过好每一天。

王素芳见刘主任神情凝重，颤抖着声音问："主任，啥情况？""你自己来的？你爱人呢？""他在单位开会呢。""让你爱人来一趟吧。""刘主任，有啥情况您直接跟我说就行，我挺得住，是不是很不好？""肺癌晚期。""那就是没的治了。""也不要绝望，建议你还是先住院。"

王素芳既不想住院，也不想让马魁知道她的病情，她苦苦哀求刘主任，一定要替她保密。刘主任沉默良久，叹了一口气，缓缓地点了点头。

王素芳神情恍惚地走出医院，走着走着就走不动了。她呆呆地看着化验单，看着看着就哭了。她留恋儿女，留恋丈夫，留恋这个家；她舍不得离开，可生命已进入倒计时。从现在起，她还未曾走远，却已经开始了思念。

沈大夫急匆匆走出来，找到站在角落里的王素芳。她强行从王素芳手里拿过化验单，认真看着说："嫂子，刘主任已经跟我说了，我让她安排你住院，不能再耽误了。"王素芳把化验单从沈大夫手里抢回来，一把撕碎，她强忍泪水，深吸一口气，说："不用了，晚了！"

王素芳再次恳求沈大夫，一定要帮她瞒着马魁。马魁遭了十年罪，终于盼着他回来了，想让他过两天好日子。沈大夫还想劝，可王素芳根本不听，给她治病，家里就得砸锅卖铁，倾家荡产，结果就是钱花没了人也没了。这家里好容易聚起来点热乎劲儿，她不想压垮了这个家，碾碎当下这个局面。老马这辈子已经很不容易了，不能为了她，再遭大罪了。

王素芳说得沈大夫也落了泪，她抱住了王素芳颤抖的肩膀说："嫂子，您最不容易！"嘱咐好一切，王素芳回到家里，抱起小宝，轻声地哄着。

马魁回家看到温柔的妻子与可爱的孩子，他笑了，转而又想到妻子化验单的事情，心里一紧，忙问："化验结果出来了，咋说的？"王素芳平静地告诉老马："不太好。还是老毛病，肺气肿，又有点严重了，肺泡损伤面积加大了。""那咋治啊？""大夫说了，这个病没法治，不过呢也死不了人，平时多注意点倒也没啥，反正这慢性病就得慢慢调养，养得好的话带病活到七八十也不是没可能。”

“那上回都咳出血来了，是咋回事？”“那个没啥，嗓子拉破了。”

马魁将信将疑，执意要看化验单。王素芳装模作样地在包里翻找着化验单，翻了半天，说：“哎，哪儿去了？肯定是落在沈大夫那儿了。”“不是应该找内科的刘主任，干啥找沈大夫？”“我拿了单子不太放心，又去找沈大夫给瞅一眼，她也说没事儿，我就随手一扔，估摸着落在她桌上了。没事儿，回头找她拿去。”马魁摇摇头说：“你这也太不当回事儿了。”

听到沈大夫也确认过的这事，马魁放了心，他从兜里掏出烟盒，揉巴揉巴扔到炉子里说：“从今往后再也不抽烟了，戒了！”王素芳说：“别当我面抽就行，你工作累，抽口烟解解乏。”“说不抽就不抽。”

马魁还是那个驴脾气，王素芳想起他年轻时的模样，欣慰地笑了。马魁催促道：“你赶紧歇着去，一会儿我做饭，晚上想吃啥？”“拉倒吧！你看着孩子，别给摔了。”

王素芳说着去了厨房，她刚一走，小宝就啼哭不止，望着小宝委屈的模样，马魁笑着说：“还哭，再哭我可把你送走了！”“您不能把他送走！”马魁的话正好被从外面回来的马燕听见，父女俩你来我往斗起了嘴。

王素芳听见戗戗声，拎着炒勺走过来问：“你爷俩又怎么了？”马燕告状说：“妈，我爸要把小宝送走！”马魁白了马燕一眼：“我就是说说，也没真送。”“您有了那心，就可能做出那样的事！”“我是看小宝哭不停，才吓唬吓唬他的。”

王素芳听到这儿，脸板了起来：“老马，这事是你不对，你不该跟小宝说那样的话。”“怕什么，他也听不懂。”“万一听懂了呢？”

这时，王素芳剧烈咳嗽起来，马燕瞪了父亲一眼，埋怨说：“看，你把我妈都气咳嗽了！”马魁说：“你还说，你把小宝抱去。”

马燕把小宝抱走了，王素芳捂着胸口，咳嗽不止，马魁搀住她问：“素芳，你吃药了吗？”“你俩就是我的药，能吃得进去吗？”“好好好，都是我的错，我认错。”“把小宝接过来，让燕子专心学习。”

妻子的吩咐，马魁哪敢不答应，他颠着腿朝马燕屋里去，偷偷听见闺女哄小宝的声音，笑了起来。

火车停靠在宁阳站，牛大力听着广播里的声音：“各位旅客请注意，宁阳开往哈城的列车马上就要出发了，没上车的旅客抓紧时间上车，送车的同志请迅速离开。”

这声音是姚玉玲的，这声音穿透了他的心脏，让他魂不守舍。牛大力透过广播室的窗子，望着姚玉玲晃动的身影，情难自已。

火车启动，冒着浓烟隆隆驶离站台。汪新从餐车里走出来，正好碰见了姚玉玲，刚向她打了声招呼，姚玉玲的脸就红透了。汪新纳闷地问："你没事吧？脸咋这么红？"姚玉玲支吾着说："嗯……热的……"汪新自言自语，天有这么热吗？恋爱中少女的心思，汪新哪里能猜透。

收到那些古诗词后，牛大力整天都乐呵呵的，哪怕在往锅炉里添煤的时候，他嘴里依旧哼哼着："幸福的花儿心中开放，爱情的歌儿随风飘荡，我们的心儿飞向远方，憧憬那美好的革命理想……"

看牛大力唱得欢快，老吴调侃着问："大力，你这是要飞向哪儿啊？""飞去沧海，飞去巫山。""沧海巫山离咱这几站地呀？""远在天边近在眼前呀！曾经沧海难为水，除却巫山不是云。""这小词儿甩的，肚子里有点墨水呀。"牛大力继续转词："问世间，情是何物，直教生死相许。"老蔡忍不住了，劝道："大力，好死不如赖活着，你可别想不开呀！""我活得好好的，满眼都是奔头儿呢。""事妥了？""你们就瞧好吧！"

牛大力越说越得意，那糙黑的脸上，滚淌着汗珠，他边干边唱，生活里充满了幸福和阳光。

车厢里一阵骚动，有八个人组团在卖烧鸡，装烧鸡的大袋子由领头的那个拎着，他从袋子里掏出一只烧鸡，扫了一眼车厢里的乘客，叫嚷道："卖烧鸡啦，百年老字号。"

乘客好奇地看着，烧鸡太诱人了，甚至可以听见一个乘客咽口水的声音。卖烧鸡的人把烧鸡塞到那个乘客嘴边，说道："老香了，八块钱一只。"那个乘客摇摇头说："买不起。"他话音一落，"啪"的一声，结结实实挨了一个大巴掌。那个乘客捂住自己的脸，他吓坏了，怯懦地问："你怎么打人呢？"卖烧鸡的横眉立目道："烧鸡碰你嘴了，你不买我卖谁去？掏钱！"

另外七个人一脸嚣张地瞪着那个乘客，他很害怕，无奈掏钱，数了八张一块钱递过去。接着这伙儿人寻找到另一个目标，如法炮制，这回变成"八块钱一口"。

车厢里的乘客看不过去，纷纷指责："太过分了！强买强卖！强盗！"领头的家伙掏出弹簧刀，噌的一声弹出刀刃。另外几个同伙也都掏出弹簧刀，噌噌噌弹出刀刃。众乘客顿时噤若寒蝉，贾金龙坐在座椅上，默默地望着这一切，他看起来面相厚道，文质彬彬。

车厢尾部，一个女乘客悄悄捅了捅她身边的男人，让他赶紧去报警。

就在这伙人肆意妄为之际，马魁和汪新匆匆赶了过来。汪新大声喝道：“你们干什么？”卖烧鸡的同伙轻蔑地说：“卖烧鸡。”汪新怒道：“什么卖烧鸡，分明就是抢劫！”这伙儿人的头儿瞪着一个乘客逼问：“我抢了吗？你吃没吃，吃没？”乘客吓得结结巴巴地说：“吃……吃了。”卖烧鸡的头儿笑着看向汪新：“听见没？吃东西就得给钱！”汪新义正词严地说：“少说废话，赶紧把烧鸡收回去，要不别怪我不客气！”

马魁一直没吱声，他观察着周围，尤其是盯住了一个小老头，直觉告诉他，这家伙不简单。卖烧鸡的头儿一点也没退让，变本加厉地和汪新戗戗：“行啊，让兄弟们开开眼，看看你咋个不客气法，能上天呀还是能下地呀。”

汪新毫无畏惧，上前抓住那家伙的胳膊，三两下夺了他的弹簧刀，烧鸡也掉到地上。汪新将他擒住，给他戴上手铐，动作果断，如行云流水。

“呀，亮镯子了！”随着一声呼喊，一个同伙冲了上来，被马魁迅速制住，等他反应过来，手上已经多了副手铐。“兄弟们，上，看他们有几个手铐！”

马魁和汪新被卖烧鸡的团伙围住，空间狭小，怕误伤其他乘客，局面僵持着。马魁的眼睛扫视着沉静冷漠的小老头，他看得出来，小老头才是这帮人的头头。

马魁和汪新铐着那两个卖烧鸡的，缓缓往后退着。“兄弟们，咱们人多，不怕！”这伙儿抢劫犯嚣张地叫嚷着威逼上前。另外两名乘警闻讯赶过来，他们和马魁、汪新肩并肩，与卖烧鸡团伙对峙。

卖烧鸡团伙晃着弹簧刀步步紧逼，汪新大喝一声：“我警告你们，再往前走，我开枪了！”“开呀，赶紧开，老子还真想听听枪的动静，有没有麻雷子脆生！”“对，开枪呀！不开你是我养的！”

卖烧鸡团伙言语挑衅着，汪新怒火中烧，他欲掏马魁腰间的枪。马魁一把打开他的手，瞪了他一眼，汪新疑惑地望着马魁。

“喷子呢？亮出来呀！空套吧！”

车厢里传来卖烧鸡团伙疯狂的笑声，他们肆无忌惮地嘲笑着汪新，对小老头挤眉弄眼地说：“叔，这帮黑皮（黑话，官差）就欠一顿秋鞭（狠揍）。”

小老头终于有动静了，他缓步上前，抬眼皮看了马魁一眼，嘴唇微微一动，那声音像是从喉咙里挤出来一般：“把人放了。”马魁冷静地说：“老哥，你这杵门子硬啊（黑话，挣钱的方法好），可这满车都是水码子（穷人），零毛碎琴（挣不了几个钱）的不值得挖点儿（敲诈）。这人多，那边唠唠？”

小老头微微一惊，打量着马魁，猜他的来路。见小老头半晌不说话，马魁和汪新押着两个卖烧鸡的慢慢往后退。

小老头和他一帮手下缓慢跟进，双方在车厢连接处停了下来，马魁说："老哥，咱都退一步，真动起手来伤着谁都不好，犯不上。让兄弟几个把刀收起来，我们放人，待会儿火车到站了，兄弟们下车。今天你们也挣着钱了，虽然不多，也够兄弟们喝顿酒了，买卖就做到这儿，算给我个面子。"

小老头沉吟片刻，点点头说："嗯，攒儿亮（明白江湖事理）。"

马魁随即问身边的乘警："下站到哪儿？""下站宁甸，不停，再下一站才停。""哦，知道了，你俩该巡查巡查，不用都在这儿戳着。"

乘警有些担心地看着马魁，马魁说："放心，这不跟老哥都谈妥了。都是道上吃饭的，吐唾沫是个钉，算数，是吧，老哥？"小老头点点头说："那是！"

两位乘警离开后，马魁和汪新给两个卖烧鸡的打开手铐，然后看着小老头，小老头给手下人使了个眼色，他们也收起了弹簧刀。

硝烟暂时散去，事件没有扩散，看似渐渐平息。

列车长老陆已经从两名乘警口中获悉事情经过，他眉头紧蹙，神色凝重。

火车缓缓开进一座小站，停了下来，马魁与小老头道别："老哥，到站了。不送了，最好别再见着了。"

小老头沉默不语，带着一帮手下鱼贯而出。他们刚下车，脚还没站稳，就被从四面八方拥过来的便衣警察一一擒拿。

一个卖烧鸡的同伙梗着脖子看了一眼小小的站牌，上面写着"宁甸站"，他自言自语地说："宁甸，这站不是不停吗？"小老头恶狠狠地望向车门处的马魁，马魁大声说："老哥，都改革开放了，绺子（胡匪）那套玩意不成了。"

"干得好，干得漂亮！人民警察为人民，好样的！"车厢里，贾金龙大赞一声，带头鼓掌，乘客也纷纷鼓掌喝彩。

回到餐车，马魁端着茶缸喝着水，汪新好奇地问："马叔，您跟那小老头说的啥玩意？我咋一句都没听懂。""想学？""想啊，您教我两句呗。""等哪天你也蹲一回监狱，里头有的是人教你。"

汪新被噎得说不出话，马魁反过来问他："我问你，为啥动手？对方这么多人，什么底细？你打得过吗？车上这么多乘客，万一伤到人怎么办？你想过后果没有？""您看他们那个猖狂样，忍得了吗？""忍不了就动手？你也知道他们猖狂啊，你知道那小老头是干啥的吗？""干啥的？""就他那做派，解放前八成是绺子，吃人不吐骨头。"

汪新有点不服气，说道："可咱也没吃着亏呀。"马魁说："那是因为我控制住了！幸亏那俩同事看懂了我的眼色，人又机灵，通知了老陆。老陆又通知了宁甸铁路公安，要是让这帮人在宁岗下车，上车下车的旅客这么多，怎么抓人？""好，全是您的功劳。""光知道动手不动脑子！镇不住人家，就得忍着，就是人家拿你脑袋当痰盂，你也得忍着，谁让你是干这行的！"

汪新血气方刚，哪肯轻易服软，他问道："咱们要是掏出枪来，怎么就镇不住他们？"马魁冷静地说："那枪是说掏就掏的吗？真掏出来，你敢开吗？""逼到份上，咋就不敢。""你要是开了枪，先不说会不会误伤到其他乘客，就是惹毛了他们，你好得了吗？枪里有几发子弹，你不清楚吗？你就是个成事不足、败事有余的荒料，我都懒得骂你了！"

马魁气得把茶缸蹾在桌上，汪新站起身，马魁看着他问："这是不服气吗？"

汪新说："我给您打点热水去。"马魁摇摇头说："真是欠收拾！"

在路上，生活积极向上；成长，一半冷静，一半彷徨。

这天，姚玉玲在汪新家门口徘徊了许久，还没有等到汪新回来。她是一个非常有眼色的姑娘，眼里有活儿，看到汪永革打扫卫生，就找理由代劳。为了她心里的爱情，可以有一万个理由。

姚玉玲又是扫又是拖的，还将桌椅板凳都擦得锃亮，忙得不可开交，额头冒汗。姚玉玲把所有能做的都做完，依旧没有等到汪新，她有些失落，和汪永革道别后，心绪不宁地往家走。

姚玉玲刚走到院里就与汪新迎面相遇，她不好意思地笑了笑，汪新报以微笑，两人似乎心有灵犀。

吃晚餐的时候，汪永革心有所思，他有一搭没一搭地和汪新聊着，扯到了马燕，汪新矢口否认，说最近没去找马燕。汪永革感叹道："儿子，你说咱俩爷们儿顶着房盖过日子，这屋里不热闹。"汪新点点头说："我也这么觉得！爸，您有想法了？""那得看你同不同意。""哪家的？""你说呢？"

汪新误会了，说道："爸，我也觉得沈大夫人不错，一院里这么多年了，知根知底的。"汪永革有点尴尬地说："咋扯到沈大夫身上了，你满脑子糨糊搅和啥呢？""爸，你脸咋红了？没喝酒啊！你不想给我找个小妈吗？沈大夫合适！有个头疼脑热的省得去医院了。这是啥时候的事儿？我咋没看出来，捂得还挺严。"

"你小子想哪去了，我是说你呢！""这事闹的，我还以为您要'夕阳红'。"

汪永革索性直说，汪新也老大不小了，该找个媳妇。可找媳妇是个眼力活儿，要是没找好，屋里可不是热闹了，那是鸡飞狗跳。有一说一，姚玉玲那人，在工作上是不错，可要说持家过日子，估计不太行，得慎重考虑。汪新笑着说，她怎么不行了，看她把咱家收拾得多干净。汪永革郑重地说，猪还有撒欢的时候呢，不能光看表面现象。汪新告诉父亲，他也没说找姚玉玲。汪永革警告儿子，没那意思就离姚玉玲远点儿，别让人家误会了。

马魁黑着眼圈去上班，他打着哈欠，看起来很没精神。小宝昨夜发高烧，他和老婆在医院守了一夜，年纪大了，精力真有些顶不住。

火车停靠在站台上，乘客纷纷上了车，马魁巡查着车厢，不时地帮乘客安置沉重包裹。侯三金扛着一个大包走了过来，不小心撞到了马魁。马魁让他小心点儿，然后帮他把沉甸甸的大包放在行李架上。

侯三金谢过马魁，马魁打量着侯三金说："出息了。"侯三金问："哪儿看出来的?""懂礼儿了呗。""人往高处走嘛。"马魁盯着侯三金，说他心里有鬼。侯三金忙说，他金盆洗手，改行了，心里装的全是大菩萨。

马魁说，找个宽绰地方，唠上两句。侯三金故作镇静地说，唠两句啊，那没问题。两人来到车厢连接处站住，侯三金赶紧从兜里掏出一盒卷烟说："哥，抽一根。"马魁接过来，放在鼻子上闻了闻，摆手拒绝说："这烟有点淡。""马哥，我真改行了，倒腾点小买卖，这烟不埋汰。""戒了，闻个味儿过过瘾吧，怎么这么早就出来了?""举报同伙立了功，减了刑，提早放了。""不但懂礼儿，还懂事了。""这不都是你教育得好嘛！马哥，咱掏句心窝话，我过去干的那行来钱快，也轻松，可太险了，动不动就骨折不说，整天提着心吊着胆，觉都睡不好。现在干了正路活儿，累是累了点，可心里踏实啊，到了晚上，倒头就睡，连个梦都做不成了。""不错，好好奔日子吧！行了，没事了，回去吧。""那我走了，改天请你喝酒。"

侯三金转过身，摸了摸裤裆，快步朝前面车厢走去。他到了厕所门前，推开门，钻了进去。侯三金刚要关门，就被尾随而来的马魁挡住，马魁随手关上了门，问道："咋跑这边上厕所来了?""刚才不想尿，走着走着就有了。""裤裆里装着啥呢，拿出来吧。""裤裆里不就装着那命根子嘛！你要是想看，我就拿出来，可咱们都是爷们儿，也没啥可看的呀。""少说废话，还等我搜啊，赶紧拿出来！"

侯三金犹豫片刻，手伸进裤裆里掏着，摸摸索索一阵，掏出一百块钱，对马魁说："掏完了，没了。""那我来掏?""别，那东西骨折了可受不了。"侯三金说着，又从裤裆里掏出一百块钱，马魁看他那个磨蹭样儿，说：“还是我来吧！”

“不用，我自己来！”侯三金褪下裤子，他穿着防盗裤衩，从里面掏出两百块钱。马魁笑着说：“还穿上防盗裤衩了？”“过去是我偷别人，现在是我怕别人偷我。”“这钱哪来的？”

侯三金提上裤子，撸起裤腿，他的两条腿上，用皮筋拴了几十只电子表：“就靠这东西赚的。”“你也投机倒把了？”“也就你管这叫投机倒把，南方那边根本没人管这事，大家都挣着命赚钱呢。”侯三金说完，摘下一块电子表递过去：“哥，这电子表在南方卖三块钱，到了咱们这儿，得十块钱，我送你了。”“少跟我来这套！”马魁说完，推开厕所门走了出去。侯三金哼了一声：“油盐不进，木头脑袋。”

马魁回到餐车，坐下来，打了个哈欠，缓缓闭上了眼睛。火车隆隆前行……

对于马魁这个人，汪新一直都看不懂，他问过父亲好几次，马魁到底是个啥人儿呢，摸不透啊。汪永革说，摸透了还能当他师傅吗？汪新问多了，汪永革就说，如果实在熬不住了，他就豁上这张脸，帮儿子说句话去，换个师傅。汪新沉默了一会儿，摇了摇头说：“算了，不换了。我对马叔是有意见，本想离他远远的，现在我反倒觉得有点离不开他了。跟他在一块，心里有底，脚底有根，他不经意间做一件事，都够我咂巴半天的。不换，坚决不换，就算要换，也得等我把他琢磨透了再说。”

马魁回到家的时候，小宝已经退烧了，能吃能喝的。见老婆神情疲惫，马魁坐在炕沿上，面色凝重地说：“素芳，我想跟你商量个事。”王素芳警惕地问：“你是要把孩子送走吗？”“你真是我媳妇。”“养了这么多日子了，哪能说送走就送走。”

马魁语重心长地说：“素芳，这孩子咱托不住，他会把你拖垮的！还是那句话，就是换了个地方，咱们想他了就去看他。等他长大点，咱家要是条件好了，可以再把他接回来。”

马魁说到这儿，小宝突然哼唧起来，王素芳赶忙抱过来哄着。她的泪水情不自禁地流了下来，她泪眼蒙眬地望着马魁说：“我还是想把孩子留下。”马魁态度很坚决，这孩子必须送走，马家养不了他。这孩子连哭带闹的，王素芳的身体得调养，受不了劳累。

王素芳动情地说：“我的病自己有数，这病病恹恹的，早晚得走你前头。等我走了，就盼着这孩子能给你做个伴儿。燕子那性格看着虎实，但毕竟是个姑娘，要真跟外头遇着麻烦，家里头有个能扛事的大小伙，也不至于被人欺负了去。你们顺顺当当地过日子，我就放心了。”

马魁听了，眼眶一酸，险些流泪，说道：“净说这些不吉利的，我这辈子，有你就够了，等咱俩老了，谁都不指望。哦，不，我指着你，你指着我。”

既然老婆舍不得孩子，马魁就寻思着将来的日子怎么过。家里的境况太糟糕了，他首先必须得解决房子问题。

马魁内心有些煎熬，他是很要强的人，很少向领导提要求。胡队长看出来了，说道：“老马啊，你有困难只管说，要是工作时间上有难处，都好商量。”“工作上我没问题，就是我家那房子条件不好，漏雨漏风的，我想让家里住得舒服点。不过，要是组织为难，就算了。”“这样吧，我跟上面汇报一下，争取给你换个房子。对了，那孩子还是送到福利院去吧，这样也能减轻点负担。”

马魁沉默片刻，说道：“你嫂子的心都在那孩子身上呢，要是送走了，我怕她就挺不住了。”胡队长点点头：“也是啊。”“既然那孩子的爸妈找不到，我就自己养了，需要组织给我开个证明，好办户口啥的。”“这个没问题，现在就去办。”

一下子解决了房子和孩子的问题，马魁的心情也跟着轻松起来。

一切都是那么地顺利，当马魁搬家的时候，铁路工人大院里热闹非常。一挂鞭炮悬在院门口，站在门口的老老少少都来添喜庆，翘首张望。

远远地，汪新推着小板车过来，车上装着被褥、锅碗瓢盆等行李家当，马魁背着孩子，推着自行车，王素芳和马燕紧跟着。汪永革一看，大声招呼：“上动静！”蔡小年赶紧掏出火柴，点燃鞭炮，鞭炮噼噼啪啪地响了起来，铺满一地红色纸屑。

小宝吓得哇哇大哭起来，王素芳一边捂住他的耳朵，一边喊：“别放了！别放了！”马魁急了，跟着喊，只是他们的声音全部淹没在鞭炮声中。汪新推着小板车快步走到众人近前，大声呼喊：“这是谁点的鞭炮啊，把孩子都吓着了！”

汪永革这才反应过来，高声说：“赶紧把火灭了！”蔡小年喊道：“这东西怎么灭呀，炸人啊！”牛大力跑过来，一把扯过挂鞭，拖着鞭炮跑了。

少了鞭炮声，场面顿时安静了不少，马魁看了一圈，问：“这是谁闹的动静啊？”汪永革有点不好意思：“老马，今天你搬家，我寻思添点喜气。”“噼里啪啦的，确实好啊，都好得不能再好了！”老陆见汪永革有点儿尴尬，忙说：“老汪也是一片好心，欢迎马魁同志一家搬到咱们大院来！”

老陆话音一落，大家伙开始鼓掌，在这一片掌声中，汪永革招呼道：“来，大家都伸把手。”“先不用，等车进院再说。”汪新说。“小子，这事你就不懂了，车进院，那是车出的力。我们大家搬，那是大家的心，能一样吗？搬东西！”

大家纷纷忙着搬行李，小宝看见沈大夫，朝她伸出手，沈大夫一下子乐了：“哟，这孩子是找我呢？喜欢阿姨是吗？那阿姨就抱抱。”马魁把孩子递给沈大夫，她抱着小宝，开心地说：“这孩子长得真好看。”

王素芳看在眼里，美在心里，她家小宝就是招人疼惹人爱。

马魁的新家是两室一厅，搬进来之前，已经收拾得干干净净，王素芳望着屋子高兴地说：“老马，这房子真宽敞啊。”马魁笑着说：“你喜欢就好。”“两个屋，还有个小阁楼，等小宝长大了，住得开了。”“领导有心呀！”

夫妻俩正唠着，汪永革和汪新走了进来，汪新提着一把新暖壶说：“马叔，我爸给您买了把新暖壶，放这了。”马魁没言语，王素芳忙说：“汪段长，我们一搬来，让这满院的热乎气儿顶得心都化了。”汪永革说：“应该的，我和老马是多年老工友了，汪新又是老马的徒弟。”汪新接话说：“我和马燕还是同学。”

汪永革一心想和马魁套近乎，说道：“这是亲上加亲。”马魁脸色不大好看，质疑道：“亲上加亲？”汪永革心知热脸贴上冷屁股，一时无语。马燕从自己屋里跑出来，叫汪新进去一下，找他有点事儿。王素芳笑着说，净顾着说话了，还没给客人沏茶，她烧点水去。

屋里只有马魁和汪永革，他俩沉默不语，各怀心事。汪永革打破僵局说：“老马，你们进了大院，咱们就都是一家人了。缺啥少啥，人手不够，招呼一声，大家都会帮忙的。”马魁冷笑一声：“一家人，这词儿讲得好。”汪永革笑了笑，想化解自己的尴尬。

旁边屋里传来汪新和马燕的说笑声，马魁的脸更黑了，说道：“都没收拾呢，我不跟你唠了。”汪永革知趣地说，他回去了，家里还有事儿。马魁让汪永革把暖壶带走，家里好几把了，留着也是多余。汪永革知道多说无益，拿起暖壶朝门外走去，身后的马魁喊道：“就一个人走啊？”汪永革毫不犹豫地扯着嗓子大喊一声：“汪新，回家了！”

回到家里，汪永革把暖壶放在桌上，汪新替父亲不值：“好心好意送了把暖壶，还给退回来了，这老马头，办事是真隔路！”汪永革自我安慰说：“不要就是不稀罕呗，没啥。”“爸，您和老马头不是老工友吗？他怎么对您也没笑脸呢？”“他就那样，外冷内热。”“我看他就是个怪人！”汪新抱怨说。

王素芳烧好水，发现汪家父子已走，知道马魁没给人家好脸色，无奈地叹了一口气。有了心满意足的房子，看着熟睡的小宝，王素芳开心地说：“这房子是越看越好啊。”马魁自责道：“这事怪我，早点搬过来就好了。”“领导为啥同意给咱家换房子啊?”“我不是跟你说了，正好赶上有房子空出来，就换了呗。”“一定是你找领导要求的。不逼到份上，你张不开这嘴。为了我，难为你了。”“这扯哪儿去了，睡觉吧。”

马魁说着，就躺下身来，王素芳又问:“孩子户口打算什么时候办?”“那不说办就办嘛。”“可他总得有个名字啊。”“我早想好了，就叫马健，健康的‘健’，他来咱家的时候，病病恹恹的，希望他将来都能健健康康的。”“这名字好，马健，你有名字了!”

第八章

老蔡驾驶着火车，牛大力汗流浃背地往炉膛里添着煤，老吴后背有节奏地撞着座椅背，牛大力好奇地问："吴叔，您这是玩什么呢？跟这椅子有仇啊！"老吴说："我找了一个偏方，说是撞树对颈椎好，这车上也没树，凑合着撞撞椅子吧！"老蔡一听，笑着说："老吴啊，有病还是得瞧大夫。""偏方治大病。""这颈椎病啊，说是小病就是小病，说是大病也能要人命。"

牛大力顺着老蔡的话，说道："就是啊，回头颈椎病没治好再得一脑震荡。"老吴不快地说："那不正得你的意了。"老吴瞧着牛大力，那小子心里想什么，他是门儿清。

牛大力劝老吴歇一段日子，回家安心养病。老吴觉得牛大力看着憨厚，其实藏着鬼心眼子，说道："我歇了，这座不是空出来了？"牛大力忙说："不是有我呢吗。""那等我再回来，坐哪儿呀？"老吴这么一问，牛大力便望向老蔡，老吴也看着他，老蔡被他俩虎视眈眈地盯着，问道："瞅啥，还惦记上我了？"

老吴沉默了一会儿，说："牛大力，你是铆着心思朝我使劲呀！"牛大力说："我这也是为你好。""一句为我好，谁也挑不出毛病来，可一个萝卜一个坑，我这个坑深着呢，就怕你那小腚坐不稳当呀。""我这底盘比你大。"

听着老吴与牛大力越聊越起劲，唠得热火朝天，老蔡耳朵吵得不行，他拉响汽笛，提醒着那两位，火车快要进站了。

车厢里准备下车的乘客，拥挤在过道上。小温州站到座椅上，高声喊："我的眼镜呢？谁拿了我的眼镜！"不远处，汪新走了过来，问："你眼镜丢了？""丢了！一个蓝白条色的编织袋，上面写了个'马'字！我放椅子底下了，半小时前还在呢！”

说话间，火车停住，乘客纷纷下车，汪新一眼望去，全是下车的人流，他飞身从窗口跳了出去，小温州紧跟着跳下车窗。

汪新目不转睛地盯着来来往往的人群，小温州东张西望也寻找着眼镜袋子。突然，他冲着汪新喊：“在那儿呢，我的眼镜！”汪新随着小温州所指的方向，看到两个人提着一个蓝白条编织袋，正朝出站口匆匆而去。汪新与小温州撒腿就追。

当小温州靠近两个人时，被其中一人踹了个跟头，他俩的速度极快，提着编织袋跑到围栏处，把编织袋扔出围栏，然后爬上围栏，跳了出去。

汪新先是为了避开拖儿带崽的孕妇耽搁了一下，这一眨眼工夫，场面已经发生了改变。他赶到时，只能隔着围栏，伸手抓住编织袋的提手，把提手扯过围栏。那两人紧紧抓住编织袋，死死地不松手，并对着汪新威胁道：“小子劲儿挺大呀！再不松手，我们可动刀了！”汪新怒道：“你敢！”望着汪新临危不惧的眼睛，两人打起了退堂鼓，手稍一松动，汪新就占据了上风，正好小温州与两位车站警察赶了过来，那两人一看势头不对，火速逃开。

汪新把编织袋递给小温州，他手上有深深的勒痕。小温州蹲在地上激动地打开编织袋，里面都是墨镜盒，他乐开怀了：“太好了，幸亏没丢，要不白跑一趟不说，还得赔本。”

汪新注意到小温州编织袋上的“马”，以为他姓马。小温州笑着说，他姓黄，住在温州五马街，叫黄五马。为表示感谢，黄五马执意要送汪新一个墨镜，汪新摆摆手，坚辞不受，让他赶紧走。黄五马拿出一个墨镜盒，不容分说塞进汪新手里，提着袋子就开溜了。

汪新心里美滋滋的，舰着脸向马魁要表扬：“马叔，您得表扬我两句吧？”马魁不以为然地说：“这是你应该做的。”

两个人说着话，沿街道朝前走。马魁脚步快，听见汪新不断在背后咳嗽，回头一看，汪新戴着一副墨镜，嘚瑟地冲着他傻乐。马魁的脸冷了下来问道：“哪儿来的？”“小温州送的，还真别说，戴着是挺舒服的，您戴戴试试？”

汪新说着，就摘下墨镜，递给马魁。马魁没接，冷眼盯着他说：“长本事了，别的没学会，学会吃拿卡要了！”“马叔您别扣帽子，我帮小温州夺回被抢的眼镜袋，给他挽回了那么多损失，他送了我一副，怎么到了您这就成吃拿卡要了？”

马魁问汪新，警察有戴墨镜的吗？流氓才戴那玩意儿。汪新嘟囔说，他干啥老马都看不惯。马魁让汪新去照照镜子，好人有这样的吗。汪新生气地摘下眼镜，把镜片捅掉，戴上镜框问：“这回像好人了吧？”

汪新说完，甩开马魁，头也不回地走了。

牛大力躺在床上，望着手里的信纸，嘴里念道：“遥相望，只愿君心似我心，定不负相思意。今晚六点，红星电影院。”信里有一张电影票，牛大力把信纸盖在自己脸上，激动得不能自已。

姚玉玲也收到了来信，她羞答答地打开信封，信纸上写道：“年年越溪女，相忆采芙蓉。今晚六点，红星电影院。”

姚玉玲照着镜子，紧着捯饬自己那张脸，先是擦抹雪花膏，接着点燃一根火柴，吹灭了，用火柴头描着眉；最后用嘴唇夹着一张红纸……镜子里的姚玉玲千娇百媚。

牛大力也是刮胡子，擦皮鞋，换了一身干净衣服，时不时抻着衣服褶皱。他不停地看表，嫌时间走得太慢。临出门时，他还不忘往身上洒些花露水。

电影院门前熙熙攘攘，牛大力捧着一塑料兜爆米花，站在电影院门外，热切地朝周围张望。远远地，牛大力看见姚玉玲挎着包风姿绰约地走来，他一溜小跑迎上去，颤抖着声音说：“姚儿，你来了。”姚玉玲一脸诧异，问道：“你怎么在这儿，汪新呢？”牛大力惊讶地问：“跟汪新有啥关系？不是你约我来的吗？”

姚玉玲不敢置信地问：“我约你？”牛大力不想多做解释，说道：“电影快开场了，咱俩进去吧！”说着，就要去挎姚玉玲的胳膊，姚玉玲吓得跳开，大声喝止：“你闪开！”

牛大力很是困惑，心想难道还要对暗号，便念道：“遥相望，只愿君心似我心，嗯……看我这记性，后面的忘了。”姚玉玲嘟起嘴：“你在说什么？什么乱七八糟的。”“我嘴笨，可心里明白。走，看电影去。”姚玉玲迟愣片刻，问道：“是你约我来看电影的？”牛大力叫屈：“不是你给我写信，叫我来的吗？小姚，你别这样，都把我弄糊涂了。”“我还糊涂着呢！”姚玉玲说完，气呼呼地离开了。牛大力追上去，姚玉玲怒斥他别跟着。牛大力怅然若失，望着姚玉玲走远。

姚玉玲几乎是一路小跑回到大院，她心情失落到冰点，她决定找汪新问个清楚。汪新见姚玉玲眼眶微红，吃惊地问她发生了什么事儿。姚玉玲从兜里掏出几张信纸递给汪新，质问道：“你为啥给我写信？约我去看电影又不出现，还让牛大力去，你到底啥意思？”

汪新接过信纸一看，满脸疑惑，连连摇头说：“我不知道，我啥时候给你写信了？”“还不承认，那天我都看见了。”“你看见啥了，这不是我的字儿啊。我能写出这么酸不溜丢的词儿来？不是你写给牛大力的情书吗？”“我给他写情书？我吃饱了撑的！我是没长眼还是缺心眼啊？”“你小点儿声，别咋呼，大力在那儿呢！”姚玉玲转身看了一眼，牛大力讪讪地笑了笑。

姚玉玲和牛大力跟着汪新进了屋，仨人坐在桌前，汪新拿着那几张信纸琢磨着。牛大力一脸失望地问：“姚儿，这些信真不是你写的？”姚玉玲愤愤地说：“这不废话吗！”

姚玉玲的答案让牛大力失望透顶，到底是谁干的恶作剧，三个人想来想去也没线索。突然，姚玉玲灵光闪现，望向马魁家，冲着汪新说：“你师傅那宝贝闺女干的呗！”汪新摇摇头，这事儿跟她有啥关系？姚玉玲分析，马燕怕她和汪新好，所以插一杠子，想把他俩给搅和了。

汪新一听姚玉玲把矛头指向了马燕，立刻摇头否认，牛大力收到第一封信的时候，马燕他们家还没搬过来。看过《福尔摩斯探案集》的姚玉玲，启发着汪新的思路，马燕三天两头来找他，想干坏事还愁找不着机会？姚玉玲越想越气，这个马燕坏透了，她找马燕算账去。姚玉玲从汪新手上拿过信纸，气呼呼地直奔马魁家而去。

一看这架势，汪新和牛大力赶紧追着去灭火。姚玉玲怒气冲冲闯进马燕的房间，马燕看着她一脸疑惑，姚玉玲把那几封信拍到桌上，质问是不是马燕干的。马燕拿起信来看了看，忍不住噗嗤笑了。姚玉玲怒道：“你还笑？”马燕撇撇嘴说：“这啥玩意啊？这字跟狗啃的似的。”汪新不想激化矛盾，问马燕，是不是她写的。马燕不屑地说，也太小瞧她马姑娘了，她的字可比这好看多了。姚玉玲不依不饶，劝马燕不要再狡辩，这事儿除了她没别人会做。马燕气哼哼地反问，院里人这么多呢，凭啥说是她干的？姚玉玲哪只眼看见了？

马魁听见动静，走进来问：“你们几个小子咋呼啥呢？”姚玉玲嘴快，立马给马燕上眼药：“马叔，马燕冒充我给牛大力写情书，又冒充牛大力给我写情书，给我俩拴对儿，您好好管管！”“有这事儿？”马魁说着望向闺女，马燕也不是好惹的，小嘴儿叭叭的像机关枪：“姚玉玲，我警告你，你无凭无据冤枉好人！别说不是我干的，就算是我，又能怎么着？大力哥哪儿不好？配你绰绰有余。”牛大力听了心里乐开了花，忍不住咧嘴笑了。

姚玉玲让马燕赶紧承认了，就知道她没安好心。马魁拿过信纸，冷静地看了看说：“这不是小年的字吗？年年越溪女，这个‘年’字，跟蔡小年的签名一样。别的字可以作假，自个儿的名字写顺手了，尾巴露出来了。”

汪新带着姚玉玲、牛大力来到蔡小年家，跟他索要笔记本。蔡小年起初还装傻充愣，汪新拿着他的笔记本，照着上面的签名比对笔迹，果然那个“年”字的笔画特征一模一样。汪新把笔记本扔一边，冷冷地瞪着蔡小年，蔡小年一脸尴尬地解释，他这也是一番好意，成人之美嘛！姚玉玲羞愤难当，扭头走了。牛大力结结巴巴地问蔡小年，他瞎掺和啥？蔡小年委屈地说，他都是为牛大力好，为此搜肠刮肚翻了半天的语文书才找出来这几句词，不谢也就罢了，还埋怨他。

牛大力黑着脸哼了一声：“我谢谢你！”说完，扭头就走。汪新摇着头说：“小年，你真是成事不足败事有余。”马燕趴在蔡小年家窗户外头，嬉皮笑脸地看热闹。几个人走后，蔡小年看着那几封信，嘟囔着说，都是些好词，咋就没成呢。蔡大年从内屋出来，戳了戳儿子的脑袋，骂他脑子进水了。

通过这件事，汪新对马魁的认识有了一个新高度。趁着工作间隙，汪新忍不住问马魁：“马叔，您这脑子真好使，是不是咱这一车人的笔迹，您都能记得住啊？”“干警察得过目不忘，你在警校没有笔迹鉴定这课吗？咋学的？都还给警校了？”“呃，没留神。”汪新狡辩说。“要真遇到案子，就你这眼神、这记性，哼！回家跟你爸说，熬粥的时候搁俩核桃，给你补补脑子。”

汪新听了马魁教训，从兜里掏出那副镜框戴上说：“回头，我配俩近视镜片安上，眼神就好使了。”马魁一看汪新没正形，顿时来气了：“你给我摘了，摘了！”“就不，镜片都扔了，镜框也不让戴，你法西斯啊！”

马魁忍不住上手去摘汪新脸上的眼镜框，汪新嬉皮笑脸地躲闪开，转身去了餐车。汪新在餐车看见姚玉玲和一个中年妇女边吃边聊，姿态亲昵。他走过去热情打招呼：“玉玲姐，吃饭呢？”姚玉玲忙向中年妇介绍道：“妈，这是汪新。这是我妈，她来看我，正好跟咱们一趟车。”汪新客气向姚母问好，姚母打量着汪新，眼神里满是赞许：“你就是小汪，听玲玲提起过你，哎哟，一表人才呀！”“阿姨，您过奖了。”

姚母招呼汪新坐下来一起吃饭，让他尝尝她腌的咸鱼。姚母和蔼可亲地说：“听玲玲说你平时挺照顾她的，谢谢你呀。”汪新说：“别客气，都是同事，有事帮把手，谈不上照顾。”姚母对汪新的印象很不错，颇有点儿丈母娘看女婿，越看越顺眼的感觉。

列车到站后已是傍晚时分，姚玉玲带着母亲回到铁路工人大院宿舍。这间宿舍是姚玉玲和一位同事合住，母女俩一起收拾着同事的床铺，今晚姚母就睡这张床。这位同事经常跑南方线，她回来了，姚玉玲上班，两人几乎碰不着面儿。

姚玉玲心疼母亲，不愿她太过劳累，别老来看她。姚母叹了一口气，儿行千里母担忧，一个女孩子离家这么远，身边也没个人，当妈的能放心吗？姚玉玲安慰母亲，用不着担心，大院里人多着呢。刚喘口气，姚母就操心起女儿的婚姻大事，她劝玉玲谈个对象，这样平时也有个照应。那个小汪就不错，工作体面，家世也好，好像对玉玲也不错。姚玉玲笑了笑，刚要回话，就听门外有人喊："小姚，在家吗？"

姚玉玲走到门口，打开门见是牛大力，便问他有啥事儿。牛大力热情地说："听说阿姨来了，有啥需要帮忙的吗？"姚母闻声走过去，打量着牛大力。牛大力忙殷勤地自我介绍，姚母冲他点点头。姚玉玲态度有些冷淡，说没啥要帮忙的，让牛大力忙自己的去。牛大力笑着讨好说："呵呵，被褥啥的够不够？不够我那有。""够，我这没事儿，大力你去忙吧！"姚玉玲毫不犹豫地拒绝了牛大力，顺手关上了门。牛大力悻悻地笑了笑，神情落寞地走了。

姚母好奇地问："你这同事干啥的？长得倒挺周正。"姚玉玲说："司炉工。""司炉工，不就是烧锅炉的吗？"姚玉玲点点头，姚母立马说："玲玲，我看他对你有点儿意思。我警告你，这人可不行啊，烧锅炉能有啥出息？""我有数。"

姚母帮忙收拾屋子，边抹桌子擦地边问："哎，那个小汪的父亲，听说是机务段段长？这是啥官？管多少人？""副段长，你打听这么多干啥？""我就问问。那个小汪多大岁数了？找对象了吗？""没有。""哟，那不正好！人这辈子，往高处走还是往低处爬，就看你找的是啥人。别跟我似的，找了你爸那个没出息的，一辈子跟着他吃糠咽菜，受了半辈子罪不说，还早早地守了寡。我这辈子，算是白活了，你可别学我。""行了，行了，又来了，就不爱听你说这个。"

母亲的话在姚玉玲心里扎了根，想到汪新，她一脸甜蜜，姿态忸怩。母女谈心，直至夜深。或许星星忙着谈恋爱了，不然春夜为何这般静谧。

汪新哪里知道，自己被人惦记上了。他像往常一样在车厢里巡查，就见刘桂英匆匆走来，四处寻找着什么，她的下巴处长了一块黑斑。汪新问她，什么东西丢了？刘桂英犹豫片刻说，她睡着了，一睁眼孩子就不见了。汪新顿时紧张起来，让刘桂英赶紧说说孩子的相貌特征，包括年龄、穿的衣服……

根据刘桂英对孩子的描述，汪新马不停蹄地在列车上寻找，那些差不多符合特征的孩子，一一被他盘查过。时间紧迫，同事一起查找着孩子，广播里也传来了姚玉玲的声音："同志们，现在播报一条重要寻人消息，在本次列车上，有一个四岁的男孩丢失了。他是圆脸，浓眉大眼，不胖不瘦，身穿白色跨栏背心、黑色短裤，请发现这个孩子的同志，立刻联系乘警，或者带孩子到餐车去。"

汪新继续在车厢里穿梭，见一个孩子坐在座椅上睡着了，看起来四岁左右，不过他没穿跨栏背心。汪新上前询问，这是谁的孩子？一旁的女乘客应声而起，说是她的孩子。汪新看了看她，轻轻地拍醒了孩子，指着女乘客问，小朋友，她是谁？孩子睡得正香，迷迷糊糊地醒来，一声不吭，汪新再次问他，跟叔叔说，她是妈妈吗？孩子摇摇头，汪新一手把孩子抱起就走，女乘客一看，顿时急了："你要干什么？"汪新冷冷地质问："你说呢！""你把孩子给我！""我警告你，不要动手！"

这时，孩子哇的一声大哭起来，嘴里不停地朝着女乘客喊小姑，汪新一听，一下子愣住了，女乘客埋怨道："看你把孩子吓的，要是吓出病来，我饶不了你！""实在不好意思，我这也是急的。"在孩子的啼哭与女乘客的怒斥声中，汪新面红耳赤地不住道歉。

火车很快就要进站，没有时间了，汪新在下车的人流中艰难地挤着。猛然间，人群中一个男乘客抱着四五岁大的孩子，引起了汪新的注意。那孩子穿着灰色的衣服，戴着帽子，遮挡着脸，他趴在男乘客肩头，睡着了。

火车到站了，汪新跟着抱孩子的男乘客一起下了车。站台上，汪新拦住了抱孩子的男乘客，他神色慌张，虽然仅仅一瞬间，也没逃过汪新的眼睛。男乘客故作镇静地问："有事吗？""这是你的孩子？""这话问的，那还能是你的！""他叫什么名？"

男乘客觉得事已败露，猛地把孩子扔向汪新，飞奔而去。汪新伸手接住孩子，抱着他几个箭步冲上去，一脚将男乘客踹倒在地。男乘客爬起来，汪新又是一脚，正中男乘客裤裆，他疼得捂着裤裆蹲在地上。汪新一手抱着孩子，另一只手拿出手铐，咔嗒一声铐在男乘客手腕上。几个乘务员赶过来，将男乘客按住。

孩子找回来了，汪新对刘桂英也有了交代，他把孩子送还给刘桂英："这是你的孩子吧？""是我的，衣服让人给换了，怎么还睡着了呢？""可能是让人贩子给下药了，火车上人多眼杂，一定得加倍地小心。盯住孩子，你说这要是弄丢了，可怎么办呀！""警察同志，谢谢你，你就是我的恩人。"

刘桂英说着就要下跪，汪新连忙扶住了她，看她抱着孩子从出站口离开，欣慰地长出一口气。

吃饭时间，大家聚在餐车用餐，所有的焦点都聚集在汪新身上。蔡小年拍着汪新的肩膀说："你真是不得了，转眼就立了功，还是大功，今年这先进啊，非你不可了。"汪新笑着说："先进不敢想，不出错就烧高香了。"老陆勉励道："小汪确实进步很大，还得继续努力。"

蔡小年不忘添油加醋："咱说点实惠的，汪新，你要是当了先进，得请大家吃顿好的吧？"汪新点点头："没问题，留着肚子等油水。""那我从今天开始，空着肠子了。”“你就算不空肠子，里面也没多少油水。”姚玉玲插话说。蔡小年笑眯眯地问：“你怎么知道，进去看过呀？”“吃饭呢，恶心死了！”蔡小年的话，让姚玉玲差点想吐。众人哈哈大笑，都为汪新感到高兴。

汪新接到通知，说胡队长找他有事儿。他休班后，径直来到胡队长办公室，胡队长站起身迎上来，握住汪新的手，夸他干得不错。汪新笑着说，都是他应该做的。胡队长说汪新作为新手，做得非常好，非常出色，得好好表扬。他打算写个报告，报到上面，把汪新破的这个案子作为典型案件，供同志们学习和参考。汪新有点不好意思，觉着弄得有点太声张了。胡队长可不这么看，好事就得声张，要不大家怎么能进步呢？年轻人，就得有股劲儿。

这时，一个工作人员敲门走进来汇报：“队长，关东街派出所送来一份协查通知，让帮忙找个孩子。”胡队长点点头，让汪新去忙。工作人员接着叙述案情，失踪男孩四岁左右，穿的是海魂衫，东关街附近丢的。孩子家长找了好几天，也没找到，前来乘警队求助。说着，他把协查通知和孩子照片交到胡队长手里。

走到门口的汪新听见失踪男孩的情况，快步走到胡队长近前，望向孩子照片。他脸色大变，如雷轰顶，感到呼吸不上来，像是要窒息了……

汪新不知道自己是怎么走出胡队长办公室的，他浑浑噩噩地在街道上漫无目的地走着，眼前不断闪现着刘桂英、孩子和照片……

汪新的腿像是灌了铅，快要走断了，也没理出思绪，这时他想到了师傅马魁。回到铁路大院，汪新看见师傅正在公共水龙头旁洗衣服，他沮丧地向马魁汇报自己犯下的大错。马魁问：“你当时为什么确定那个女人就是孩子他妈呢？”汪新垂着头低声说：“她说孩子丢了。”“这就可以证明她是孩子妈？”“当时情况紧急，我也没想那么多。”

马魁恨铁不成钢，责怪汪新就因为想得少，才帮了人贩子的忙。汪新懊悔不已，沉默不语。马魁摇着头说：“那个女人是个人贩子，孩子先是被女人贩拐走，后来又被男人贩拐走了，而你帮着女人贩把孩子找回来了。”汪新无话可说。“你不是火眼金睛吗？”“我就知道您会这么说。”“好好琢磨琢磨吧，把孩子还给人贩子！呵呵，真有本事！看看上头怎么处分你吧！”

汪新快要崩溃了，索性破罐子破摔赌气说：“爱咋咋地！”马魁叹了一口气说：“回头，你写一份材料，把整个事件经过说一下。毕竟，你也抓了个人贩子，我跟上头说一下，看能不能功过相抵。”“你说了能算呀？”“我得舰着脸找上头帮你说情去！”“马叔，谢谢您。”这声感谢，汪新是发自肺腑的。

汪新栽了大跟头，他是这次错误的主角，无法逃避和狡辩，深深的自责和懊悔压得他喘不过气来。马燕看在眼里，急在心头，她来探望躺在炕上的汪新，请他看日本电影《追捕》，希望他能散散心。汪新动了动眼皮，睁眼看了马燕一眼，又闭上眼。“别装睡了！”马燕凑到汪新耳朵边，突然喊了一声，汪新被吓了一跳，这回是不能再装睡了。汪新恼火地说：“你有病啊。”

马燕毫不在意，挥舞着电影票，哼着《追捕》的主题曲：“啦呀啦，啦啦啦啦，啦呀啦，啦啦啦，啦啦啦，啦啦啦……去不去？”“拉什么拉，拉屎回自己家拉去。”“有劲没劲呀你，这电影票多抢手你知不知道，我求了多少人才弄到两张。”“看八回了，台词都背过了，你自己看去。”

汪新说完，又倒头睡过去。马燕望着他，感觉身后有人，回头一看，竟然是姚玉玲。马燕赶紧把电影票揣兜里，质问道：“你进屋怎么不打招呼？”姚玉玲理直气壮地说：“我听见你说话了。再说，我来汪新家，从来不打招呼。”

姚玉玲说着靠近汪新，一边柔声喊着汪新的名字，一边伸手推了推他，马燕立即阻止道：“你别推他。”姚玉玲说：“我跟他说句话。”“人家睡觉呢，你还非得打扰人家不可吗？”“那你怎么在这呢？”“我在这怎么了，我没打扰他。”“我找他有事。”“我还找他有事呢！”

马燕与姚玉玲各不相让，两人戗戗来戗戗去，吵得汪新耳根痛，他终于装不下去了，扯着嗓门说：“你俩能不能别吵吵了！”

汪新一说话，两个人顿时安静下来，姚玉玲轻柔地说：“汪新，那事我听说了，怕你心情不好，来看看你。”马燕很听不惯姚玉玲装嗲的声音，板着脸说：“是我先来的，就算说话，也得是我先说吧？”姚玉玲大度地说：“好，那你先说。”“当着你的面，怎么说？麻烦去外面等一会儿。”

姚玉玲看出来了，马燕是存心跟她过不去，为了不惹汪新生气，她无奈地选择了忍让，转身走了出去。姚玉玲前脚刚走，马燕后脚就关上屋门，锁上门锁，姚玉玲感觉上当，质问马燕为啥说话还锁门。马燕得意地说，这她可管不着。见马燕死活不开门，姚玉玲生气地边拍门边喊起来。马燕抱着胳膊，像耍猴一样呵呵笑起来。

汪新心烦意乱，猛地坐起身，高声地喊：“给我出去，立刻出去！”马燕被这吼声惊呆了，迟愣愣地看着汪新。此时，汪新已顾不上照顾马燕的面子和情绪，让她麻溜地出去。马燕自尊心受挫，生气地嚷道：“吼什么呀，惹不起还躲不起呀！”

马燕气哼哼地打开门走了，瞅都没瞅姚玉玲一眼。马燕吃了瘪，姚玉玲有点幸灾乐祸，对着她的背影说：“让你胡闹！”

见姚玉玲走进来，汪新没好气地说：“你也走，都给我走！”姚玉玲刚要说话，汪新浑不吝地怒道：“再不走我可骂人了！”一向客气有礼的汪新，竟然没给姚玉玲留任何情面，心高气傲的她心情起起伏伏，犹豫片刻，转身走了出去。

见马燕气哼哼地回来，王素芳忙问：“小汪怎么样了？”马燕没好气地说：“成精神病了！”说完，她进了自己屋。王素芳一听，叹气说：“完了，小汪这孩子受刺激了。”马魁听见，扭头就往外走。王素芳问他，这是要去哪儿。马魁说，他去给汪新治病。

汪新躺在炕上，看似闭目养神，心里却如油煎一般。突然，一盆水泼了下来，汪新惊得猛地蹿了起来。他刚想张口怒骂，见马魁拎着盆儿站在炕边，硬生生将嘴边的脏字儿咽了回去。马魁冷冷地说：“终于回光返照了。”汪新沮丧地说：“我已经够痛苦了，您就别再折磨我了！”“你在这躺着，自个儿痛苦着，有啥用？一副活不起的样子，没人能看得起你！”

汪新望着马魁，若有所悟。马魁继续敲打道：“犯了错就得认，能把错弥补过来，才算是个爷们儿，明白吗？”汪新点点头。“明白个屁，你就是个饭桶！”马魁骂完，往外走去。汪新高声喊：“我一定要把那个孩子找回来！”马魁站住身，转身望向汪新，欣慰地说：“这才是个人样儿！”

马魁年轻时也莽撞过，也跌倒过，他知道如何拿捏分寸，让汪新振作起来。

汪新平心静气地坐在桌前，拿起笔回忆着刘桂英的相貌，在白纸上画起她的素描肖像。姚玉玲放心不下，在汪新家门口徘徊了许久，直到汪新发现了她，招呼她进去，她才带着一身馨香，坐到了汪新身边。

姚玉玲打量着画，问：“这画的是谁？这看着不像咱院里的，面相上也不像好人，这个斑也挺突兀的。”“那个女人贩子！”“这个女人太坏了，早晚得把她抓住。”“不抓住她，我这辈子过不去。”“有志气！我要把这个人贩子记下来，以后在车上也帮你多留意，发现了她，马上告诉你。”

姚玉玲的话，让处于深深自责中的汪新稍感安慰，他轻声问：“找我有事？”姚玉玲说：“来看看你。对了，你给我也画一个呗？”“这会儿没空，改天吧。”见汪新没心情，有点儿为难，姚玉玲自嘲地说：“看我这没眼力见儿的，你忙吧！没事儿，等你啥时候有空了，再说吧！”

姚玉玲一副受委屈的样子，反倒让汪新不好意思了，他忙解释说：“怕画不好。”姚玉玲一听，立马笑着说：“没事儿，画成啥样，都没事儿，只要是你画的就行。”“那你坐好。”

姚玉玲端坐好姿势，盯着汪新的眼睛，眉目之间传着情。见汪新埋头在白纸上作画，姚玉玲柔柔地问："你不看我就能画呀？"汪新随口说："都在脑子里。""我在你脑子里？""是，咱们都是熟人，模样都记得住。"

姚玉玲目不转睛地望着汪新，看得他有点不好意思，心虚地闪躲着姚玉玲的目光，忍不住说："你这么盯着我，我这笔头子都打滑了，把你画难看了，可别怪我。"姚玉玲笑了笑，她要的就是这效果。

这时，一阵微风吹进来，姚玉玲的发梢随风飘起来。她拿出一根发带，把头发扎起来。汪新瞟了一眼，姚玉玲扎头发的样子像一幅画，着实有些迷人。姚玉玲莞尔一笑，汪新像被识破，一阵脸红心跳，赶紧低下头继续画画。

汪新很快画好了，把素描肖像画递给姚玉玲。姚玉玲赞叹说："真像！你应该去当画家。"汪新笑了笑："你可别埋汰我了，我这两把刷子给罪犯画个像还凑合，比画家可差远了。""我觉得挺好的！你晚上有空没？去看电影《追捕》，高仓健演的，你肯定喜欢。""我不去了，你去看吧！""票都买了，不去浪费了。这电影也是破案的，多看看，没准儿对你这案子还有帮助呢！"

人在情绪低落时，的确需要疏导和安慰。尽管汪新有些迟疑，但他还是接受了邀请，姚玉玲风情万种，他稍有迷失，对这份朦胧的情愫有了一点儿向往。

两人说笑着来到电影院，里面已坐满了观众，他俩忙找到座位坐下。汪新与姚玉玲并肩坐着，银幕的光打在脸上，忽明忽暗，依稀能看清楚姚玉玲那张幸福的脸，她的身体情不自禁地向汪新倾去。每当高仓健出现时，都能听见前排观众的私语声："这个男的，长得真好看。"姚玉玲悄悄靠向汪新，嘴巴贴着汪新的耳朵，柔声细语地说："我觉得，你比他好看。"汪新没听清，便向姚玉玲靠过去，她又重复了一遍。

姚玉玲身上香甜的气息让汪新心潮起伏，他意识到跟姚玉玲挨得太近，忙坐直身子，但嘴角微微翘起，谁不爱听好话呀。姚玉玲乘胜追击，她调整了坐姿，两人靠得更近。姚玉玲低声问："你要是杜丘，你会咋办？"汪新说："当然得救人，你还想咋办？""要救也行，得先看这人我喜不喜欢。""万一他是个坏人呢？""我喜欢的，咋可能是坏人，你看他边上站的那个才是，臊眉耷眼的，一看就不是什么好东西！他咋就能信他呢？唉，这看着真着急。"

两个人窃窃私语地讨论着电影，姚玉玲的话说得汪新笑了，两个人刚要继续，就听到身后的观众说："看不看电影？要处对象回家处去。"汪新忙转头道歉，姚玉玲则低头笑，随即两人坐正身子看电影。

这时，观众里又有人起哄念台词："你为什么要救我？为什么？为什么？"

观众席里发出一阵会心的笑声。姚玉玲小声跟着念台词：“我喜欢你。”汪新不自觉地扭头看向姚玉玲，她一副专注看电影的神情，当汪新收回目光时，她却回看了汪新一眼。两个年轻人的心湖，吹荡起涟漪，青春却不解风情。

这微风吹到电影散场，也没吹熄萌生的小火苗。汪新来到电影院存车处，找到自家的自行车，姚玉玲一声不响地站在他身后，不远处几个观众意犹未尽地哼着《追捕》的主题曲。

汪新谢过姚玉玲，陪他散心，又请他看电影。姚玉玲笑了笑，汪新让她上自行车，送她回家。姚玉玲却说，她想溜达会儿。汪新不能撇下姚玉玲独自回家，只能推着自行车陪着。姚玉玲多么希望，一切停止在这一刻，她想要夜长路漫长。

两个人就这样走着，默默地走在春风沉醉的晚上，各自想着心事。走进一条小巷时，姚玉玲决定捅破这层窗户纸，问道：“汪新，你觉得，我这人怎么样？”汪新想当然地回道：“挺好的。”“挺好是多好？”“就是好呗。”“那你喜欢我吗？”

姚玉玲这样大胆直接，汪新猝不及防，他一时不知如何回答。姚玉玲不管不顾地接着表白：“不怕你笑话，其实，自从那回我饿晕了，你给我大白兔奶糖，我就喜欢上你了。”汪新沉默着，陷入到矛盾的情绪中，既有惶惑，也有窃喜。见汪新不语，姚玉玲索性竹筒倒豆子般一口气说完：“我知道，感情的事不能强求，但我得说出来，说完就轻快了。好了，没事了！你骑车走吧！我自己走回去就行。”

姚玉玲转身欲走，汪新叫住她，支支吾吾地说，他也挺喜欢她的。姚玉玲笑靥如花，让汪新今后别总叫她姐姐，都把她叫老了。汪新情窦初开，却还是毛头小伙子，他脑子一根筋地认为，哪怕大五个月，那也是大，就得叫姐。姚玉玲不想再跟他掰扯，嗔怪了一句“你真烦人”，扭头就走。

汪新追上去，让姚玉玲坐上自行车，跟他一起回去。话说开了，两人自在了许多，一路上有说有笑的。汪新载着姚玉玲快要到工人大院附近时，停了下来，迟疑地对姚玉玲说：“那个……要不，你先回去吧？”姚玉玲敏感地问：“咋了，怕别人看见？”“不是……”“我都不怕，你怕啥？”

姚玉玲看出汪新有些不好意思，也不为难他。两个人关系走到这一步，已经超乎姚玉玲的预期了，她真的很开心。姚玉玲莞尔一笑，翩然而去。汪新望着她的背影，开心地笑了。

大院如往常，该忙的都在忙。谁也没想到，王素芳的病情突然加重了。这天，王素芳咬牙强撑着打了一桶水，吃力地拎着往家里走，她心慌头晕，神情恍惚，看东西都是重影，接着一头栽倒在地。

汪永革在家中听到院里扑通一声，发出很大的响动，忙跑了出来。只见王素芳躺在地上，水桶滚到一边，水洒了一地。汪永革着急忙慌地喊着“嫂子，嫂子”，去搀扶王素芳，老蔡媳妇和老陆媳妇听见喊叫也跑了出来，帮忙照看王素芳。

汪永革跑出去借了个三轮车，和众人七手八脚将王素芳抬上三轮，然后拼命蹬车往铁路医院赶。一到医院，王素芳就被抬到担架车上，护士、医生推着车快速冲进急诊室，老蔡媳妇、老陆媳妇气喘吁吁跑来，守在急诊室外。汪永革急着打电话给乘警队，得到的回复是马魁跟车，要到晚上才回来。

经过急救，王素芳的情况稳定了下来。刘主任忧心忡忡地看着王素芳，她再三恳求，千万别跟邻居说她的病情，她爱人来了也帮着瞒一下。刘主任叹了口气说：“大妹子，不能再瞒着了。目前这个症状，我怀疑癌细胞转移了，得赶紧住院。”“住院能治好吗？”“那总比不治好啊。”“刘主任，求您了，就听我的吧！”

医者仁心，刘主任很能体会王素芳的一番苦心，除了叹气，她只得无奈地点点头。

夜幕降临，马魁和汪新行色匆匆地赶来。王素芳躺在病床上，马燕和沈大夫陪在一旁。王素芳一见马魁，就着急地安慰说：“我没事儿，你和马燕赶紧回去吧！马健没人看呢！”马燕说：“陆婶和蔡婶轮流给看着呢，妈您放心吧，您好好养病。”马魁疑惑地问：“这好好的，咋就晕了呢？”王素芳打岔说：“没事儿，输点水一会儿就回去了。”

马魁要找刘主任了解病情，王素芳忙说，刘主任早下班了。她说着偷偷给一旁的沈大夫使眼色，沈大夫心领神会，对马魁说：“马哥，你别担心，嫂子没啥事儿，还是老病根。”马魁不是这么好糊弄的，他质疑道：“肺气肿不应该咳嗽吗？咋能晕了呢！沈大夫，你跟我说实话，素芳到底啥病？”沈大夫解释说：“咳嗽只是临床表现的一种，还会伴有乏力、食欲减退、体重下降啊什么的。估计最近太累了，营养又跟不上，血糖有点低。你要不放心，明天早上刘主任来了再问问他去。”

听到这儿，马魁才舒了口气，沈大夫继续说：“以后出门兜里塞块糖，觉得难受了就吃一块，主要是平时得加强营养。”马魁握着王素芳的手，嗔怪道：“听见了吗，素芳，得多吃饭，吃好的！这抠搜了半天把自个儿抠搜进医院了。”马燕说："妈，您可吓死我了，您以后可得好好地加强营养。"沈大夫叮嘱说："别小看低血糖，严重了也是能要命的。"

这时，王素芳想起了汪永革，对马魁说："老马，你得谢谢汪段长，幸亏他把我送过来，要不然，你可能都见不着我了。"马魁不置可否，王素芳接着说："沈大夫，这瓶水输完，我就能走了吧？""嫂子，我建议你还是住几天院，好好调养一下。"见母亲犹豫不决，马燕直截了当地说："妈，您就当给自个儿放个假，跟这儿好好歇两天。"

王素芳摇摇头，家里放着一大堆活儿，马健还需要人照看，她怎么能给自己放假。马燕说，家里有她呢。王素芳叹气说："就你？别把家拆了就行。"无论王素芳怎么纠结，最后还是听从安排，在医院住了下来。

马魁和沈大夫走出病房，汪永革、汪新、牛大力、老陆、老蔡、蔡小年、老吴等人忙七嘴八舌地询问病情。马魁没多说，就说王素芳要住院。汪永革劝慰马魁，别担心家里，大院里人手够用，怎么安排就听他一句话。

见马魁不说话，老陆自告奋勇地说："如果马燕上班没时间，我们可以轮流帮着照看马健。"马魁平静地说："大家的心意，我领了。素芳没啥事，你们该上班上班，该忙家里的事忙家里的事，医院这边，我自己能行。就是马健那，大家得帮我一把。"

马魁话音一落，老吴接话说："老马，这照看病人，没白天没晚上的，一个人哪能撑得过来，你要是再累倒了，那就更麻烦了。"老蔡说："老吴说得对，大家还是分分工，不上班的就来医院替换老马，这样最好。"老陆说："老马，你就不用客气了，都在一个院住着，哪家哪户碰上缠手的事了，大家都得伸把手，这是大院的规矩。"

众人随声附和，马魁感动地说："那我就先谢谢大家了。"

都说"远亲不如近邻"，在热心邻居的帮助下，马家的事情被安排得井井有条，马魁也没了后顾之忧。

马魁除了上班，就泡在医院里陪老婆。王素芳最担心的是儿子马健，马魁告诉她，都安排好了，马燕上班时，就轮流由老蔡媳妇、老吴媳妇和老陆媳妇照看。王素芳好半天没言语，红着眼圈说："老马，我拖累你了。"马魁批评说："这怎么叫拖累呢！哪天我要是病了，能是拖累你吗？""赶紧呸呸呸。""说破不得病。素芳，你只管踏踏实实地养病，家里的事，都安排好了。""太麻烦大家了，这人情可怎么还。""等大家碰上事了，咱们再帮忙。"

这时，有人砰砰敲门，马魁开门一看是沈大夫，她一进门就问："怎么样了？”马魁随口答道：“都挺好的。”沈大夫说：“你说好能行吗？得嫂子说。”马魁被沈大夫说得不好意思，王素芳接过话：“沈大夫，我感觉好多了。”“嫂子，这病呀来得急，可走得慢，要想快点好起来，就要保持一个好心情，心情好了，病也就跟着好了。一会儿我再问问刘主任，看看再弄点什么药。”

夫妻俩点着头，连声道谢。马魁说，他先回去杀只老母鸡，晚上熬鸡汤，给王素芳加强营养。马魁离开后，沈大夫神色郑重地问：“嫂子，你打算瞒着马哥到啥时候？”王素芳无奈地说：“能瞒一天是一天，小沈，谢谢你。”沈大夫很不理解，这事为何非要瞒着。王素芳解释说，得了这种病，马魁哪怕砸锅卖铁，也会给她凑钱治病。弄到最后，钱花没了，人也没了。好日子才刚开始，她不能把这个家拖垮了。

这番话听得沈大夫泪眼婆娑，哽咽不能语。王素芳反倒安慰起沈大夫，生死有命，每个人都有每个人的造化。别再难过了，让人看见就露馅儿了。沉默片刻，沈大夫平复了心情，说道：“嫂子，你别灰心，癌症有时候说不清，好多人带病生存好些年，会有奇迹的。”王素芳说：“老马能平平安安回来，还给恢复了警籍，这已经是奇迹了，好事不能都让我赶上。”沈大夫拉着王素芳的手，宽慰说：“嫂子，你和马哥都是好人，老天爷会保佑好人一生平安的。”

人生的路，没有谁是一直平坦的，没有崎岖不成路，没有坎坷难成事儿。

夜晚，静悄悄的。汪新守在病房外打盹，汪永革轻手轻脚地走过来，汪新轻声说：“爸，您后半夜不用来了，我一个人在这就行。”“你明天还得上班，哪能熬一宿？”“那您不也得上班吗？”“我上班，插空就能眯一会儿，你能行吗？”

父子俩正说着，只见马魁从病房里走了出来，汪永革迎上去，说：“老马，你回去吧！让汪新盯上半宿，我盯下半宿。”马魁摇摇头说：“都用不着，我自己能行。”汪永革劝道：“你明天还得上班，再说，马健还在家等着你。”

马魁沉默片刻，欲言又止：“孩子马燕看着呢！汪段长，咱俩的事儿一码归一码。这次，我谢谢你！”汪永革真诚地说：“说‘谢谢’就生分了，你的事就是大家伙的事儿。”

马魁是个恩怨分明的人，不想再欠汪永革的人情，执意让他们父子俩回去。汪新满腹狐疑地看看马魁，又看看父亲，猜测他俩之间一定有什么难言之隐。

汪永革有点难堪，打着哈哈说：“那啥……要不汪新你留下，徒弟伺候师娘天经地义。老马你先回去眯一会儿，后半夜再过来，就这么定了。汪新你有点眼力见儿，别睡过去。”“马叔，您先回去吧！有我在这儿盯着师娘，您放一百个心。”汪新拍着胸脯向马魁保证。

见马魁神情犹豫，汪永革拍了拍他肩膀，劝他赶紧回去睡觉。马魁说，他想再去陪陪老婆，然后转身进了病房。汪新很奇怪马魁跟父亲的关系，一个热着脸硬往上贴，另一个冷冰冰拒人千里之外。在马魁面前，父亲总是低矮三分，他俩之间肯定藏着不可告人的秘密。

马魁一走，汪新就追问起父亲。起初汪永革还能跟儿子打哈哈，可儿子紧追不放，他不得不打起一百二十个小心应付。汪新是当警察的，很善于发现蛛丝马迹，追问父亲“一码归一码是啥意思”，他俩有啥事儿瞒着他。

汪永革所答非所问：“我俩能有啥事。你师傅就是担心你师娘，这刚过上好日子，就病倒了，能不难受吗？幸亏不是啥大病，你也不用担心，这病就是得养。以后，你勤跑着点，这些年，你师娘也不容易，一个人拉扯着马燕。好不容易燕子大了，老马回来了，这又添了个小的，那指定累。”

老爸避重就轻，打起了太极，这加重了汪新的疑心。他正琢磨着如何找到突破口，这时马燕来了。汪新问马燕来干啥，马燕没好气地说，净说废话，她来陪床。汪新又问，马健谁看着呢。马燕说，吴婶和蔡婶帮忙看着。

马魁与汪永革前后脚离开，暗藏玄机的紧张气氛随之消散。汪新坐在病房外的垫子上闭目养神，马燕守在病床前，握着母亲的手，静静地看着她。马燕感觉到手心里的温暖，担心这种温暖有一天会突然消失。

夜深了，输液瓶滴滴答答。王素芳缓缓睁开眼睛，看到床边的女儿，心疼地抚了抚她的脸庞，问：“燕子，你咋来了？马健一人在家呢？”马燕说：“您别操心了，院里那么多人帮着看呢！您有啥不放心的。”“我没事儿，你回去吧，明天不还得上班吗？”“天塌下来我也得守着您，妈，您快点好起来。”“让你和你爸受累了。”“您都累了半辈子了，这回出了院，您可不能再跟从前似的了，该歇着，就得歇着。妈，您接着睡吧，我看着吊瓶呢。”

王素芳点点头，缓缓地闭上了眼睛。渐渐地，马燕也靠在床头，眼皮打架。汪新悄然进来，看着打瞌睡的马燕，低声说：“燕子，你去眯一会儿吧！我盯着。”

马燕摇摇头说：“没事儿，我不困。”

一夜相安无事。当晨曦到来，汪新和马燕打着哈欠走出医院，来到医院门口时，马燕停住脚步对汪新说：“谢谢你，陪我熬了一晚上。”汪新笑着说：“都是老同学，客气啥。再者说了，那也是我师娘，我陪着也是应该的。”

马燕还是过意不去，要请汪新吃早点。还没等汪新回答，姚玉玲的声音便传了过来，她温柔地喊着汪新的名字，手里攥着包着油条的油纸。马燕的脸色当时就沉下来，汪新惊讶地问姚玉玲：“你怎么在这儿？”姚玉玲说：“刚值完夜车，知道你在这儿陪护，过来看看你。”见马燕充满敌意地看着自己，姚玉玲忙问：“马燕，阿姨没事吧？”马燕冷冷地说：“没事。”

姚玉玲将油条递给汪新，汪新接过来说：“嚯，这大油条真挺脱，一闻这味儿，还真有点饿了。哎，燕子，你不是也饿了吗？一块吃吧！”

到了这一刻，马燕看出了些门道，不大敢置信地问：“你俩这是……”一听马燕问，姚玉玲可欢快了，抢先说：“汪新怎么没跟你说呢。汪新，你咋还瞒着老同学呀？”话说到这份上，汪新支支吾吾地说：“哦，那个……我和玉玲姐……好了，呵呵……”马燕阴阳怪气地说：“哦，那恭喜呀！”

望着马燕离去的背影，汪新心头一紧，一种无法言表的情绪浮现上来。姚玉玲故意大声说：“赶紧吃吧，趁热，凉了不好吃了。”马燕听见，一边走一边嘟囔说：“吃，吃！噎死你！”

姚玉玲还嫌不够，她想要在工人大院昭示。老吴媳妇拿着鸡毛掸子敲打着挂在晾衣绳上的被褥，她突然愣住了，就见姚玉玲挽着汪新的胳膊走过来。汪新有些不好意思地想闪躲，却被姚玉玲紧紧拽住难以挣脱。老吴媳妇喊起来：“哟，院里多了一对小鸳鸯了？”汪新尴尬地笑了笑。姚玉玲笑着回道：“到时候请大家吃喜糖。”

牛大力站在窗前，神情木讷地望着汪新和姚玉玲，真是欲哭无泪……

汪新和姚玉玲处对象，第一个跳出来反对的是汪永革，他埋怨儿子这么大的事儿，不提前跟他打招呼，竟然要生米煮成熟饭那一套。还有就是，姚玉玲这人爱捯饬，过日子不行。汪新坐在桌前说，他觉得姚玉玲挺好的，起码对他好。汪永革再次明确表明态度：“我告诉你，你俩的事，我不同意！”“现在大院的人都知道了，我能说不处就不处了，那不成了我逗人家玩吗？传出去丢咱老汪家的脸。”“你们是故意让大家都知道了，然后逼我就范！小子，你这如意算盘打错了！”汪新沉默片刻说：“爸，您看这样行不行，我俩也没急着结婚，就是先处着，先互相了解着，姚玉玲到底是个什么人，咱俩都看看，要是就像您说的那样，我二话不说，分了！”

汪永革刚要再说点啥，被汪新拦住：“爸，您就让我做回主，不管最后是个什么结果，我都认，不埋怨。”

父亲的意见，汪新不能不在乎。自从母亲去世后，他与父亲相依为命，不想因为这件事情，父子之间结下疙瘩。儿大不由爹，汪永革心想，也只能走一步看一步了。

汪新和姚玉玲的关系确定下来后，有好几个人心里不痛快，其中就包括马燕。这天，马燕将汪新约出来，汪新隐约能猜出是啥事，还是问道：“有话在家说呗！跑这来干什么？”马燕不说话，努力让自己冷静下来。汪新再三追问：“你找我啥事？怎么不说话呀？跟你爸吵架了？”

马燕气呼呼地问：“你到底什么意思呀？”汪新一副委屈的模样：“我咋了？”“你少装糊涂！”“你把话说清楚，行吗？我招惹你了吗？”“招惹了！你跟姚玉玲到底咋回事？”“你不都看见了吗？现在全院人也都知道了。”

马燕实在忍不住，质问道：“那你还总往我家跑？”汪新解释说：“你爸是我师傅，你是我同学，我去你家，没问题呀！再说，你不是也总往我家跑。”“汪新，我恨你！”马燕说完，飞奔而去。汪新望着她的背影，心里真不是个滋味儿。

马燕情绪低落，哭得红肿了眼睛。王素芳忧心忡忡，马魁却话里有话地说，遇到天大的好事，得弄个下酒菜，好好喝点。王素芳一脸不解地嘟哝，怎么都闹上怪了？

马魁拎着酒瓶子，拉汪新一起去打酒。汪新鬼精鬼精的，看出了一点儿端倪，虽然不大情愿，却也不敢不陪师傅去。师徒俩走到街上，谁都不说话，汪新熬不住打破僵局问：“马叔，您咋不说话？”马魁不动声色地说：“道上人太多，不方便。”“有背人儿的事？人贩子有线索了？”见马魁不言语，汪新心里发虚：“有话可以关上门说，没必要出来。”

汪新知道要坏菜，没准儿是为他闺女马燕的事儿兴师问罪，他眼珠骨碌碌地转着，突然计上心头：“哎哟，我肚子疼，得上茅房，您自己去吧！”马魁冷冷地说：“你就是钻土里去，我也得给你挖出来！小子，你拉完屎，得自己擦屁股吧？”

“这话啥意思？”“瞪着眼装糊涂，等我一酒瓶子给你脑瓜开个瓢，你才能明白是吧？”“别拿酒瓶子吓唬我，手劲儿不如您，可要说其他的，那还真就不服气。”

马魁也不绕弯子了，直接问汪新安的什么心。在马魁看来，汪新之前总去他家，就是想通过马燕惹乎他。汪新如果是个爷们儿，做事就得亮亮堂堂，敢做敢当。窗帘挑开了，汪新索性打开窗户说亮话，他当初的确为了气马魁，想让马魁早点不要他当徒弟。等时间久了，他发现，这个师傅还挺有意思的，有嚼头，又不想走了。

马魁怒火中烧，骂道：“你这样做，就没想想马燕吗？你欺骗她，利用她，我忍不了！”说着，他抡酒瓶子朝汪新砸来。汪新早有防备，敏捷地闪身躲过，叫嚷道：“这都是您逼的！我就是不明白，您为啥对我总是没好脸，为啥动不动就打我、骂我、欺负我！师傅带徒弟，可以打、可以骂，但我不是不努力，不是不认真，我都尽全力去做了，您就看不见一点我的好？”

马魁板着脸，瞪着汪新没说话。汪新继续发泄着心里的委屈：“您要是看不上我，就让我走，可您还偏偏不撒手，这事儿，换在谁身上，能想明白呀？除非咱俩有仇！”

父辈之间的恩怨，马魁不想让汪新知道，在这一点上，他和汪永革达成了默契。马魁无话可说，因为他不想过多解释。

汪新以为马魁不屑回答，难过地说：“马燕找过我了，我知道，对不起她，可感情这东西，强迫不来。这笔债，我记着，等有机会，我会想办法还了。”

汪新像是倒完了一肚子苦水，转身就走。马魁有所触动，望着汪新的背影陷入沉思。汪新漫无目的地走着，对于马燕，他知道自己理亏，事儿做得不敞亮、不厚道，这件事远不是一个“对不起”就能完结的。

按下葫芦浮起瓢，马燕的事儿还没交代，牛大力这边又要“兴师问罪”。汪新带着复杂的心情去赴蔡小年与牛大力的约，地点是常去的那家小饭馆。牛大力和蔡小年先到，桌上就摆了一瓶白酒，没点一个菜。汪新刚坐下，牛大力就黑着脸气呼呼地问：“汪新，你和小姚啥时候好上的？”汪新支吾半天，也没说出几个字。牛大力有点咄咄逼人：“你自己说的话，还记得不？那天晚上，咱仨就在这儿喝的酒，你答应我不招惹小姚，那天小年也在。”

牛大力的话提醒了汪新，当时在蔡小年的撮合下，为了平息牛大力暴躁的情绪，他是随口答应不招惹姚玉玲。如今，汪新算是食言了，有点心虚，只好含糊其词地说：“那天喝多了，说的啥，记不清了。”牛大力鄙视地说：“我可记得！汪新，没想到你是这种人。”“我是哪种人？”“好几次，我问你，是不是在跟小姚搞对象，你都说没有。这一转脸儿，胳膊就挎上了。”

汪新极力解释说：“大力哥，你问我那会儿，我确实没跟小姚搞对象。我俩也是这两天的事儿，这种事儿，来了就挡不住。”牛大力愤愤地说：“你压根就不想挡！心里头美着呢！”“大力哥，我知道你啥意思，别的事儿咱都好商量，可这事儿，我不能让你，感情的事儿不能勉强。”“你来车上才几天？我跟小姚认识多长时间了，要不是你横插一杠子，这会儿挎着她胳膊的人就是我。亏我还当你是兄弟，可你呢，利用我对你的信任，抢我的女人，你还是人吗？”

这话汪新不爱听，当即反驳说：“玉玲姐啥时候成你的女人了？我没来车上的时候，你不是也没追上人家，这能赖我吗？”这酒喝着没一点儿滋味，再待下去还有可能激化矛盾。汪新将杯中白酒一饮而尽，站起身说：“大力哥，你愿意咋想我，那是你的事，我没干亏心事，没对不起你。”汪新说完，转身走了。

蔡小年一直没言语，他摇摇头对牛大力说：“咱们几个大老爷们儿，在这儿叨咕一个女的，我都害臊。”牛大力气哼哼地说：“你说，这小子是不是很过分……”“大力，说句公道话，你真赖不着人家汪新，技不如人，你得服气。”“我不服！”

“大力，这搞对象跟烧锅炉差不多，你看你烧锅炉是把好手，提速的时候添煤，火得旺，拐弯该减速了就少添点煤，得有紧有松，你这倒好，玩了命地烧煤，把自个儿憋得跟那开水壶似的咕嘟咕嘟地冒泡，哪家的姑娘敢贴你呀，人家害怕烫着。”

蔡小年这一比喻，几乎要把牛大力说笑了，他琢磨着蔡小年的话，干了一杯又一杯，杯底里荡漾着他的苦笑，眼里含着酸楚的泪。

牛大力憋着一肚子委屈，甚至还把坏情绪带到了工作中，他所有的力气都用在了往炉膛里添煤上。老吴忍不住说：“大力，你慢点，弄得我满脸煤灰！”牛大力不耐烦地回道：“那还不让干活了？”“你小子吃枪药了！”“你要是嫌埋汰，就别在这儿坐着！”

两人说着说着都来了气，尤其是牛大力，竟然嘲讽老吴一个副司机，还真拿自个儿当领导干部。看牛大力越说越离谱，老蔡忙出言制止，让他少说两句。牛大力再憨也知道自己说过头了，立刻闭嘴不再吭声。不过，老吴可没饶过牛大力，说他看小姚和汪新好了，受不了了。牛大力矢口否认，老吴故意伤口上撒盐，说道：“嘴硬没用，我看得真真的！”见牛大力瞪起了眼睛，老蔡忙说：“老吴，你也别说了。”老吴不管不顾地说：“想干啥，得先掂量掂量自己那点能水，没两把刷子，惦记也是白惦记！”老吴的话彻底激恼了牛大力，他铲起一锹煤要扬老吴，老吴迅速站起来：“你敢扬我？”

看着事态要升级，老蔡大喝一声：“你俩要干啥呀？都给我消停点！”牛大力沉默片刻，把铁锹插进煤堆。老吴看牛大力熄火了，接着冲他挑衅说：“来，你扬我试试！借你仨胆！”牛大力挖苦说：“一天到晚地到处瞎撞，也不知道谁给你出的偏方，知道的是你有颈椎病，不知道的还以为神经病。”

老吴和牛大力互戳痛处，牛大力话音一落，老吴拎起一个铁炉钩子作势要揍牛大力，牛大力扬起铁锹阻挡。吓得老蔡直嚷嚷：“你俩还动家伙啊！都放下。”

老蔡刚说完，只听老吴哎哟一声，胳膊举在空中不动了，像是闪着了。牛大力赶紧扔了铁锹，扶他坐下，还不忘嘲笑一句：“就您这细胳膊细腿的还跟我抡家伙。”

牛大力边说边给老吴按摩，按得老吴还挺舒服的。

牛大力不住地问："松缓点了没？"老吴一脸不高兴地道了谢。牛大力解释说，他是怕老吴赖上他，回头老吴瘫了，还得管饭。老蔡笑着说："话糙点不怕，事干热乎就行。"

马魁和汪新接到报警，有人在车厢连接处打人。他俩带着两个乘警小跑着赶来，只见三个流氓正在围殴范德成，他被打倒在地，扭曲的身体痛苦不堪。流氓头儿边打边骂："我看你是不想站着撒尿了，是不？"他猛踢范德成的要害处，范德成两手捂着裤裆，痛得嘶吼。

马魁高喊："别打了，都给我住手！"仨流氓像是没听见，继续殴打范德成。汪新冲上前，一把拽开一个流氓，怒斥道："都说别打了，听不见吗？"乘警忙搀起范德成，他已满脸是血。马魁怒视着仨流氓，质问："你们为啥打人呀？"

流氓头儿嚣张地说："为啥？你问他！"见范德成满脸惊恐，马魁让他别怕，有警察在呢。马魁用和缓的语气问范德成，这伙人为什么打他。范德成支吾着没敢说。

流氓头儿说："是这小子先打了我，我才还手的。"范德成反驳说："我没打你，是你们打我！"流氓头儿恼羞成怒，还要上前打人。汪新一把将他擒住，这家伙疼得龇牙咧嘴。汪新怒斥："警察在这儿还敢动手。""撒手，你先撒手，哎哟！""你不是能耐吗？""警察同志，你先松手，我跟你们队长领导都熟。""噢，惯犯。"

流氓头儿辩解说，真是范德成先动的手，不信可以追查，他有证人。他偷偷给两个同伙使眼色。这两个家伙忙说，他们看见范德成打人，路见不平拔刀相助。汪新松开流氓头儿，他揉着手腕子看着范德成："打了人还反咬一口，我看你就是揍得轻了！"

马魁暗中观察半天了，问仨人是什么关系。他们摇头说互不认识。马魁让乘警带着这伙人去做笔录，留下范德成，他悲愤地说："警察同志，我真没打人，他们三个是一伙的！""他们为啥打你呀？""那个带头的管我要钱，我说没有，他就打我。我刚还手，他的同伙就都上来了，一块儿打我。"

马魁想了想，问范德成有证人吗，范德成说，这伙人打他的时候，有个乘客路过，全看见了。范德成带着马魁和汪新找到目击证人老刘，将他带到餐车。

马魁和汪新坐在老刘对面，老刘回避着范德成渴求的目光，双目低垂，也不看马魁和汪新。不等他们问询，老刘就开门见山地说："不用问了，我啥也没看见。”“你明明看见了，为啥装糊涂？”一听老刘否认，范德成急了。“我就是路过，没注意你们的事。”“你说谎，当时你吓得不敢动了，是那个带头的让你过去，你才过去的！”“你认错人了吧？”“车上这么多人，我要是不认得你，还能偏偏把你叫来吗？”“那这事就怪了，活见鬼了。”

老刘把话说到这份上，强逼是寻不出个所以然来的，马魁心里琢磨着，只能等到下一步再说。

列车到达吉平站，三个打人的流氓没事人似的下了车，他们如陌生人一样，自顾朝出站口走去。老刘也在吉平站下车，他步伐沉重，心情亦然。马魁换上便装，悄悄跟上老刘。汪新也换了便装，跟在马魁后面。马魁问汪新，他跟过来干啥，汪新说，担心马魁吃亏，来保护他。马魁不屑地一笑，别添乱就行，根本就用不着他。

一番软磨硬泡，马魁也就默许了。他提醒汪新，干警察这行，碰上事了，要先过脑袋再出手，这是规矩。一听马魁谈规矩，汪新就耷拉下脑袋。马魁斜了汪新一眼，问他不说话就是还不服气呗。汪新闷闷地回了一句，默认不行吗？

马魁和汪新悄悄跟着老刘来到他家院门外，老刘打开院门走了进去。师徒两人在院门前逗留了一会儿，马魁走上前敲门。

过了好一阵子，老刘打开院门，见是他们俩，迟愣片刻问：“你们咋来了？”马魁说：“同志，我们想跟你再了解了解情况。”“我都说没看见了，你们没听明白吗？你们别打扰我了！”老刘说着，随手关上了门，不留丝毫商量的余地。

吃了一个闭门羹，马魁并没有泄气，他在大街上溜溜达达，汪新跟在身后。老刘怕当地那几个流氓打击报复，不敢跟他们接触，这一点汪新能理解。可马魁杀鸡用牛刀，抓着一个小案子，让这点儿皮毛缠住手，太耽误事了，他们应该把心思和力气用在大案子上。

听了汪新的疑惑，马魁点拨说，别看这案子小，说不定就连着大案子呢！在他们手里，绝不能放过一个坏人，更不能让无辜的人委屈着，要是连这点都做不到，就不配当警察！汪新连连称是，问现在去哪儿，总不能一天都在街上瞎溜达。

马魁也不言语，径直往前走，汪新屁颠屁颠地跟在后面……

六点多，太阳就落山了。马魁和汪新再次来到老刘家门口，他提着一个网兜，里面装着两瓶水果罐头，试着又一次敲门。老刘开门一看是他们，立即就要关门，马魁迅速地把两瓶水果罐头塞进门内，说道：“同志，我们在车上耽误你不少时间，又害得你担惊受怕的，买两瓶罐头，就当是感谢了。”老刘看着马魁，沉默不语。马魁接着说："我知道那几个人是你们本地的，你认识他们，我也知道那些人肯定不好惹，你害怕他们报复，所以不敢说。不过，你放心，我们特意擦着黑来的，不会让你摊麻烦的。"

"你在说啥呀，我都说了我不知道，你们问别人去吧！"老刘的眼睛里闪烁着犹豫，他想再次关门。马魁把罐头塞进老刘手里说："这点东西你得收下。""我不要。""都买了，就当给你压压惊了。行了，关门吧。"老刘沉默片刻，关上了院门。

马魁长舒一口气，走到一棵树下，掏出一支烟，点燃抽了起来。汪新站在一旁，长吁短叹，马魁望着他问："什么意思？"汪新感叹说："赔了媳妇又折兵啊。""你小子是不是找茬啊？""本来就是这么回事嘛，那两瓶罐头，还不如给我吃了呢。""就是给狗吃了，也不给你！""我还不稀罕吃呢，怕硌牙！咱们得回去了吧？""事还没办完呢，不能回去。""您还想找他？""我就信一句话，人心都是肉长的。""那也不一定，有人的心就是石头长的。"

马魁瞪起眼睛问，说谁呢？汪新懒洋洋说，有的人呗。马魁当然听得出汪新意有所指，他懒得和汪新打机锋。这会儿肚子咕咕直叫，他掐灭烟头说："走，吃饭去。"

两个人刚转身，身后就传来了老刘的声音："你们别走！"

第九章

马魁、汪新和老刘坐在小马扎上，老刘讲述事发经过，汪新埋头做笔录。果然不出马魁所料，这仨流氓确实是一伙的，专门靠欺负老实人挣钱。那天在火车上，是他们先动手打人。马魁郑重地向老刘道谢，老刘感慨地说，他是头回见到这样认真负责的警察，要是不说实话，这罐头会噎嗓子眼儿的。马魁让老刘放心，他们一定会替他保密的。

老刘送他俩出门时，犹豫再三说了一件怪事。前些天，老刘坐宁阳去哈城的车，迷迷糊糊地看见一个女的，拿着一个馒头给一个小男孩吃。小孩吃完馒头又哭又叫，那女的用毛巾捂住小孩的嘴，小孩马上就不哭闹，倒在那女的怀里睡着了。当时他困得慌，也没太在意，等回到家没事一琢磨，总觉得这事不太对劲儿。

汪新一听，立即来了兴致，忙问老刘，那女的长什么样。老刘回忆着说，那女的就是一般人，下巴上有块黑斑。马魁追问，那女人在哪站下的车。老刘寻思片刻说，在永庆站。汪新兴奋地看着马魁，马魁问他，是不是小案子连着大案子？汪新赞叹，神了！马魁不以为然地说，没有什么神不神的，当警察就得处处留神。

没过几天，马魁就告诉汪新，永庆那边来信儿了，说那个孩子找到了，遗憾的是还没有女贩子的线索。汪新抬头望天，神情肃穆，马魁望着这个平常动不动就一蹦三尺高的徒弟，问道："失而复得，你怎么连个笑模样都没有啊？"汪新把头低下来，说："马叔，我腿有点软。""没出息的货！""要是那孩子找不到，我得闹心一辈子，老天爷总算开眼了。""要是像你这样，我早就干不下去了。”“那个女人贩子一定还在拐卖孩子，我早晚得抓住她！”“这就对了，说了句你该说的话。”

有那么一刻，师徒之间的距离那么近。汪新觉得，似乎过了急流险滩，心中已过万重山。

火车上什么人都有，各种新鲜事不断。这不，两个小伙子正在操作录音机，身边围了一群人，大家都在看新奇。其中一个小伙子，随手指着身旁的一个小孩，让他唱歌，小孩张嘴就来：“我爱北京天安门，天安门上太阳升，伟大领袖毛主席，指引我们向前进。”

小孩唱了几句，小伙子摆手让他停下，然后小伙子开始播放录音，只听小孩的歌声从录音机里传了出来。这下子可热闹了，围观者惊讶得议论纷纷：“声音跑机器里面去了！这东西稀奇啊！真好玩！”“这叫录音机，能把声音录在磁带上。日本三洋牌的，都没见过吧？”小伙子解释说。“我唱个歌，给我录录呗？”有乘客提要求说。“没问题。”小伙子话刚说完，心急的乘客就唱了起来：“太阳最红毛主席最亲，您的光辉思想永远照我心；春风最暖毛主席最亲，您的革命路线永远指航程……”

这首歌脍炙人口，围观人群、整个车厢的乘客都跟着唱了起来。歌声随着行驶的列车飘荡。

坐在车厢连接处的老瞎子听着歌声，嘴里嘟囔说：“新鲜玩意，听听动静得了，这辈子是见不着啥模样了。”路过的马魁听见这话，蹲下来说：“就是个长方形的硬壳子，里面能放磁带，按下按键就能录音了，要不你也去录一段？”老瞎子摇摇头，他不会唱歌。马魁说，能说话就行。

唠了一会儿，马魁转上正题：“老哥，你这么一年到头地在车上找闺女，那不是大海捞针吗？”老瞎子说：“大海再大它也漫不出天去，针头再小它也有分量。我这辈子就这一个念想，早晚得把闺女捞出来，人得有点念想才有奔头，是不？”“老哥，回头你把闺女的特征跟我说说，兴许我能帮上点忙。”“没用，这些年了，她早变样了，你这份心我领了，你是个好人。”

马魁和老瞎子正唠着，只见侯三金走了过来，他一看见马魁，步子一慌，倒退了两步。马魁站起身问：“你怎么一见着我，就倒着走呢？”“一日被蛇咬，十年怕井绳呗。”侯三金说完，想了想又觉得别扭，他挠了挠头，接着说：“哥，我可没说你是蛇。”“我是井绳。”“前面挺热闹啊，我看看去。”侯三金说着，就朝着前面围观的人群奋力挤去。

不一会儿，侯三金又挤了回来，压低嗓门对着马魁说：“哥，味儿不对呀。”

老瞎子忙提鼻子闻着，侯三金提醒马魁，有可能是换汤不换药。马魁点点头，谢过侯三金，他龇牙一笑，都是一家人嘛。

马魁走到扎推的人群外，高声喊道：“大家要注意，看好自己的贵重物品，别只顾着看热闹！”围观群众还在唱歌，他们的情绪被带动起来，没人在意马魁的喊话，也没人听得清他喊话的内容。各种声音混杂一起，像一锅热气腾腾的粥。

马魁正想着怎么让大家安静下来，突然身后一阵哨声传来，这哨声尖锐刺耳，众人忙回头观望，顿时就安静下来。是汪新在吹哨，他得意地瞟了马魁一眼，高声喊：“大家注意了！不要光顾着看热闹，请看好自己的贵重物品，以防丢失！”

带钱携物的乘客听到提醒，立刻紧张起来，连忙查看自己的财物，摸兜的摸兜，看包的看包。车厢里顿时乱作一团，不时传来乘客大惊失色的叫嚷声：“我的钱包哪去了？”“我新买的料子谁给我拿走了？”“我的帽子呢？”

就连侯三金也不放心地朝自己小腹上摸了摸，他大吃一惊，哭丧着脸对马魁号啕：“坏了，我放裤衩里的五百块钱没了！”马魁让他再仔细找找。侯三金急得忘了掩饰，脱了裤子给马魁看，说他的五百块钱就放在防盗裤衩里，可不没了吗？

马魁看了看，告诉侯三金，他的裤衩穿反了，那钱在他腚后藏着呢。侯三金一摸，钱果然在暗兜里，笑逐颜开地说：“可吓死我了！”

汪新凑近马魁，低声说：“马叔，我看那两个拿录音机的小子眼熟，那回唱二人转的好像就是这帮人，这回不能让他们跑了！”马魁低声说：“那俩人是幌子，在没找到幌子底下的人之前，不能动手。”汪新表示明白。马魁大声招呼丢失东西的同志去餐车做笔录。这时，摆弄录音机的小伙子往马魁近前凑，笑嘻嘻地说：“警察同志，要不要也来唱一首，我给你录下来？”马魁不动声色地说：“我们哪会唱歌啊，你们唱，好好唱。”

马魁看到有个人鬼鬼祟祟地朝另一个车厢连接处走去，递给汪新一个眼色。汪新会意地点了一下头，悄悄跟了过去。小偷在车厢连接处停了下来，躲在角落翻着一个钱包，汪新正要动手。不料这家伙早已察觉，立刻把钱包扔在地上，大呼小叫道：“这谁钱包啊？谁钱包丢了？”汪新认出了小偷，他就是上次唱二人转的那名男子，于是冷冷地说：“别跟这儿演了，我都看见了。”“警察同志，你来得正好，捡了个钱包。”“还认得我不？上回唱二人转，这回鸟枪换炮了，看样子是挣着钱了。”“警察同志，你说啥呢，我听不明白，啥二人转呢？”“你就是化成灰我都认得你，以为把钱包扔地上就抓不了你了吗？”

汪新说着，就掏出手铐，嫌犯一看，拔腿想跑。汪新冲上前将他擒住，嫌犯奋力挣扎，一脚踹到汪新的小腹上，转身又跑。嫌犯脚下被什么绊了一下，脸朝下摔了个跟头，鼻血糊了他一脸。

汪新将嫌犯带到餐车，找了点棉花团成棉球，让他将鼻孔塞上。嫌犯拿着块破布捂着下巴，嘴里含混不清地冲着汪新嚷嚷：“钱包不是我偷的，我捡的，冤枉啊！冤枉啊！我要找你们领导，警察打人啦！”汪新冷静地说：“可得把话说清楚，你自己摔的！”“你不拉扯我，我能摔吗？警察打人了，警察打人了！”“闭嘴！再瞎嚷嚷我真削你信不信？”“削啊，你削啊！让大伙儿都瞅瞅警察是咋打人的！”有几个正在就餐的乘客看过来，小声议论着。嫌犯死皮赖脸地把脸凑到汪新眼皮子底下，挑衅着让削自己。汪新厌恶地一把推开他的脑袋，说：“你给我坐回去！”“瞅见没，又动手了！”“我动啥手了？”“要不是这么多人看着，你指定动手了！”“你这号的我见多了！你别血口喷人啊！”“我流这么多血，你打的！”

汪新怒目而视，嫌犯添油加醋道：“干啥干啥？嫌我这血没淌透咋地，要不你再来两巴掌，我再给你接二两。”小偷唱过二人转，过于伶牙俐齿，汪新气得一时说不出话来，

这时，一个身穿中山装、干部模样的乘客走了过来，直截了当地说：“警察同志，我看半天了，你说他偷钱包，其实没有证据，事情调查清楚之前，这个人是无罪的。”汪新有点不快，问他是干啥的。警察办案，别跟这儿添乱。穿中山装的乘客告诉汪新，别管他是干啥的，警察办案也要接受人民群众的监督，刑讯逼供可是违法的。

汪新反问：“我怎么刑讯逼供了？”那干部质问：“人都打成这样了，还不明显吗？”“你到底是干吗的？”“我是干什么的不重要，中央正大力推进咱们国家的法治建设，你身为执法人员更要遵纪守法、文明执法。”“同志，好好吃你的饭，不了解情况别乱说话。”“看来你这警察的素质有待提高啊！”说完，他摇了摇头，转身就走。

马魁带着另外两个疑犯以及两个拿录音机的小伙走了过来，看到汪新旁边流着鼻血的嫌犯，问：“咋回事？”那嫌犯说：“他打的！”一听这个嫌犯瞎告状，汪新气不打一处来，对马魁说：“他自己摔的，这小子偷了东西不承认，还骂骂咧咧的！”马魁皱着眉头问：“那你就动手？”汪新叫屈：“我没有！”那嫌犯扯着

嗓子喊："就是你推的我，好多人都看见了。"

汪新被诬陷，气得青筋直蹦，马魁示意他离开，等一会儿再过来。汪新走出餐车，站在外面说不出有多憋屈。过了好一阵子，马魁走了出来，汪新忙迎上去问："马叔，都审完了？"马魁板着脸，没有说话。汪新没意识到问题的严重性，自顾自地说："您是没看见那小子当时有多赖，死不承认！"马魁沉默片刻后，说道："你说钱包是他偷的，可根本没人能证明，他愣说自己捡的；你说是他自己摔一跟头，也没有证据，现在这小子嚷嚷着要找领导，还要索赔。""怎么没证据啊？车上那么多人都看见了。""这都多少站了，目击者早就下车了，上哪儿给你找证人去？""那我就活该被冤枉？"

听到汪新说"冤枉"，这个词对马魁来说既敏感又扎心，没人比他更能体会被冤枉的滋味，失去自由的那十年，有多少血泪都得往肚子里咽。汪新此时的心情，马魁比谁都懂。

一下火车，马魁就被叫到胡队长办公室。胡队长神色凝重，问汪新打人是否属实。马魁说，是那小子自己摔了一个跟头，磕破了鼻子和下巴，跟汪新没关系。胡队长苦着脸说，可没人能证明啊。在餐车审问的时候，有个乘客跟汪新辩了几句，他还把人家挤对一通。马魁认为警察办案，旁人七嘴八舌那是在添乱。见马魁向着徒弟，胡队长拿出一张报纸，指着上面的一则豆腐块文章让他瞅，这事儿都上报纸了。

一听上报了，马魁意识到事情闹大了，后果很严重，忙拿过报纸看。胡队长说："那个乘客是大学老师，教法律的，把那天的情况写了篇文章，还添油加醋地描述了一番，现在小汪浑身是嘴都说不清了。"马魁问："组织上打算怎么处理？""正在研究呢！本来也不是什么大事儿，可是一上了报纸，那情况可就不一样了。局里头刚刚来电话问呢，我都不知道咋说。"

马魁沉默良久，他知道，汪新遇到人生的大坎儿了。

走出胡队长的办公室，马魁顺道去了一趟菜市场，买了一兜子菜往家走。他瞧见汪新站在不远处，看样子有话要说，马魁走到汪新近前，不咸不淡地说："天太热了，眼睛里都冒火了。"汪新压抑着情绪说："心里也冒火了。""那就喝点凉白开，降降火。""一句好话都没给我说，是吧？""那又怎样？""马叔，我是冤枉的。""冤没冤枉，你自己说了不算，头上有警徽，身上穿警服，做事得擎住这个'警'字！""马叔，告诉您个好消息，我这身警服穿不成了，您可以好好喝顿大酒了！"

马魁看着汪新，一时无语。汪新挺直了腰板，大步流星地离开。望着汪新远去的背影，他心里五味杂陈。

儿子遇到这么大的事儿，汪永革还不得出面说道说道。他来到乘警队邀请胡队长到家里唠唠嗑儿，喝点酒。不等胡队长说话，汪永革就像点炮仗一样噼里啪啦说起来：“那小崽子，可把我气死了，他怎么能脑子一热，就不管不顾地做出违反规定的事儿呢？把我气得狠狠地给了他两撇子，他也知道自己错了，还大哭了一场。老胡，汪新这错犯得不应该，得狠狠教训！可这孩子还年轻，火气盛，工作经验不足，难免会惹祸，会犯错误，要是一棒子打死，那他这辈子就完了。”

“老汪，你说的我都明白。”“老胡，咱们多少年的交情了，你得想办法救救这孩子啊，我求求你了！”

胡队长叹了一口气：“老汪，你听我说，这事儿已经捅到上面去了，屁大点的事儿上了报纸，那就是天大的事儿。领导很生气，还把我臭骂了一顿，说我管理不严，影响了铁警形象！咱关门说句屋里话，我也想把这盆火压灭了呀，可火烧得太猛了，压不住了！”

汪永革心里拔凉拔凉的，呆在那儿说不出话来。胡队长出主意说：“要不你去找找上面，看还有没有回旋余地。”汪永革撕下脸皮，正想开口求胡队长，人家立马堵住了他的嘴：“你就别为难我了。”

这条路走不通，汪永革只得厚着脸皮来找马魁。他走进马魁家时，马魁正在看报纸。马魁扫了汪永革一眼，接着看起报纸来，既不打招呼，也不让座。

汪永革自顾自地坐下来，沉默了好一会儿，说：“老马，汪新的事，你都知道了吧？”马魁淡淡地说：“那么大的事儿，想不听见都难。”“老马，汪新犯了错，应该承担责任，这没的说。可这孩子是个什么秉性，你做师傅的，最清楚。”“等等，你这是想把我给扯进去呗？”“你想哪儿去了，我是说你了解汪新，这孩子心眼儿不坏，就是一时冲动，他做事方式不对，可心还是奔着尽职尽责去的。”

马魁不咸不淡地说：“唱得再好听也没用，人家就说他打人了，还说他刑讯逼供。”汪永革赔着笑脸说：“我知道，可他还年轻，要是为了这事儿栽了大跟头，那就一辈子都站不起来了！再说，这事儿，他确实冤。”“我知道被人冤枉是啥滋味。当年，要是有人能给我作证，我也用不着蹲十年大牢！你儿子这回能不能把这事儿抖搂利索了，就看有没有人愿意给他作证吧！”

马魁旧事重提，汪永革无言以对，那过去的记忆，是抹不去的，马魁见他沉默不语，冷哼一声说：“还有事吗？”“老马，汪新这辈子，能活成什么样儿，全靠你了。”“靠我？那得看你这个当爹的实诚不实诚！”说起往事，汪永革实在无话可说。“你是不是以为我全蒙在鼓里呢？当年，你明明看见我没推人下去，为啥不能给我作个证?”

汪永革沉默着，打死也不说。马魁对此既不能理解，也无法原谅，在那么一瞬间，他脑海里闪过两个字“报应”。汪新这孩子不错，这不好的词儿不能套用在他身上，这样不厚道。

马魁还抱着一丝希望，再次问道：“不说话是吧?”汪永革苦涩地说：“你真的看错人了，那不是我。”马魁冷笑道：“行，就当我瞎了眼。”

汪永革感觉路都走绝了，心情沮丧地回了家，看到汪新坐在桌前画画，他气急败坏地说：“你还有闲心画画呢?”汪新没吱声，什么也不想说。汪永革走到桌前，看着画问：“这是什么东西?”汪新恶狠狠地说：“狼。”

纸上画的是一只恶狼，汪新气呼呼地说：“老马头不讲情面，没人味儿，狼心狗肺!”汪永革责备说：“你怎么总说人家的不是!你要没惹祸在先，人家能说道上你吗?”“就算我没惹祸，他也是看我一百个不顺眼!”“你再犟嘴!”“本来就是这么回事，还不让说了?”

儿子的话惹怒了汪永革，他一把扯过画，刺啦撕了。汪新生气地说：“撕吧!撕了还能画。”汪永革眼里喷火，怒视着儿子。汪新豁出去了，叫嚷道：“想打我是吧?他打我，您也想打我，打吧!打死拉倒!”

汪永革痛心疾首地说：“你想把我气死吗?”自打妻子去世后，儿子就是汪永革唯一的希望和寄托，他当爹又当妈，宝贝疙瘩一般惯着，哪里舍得动一根手指头。汪新委屈又愤然地嚷道：“爸，我知道我错了，我认错，也想改正错误。可我想不通的是，我们师徒俩在一块这么久，我就算没有功劳，也有苦劳吧?他为什么见死不救?他为什么这么恨我?”

汪永革沉默了。汪新含泪自语道：“这个事儿我想不通，这个坎儿就过不去!不过，我尽力了，我没招了，我认了!”

汪永革的眼圈红了，他静静地看着儿子重新拿起画笔，继续画画。

窗外，暴雨倾盆而至，天空像被打破了一个无底洞，大雨如瓢泼一样。

日子里盛满了锅碗瓢盆，磕磕绊绊，叮里咣当。这过日子啊，哪有一帆风顺的。汪家遇到这么大的糟心事儿，作为师傅，马魁难免不被波及。王素芳感叹说：“老马，这事儿说到底，小汪也就是打了人，打得也不严重，对他的处分是不是太重了?”马魁冷冷地说：“重不重是组织的事，我管不着。”“可你是小汪师傅，总能说句话吧。”“连领导都被他连累了，正火上头呢，我能说啥呀?”“那总不能看那孩子连饭碗都砸了吧?”“人走人道，狗走狗道，脚上的泡都是自己踉的，得自己受着。”“就是不管了呗？”“我管不了！”

马燕听见了父母的对话，对父亲的冷漠很不满，她从房间里走出来，冲着马魁嚷道：“汪新是你徒弟，他犯了错，师傅也有责任！”马魁瞪着闺女问：“你说什么？”王素芳担心父女戗戗上，忙拦住闺女说：“燕子，这事跟你没关系，别乱说！”马燕理直气壮地说：“怎么跟我没关系，汪新是我同学，他遇到困难了，我不能不管不问。”

马魁瞧闺女摆出一副小老虎要发威的模样，问：“你想怎么管？”马燕说：“师傅得给徒弟说好话。”“那我就是包庇坏人！”“他不是坏人！”“我懒得理你。”

马魁说着，就要走开，马燕提高了声调说：“没教好徒弟，看徒弟出事就躲了，有这样的师傅吗！”马魁猛地站住身，虎目圆睁，刚要发作，王素芳赶紧挡在父女之间，劝道：“邻居们都竖着耳朵呢！能不能别让人听笑话！”

马魁尽量用缓和的语气说：“马燕，我告诉你，这是我的事，你少管，管也管不着！还有一个星期就高考了，管好你自己。”马燕气哼哼地说：“我也告诉您，我的事，您以后也少管，顺便通知您，我已经决定放弃高考了。”

马魁难以置信地看着闺女，马燕又重复了一遍，马魁威胁说：“你敢！”马燕索性豁出去了：“实话跟您说，这一年我压根就没好好复习，我那书皮里头包的都是小说。”“燕子，你太让我失望了！”“我压根就不是念书的料，上回数学就考了九分，还不够丢人现眼的吗？反正我说啥都不考了，您想考大学，您自己考，别在我身上使劲了。”“燕子，你现在还小，将来你会后悔的。”“后不后悔那都是我自己的事，用不着您操心。”

这个汪新搅得家里不得安宁，现在倒好，女儿干脆放弃高考了。马魁长叹一声，只能无奈地接受现实。

汪新的事儿牵扯着好几个人呢，比如姚玉玲就动了心思，她和汪新还能不能处，得找老妈给拿个主意。为此，姚玉玲特意回了一趟家。姚母做了好几个菜，劝姚玉玲多吃，这么些日子不见，女儿都瘦了。见女儿情绪不高，姚母沉默片刻问：“闺女，小汪最近怎么样？”姚玉玲没精打采地说：“摊上那么大的事，心情肯定不好了。”“那到底能得个什么果儿呢？”“说是干不成了，可他爸和他师傅都是老人儿了，多少能跟领导说上话，应该不会开除吧！”“我看这事不好说，动静闹得那么大，能压得下来吗？真要是没了工作，这人可就靠不住了。”

姚玉玲看着母亲，有点吃惊：“妈，您这话是什么意思？”姚母语重心长地说：“闺女，妈可都是为你好，盼着你能找个好人家，一辈子有吃有穿，不受穷不受苦。可眼下，小汪出了这事，就算不被开除，也得记大过，往后，想起来，太难了！你和小汪的事，我看还是算了。”“我俩一直处得挺好的，哪能说算了就算了。再说，还不一定是怎么回事呢！”

姚母接着说：“闺女，我是过来人，见的事多了，你还年轻，很多事你看不懂，也猜不到。一个错，就能抽了他的脊梁，毁了终身，这事不少见。闺女，没出这事前，你跟他好，妈都同意，可现在不一样了，眼下，你还有退路，一定得把握好，一脚低，步步低，一辈子都直不起腰板来。”

姚玉玲沉默不语，她内心还在挣扎。

姚母趁热打铁，接着又说狠话：“我把话都说清楚了，你长大了，我不能把你捆起来，往后是吃肉还是啃菜饼子、喝糊糊粥，你自己琢磨吧！”

姚玉玲想了一会儿，拿定了主意，说道：“越吃越饿，赶紧吃吧！”

姚玉玲回到工人大院，刚走进院子，就听见老吴媳妇说：“要说小汪，那孩子是真不错，怎么就摊上这闹心事了。”老蔡媳妇附和道：“谁说不是呢！对了，我听说留不住了。我家老蔡说，得开除，摘大盖帽。”

躲在一旁偷听的姚玉玲，这回心彻底凉了。她想了一会儿，故意发出声音，再次走进院子。老吴媳妇忙跟姚玉玲打招呼，她点了点头，朝汪新家走去。

姚玉玲敲了敲汪家的门，汪新走过来开门，一时间两人竟找不到话说。沉默了一会儿，姚玉玲问：“你那事，处理得怎么样了？”汪新说：“还能怎么样，顶多不让干了呗！”“领导跟你说了？”“不让干就不让干，我有手有脚，怎么都能吃口饭。”“那是，好了，我先回家了。”

姚玉玲说完，就往宿舍走去。她的感情来得突然，去得也快，似乎都没有留恋。姚玉玲的态度似乎有点冷淡，汪新颇为失望，默默关上了房门。

姚玉玲回到宿舍，她缓缓地坐在床上，若有所思。母亲的话回荡在耳边，她相信母亲的判断和经验，让她为了爱情吃糠咽菜，她能做出这样的牺牲吗？姚玉玲起身走到镜子前，望着镜子里自己姣美的容貌，她坚定了主意。

黄昏，晚霞映照，渲染着周边一草一木的幻影。姚玉玲约了汪新，来到郊外的后山谈事情。汪新故作轻松，边走边说：“这儿的风景不错呀！你是怕我心情不好，想让我透透气吧？”

姚玉玲没说话，她不知如何张嘴。汪新自顾自地说：“玉玲，我都跟你说了，我挺得住！还是那句话，我有手有脚，在哪儿都能吃上饭。”姚玉玲点点头说：“听你这么说，我就放心了。”“除了我爸，也就你关心我了。”汪新此话一出，姚玉玲欲言又止，汪新看她一副魂不守舍的样子，说：“有话就说呗！”“这段时间，我想了很多，其实我没打算结婚。结婚了，就有家了，就得生孩子，照顾孩子，我还没有准备好。”“也没说马上就结婚。”“我觉得，我们互相还不够了解，我们的事，先放放再说吧！”“放放是什么意思？”“不结婚，就没必要处，还是各忙各的吧！”

汪新这下彻底明白了，人要是倒霉，喝凉水都塞牙。他的爱情之树刚刚发芽，就夭折了。沉默片刻后，汪新说：“不结婚确实没必要处，再说还耽误时间。”

姚玉玲笑了笑，说：“那……我们回去吧。”“这里风景多好啊，我还没待够呢，你先回去吧。”

姚玉玲犹豫片刻，说：“那我先走了。”汪新望着远方说：“祝你幸福！”姚玉玲轻声说：“你也是。”姚玉玲走了，走得那样决绝，或许她不敢回头。夕阳西下，晚风吹拂，汪新久久地望着姚玉玲远去的背影……

汪新和姚玉玲分手的消息传到牛大力耳朵里，他那叫一个开心啊。他喝着酒，手舞足蹈地唱着样板戏《红灯记》：“爹爹给我无价宝，光辉照儿永向前；爹爹的品德传给我，儿脚跟站稳如磐石坚；爹爹的智慧传给我，儿心明眼亮永不受欺瞒；爹爹的胆量传给我，儿敢与豺狼虎豹来周旋。家传的红灯有一盏……”

翌日，牛大力拎着空酒瓶来到国营商店找马燕打了半斤高粱烧，又破天荒地买了两块五香豆腐干和一个熏鸡架。马燕好奇地问他，这是有啥喜事啊。牛大力乐呵呵地说，喜事，大喜事！

两个曾经受过感情伤害的人，却有着截然不同的心情。

马燕去找汪新的时候，他还沉浸在素描画中。几次敲门声传来，他才把画纸扣上喊：“门没锁。”马燕进屋打量了一下汪新，说道：“看样子，心情不错呀。”汪新装出一副轻松的神情：“该吃吃该喝喝，长了三斤二两上好的五花肉。”“就得这样，事都出了，上火也没用，乐乐呵呵的，总会有办法的。”“你这是安慰我来了？”“来看看老同学。”

汪新话里有话地问：“是来搞侦察的吧？”马燕问：“侦察谁？”“这屋里还有别人吗？”“你这人怎么好赖不分呢？”“自打上了班，没学别的，就学会看人了，好人、坏人，红心、黑心，我都看透了看烂了！”“你犯了错，得从自己身上找原因，不能埋怨别人。”“我没埋怨别人，我是恨我自己，瞎了眼睛，看错了人！”“你说谁呢？”“想说谁说谁，谁心黑说谁。”“汪新，我本以为你是个聪明人，其实你就是个糊涂虫，你活该被开除！”

这是马燕第一次在汪新面前露出“獠牙”，以往都是冲着她爹龇牙。既然人家不欢迎，马燕也没必要再逗留。马燕转身要走，汪新叫住她，托她捎给马魁一张画纸，并再三叮嘱，这是私人信件，不准偷看。马燕气哼哼地说，她不会看，怕看了长针眼！

马魁收到闺女转交的画，他坐在桌前，展开画纸，只见画纸上画着一只狼身人面兽。一旁的媳妇看着，不解地问马魁：“这画的是什么东西，狗？”“狗能长人脸吗？”经丈夫这么一提示，王素芳明白了，说道：“这画不好看，我拿去烧了。”“我倒是觉得挺好的，没看出来，那小子挺有内秀啊！”马魁把画叠起来，揣进兜里。“小汪那孩子也太过分了，哪有这么骂人的。”“人家鼓着一肚子气，总得找个口放出来吧！要不该憋坏了。”“懒得管你们的事。”

王素芳不快地走开，马魁掏出那张画，展开看了又看，竟然笑起来。

马魁不会轻易放过汪新，这小子还没出师呢。这天，马魁拿着一摞材料来找胡队长，让他仔细看看。马魁说：“都查清楚了，汪新确实是冤枉的，我找到两个目击证人，就在院里呢。这是目击证人的车票、座位号，可以证明事发的时候，他们确实在那节车厢里。”胡队长翻看资料里夹着的火车票，很惊讶地问：“你这是从哪找出来的？”“只要想找，就能找到！目击证人也带来了，就在院里呢。”

胡队长朝窗外看了一眼，外面果真站着两个人，胡队长笑着说：“到底是你徒弟呀，我说你这两天满车站地跟人打听，原来是帮你徒弟找证人去了。”“我也被人冤枉过，我不能再让我徒弟跟我一样。”

听到马魁这么说，胡队长点了点头，拍了拍他的肩膀，既欣慰，又感动。马魁叮嘱胡队长，这事先别告诉汪新，他不想让汪家知道。

胡队长让人叫来汪新，把一份文件递给他：“简单点说，虽然你没打人，但处理案子确实存在问题，造成了不好的社会影响。组织上经过慎重考虑，决定把你派到红阳火车站锻炼，有意见吗？”汪新说：“没有，坚决服从！”“回去吧，抓紧收拾收拾，准备出发。”

汪新拿着文件兴奋地跑回家，进了厨房见到老爸劈头就问：“爸，您给我找人了？”说着递上文件，汪永革看着文件没说话。“您不早跟我说，弄得我这心慌慌的，觉都睡不踏实。”“我看你能吃能喝，睡得呼哈的呀！”“那都是装的，不是怕您上火。”“算你小子还长点心。”

汪新感叹地说：“红阳火车站离咱们这小二百里地，往后咱爷俩可就不能说见就见着喽。”汪永革说：“见不着好，省得看你心烦。”“那我就放心了。对了，红阳是个小站，去了得多憋屈呀。”“还挑肥拣瘦的，小子，能让你干就不错了！”“那我得去给我妈妈烧个香，让她也得个信儿，不要担心。”“去了好好干！”“保准给老汪家长脸！”

汪永革沉默片刻，继续切起菜来。他知道，这事儿马魁出了力，帮了忙，得登门拜谢。

这天得空，汪永革提着一小袋子花生，来到马魁家。王素芳忙招呼：“汪段长来了。”汪永革笑着说：“从乡下弄了点花生，留着吃吧！”“这不过年不过节的，多破费。”“吃到肚子里，长到肉上，就不叫破费。”

王素芳何尝不明白汪永革的心意，她接过袋子，朝厨房走去。正在厨房煮面的马魁一眼就看到妻子手里的袋子，脸色顿时阴沉下来。王素芳低声说：“汪段长来了，你没听见吗？”“煮面呢，抽不出身来。”“我来弄，汪段长还给咱家拿来一袋子花生。”

马魁阴着脸从媳妇手里拿过袋子，来到外屋，把袋子放到桌上，坐下身来，冷若冰霜。汪永革脸上带着笑意说：“老马，这点小意思，不成敬意。”“这话从哪来呀？”“我知道，是你帮了汪新。”“你想多了，那是领导的决定，跟我没关系。”“那这里面也一定有你的面子。”“我哪有面儿呀？曾经的戴罪之人，脸都贴地皮儿上蹭花了！”“老马，不管怎么说，这人情，我记下了，往后有个为难招灾的事，招呼一声。”“把东西拿走，我怕硌着牙！”

马魁说着，就一把抓着袋子，扔给汪永革。马魁是使了点劲儿的，说是砸也不为过。汪永革接过布袋子，无奈地起身离开。

汪永革走后，王素芳过来埋怨说：“哪有这样往外卷人的呀？多失礼。”马魁大声说：“我痛快！”说完朝厨房走去。

连绵阴天，弄得人也心情灰暗。天空上像是挂满了太多悲伤的云朵，它们一会儿凝聚，一会儿消散。

马魁真的痛快了吗？其实未必。宁阳火车站的站台上，马魁带着乘警小胡站在车厢外，望着纷纷上车的乘客，如果看到需要帮忙的，便上前搭把手。汪新穿着便衣，背着被褥卷，提着一个大包来到马魁面前。马魁冷冷地扫了汪新一眼，汪新问道：“马叔，这是我师弟吗？”马魁像没听见一样，倒是小胡机灵：“师兄，你好。”“师弟，马叔能耐可大了，你要跟他好好学。”“我知道。”“对了，你的手腕子结实吗？”

听到汪新这样问，小胡很是不解，汪新拍了拍他的肩膀，语重心长地说：“干咱们这行，手腕子很重要，得保护好了。”小胡点点头说：“谢谢师兄提醒。”

这时，马魁招呼小胡，让他上车去，转而朝向汪新问：“你怎么不上车呀，舍不得走吗？”汪新说：“马叔，我赢了。”“终于从我手里逃出去了。”“一点就透，怪不得是我师傅。”“看来我得祝贺你呀。”“等我弄瓶好酒。”

师徒俩斗了半天机锋，汪新不想再绕弯子，问马魁为什么总是针对他，为什么对他这么狠，是得罪他了吗？马魁冷淡地告诉汪新，没啥，就觉得逗他好玩儿。

汪新凝视着马魁，伸出了手，马魁没理他，让他少来这套。汪新挑衅着问：“怕了是吗？”马魁点点头：“是这个意思啊。”马魁明白这小子是给自己下战书。

马魁伸出手掌，一把握住了汪新的手。这是一双历经岁月磨砺的手掌，厚实而粗糙，似乎凝聚着千斤之力；汪新的手白净秀气，像是未经风雨的修竹。两相较力，互不相让，汪新觉得手要被捏碎了，额头渗出汗珠，连忙叫停。马魁盯着他说：“慢慢练，只要我不死，你还有找回脸面的机会。”汪新点点头：“妥了，保重吧！”“轻点嘚瑟，别让人笑话着！”“落魄的凤凰也比鸡大，就怕巴掌小地儿晃不开膀子。”汪新说着，朝车厢门走去，他嘴硬，心里还是佩服：“这老马头，心硬拳头更硬！”

火车启动，行驶在路上。这一次，汪新是以普通乘客的身份，坐上了这趟列车，看着从他身边而过的乘警，望着车窗外那飞驰而过的田野，他的眼睛渐渐地湿润了。

到了红阳站的时候，汪新抬头看了看天，心想：“一切重新开始了。”

汪新来到红阳火车站小广场，下意识地巡视四周，定了定神。一个老太太朝汪新走了过来，乞求说：“小伙子，我的钱让人偷走了，饿得实在受不了，给点吃的吧。”汪新从包里掏出一个烧饼和两个鸡蛋递过去说：“大娘，拿着吧。”老太太接过鸡蛋装进口袋里，吃着烧饼说：“鸡蛋呀！这真是天上掉了个大馅饼啊。”

老太太那双眼睛很毒，瞅出汪新是个阅历尚浅的雏鸟，说道：“小伙子，你好人做到底，能不能再帮我一个忙呀？”汪新忙说：“大娘您说。”“我病了，想去医院看看，可钱没了，这病也看不成了。”“那就回家取钱呀？”“我是外地来的，钱丢了，买不了车票，回不去了！唉，再说了，家里的钱全拿出来了，也没钱了。”

老太太说着抹起了眼泪，一副伤心至极的样子。汪新看不得这样的情景，他问：“大娘，我这也没多少钱，要不给您三块吧，您先把病看了。”汪新说着，掏出五块钱，抽出三个一块的，递给老太太。老太太感激地说：“我是碰上活菩萨了，小伙子，你让我咋感谢你呀！”“不用谢，看病要紧，快去吧。”“对了，你知道去医院怎么坐车吗？”“我也是刚到这儿，不清楚。”“坐车还得买票，也不知道这钱够不够看病了。”

老太太说着，又抹了一把眼泪，汪新犹豫片刻说：“大娘，要不这两块钱，您也拿着吧。”“这可不行，全拿走了，你不是也没钱了嘛。”“拿着吧，我这儿还有呢。”老太太碎碎念念地说：“小伙子，我一个老太太没念过书，不会说话，我就盼着你能安安稳稳的，好人有好报吧。”

汪新背着被褥卷、提着一个大包来到红阳站公安派出所，就见一个警察从里面匆匆走了出来，他连忙上前打招呼：“你好，我是汪新，请问所长在吗？”那警察瞅了他一眼，说：“不知道。”汪新感觉气氛有点不对，没有热乎气儿。

派出所的所长姓杨，汪新找他报到时，他正在埋头批改文件，对汪新的问候充耳不闻。汪新只得站着等候，过了好一会儿，杨所长整完文件塞进工作包，站起身想要出门。汪新赶紧把自己的牛皮纸文件袋放在桌上，说：“杨所长，我是汪新，来报到。”杨所长淡淡地说：“你去找小林子，林建军同志，他知道你住哪儿，我要去开会了。”

杨所长说完，走出了办公室，汪新无奈地跟了出去，问：“所长，我主要负责什么工作呀？”杨所长边走边说：“先去广场巡逻吧。”“那每天巡逻多久啊？”“从上班到下班，当然晚上赶上值班，也得去。”

两个人边走边谈，说着就来到了前厅，汪新接着问：“所长，我的办公桌在哪？”杨所长说：“都坐满了。再说了，你主要是巡逻，外面的活儿，也用不上桌。”

杨所长的话像一盆凉水，将汪新浇了一个透心凉。既来之则安之，他一个从轻发落的小警察还指望人家笑脸相迎吗？这样一想，汪新心情就平复了。他在林建军的带领下，走进自己的宿舍，将被褥和大包放在床铺上。

宿舍的窗户朝向广场，汪新在窗口站了一会儿，望着广场上熙熙攘攘的人群，转回身问林建军：“林哥，你来这几年了？”林建军感慨地说：“三年喽。”“刚来派出所的同志，都得先去广场巡逻吗？”“我一来就做了内勤，没巡逻过。”

汪新好奇地问：“那所长怎么让我去？”林建军笑了笑，说：“不知道，可能是你比较有经验吧。”“他怎么知道我有经验？”“我猜的。”“你猜得没错，我办的案子多了去了。大案小案，什么样的都有，不停嘴儿讲一年都讲不完。”

听汪新这么说，林建军笑了笑，汪新说：“看这意思是不信了？”林建军忙说："没有，你赶紧吃饭去吧。""我包里还有两个鸡蛋，垫垫底吧。"汪新说着，就去包里掏鸡蛋，他突然想起来，鸡蛋给了广场上那个乞讨的大娘。

汪新把事情经过告诉了林建军，林建军说，估计他是被骗了。汪新摇摇头，怎么可能呢，就他那眼力，一个老太太能骗得了他吗？林建军也不多说，笑笑说，希望如此吧。

窗外黑漆漆的，汪新站在窗前陷入沉思。

自从汪新离开后，马魁总觉得身边缺少了什么，日子没滋没味的。跟随在马魁身边的小胡，总能不经意地听到，师傅喊他"小汪"。

夜色如墨，寂静无声。马魁迟迟不能入睡，坐在桌前喝起小酒。王素芳温柔地陪在他身旁，一边织毛衣一边轻声说："这几天挺消停啊，你那个新徒弟小胡挺得力？"马魁点点头说："比那个臭小子强多了。""那你终于可以省省心了，看你怎么不太高兴呢？""哪儿看出来的？""说不好，就是看你挺闷的，不会是想小汪了吧？""胡说八道，我想谁也想不起他来呀。"

马魁说着，自顾自端起酒杯喝了一口，酒入喉，难消愁。

第十章

秋风紧，落叶飘飞。

正在广场巡逻的汪新，看着同事带着抓到的嫌犯从身边走过，他的眼里满是羡慕与渴望。

实在是有些受够了这枯燥的巡逻，汪新的心里痒啊，他实在憋不住了，就去了所长办公室。一见到杨所长，汪新直截了当地说："所长，这段日子，我按照您的要求，天天在广场溜达。"

从汪新进来，杨所长连眼皮都没抬一下，他坐在桌前，看着文件，听到汪新这么说，眉头一皱："溜达？""是巡逻，天天巡逻，对广场已经非常熟悉了，我想申请去尝试一下其他的工作。"听到杨所长反问，汪新立即领会了话不对味儿，赶紧纠正说。

"做内勤？"杨所长抬起头来，斜眼看着汪新。"所长，您是不了解我，我这人闲不住，是哪里艰苦去哪里，哪里危险去哪里！我是警校毕业的，毕业成绩全校第一，尤其擅长射击、擒拿、侦查！"汪新解释道。"学校里学的那点东西，都是纸上谈兵，不管大用。"杨所长不以为然地说。"我上班后，办了不少案子，偷窃、抢劫、拐卖，什么样的都有，是又动刀又动枪的，也积累了很多经验。"汪新据理力争。"那就再接着积累经验，把眼前这小广场转明白了再说吧！"杨所长根本不理会汪新。"所长，我是宁阳出来的，见过世面，怎么就知道我经验不足，干不了呢？是骡子是马，放出去遛遛才知道。"汪新仍然软磨硬泡。"那就去广场遛吧！"杨所长说罢，很不耐烦地摆手让他出去，汪新自觉无趣，悻悻地走了。

汪新的心情别提多郁闷了，他无精打采地在广场上继续巡逻。实在觉得走来走去无聊了，便走到墙边，身子靠在墙上，百无聊赖地活动着腿脚。这时，背后传来洪亮的声音：“累了？”

汪新回头一看是杨所长，立刻说：“所长好，我不累！”“不累咋歇上了？”杨所长上下打量着汪新说。“没歇，站一会儿。”汪新挤出笑脸。“我明明看你靠着呢。”杨所长满脸严肃地说。“鞋里有石子儿，寻思倒倒。”汪新赔着笑脸解释道。“看来你是长了两条富贵腿呀，累了就回去躺着吧！”杨所长说完，转身就走。

看着杨所长走远，汪新垂着脑袋，嘴里叨叨着：“走了大半天，刚靠一下，就被逮住了，我的命好苦啊！”抱怨归抱怨，汪新可真不是杨所长说的“富贵腿”，他继续巡逻着，在广场上的人群里穿梭。走着走着，忽然站住身，他看到前方不远处，那个曾经找他要钱看病的老太太，正在跟一个路人说着什么。

就在那个路人掏出钱，准备递给老太太的时候，汪新大步上前一把拦住：“同志，我是警察，请问这位大娘跟你说什么了？”“她说她的钱被人偷了，没钱去医院看病了。”路人指着老太太说道。“你赶紧走吧！这事儿我来处理。”打发走路人，汪新望向老太太，老太太也正打量着他：“瞅你眼熟啊！”“不用眼熟，说说吧，骗了多少钱了？”“一个烧饼两个鸡蛋，五块钱。”老太太撇着嘴说道。汪新一听，简直想笑，这老太太果真精明，只听她接着说：“小伙子，你这打扮得像模像样的，衣服哪里弄的？做得真真的！”“本来就是真的！”汪新自豪地说。听到汪新这么说，老太太笑得嘎嘎的：“别耍大娘了，你要是警察，还能让大娘晃了眼吗？早知道咱俩是一路人，我也不能要你的钱，这回算认识了，往后咱们得互相帮衬点。”听完老太太这番话，汪新终于明白，原来她把自己也当成招摇撞骗的同行了，他出门前照过镜子，真想不通自己哪一点让老太太误会了。不过，此时此刻，他可没闲心和老太太掰扯。

汪新掏出手铐，老太太一看，咋呼着说：“你这家伙什弄得还挺全呀！”“少说废话，伸手！”“小伙子，你真是警察呀？”见汪新一脸严肃不说话，老太太慌了，开始抹眼泪：“我一个老太太，你抓我干啥呀！你要是把我抓走了，那我孙子谁管呀？他没爸没妈，全靠我一个人养着呢，我走了，他就得饿死啊！”“收起你这套吧，我上了一回当，还能再上当吗？那我不成傻子了！”“我没骗你，要不你跟我走，去看看我说的是不是真的。”“你不是在外地吗？我怎么跟你去呀？”“那是编瞎话，我是本地人。”“没一句真话！”“孙子是真的，真真的！就为了养他，我才出来骗钱的。”“我今天就不信这个邪了，走！”汪新是一个执着的人，听老太太说得那么可怜，加上已经历过一次上当受骗，他决定亲自去验证真伪。

汪新跟着老太太，来到了一个胡同，胡同的角落里，支着一个破帐篷。老太太站在帐篷外，朝里喊："孙子，你在里面吗？"汪新探头朝帐篷望去，帐篷里除了堆着些破被子和垫子外，根本没有孩子的身影。老太太本来就浑浊的眼睛，更浑浊不清了："我孙子哪儿去了？""问我呢？"汪新没好气地说。"估摸跑出去玩了。""大娘，你可真行，又把我骗这来了。""没骗你，我真有孙子。""什么也别说了，跟我走吧。"老太太一听，一头钻进帐篷里，怎么着也不出来。

汪新望着老太太耍无赖，正琢磨着要采取什么措施时，只见一个八岁左右的男孩子走了过来，看到汪新，孩子一脸茫然。"小孩，这是你的家吗？"汪新和蔼地问道。这孩子名叫鲁铁蛋，听到汪新这么问，又看到汪新是警察叔叔，乖巧地点了点头。这时，老太太冲过来抱住鲁铁蛋，一把鼻涕一把泪地说："大孙子，你可回来了，急死奶奶了！"然后又转过身，抬头对汪新说："小伙子，你都看见了吧，我没骗你。要不是为了养这孩子，我这个年岁了，能出去丢人吗？我是实在没办法了呀！"看着眼前的祖孙俩，汪新的心一下子软了，他从兜里掏出一沓粮票："大娘，这点粮票您拿着，别让孩子饿着。""小伙子，我知道你是个好心人，你又给钱又给粮票的，我这心里过意不去呀！""拿着吧！"汪新说着，就把粮票塞进老太太手里，转身走了。

鲁铁蛋紧咬着嘴唇，皱着眉头望着汪新的背影，眼神茫然无助。

汪新回到宿舍，把老太太的事儿说给林建军听。林建军坐在床上听完汪新的讲述，叹了口气："汪新，你不会又被骗了吧？""我特意去看了，人家孙子摆在那呢，假不了。""又搭钱又搭粮票的，时间久了，你不得喝西北风去呀。""没办法，谁让又碰上了呢，那家人太可怜了，能帮就帮一把吧！""但愿好心有好报吧！""你还不信？""我上趟茅房。""早晚得让你们看看汪小爷的本事！"

见林建军走开了，汪新躺下身，闭上眼睛，片刻后他睁开眼睛，像是想起了什么。汪新脑海里不断闪现着关于上一次丢孩子的事情，因为他的粗心大意，差一点造成了难以挽回的结局。虽然后来找到了孩子，但是人贩子至今下落不明。他忽然想起了在老太太帐篷处见鲁铁蛋的场景，感觉好像漏掉了什么。警察的直觉让他猛地坐了起来，穿好衣服，顾不上和林建军打招呼，急匆匆地朝那条胡同奔去。

待汪新满头大汗地赶到，却发现原来的破帐篷像原地消失了一样。汪新一下子证实了自己的直觉，疯了似的开始以小胡同为中心，四处寻找着老太太和小男孩的身影。但是，即使他将小胡同的周边翻了个遍，依然没找到两人的蛛丝马迹。

夜风，有点冷。汪新蹲在冷风中，懊悔不已。

第二天一早，汪新就把此事向杨所长作了汇报。杨所长盯着汪新问："你的意思是说，那个小孩可能是拐来的？""目前还不能确定，但是两人的关系很可疑，要不他们怎么能转眼就搬走了呢？一定是怕我再找上门去。""话说找个人哪那么容易啊，你要是早能问清楚多好，怎么这点警觉性都没有呢？你可是宁阳来的呀，就这点能力吗？""所长，我的错我认，也愿意接受处分。但是，目前最重要的，得赶紧派人找到那个孩子。""我会联系地方派出所帮忙寻找，你去忙你的工作吧。"汪新一听，急了："这是我的案子，我也得去。""你去了，广场那边咋办？""不就是巡逻吗？还非我不可吗？""还别说，少了你，真就凑不够人手了，赶紧去吧！"汪新还想反驳，怎料杨所长把手一挥，命令道："别说了，巡逻去！"汪新咧了咧嘴，只好垂头丧气地来到广场上，在南来北往的人群中，东游西荡。

突然，一个石子儿打在汪新的警帽上，他回身看去，空无一人。他站在原地待了一会儿，然后继续往前走着，刚走没几步，又一个石子儿打在他的后背上。他立即回头，居然看到了鲁铁蛋，在不远处的一棵树后正探头看着他。汪新立即快步向鲁铁蛋走去，鲁铁蛋一看汪新朝他走来，立刻转身就跑，汪新紧跟着他，在一个僻静的角落，鲁铁蛋终于停了下来。鲁铁蛋怯生生地望着汪新，汪新问他："你和你奶奶去哪里了？我正找你们呢！""那人不是我奶奶！警察叔叔，我想回家，你能送我回家吗？"鲁铁蛋颤抖着小声对汪新说道。"孩子，你别着急，跟叔叔说清楚，你住在哪儿，叔叔一定把你送回家。"汪新说着，慢慢走到铁蛋身边，他蹲下身，搂过鲁铁蛋安慰道："别害怕，有叔叔在，没人敢欺负你！"被汪新抱住的鲁铁蛋，感觉有了保护，顿时哇哇大哭起来。

当汪新牵着鲁铁蛋的手，把他带到所长办公室时，杨所长眼里闪过一丝丝惊讶。"所长，我都问清楚了，这小孩叫鲁铁蛋，家住宝塔镇，半年前他爹妈相继过世，老太太就带着这孩子，白天他们分头行动，老太太去骗钱，铁蛋去乞讨。"杨所长看着鲁铁蛋，抚了抚他的头，温和地笑着问："孩子，你怎么不找警察叔叔呢？""我不敢找，奶奶说我爹妈都死了，要是她也被警察抓了，到时候我就没人管了，会饿死的。""那你为啥找这个叔叔来了？""这个叔叔给奶奶钱，还有粮票，说要让我吃饱，我觉得他是个好人。"听鲁铁蛋这么夸自己，汪新的脸唰的一下红了，他不好意思地冲杨所长说："我是被那个老太太给骗了。""你这也算歪打正着啊！案子管到底，把孩子送回家去吧！""没问题，只是那个老太太怎么处理？""得先调查清楚，这孩子到底是老太太拐的，还是领养的？然后视情况而定。”汪新点了点头，心里不觉有点自豪起来，这是他到红阳站以来，第一次有这种感觉。不过，一想到接下来他还要面对广场巡逻，就又有点打不起精神了。

回到宿舍的时候，林建军正靠在床上看书，一看到汪新，他兴奋地说：“破了案立了功，咋还不高兴啊？”“哪看出不高兴了？”汪新反问道。“脸色。”林建军指了指他的脸。“立功有啥用，还是得去巡逻嘛。”“巡逻不好吗？”“从早巡到晚，这活是个人都能干。”“也不是吧，总得腿脚好的人才行。”“出去抓犯人破案子，多危险啊，又没日没夜的，领导这是偏向你呢。”“拉倒吧，穿着这身警服，却不能跟犯罪分子面对面地硬碰硬，有意思吗？多亏得慌呀。”“让你这么一说，我更亏得慌了。对了，你不是跟那个老太太，面对面地过了好几招了吗？这也算硬碰硬啊！小汪，你才来几天呀，别着急，总会有机会的。”“但愿吧！”两人边聊着，汪新边给自己打好了洗脚水。泡脚的时候，他还想着怎么做才能对得起自己身上的这身警服。

行驶的列车上，一个嫌犯戴着手铐，被马魁和小胡押着，进了餐车。

“你先带他做笔录，我上趟厕所。”马魁交代小胡说。马魁走了，小胡坐了下来，从工作包里拿出纸笔，放在桌上。他望着站在一旁的嫌犯，嫌犯也正看着他。两人对看了一会儿，嫌犯移开目光向四周看了看，沉思片刻，对小胡说：“警察同志，这铐子太紧了，都勒得过血了，麻烦给我松松。”小胡看了一眼嫌犯的手铐，觉得确实勒得太紧了，他嘴里嘀咕着：“刚才也没这么紧呀？”“谁知道咋弄的呢，松两扣。”嫌犯嘟囔着说。

小胡掏出钥匙，嫌犯的小眼珠滴溜溜地在他的钥匙上打转，他刚要松手铐，就听到马魁大喝一声：“你要干什么！”小胡被吓得一哆嗦，这时马魁已经走到他跟前，他小心翼翼地说：“他说他手铐太紧了。”马魁的眼睛紧盯着嫌犯，嫌犯被他盯得不自在，假装镇定地说：“你瞅我干啥？瞅铐子。”“小子，你自己把手铐弄紧了，想打开逃走是吧？”“这么多人呢，我往哪儿跑呀。就算我想跑，也打不开手铐呀。”“你是打不开，可你知道钥匙在哪儿了。下一步，打算袭警抢钥匙是吧？”“你可冤枉死我了，我哪儿有那个胆子呀！”“少跟我玩这套，就你这号的，我见得多了！”“你嘴大我嘴小，你说啥就是啥吧。”“我还告诉你，你小子身上一定背着更大的案子！”马魁的话音一落，嫌犯的身躯不经意地一抖。

待嫌犯交代完，小胡满脸钦佩地看着马魁：“真没想到，那小子还背着半条人命呢！”“他要就是偷了点钱，不至于冒这个险。”“师傅，得亏您回来了，要不我犯大错了！”“下回注意就是了！”“师傅，您不生我气了？”“没事了，去忙吧！”马魁摆了摆手，小胡走开了。望着小胡的背影，马魁脑海里莫名出现了汪新的身影，仿佛听到了他喊师傅的声音。

结束了列车上的案件，马魁回到铁路大院，刚一进大院的门，就见儿子马健独自在院子里玩儿。马魁满心欢喜地紧走两步，上前一把抱起儿子，捏了捏他的小鼻子：“这是想上街呀！慢点，别摔着。”马魁说着，不经意地看了看四周，发现在离大院不远处的角落，有人正偷窥般地往院里张望。身为警察的马魁心里一惊，抱着马健往家走。

一进家门，见妻子王素芳坐在桌前正择韭菜，看到马魁回来了，心疼地说：“他都会走了，不用总抱着了。”马魁放下马健，黑着脸一声不吭地在桌前坐下。王素芳察觉到他脸色不对，问道：“这脸子，又是给谁看呢？马健惹你了？”“往后，出了咱家门，得盯住这孩子。”“这不一直盯着吗？”“就是在院里，也不能放松。”“院里怕什么？”“这小子越走越快，不好看了呗！还有，别让燕子单独带他出去。”“让你说得怪吓人的。”“有备无患。”“对了，晚上我包点饺子，给沈大夫送一盘去。”“瞅着点人，别让大家挑出理来。”“我倒是想挨家挨户地感谢一圈，可也送不起呀！”“日子长着，慢慢来吧！”马魁脸上的神色缓和了些，他一边说一边娴熟地帮妻子择着韭菜。

王素芳点了点头，望着丈夫风尘仆仆的脸上日渐增添的皱纹，不觉鼻子有点发酸，眼泪差点流了下来。她知道马魁就是心眼子软的实在人，除了不会哄人说好听的话，遇上什么事儿都挂在脸上外，无论是工作上还是家里的事儿，他都是把责任当命一样扛在自己身上，从来都没有过一句怨言。

红阳火车站的广场内，汪新正在巡逻，一位乘客着急忙慌地来找他报警。

根据乘客回忆，就在这个广场上，他需要换一块一块的零钱。这时一个小伙子说他就能破零钱，他给了那个小伙子十块钱，当他接过小伙子递过来的一沓一块钱时，当着那个小伙子面数完发现少了一块，小伙子只好接过去自己数了一遍，发现是少了一块。于是，小伙子补了他一块钱，连刚刚的九块钱一起递给了他。令他想不到的是，就在他要买东西的时候，那十块零钱竟然变成七块了，他百思不解，感觉自己被那个小伙子给偷了。

听完乘客的讲述，汪新问：“同志，你不是看着他点的钱吗？”“是呀，我看得清清楚楚，可到头来少了三块，这是咋回事啊！”“你再翻翻兜，看是不是把钱落兜里了。”“我都快把兜翻破了，确实只有七块钱！”“能不能是你把钱弄丢了?”“那十块钱卷在一起，要丢不是全丢了，还能剩下吗?”“同志，凭你说的这些，不能证明你的钱是被别人偷走的。”“那我的钱哪儿去了? 就是被他偷走了! 怎么，你不想管吗?”“我不是不管，是证据不足。”“你是警察，你得给我找证据去!”乘客说道。“要不这样，你跟我去做个笔录吧!”“我的钱能找回来吗?”“我再说一遍，没有人能证明你的钱是被别人偷走的，所以还不能确定能不能找回来。”“那我做笔录还有啥用?”“万一你说的那人案发被我们抓住了，又承认偷了你的钱，这样你就有可能挽回损失了。”“算了，那说不定得猴年马月了，我还得赶车呢!”乘客说完，气愤地瞪了汪新一眼走了。汪新望着乘客离开的背影，摇了摇头，脑子里却反复想着乘客刚刚跟他说的话。

下班回到宿舍，汪新一边吃着盒饭，一边把这件事讲给林建军听，顺便问他:“你有没有听说过，这钱越点越少的案子啊?”“钱越点越少? 我还真没听说过。”“就是说那个乘客的钱还是被偷了呗?”“有这个可能，但也不排除他自己把钱弄丢了。”“那钱咋会越点越少呢? 点钱、换钱，问题能出在哪儿呢?”“那我就不知道了，总之，这类案子老难整了，你明知道人家要把戏，也不能抓人家，因为没证据。”“那也不能就看着他们祸害人呀?”“除非你能当场抓住他们，要不他们能骗到你身上来，让你抓个准儿。”“咱俩穿着警服天天在广场上晃，他们都认识，早离咱俩远远的了，咱所里有生脸吗?”“就这么几号人，谁不认识? 就差把‘警察’俩字刻脑门上了，算了，别琢磨了，好好吃饭吧!”

熙熙攘攘的广场上，正在巡逻中的汪新看了看时间，快到下班的点了。当他抬起头，不经意地看到了在火车站供销社门口，一个身着黑灰色上衣的男子正跟一些从供销社进出的乘客打听着什么，行迹有些可疑。汪新装作若无其事地在供销社门口不远处巡逻，当一个乘客朝那男子掏出钱交换时，他一下子就明白了，这应该就是上次那个乘客说的换钱人。他想看清男子究竟要的什么手段，就在这时，他的警帽帽檐突然掉了下来，挡住了眼睛。等他整理好帽檐，发现换钱的乘客已经无影无踪，只剩下那个男子在供销社门口晃荡。汪新紧盯着那个男子，突然传来马燕的声音:“你看什么呢?”“半道杀出个程咬金，坏了我的大事!”汪新收回盯着那男子的视线，有些责备地对马燕说道。

下班后，马燕跟着汪新来到他的宿舍，她环顾四周笑着对汪新说:“弄得还挺干净呢!”“我是警察，整理内务，这是基本功。”汪新颇有些自豪地说。“那我爸的被子，怎么没叠得这么整齐呢?”“回去跟你爸好好讲讲，让他向我学习。”“等说完了，他就找你来了。”“那还是别说了，这是我的床，坐吧!”马燕兴高采烈地坐在汪新床上，汪新望着她古灵精怪的样子，问道:“你咋来了?”

“这地儿是你家的呀，我不能来吗？”“你爸知道吗？”“干吗啥事都得让他知道！”“你不好好看柜台，跑这干啥来了？”“出差！”“你出啥差？”“我就不能来这上点货呀？”“你一个宁阳国营第一商店大售货员，跑到红阳上货来了？瞎话都不会编。”“不信拉倒！”

俩人正你一言我一语笑闹时，林建军端着两个饭盒从外走了进来：“汪新，饭我帮你取回来了。”他话刚说完，就看到了马燕，猛地一愣。

汪新赶忙向林建军介绍：“林哥，这是我同学，马燕。”汪新话音一落，林建军恍然大悟般地向马燕打招呼，马燕也没跟他客气，跟着汪新称呼，一句一个林哥，热情十足。林建军看着俩人的神情，心里明白是怎么回事儿，自己可不能在这儿当电灯泡，于是对他俩说：“那你们慢慢唠，我去隔壁吃。”“别呀！都不是外人，没事儿。”汪新阻止说。

马燕也赶紧从布兜里拿出一个饭盒，放在桌上，打开后对林建军说：“我还带吃的过来了，咱们一块吃吧！”“家焖鱼！”汪新看着马燕打开的饭盒道。“喜欢吃吧？”马燕望着汪新，满眼的期待。还没等汪新说话，林建军乐呵呵地冲马燕说：“真香。”“我自己做的。”马燕标榜道。“今天有口福了。”林建军说着，不停地往自己嘴里扒拉，又看看汪新，见他只扒拉自己饭盒里的饭，没怎么吃鱼，林建军对他说：“这鱼炖得不错呀！汪新，你咋不吃鱼呢？”“刺多，怕卡着。”汪新头也没抬。“这鱼刺不多，都是大刺。”林建军继续说道。“那你多吃点。”

马燕看得出来，汪新在闹脾气，她瞅了他一眼，对林建军说：“林哥，你多吃点，别剩。”“小马，你这手艺真不错。”“这才哪儿到哪儿，我会的多着呢，下回，再给你们做个熏鸡架。”“我最爱这口儿了，往后，你可以随时来我们这施展厨艺，欢迎欢迎，热烈欢迎。”林建军说着，像是想起了什么，他猛地一拍脑袋，说：“哦，对了，我那还有我妈腌的辣疙瘩，你们等着啊！”

待林建军走开，汪新继续扒拉着饭菜，和马燕有一搭没一搭地说：“你这大老远的来干啥？”“看看你不行啊？”“以后，别往这边跑。”“咋了？”“让人看见不好。”“你一个警察，害怕让人看呀？”“不是，总之，咱俩最好保持点距离。”“就跟谁愿挨着你似的，我这次来，就是告诉你，要不是我爸帮你，你这身警服早就给扒了。”马燕的话，让汪新一愣。瞧着他那不屑的样子，马燕接着说：“我没骗你，我爸妈唠嗑的时候，我听见了，你也知道，我跟我爸一直也不怎么对付，可他毕竟是我爸，他没祸祸你。”

汪新正想说什么，只见林建军抱着咸菜罐子回来了，他把咸菜罐子放桌上，招呼着汪新与马燕："来来来，尝尝。"马燕夹了一根咸菜，赞叹道："真香！""搁猪板油炒的。""我说呢！"望着两个人吃得津津有味，汪新也夹了一根，还没等他塞进口中，就听马燕说："哎！汪新，刚才火车站那儿，你说我坏了你的大事儿，啥事儿啊？"见马燕问起，汪新大概给她说了一下，听他这么一说，还真的勾起了马燕的兴趣，她扑闪着那双大眼睛，好奇地问："这事挺有意思啊，他怎么弄的呢？""就是不明白，才翻来覆去地研究嘛。"马燕感觉到了林建军对自己投来探询的目光，她看着林建军问道："你不会想让我去吧？"林建军一拍大腿说："还别说，合适。"

眼见林建军要和马燕达成合作，汪新忙说："林哥，你别闹了，警察办案子，哪能随便让群众参与。""我可不是一般的群众，我也是警察子弟。再说了，群众协助警察办案，维护社会治安不也是义务吗？""小马说得有道理。汪新，你看小马一副笑呵呵的喜庆样，一看就是特别容易上当受骗那种，骗子最爱挑她这样的。"林建军的话，把马燕逗笑了，"林哥，你这是夸我呢，还是埋汰我呢？""夸你呢！""就她，还容易上当受骗？那是你不了解她。"汪新瞄了马燕一眼，像是要说穿她真面目似的，马燕虎着脸冲着他递眼刀子。"哟，这鱼都快没了，汪新，你不尝一口？"汪新碍于马燕的面子，不想拆穿她的老底，于是拿起筷子，从饭盒中夹起一小块鱼肉放进自己的饭盒，继续扒拉起饭来。

翌日，红阳火车站的广场上依旧是人来人往。马燕从供销社里走了出来，她手里拿着一张十块钱，一脸焦急地左顾右盼，一个路人从她身边走过，她急忙上前求助："同志，能帮忙破点零钱吗？""破不开。""哎呀！同志您帮帮忙吧！我想给我爸带点当地的特产，这供销社破不开零钱，我这火车马上要开了。"路人有些烦，不再理会她，快速走开了。不远处，汪新穿着便衣悄悄地跟着马燕。

汪新警觉地发现，昨天那个身穿黑灰色上衣的男子又出现在马燕附近，他紧盯着那个男子。只见男子凑近万分着急的马燕身边："大妹子，你破多少？""破十个一块的。"男子装模作样地掏掏兜："我看我这够不够啊。""谢谢您，太谢谢您了！"马燕一副千恩万谢的样子。男子接过马燕的十块钱，又从兜里掏出一沓一块钱，数了数递给她。马燕数了数钱，正好十块零钱。她犹豫了一下，又数了一遍。男子在旁边看着说："就十个数，还数不明白吗？"马燕笑着说道："我打小就笨，脑子不好使，钱没少。"马燕说完，转身就走。

那男子却在背后叫住了马燕说："我想起来了，有一块钱缺了一角，看是不是在你那里面？"马燕站住身，望着手里那沓零钱，只听男子又说："还是让我看看吧！"马燕把钱递给了他，他一张一张翻看完，又递给马燕："都是好钱，拿着吧！”马燕接过钱，数了一下，立刻惊叫：“怎么变成七块了？”“不可能，把钱给我！”男子正想把手伸向马燕，伺机而动的汪新，一把抓住他伸出的那只手，大喊道：“你要干什么！把手张开！”男子拼命挣扎，汪新的手一使劲，他惨痛地哀号着：“轻点，要断了！”只见从他张开的手中掉落下三块钱来。

在马燕的协助下，乘客“换钱被骗”的嫌疑人被逮个正着。

红阳火车站进站口，汪新送马燕离开。马燕看着有些木讷的汪新，眼神幽怨而不舍，她打心眼里喜欢和汪新在一起。就像小时候，马燕的父亲经常出差不在家，她就跑去找汪新玩儿。汪新的母亲在他很小的时候就去世了，父亲忙于生计，疏于照顾他。孤独的汪新因为有马燕的陪伴而开心。马燕嘟起嘴，磨磨蹭蹭地不想进站，汪新看了看她，催促道：“赶紧进去吧！”马燕没好气地说：“帮完忙，就赶人走啊？”“我就算不赶，你还能留这呀？”“那得看我想不想了。”“那你干脆别走了。”“留下来干什么？”“做饭呀！施展你的才华。”“熬猪食给你吃！”汪新见马燕跟他赌气，衷心地说道：“马燕，谢谢你！”“嘴上说不好用。”“那咋办？”“巡逻去吧！”马燕说完，甩了甩辫子，快步进站。汪新目送她离开，心里满是不舍和无奈。

送走马燕，汪新便到杨所长办公室汇报工作。杨所长坐在桌前，认真地聆听着、交谈着。汇报完工作，杨所长问起换钱被骗的事情，说道：“那小子的手腕子都打不了弯儿了，你下手挺狠呀。”“当时一着急，没拿好分寸，我这还差点，我师傅比我狠多了。”“你师傅是谁呀？”“他叫马魁。”“原来是老马呀，我认识，你师傅手劲儿大可是出了名的，好几个犯罪分子的手腕子都让他给弄骨折了，那可是个能耐人。”“他的能耐基本上都教给我了。”“呵呵，名师出高徒啊！”“所长，您看我能不能出去办案了？”“咱那广场装不下你吗？”“广场的案子太小了，不过瘾。”“案子不分大小，能破案就是本事！”“那倒是。”“巡逻去吧！”

“巡逻去吧！”这句话，汪新真是听腻了，也烦了，但又没辙。他来到广场上，使劲地跺了跺脚，他的壮志雄心，似乎要被这广场巡逻束缚一辈子。

天空的云黑沉沉的，像是随时要砸下来。

马魁的脸阴沉着，看着正在扫地的妻子，气不打一处来：“她去找汪新了？怎么不跟我说一声呢？”“怕你不让她去呗。”“那你就让她去？”“难道你没看出来吗？燕子她一直憋闷着，我都怕她憋出病来，这好不容易歇个礼拜天，就让她顺顺心、透透气吧！”“那也不能全遂她的心思！”马魁生气地高声道。王素芳夹在丈夫与闺女之间，也不知如何是好，这对父女，让她操不完的心。她见丈夫这么生气，自己也气不打一处来，就觉胸口一阵疼痛，她赶紧用手捂住胸口，表情痛苦。马魁连忙扶住她说："别扫了，进屋躺会儿去！""你不吵吵，我就不慌了。"王素芳说完，甩开马魁扶她的手，一手捂住胸口，一手提着笤帚走了。"这还惹不起了。"马魁说着，抱起马健，走出家门。

直到晚饭的时候，马魁才带着马健回来。王素芳坐在餐桌旁，看着马魁的脸色，轻言细语地说："一会儿等燕子回来了，你别说她。"马魁没回应妻子的话，转身把闹觉的马健抱进里屋哄睡了，才回到外屋，准备吃饭。

"找她唠唠还不行？"马魁一听妻子这番话，又气不打一处来。"一唠就得唠出火来了！""那就不管了，下回还让她去？""到时候我跟她说，我身体又不好，马健就够闹腾的了，你消停消停吧！""行，她顺气了，我憋着！"

两人正吵得不可开交，这时，马燕从外面走了进来。王素芳一看见闺女，心疼地说："燕子，正等你吃饭呢，赶紧去洗洗。"马燕点了点头，去里屋洗漱。马魁抬了抬眼皮，说："看看几点了？天都擦黑了！不像话！再这么下去，就该夜不归宿了！"王素芳忙给丈夫使眼色，说："你少说两句，别满脸深仇大恨的。"马魁佯作微笑状："这样总可以了吧？""保持住。""最好拿糨糊给我嘴糊上。"

夫妻俩还在斗嘴，一看马燕出来了，双双抿紧了嘴巴，马燕望着母亲，问道："马健呢？""睡着了，咱们先吃。"一家三口，闷声不响地吃着饭，饭吃得差不多的时候，王素芳问："燕子，小汪怎么样？"

"挺好的，刚破个案，还差点把犯罪分子的手腕子掰断了。"马燕说着，看了看父亲，笑了笑，又说："严师出高徒，青出于蓝而胜于蓝呀。""你说他比我强？""现在，没您厉害，可他年轻啊！等到了您这岁数，就不好说了。""我告诉你，就他那副熊样，一辈子也赶不上我！""您不能看不起人。""我就看不起他，不行吗？"

眼看父女俩之间的火星子升级，王素芳急忙大声制止道："吃饭呢，别吵吵行吗？""我看看马健去。"马魁说完，噌的一下站起身来，气冲冲地去了里屋。他望着熟睡的小儿子，忍不住想起马燕小时候，心里的气刹那间烟消云散。

马魁一走，马燕不好意思地看着母亲，悄声问："妈，您说我说错了吗？""说对说错又能怎么样，吃你的饭吧！"王素芳没好气地冲闺女说道。马燕冲母亲做了个鬼脸，继续低头吃起饭来。

王素芳看着闺女，又转过头朝里屋看了看，轻轻地摇了摇头。

汪新哪里知道，马家因为他闹得不愉快，他整天琢磨着找机会破个大案子。

听说局里搞射击比赛，汪新找到杨所长主动请缨，想代表派出所参赛。杨所长坐在桌前看着文件，既没说话，也没有抬头看他。

汪新心里火急火燎的，他不管不顾地一边说着自己在上警校时获得的优良成绩，一边细数着自己这段时间对于车站广场巡逻的工作表现。尽管如此，杨所长仍然像没听见似的对他爱搭不理。

待汪新软磨硬泡了半天，说得口干舌燥时，杨所长才抬头看了他一眼，不咸不淡地问道："最近巡逻，挺顺利的？""没大事。""那也不能放松警惕。""我知道。"汪新说着，用期待的眼神望着杨所长，杨所长扫了他一眼，低下头翻阅着手里的文件："还有事吗？""就是射击比赛的事，我可以参加吗？""想参加就参加呗，但回来后，得把耽误的工作补上。"见所长同意了，汪新心里可高兴了。他大声说道："行，我一定争取拿到好成绩！""去忙吧！别耽误了巡逻。"汪新向杨所长敬了个礼，步伐欢快地朝外走去。

一下班回到宿舍，汪新拿着缝衣针，闷头在一粒大米上穿洞。林建军站在一旁，看不明白他在搞什么，不解地问："汪新，你不是要参加射击比赛吗？怎么不去训练呀？""谁说我没练，这不都在手上转着吗？""拿针扎大米粒也叫训练？""对呀。""这是啥练法？"汪新头也没抬，满脸得意地说道："独门绝技，专门练心的。""弄得神神道道的，也不知道真的假的。"林建军说完，不再理他，走出了宿舍。汪新抬头对着他的背影，扯着嗓门说道："等我拿了第一名，你们就知道汪小爷的本事，不是吹的了！"

时光荏苒，转眼就到了金秋十月。射击比赛的日子很快就要到了，汪新逮着空回了一趟家，少不得要来气气师傅。

铁路大院里，王素芳把暖壶放在橱柜上，望着正在熬中药的马魁，问道："回来一句话都不说，老马，你到底怎么了？""这不忙着呢！再说，你也没跟我说话。""以前，家里动不动就锅碗瓢盆一起响，现在可好，掉根针都能震着耳朵。""马健不挺闹腾的吗？""不是一个闹腾法。""闹腾不行，消停也不行，你想怎么样？""我也说不明白，就是觉得自打小汪走了后，你跟以前不一样了。""少跟我提他，他不在，我这心情好得不得了。""没看出来。""那就不怪我了。"

夫妻俩正说着，只听外面传来了汪新的声音："马叔在家吗？"

马魁朝外望了一眼，又收回目光，没应声，心想："这小子，还真是不经念叨。"王素芳站起身，回应着："小汪回来了！小汪，你马叔在家呢！"看到汪新进来了，马魁扫了他一眼，还是没吱声，又埋头熬药。王素芳亲切地问汪新："小汪，你这是放假了？""回来参加大比武。""这是正事，赶紧坐，跟你师傅好好唠唠。”王素芳说完，转身就走了。

汪新走到马魁身边，马魁依旧冷着脸，问：“这是刚回来呀？”“第一站就到您这儿了，还没回家呢！”“怎么头一个就奔我来了？”“想您了呗！”“少来这套，射击比赛报名了？”“我们所拢共没俩人，也就只能派我出战了，将就将就吧！有日子没打枪了，手有点生。”“对呀！你是小枪王。”“枪王不敢当。”“这出去练跶练跶，还知道谦虚了。”“等得了第一名，再吹也不晚。”“你得小心，别虎头没当上，再做了猪尾巴。”“您是我师傅，我要是当了猪尾巴，那您不就是那个什么吗？”“你说什么！”眼看马魁怒火起，汪新赶紧笑着说：“手腕子要紧，等比完赛，我再来。”说完，转身往院子外面开溜。

王素芳端着水杯走了过来，看见汪新开溜的身影，问道：“小汪怎么走了？”马魁生气地说道：“那小子，是故意气我来了！”“你俩是一见面就掐，也好，屋里倒是来点动静了。”

汪新刚走到院门口，迎面碰上了下班往家走的马燕，马燕一见是汪新，心里乐开了花，她笑意盈盈地问道：“你怎么回来了？”

“我回来不行吗？”汪新故意反问道。“能不能好好说话？”“我回来参加射击比赛，到时候你要是没班，给我加油去。”“我才不去，除非你请我去。”“不去拉倒！”“拉倒就拉倒！”马燕说完，嘴巴一噘，眼眶一红，掉头就往家走。

汪新望着马燕气呼呼离去的背影，心里却满心欢喜。他知道马燕的脾气，也知道马燕在乎他。于是他清了清嗓子，对着马燕的背影喊道：“我真诚地邀请马燕同学，观看我的射击比赛。”

“这话还中听，你能不能行啊？别到时候，我一顿加油，你比了个最后一名。”马燕停住脚步，转过身来大声说道。“放心吧！起码也是个倒数第二。”“那我还是不去了，省得丢人！”马燕说着，风一般地朝家奔去。

汪新看着马燕奔跑的背影，浑身涌起一股暖流。他暗下决心，一定要当着马燕的面，拿下射击比赛的第一名。

金秋十月，局里大比武隆重举行。

射击场内，各派出所参赛人员个个精神抖擞，主席台上，局领导和公安分处领导端坐在桌前。

场馆内传来大赛主持人姚玉玲热情洋溢的声音：“各位尊敬的领导，亲爱的同志们，比赛马上就要开始了，请参赛选手做好赛前准备。”

赛场上，汪新和另外四个参赛选手站在枪靶前，他们正检查着手枪。

牛大力、老吴、老蔡、老陆和汪永革等人在射击场外隔着玻璃窗围观。

听到姚玉玲的声音，牛大力心情荡漾着说：“还是咱小姚的嗓门亮堂，跟收音机里一样一样的。”“那可不，嗓门不亮能让公安分处借过去吗。”老吴接话说。

射击场外的另一边，马魁隔着窗户看比赛。这时，一位熟人走过来问：“老马，你咋不进去看呀？干吗跟我们在这儿挤着。”马魁笑着说道：“都是领导，不习惯。”

姚玉玲那激昂的声音再度传来：“射击比赛开始，第一组上场选手分别是，站在第一靶位的红阳站公安派出所的汪新同志；第二靶位的是春林站公安派出所的薛振山同志；第三靶位的是吉平站公安派出所的王力刚同志；第四靶位的是哈城站公安派出所的李亮同志；第五靶位的是宁阳站公安派出所的孙晓凯同志。”姚玉玲话音一落，观众们响起了雷鸣般的掌声。

汪新第一个走到枪靶前，只见他目光坚毅，双手有力地擎起手枪，瞄准枪靶，“砰”的一声，不偏不倚正中十环。场内立即响起一片惊呼声。

赛场外，马燕姗姗来迟，被拦在了射击场外。她不断地和警卫解释：“我就进去看看，我爸是警察，我也是家属，怎么就不让进呀！”“姑娘，这射击比赛，万一有个擦枪走火的，谁负责？您就别让我为难了，要不你就跟旁人一样，在这外头听听声得了。”

马燕怎么哀求都无济于事，她有些失望地朝四周看看，只见铁路职工们把射击场窗户围得满满的。她突然听到广播里传来姚玉玲的播报声：“汪新同志的第一枪就正中靶心，击中十环，这是个开门红啊！”马燕立扫满脸的失望，激动地大声喊道：“汪新加油！小枪王加油！”马燕的喊声被牛大力听到，他挥着手冲着马燕喊道：“燕子，来这边。”

在牛大力的帮助下，马燕成功挤开一条通道，来到了汪永革身边，她兴奋地说：“汪叔，咱们一块给汪新加油！”汪永革只是轻轻地点点头，他不动声色地打心里为汪新捏了一把汗。他全神贯注地听着射击场内不断响起的播报声说汪新此次命中靶心，他紧攥的手心才稍微放松了下来。

面对前五枪打出的好成绩，汪新并不敢放松，他全神贯注地望着远处的靶心，姚玉玲的声音回荡在耳边：“汪新同志前五枪打出了四十九环，这个成绩已经给其他的选手带来了很大的压力，希望汪新同志再接再厉，取得更优秀的成绩！”

其他的参赛选手也不甘示弱，个个紧追不舍，把比赛不断地推向了高潮。

随着最后一枪命中靶心，汪新收回枪，场馆内响起了姚玉玲激动的声音："汪新同志十枪打了九十八环，这样的成绩太惊人了！我们为汪新同志喝彩！"

领导们纷纷点头称赞，起身鼓掌，观众也爆发出热烈的掌声。

场外的马燕更是一蹦三尺高："汪新，好样的！"

颁奖仪式开始，先从第三名开始，然后是第二名。当姚玉玲要宣布第一名的时候，整个场馆都安静了下来。"第一名，红阳站公安派出所汪新同志！"

现场掌声雷动，马燕拍得双手通红，脸上满是自豪。

站在领奖台上的汪新一脸骄傲，他举着手中的奖杯，兴奋地向观众挥手致意。

姚玉玲望着台上青春洋溢、闪闪发光的汪新，一时有点失神。场外的牛大力为发小汪新高兴的同时，自己不禁有些失落。一旁的老吴看在眼里，他捅了捅牛大力的胳膊，故意说道："大力，瞧瞧人家。"

"等将来咱们铁路举办技能大赛，我也得让小姚把我的名字念出来。"牛大力不服气地说道。"大力，谁念不重要，重要的是成绩。""除了小姚，谁念都没意义。"这时，姚玉玲的声音再度响起："下面，请汪新同志讲话。"

汪新来到话筒前，他先后朝主席台的领导们和台下的观众敬礼，然后清了清嗓子："领导们好，同志们好，我是汪新，来自宁阳铁路公安分处红阳站公安派出所，我在党和国家的培养下，以及领导们的关怀下，才取得了这么好的成绩，我感谢党，感谢领导！"

汪新一边说着，一边寻找着师傅马魁的身影，令他失望的是，无论他怎么寻找，就是不见马魁的身影。

挤在场外围观人群中正要离开的马魁，突然听到了广播里传来汪新的声音："当然，还要感谢我的师傅马魁同志！是他对我进行了严格的管教和训练，在一次次的行动中，他言传身教，把他宝贵的经验传授给我。在他的鞭策下，我渐渐地理解，当一个合格的警察，有多么不容易！我能有今天的好成绩，我要感谢我的师傅马魁同志！"

马魁听到汪新这番发自肺腑的感谢话，不觉眼睛有点湿润起来。

汪新随即又说道："其实，我对今天的成绩不是很满意，因为我的目标是一百环。所以，我会继续努力，争取更大的进步，谢谢大家！"

雷鸣般的掌声此起彼伏。

第十一章

从比赛场馆回来的路上，马燕的心情无以言表，比吃了蜜还甜。甚至比她自己获得了第一名还美，还兴奋。一路上，她看什么觉得都是彩色的，天空、云彩、田野、山林……

一到家门口，她的心立马变得紧张起来。进家门的时候，她先在门口探头观察了一会儿，才蹑手蹑脚地走进家门，踮着脚朝自己屋走去。谁知却被端着一盆豆角正从厨房出来的马魁看到："站住！"马燕被父亲这突如其来的大叫吓得一哆嗦，只好回过头来调皮地冲马魁一笑："爸。"

马魁冷着脸问："干啥去了？""这不刚下班吗？"马燕回得干脆。马魁盯着马燕说："我去你单位了，说你请假了。""我找我同学去了，临时请了个假。"马燕脑子转得快，没一点犹豫地答道。"找哪个同学？"马魁紧追不舍。"打听那么多干啥？跟审犯人似的！哦，对了，您没去看射击比赛吗？听说，汪新拿了个第一！"马燕看着父亲的脸色，但她说这话的时候，满脸的自豪与炫耀。马魁不以为然地说道："枪打得再准也没啥用，一个车站小警察，一辈子也不见得有开枪的机会。"

"那倒也是，他待在红阳站是没啥开枪的机会，可要是能调回来，就不一样了。"马魁听完闺女的话，心想这丫头完全是向着汪新那小子啊！于是没好气地说道："能保住他那身皮，就算烧高香了！还想调回来！"马燕见父亲言语中带着些许不悦，便话锋一转："不过，这汪新总算还有点良心，上主席台领奖的时候，给您好一顿猛夸。您是没听见，那话我听着都肉麻。"

汪新领奖时发表的那番感言，他在场馆外听得真真的，心里不由自主地柔软起来。心想这小子总算没有白疼白护，至少还是个人样儿。马魁脸上的神色也变得温暖起来，马燕见父亲缓和了些，撒娇似的冲着父亲说：“您当初也算没白帮他。”“我可没帮他，自打他滚去红阳站，别提多清净了！你以后也不许再往红阳跑，再敢去，就打断你的腿。”马魁佯装生气地说道，他还伸手装作要打马燕的姿势。

谁知马魁的话，正好被走过来的王素芳听见，斜睨着他，问：“你要打断谁的腿？”“我。”马燕可不想放弃这个告状的好机会，她作出一副委屈状，可怜巴巴地望着母亲。王素芳瞪着马魁说：“看把你能的，燕子，你回屋歇会儿去，饭好了叫你。”说完，把马燕推进屋里，随手关上了门。

两个人在厨房里忙碌着，王素芳一边切菜一边念叨：“老马，我得念叨你两句，你跟燕子本来就生分，老甩脸子吵吵的，这不是可着劲把孩子往外撵吗？”“她这个岁数，那就得看严点，要不然得支棱到天上去。”马魁没好气地说道。“其实，我觉得，小汪那孩子挺好的。”王素芳话音刚落，就被马魁厉声喝道：“打住！这事儿坚决不行！”躲在房间里偷听的马燕见父亲一听到她和汪新的事儿反应这么大，心里不禁犯起了嘀咕：难道父亲跟汪新真有什么深仇大恨吗？

王素芳见马魁说得这么绝情，气不打一处来：“一说到小汪，你跟吃枪药似的，既然你跟他这么不对付，干吗还让他当你徒弟？”“当徒弟行，想进我马家，没门！”马魁说着，使劲将菜刀插在菜板上！

“马叔在家吗？”汪新的声音突然从门外传来。

王素芳缓了缓神，对马魁说：“妥了，说什么来什么！”马魁出了厨房，看到汪新背着双手站在外屋。一见到他，汪新脸上堆满笑，说：“马叔，我要回去了。”“回去就回去呗！我也管不着你了，用不着打招呼。”马魁没给汪新好脸色。“马叔，我得了射击比赛第一名，给您露脸了。”汪新说着，就从背后拿出射击比赛第一名的奖状。马魁瞥了一眼：“那是你自己的本事。”“我今天来，就是想当面谢谢您，当初要不是您帮我找证人，也没有我今天，没准我这身衣裳都得给扒了。”汪新满脸真诚，带着歉意地说道。

“你不用谢我，领导把你塞到我手里当徒弟，你出了事我也脱不了干系，我是为我自个儿。”马魁这话虽然看起来像是在赌气，但也颇有些在理。

“马叔，我在红阳站得锻炼多长时间？”汪新听出马魁话里的意思，红着脸厚着脸皮继续问道。“我哪儿知道？你问领导去，咋？烦了？”马魁颇有些不耐烦地说道。“那倒没有，就是一天到晚地巡逻，忒没意思了。”“小子，你知足吧！挑三拣四的，你还别看不起小站，好多罪犯专挑小站下手，把眼珠子瞪大了，有你忙活的。”“我知道了，马叔，我走了，您多保重！”汪新说完，转身就走。马魁望着汪新的背影，心里竟有一种说不清道不明的滋味。

回到红阳派出所，汪新双手把红色证书放在杨所长的办公桌上，笑容满面地说：“所长，我得了射击比赛第一名，这是证书。”“行，去忙吧！”杨所长淡淡地说着，都没有给汪新一个正眼。汪新张了张口，欲言又止。汪新踌躇着，没有挪步，可他还是没憋住：“所长，我想问您一句，这巡逻工作，我还得干多久？”“你要是不走的话，就一直干着呗！”“干一辈子？”“也可以不干一辈子，想回家就回家呗，没人拦得住你！”“所长，我是说，我不怕苦不怕累，更不怕危险，我想干大案子。”“案子还分大小吗？就算你抓住个小偷，为人民挽回了财产损失，那就了不得。”“这个道理我明白，只是……”“别只是了，刚来就让人给骗了，还说啥呀，赶紧练去吧！”杨所长的这句话，可戳到了汪新的痛处，他被噎得无言以对，只好气呼呼地走了。

汪新一走，杨所长就乐了，他打开证书，展开看着，爱不释手。警察这份职业，从来不是一蹴而就，对于汪新，杨所长有着足够的耐心和信心。

冬天说来就来，红阳降下了今冬的第一场雪。

火车站的广场上，堆着一个个小雪堆。小卖部门口聚了一堆人，汪新走了过来，朝人群里望去，只见一个男售货员拽着一个男乘客的胳膊不放，双方正僵持着。

汪新挤了进来说：“住手！”男售货员一看到汪新，像是看到了救星，立刻说：“警察同志，你来得正好，这个人在我店里瞎转悠，把一瓶罐头碰掉地上摔碎了，他不赔钱，还想跑！”“警察同志，我没想跑，是要去报警，那瓶罐头不是我碰掉的！”男乘客解释道。“你俩别吵了，进去说。”汪新转过头，对围观的人群挥着手道：“大家都散了吧！”

三人走进小卖部，男售货员指着地上一瓶摔碎的水果罐头说：“警察同志，你看，这就是他碰碎的。”“警察同志，你看好了，我就是这样从这走过去的，怎么可能碰到这瓶罐头呢？”男乘客一边否认，一边演示给汪新看。“今天你要是不赔钱，就走不了！”男售货员一看当着警察的面，男乘客也不认账，很是气恼。

两个人各有各的理，互不相让。汪新走到摆放罐头的货架前，看了看，沉默片刻，又走到男售货员跟前说：“不管怎么说，你也不能打人呀。”男售货员还想据理力争，但被汪新制止了。汪新沉思了一会儿，说：“你们都有责任，这样，就按成本价赔罐头钱吧！”汪新的话，双方都不同意，一个比一个横，眼看又要打起来，汪新大喝一声："你们都不满意的话，只能去所里处理了！""算我倒霉！"两个人恨恨地异口同声说。

雪后的空气异常清新。广场上，汪新提着铁锹，正在清理雪。一个雪球飞了过来，打在他的后背上。汪新回头看了看，空无一人，他又继续清理起来。

不远处的小雪堆后面，躲着一边偷笑一边拿着雪球朝汪新扔去的马燕。雪球朝着汪新飞来，他敏捷地闪开，俯身捡起一块冰，扔了回去，正打在马燕棉帽上。

"哎呀！你打着我了！"马燕惊叫着从雪堆后面站起身来。

汪新见打着了马燕，不由得哈哈笑了起来。马燕见汪新笑话自己，她气急败坏地顺手抄起一个大雪球，狠狠向汪新的身上扔去。汪新没有躲闪，任由马燕扔来的雪球砸在自己身上。马燕见砸中了汪新，随即也得意地大声笑了起来。

天寒吃饺子，热气腾腾的饺子摆在桌上，林建军馋得直流口水，他和汪新的宿舍里，因为马燕的到来，第一次有了烟火气。林建军边吃边夸赞："这饺子，真好吃。""你吃啥都好吃。"看着林建军吃饭还闭不上嘴，汪新没好气地说。这时，马燕又拿出咸菜来，招呼着林建军，说："这是我们商店的咸菜，尝尝。"

林建军尝了一口，心满意足，冲汪新调侃道："上回炖鱼，这回包饺子，弟妹是样样拿得起来。汪新，你享福了！""我不都跟你说过嘛！她是我同学，她爸是我师傅。"汪新看了马燕一眼，见马燕红着脸，正娇羞地看向他。"他是吃高兴了，满嘴跑上火车了。"汪新赶紧解释道。

"不就是一层窗户纸的事儿吗？吃急了，起来活动活动，打壶水去。"林建军见马燕看汪新的眼神，立即明白了。他站起身，提起暖壶假装去水房打水，走了出去。

"木头！"马燕假装生气地对汪新说道。"啊？"汪新一愣。"啊什么呀，磨磨唧唧的，跟小姚搞对象的时候，倒麻利得很。""你能不能别提她呀？"俩人你一言我一语的，就像小两口拌嘴一样。

汪新望着马燕，心里不觉暖暖的，他轻声问道："你爸怎么让你过来了？""今天我调休，我说去找同学了。""这样不好，要是让他们发现了，我是吃不了兜着走。""我来看你都不怕，你倒胆虚了？""我不是胆虚，是怕你挨骂，一会儿吃完饭，你赶紧回去，晚了，就没车了。""我的事不用你管，你就说让不让我来吧！""要是能带好吃的过来，那当然得来。""原来，你就只是为了吃？好，我现在就走，那半袋冻饺子，我也拿走！"马燕说着，起身就要走，被汪新一把拉住哄着说："听话，别闹了，开玩笑呢！"汪新说着，扯了扯她的小辫子。马燕娇羞地低下了头。

正在这时，林建军提着暖壶从外面走了进来，望见他俩，调侃着："哟，刚说是门当户对，转眼就黏成一坨了。"

汪新赶紧松开拽住马燕辫子的手，两人瞬间拉开了距离，重新坐在桌前吃起饺子来。

火车行驶在雪野。

车厢内，一个精神病患者挥舞着菜刀，嘶吼着："都让开，谁过来我砍了他！"乘客惊叫着，躲避着，乱作一团。

"你别乱动，咱有话慢慢说！"乘警小胡被这突如其来的场景惊住了，他有点慌神，声音有些颤抖。"有鬼！这车里有鬼！""同志，这车里都是人，没有鬼。"就在小胡安慰这个精神病患者时，一些乘客叽叽喳喳议论起来："看着是个正常人，也不知道咋回事，突然就犯病了！""这能叫正常人吗？就是个精神病！"

乘客的议论让精神病患者反应更加激烈，他疯狂地挥舞手里的刀，大喊大叫："谁是精神病？谁说我是精神病！我砍了他！"

面对失控的精神病患者，小胡也连连向后退，一位乘客悄声提醒着他："警察同志，赶紧把他摁住吧，别伤了人！"

小胡试图让自己冷静下来，缓了缓神，对精神病患者说："同志，你先把刀放下，我帮你抓鬼去。""你真能帮我抓鬼？""你看我这身衣服，我是警察，专门抓鬼！你把刀给我。"精神病患者犹豫片刻，朝小胡走来，小胡伸出的手有点哆嗦，颤巍巍地说："来，把刀子给我。"

小胡的手刚要碰到刀子，精神病患者突然抽回了刀，扯着嗓门喊："有鬼！"精神病患者一边疯狂地喊着，一边擎着刀，奔小胡而来。小胡后退着，吓得大声喊着："你站住！别过来！"

完全失控的精神病患者真像后面有鬼在追似的，逼向小胡。小胡的腿一软，一个踉跄，略显狼狈地转身就跑。他的身后，精神病患者像是瞄准了他，穷追不舍。乘客们吓得连忙闪开道路，生怕伤到自己。

小胡跑到了车厢连接处，一头撞上了赶来的马魁。马魁猛地推开小胡，厉声吼着："你给我站住！"精神病患者迟愣片刻，挥刀朝马魁砍来，马魁侧身闪开，一把抓住他的胳膊，精神病患者使出全身力气拼命挣扎着。马魁脚下一滑，摔倒在地，精神病患者也被马魁拽倒了。马魁躺在地上，死死抓住精神病患者的胳膊，然后，迅速地扣住精神病患者持刀的手腕，随着精神病患者的一声惨叫，菜刀落地。

惊魂未定的小胡呆呆地站在原地，似乎还没从刚刚的恐惧中醒过神来。

待到整个事件尘埃落定，马魁捂着腰坐在餐车里，刚刚的那一跤摔得可真不轻。小胡站在马魁面前，怯怯地问："师傅，您的腰没事吧？""还行。""师傅，我没碰上过这种情况，一紧张这腿就不听使唤了。""不用说了，我理解！""可是，我是警察呀！我这一跑，不但让大家笑话着了，也给师傅您丢脸了。""我脸皮厚，扛造。"马魁的话是这么说，但眉头紧锁。小胡没再敢说话，怯生生而手足无措地站在马魁身边。

火车在风雪中行驶着，马魁和小胡师徒俩沉默着。

马魁一下火车，就直奔宁阳站铁路医院而去。马魁来到沈大夫诊室外，刚推开门，一本书迎面飞了出来，他闪身躲过，这一闪带动了腰伤，疼得他不由得"哎哟"了一声。

马魁慢慢地蹲下身，捡起书，就见沈大夫被两个男人围住，两个人你一言我一语地正在威胁着她："信不信我把桌子给你掀了！把这屋也砸了！"

"打打杀杀的，你们想干啥呀？"两个男人根本没有抬眼看马魁，依旧冲着沈大夫说："我把话放这，我爸要是有个好歹的，我饶不了你！"沈大夫也不惧，理直气壮地对他们说："我都说了，治病需要过程，这期间病情反复，很正常。""敢情不是你得病了，这时好时坏的，谁受得了！"俩男人不依不饶地说。其中一人凑近沈大夫，马魁见状便挡在沈大夫前面："同志，咱有话能不能好好说。""关你啥事？""差点打着我了！"马魁说着，就把书拍在桌上。

那人一看，书确实是他扔的，语调缓和不少，对马魁说："大哥，不好意思，我们这也是气的。"

马魁示意俩人拉开距离，然后语重心长地说："进了这个门，就都是找大夫看病来的，换句话说，要是自己能治，还用费这劲吗？来了就老老实实的，大夫说咋治就咋治，咱听着就完了呗！""可是听她的，这病不但没治好，还越治病得越严重了。"沈大夫一听，急忙插嘴道："你这话就不讲理了，前段日子不治得挺好吗？"

马魁赶紧打圆场："这不是大夫水平不行，治病这事儿很复杂，就是华佗再世，扁鹊重生，也不可能回回手到病除。说到底，只要大夫尽心尽力了，那不管这病能不能治好，咱都不应该埋怨大夫。""你这说来道去的，是全向着大夫呀，你俩认识啊？""认识不认识，都是这个理！走到哪儿，都站得住！你们说得没错，这个大夫我确实熟悉，是个好大夫，她一定会尽心尽力给你们治病的。家里人病了，你们满肚子火气，我理解，可再气，也不能为难大夫。在这闹事，等闹大了摊上官司，家里人谁管？不是帮了倒忙了？你们应该和大夫一块，好好研究治疗方案，争取早点把病治好，这才是正路子！”

见马魁说得语重心长，两个人也没法再闹，马魁趁机又说了些宽慰的话，两个人才悻悻地走了。打发走了那两个人，沈大夫感谢的话还未说出口，马魁就躺到了病床上，指着自己的腰说：“赶紧帮我瞧瞧，我这老腰快折了。”沈大夫给马魁检查完：“马哥，您这腰伤没啥事儿，我给您开几贴膏药。”“你说没事儿我就踏实了，也是个寸劲，给你添麻烦了。”“看你说的，今儿得谢谢你啊，多亏你来了。”“也是凑巧赶上了，这样的事不少吧？治着病还挨着骂，你们也真的不容易呀！”“都不容易。马哥，这膏药一天一贴，不见好的话，就去铁路医院拍个片子。”“行。”

从医院出来，马魁紧了紧身上的棉袄，迎风冒雪地往家赶。

回到家里，马魁便趴到床上哼哼着，王素芳拿着毛巾给他热敷，心疼地说：“疼得这么厉害，要不去铁路医院瞧瞧吧！”“沈大夫说没大碍。”“可别不当回事儿啊，不是大小伙子了，这天又冷，再落下个病啥的，明天去铁路医院拿膏药去。”“没那么娇气，用不着。”“那个小胡也是的，警察还能让行凶的给吓跑了，这不是笑话吗？”“娘胎里带个小胆子，没办法。”“那他还当什么警察！这要是小汪在，还用得着你伸手吗？他保准第一个冲上去！”“这话不假，那小子可是个硬碰硬的主儿，胆子大，身手好，那回碰上八个人，他都敢动手！说实话，我都心虚呀！”“还夸上小汪了，真是破天荒头一回。”马魁见妻子一沾上汪新就停不下来，生怕妻子说自己是死鸭子嘴硬，赶紧岔开话题：“哎，燕子咋还不回来？”“她说找同学去了，这么大个人你还怕丢了？”“你这心也够大的，该不会又去红阳站找那臭小子了吧！”

王素芳没再言语，她知道马魁也就是嘴硬，其实心里很清楚自己闺女的心思。只是，目前有道坎他自己不愿意跨过去。

见王素芳不说话，马魁叨唠道：“有这样的闺女吗？大姑娘家家的，蹿出去一整天，这大晚上的，我都不敢想！这要传出去以后咋嫁人？”

王素芳刚要张嘴反驳，就听见马燕喊：“爸，妈，我回来了。”

马燕推开父母的房门，看到父亲趴在床上，于是问道：“爸，你这是咋了？这是跟人干仗了？”“哪去了？”马魁瞟了闺女一眼。

王素芳赶紧给她使眼色，接过话茬：“你爸没事儿，就是扭着腰了。”

马燕立即心领神会，笑着对马魁说：“跟同学逛公园去了，完了又看了场电影。”“编，接着编！”马魁见闺女又说谎，气得提高了嗓门。王素芳一看这父女俩又要干架，赶紧支使闺女：“燕子，去把毛巾投一下。”

马燕马上接过母亲递给她的毛巾，逃也似的小跑着进了卫生间，生怕父亲没完没了地追根究底。

雪后天晴，北风未减。

铁路大院里，沈大夫手里拿着膏药站在马魁家门口，东张西望了一会儿，然后伸手轻轻地敲门，问：“嫂子在家吗？”

王素芳听到敲门声，连忙迎了出来：“沈大夫来了。”

沈大夫站在门外，探头往屋里看了看：“嫂子，马哥腰伤咋样了？上次他来医院找我开药，谁知药房没膏药了。药房刚进了膏药，我寻思着给马哥开两贴送过来。”她边说边把膏药递到王素芳手里：“嫂子，这个膏药热一热，等软和了，哪儿疼糊在哪儿。回头要是见效了，招呼一声，我再给马哥开。”“行，我知道了，给您添麻烦了。”“嫂子，您太客气了。您身子还好吧？”沈大夫问道。“我还好。”王素芳笑着道。

这时，虎头虎脑的马健从屋里跑了出来，沈大夫一看到他，立即伸手把他抱在怀里，一边逗着他，一边问王素芳：“嫂子，我带他到我家玩会儿？”“这孩子累人。”王素芳不好意思再给沈大夫添麻烦。“多稀罕人啊！我带他上我家了。”沈大夫说着，牵着马健的小手就往家走。马健跟着沈大夫，蹦蹦跳跳地一路小跑着。

王素芳站在门口，看着沈大夫拉着马健离开的背影，心里莫名有些感动。她转身关上门，走进里屋，把膏药塞进被褥下，对马魁说：“等热软和了，就能敷了。”马魁活动着腿，自语道：“累了想歇着，可这歇久了，是更累呀！”“来，我给你捏捏腿。”王素芳说着，伸手就要给马魁捏腿，马魁推开她的手：“不用。”“听话！”王素芳不由分说地把被子掀开，给马魁捏起腿来。

马魁听话地趴在床上，一边享受着媳妇的捏腿，一边说：“小胡也会捏，可跟你比起来，还差着一截呢！”王素芳见丈夫夸她，心里暖暖的。她随口说起了沈大夫：“我发现沈大夫那人是真不错，稳稳当当，还是个热心肠，手也巧，都给马健织了好几双袜子了。她可稀罕马健了，没事就抱家里去，马健一见她，就乐得嘎嘎的。”

王素芳说完话，见马魁闷声不语，她停下给马魁捏脚的手，问：“你寻思啥呢？”“寻思膏药是不是都焐化了？”马魁说。王素芳一听，笑了，她刚从被褥下掏出膏药，就见马燕走了进来，问马魁说：“爸，您的腰好点了吗？”“还行，好多了，饿了吧？”“不饿，马健呢？”“让你沈姨抱回家了。”王素芳接过话茬。马燕接过王素芳手里的膏药：“妈，这是我沈姨给我爸弄的膏药吧？沈姨这人真好，妈，您去忙吧！我给我爸弄。”王素芳有些不放心：“你会吗？”“这有啥难的，哪儿疼就糊哪儿呗！”

闺女难得要做一次小棉袄，马魁乐在其中，忙对媳妇说：“别说，咱闺女懂得还不少呢！来，给爸糊上。”马燕上了炕，对着双手哈气，然后狠搓双手，然后对着父亲的腰这摸摸那摸摸：“是这吗？说准了，糊上可就不好摘下来了。”马魁点了点头，见父亲不说话，马燕开始唠叨：“爸，您咋不说话呀？”马魁张张嘴，说不出话来，他心头一热，感觉小时候黏着自己的小棉袄回来了，不觉眼眶湿润了起来。

黄昏已近，夕阳徘徊在天边。大院里，家家户户炊烟起。

王素芳把做好的饭菜端到炕前，招呼着马魁吃饭，马魁缓缓爬起身，倚着被垛，问：“俩孩子呢？”“外屋吃着呢！”“哟，醋熘白菜呀！这是你炒的？”马魁迫不及待地夹起一口送进嘴里，“又脆又嫩，火候拿捏得正正好好。”王素芳见丈夫边吃边夸，心里有点失落：“是沈大夫炒的。”马魁夹菜的手慢了下来：“她咋给咱炒菜？”

见马魁问起，王素芳便把沈大夫来送菜时的话，说给马魁：“沈大夫说她正好歇假没事干，你腰伤了，我这身体又不好，想让我也歇歇。反正她也要做饭，就顺手一锅出了。我也没办法推辞，觉得辜负了她对咱家的一番好心和热心。”马魁听完媳妇的话，点了点头，对王素芳说：“没看出来，她做饭还有一手，里外一把抓，是个能人儿。”王素芳叹了口气：“你说她这么好个人，咋就找不到对象呢？”马魁往嘴里扒拉了口饭：“没碰上看对眼儿的呗！你别琢磨了，赶紧吃饭吧，要不待会儿都凉了。”

王素芳听马魁这么一说，便拿起筷子，吃起饭来。但是缠绕在她心底的心事，却总是挥之不去。

北方的冬天，呼号的北风一直吹着，像被冻住了一样。

火车站广场的小卖部内，汪新、售货员和一个妇女，仨人站在货架前对峙，酒瓶子的碎屑散落一地。

妇女急于证明自己：“警察同志，我没碰那瓶酒，是它自己掉地上的！”售货员立即反驳说：“你这不瞪着眼睛说瞎话吗？这瓶酒还能自己跳下来？”汪新望着售货员，严肃地问："我说你这店里怎么总出这事呢？"

"这话说的，上回出这事，还是一个多月前呢！店里人多手杂的，出这样的事不是很正常吗？"听汪新这么问，售货员老大不高兴地说道。汪新弯腰闻了闻，感觉有些奇怪地问："酒瓶碎了，你这屋里怎么没酒味儿呢？大冬天的，屋里不串风，哪能这么快把味散尽了？"售货员像是刚注意到一样："也是，我咋没注意呢？也说不定是瓶盖松了，酒气飞了呢！"

汪新没再理会售货员，他走到货架前，拿起一瓶酒，拽了拽瓶盖，闻了闻。随后又拿起一瓶，闻了闻，没看出什么端倪。售货员见汪新没查出什么，更加迫不及待地要求那位妇女赔偿。

那位妇女一脸委屈，汪新无奈地劝道："同志，事实摆在这呢，你得赔人家钱。"妇女纵然百般不情愿，可她心里明白，没有证据，警察也一样没办法。她无奈地掏出钱来，赔给了售货员。

汪新从小卖部出来时，她还追在汪新身后，不停地说："警察同志，我真的没碰那瓶酒，我从边上走过去，那瓶酒就自己掉下来了。"

汪新理解她的处境，但是没有证人和证据，他也没辙。他语重心长地对那位妇女说："同志，这事我就不知道了，往后小心点吧！"但是，小卖部莫名其妙地屡出这种事，他的心里也有点犯嘀咕。

汪新走到广场上巡逻，走着走着，站住身来望向小卖部，然后又折了回去。他挑开小卖部的门帘子，售货员一见汪新立即迎了上来，肥胖油光的脸上堆满笑容，有些心虚地说道："您说得对，还真是闻不出一点酒味来！我寻思估计是酒瓶松了，时间一长酒味就散了。这不，我都打扫完了。"

"你这酒味儿也散得太快了点儿。"汪新进一步试探道，"我老觉着哪里不对劲，让人家一个女同志赔了钱，心里老过意不去。""那咋办？要不你把那人找回来，我把钱还她。"售货员小心翼翼地说着，顺手拿出一瓶酒，对汪新殷勤着，"总是麻烦你，我也挺不好意思的。这样，这瓶酒送你了，大冷天的，喝点暖暖身子。""同志，你这是干啥？这是我该做的！"汪新说完，推开售货员递过来的酒，大步走了出去。

售货员感觉汪新对小卖部有了疑惑，着实让他心慌又堵心。看着自己送上门的好处，汪新都不接，售货员望着他的背影，冷冷地说道："还真不识恭敬！"

疑惑归疑惑，没有任何证据，汪新也只能作罢。夜巡后回到宿舍，林建军已经打鼾了。他闭着眼睛躺在床上，想着两月来的两起小卖部碎物赔偿事件，久久难以入睡。

隔日，汪新穿着便衣，戴着帽子、围着围脖，只露出两只眼睛，抄着袖子走进了小卖部。售货员扫了汪新一眼，没说话。汪新望着货架上的商品，像遛弯似的来来回回走了好几趟。那售货员终于忍不住了，开口道：“你到底想买啥呀？走来走去的晃得眼晕，真闹心。”

汪新没理他，继续装作选购商品，来回走着，忽然听到酒瓶子摔碎声，猛地转身一看，的确是酒瓶碎了一地。售货员立马走了过来，指着地上的碎酒瓶说：“你晃来晃去的，这下把酒瓶碰地下摔碎了吧！赔钱吧！”

汪新像是没听到他讲话一样，望着摆放酒瓶的地方，伸手摸着货架。售货员见汪新不但不理他，还伸手摸货架，气不打一处来。他气势汹汹地伸手拽汪新，谁知汪新反手抓住了他的手腕，还没使劲，售货员就惨叫起来。

汪新松开售货员，卸掉伪装，捂着手腕的售货员一下子傻了眼。汪新俯身捡起酒瓶碎片，闻了闻：“这是酒吗？”售货员瞬间慌了手脚：“警察同志，咱们有话好说。”“你再给我操作一遍，让我明白明白。”汪新盯着售货员，神情严肃地说道。

售货员低着头，战战兢兢地走到货架一头，摇下机关，只见货架上放白酒处，一小块木头伸了出来。“你这脑袋够灵光的啊，你做售货员真是大材小用了。”一看事情败露了，售货员低眉顺眼地向汪新套近乎：“警察同志，你看着我比你岁数大，叫你一声老弟行不？老弟啊！咱们都在一个地面上吃饭，抬头不见低头见，往后咱们兄弟多亲近亲近，有事你说话，哥应着就是了。”“跟谁称兄道弟呢？跟我去趟派出所，别磨叽！”汪新说着，撩起衣服，露出明晃晃的手铐。

售货员知道汪新是个软硬不吃的主，只好垂头丧气地跟着他往派出所走去。

厘清了小卖部商品碰瓷索赔事件，汪新神清气爽地走进所长办公室，杨所长正站在炉子前烤着火，他一看到汪新，哈哈大笑起来：“你这小子，看不出来还真有两把刷子。”

汪新站在一旁，不好意思地挠了挠头：“多谢所长夸奖。我想求您件事儿，您能不能给我师傅马魁打个电话？”“你找他有事，自己打就可以呀！”“我想让您跟他讲讲我办的这些案子，也让他高兴高兴。”“原来是这么回事啊，行，我这就打给他。”杨所长说着，拿起电话就打，汪新从杨所长与马魁的电话交谈中得知马魁出了事，受了伤。

汪新急得像热锅里的蚂蚁，说道：“所长，我师傅受伤了，我必须回去看看他，回来后我一定加班加点，把耽误的工作补回来。”扔下这句话就一溜烟地跑了。“顺便帮我给他带个好。”杨所长望着他的背影喊道。

伤筋动骨一百天，马魁这腰一时半会儿好不了。他站在煤炉前，弓着身子一手添着煤，一手捂着腰。王素芳拿着空醋瓶子从厨房走了过来，看到马魁弓身添煤，赶紧过来制止："沈大夫让你不要动，你咋就不听呢？赶紧回屋躺着去！""这腰不好，连家务都干不了，半残了。"马魁嘴里嘟囔着，缓缓朝里屋走去，他刚走到门口，就听见了汪新的叫喊声："马叔，我回来了！"

汪新的这一嗓子，也叫醒了马燕，她走到门前掀开门帘朝外望去。他微笑着走了进来，王素芳指了指马魁，说："我去打瓶醋，你们爷俩慢慢唠！"说完出门去了。师徒俩看似以调侃的方式互相挤对着，但言辞中都免不了透着关切。

站在一旁的马燕，听着父亲和汪新拌嘴似的对话，一言不发地看着这俩她最爱的男人，笑靥如花。

一阵交谈和寒暄之后，汪新准备起身离开，他对马魁说："师傅，您好好养伤，我回家看看我爸。"马魁对汪新好一番叮嘱，让他在工作上踏踏实实地干，不要觉得红阳是个小地方就心浮气躁。汪新一边站起身来，一边连连点头称师傅说得正确。马燕依依不舍地将汪新送到院外，久久地站在雪地里望着汪新离开的背影出神。

送走了汪新，马魁才发现汪新坐过的椅子上放着一个饭盒。他拿起饭盒，打开盖一看，里面装着膏药。马魁端着饭盒，思绪万千。

休整了一段时间，马魁迫不及待地投入到了工作中。一见师傅，小胡心里依然带着歉意，马魁拍了拍他的肩膀，宽慰了他几句。

一阵忙碌下来，马魁只觉得通身愉快。饭点的时候，马魁端着饭盒，在餐车坐了下来。他刚吃了几口，看到餐车角落里有个熟面孔。他仔细端详着：只见那人身背一个上面印着"哈城第一化工厂"的黑色挎包，略显憔悴的脸上布满沧桑，他眉头紧锁，桌上放着喝了半瓶的白酒，目光呆滞地看着酒瓶旁边放着的一个玉镯子。

马魁越看越像他的老熟人卢学林，于是便端着饭盒走了过去，坐到卢学林对面，像是不经意地问："有日子没见了，对象呢？"卢学林没说话，他端起酒瓶，就要朝嘴里灌，马魁一把攥住他的手腕，拿下酒瓶说："这么喝可不成，吐车厢里罚款。"马魁瞄了一眼那个玉镯子，问："这镯子给对象的吧？收好了，车上人多眼杂，别让人惦记上。"

卢学林像是换了个人，完全没看到马魁似的，神情呆滞。马魁看在眼里，心里寻思着：这小子八成是赶上过不去的坎了。这时，广播里传来播报到站的声音："各位旅客请注意，下一站海河站马上就要到了，要下车的旅客请做好准备！”

卢学林动作机械地把镯子收起来，站起来就走，马魁喊他：“哎，你的酒。”

卢学林毫无反应地走了。马魁思来想去，如果让卢学林就这么走，感觉一定会出什么事儿。小胡刚进餐车，正要坐下吃饭，被马魁一把拽起，朝卢学林离去的方向快步追了上去。

列车到达海河站，南来北往的乘客，下车的下车，上车的上车。

白玉霞和宋朝华上来了，两人很亲昵地挽着手，站在过道里依依不舍地说着情话。眼看快要开车了，白玉霞催促着宋朝华：“你快下车吧！一会儿要开车了。”“我陪着你。”宋朝华不放拉着的白玉霞的手。“你怕我反悔？你放心吧，这次见到他，就是要当面说清楚，也算对他有个交代。”白玉霞向宋朝华保证道。宋朝华听了，心里乐开了花，两个人十指紧扣，四目深情相对，额头相抵。

这一幕，被站在车厢另一头的卢学林看得一清二楚。只见他脸色铁青地快步穿过拥挤的人群，朝二人走去。他一边走，一边拉开挎包，从里面拿出一个玻璃瓶。紧随其后的马魁看出了卢学林的异样，他毫不犹豫地一把拉住了他，夺过卢学林手里的玻璃瓶。在小胡的协助下，两人合力将试图挣脱的卢学林拉到了餐车。

马魁和卢学林在餐车面对面坐了下来，马魁将那瓶标有“工业硝酸”字样的玻璃瓶放在桌上，满脸严肃地看着卢学林。而卢学林的手上戴着明晃晃的手铐，对马魁怒目而视。

小胡在马魁的示意下搜查着卢学林的挎包，搜出了玉镯子、一封信、卢学林的工作证和一瓶敌敌畏。小胡将搜出来的这些东西一一摆在餐桌上，厉声问道：“嚯！硝酸，敌敌畏，你这是要干啥呀？老实交代！”

卢学林一言不发，一副心如死灰的样子，马魁看了看他的工作证：“卢学林，哈城第一化工厂，工程师，中级职称。”随后又拿起镯子，在手上掂了掂，放下，问：“这镯子是你母亲的吧？水头挺足，盘得也挺好，是老物件，老值钱了。我记得，你跟我说过你爸妈在宁阳，所以这东西应该是你妈打算给她未来儿媳妇的。”

卢学林微微地点了点头。马魁又迅速地看完他的那封信，那是一封来自白玉霞的分手信。马魁把信重新装好，对卢学林说：“我明白了，你知道你对象外头有人了。你先回了趟宁阳看了一眼爹妈，完了就掐准了你对象上这趟车，打算跟她同归于尽。兄弟，你说你这又何苦呢？”

马魁的这一席话，说到了卢学林的心里，他终于忍不住失声痛哭了起来。马魁等他的情绪平静下来，示意小胡将他的手铐解开，卢学林双手掩面，缓缓向马魁倾诉：“我跟她两个月没见面了，给她单位挂电话，也找不着人。后来，还是她的一个同事告诉我，她有人了，给我戴这么个绿帽子，窝囊啊！活着还有啥意思？这些年，我两地来回跑，容易吗？”

“这事儿，你对象办得是不讲究，不过，话说回来，谁都不容易。你有没有想过，你那瓶子硝酸真泼下去，是啥后果？”卢学林看了马魁一眼，无法回答。马魁接着说：“你对象和她那个相好的是给毁了，可车上这么多人，难免伤及无辜，都是拖家带口的，人家招你惹你了？你这故意伤人罪一旦成立，那少则十年八年，重则无期死缓，你这后半辈子就等着吃牢饭吧！”“我现在也跟坐牢没啥区别。”卢学林抹了把眼泪，恨恨地说。“那是你没坐过牢！真进去了，你肠子能悔青了！再说了，你爹妈咋办？谁给他们养老送终？本来盼着娶媳妇抱孙子，结果媳妇跑了，儿子也没了，你还让不让老两口活？”

马魁的一番话，说得卢学林羞愧难当。马魁继续说道：“兄弟，人这辈子呀，难免有个沟沟坎坎，往后啊，遇上过不去的坎，就往远了想。时间一长，什么事儿都会烟消云散。咱大老爷们儿，干吗非得在一棵树上吊死？多年以后，当你回想起今天，你都会觉得自己蠢到家了！”

马魁推心置腹的一番话，让卢学林思绪万千。他意识到自己不计后果的冲动行为是多么愚蠢。“马哥，我错了！”他抬起头，真诚地认错。“知道错就好，你也是念过书的，往后干啥事之前先过过脑子，别光想着解一时之恨，想想后果。”卢学林点了点头，一番思量之后，他试探性地向马魁提出了请求：“马哥，我想见见她。”

马魁斟酌了一下，让小胡去叫人，然后对卢学林进行了严肃的批评：“卢学林同志，你这属于故意伤害未遂，虽然是未遂，但是有伤人意图，也是违法行为。念在你认错态度较好，没有造成实际危害，就给你一个治安警告。你放心，不留案底，不记档案，也不通知你单位。”卢学林对马魁感激不已，站起来深深地鞠了一躬：“谢谢马哥！不，是警察同志，您是我的救命恩人！”

正在这时，小胡带着白玉霞走了进来，白玉霞看到卢学林，顿时愣住了，“你怎么在这儿？”卢学林没接话，他有些局促地想要掩饰自己有些浮肿的双眼，但还是被白玉霞看出了他曾哭过。

马魁和小胡识趣地走出餐车，将餐车的门轻轻关上。小胡贴着餐车门想要偷听，被马魁一手拽了起来。师徒俩互相比画着，像两尊门神一样站在两边守护餐车门。

餐车安静下来，只剩下卢学林和白玉霞坐在一角，俩人从开始相识说起，到现在的分手结束。俩人互相回顾了从相识到交往中的一些美好过往，说到情深处，白玉霞的眼泪也不禁流了下来。

两人把一切都摊开说清楚了以后，白玉霞掩面而泣，和卢学林做了最后的告别，卢学林望着白玉霞的背影，把那封信撕得粉碎。

马魁和小胡见白玉霞先行离开，便走进餐车，马魁拍了拍卢学林的肩膀："兄弟，前面的路很长，大步往前迈吧！"

马魁化解一场无妄之祸，保住了两个家庭，还没等他多想，就接到胡队长的电话。下了火车，他急忙来到乘警队会议室，胡队长正主持会议，乘警围桌而坐。

胡队长把一张黑白照片递给马魁，问道："老马，你看看这个，认识不？"马魁仔细审视着照片，突然一拍大腿，叫道："好家伙，鸦片！""厉害！要么说是老资格呢，一眼就看出来了。"胡队长对马魁竖起大拇指。"我在劳改队的时候，附近有村子种罂粟，他们提炼鸦片，不过是专供药厂的。这玩意用对了地方能救人，用错地方能死人！咋地，在咱车上发现鸦片了？"马魁拿着照片问胡队长。

"没有！这些鸦片是前一阵在云南一趟火车上查获的，可惜没抓着那毒贩子。据当地警方说，那毒贩子的口音像是咱这圪垯的，肯定还有同伙，很有可能通过铁路线运毒贩毒，上级让咱们务必提高警惕。"胡队长补充说道。

小胡拿过照片，好奇地看着，马魁神色凝重地说："刚吃上一口干饭就抽上大烟了，啥时候都有作死的！"马魁想着就来气。"老马，咱们这儿你经验最丰富，资历最老，回头你负责把鸦片烟的特征啥的给同志们说一下，也跟咱们这条线上的各个站点普及一下。像什么红阳站呀、海河站，这些站虽然小，可也不能大意。""行！"马魁欣然答应。

红阳火车站的广场上依旧熙来攘往，汪新在人群中执勤巡逻。

突然，一只手从背后勒住了他的脖子，汪新抓住那只手，想来一个过肩摔，可是，却没有摔动。他敏捷地反手一抓，拽住了对方的后脖领子，来了个一百八十度乾坤大挪移，与对方面对面对峙起来。

"哎呀，师傅，您吓了我一跳！"汪新见是马魁，立马松了手。"专程收拾你来了！没想到你小子长进了不少！"马魁也松开了汪新，说道。"师傅，您咋来了？是有什么大案子了吗？"汪新知道马魁来红阳，一准儿有事儿。"少打听，前面带路。”马魁知道汪新求案件心切，偏偏他只字不提。汪新见马魁故弄玄虚的样子，更加坚信了自己的揣测。

师徒俩一前一后走进杨所长办公室。

马魁和杨所长见面寒暄之后，马魁拿出鸦片的照片递给杨所长，杨所长拿着照片，翻来覆去看了半天：“瞅着跟驴粪蛋子似的，这就是鸦片？”“毛驴可拉不出这玩意，地里长出来的，不瞒你说，我上回见这玩意，也有小十年了。”马魁调侃道。“行，你放心吧！回头我跟同志们说一下，让大伙儿提高警惕。”

一旁拎着暖水瓶给马魁倒水的汪新，一听真有案件，而且还是个贩毒案子，心里一阵窃喜。他乐呵呵地对马魁说：“马叔，喝点热水，暖和暖和。”马魁端起水杯，喝了一口：“大冷天的，能烘着炉子唠唠嗑，喝口热乎水，就是享福了。”

杨所长附和着马魁：“这是大实话，晌午想吃点啥，我叫人准备。”“白菜炖冻豆腐，一辈子吃不够。”“再来几片五花肉，烫壶酒。”“那吃完了你得给我烧个热炕头儿，再闷一觉，比神仙还神仙。”“小事一桩，就盼着你不急着走呢。”

汪新见杨所长和马魁俩人聊得正欢，自己连插嘴的机会都没有，着急的同时也免不了有些尴尬。谁知杨所长早就看出了他的心思，顺手拉了一把椅子，示意他坐下。随即他笑着对马魁说：“老马呀，这小汪啊，一定是得了你的真传，出手就不简单啊！自打到了所里，风里雨里，任劳任怨，还办了几个漂亮案子，我是非常满意啊！”

马魁深知杨所长这番话是在夸奖汪新，也是在夸自己，虽然他心里很受用，但他却故意说道：“办案是他分内的事，没什么可夸的。要说这小子啊，还是年轻，动不动就小腚飘轻，脚底板打滑，过去没少犯错误，还得你调教调教。”汪新一听师傅这是话里有话，看样子当着他和杨所长的面要揭他的老底，赶紧给自己找台阶下：“所长，我出去弄晌午的饭菜，你们慢慢唠。”“行，你去吧。对了，多切点五花肉，厚实点。”“我知道了。”说完，汪新赶紧溜出了所长办公室。

汪新一走，杨所长对马魁说：“老马，你对你这徒弟可够严厉的。”“没办法，不给他上夹板，那小子就得蹿到天上去！老杨，小汪这孩子聪明，肯干，有股冲劲儿，身手也了得呀！总体上说，他是个好警察的料。可这孩子身上的钩钩刺儿也不少，主要是毛躁，心高气傲。所以，他来这之前，我跟你打了招呼，一定得严加管教，按住他，磨他的性子，等磨得差不多了，才能把他放出去。”马魁真诚地说道。“老马，你对你这徒弟真是费了苦心了。这不他一来，我就让他在广场上巡逻。”

杨所长深知马魁的用心良苦和爱徒心切，汪新有如此师傅也是他的福分。

“我也不想为他费心思啊，可没办法，赶上了，都是命啊！算了，不说他了，咱唠咱的。”马魁端起杯子喝了口水，对杨所长说道。

马魁和杨所长互相聊起自己入警队、破案的种种过往，时而唏嘘，时而开怀大笑。

一顿酒足饭饱之后，马魁和杨所长握手告别。汪新一路无言地把马魁送到进站口，马魁见汪新有些反常，问道：“你小子跟在我屁股后面闷不吭声的，这是想跟我回去吗？”

汪新把憋在心里半天的话说了出来：“师傅，所长表扬我，您就不能顺着梯子，给我递两句好话？给我长长面子吗？”马魁一听，心里不由得乐了，却故意说道：“面子都是自己争的，用不着别人来长。”他缓步向前走了几步，回过头又对汪新说：“天冷，巡逻的时候多穿点，别嘚瑟。”说完，直接进了站。

马魁最后那句叮嘱，让汪新不觉心里一暖，差点湿了眼眶。

第十二章

不知不觉到了年三十。俗话说得好，正月里，正月正，正月三十不关灯。

铁路大院里，飘荡着李谷一演唱的《乡恋》。歌声是从沈大夫家里飘出来的，沈大夫的屋里围着左邻右舍的媳妇，只见沈大夫端坐在桌前，一边听着歌，一边挥毫泼墨写着春联。那帮媳妇叽叽喳喳地看着沈大夫写的春联发出啧啧称赞声。“这毛笔字写的，要是放在古代，就是才女呀！”“放在今天，也是才女。”“怪不得沈大夫没对象呢！这么有才能干，谁敢找呀！”老吴媳妇话音一落，赞美声瞬间戛然而止，大家的目光纷纷看向她，气氛有些尴尬，只有收音机的歌声，依旧唱个不停。

老吴媳妇被大家伙儿盯得不好意思，急忙解释道：“我是说小沈眼高，一般人配不上。”“是看不上一般人！”“这不一个意思嘛！”媳妇们又开始议论纷纷。沈大夫起身关掉了收音机，这帮媳妇立即安静了下来。沈大夫重新坐在桌前，很快为她们写好春联，把她们一一打发走了。这时，屋子里一下子变得冷清起来。

要过年了，到处都是一派祥和喜庆的气氛。

汪新家里，父亲汪永革在厨房里忙碌着，正准备着过年的食物：炸萝卜丝丸子、炸油条、炸鱼等等，弄得十分丰盛。汪新一边帮父亲打下手，一边忍不住顺手拿起一个刚出锅的萝卜丝丸子，一口塞进嘴里，烫得他龇牙咧嘴。汪永革满脸宠爱地望着儿子，嘱咐道：“瞧把你馋的，小心烫伤你的嘴。”汪新嘴里嚼着丸子，含混不清地说道：“一个月三两油、半斤肉，外加四个鸡蛋，全攒着过年吃了。”汪永革往儿子嘴里塞了一个丸子，说道：“要吃就让你吃过瘾。来，把这碗萝卜丝丸子给你师傅家送去。”

汪新刚走到大院里，马燕提着一小网兜冻饺子迎面走来。汪新看见马燕，立刻说：“燕子，我爸让我给你家送点丸子。”马燕笑盈盈地说：“这么巧，我爸也让我给你家送点饺子。”俩人互换了手中的东西，马燕特意嘱咐汪新：“饺子是我亲手包的，吃得仔细点。”“知道了，保证一个饺子嚼上半小时。”汪新调皮地说道。汪新的话音刚落，就听到了姚玉玲的尖叫：“不好了，着火了，快来人啊！”

汪新迟愣片刻，朝姚玉玲家跑去，马燕也跟了过去。一进姚玉玲家，满屋子呛人的油烟扑鼻而来，汪新冲进姚玉玲家的厨房，只见灶台上的油锅着火了，冒着浓烟。汪新一把将冻饺子塞给姚玉玲，迅速拿起锅盖，盖在油锅上。可是，他没盖准，只盖上一半，火苗从缝隙中蹿了出来。汪新欲再次盖紧锅盖，只是火势太猛，他被烫得收回了手，在一旁的马燕担心地惊呼道：“别弄了，烫坏了咋办！”

左邻右舍闻声而来，瞬间喊声一片，乱成了一锅粥。火越烧越猛，姚玉玲哪儿见过这阵势，整个人真的吓坏了。牛大力高声叫着：“都让开，我来了！”从外面跑了进来。大家纷纷闪开，只见他脱掉身上的棉袄，盖在油火上，油火被盖住了。牛大力成就感十足，冲着姚玉玲说：“咋样，大力出马，一个顶俩！”牛大力话音刚落，“不好，火上浇油了！”就听有人又惊叫了起来。牛大力的棉袄也着了，火势越烧越旺，连油锅周围都着了火。

牛大力急了，不听大伙儿的劝告，他直接用棉袄垫着油锅边缘，强忍着被烧伤的高温冒险端着油锅跑了出去，人们在一片惊呼声中跟着他跑到了院里。

牛大力因此两只手和胳膊都受到了严重的烧伤被送进了医院，经过一番治疗后，医生建议他回家养伤。

回到家的牛大力，换药和消毒都是沈大夫帮忙。每当换药消毒的时候，都钻心般地疼痛。但是，牛大力觉得为了姚玉玲值得。

沈大夫给牛大力消完毒上完药，包扎好后，心疼地说：“火那么猛，你逞什么能啊！要是感染了，真能要了你的命！”牛大力没当回事儿，说道：“你别吓唬我了，说得我后脖子都冒凉风了。”

姚玉玲端着一盘饺子推开门走了进来。牛大力痴痴地望着她，这是他想了多少个夜晚的场景，如今终于如愿以偿了。沈大夫知道牛大力对姚玉玲有意思，她知趣地叮嘱了他几句，带上房门走了出去。

沈大夫走后，姚玉玲把饺子放在桌上，拿来碗筷，用酱油和醋帮牛大力调好蘸料，满含歉意地轻声问道：“伤好点了吗？”“好多了。”牛大力听着姚玉玲的问候，看着她亲手为自己煮的饺子和调的蘸料，用那纤纤玉手喂自己吃饺子，他的心里甜蜜蜜的，身子轻飘飘的，手和胳膊的疼痛都跑到了九霄云外，消失得无影无踪。

姚玉玲深谙牛大力对自己的那份心意，但奈何不得她自己的身不由己。在她的心里，早已有人占据了她的心，没有多余的角落了。

除夕夜，汪新点上香，向母亲的牌位敬拜，汪永革站在一旁，红着眼眶对妻子说："咱儿子现在出息了，你就放心吧！"

祭拜完母亲，汪新和父亲坐到饭桌前，父子俩的年夜饭，简单又丰盛。汪新开心地向父亲敬酒："爸，又是一年除夕夜，祝您身体健康、万事如意。"父子二人酒杯相碰，一饮而尽。

父子俩推杯换盏，酒至半酣，汪永革摇晃着酒杯对儿子说："我儿子这么有出息，又是破案子，又是拿射击冠军。你啊，就是干大事的人，以后要是当上了局长，那我可就是局长的爹了。"汪新喝了一口酒，毫不谦虚地说道："那倒也不是不可能！"汪永革哈哈大笑着，笨拙地从兜里掏出一个红包，塞进儿子手里："这是给你的压岁钱。"汪新要推辞，汪永革按住他的手，红着眼睛说："只要没结婚，都得给。"汪新眼眶有些湿润，他笑着端起酒盅："爸，我敬您！"

俩父子一边喝酒，一边追忆往事，所有的过往就像电影片段一样历历在目。喝酒闲聊中，汪新提起马魁，既感恩他对自己的关心、栽培和包容，也疑惑他总是对自己有成见，这关系老亲密不起来。汪永革说，马魁跟谁都是那个脾气，外冷内热。不过，他人实在，是个好师傅！

夜深了，透过窗户，万家灯火里，这父子俩的除夕夜，一派其乐融融。

正月初一大拜年，在鞭炮声中，邻居们一大早就开始串门互相拜年了。

汪永革和列车长老陆寒暄着，一旁的老吴也不时地搭茬。汪永革瞧着老吴意气风发的样子，拱手道："老吴啊，我祝你来年步步高升。"老陆轻推了汪永革一把："小点声，这话可别让老蔡听见！""啥事怕我听见呀？"谁知老蔡耳尖，凑过脑袋问道。老吴脑子灵光，随即说道："说你火车开得好，祝你新的一年里开得更好！""对对对，一年更比一年强！"邻居们附和着，欢声笑语，好不热闹。

送走了上门拜年的邻居，汪永革换好外套，临走时还不忘叮嘱汪新："儿子，我出去拜年了，你也得赶紧起来，别睡了。"汪新迷迷糊糊应着，翻了个身继续睡。

马燕早早起了床，此时正和母亲一起在镜子前试着过年的新衣服。马燕上下打量着母亲身上的碎花新衣服，由衷地赞叹道："妈，还别说，您这一身穿出去，说咱是姐俩也有人信。”听闺女这么一说，王素芳反倒有些不自在了：“是不是太花哨了？这穿出去还不得找人说闲话，我还是脱了吧！”她双手上下抚了抚衣服。“一点都不花哨。”马燕拿起母亲的双手，笑着说。马魁坐在桌前，写着要去拜年的名单。他一边写着，一边还时不时地核对着，生怕漏掉了。

马魁从王素芳的眼神里看出她明明也喜欢，于是走到了媳妇身边，把写好的名单递给马燕：“你照着我写的名单去拜年，别漏掉了！”又对王素芳说：“怕啥？穿着，好看！以后啊！想穿就穿！”见丈夫也说好看，王素芳那双无处安放的手终于有些自信地重新抻了抻身上的新衣服，脸露羞涩地使劲点了点头。

马燕见父亲夸母亲的衣服好看，简直是破天荒。她调皮地对父亲说：“老爸，您也特地换了身新衣服，还不拉着我妈出去转一圈，让人瞧瞧？”马魁伸手佯装要打马燕：“一天到晚胡咧咧，快去！我和你妈还等人来家拜年呢！”马燕嬉皮笑脸地赶紧开溜，刚到院里，就听到牛大力和蔡小年俩人相互调侃说着拜年祝词。

俩人正调侃打闹着，只见姚玉玲一身时髦靓丽的打扮，像仙女一样飘然而至。牛大力立即收敛起刚才的不羁，两眼直勾勾地看着姚玉玲说：“小姚，过年好！咱俩一起拜年去吧！”姚玉玲微微挑了下眉，问道：“怎么就你们几个？汪新呢？叫上汪新一块去吧！”

别说牛大力被姚玉玲的外貌和打扮迷得五迷三道，同样作为女人的马燕，也被姚玉玲深深地吸引。姚玉玲不但长相妩媚，身材也很迷人。举手投足，一颦一笑，散发着无尽的妖娆。这样的女人，哪个男人不视她为梦中情人？马燕看姚玉玲的眼神，有羡慕，也有嫉妒和无奈。

见姚玉玲提汪新，蔡小年马上起哄：“走走走，去把汪新叫出来一起。”蔡小年是个十足的旁观者，他知道马燕、汪新、姚玉玲和牛大力这几个人的纠葛。

他们嘻嘻哈哈进了汪新家，见汪新还赖在床上，蔡小年和马燕直接掀开汪新的被子，想把他从被窝里拽起来。谁知汪新赖在床上，缩成一团，死活不愿意起来。

“我看啊，他是喝多了，一时半会儿估计起不来，咱先走吧！”牛大力闻见屋子里有酒的味道，赶紧打圆场。马燕听完牛大力的话，用鼻子闻了闻，还真有酒的味道。她给汪新重新盖上被子，不禁有些担心起来。

一行四人出了汪新家，没有汪新同行，姚玉玲心里有些失落。

汪新宿醉不醒，而马魁却在家里等待着他这个徒弟上门拜年。他满怀期待地左顾右盼，没等来汪新，却等到了一众邻居还有汪新的父亲汪永革。

众人纷纷向马魁和王素芳两口子说着吉祥话，互道着“过年好”，老蔡还夸王素芳那身衣服好看，还说她穿上这身衣服至少小了二十岁，说得王素芳脸红心跳，忙招呼大家伙吃糖吃瓜子。

汪新没来，马魁心里不免有些失落和生气，对待汪永革稍显冷淡。王素芳知道丈夫的心思，她走近马魁身边朝他使眼色，谁知马魁不吃她那一套，对汪永革不咸不淡地说："汪段长，过年好。"

"啥汪段长，多生分，还是叫老汪听着顺耳。我儿子跟着你，给你添了不少麻烦。老马，我祝你新年步步高升，祝嫂子身体健康，一家人都和和美美的！那什么，汪新昨晚喝大了，一会儿过来给你拜年。"汪永革拱手说道。"你都来给我拜年了，他来不来两可。"马魁不咸不淡地回应道。汪永革笑着说："那不能，这是老规矩！"

直到拜年的众人散去，马魁和汪永革也没见汪新前来。汪永革有些尴尬地匆匆回到家里，见汪新还在呼呼大睡，他用手使劲捅了捅汪新说："还睡呢？赶紧起来给你师傅拜年去啊！"说完走了出去。汪新翻了个身，嗯了一声又睡了过去。

黄昏临近，天边流动着彩色的云。

马燕按照马魁列出的名单，一一拜完年回到家中，见马魁一个人闷闷不乐地坐着，便凑近母亲，悄声问："汪新还没来吗？"王素芳对闺女轻轻地摇摇头，她拿着暖壶，走过去重新给马魁杯子里续上水，柔声说："再等等啊！小汪怕是有别的事耽搁了。"一听媳妇提到汪新，马魁一副不屑的样子："谁等他了！"

当院子里灯火通明的时候，汪新才从睡梦中醒来。他站在大院里，望着马魁家的灯光，才想起自己今天还没给师傅拜年。他挠了挠头，转身进屋拎了两瓶酒，向马魁家走去。

汪新敲门，王素芳热情地招呼他进了屋。马燕闻声大步从里屋出来，走到汪新的身边轻声问他："你怎么才来？"

汪新满脸歉疚地在马魁对面坐下，马魁假装闭目养神没理他。王素芳给汪新倒上热水，拉着马燕回了各自的房间。

汪新将两瓶酒轻轻放在马魁面前，小心翼翼地问："马叔，您困了？""眯会儿。"马魁闭着眼回道。汪新接着解释道："马叔，我昨晚上喝高了，对不起，这么晚才来给您拜年。""大年初一，晚上拜年，这是什么规矩？明天初二就送神了，你给鬼拜年呢？"马魁真的有些不悦，一字一顿地说道。"马叔，这事是我错了。"汪新站起身来，给马魁深深鞠了个躬。"行了，别跟我这儿闹心了，滚蛋吧！"马魁压着火，赶汪新走。

"唉，我明天就滚回红阳站去。师傅，您别发火了。祝您老人家身体健康，万事如意！”汪新说完，偷偷瞄了瞄马魁的脸，转身悻悻地离开。

里屋的母女俩，将师徒二人的对话听得清清楚楚的，马燕一听汪新走了，立即从自己屋里追了出去。马魁一见闺女追出去了，压着的火噌地冒了上来。他紧跟着走到大院里，却早已不见马燕的踪影。他跺着脚，望着夜空仰天长叹。

次日，迎着冬阳，马燕为汪新送行。分别在即，马燕拿出一个红包递给汪新：“给，我爸特地给你包的。”汪新打开红包，里面是五块钱。他为昨天的事愧疚不已。马燕接着说：“我爸让我嘱咐你，工作上再小的事也得多细心，别没人盯着，你就去闯祸。”

汪新动容地说：“我就知道，马叔没真生我气，还是想着我。燕子，让他放心吧，我迟早会靠自己的本事回来！”“你自己在红阳要多注意身体，我有空了，就去看你。”马燕望着汪新，脸颊发烫，羞涩地嘱咐道。“嗯，那你快回去吧！”

两个人就此依依惜别，马燕一步三回头地望着汪新乘坐的列车渐渐远去。

时光荏苒，冬去春来。

牛大力站在院外时不时地探头，他兴奋而紧张地等候着姚玉玲。姚玉玲一看到他，不乐意地说：“有事院里说呗！叫我出来干吗？”牛大力神神秘秘地对姚玉玲说：“院里人多嘴杂，不方便。你跟我去个地方，准保有好事。”姚玉玲半信半疑地跟在牛大力身后，向前走去。

俩人一前一后走进小树林，一棵刚刚冒出新芽的树下，锁着一台崭新的自行车。牛大力掏出钥匙，打开锁，推着自行车，走到姚玉玲跟前。姚玉玲瞪着那双迷人的眼睛，惊讶地问道：“大力，这是你买的新自行车呀？”她爱不释手地摸着自行车，牛大力满脸自豪地说：“刚买的，能不新吗？送你了。”“啊？你送我？我可不能要这么贵重的东西！”一听牛大力要送她自行车，姚玉玲的双手赶紧从自行车上收回。

“这有啥！小姚，你对我的帮助那么大，我得感谢你呀！”牛大力真诚地说道。“要说感谢，我才应该感谢你。”想到那次牛大力为了帮她灭火双手和胳膊被烧伤的事，姚玉玲心里至今还有点愧疚。牛大力列举了很多他应该感谢姚玉玲的事，执意要把自行车送给她。

姚玉玲勉强答应了，她让牛大力教她学骑自行车，牛大力一口应下，并立即开始在操场上示范教学。

“很好，就这样，不要着急，慢慢来。”牛大力鼓励着姚玉玲。姚玉玲也算天资聪明，在牛大力手把手的教授下，很快悟出了骑自行车的诀窍，可以在不用牛大力的扶持下自行骑车了。

也许是第一次骑自行车的感觉太好了，姚玉玲居然忘了自己还是个初学者，她撒开车把，准备将双手伸向天空做飞翔的姿势。谁知她的双手刚撒开车把，突然，只听一声惊呼，自行车猛地朝右边倒去，她一下子失去了平衡。眼看就要摔在地上，牛大力一个箭步冲了上去，他原本想护住摔倒的姚玉玲，哪知事与愿违，他的身体偏偏压在了摔倒的姚玉玲身上。

身体相叠的那一刻，两个人尴尬极了。姚玉玲又急又恼，冲牛大力喊道："你赶紧起来！"牛大力迅速地爬起身，望着满脸通红的姚玉玲，伸手将她拉起。

姚玉玲的这一摔，让学骑车的快乐气氛荡然无存。俩人沉默了一会儿，姚玉玲打破沉默，对牛大力说："算了，不骑了，回去吧！"说完，径自往家走去。牛大力推着自行车，默默地紧跟在她身后。

春光明媚，处处鸟语花香。

汪新和马燕走在郊区的路上，两个人边走边聊，在一处风景绝美的地方停了下来。汪新指着远处，向马燕介绍着。尽管春光无限，但马燕的眼里只有汪新。她不时歪头看着他，春心荡漾。

俩人正漫步在春光旖旎里，谁知突然春雷阵阵，下起了瓢泼大雨。汪新脱下衣服给马燕披在头上，慌忙躲进了一个废弃的碉堡里。马燕环顾了四周，好奇地问："这什么地方啊？""这是战争时期的碉堡，打仗的时候防御用的。"汪新看了看天，"这雨还下个不停了。""就是啊！要是赶不上车，我今天回不去，那我爸妈得急疯了！"马燕担心地说。汪新担心的是，如果这雨一直这么下下去，被雨浇透的马燕，要是受凉感冒了怎么办。

碉堡外，雨越下越大，完全没有要停下来的意思。躲在有些空旷的碉堡里，汪新和马燕望着远处雾蒙蒙的山，所有的闲情逸致都被这场突如其来的春雨破坏，浑身湿透的马燕忽觉一阵凉意袭来，不由得打了一个寒战。她不由自主地向汪新身边靠了靠。汪新看在眼里，朝马燕挪了挪身子，说道："你靠着我，能暖和点。"汪新说着，装作很自然地一把搂过她，让她贴在自己怀里。

雷声阵阵，雨声淅沥，夜幕降临。

汪新在碉堡内点起篝火，一看天都黑了，马燕开始有点不安，她问汪新："咱们怎么办呀？不会在这待一宿吧？"汪新不知道怎么安慰她，他也吃不准这雨什么时候能停。他思索了一下："要不，你在这等着，我回去取自行车和雨衣，回来接你？""这一来一回的，不得一个多小时啊！我可不敢自己在这儿。"马燕说完，看了一眼黑黢黢的四周，下意识地往汪新怀里钻。汪新低头看了一眼怀里的马燕，感觉到自己心跳加速，他急忙掩饰地说道：“不这样，咱们就回不去了！咱又不能冒雨顶黑一起往回走，要是你因为跟我出来淋雨感冒发烧，弄个肺炎啥的，估计我这小命就不保了。到时候你爸得恨不得把我撕了。”

“有我在，他不敢。真要这样，我保护你！”马燕打包票道。“当然，也得看你愿不愿意让我保护你。”她话锋一转，试探地说。“我愿意！”汪新这仨字说得掷地有声。马燕伸出双臂，紧紧地抱住汪新的腰，心里犹如小鹿乱撞，幸福得差点流出眼泪来。

夜深了，篝火渐渐熄灭。汪新和马燕相互拥抱着，蜷缩成一团。

宁阳也下着瓢泼大雨，马魁白天在办公室给汪新所在红阳乘警派班室打了一天的电话，仍找不到他的人影。回到家里也不见马燕的身影，心急如焚的他脸色铁青地在房间里来回转着圈，此时的他恨不得长双翅膀，飞到红阳找到汪新，生吞活剥了他！

王素芳心里也像着火了一样着急，但她看着丈夫像热锅上的蚂蚁团团转，柔声劝道：“你坐下等吧！他俩都这么大了，不会有啥事的。”“能坐下，不早坐下了！都怪你，平时啥都依着她。你要是不放她出去，能有这事吗？”马魁瞪着布满血丝的双眼，冲妻子吼道。“孩子这么大人了，我也不能把她锁屋里，不让出门呀？她平时就是去找小汪，这个时候也回来了。这不赶上下雷雨吗？”马魁无心再理会妻子，此时他的心里，怒火夹杂着担心翻江倒海地不断涌动着。

大雨下了整整一夜，马魁如泥塑般坐了整整一夜。

雨过天晴，汪新和马燕回到了宿舍。

一番收拾之后，汪新用酒精炉子煮面条，马燕出去给父母打电话，打完电话回来的马燕，满脸焦急地望着汪新说：“咋办，我妈说，我爸昨天给你打了一天的电话，熬了一宿没睡，一大早火急火燎地跟车往这赶来了。”汪新一听，垂头丧气地说道：“完了，这算彻底完蛋了。”马燕也慌了阵脚：“这样，你装病，躲起来，我先见我爸。”“你顶得住？”汪新不放心。“总比他见到你能好点。”俩人商量了半天，决定先让马燕见马魁，实在不行，汪新作为后盾再上。

当马燕硬着头皮，站在汪新宿舍门外迎上马魁那凌厉的目光时，不由得一激灵。父女相见，默默无言。终究还是马燕先开了口：“爸，昨天下大雨，我被隔道上了，赶不上回去的车了。”马魁用布满血丝的眼睛盯着闺女，冷冷地问：“那你们去哪儿了？”“在一个碉堡里躲雨来着。”马燕低着头，双手不自在地摆弄着衣角。“躲了一宿？”马燕诚实地点了点头。马魁气得嘴唇发抖，厉声问道：“汪新呢？”

马燕往屋里一指说：“屋里躺着呢！”马魁随即就要进屋，马燕挡住门口，对父亲说：“昨天，他怕我着凉，把衣服给我穿了，自己却感冒了，都发烧了。”“让开！”“汪新是为了我病倒的，您就先别骂他了。”“谁说我要骂他了？我是去感谢他，好好感谢他！”望着闺女胳膊肘往外拐，马魁气不打一处来。

父女俩一番僵持之后，马魁走进宿舍，看到躺在床上、盖得严严实实的汪新。他打量着宿舍，发现有两张床，那张床的被褥整整齐齐，没人睡过。

“马燕，你去外面等我一会儿。”马魁看着躺在床上的汪新说道。“还怕我听呀？”马燕满脸的不愿意。“我们师徒俩唠唠嗑。”“抓紧唠吧！唠完还得赶车回家呢！”“我叫你出去，管不了你了，是吧？”

躲在被窝里的汪新，听到父女俩的对话，害怕进一步惹恼马魁。于是他从被子里探出头，佯装睡眼惺忪：“我还以为做梦呢！谁吵吵呢？还让不让人睡觉了！”他一边说着，一边揉了揉眼睛，看向马魁，故作惊喜地笑着说：“哟，马叔，您来了呀！快坐。”

马魁不理会，那张脸始终黑得如锅底，汪新冲着马燕说：“燕子，我跟我师傅唠点悄悄话。”马燕见汪新给她使眼色，假装不情愿地说：“那你们快点唠，我还急着回家呢！”马燕说完，乖乖地走了出去，马魁气得七窍生烟，怎么自己好说歹说她就是不听呢？她不但护着汪新这个臭小子，还那么听他的话！

望着师傅气得鼻子不是鼻子、眼不是眼的，汪新的成就感油然而生。心想，以前都是自家老爹护着，这以后要是多个像马燕这样的媳妇一辈子护着他，真是一件幸福的事。

汪新的嘚瑟止于马魁把宿舍门关上的那一刻，他垂着眼皮，假装病人，有气无力艰难地在床上坐了起来说：“这脑袋浑浆浆的，跟面糊一样，眼睛也睁不开了。招待不周，马叔，您见谅。”说着，他佯装打了个喷嚏，继续嘟囔：“一场大雨，就着凉了，看来我这体格不行啊！还得练。”

马魁一动不动地站在那儿，目光死死地盯着汪新，闭口不言，根本就不接话。汪新见马魁不接招，装作虚弱地说：“马叔，帮忙倒杯热水呗？”马魁仍旧没说话，但是他提起暖壶，倒了杯热水，递给汪新。就在汪新伸手准备接水杯的时候，马魁作势要泼他，汪新迅速避开，喊道：“别泼！”“不是没精神头了吗？眼睛也睁不开了吗？”“都要上大刑了，死鱼也得打个挺呀！”“你小子别跟我演戏了，不好使！”

站在宿舍门外的马燕，一直听着屋内的动静，马魁提高音量的声音刚传来，她就推门探进头，询问道：“还没唠完呀？”汪新心里一暖，轻声说：“快了，听话，再等一会儿。”马燕乖乖地将宿舍门关上。

马魁怒目而视，尽量压低声音：“昨晚，你俩在外面待了一宿？”“没想待一宿，可雨太大，回不来了。”“荒郊野外的，多难熬呀！”“就是啊，得亏有个碉堡能躲着。”“你俩在碉堡里就一直待着？”“倒是不想待着了，可也出不去呀！”“黑灯瞎火的，没出别的事吧？”“出事了，半夜里柴火烧没了，可冷了，还黑。”“我问的不是这事。”“那是啥事？”“你就说你俩是怎么待在碉堡里的？”“还能咋待，想躺着也没地儿呀，坐着呗！”师徒俩一问一答，来回推磨。直到汪新说他和马燕啥事没有，天一亮雨一停就回宿舍了。马魁还是半信半疑，他拎起汪新的鞋，看了看鞋底，鞋底子都是泥，接着问：“回来之后干啥了？”“睡觉啊！”汪新刚说完，马魁拎着他的一只鞋，就要抡他。

汪新心里一紧，张口要喊，马魁立即停下动作，看了看门口，继续问：“在哪儿睡的觉？”“床上啊！您这不都看见了吗？”汪新见马魁一点口风都不松动，看来要审问到底。“燕子呢，她在哪儿睡的？”“那张床。”“胡说！被褥子整整齐齐，一看就没人睡过！她到底在哪儿睡的？”“真是在那边睡的，那是林建军的床。再说了，就眯了一会儿，跟在火车卧铺一样，穿着衣裳没盖被子。”“你小子要是敢胡来，我剁了你！”马魁咬牙切齿地说道。“什么呀？什么呀？我听不懂啊！”汪新有些委屈地说道。“那我现在就让你明白明白！”马魁扬起手，就听汪新喊道：“救命啊！来人啊！”

马魁的手还没碰到汪新，只见马燕推门而入，当着闺女的面，马魁本来想重重劈向汪新的手轻轻地拍了拍他的肩膀，说：“你，好好养病吧！”然后，转头对着闺女：“燕子，回家！”马魁说完，开门就往外走，马燕凑近汪新耳边温柔地说：“等我，有空我再来。”

见父女俩终于离开，汪新才长长舒了口气。一想到昨晚在碉堡里与马燕互拥的情景，他的心头就荡起无限的涟漪。爱的种子，早已悄悄生根发芽，开始疯长。

都说有妈的孩子是个宝，这话一点也不假。马燕一回家，王素芳立即给闺女送上刚熬好的姜汤：“妈给你熬了碗姜汤，趁热喝了吧！”马燕接过姜汤，撒娇道：“妈，您别紧张，我本来就没事。”“那也得喝了，祛祛寒气。”为了让母亲宽心，马燕一口气喝下，王素芳在旁边细心地叮嘱：“慢点喝，别烫着。”

王素芳看着闺女，欲言又止。她接过闺女递给她的空碗，用责怪的口吻说：“在外面待了一宿，这要是碰上危险，可怎么办？妈一想起来，就后怕呀！”“汪新是警察，就算碰上坏人，他也能保护我。”“话是这么说，可好虎架不住群狼呀！”“妈，我都安安稳稳地回来了，您就别说那些了。”“燕子，你不小了，这男女的事，也都明白，你俩在外面待了一宿，要是传出去的话，好说不好听啊！”“我俩是同学，有什么不好听的，再说，汪新离得远，这事传不过来，可真要是传过来了，那也一定是我爸传的。”“你爸？他怎么可能传这事？”“那不就完了，没人传了。”“燕子，你跟妈老实说，昨晚汪新有没有欺负你呀？”“他敢欺负我？借他三个胆子！”“孩子，这姑娘家呀！名声最重要，可得注意呀！”“我知道，要怪就怪下大雨，全是大雨惹的祸。妈，我有点困了，想眯一会儿。”马燕说完，转身躺下，被子一捂。王素芳只好噤了声，端着空碗走出闺女的房间。

马魁坐在炕沿上，王素芳推门走了进来，反手关上门。王素芳说：“看样子应该没事。”“但愿，要是真出了事，我把老汪家给掀了！”马魁余怒未消地提高了声音。“马健睡觉呢，你小点声。”王素芳指了指儿子。马魁压低声音：“往后，你得看住她，不准她再去找那小子了！这一天天的，胡折腾！”“我也没那胆儿了。”王素芳说完，甩脸子走了出去。马魁心里委屈大了，怎么一沾上那小子，母女俩都偏向那臭小子呢。

折腾了两天一宿，马魁往炕上一歪，抱着熟睡的小儿子，闭上眼睛休息起来。

操场上，牛大力陪着姚玉玲练习骑自行车。两个人都满头大汗，姚玉玲骑得很熟练了。她一边骑一边回头看着牛大力，牛大力气喘吁吁地一边跟着自行车跑，一边给她竖起大拇指。姚玉玲笑着，牛大力也跟着笑了……

姚玉玲推着自行车和牛大力一道往回走，她太喜欢这辆自行车了，简直爱不释手。但是，她又不好意思真要，于是便试探性地再次问牛大力：“大力，这车真给我骑了？”牛大力拍着胸脯说：“男子汉大丈夫，有一说一，绝不反悔。”“那我怎么感谢你呀？”“我都说了，在你的鼓励下，我进步得很快，是我应该感谢你。”“你越这么说，我越觉得不好意思。”“那我咋说，你能觉得好意思呢？”姚玉玲站住身，一时无语。牛大力一看，以为自己说错话惹她不高兴了，连忙说：“看我这嘴，笨死了，我是说，你不用跟我客气，我看着你骑这辆车，比我自己骑都高兴。”“不管怎么说，我都得谢谢你。”“不提这事了，咱们走吧！”姚玉玲像突然想起什么，对牛大力说：“对了，我得去买点东西，你先回去吧！”

牛大力也想跟姚玉玲一起去，说道：“我回去也没事，要不咱俩一块去吧！”姚玉玲指了指自行车说：“我骑车去。”“正好你驮我，练练驮人。”牛大力进一步说道。

姚玉玲婉拒道：“就你这块头，我驮不动。”“那我驮你。”姚玉玲见牛大力还在坚持，不得已直言道：“我想自己去。”牛大力沉默了一会儿，无奈地说：“那好吧！慢点骑，小心点。”姚玉玲上了自行车朝前骑去，牛大力望着姚玉玲的背影备感失落。

姚玉玲骑着骑着，突然，自行车前轮脱落，姚玉玲惊呼一声，扑倒在地。牛大力惊呆了，片刻之后，他朝姚玉玲跑去。

牛大力一手背着受伤的姚玉玲，一手拖着破自行车往回走。姚玉玲气呼呼地质问牛大力：“这是什么破车呀！轮子怎么还能掉了呢？”“我要知道是咋回事，还敢让你骑吗？”牛大力有些心虚。“对了，你这是新车吗？你老实回答。”姚玉玲追问道。“刷了一层新漆。”牛大力如是说。“就是破车呗？”姚玉玲撇了撇嘴。“也不破，我不是骑得好好的嘛！咋到了你手，就散架了呢？”“你还埋怨我？”姚玉玲凤眼一瞪，生气地说。牛大力赶紧道歉：“是我错了，我该提前检查好。”“可摔死我了，得亏我护住脸，要是破了相，我这辈子就完了！”姚玉玲双手捶着牛大力的头说。“完不了，我兜着底呢！”牛大力小声嘟囔道。“你说什么？”“我说要不要去医院看看？”“不用，你还拖着这破车干什么？赶紧扔了吧！”牛大力有点儿舍不得：“都是花钱买的，回去修修，还能骑。”“别怪我没提醒你，说不定它还得给你来个大马趴！”姚玉玲撇着嘴说道。“嘿，你看，你还关心我了，就这一句话，我这浑身都热乎了。”牛大力心里美滋滋地笑着说道。姚玉玲噘着小嘴，没好气地说：“谁关心你了。”

牛大力感觉浑身都是使不完的劲儿，他背着姚玉玲，拖着破自行车，大步往前走着。快到铁路大院时，姚玉玲怕被人看到，要牛大力放她下来自己走，牛大力死活不撒手，坚持要背着腿受伤的姚玉玲，并小跑着进了大院。碰巧遇上老吴媳妇端着一盆水从屋里走了出来，顺手把水泼在了地上。

牛大力站住身，跟老吴媳妇打招呼：“吴婶，忙着呢。”老吴媳妇迟愣片刻，问道：“这咋还背回来了？”牛大力解释说：“不小心摔了一跤。”老吴媳妇关切地问道：“把腿摔坏了？”牛大力笑着说：“没大事，养养就好了。”

姚玉玲真的不想在院子里现眼，悄悄地说：“怎么还唠上了，赶紧送我回家！”“人家跟我说话呢！还能不搭理吗？”牛大力扭头望着姚玉玲说。这时，老陆媳妇从家门走了出来，牛大力又上前殷勤地问好，姚玉玲一看牛大力没完了，不悦地低声道："你这不是没话找话吗？"牛大力耐心地说："见着面总不能不打招呼吧！哟，蔡叔，小年，你们这是去哪儿了？"

老蔡和蔡小年从院外走了进来。老蔡见牛大力背着埋着头的姚玉玲，说道："泡了个澡。小姚这是咋了？"蔡小年立即笑道："牛大力，你这是猪八戒背……"蔡小年"媳妇"二字还没说出口，老蔡咳嗽一声，狠狠瞪了他一眼。蔡小年急忙改口说："我是说，猪八戒背孙猴子，越背越沉。""谁说越背越沉，就是背一辈子，我都背得动！"牛大力的话惹来众邻居哄堂大笑。在牛大力背上的姚玉玲羞得面红耳赤，低声道："你赶紧放我下来！""走走走，咱们回家。"一听姚玉玲真要生气了，牛大力不敢造次，快步往姚玉玲家走去。

牛大力把姚玉玲放在床上，轻声问："腿咋样了，能动吗？""好多了，你回去吧！"姚玉玲有些不悦。"那晚饭咋办？""我自己能做。""是我把你弄伤的，我得负责到底。""我不用你负责！""不用也不行，要是传出去，我成啥人了？听话，你就老老实实地在床上养着吧！"牛大力不容分说地径自朝姚玉玲院外的厨房走去。

姚玉玲急了，她站起身，受伤的腿实在是疼得不行，姚玉玲眉头紧锁，闭着眼睛，无力地靠在床上。

牛大力一边切着菜，一边哼唱《智取威虎山》："愿红旗五洲四海齐招展，哪怕是火海刀山也扑上前，我恨不得急令飞雪化春水……"

牛大力把做好的饭菜摆上桌，走进屋搀扶着姚玉玲坐到桌前，姚玉玲看着桌上的饭菜，气消了一半，她忍不住夸道："你这菜炒得不错呀！"牛大力咧嘴笑着说："看能看明白吗？得尝尝。"姚玉玲提起筷子，尝了一口，点着头说："挺好吃的。""好这口，我天天给你做。"牛大力立马接话道。姚玉玲停下筷子，望着他。牛大力马上改口："天天不可能，还得上班嘛。"

姚玉玲正色道："牛大力，我感觉好多了，你不用管我了。"牛大力不想放弃他跟姚玉玲亲近的机会，又跟她软磨硬泡了半天，姚玉玲厉声直接封了他的口。俩人默默地吃完饭，牛大力收拾完碗筷，给姚玉玲烧好一暖壶水，临走时还嘱咐她，如果夜里需要帮忙就叫他。姚玉玲有些不耐烦地搪塞着，迫不及待地关上了房门。

牛大力站在姚玉玲门外，静静地站了一会儿，才朝自己家走去……

列车行进着。蒸汽机机车驾驶室内，牛大力、老吴和老蔡一边工作，一边开着玩笑。牛大力卖力地往锅炉里添着煤。

老吴看着牛大力说："我算看明白了，大力这小子面儿上看是憨厚老实，其实，花花肠子最多。我看他就是故意把小姚弄伤的，完后有了空子，拼命往上黏糊。”“胡说，我才没有呢！”牛大力极力否认。“那车轱辘咋说掉就掉了？”“我哪儿知道？”

老吴转向老蔡说：“老蔡，你说这里面是不是藏着心思呢？”接着老吴的话茬，俩人一唱一和：“让你这么一说，确实有点问题。”牛大力有些急了：“我是清白的，你们可别冤枉我！”

老蔡笑了：“不管咋说，大力是背身上了，可背上不管用，得搂在怀里才行呀！”老吴跟着笑道：“你蔡叔这话，讲到点儿上了，大力呀！你还得使劲儿啊！”“满身力气顶着呢，不怕！”牛大力自信满满地说道。

牛大力的话惹得老吴和老蔡哈哈大笑。

红阳站广场上，旅客摩肩接踵，步履匆匆。

人群中一名中年妇女，鬼鬼祟祟地一边走一边拿个挖耳勺掏耳朵，她瞄准一名匆匆赶路的男旅客故意撞了个满怀。

随着妇女的一声惨叫，男旅客停下脚步，连声说：“对不起。”妇女捂着耳朵，手指缝里鲜血直流，她痛苦地蹲到地上。男旅客吓坏了：“您没事吧？”妇女痛苦地呻吟着，她的周围迅速围过来几个人。

男旅客慌了神，赶紧解释道：“我不是故意的……实在对不起。”妇女更加夸张地呻吟起来。这时，一个身穿中山装，夹着公文包的男子走了过来。（此男子正是汪新曾打过的那个唱二人转的男子。）“怎么啦？”他一边蹲下身给妇女检查，一边对围观的旅客说，“哎哟，搞不好捅着耳膜了，快别跟这戳着了，赶紧送人去医院吧！晚了这耳朵就废了。”

男旅客焦急地看了看表，望向进站口说：“我这儿十万火急的事儿，还得赶车呢！”

那男人提高声音生气地说道：“赶车重要还是人耳朵重要啊？你这人咋这么自私呢！你哪个单位的？赶紧的吧！别耽误了。”男旅客急得团团转：“我真没工夫，火车马上要开了。”

妇女乘机死死地抓着男旅客的裤脚不放，她的呻吟声惹来围观的旅客不少同情，男旅客急得满头大汗：“那啥，要不我赔你钱，你自己去医院成不？”妇女不语，那男人却说：“她这样，咋去医院啊？哎，要不，你找派出所，让民警送她去医院。”男旅客对那男人说：“我这火车马上要开了，同志，要不您帮个忙，送这位女同志去医院。”那男子大声对男旅客说：“我也赶车呢，四点的车。”

说完，他转身要走，男旅客急忙说：“同志，您等一下，现在一点半，去医院来得及。您就把她送到医院，我给您留个联系方式，后面的事情我负责，我绝对不跑，这是我的工作证。”男旅客说着，掏出工作证递给那男子，又从兜里掏出钱包，把里面的钱都掏出来了，瞧着有三十几元，塞进男子手里。他点头哈腰地说：“我就这么多钱，麻烦帮帮忙，要是多了，就当赔偿，不够的话，我回头再给补上。”

那男人把钱攥在手里，嘴上却说：“你这人也太自私了，把人伤成这样，想掏点钱就完了。这万一耳朵聋了，那可得受一辈子罪。”他的话引起围观旅客议论纷纷：“就是啊！把人伤成这样，咋能说走就走呢！”

汪新和林建军身穿便衣、戴围脖夹在人群中间当看客。林建军见男女骗子演戏演得挺像模像样，憋不住想逮个正着。汪新碰了碰林建军的胳膊，示意他少安毋躁，继续看那二人演戏。

只听那男人装作高风亮节地对那旅客说：“那这么地吧！我学个雷锋，帮你送她去医院，你工作证押这儿。她要是没大事儿呢，回头照你单位的地址，给你把证寄回去；要是有事儿的话，你得负责到底。”男旅客万分感激又无奈地说：“行……”那男人扶起地上的妇女，将钱递到她手里说：“走吧大妹子，我送你去医院。”男旅客点头哈腰地对那男人和妇女说：“谢谢啊，太谢谢了！大妹子，对不起啊！”

那男人搀扶着妇女走了，围观的旅客也散了。汪新和林建军混在来往的人群中尾随着男女骗子来到一个僻静的角落，他俩警惕地看了看四周，开始分钱。女骗子拿着男旅客的工作证问男骗子：“那工作证咋处理？”男骗子随口说道：“扔了。”女骗子有点于心不忍：“钱咱拿了，工作证给人寄回去呗！那玩意丢了不好办。”男骗子不耐烦地说：“操那心干啥！”

汪新见时机成熟，示意林建军他俩来个前后夹攻，然后开口说道：“你这就不讲究了。”男女骗子一惊，转身看到汪新和林建军，问道：“你俩谁呀？”汪新晃着手中的手铐，斜睨着男骗子：“不认识我了？”男骗子定睛一看，大吃一惊：“你……”汪新哈哈大笑起来：“踏破铁鞋无觅处啊！咱俩真是有缘。”人赃俱获，想抵赖也没啥用，见已无路可退，俩骗子只好乖乖地束手就擒。

汪新将所有后续事情处理妥当，回到红阳乘警派班室内，抑制不住内心的喜悦给马魁打电话汇报工作。他在电话里滔滔不绝、绘声绘色地说着他逮俩骗子碰瓷敲诈的整个过程，言语中透露出无比的自豪和满足，时不时还讨好地像个孩子向他师傅要表扬。电话那头的马魁则不动声色地跟以前一样，说着言不由衷和敲打汪新的话，再三提醒他别翘尾巴，否则露腚就要出丑了。师徒俩唠了半天，末了，汪新试探地问马魁就他这表现能否回宁阳，马魁反问汪新就拿这点成绩想回宁阳？他马魁不会因为汪新是他徒弟，就去走领导后门，宁阳不是他的家，想什么时候回去就回去。

听完马魁的话，汪新虽然有些失落，但他还是拍着胸脯向师傅表示，自己不会靠走后门回宁阳！他要靠自己的努力和行动，体体面面地回去！

挂了汪新的电话，马魁心里很是欣慰，多多少少也有些自豪。他拿起桌上的茶杯喝了一大口茶，笑着自言自语道："这臭小子，是个可造之才！"

春去秋来，秋风卷起落叶肆意飞舞。北方的秋风，带着些许寒意袭来。

王素芳的病情，是在这个秋天暴发的。

马魁下班回到家，习惯性地说了句："我回来了。"半天没见王素芳应声，他走进里屋，愣住了。只见妻子靠坐在被垛旁，手里仍然拿着针线和一件衣服，闭着眼睛仿佛睡着了。在她的身旁，躺着熟睡的儿子马健。马魁凑近妻子，轻声地叫道："素芳，老王！"王素芳没反应。他用手推了推，王素芳突然歪倒在炕上。马魁瞬间惊呆了……

救护车将王素芳送进了铁路医院急诊室，一番检查之后，情况很严重。王素芳被送进了病房，看着脸色煞白、憔悴不堪闭着眼睛输液的妻子，马魁心如刀割地守在病床边。主治医生刘主任走进病房，面色凝重地对马魁说："马魁同志，您跟我来一下诊室。"

俩人走进诊室，关上房门。刘主任严肃地说："马魁同志，我必须得跟你说实话了，您的爱人……恐怕没多少日子了。"马魁一下愣住了，吃惊地问："啥？咋回事？"刘主任难过地说："您的爱人得的是癌症，肺癌。查出来的时候，已经是晚期了。现在癌细胞已经转移，您要有思想准备。她一直瞒着您。"刘主任的话，犹如晴天霹雳，马魁整个人呆若木鸡。片刻之后，他转身拉开诊室房门，冲了出去。

马魁踉踉跄跄地冲进病房，跪在王素芳的病床前，搂着妻子泪流满面说道："为啥呀，素芳，你为啥不早点告诉我？"王素芳拉着丈夫的手，惨然笑道："告诉你也没用，这个病没法治。"马魁痛哭流涕，紧紧抱住妻子，不住地埋怨自己："我要早知道，你病得这么厉害，我还上啥班，破啥案哪？素芳，我对不起你！"王素芳也悲从中来，流泪安慰马魁："老马，我能跟你过上两年好日子，知足了。""都是我害了你，素芳，我对不起你。"马魁崩溃得像个孩子似的，大声哭泣着。

这时，护士推门进来，对马魁说道：“您是王素芳的家属吧，麻烦您给病人办理一下住院手续。”说完走了出去。

马魁颤巍巍地站起身，拖着沉重的脚步缓缓走出病房。办完住院手续，他步履艰难地往病房走，走着走着，神情恍惚，脚下一个踉跄，他伸手扶住墙……

马魁像是行尸走肉，缓慢地扶着墙朝前走去。走到一个角落，他站住身，缓缓蹲了下去，双手抱紧胳膊，将头埋在胳膊下，轻声地抽泣起来。

汪新从马燕的电话中得知王素芳病重的消息，匆匆赶到医院来探望。在医院住院病房走廊，汪新远远地看到蹲在角落的马魁，忙快步走了过来。“马叔，您咋了？”汪新轻声地问。马魁赶紧站起来，掩饰着说：“没事儿，你来干啥？”汪新没有回答马魁的问话，又道：“婶儿咋样了？”马魁叹了口气，汪新沉默地望着马魁。少顷，两人默默无语地朝王素芳病房走去。

得知母亲病重住院的马燕匆匆来到王素芳的病床前，一把抱住母亲哭了起来：“妈，您肯定会好起来，医生肯定弄错了，咱再换一家医院试试。”

王素芳强忍泪水轻轻地给闺女擦着眼泪，哽咽着说：“燕子，妈没多少日子了。你大了，你爸工作忙，你得把这个家挑起来。”马燕摇着头，心碎地喊道：“妈……”

马魁红着眼圈，和汪新从外面走了进来。一见马魁，马燕满脸泪水地哭着说：“爸，咱换家医院，医生肯定搞错了。”马魁深深地叹了口气，他走到病床前，坐下身。王素芳输着液，轻声地说：“老马，你和燕子别都戳在这儿，留一个就行，马健没人管呢！”马魁声音低沉地说：“老陆家的看着呢！你好好养病，其他的事儿别管。”王素芳没说话，看着汪新打招呼：“汪新，你也来了。”汪新点了点头：“婶儿。”

王素芳想要坐起来，马魁和马燕扶她坐起，她轻声地对马魁说：“我给马健做了五套棉袄棉裤，从小到大，放在咱家的衣柜里了，够他穿到十八岁了。给你纳了三十副鞋垫，也在衣柜里，你脚汗大，记得要常换。”马魁望着妻子，鼻子一酸，差点流下泪来。王素芳看了看闺女，又望着汪新：“燕子，往后，你这性子得收一收，别老呲打人。小汪啊，你往后多让着她点。”马燕抽泣着，说不出话来。王素芳疼爱地看着闺女：“你们那点心思，当妈的最清楚，你俩打小一块长起来，知根知底的，我放心。”

汪新有些动容地说：“婶儿，您放心，有我在，绝不会让燕子吃亏的。您先好好养病。”马魁瞟了一眼汪新，轻轻咳了一声。他哽咽着说：“素芳，你听我说，你这病呀能治好。你得有信心，得……”

王素芳轻声对马魁说：“老马呀，我能多活这几年，是老天爷开眼了，我知足了。燕子，你跟小汪先出去一下，我有几句话想跟你爸单独唠唠。”

马燕答应一声，和汪新走了出去。

马魁握住妻子的手，眼里含泪。王素芳轻声地说：“老马，我走了，不能照顾你了。马燕不顶事，马健还小，家里总得有个女人呀。我走了以后，你要是有看上眼的，就续个弦。”马魁潸然泪下：“素芳，你在说啥呀！”

王素芳望着丈夫，眼含热泪真诚地说道：“你听我说完，我没多少时间了。我知道你这个人重情重义，要是我不松这个口，就你这脾气，后半辈子指定是一个人过，我不放心。你曾经说过，沈大夫她里外一把抓，是个能人，我也觉得她能擎起这个家来。”马魁擦了一把眼泪，嗔怪说：“越说越离谱，别胡思乱想。”

王素芳之所以在病危的今天跟马魁提起沈大夫，是因为她已经跟沈大夫倾心交谈过了。对于马魁的为人及人品，沈大夫打心眼里喜欢他、信任他和尊敬他。同住一个院，沈大夫对王素芳一家也是真诚以待，是个完全可以信赖和托付的人。所以，她将丈夫、孩子和依依不舍的家托付给了沈大夫。

王素芳对马魁嘱咐了半天，最后说：“还得跟你垫两句话，你和汪永革呀，真有挑破窗户纸的那一天，你们就和好吧。老马，你答应我。”马魁望着妻子点了点头。

马魁安慰妻子，希望她快点好起来。夫妻俩还畅想着女儿结婚生子的场景，马魁退休后带着王素芳去北京、上海等大城市旅游的情景。这些空中楼阁让王素芳眼含热泪，她静静地躺在马魁的怀里，微笑着停止了呼吸。马魁哭喊着王素芳的名字，将她紧紧抱在怀里，泣不成声。

铁路大院的左邻右舍闻讯来到医院，等候在走廊里。病房门开了，刘主任走了出来，盖着白布的王素芳躺在病床上，由马魁、汪新、牛大力和蔡小年推了出来。马燕扑了上去，撕心裂肺地哭喊着，老吴媳妇和老蔡媳妇搂住失声痛哭的马燕，沈大夫流着泪整理好王素芳身上的白布……

荒芜的山丘一片萧瑟。王素芳墓前，马魁和马燕神色肃穆地在烧纸，灰烬飘向天空。

夜幕降临，铁路大院显得异常安静。

马魁呆呆地看着王素芳的遗像，眼里噙着泪光。马燕端着三副碗筷和一盘菜进来摆到饭桌上。马燕看着马魁，轻声地喊了一声：“爸。”马魁沉浸在悲痛的情绪里不能自拔。马燕看着父亲，有些哽咽：“爸，吃饭了。”马魁急忙掩饰着整理了一下情绪，转过身问："哦，吃饭吃饭，马健呢？"马燕吸了吸鼻子说："我刚给他喂过饭了，这会儿睡了。"

马魁坐到饭桌前，看了一眼王素芳平常坐的位子和空荡荡的凳子及碗筷，眼里盈满泪水。马燕见父亲触景伤情难以释怀，伸手要收走一副碗筷。马魁制止说："放着吧。"马燕默默放下碗筷，边给马魁夹菜边说："爸，快尝尝我做的菜，有没有我妈做的……"她意识到自己提到了妈妈，不说话了。马魁情绪激动起来，陷入自责中："你说我怎么这么粗心呢，你妈她都病成那样了，我愣是没发现。唉，我这辈子最对不住的人，就是你妈妈。"

马燕情不自禁地流下泪来，安慰父亲道："爸，你知道吗？自打你被关进去以后，我就没咋见妈笑过。你回来以后的这几年，我妈天天都乐呵呵的，我觉得我妈，她挺开心的。"马魁体会到女儿的用心，更加难过，低下头吃饭，其实是难以下咽。马魁哽咽着说："你妈啊，她……她这一辈子就只想着咱们全家团圆。"

马燕一边流泪，一边低头吃饭。过了一会儿，马燕调整了一下情绪，抬起头对父亲说："爸，你放心，咱们全家还跟我妈在的时候一样，咱好好过日子。"马魁低着头说："嗯，咱们好好过日子。"

父女俩没有再说话，低头吃起饭来。

夜色渐渐深了，马魁习惯性地脱了鞋子和袜子，坐在平时睡觉前泡脚的位置发呆，黯然神伤。马燕端着一盆水，放到马魁脚下。马魁有点意外，愣住了。马燕试了试水说："这温度正好儿呀，你赶紧……泡脚。"马燕说着又走开，随后拿了张报纸过来，递给父亲说："给，今天的报纸。泡完脚早点睡觉。我去给你把床铺好。"说完走向马魁的房间。

马魁望着闺女的背影，十分感动。闺女似乎一夜之间长大了，懂事了。

马燕走到父亲的房间门口，回过身说："爸，被子给您晒过了，这几天您都没有休息好，您得好好睡觉，养好精神才能上好班。今天晚上我带着马健睡，省得他折腾您休息不好，明天我就搬下来住，方便照顾你俩。"马燕说完，就去了马健的房间。

马魁看向王素芳的遗像，喃喃地说："素芳，你看见没，咱闺女能撑起这个家了，你就放心吧。"

时光飞逝，转眼又到了大雪纷飞的冬天。

马魁、马燕和汪新各自在工作岗位上忙碌着。

自从母亲去世后，马燕除了工作，还把家里家外收拾得好好的。她像母亲一样对弟弟和父亲无微不至地照顾着，让他们感觉到还像从前母亲在时一样。

雪下得太大了，马燕家门口堆了厚厚的一层雪。她拿着扫帚清理着门前的雪，汪新拎着一把铁锹走了过来，夸道："够勤快的呀。"马燕抬头看了汪新一眼，问道："你咋又溜回来了？"汪新帮马燕铲着雪，说道："啥叫溜回来，这不礼拜天嘛！马叔呢？"

马燕气喘吁吁地回道："跟车呢。你找他有事儿？""没事儿，都不在一个单位了，能有啥事儿。"马燕听出了汪新话里话外的意思。试探地问他是不是想回宁阳，要不要她让父亲给单位领导垫个话，想办法把汪新调回来。汪新婉拒了，说要靠自己的能力体体面面地回宁阳。马燕笑话汪新跟自己父亲一个样，死要面子活受罪。

俩人一边唠着嗑，一边铲着雪。汪新心疼马燕，说天冷让她回屋暖和暖和，马燕想跟汪新一起铲雪，死活不回屋里。直到俩人清扫完门口的雪，才进屋喝了口热水。

傍晚，马魁推着自行车进了大院。他走到门口，脱下鞋磕了磕鞋底的泥土，推门见屋子收拾得干干净净。他进里屋看到儿子马健在小床上睡得很熟，他从里屋出来，拿起坐在炉子上的水壶倒上热水，然后走进厨房。马燕正在做饭，一见父亲回来便说："回来了，爸，晚饭一会儿就好，你先洗把脸哈。"马魁满脸笑容地说："这里里外外的，这都是你收拾的？我姑娘可真行。"马燕告诉父亲，汪新帮她铲了门前的雪，还帮她把快要熄灭的炉子生好了。马魁脸上的笑容瞬间消失了，只淡淡地回应了闺女两个字："是吗？"

马燕一边做饭，一边夸汪新，甚至还拿马魁的新徒弟小胡跟汪新比，说小胡照汪新的话差远了。她还一个劲地劝父亲好好待汪新，想想办法把汪新调回来。马魁听着闺女夸汪新，冷冷地哼了一声。马燕把汪新回来后对父亲和他们家的各种好处都一一列举了出来，马魁其实心知肚明，但就是嘴上不饶人。马燕笑着对父亲道："其实我知道，其实你也想汪新回来。"他端着闺女炒好的菜，来了句："他爱上哪儿上哪儿去，跟我没关系。"马燕看着父亲的背影做了个鬼脸，马魁回过头来，意味深长地说："跟你也没关系。"

马燕是个要强的人，并没有因为照顾家里耽误工作，她在国营商店也是一把好手。这天，马魁领着三岁的马健来找闺女，商店里放着歌曲《年轻的朋友来相会》："年轻的朋友们，今天来相会，荡起小船儿，暖风轻轻吹……"

爷俩走到卖咸菜的柜台前，一个女售货员热情地跟马魁打招呼："马叔您来了。”马魁问女售货员：“我临时出门，孩子没人看了，马燕呢？”“她说身体不舒服，请假回家了。”“我怎么没碰上她，走多久了？”“能有五分钟吧！你们可能走两岔去了。”听完女售货员的话，马魁就对儿子说：“马健，走。”马健要赖说：“走不动了，抱抱。”“都抱一道了，还抱抱？”马健伸出小手说：“抱抱。”

马魁无奈，蹲下身说：“抱不动了，背着行吧？”马健高兴地趴在父亲背上，马魁背着马健大步往家赶。

爷俩一进屋，马燕就迎了上来：“爸，你俩去哪儿了？”“找你去了呗！我得去开会，寻思把马健交给你。”“交给沈姨多好。”“也不能总让人家带呀！”马燕撇了撇嘴问：“得去几天？”“说不准，你又哪不舒服啊？”“这话说的，像是我总不舒服一样。”“隔三岔五就请假回家，工作还能不能干了？”父女俩你一言我一语拌嘴打闹着，俩人谁也不服对方。

临走时，马魁语重心长地对马燕说，有个好工作不容易，一定要踏踏实实工作，别三天打鱼两天晒网。他还特意嘱咐马燕说，马健需要细心照顾，尤其是要防范人贩子。马燕噘起嘴一边叹气一边催促父亲赶紧走，马魁在闺女的叹息声中走出家门。

第十三章

春天是四季最美好的季节，给人希望，令人向往。

会议室里，乘警屏息静气，认真听着胡队长阐述重大案情，随后他将铁路刑警队的同行介绍给大家。

铁路刑警队的姜队长说："废话不说，开门见山。前一阵子，有一伙毒贩通过铁路线运毒贩毒，想必大家都知道了。现在，这伙人的黑手终于还是伸到咱们宁哈这条线上了。昨天，海河站的一个列车员，在例行检查的时候发现，有人把毒品藏在烧鸡肚子里运送。我们得知后，正准备侦查，可到底还是晚了一步，烧鸡被扔了，我们也没逮到犯罪嫌疑人。不过我们有目击证人，他住在哈城。这个案子非同一般，很多同志对毒品不熟悉，我想把马魁同志调到刑警队协助破案。马魁同志，你有没有意见？"

"服从上级安排。"马魁话音刚落，姜队长立即下达了任务："好！那就这么定了！你马上去趟哈城，那边会有人跟你接洽。"马魁站起身来说："姜队，我有个请求。""说。""给我派个帮手。"马魁和姜队长讲了他所需帮手的条件，胡队长是个明眼人，直接给姜队长推荐了汪新。马魁打心底里感激胡队长给汪新和自己一个台阶。

汪新终于如愿以偿，接到命令的他恨不得插翅飞到师傅身边。为了不打草惊蛇，汪新乔装打扮了一下。

蒸汽机车停靠在宁阳火车站的站台上，乘客人头攒动，扛着大包小裹挤上车。

马魁穿着便衣，戴着破帽子，胸前挂着破布兜，手里拎着破袋子，左顾右盼地走了过来。汪新与马魁的打扮差不离，人群中，他看到了马魁，略显激动地说：“师傅，我来了！”汪新感谢马魁帮他实现了当刑警的理想，今后就瞧他的实际行动和表现吧。

马魁冷静打量着汪新，他蹲下身，摸了摸地面的尘土，站起身在汪新的脸上抹了两把说：“别嘚瑟，以后干的事儿，都得对得起‘刑警’这两个字！还有，你的手太干净了，自己搓搓。”“用得着这样吗？”“少废话！”“还是这副脾气，我是又要遭罪了。”汪新嘴里嘟囔着，还是依照师傅的话，一丝不苟地执行。“不愿意干是吧？那就滚回你的小站去！”“我知道您舍不得我，要不也不会把我从小站里捞出来。”“你个小样！再跟你嘱咐一句，师傅私下里叫，办案的时候还叫马叔。”“是，师傅！”“记住了，干刑警这行，比贼还得贼！拿东西，走了。”马魁说着，支使汪新提着破袋子，两个人朝车厢走去。

汪新一提起破袋子，就听到里面叮当响，他心下好奇，想问问马魁，估计他也不会说，索性闭上了嘴。

师徒二人走进车厢，分好工各自行动。马魁来到餐车，老陆看到马魁的行头，笑着说：“老马呀！你这一捯饬，我差点没认出来，干刑警可比干乘警遭罪多了。”顺着老陆的话，马魁调侃道：“不遭罪还不干呢，好的就是这口。”老陆哈哈一笑：“宝贝都带全了？缺啥少啥，车上给你备点。”“东西多了累得慌，差不多就行了。”“不是还有小汪嘛！”马魁一本正经地说：“他得留着力气保护我呀！”“这是大实话。”

蒸汽机车隆隆地在黑夜中穿行。马魁一个人坐在临近过道的座椅上，假装打瞌睡，眼睛却悄悄地注视着车厢里。

衣着光鲜的侯三金走了过来，他瞥了马魁一眼，没认出来，继续朝前走去。侯三金的小动作没有逃过马魁的眼睛，望着他的背影，马魁咧嘴一笑。

不久，有人拍了拍马魁的肩膀，他抬头一看，只见一个高大魁梧的中年人，从他身边走过。这人背着手，用手掌向马魁打着招呼，马魁立即会意，毫不犹豫地跟了上去。两个人一前一后走到了车厢连接处，马魁轻声喊道：“彭明杰。”彭明杰用手捶了一下马魁，满面笑容地凑近他，压着嗓门说：“这身打扮，差点晃了我的眼。”马魁见着多年不见的老朋友也很开心：“我就是把脸罩上，你也认得出我来。”“真没想到，咱俩在这趟车上碰见了，又干上老本行了？”彭明杰问道。

马魁有些感慨地将这些年他的挂念，以及如何寻找老朋友的事儿都说给了彭明杰听。彭明杰告诉马魁，这些年也惦记着他，这次偶遇纯属机缘巧合。他告诉马魁，他闺女在宁阳上大学，看完闺女就要返回哈城。

俩人聊了一小会儿，彭明杰知道马魁有任务在身不便多聊，便意犹未尽地相约以后在宁阳见。彭明杰将现在的工作地址告诉了马魁，如果在哈城有事可以随时找他。

马魁与彭明杰分开后，各回各位。另一节车厢里的汪新，此刻正与小偷较量。

汪新坐在座位上正假寐，一个小偷将手伸进了他的衣兜。小偷的手刚伸进去，就被汪新逮了个正着。只见他用胳膊夹住小偷手臂，反手抓住小偷的手。小偷吓了一跳，想挣脱汪新，几番挣扎无果后，只得束手就擒。

汪新抓小偷的全过程被坐在不远处一个五十来岁的中年老贼看在眼里，他暗自长叹了一口气，闭上了眼睛。

汪新把小偷交给了小胡，待一切处理完毕，小胡怀着崇拜的心情向餐车走去。

汪新和小胡虽然都是马魁的徒弟，却是第一次一起共事。过了好一会儿，小胡走过来找汪新，汪新问道："都交代了？"小胡对汪新说："他倒是不想交代，可手在你兜里呢！抓了个现行，就算铁嘴钢牙，也不好使了。师兄，你可真厉害，神不知鬼不觉，就把小偷给抓住了，你是没看着，那小子现在还一脸蒙呢！"

小胡这番恭维，汪新很受用。他有些得意地说："没这两下子，敢在马腚后面转吗？不得挨踢呀。"机灵的小胡听出了汪新话里有话，立即为马魁辩解道："说哪儿去了？师傅的脾气可好了，从来不发火。"汪新没想到小胡居然这样说，试探道："师傅不在，你就别编瞎话拍马屁了，手腕子骨折过几回了？""什么意思，我没听明白。""他没骂过你，没跟你动过手？"汪新一看小胡发蒙的样子，不相信地继续问小胡。"没呀！"小胡真诚地说。"跟我还玩虚的？"汪新见小胡回答得挺干脆，不禁有些纳闷。

"真没有，就算那回他为我伤了腰，都没骂过我半句。我爸还说呢，警察堆里怎么会有脾气这么好的人。师兄，师傅他训过你？"小胡反问汪新。"怎么会呢，咱师傅是好人啊！"汪新说得言不由衷。他就是想不通，同一个师傅，咋就对两个徒弟两张脸呢？说出去还不能让人信。"师兄，师傅总当着我的面表扬你，让我多向你学习。我说的可都是真的，和他搭档的这段日子，他满嘴都是你的好，我在他眼里就是个窝囊废。"小胡说到最后一句的时候，语气有些低沉。汪新马上安慰说："你才干这行多久啊，等经验足了就好了，别泄气，好好干。"小胡听了汪新的话，脸上的笑容又回来了，他向汪新敬了个礼："向师兄学习。"汪新拍了拍小胡的肩膀："好了，不唠了，去忙吧！"

小胡走开了，汪新想着小胡的话，一头雾水。他心下不明，师傅马魁到底藏了几张脸。

行驶的列车，穿过茫茫原野。蒸汽机的轰鸣声及铁轨的摩擦声，在寂静的夜里显得格外清晰。

马魁坐在座位上，看到老瞎子摸摸索索地走过来，遇到乘客就伸手讨要："好心人，给口吃的吧！"瞎子走到马魁身边，越过他，朝邻座乘客讨要。他如愿以偿地讨到了一个烧饼，对着乘客千恩万谢："好人有好报，一路平安。"

马魁那双鹰一般的眼睛，把老瞎子的一举一动都看在眼里。他望着老瞎子离开的身影，若有所思。老瞎子坐在车厢连接处吃着烧饼，马魁走了过来。经过老瞎子身边时，他伸腿绊马魁，却被马魁闪开了。老瞎子笑呵呵地道："这回没得手。"马魁回过身，问他："你怎么知道是我呢？"老瞎子说："脚步声熟悉呗！"马魁对老瞎子来了兴趣："不光鼻子好使，耳朵也这么灵？"老瞎子提高声音："眼睛瞎了，再没点别的本事，就活不起了。"

马魁饶有兴趣地继续问："你刚才怎么不跟我要吃的？"老瞎子啃了一口烧饼说："你也没给呀！咋变成破衣烂衫的捂巴味了？"马魁有些佩服这老瞎子，由衷地说道："得亏你是个老实人，要不我这活没法干了。"老瞎子吸了吸鼻子，说："放心吧！我这鼻子耳朵都过风，就嘴严实。""老哥，你这鼻子是咋练的呀？等我也练练。"马魁想要问出个名堂来，不料老瞎子却说："都是逼出来的。眼睛不瞎，练不明白。"马魁一听，顿时没了兴趣："行了，你慢慢吃吧！"马魁说完，扭头就走了。老瞎子对着马魁离去的方向笑了笑，开始大口大口地吃着烧饼。

火车减缓了速度，即将经过一个小站。

马魁去了最后一节车厢，他把着车尾列车车门，朝外望着。当火车慢速通过小站时，他拿出怀里的一个报纸包，朝车外站台扔去。

傻二站在站台上，他伸着双手接飞来的报纸包，没接住。傻二身旁的一个工作人员捡起报纸包。傻二朝火车傻笑着，高声喊着："妥妥地！妥妥地！"

站在列车车尾的马魁望着傻二，笑着朝他招了招手。

火车渐行渐远，傻二直勾勾地傻傻望着，一旁的工作人员提醒他："别望了，看看这回是啥吃的。"工作人员说着，就要打开报纸包，傻二一把夺过来，紧紧抱在怀里。工作人员笑着对傻二说："没人跟你抢。"

傻二打开报纸包，里面是两张油饼夹着摊鸡蛋，他咬了一口饼，嚼着嚼着，一咧嘴："香香地！妥妥地！"

到了哈城时，马魁和汪新带着他们的破烂行头，进了一家简陋的小旅馆。俩人上了旅馆二楼，二楼灯光昏暗，居然还点着蜡烛。

汪新有些纳闷地问："这不是有电吗？怎么点这么多蜡烛。""估计是电压低。"马魁说道。"这是杨白劳住的吧？"汪新有些抱怨。"比我当年做刑警的时候，住得好多了。那时，我为了一个案子，在这里一户老农家的柴火垛里，窝了三天三夜，你就知足吧！"马魁一听汪新说话的语气，立即现身说法教训道。

汪新知道爱干净是个毛病，他可不敢真的抱怨。为了案子，他什么都可以接受，他环视四周，放下破袋子。马魁严肃地说："轻点放。""一路上拎个破袋子，还当成宝了。""不是当成宝，它就是宝，打开看看。"汪新把破袋子打开，里面装的是油、盐、大酱、大蒜、挂面等物品，还有一口锅和一个电炉子。

汪新一看，这家伙什一应俱全，惊讶地说："您这是把家都搬来了。""不搬来吃什么？"马魁没好气地说道。"做饭多麻烦呀！出去吃多好。"汪新不以为然。"外面人多眼杂的，稍不留神，咱俩就得暴露了。干咱们这行，就怕这个。""说得有点邪乎了吧？""我在车上，就被两个人给认出来了。""我这倒没有，对了，我还悄没声地抓了一个小偷呢，是这么回事……"汪新刚要滔滔不绝地讲下去，就被马魁打断："别扯没用的了，赶紧做饭！"

汪新心里虽然有些不爽，但马魁毕竟是自己师傅和长辈，他还是听话地插上电炉子放上锅，开始做起饭来。他脑海中突然闪过这次任务，有些好奇地一边搅着锅里的面条，一边问马魁："师傅，这人为啥要吸毒啊？"

"为啥的都有。有的人看别人吸，好奇，以为那玩意能提神醒脑，跟抽烟差不多。还有人是瞎逞能，以为不会上瘾。总之一句话，这东西害人不浅，一旦沾上就是家破人亡、妻离子散。"马魁认真地说道。"当年鸦片战争的时候，咱国家就被这东西给祸祸了，一百多年抬不起头来。这好容易过上点好日子，这东西又出来祸祸人，这回一定要把这毒贩子揪出来。"汪新眼神坚定地说道。

师徒俩正说着，突然灯闪了一下，接着，电炉子噗的一声，灯和电炉子全灭了。汪新立即意识到，这是短路了，他走到屋门前，刚打开门，就听到了一片吵嚷："怎么没电了？把电通上！"

汪新马上反应过来，关上门说："马叔，得赶紧把电炉子藏起来！"汪新说着，迅速拿下锅，就要收电炉子，可是电炉子太热，把他的手给烫了。

急促的敲门声传来。汪新打开门走出去，随手关上门，店主怒气冲冲地质问："煮啥呢？点电炉子了！"汪新见藏不住，只好如实回答："下一碗面。""我说咋没电了，谁让你们用电炉子的？""您也没说不能用电炉子啊！""这还用我说吗？把电炉子给我！”

汪新和店主僵持不下，他俩的对话马魁听得一清二楚。他打开门，走出来对店主说：“同志，不好意思，都怪我们不小心，给您添麻烦了。这样，电炉子我们不用了。”店主不依不饶地说：“那也不行，给我！”马魁赔着笑脸：“太烫了，要不等一会儿，我给您送去。”店主指着马魁说：“这可是您说的，要是敢忽悠我，让你们吃不了兜着走！”

店主对师徒俩连恐吓带威胁的，他的嚣张气焰，让汪新气不过，嘴里嘀咕着：“给你厉害的！”转身要走的店主一听汪新的话，回过头来气势汹汹地问道：“你说啥！”马魁立刻上前解围：“没事没事，他说您说得全对，您厉害。”马魁说着，给汪新使眼色。

待店主走后，师徒俩回到屋里，汪新仍旧气愤难平：“有话就好好说呗！呜嗷喊叫的，吓唬谁呢！”“咱们是警察，就是穿上这身破烂衣裳，也一样有警察的味儿。老贼的眼睛尖，鼻子更好使，所以要尽量少惹事。往后，你给我记住了，出门在外，不闹事不惹事，就是别人欺负咱，咱也得忍着。”马魁对汪新教训道。听完马魁的话，汪新觉得是这个理，点点头说：“我知道了，面条没煮熟呢，咱们出去吃吧！”马魁瞪了他一眼，问道：“出去吃，你花钱？”汪新嘟囔着说道：“我可没钱。”“那就将就吃吧！”说完，马魁拿起碗筷，吃了起来。师徒俩吃了一锅半生不熟的面，吃得满头大汗，吃出了人生百味。

小旅馆的夜，散发着爷们儿味儿。

马魁上了床，脱了个精光，他把所有衣服挂在衣挂上。汪新坐在床上，他可受不了这样，比起马魁这糙老爷们儿，汪新可真算是精致小年轻。马魁的这一番操作，他真是长了眼了，吐槽说：“马叔，您这就有点过了吧？”马魁不解地看着他。“您以为在家呢，还脱个光溜？”汪新补充地说道。马魁不以为然地说道：“脱了睡得香，睡得更健康，你也脱了吧！”

“这被子多埋汰啊！我才不脱呢！”汪新说着，掀开被子，竟然看到了被头上全是字，密密麻麻的。汪新吃了一惊：“马叔，您看这被子，上面写的全是字！”“咋呼什么？那都是老客的账本。”“哪有往被子上写的，还讲不讲点文明了！”“就你文明人儿，睡吧！”

汪新无奈地关灯上床，他闻了闻被子：“这味儿啊，呛鼻子。”马魁没好气地说道：“你怎么满身毛病啊？不能干就回去！”“说说还不行啊！我这肚子还咕噜叫呢，饿得慌。”“赶紧睡吧！睡着了就不饿了。”马魁说完，背过身闭上了眼睛。良久，汪新见马魁没再说话，他也捂住鼻子，闭上眼，渐渐地进入了梦乡。

哈城的春夜，寒冷而静谧。

天刚亮，汪新还在梦中，就被马魁掀开被子：“起床了！赶紧收拾收拾，出发！”汪新用手挠着身体说：“这身上怎么这么痒啊！”马魁调侃道：“虱子吃早饭呢，能不痒吗？”汪新哭丧着脸说：“您知道有虱子，怎么不早跟我说？”“我说了呀！让你脱光了睡，是你不听啊！”马魁笑着说道。汪新叹口气：“您真是我师傅啊！”

师徒俩说着话，收拾好随身带的物件，离开旅馆去了哈城的一座民宅里。这座民宅是一位目击证人的家。敲开门说明来意，目击证人向马魁和汪新描述嫌疑人的大致相貌特征，再多的他也说不清。马魁想了想，继续问道：“知道他在哪站下的车吗？”目击证人摇了摇头：“不清楚。”汪新根据目击证人的描述，画了素描肖像拿给他看，问道：“您看，画得像那个人吗？”

目击证人仔细看了一会儿说：“八九不离十，就是眼睛画得有点大，你们一定要留意，那人的右手少了根小拇指。”马魁一听，心里有谱了，向他致谢。目击证人担忧地说：“谢倒不用，只是千万别把我露出去呀！”马魁认真地说：“放心吧！保护证人是我们的责任。”

师徒二人离开民宅，直奔哈城火车站乘警办公室。乘警围着马魁和汪新带来的嫌疑人肖像，仔细辨认着，终于有两位乘警认出了该嫌疑人。

一位乘警回忆说：“画像上的人我见过他，有一回车上乘客打起来了，他还拉架来着，记得是在三山县下的车。”另一位乘警补充说道：“这个人经常坐三山县到北岭镇的车，因为他缺了一根手指，所以售票员对他印象很深刻。”

根据两位乘警提供的信息与线索，马魁和汪新马不停蹄地到了三山县客运站。与站内负责人沟通后，他们去了售票处，换上了客运站工作人员的制服，以售票员的身份一边售票，一边警觉地观察着乘客。

汪新紧盯着每一双伸进小窗口的顾客的手，看着顾客点钞票、买车票。时间一分一秒地过去，持续的时间长了，汪新有点犯困，在一旁的马魁顺手捏起一截粉笔头，嘭的一声弹了出去，正中汪新脑门。汪新打了个激灵，正要质问马魁，就在这时，一只戴着手套的手捏着一张钞票伸了进来说：“北岭镇。”

汪新接过钞票，撕了一张车票给他，然后给他找零钱。他接过车票和零钱，数都不数就放进衣兜，转身走了。

这个人的举动引起了汪新的注意，他凑近马魁说：“师傅，你注意到刚才那人了吗？都这个时候了还戴着手套，肯定有问题，而且长得跟画像上很像。”其实马魁也盯上了他，师徒俩互换了下眼神，匆匆换上便装来到客运站候车室，不动声色地跟着那人。

大客车载着一车吵吵嚷嚷的乘客，行驶在路上。汪新坐在靠近过道的座位上，马魁坐在靠窗处。马魁嗅了嗅汪新的衣服，汪新不解："闻啥呢？"马魁暗笑："味儿不错。"

汪新没好气地刚想反驳，正在此时，就听售票员说："一道坡站要到了，下车的同志准备下车！"看着那人起了身准备下车，汪新示意马魁："机会来了，我过去？"马魁低声说道："等会儿，别急。""他要下车了！不能让他跑了啊！"汪新悄声说着，就要起身，被马魁使劲摁下。

果然，只听那人问售票员："这是哪儿呀？"售货员答道："一道坡。""睡糊涂了，差点下错车。"那人说着又重新坐了下来。但是他没有坐回原位，而是找了一个邻座有乘客的座位，靠窗坐下了。

大客车继续前行，汪新压着嗓子问马魁："他怎么换座了？"马魁压低声音："咱们已经暴露了。"汪新有些不信地低声问："他下车是在试咱们？"马魁淡然道："你说呢？他换座就是怕你坐过去。"汪新自信地说："也好，起码把贼叼住了，跑不了他！"

路面不平，大客车减速行驶，那人看似悠闲地闭着双眼，马魁和汪新却一刻也不敢放松地紧盯着。

大客车缓慢地驶过路面上凹陷的大坑，突然那人打开车窗纵身跳了出去。汪新迟愣了片刻，紧跟着跳了出去。马魁急忙大喊："停车！"

三人在原野上追逐着，眼看汪新就要追上那人，只见那人站住身，突然掏出枪："你们再追，我就开枪了！"

汪新站住身，气喘吁吁地用手捂着腰间，注视着他。马魁举着双手说："不要开枪，有话好说！"那人用枪指着汪新说："哥们儿，要是缺钱，尽管说话，我保证不还价！""这位兄弟，你犯了什么案子，你自己清楚。我们两个人盯上你了，要是想跑，肯定是跑不了。眼下，你唯一的出路是立功，这样就能减刑，要是立了大功，那你在里面待不了几年，就自由了。"那人情绪激动起来："你少忽悠我，谁说我跑不了？你们再追，我就杀一个不赔，杀俩赚一个！"马魁继续劝道："那你就犯了杀人罪，是非死不可呀！我可是好心好意给你指了条活路，你还奔着死去吗？"那人越发激动地叫嚷："少说废话，你们今天要是放了我，咱们都能活！不然就同归于尽！"

汪新望着马魁，马魁举着双手摇摇头，那人见汪新和马魁没动，便擎着枪倒退着，趁机转身就跑。马魁对汪新严肃地说："我不让开枪，坚决不能开枪！"汪新坚定地点点头："我明白。"马魁叮嘱道："一定小心。"

师徒俩追着那人，到了一个小村子。

只见那人跑到一处民宅外，随即钻进了民宅。马魁和汪新见状，便从两侧包抄过去。马魁望着民宅，沉思片刻后，走到民宅门口，敲了敲门，没人答言。过了一会儿，民宅里传来孩子的啼哭声，只听那人大喊道："孩子在我手上，你们别进来！"

汪新一听那人劫持了孩子，一时情急就要往里闯。马魁一把拦住他："你不要命，孩子还要命呢！去盯后窗！"汪新听了师傅的话，飞速跑向后窗。

这时，一个扛着锄头的农民走了过来，盯着马魁，马魁问："这是您家吗？"

"是啊，你是干啥的？"那农民说。情况紧急，马魁简明扼要地将事情经过告诉了这个人，他一听就急了，担心孩子万一有个三长两短，他也没法活了。马魁再三向他保证，孩子一定会平安无事，他才稳定了下来。

警察追凶事件引起了围观，小村子顿时热闹起来，当地刑警得知情况后也加入进来，和村长一起守在民宅外。

马魁向当地刑警和村长说明了情况，然后制定了策略和分工。村长负责将围观的村民说服离开，马魁、汪新和刑警们研究了策略，在保证孩子安全的前提下，逮捕犯罪嫌疑人。

马魁找到房主了解他们家住房的结构，并让汪新一一将细节画出来。汪新画好后，又与房主确认了一遍，马魁才对当地刑警说："这样，你们在外面，我进去。"马魁说着，指着纸质平面图重新部署人员安排。

重新做了部署后，马魁走到门口对着屋内的嫌疑人喊话："兄弟，你冷静点，有啥要求可以提出来，千万别伤着孩子。你这是小案子，可要出了人命，就是大案子！给自己留条后路。"嫌疑人对马魁喊道："你们不许进来，我手里可有枪。"

听马魁以喊话的方式吸引嫌疑人的注意力，在后窗潜伏的汪新擎着枪，一点一点从窗口爬进民宅。他躲在门后，通过里屋衣柜上的镜子，目不转睛地盯着嫌疑人。

只见拿嫌疑人手里拿着枪，站在孩子身边，他不时地望向后窗，又不时地望向屋门口。汪新屏住呼吸，一动不动地蛰伏着，等待时机。

马魁持续向屋内喊话，吸引着嫌疑人的注意力。

马魁使尽浑身解数，嫌疑人根本不吃他那一套，越发地暴怒起来。良久，嫌疑人在屋里突然没有了动静。马魁的心提到了嗓子眼，万一嫌疑人对孩子……他急得像热锅上的蚂蚁，额头也渗出汗珠。情急之下，他猛地挥手敲击着窗户。忽闻砰的一声枪响，嫌疑人开枪将玻璃窗打得粉碎。得亏马魁躲得快，否则后果不堪设想。

说时迟那时快，汪新一个闪身到了嫌疑人身后，他转身时，汪新的枪口对准了他的脑门。另一只手反手抓住嫌疑人拿枪的手腕。嫌疑人疯狂地想要挣脱，但被汪新抓得死死的。嫌疑人恼羞成怒地扣动了扳机，与此同时汪新也果断地开了枪。

砰砰两声枪响，马魁猛地冲进屋子，震惊地看着眼前的景象：嫌疑人躺在血泊中，额头上一个弹孔。汪新举着枪呆滞地站着，他身后墙上有个醒目的弹痕。马魁看着汪新问："汪新，你没事吧？"汪新没说话，面无表情地走了出去。一个当地刑警上前抱起吓坏了还在哭闹的孩子，紧跟着走了出去。

汪新提着枪，喘着粗气站在院子里。马魁走过去拍了拍他的肩膀，以示安慰。汪新收好枪，有些踉跄地走出了院子。马魁站在院里，望着汪新的背影沉思。

村供销社里，汪新给马燕打电话。电话那头，马燕对着嗞嗞啦啦有噪声的话筒喊："喂，哪位？"

"我……"汪新声音低沉地说。"哦，你呀，你在哪儿呢？没跟我爸在一块啊？"马燕声音欢快地说道。汪新仍低沉地说："在呢！"马燕调皮地说："找我啥事儿啊？"汪新沉默着，此时的他心里五味杂陈，他多想马燕此时就在自己身边。沉默良久，他稳定了一下情绪，吞吞吐吐地说："没事儿……就想听听你的声。""我声音有啥好听的？这电话里嗞嗞啦啦的，听得也不真亮啊！你真没事儿？"马燕关心地问道。

"我和师傅在哈城呢！你有没有啥东西要买，给你捎回去。"汪新没回答马燕的问话，岔开了话题说道。"不用，我就在国营商店上班，我们这儿买不着的，哈城也买不着。你就这事儿啊？"马燕有些不放心地继续问。"嗯，就这事儿。"汪新欲言又止。马燕小嘴吧吧地对汪新一阵叮嘱，告诉他还在上班，便挂了电话。汪新拿着已经被马燕挂掉的电话，长长地出了口气。

打完电话从供销社里出来，汪新浑身瘫软一般，一屁股坐到石阶上。自己开枪击毙犯罪嫌疑人，犯罪嫌疑人倒地，血从他脑后流了一地的那一幕在脑海里不断地闪回……

马魁走了过来，看着汪新，也坐到石阶上。

汪新看着远处问："师傅，做您的徒弟，我算合格不？"马魁没直接回答，却肯定地点了点头说："百分之九十九的警察，一辈子也没机会开枪击毙犯人，你也算百里挑一了。”汪新笑了笑。马魁继续说道：“你还知道给家里报个平安，你爸没白养你这儿子。”汪新没回应马魁的话，他淡淡地笑了笑：“师傅，刚才惊着您了吧？都吓出眼泪了。”马魁赶紧解释说：“那是眯眼睛了。”

“您敲窗户太是时候了！就是太危险，万一他要是打中您……现在想想都后怕。”汪新看着马魁，认真地说。马魁没接汪新的话，汪新有些动容地说：“师傅，谢谢您！”

马魁站起身，对汪新说：“咱们铁路公安今年的第一枪，让你小子给打了，打得好！不过呢，你小子也别嘚瑟。”汪新知道马魁接下来的老套路，他要被训了。在大巴车上暴露身份、不听指令跳窗追嫌疑人，这都是案件潜伏者的大忌。他深感自己阅历太少，仗着年轻气盛，枪法在地方拿了个第一就心高气傲的毛病，的确应该受到批评。所以，汪新主动向马魁认了错，马魁见汪新承认了不足，呵呵一笑说算是将功补过。汪新心里清楚，马魁在心里多多少少算是认可他了。

贩毒案件因嫌疑人被击毙暂时告一段落。返程的火车行驶着，马魁和汪新坐在临近过道的座位上闭目养神，师徒俩因前些日子跟进贩毒案高度紧张，累得够呛，一放松下来都睡着了。俩人睡得正酣，忽听有乘客大喊：“他抢我东西，抓住他！”

马魁和汪新同时被惊醒，只见小温州慌慌张张地向马魁这边跑来，在经过马魁身边时，他伸腿把小温州绊了个大马趴。小温州趴在地上，拼命地啃着手里的馒头。闻声而动的两个乘客按住小温州，汪新一看忙对马魁说：“马叔，这不是卖眼镜那孩子吗？”

小温州自顾自地啃着馒头，乘警小胡赶了过来，被抢乘客看到小胡，指着小温州说：“警察同志，这小子抢我吃的！”小胡望着小温州严肃地说：“你起来，跟我走！”小温州从地上爬起来，看见了马魁和汪新，马魁扭过头，闭着眼。他刚张了张嘴，就被小胡厉声制止：“看什么看，赶紧走！”

小温州被小胡连拉带拽地带走了，望着他们的背影，汪新低声说：“马叔……”汪新话还没说出口，就被马魁制止：“闭嘴！”

餐车内，小胡坐在桌前，小温州站在一旁啃着馒头。“别吃了。”小胡说。小温州赌气似的索性把剩下的馒头全塞进嘴里，喘了口气：“吃完了。”“说说吧，怎么回事？”小胡一边做笔录一边问。小温州一脸无奈和可怜样儿，向小胡说出了事情原委。原来他是卖眼镜的，因为列车上有规定不让乘客在火车上私自兜售相关产品，所以被没收了。他没了收入来源，好几天没喝水吃饭的他实在是饿急了，便情不自禁地伸手抢了乘客的馒头。

小胡听完小温州的交代，对他做了严厉的批评教育。正好马魁和汪新也来到餐车，小胡将小温州抢乘客馒头一事的前因后果向马魁作了汇报，并征求马魁的意见。汪新替小温州求了情，征得马魁同意后，在马魁的嘱咐下，汪新为小温州解决了返乡一路上的温饱问题。

小温州感激涕零地向马魁保证以后不再做投机倒把的事儿，并把仅剩的一副眼镜送给汪新，汪新说什么也不要。他提出用钱买下小温州的这副眼镜，小温州不愿意收汪新给的钱，俩人推来推去，最后汪新征求了马魁的意见，用一毛钱买下了眼镜。

汪新将蛤蟆镜戴给马魁看："马叔，你看我，像不像麦克·哈里斯？""谁？"马魁不知所云地问。汪新皱了皱眉说："《大西洋底来的人》，您没看过？"马魁不以为然地说："大西洋底还有人？扯犊子呢！摘了！"随后指着汪新说："警告你啊！这玩意只许下了班戴，敢上班戴这玩意，还跟上回一样。"汪新悻悻地摘下眼镜。师徒俩默默地望着列车窗外。

火车到了宁阳，师徒俩一下车，直奔刑警大队队长办公室，给姜队长汇报案情经过。听完报告，姜队长激动地看着马魁，又看了看汪新，拍了拍他的肩膀说："老马，小汪，辛苦了！"汪新向姜队长敬了个礼："不辛苦，人民警察嘛！就应该时时刻刻以保护人民生命财产为己任。"姜队长一听汪新的话，呵呵笑了，对马魁说："老马，你这徒弟，觉悟是提高了哈。"马魁瞄了汪新一眼，冲着他说："别给自个儿脸上贴金了，回家睡觉去吧！我跟姜队还有点事。"

"姜队马叔你们聊着，我先走了。"汪新说着，替他们关上门，直奔马魁家，他要给马燕一个惊喜。

一见到马燕，汪新就把蛤蟆镜掏了出来，替她戴上。马燕戴着蛤蟆镜，站在镜子前，左右打量着自己，笑吟吟地望着汪新问："像不像香港歌星？"汪新毫不犹豫地说："像！""这蛤蟆镜老紧俏了，哎，下回你再见着那小温州，问问他打哪儿上的货，回头我也弄一批卖卖。"马燕对眼镜爱不释手，她一边照着镜子，一边对汪新说。汪新摇了摇头，一本正经地说："你可拉倒吧！你一国营商店的大售货员，跑去卖这玩意？让你爸知道了，非打断你的腿不可。"马燕知道自己父亲的脾气和他是讲原则的人，听完汪新的话，虽然嘴上不服，但是也只能想想而已。汪新嘱咐马燕收好眼镜，在马魁回来之前告别了马燕，奔自己家走去。

马魁刚走进铁路大院，看见沈大夫带着马健玩踢球，玩着玩着，马健摔倒了。沈大夫一边扶起马健，一边查看马健的膝盖，虽然摔破了点皮，但是马健挺坚强的而且也没哭。沈大夫对马健进行了夸奖，马健听了沈大夫的夸奖后，高兴地笑了。

马魁把这一切都看在眼里，也记在心里。他真诚地对沈大夫表示了感谢，沈大夫表示因为喜欢马健，闲暇之时便想带着马健玩。两人客气一番之后，马魁带着马健回到了家里。

马燕正在厨房收拾鱼，看到马魁牵着马健从外面进来，忙跟他俩打招呼。马魁答应问："办完事赶紧往回跑。买鱼了？"马燕一边收拾着鱼一边说："沈姨送的。"马魁听完马燕的话，有些过意不去："让人家帮着看孩子，又要人家吃喝，这哪儿行？"马燕无奈地说："我也不想要，可沈姨说买多了，吃不了，是非给不可。"父女俩的谈话，被马健一声清脆的童音打断："我想吃鱼。""就你馋。"马魁捏着儿子的小鼻子说道。

"爸，您歇着去吧！等炖好了我叫您。"听了闺女的话，马魁领着马健走出厨房。不过一会儿，马魁手里拿着墨镜盒进了厨房，质问马燕："哪来的？"马燕支支吾吾地说是同事的，借她戴两天。马魁直接戳穿了闺女的谎言，马燕见瞒不过父亲，便如实说是汪新给的。

马魁以为汪新将出差破案的经过都告诉了马燕，不小心说了汪新在逮捕嫌疑人中遇到危险，好在有惊无险。马燕又惊又喜，惊的是汪新在遇到如此穷凶极恶的嫌疑人时，不顾个人安危就往上冲，差点丢了性命；喜的是汪新是个真爷们儿、好警察，为了百姓的生命财产敢于奉献！她当着父亲的面夸汪新，不料被父亲一盆冷水浇了个透心凉。

马魁承认汪新作为警察很不错，但要过日子，还得像他的另一个徒弟小胡。马燕听完父亲的话，沉默了良久，伤心地走出了家门。

师徒俩配合默契，再立新功。刑警大队会议室内，关于马魁与汪新的表彰会，在吕政委和姜队长的共同主持下举行。

一看到马魁与汪新坐在台下，吕政委率先说："马魁同志，汪新同志，今天这个表彰会，就是为你们办的，请上台坐。"

汪新刚要起身，就听到马魁说："台上坐着不自在，就不上去了。"吕政委笑着说："那怎么行，你们立了功，得跟同志们好好讲讲，上来。"马魁见推辞不过，只好站起身，姜队长笑容满面地说："大家鼓掌！"

在一片热烈的掌声中，马魁与汪新朝台上走去，等他们坐了下来，吕政委声情并茂地发言："同志们，马魁同志和汪新同志去哈城调查走私毒品案。在马魁同志的带领下，他们二人找到毒贩，汪新同志面对持枪毒贩，临危不惧，勇斗歹徒，保护了被毒贩劫持的孩子，受到了群众的一致赞扬，更好地树立了我们人民警察的良好形象！至于具体情况，还得他们二人来讲。马魁同志，你是汪新的师傅，也是这次行动的带头人，你先讲吧！”

掌声再度响起，马魁一时不知如何说，他面向姜队长，略显难为情地说：“领导，我这人嘴笨，又没见过这阵势，讲不好。”姜队长笑道：“老马，你就不要谦虚了，讲。”马魁随口说道：“就这么点事儿，都说清楚了，没什么可讲的了，要是再让我讲，我可下去了。”姜队长无奈地说：“老马呀！真是拿你没办法。”

见姜队长劝说马魁无果，吕政委叹气，他把目光投向了汪新：“汪新同志，那你讲吧！”汪新迟疑地看向马魁，马魁没任何回应，姜队长知道他师徒二人的性情，催促汪新：“同志们都等着听呢！赶紧讲。”

于是，汪新清了清嗓子：“那我就从头说吧！我和马魁同志去了哈城，通过目击证人和当时有关同志得知疑犯的体貌特征，以及曾经出没地等相关线索后，我们日夜兼程，立即赶往……”谁知汪新话音刚落，就听马魁插嘴道：“晚上没车，你怎么赶啊？”汪新解释道：“我是形容咱们急切的心情。”马魁不以为然地说：“有一说一，别虚里冒套的。”

汪新沉默片刻，接着说：“我和马魁同志坐车赶往目的地，我们在售票处蹲守，总算是踏破铁鞋无觅处，还真让我们给蹲着了。我们一路跟踪，跟他上了同一辆车，但是没想到的是，疑犯突然跳车了。我和马魁同志立即下车追踪……”汪新的话再次被马魁打断：“疑犯为啥跳车了？”马魁这么一问，姜队长也紧跟着问：“对呀！他发现你们了？”汪新不知该怎么回答，他犹豫了片刻，望向马魁：“师傅，还是您讲吧！”马魁没看汪新，但却严厉地说道：“你伶牙俐齿的，讲得挺好，但是要注意关键性细节。”听马魁这样说，姜队长对汪新说：“接着讲吧！”

汪新沉默片刻，只好继续讲述：“这里面的事很复杂，一句两句说不清楚，咱们简单点说，疑犯发现了我们，所以突然跳车了。我和马魁同志追踪疑犯，也不知道追了多少里地，疑犯躲进附近村里的一个村民家，让人想不到的是，那屋里有个一岁大的孩子。面对这种情况，我们沉着冷静，先是立刻联系当地公安支援，然后，迅速找来房主，让他画出房屋的平面图……”

汪新刚刚说到这儿，马魁咳嗽了一声，汪新笑了笑，立即更正：“确切点说，是马魁同志提议找来房主，根据房主描述，我来画平面图的，目的就是要弄清楚房屋结构，以便擒拿歹徒，解救人质。等一切都准备就绪后，我主动请缨，进屋抓捕疑犯。马魁同志不同意，但是，我考虑到马魁同志年龄大了，反应能力未必有我……可能跟我不相上下，总之，我当时是一门心思要进去执行任务，生死已经置之度外……”

汪新话还没说完，马魁抢着说：“然后，进去就把疑犯击毙了，把孩子救出来了。这么点事儿，磨磨唧唧讲了这么半天，累不累呀！喝口水润润嗓子吧！”汪新一脸尴尬地说：“不是得着重讲细节吗？”马魁一脸不屑地说：“该讲的不讲，没滋没味的讲半天！再说，疑犯死了，线索断了，案子还没破呢！有啥好讲的！”

汪新语塞，马魁面对大家继续说：“要说汪新同志啊！过去犯了不少错误，如今立了功，这当然是好事。可路还很长，不能居功自傲，要塌下心来埋头练本事，因为他离做一名合格铁路刑警的要求还差得很远！”

马魁的这番话，不仅是说给汪新听的，还让整个表彰大会现场气氛有些凝固起来。汪新低着头，脸色通红，恨不得有个地缝钻进去。片刻后，吕政委打破僵局，笑着说道：“马魁同志这番话，是老刑警对年轻刑警的忠告和鞭策。马魁同志和汪新同志的这种不怕苦、不怕累、不怕牺牲的精神非常值得我们学习。鉴于汪新同志的突出表现，组织决定，要树立汪新同志为典型，希望大家向汪新同志学习！”吕政委的话说完，现场爆发出雷鸣般的掌声。

表彰大会结束后回家的路上，马魁问汪新：“当了典型，感觉怎么样？”汪新如实回答：“感觉挺好的，就是场面有点小。”

汪新的这句话，又引来马魁对他的一番冷嘲热讽和严肃批评。师徒俩一路相互掰扯着，不知不觉就到了大院。

汪新一进家门，就见父亲汪永革在厨房里忙活不停。饭桌上摆着比年夜饭还丰盛的饭菜，汪新好奇地问：“爸，咱家提前过年了？”汪永革满面春风地说：“过年都没今天喜庆！”汪永革说着，拿起酒瓶给儿子倒酒，汪新阻拦：“爸，您怎么能给我倒酒呢！”汪永革推开儿子的手：“你让开。”

汪永革倒了两盅酒，擎起酒盅说：“儿子，你把你爸这一辈子的面子，都给争足了！来，咱爷俩把这第一杯干了！”汪新听了父亲的话，擎起酒盅说：“就为这句话，我今天豁出去了，咱爷俩，不喝到桌子底下不下桌！”

父子俩一边聊着天，一边推杯换盏喝着酒。

虽说是春天，但临近中午天气还是有点热。马燕从家里走了出来，她的手伸进衣服里，然后朝周围望了望，轻手轻脚地朝汪新家走去。

她走到汪新家门口，敲了敲门。片刻后，门开了，她闪身进了汪新家。

马燕跟着汪新进了屋，汪永革还没有醒酒，汪新冲着他喊：“爸，马燕来了。”汪永革坐在桌前，支撑着头问：“马燕，吃了没？”马燕爽朗地说：“汪大爷，我吃过了。”汪永革口齿不清地嘟囔着：“吃过了也得再吃点，造，可劲造！”汪新有点不好意思地看着马燕：“我爸有点喝大了，喝太多了。”“家里酒还够吗？我这有。”马燕说着，拿出了藏在衣服里的一瓶酒，汪新接了过来：“这酒年头不短了，哪儿来的？”马燕大大咧咧地说：“我爸的，存了小二十年了。”“你爸让你拿过来的？”汪新看着酒问马燕。马燕理直气壮地说：“我偷着拿的，没事，你们喝了吧！”汪新一听，急忙把酒递给她说：“马燕，这酒我可不敢喝，说轻了骨断筋折，说重了就得要命啊！”

一听有人要儿子的命，汪永革一个激灵，仿佛清醒了不少：“要命？谁敢要你的命！我儿子都豁上命去了，喝他一瓶酒不行吗？打开！”汪新赶紧过去扶起父亲说：“爸，我就是打个比方。”他搀着父亲朝里屋走去。

安顿好父亲，汪新坐在桌前问马燕：“是吃点还是喝点？”马燕指着酒盅说：“满上。”汪新拿起酒瓶，开玩笑说：“不对呀！是你该给我满上吧？”马燕斜睨着汪新：“为什么？”汪新不解地问：“你不是来祝贺我的吗？”马燕将酒盅往他面前一放：“祝贺？我是来声讨你的！”

汪新有点丈二和尚——摸不着头脑，马燕就说他打电话时没将遇险的事儿告诉她，所以她要问罪。马燕追问汪新，既然不说实情，为什么还给她打电话。汪新说出了自己的心里话，他告诉马燕自己刚从鬼门关爬出来，就想听听她的声音。

马燕听完汪新的话顿时红了双眼，她端起酒盅，正准备上口，只听姚玉玲的声音传来：“汪新在家吗？”

汪新应了一声，只见姚玉玲端着一碗面条，从外面走了进来，她望着汪新和马燕，笑了笑。马燕没有搭理姚玉玲，和汪新碰杯喝酒。

姚玉玲自顾自地对汪新说：“汪新，我给你下了碗长寿面，趁热吃了吧！”“长寿面？你说谁短寿啊？”马燕接过姚玉玲的话茬。“我没说谁短寿啊！”姚玉玲解释道。马燕没好气地说：“短寿才吃长寿面呢！”姚玉玲也毫不示弱：“那长寿就不能吃长寿面了？”

眼见两个女人争论不休，汪新赶紧打圆场。姚玉玲一气之下将面放在桌子上，马燕以为她要走，没想到姚玉玲反倒在桌前坐了下来，目中无人地以汪新旧情人的口吻跟汪新套起近乎来。

汪新一时不知所措，马燕天不怕地不怕地与姚玉玲拼起酒来。两个女人互不示弱，一边斗嘴较劲一边喝酒。汪新看着俩人无奈地摇摇头，偶尔插嘴还被俩人质问。姚玉玲终究没斗过马燕，当她摇摇晃晃地从汪新家出来，正好碰见了牛大力。

牛大力看着她醉酒的样子，关切地问："你咋喝了这么多酒啊？"姚玉玲大声地说："高兴。"牛大力继续追问："为汪新当了典型？"姚玉玲指着他，醉眼惺忪地说："不行吗？"牛大力心里有些难过："你不会想跟他……再回个锅吧？小姚，我要是能当上火车司机，那咱俩是不是就可以在一块了？""牛大力同志，加油吧！"姚玉玲说着，掏出钥匙，打开家门，走了进去，随即关上了门。

牛大力怔怔地站在门外，他的心仿佛碎了一地……

姚玉玲一走，马燕就瞪着那碗面，阴阳怪气地碎碎念，把汪新弄得左右为难，吃也不是，不吃也不是。最后马燕说，等把面放坨了，给院里的吴婶喂鸡。这样既给了姚玉玲面子，又让汪新不得罪人。汪新一口答应了她的建议。马燕见汪新如此干脆利落地答应了她的建议，扑哧一声笑了。

第十四章

早霞映天，舒云漫卷，如同着了新装的少女，翩翩起舞。

马魁领着马健从院里走了出来，汪新抱着一台电视机迎面走来，一碰面，汪新连忙打招呼：“师傅，这是领马健出去玩呀？”马魁看了他一眼，轻描淡写地说：“出去溜达溜达。”汪新满面笑容地说：“别走了，回屋看电视去。”

马魁语气中带着些许嘲讽地问汪新，是不是因为当了典型，他爸下血本给他买的。汪新告诉马魁是处里奖励的，他正要给马魁送家去。马魁不同意，扔下一句拿人手短，不干那事！领着马健就走了。

玩够了，等到马魁带着儿子回家，发现闺女站在一台电视机前调试着。马燕见父亲对着电视，忙解释说：“爸，这电视是汪新送来的，他说让咱们先看着。”马魁一听，心里很不是滋味：“先看着？意思是还得收回去呗？”马燕还想多做解释，马魁根本就不想听，执意让闺女给汪新送回去。

父亲的态度惹恼了马燕，她将电视直接搬进了自己房间，还硬生生地扔下一句话，这是汪新送给她的，如果父亲要砸，她会用生命守护！马魁见闺女的态度如此坚决，无可奈何地叹了口气。

这边马魁父女俩针锋相对，那边汪家父子俩也第一次出现了意见不统一。

汪新和汪永革坐在桌前吃着饭，汪新望着沉默的父亲问：“爸，您对我办的这事有意见？”汪永革夹了一口菜，不咸不淡地说：“电视机是你的，你愿意送谁就送谁，我不掺和。”

汪新隐隐感到父亲有些情绪，他解释道：“老马头虽然对我横挑竖撅的，但在大事上，还是替我说话了，我得感谢他呀！”汪永革低着头吃饭：“徒弟孝敬师傅，应该的。”汪新对父亲讨好地说：“爸，您要是想看电视的话，我再给您买一台。”汪永革放下碗筷，抬头看着儿子，语重心长地说：“那可是金贵东西，是说买就买的吗？再说了，看电视多累眼睛啊！还是听收音机好。不过，有一件事，我还得提醒你，儿子啊！我知道你的心思，可惦记也没用，你俩没戏！”

汪新立马明白了父亲话语中的含义。他知道父亲在担心他和马燕的事儿。在汪新的心里始终有个不能解开的疑惑，师傅马魁对他忽冷忽热，嘴不饶人但在大是大非上又挺身而出替他扛。汪新问父亲当年他与马魁在一起工作的时候，马魁是不是也是现在这个样子。汪永革的回答是否定的，但每次提及马魁与他的过往，汪永革都只是点到为止，从不多说半句。汪新怎么也想不明白，马魁在监狱的那十年，到底经历了什么，他的心里藏着什么不为人知的秘密。

汪永革劝汪新，别把心思全都放在马燕身上，就像当年汪新跟姚玉玲一样，最后还不是分了。汪新很不喜欢父亲拿马燕跟姚玉玲比，他强调自己就是喜欢马燕！汪永革见儿子如此坚决，沉默良久，端起碗拿起筷子重新低头吃起饭来。汪新也没再与父亲说话，默默地低头吃饭。

汪永革和汪新，在各自的内心世界里固守着执念。

夜幕低垂。铁路大院里，桌子正中间摆着一台黑白电视机，孩子们簇拥在电视机前围观。老吴坐在最前排中间位置，他一边摇着扇子，一边高声地说：“都让开，别碰倒了！”

老蔡提着马扎子走了过来说：“老吴，你来得真早啊！”老吴笑着说：“来晚了就占不着好座了，来，坐我边上。”老蔡在老吴的身旁坐了下来，一会儿工夫，左邻右舍也纷纷到齐，个个都自携小板凳，坐在电视机前。

铁路大院一时人声鼎沸，好不热闹。牛大力卖力地调试着天线，在他的调试下，原来的雪花屏清晰了一些。他一边调试着电视天线，一边还不忘调侃汪新。汪新在牛大力的念叨下从屋里走了出来，俩人笑闹着，引得大家一片欢腾。

这时，蔡小年带着一个姑娘来了，顿时吸引了一众目光。姑娘是蔡小年的对象，她一望见老蔡与老蔡媳妇，就礼貌地和他们打招呼。对于儿子的这个对象，老蔡两口子一早就认可了，老蔡媳妇热情地朝着姑娘说：“来了，找地儿坐吧！小年，给人搬个凳子去。”

不知内情的老吴媳妇眨巴着眼睛问：“小年，这谁呀？也不给介绍一下？”“那啥，我对象。”蔡小年大大方方地说着，对大家一一作了介绍，那姑娘始终带着微笑，有礼有节地对大家一一问好。

蔡小年对象的到来，引起了左邻右舍的一片好奇与七嘴八舌的议论。老吴媳妇像查户口似的问东问西，被老吴阻止。老陆媳妇的话更是直接把人家姑娘和蔡小年整得不好意思起来。

蔡小年女朋友的出现，让牛大力和汪新颇感意外。他俩谁也没想到，蔡小年平时不吭不哈的，居然给他俩来了个措手不及。蔡小年满面春风地把女朋友单独给他俩作了介绍，还特意嘱咐他俩赶紧行动，像他一样找个女朋友。

汪新心里有马燕，而牛大力虽然对姚玉玲情有独钟，但姚玉玲却盯着汪新。所以，姚玉玲成了牛大力心里的痛！

左邻右舍叽叽喳喳拿蔡小年和他女朋友没完没了当作料时，老陆媳妇提着热水壶走过来替蔡小年解了围："水烧开了，添水的招呼一声！""婶子，给我来点。"人们立即围了过去，向老陆媳妇讨要加水。

老蔡媳妇说："我这有瓜子，想吃的来抓一把！"沈大夫拿出一包地瓜干说："我这还有地瓜干！"大家你一言我一语，纷纷分享着自己的东西。一听有吃的，孩子们哄抢着，大院里又是一片闹哄哄的景象。

这时马燕从家里走了出来，她微笑着大声道："要放电视了，没来的赶紧出来呀！""马燕，到点了，赶紧放吧！"老吴催促着。马燕打开电视机，《万里长城永不倒》的主题曲，在大院里飘飘荡荡。

牛大力东张西望寻找着姚玉玲的身影，人群中没有，他转身看向姚玉玲家，见姚玉玲家漆黑一片。他心里一下子空落落的，突然感觉电视剧也变得索然无味起来。

姚玉玲躺在黑暗中，院子里的一切她都听得清清楚楚，她的心里五味杂陈，突然有一种想哭的冲动。

牛大力的心里除了姚玉玲，已经装不下别的女人。没见着姚玉玲，他茶不思饭不想。

牛大力思来想去，姚玉玲之所以不参与大院邻居们的电视剧围观，是碍于马燕和汪新。为了他心中的女神，他决定冒着被逮的危险，从投机倒把的商贩手里为姚玉玲买台电视。

于是，牛大力利用休息时间乔装打扮了一番，低着头走进了街道旁的小胡同里。他警惕地朝周围望着，过了好一会儿，有个小伙子走了过来。小伙子站住身，望着牛大力。片刻后，他走到牛大力近前，小声地说："天暖和了。"牛大力低声回答："万物复苏。"小伙子一看他的打扮，笑了："暗号对上了，我说大哥，你这是什么打扮呀！不闷得慌吗？赶紧把墨镜和口罩都摘了，弄得顶数你最显眼，想让警察不注意你都难。"

牛大力谨慎地朝四周望了望，才卸下伪装。小伙子问他："钱呢？"牛大力拍了拍上衣口袋："兜里呢！"小伙子看着他："没票的话，货要比市面上贵五十，这个你没意见吧？"牛大力毫不犹豫地说："能买到就行。""跟我走吧！"小伙子说着，转身就走。牛大力兴奋而又紧张地紧跟在小伙子身后。

夜深了，大院安静下来。院子里空无一人，牛大力趁着天黑抱着一个纸壳箱，鬼鬼祟祟地出现在姚玉玲家门口，轻手轻脚地在门口站了一会儿。此时的他紧张而又兴奋，等稍微平复了一下心情，他抬手轻轻地敲了三下姚玉玲家的房门，门开了。牛大力抱着纸壳箱闪身走了进去，随即关上了房门。

借着窗外皎洁的月光，牛大力把纸壳箱轻轻地放在桌上，姚玉玲拉严了窗帘。

"开灯。"牛大力低声说。"这都几点了，开灯，外面会看见的。"姚玉玲压低嗓子说道。"那黑灯瞎火的咋弄啊？"牛大力低声道。姚玉玲往外推牛大力："你赶紧回去吧！"牛大力在黑暗中问："你自己会弄？"姚玉玲满不在乎地说："这有什么不会的，插上电就亮了呗！"牛大力不放心地说："还是我给你弄吧！"说着就拆纸壳箱子，他一边拆一边说："我知道你不想看马燕的电视，这回好了，咱自己看自己的。"

见牛大力提起马燕，姚玉玲有些不高兴了："这跟马燕有什么关系，我是不爱看电视。""不爱看？那我抱回去了？"牛大力停下拆箱子的手，故意说道。"也不是不爱看，那么多人闹哄哄的，看也看不消停。"牛大力在黑暗中笑了笑："那咱们就关着门，躺床上看。"

牛大力说得暧昧，姚玉玲一时无语，牛大力怕她生气，找补着说："我是说你躺床上看。"牛大力从纸壳箱子里把电视机抱出来，姚玉玲说："放里屋去。""遵令！"牛大力抱着电视机，就去了里屋。

姚玉玲悄悄地挑开窗帘的缝隙，借点月光，好让牛大力看得清楚点儿。牛大力把电视机放在柜子上，姚玉玲爱不释手地抚摸着电视机，脸上笑开了花。牛大力望着姚玉玲出神："稀罕吧？我就喜欢看你笑，真好看。"牛大力这么一说，姚玉玲立刻收起了笑容。牛大力不敢造次，赶紧找电源插座。

姚玉玲坐在床上，迫不及待地冲牛大力说："赶紧打开吧！"牛大力打开电视机，电视机没亮。牛大力感觉奇怪，问姚玉玲："停电了？"姚玉玲走着眉头："没呀！"牛大力捣鼓了半天，疑惑地问："那咋不亮呢？怪事了，开灯。"姚玉玲阻止说："不能开灯。"牛大力急得满头大汗："你开灯试试有没有电。"姚玉玲犹豫了一会儿，打开了灯，立即又关上。

牛大力琢磨着，接过姚玉玲递过来的手电筒，检查电视机。瞧着牛大力满头大汗在那儿忙活，姚玉玲想起了上次自行车的事，心里起了疑：“不会是又买的旧货吧？”牛大力头也没抬地说：“哪能呢？嘎嘎新，不信你看那箱子，是不是新的？”姚玉玲撇了撇嘴：“箱子再新也没用，电视不好使呀！要不，明天再弄吧？”听姚玉玲这么一说，牛大力内心也直打鼓：“今晚弄不好，我这觉都没法睡了！”“那要是一直弄不好，你还能在这待一宿啊？”姚玉玲有些不高兴了。

“你别说了，我这急着呢！热死了，给我扇扇风！”牛大力说着，抹了一把脸上的汗水。姚玉玲不太情愿地拿起扇子，扇了起来。

牛大力捣鼓了一宿，也没找到电视不能打开的原因，急得他心里直冒火。天一亮，牛大力就抱着纸壳箱子，去了电器维修店。

维修师傅正忙着查看着电视机，牛大力着急地问道：“师傅，这电视到底是啥毛病？”维修师傅不耐烦地说：“我也没闲着，你就别催了。”

牛大力是真的很着急，维修师傅检查完后问牛大力从哪儿买的，牛大力没回答。只是一再追问电视啥毛病，维修师傅直接告诉他：除了电视外壳是新的，里面的零部件全是坏的。牛大力一听，如遭晴天霹雳，一下子僵住。

牛大力抱着纸壳箱子，垂头丧气地回到了姚玉玲家。在姚玉玲的一再追问下，他向姚玉玲说了买电视的经过，姚玉玲听完督促他：“你别愣着了，赶紧找卖电视那人去呀！”

牛大力瘫坐在地上，有气无力地说：“要是能找到他，我早把他给撕了！”姚玉玲没好气地说：“我就说便宜没好货嘛！”牛大力抬头看了一眼姚玉玲，嘟囔着说：“这不便宜啊，比商店卖的还贵呢！”姚玉玲看着牛大力，叹了口气：“我看你还是报警吧！这明显是诈骗。”姚玉玲的话，倒是提醒了牛大力。

出于无奈，牛大力把详情告诉了汪新和蔡小年，希望他们能帮着想点办法，尤其是汪新，因为他是个警察。

听了牛大力的遭遇，汪新拍了拍电视机壳子：“大力哥，你攒点钱，容易吗？”此时，牛大力死的心都有了，他欲哭无泪地对汪新说：“兄弟，赶紧帮我想想辙，我的一年工资全搭在这上头了。”蔡小年一脸无奈，感叹道：“大力啊！你搞对象，也真够下血本的。汪新，这个忙你得帮。”

汪新看了看牛大力，又看了看蔡小年，决定将此事查个水落石出。

汪新根据牛大力的描述，对卖假电视的嫌疑人进行了画像，经过多次走访，费了一番周折，终于联络上了嫌疑人。只见汪新戴着墨镜，抄着裤兜，一副小混混的模样在胡同里走来走去。

不久，一个小伙子从拐角处溜达着走到汪新身边，和他对起了暗号。对上了暗号，小伙子诡异地朝汪新笑了笑，带着他来到一处民宅。俩人走进异常昏暗的屋内，小伙子从床底下拖出来一个纸壳箱子，汪新打开箱子一看，里面是一台黑白电视机，随口问："能试一下吗？"

小伙子眼珠子一转，打着包票地说："试不了，没插销。放心吧！'头西霸'，小日本原装的！嘎嘎新，这能骗你吗？""行！谁让我急着娶媳妇呢！"汪新说着，掏出一个信封。小伙子接了过去，一看信封里是一摞白纸。小伙子有些诧异，愤然质问："哥们儿，你这整哪出呢？"

汪新警察证一亮，三两下就制住了他，人赃俱获地将他扭送到了派出所。

汪新协助派出所的相关人员将此事处理好，拿着牛大力被骗的钱，亲手交给他。牛大力一边数着失而复得的钱，一边语无伦次地说："五百七，一分不少。汪新，好兄弟，亲兄弟！"说着，他一把抱住汪新，激动得差点流下泪来。

汪新叮嘱牛大力以后多注意点，蔡小年则打趣地说，牛大力一遇上姚玉玲，准保病急乱投医，甚至失智。听了蔡小年的话，兄弟三人不由得笑了起来。

马魁家里，正热热闹闹地宴请彭明杰父女，马魁和马燕围坐在桌前，桌上摆满了丰盛的菜肴，马魁喜笑颜开地与彭明杰父女谈笑风生，马燕与彭明杰的闺女丽丽时而低头私语，时而爽朗大笑。

马魁和彭明杰一边聊着陈年旧事，一边推杯换盏。马魁喝到尽兴时，不听老哥们儿彭明杰的劝告，执意要将他俩的故事说给俩闺女听。俩闺女难得看到自己父亲如此高兴，异口同声地让马魁赶紧讲。

马魁喝了一杯，开口说："那是一九七二年，也是我去农场劳改的第四年，九月二十三号，收水稻。明杰，日子没错吧？"

马魁打开了话匣，原来他在一九七二年九月二十三日那天，因突发疾病，被时任劳改农场场长的彭明杰背着走了十几里山路，才搭上车到了医院，经过抢救捡回了一条命。马魁动情地拉着彭明杰的手，对马燕叮嘱："彭明杰是你父亲的救命恩人，你要像对我一样对你彭叔叔好，把彭叔叔的闺女当成自己的亲妹妹对待。"

彭明杰见马魁这么重情义，不好意思地说，在那种情况下，即使遇上的不是马魁，遇上的是其他人，他也一样会这么做。说完，他端起酒杯，想要转移话题，却被马魁拦住。

马魁动容地说，他还清晰地记得，彭明杰那天背着他一路跟他说话，生怕他睡过去。说到动情处，马魁的眼睛不觉湿润了起来。

听了父亲的讲述，马燕眼含热泪，笑着对丽丽说："丽丽妹子，往后咱们姐俩多亲多近，有事你说话，看姐怎么做就是了。"丽丽感动地说："一听这话，燕子姐就是个爽快人，咱们是父一辈子一辈的交情，一定得好好处。"

马魁看着丽丽，爱怜之情溢于言表。他对丽丽说，以后这里就是她的家，想在学校住就在学校住，不想住了，就回家来跟燕子姐姐住。

马魁的一番真情流露，把彭明杰的心都说热了。他对闺女说："你现在宁阳上学，我以前都不怎么放心，隔三岔五地来回跑。如今你马叔的家就是你的家，我也放心了。"丽丽点了点头，马魁心满意足地说："妥了，喝酒！"

一家人其乐融融坐在饭桌前，欢笑声飞出了铁路大院。

日子如常，刑警大队会议室，姜队长带着马魁、汪新和八位刑警围坐在桌前讨论案情。

姜队长说："今天开这个会，要说说偷盗铁道扣件的案子。据调查，犯罪分子的作案时间，基本上都在天黑后。他顺着铁道线，一偷就是数十公里，流动性非常强，这给我们的侦破工作造成了很大困难。前两天，一列火车差点因此脱轨，处里下达命令，要求我们集中精力，破获此案。大家有什么想法和建议，可以说出来，咱们一块研究研究。"

姜队长的话音刚落，大家就讨论起来。"要想破这类案子，没别的办法，就得下苦功夫，蹲坑守猴啊！""犯罪分子的作案行踪不定，我们也要扩大侦查范围，我建议两人一组，这样咱们就能分出十多个组来。""各个组沿着铁道线分散开，各守一段，一组两个人，夜里，还可以互相打个替班。"

听着大家的建议，姜队长把目光投向马魁，问道："老马，你说呢？"

"大家说得都挺好的，我就补充一点吧！犯罪分子偷铁道扣件，他的目的应该只有一个，就是为了挣钱。"马魁谦虚地补充道。"不愧是老警察，点到根上了！"姜队长赞赏地说。

马魁刚要接着说下去，汪新接着马魁的话茬说："马叔的意思，我明白，他是说要对周边的废品收购站进行暗访，看看有没有人在收购铁道扣件，这样就能顺藤摸瓜，抓住罪犯。"马魁听完汪新的话，说道："谢谢，我省口水了。""你们俩，不愧是师徒啊！一点就透。"姜队长由衷地说着，又望着众人："来，谁还有想法，都说出来。"

案情讨论得如火如荼，师徒配合得天衣无缝。姜队长根据讨论后的建议，布置好案件的侦破工作，大家各自投入到了工作中。

夜晚，天空深邃而幽远。

马魁和汪新坐在苞米地里，全神贯注地望着不远处的铁道线。汪新穿得有点少，在这春暖乍寒的深夜里，他不禁打了个寒战。马魁望了他一眼说："大半夜出来守猴，冻得哆哆嗦嗦的，不知道穿厚点吗？"说完，他拿出备用的厚外套，砸在汪新身上。汪新不客气地穿上外套，说道："主要是从来没在苞米地里守猴啊！""还是你有理，困了就回去睡吧！"看着汪新打哈欠，马魁说。

"我哪能让老同志一个人在这蹲着呢！再说了，万一碰上腿快的，我怕你追不上。"马魁指着放在不远处的自行车说："我有自行车。"汪新话里有话地说道："车链子也不是没掉过。"汪新旧事重提，噎得马魁顿时哑口无言。

铁道线上，一个人走着，汪新顿时来了精神。他指着那人说："马叔，你看！"

师徒二人紧盯着，过了一会儿，那人消失了。马魁没好气地说："一惊一乍的，看准了再说。"

汪新转移话题，说起偷铁路扣件的小偷胆子太大，马魁接茬说都是金钱惹的祸。师徒二人有一搭没一搭地聊着，汪新提起上次案件表彰大会上发言时，被马魁弄得骑虎难下，面红耳赤。马魁笑着嘲讽，下次不弄成红脸，弄成个绿脸。汪新被马魁说得一时语塞，默默地望着铁道线。

师徒俩守了一夜，无果。

一大清早，马燕敲开了汪新家门，径自走了进去。汪新蹲守一夜到家，刚要准备休息。见马燕进来，忍不住说了几句暧昧的话，谁知马燕机灵得很，压根没让汪新占到便宜，反倒将了他一军。汪新急于想补觉，问马燕啥事儿，马燕拿出一个军用水壶，汪新喜出望外。他告诉马燕，由于夜间蹲守，他早就想买个水壶了，没想到马燕跟他这么心有灵犀。马燕看着汪新，脸上漾起了羞涩的红晕，她嘱咐汪新赶紧睡觉，快步走出了汪新家。

汪新爱不释手地拿着军用水壶，心里满是暖暖的爱意。

一到傍晚，铁路大院就会热闹起来。老蔡端着茶缸子走了出来，一眼就看到坐在最佳位置上的老吴，老蔡呵呵一笑："怎么又是你第一个来了？"老吴哈哈一笑："早来占好位。"老哥俩笑谈着，邻居们三三两两地纷纷坐好，随着马燕打开电视机，《万里长城永不倒》的歌声，再次在空中飘荡。

牛大力靠在床上，怀里抱着电视机外壳，情绪低落地呆呆望着窗外。姚玉玲家门窗紧闭，她两耳塞着棉花，坐在床上看着杂志。

电视剧《大侠霍元甲》的播出声和邻居们的欢笑声混在一起……

夜越来越深了，马魁和汪新在小树林里蹲守，马魁瞅了一眼汪新的装扮说：“臭小子，有长进啊！知道套衣服了。”“我还带热水了呢！师傅，您渴不渴？喝口水吧！”汪新说着，掀开衣服，向马魁显摆挂在身上的军用水壶。“不渴。”马魁说着，盯上了水壶，“我咋瞅着这壶眼熟啊！”

汪新急忙把水壶转到另一边藏起，马魁瞅着汪新那猴样，轻蔑地说道：“偷摸着啥呢？一个破水壶，也能把你嘚瑟上天了？”汪新有些得意地说：“那得看谁给的呀？”“谁给的都不好使，净整这些没用的。”马魁冷冷地说。汪新小声地嘀咕：“有本事跟燕子说去。”马魁瞪了一眼汪新：“说啥呢？”

师徒俩言语争锋，谁也不让谁。汪新毕竟是个晚辈，多少顾及马魁这个师傅的面子，关键的时候还是乖乖地听着马魁的训导。师徒俩在你争我吵中度过了一夜。

春天总是会给人们带来惊喜和盼望。

晚霞刚刚褪去红晕，夜便披上了华彩。铁路大院里，一桩喜事正悄然来临。

电视刚刚摆上桌，左邻右舍围坐在一起，等候着《大侠霍元甲》的开播，这时，老蔡满脸喜色地走到电视机前，高调宣布：“大家都静一静，在看电视前，我跟大家报个大喜事，我们家蔡小年要结婚了！”老蔡话音一落，“恭喜”声不绝于耳，他兴高采烈地说：“谢谢，谢谢，到时候请大家喝喜酒。”

老陆媳妇抓住蔡小年，追问道：“小年，是那天晚上那姑娘不？”蔡小年得意地说：“婶儿，看您说的，不是她还能是谁。”老陆媳妇笑道：“你这可够快的呀！这才几天工夫啊！”

蔡小年被说得脸红了，老吴媳妇接了一嘴：“那天晚上没看清楚，哪天啊，你再带过来，让我们好好瞅一眼。”蔡小年红着脸说：“我媳妇脸小，她不好意思。”老吴媳妇一听，提高了声音大笑道：“这都叫上媳妇了，还有啥不好意思的。”

老吴媳妇这句话引得整个院子里的人都笑了。阵阵笑声之后，汪永革真诚地说：“我知道，这日子过得挺紧巴。可赶上这么大的喜事，大家都得伸出手来帮一把。咱就实打实的吧！我提议，咱们凑点票，粮票、肉票、布票、棉花票等，多了不嫌多，少了不嫌少，现在咱缺的就是这个。”

汪永革这个建议，获得了左邻右舍的一致赞同：“这个提议好，就这么办！”

老陆见缝插针地说：“咱们铁路大院，那可是多少人都羡慕的地方。人家小蔡媳妇都说了，瞅着咱大院的门牌楼都气派。老蔡，这婚礼必须得办得漂漂亮亮的，不能给咱大院跌面。”“对对对，让他们都瞅瞅咱们的阵仗。老蔡，有啥要帮忙的，就说话。”老吴说。

老蔡见大家纷纷出手相助，他感动地拱手致谢：“我的好邻居们，不说别的，就凭这些热乎话，都把我给烫着了。咱啥也不说了，谢谢大家，你们的恩情，我记一辈子！”

老蔡的一席话，让老陆有些动容：“老蔡呀！咱们都在一个院里滚了多少年了，你的事就是大家的事，不用说客气话。”老吴媳妇挽着老蔡媳妇的胳膊：“就算嫂子不说，咱也不能干瞪眼瞅着呀！把喜事办热闹了，也是给大院添喜气儿呢！”“老蔡呀！你这还有啥难处，赶紧跟大家说说。”汪永革问。

老蔡欲言又止，老蔡媳妇面露难色。汪永革见俩人有难言之隐，便对蔡小年说：“该说就得说，小年呀！你来说。”

蔡小年看了看父母，有些迟疑地说：“感谢大院里的大爷大娘、叔叔婶子、大哥大嫂、弟弟妹妹们，有了大家的帮衬，我这个婚就不愁了。不过还有两件事没着落，一是我对象家对家具有要求，说不管弄多少家具，必须凑够四十八条腿。”

“这事不难，找个木匠打几样新家具。另外，谁家有不用的摆设，也给小年添上。”汪永革应着，邻居们纷纷称是。

蔡小年继续说道：“另外，我对象家要求我去迎亲那天要骑八辆八成新以上的凤凰牌自行车，少一辆也不行。”

此话一出，邻居们都沉默了，老陆试探着问：“四辆行不行啊？”蔡小年叹了口气：“就说八辆，要不就不能迎亲。”

邻居们小声议论着，老蔡两口子的脸，红一阵白一阵的。汪永革沉默了一会儿，开口说道：“要我说呀，人家嫁闺女，有点要求也正常。可凡事都能商量，结婚事大，自行车事小，哪个轻哪个重，做父母的心里都有一杆秤。这样，小年你跟你媳妇家再谈谈，看看别的牌子的自行车行不行？”蔡小年点点头。

“到点了，开电视！”随着孩子们的喊声，大院里热闹起来。

隔日，蔡小年来到丈母娘家，与丈母娘面对面坐着。他将与家人商量的结果告诉了丈母娘，他刚讲了一半，就被丈母娘喜出望外地打断：“四十八条腿没问题？小年，你这话一说完，我这心啊！就像敞开了两扇门，畅快多了。”

蔡小年满脸堆笑，讨好地说：“您老人家说话，我肯定得照办啊！”接着，蔡小年将八辆自行车比较难办一事刚说出口，丈母娘听完立马变了脸，嘴像机关枪一样对着蔡小年一阵扫射，他立马败下阵来，硬着头皮答应照办。

丈母娘不松口，蔡小年萎靡不振地回到大院里，一声不吭地坐着。

汪新推着自行车站在一边，老蔡媳妇低垂着脸，身边要好的媳妇婆子们陪着她，个个愁容满面。

老吴媳妇说："小年，你这嘴，平时跟爆豆一样，不挺厉害的吗？""就是呀，咋还让老丈母娘给压住了！"老陆媳妇接着说。

蔡小年无奈哀叹："我哪知道呢？一跟她说话，嘴就不好使了。""这就叫卤水点豆腐——一物降一物呀！"老蔡唉声叹气地说。"完蛋货！"老吴叹气地跟着附和。

见所有人都拿他当出气筒，蔡小年满肚子委屈没地儿说，心情别提多难受了。

老蔡媳妇不嫌事儿大，还故意问站在一旁的汪新，如果遇到眼前这种事，他会咋办。汪新毫不犹豫地说，丈母娘家不让步，他宁可不娶。他的话刚落，就招来蔡小年的白眼和嘲讽。

说来也巧，汪新的话正好被走过来的马燕听见，她冲着汪新一顿猛剋，弄得汪新在众邻居面前尴尬不已。

马燕说完，气哼哼地准备走，却见姚玉玲姗姗而来。她望着汪新对大家说，她非常支持汪新的做法，既然对方没那个条件，干吗非得强求。马燕一听姚玉玲如此说，立即进行了抨击。谁知马燕的话招来牛大力的不满，在他眼里，姚玉玲就是他心尖尖上的宝，无论谁都不能欺负。

牛大力、姚玉玲和马燕三人一番唇枪舌剑，弄得汪新手足无措。眼看三人僵持不下，邻居们以电视剧时间马上到了，让马燕回家搬电视为由，方才化解。

马燕以命令的口吻叫汪新跟她进屋搬电视，汪新乖乖地跟在她身后一起进了屋。姚玉玲望着汪新的背影，失望而又痛苦，她转而往自己家走去。牛大力紧随其后，却被气急败坏的姚玉玲训斥。邻居们小声议论着，蔡小年更闹心了。

汪新从马燕房间搬着电视往外走，遇上马魁从自己屋里走出来，汪新和马魁打过招呼继续往外走。马燕对父亲说，院里的邻居们都在为蔡小年结婚一事出主意，希望父亲也给点建议。马魁以插不上话为由，推辞着。然后叫住汪新，让他别忘了去小树林蹲守的事，说完就往外走了。汪新点点头说放好电视就去找他，马燕无可奈何地摇了摇头。

夜色渐浓，小树林里，马魁和汪新蹲守着。长时间精神高度集中地盯着，汪新扛不住犯困，打起了瞌睡。马魁踹了他一脚，汪新一个激灵醒了过来。

为了提神，汪新向马魁提起了蔡小年结婚当天女方要的条件，还说他爸给蔡小年凑四条腿，如果马魁愿意，汪永革打算以马魁的名义，帮着再凑四条腿。谁知马魁一口拒绝，还让汪新带话告诉他父亲，他马魁家的事儿，用不着别人操心。汪新一时无语，内心的疑惑越来越重。

又是一夜，无果。马魁和汪新一身疲惫地回到各自家里。马燕将做好的早饭一一摆上，关切地让父亲吃饭。马魁叫她先吃，径自进了自己屋。过了一会儿，他搬着一把椅子从自己屋里走了出来，然后出了门。

“爸，您搬椅子干啥？”马燕追到门口问。“蔡小年和他对象家说通了，两家各准备四辆自行车，大家都紧着忙活蔡小年的四十八条腿呢！我寻思着，把咱家的椅子搬过去一把。”“那椅子，不是您和我妈结婚的时候，找木匠打的吗？您舍得给啊？”“你陆叔、吴叔，他们都支援了，咱们不出点力，不合适呀？都街里街坊的，到时候该挑咱礼了。”“那也不能把您和我妈结婚的物件给出去呀！”“说起来，谁家的桌子椅子，不都是一件件攒出来的？人家能给，咱为啥不能给？一把椅子罢了。”马魁说着，不容闺女再反驳，搬着椅子往蔡小年家走去。

汪永革和汪新一边吃早餐，一边透过窗户朝外看，见马魁正搬着椅子朝蔡小年家走去。

汪新不解地对父亲说：“我师傅也真是的，他家里拢共没几样家什，我都跟他说了，咱家可以匀四条腿给他，结果他根本不领情。”“你师傅那人，好面子，正常。赶紧吃吧！吃完了你眯一会儿，熬了一夜，都睁不开眼了吧！”汪永革疼爱地望着儿子说道。

吃完早饭，汪永革出门忙自己的事了，汪新躺在床上翻来覆去睡不着。和马魁连着蹲了三宿，连个鬼影也没逮着，他心里有些着急。思来想去，便起床推着自行车准备去蹲守，他刚走到院子里，就看到马魁端着洗衣盆朝着公共水龙头走去。

一见汪新，马魁张口就问他干吗去，汪新如实地说了心里话，被马魁一顿嘲笑和数落。汪新没理会马魁的说教，推着自行车出了远门，径自奔小树林而去。

正午的阳光有些强烈，汪新趴在小树林里，望着不远处的铁道线，不时地擦着脸上的汗水。

铁道线旁，一个骑着自行车、戴着草帽遮着脸的身影出现了。汪新的心提到了嗓子眼，只见那人下了自行车，走到铁道线旁，背对着汪新蹲下身。

汪新盯着他，轻手轻脚地快步朝他走去，离那人影越走越近，他加快速度，猛地蹿到那人的跟前，一把按住他的肩膀……被按住的人猛一回头，汪新顿时傻了眼：是马魁！

汪新被马魁这么一闹，有些气急败坏地对马魁一顿抱怨，马魁煞有介事地把责任都推给了汪新。说汪新自作主张白天出来蹲守，他不得不也跟着。汪新无语，只能作罢。

师徒二人回到家里，还没来得及睡个囫囵觉，就被领导一通电话叫回了队里。

马魁和汪新刚进办公室，姜队长阴沉着脸劈头就问："老马，李家村那段铁道线，是你们小组负责蹲守的吧？今天下午两点左右，就在那段铁道线上，有村民看见，一个二十岁左右的小伙子，在铁道边上鬼鬼祟祟。后来，小伙子有所察觉，迅速地离开了。等那个村民上前查看，发现一个铁道扣件，被卸了一半了！"

马魁听完姜队长的话，犹如当头棒喝，他突然觉得，自己是老了，不中用了。

姜队长与马魁、汪新讨论后，重新让马魁做了部署。

回家的路上，师徒俩沉默不语。快到家的时候，汪新看着马魁，问了句晚上蹲守的事，马魁心里憋着火，加上三宿的蹲守，身体处于严重疲惫状态。他没理会汪新，脸上露出痛苦的表情，突然，他捂住右腹，身体渐渐往下倒去。

汪新吓得不轻，他一边焦急地叫着，一边背起马魁朝医院方向奔跑。

马魁急火攻心，加之身体严重透支，免疫力下降，导致急性阑尾炎复发。马魁输着液，闭着眼睛躺在病床上，汪新坐在一旁关心地询问着。

汪新给马魁分析着案件，指出马魁犯了经验主义错误，固执的马魁恼羞成怒，一不小心触动了阑尾疼痛加剧。师徒俩针锋相对，马魁气得对汪新大喊"滚"。就在这时沈大夫推门走了进来。沈大夫严肃地问马魁，是叫她滚吗？马魁一见沈大夫立刻堆起笑脸说不敢。沈大夫嘱咐马魁，别觉得阑尾炎是小病，稍不注意就得成大病。马魁嘴硬说是多年的老毛病，沈大夫说再瞎折腾就得动手术了，马魁一听消停了，急忙赔着笑脸说听沈大夫的话。

沈大夫向马魁交代，要心平气和、好好静养，又补充说家里的事她都安排好了，让马魁不要操心惦记。说完，她对汪新嘱咐了一下注意事项，然后走了出去。

汪新见马魁能被沈大夫治住，心里不由得窃笑。身在曹营心在汉，住院的那几天，马魁都在想着案件。

刚一出院，马魁就直奔小树林，一如既往地蹲守。

汪新忧心忡忡地望着马魁说："师傅，您这病没好利索呢！身体要紧，还是回去歇着吧！我自己能行。"汪新的好意却被马魁当成了驴肝肺，他恼怒地说汪新就像他父亲汪永革当年一样，喜欢吃独食。

汪新一听马魁牵扯出他父亲，立马生气地质问马魁这话是什么意思。马魁甩给他一句："随根儿呗。"这句话彻底激怒了汪新，他抓住马魁这句话要个明确说法，马魁也后悔自己口不择言，想方设法转移话题。

师徒俩针尖对麦芒地相持不下，正在此时，铁路线那边突然传来了摩托车的声响，二十岁左右的陈小飞停下摩托车，警惕地朝周围望了望，熄火下了车蹲下身来。陈小飞在偷铁道扣件，马魁压着嗓门，对汪新说："咱俩两面包抄，尽量别惊动他。"汪新心领神会，与马魁一起弯着腰，朝铁道线走去。

马魁和汪新越走越近，一只被惊动的灰喜鹊扑棱棱地飞了起来。陈小飞发现了他们，起身上了摩托车。慌乱之下他怎么都打不着火，眼看师徒二人就要靠近自己。猛地，他打着了火，骑着摩托车疾驰而去。

眼看到手的鸭子就要飞走，汪新失望至极。这时，马魁推着自行车气喘吁吁跑了过来，把自行车往汪新跟前一推："快去追！"

汪新骑着自行车拼命追赶。爆胎声传来，陈小飞摔倒在地，他艰难地爬起身，一瘸一拐地朝前走。汪新追上陈小飞，跳下自行车，擒住陈小飞……

刑警大队的审讯室内，马魁和汪新坐在桌前，陈小飞坐在对面，汪新在做笔录。面对马魁、汪新的询问，陈小飞诚实地作了回答。从询问中得知，陈小飞与母亲相依为命，家庭条件有限，身体不好的他被逼无奈干了偷窃的勾当。他承认所有的罪，要求马魁和汪新不要告诉他母亲。

当马魁问他为什么偷铁道扣件不连着偷，要隔几个偷时，陈小飞低着头说，连着偷会造成铁轨移动，导致翻车出人命，所以才隔几个偷。陈小飞一把鼻涕一把泪地请求马魁和汪新，在他被判入狱之前带他去见下他母亲。马魁觉得陈小飞虽然做了违法犯罪的事，但他的良心未泯。他答应了陈小飞的请求。

来到陈小飞家门口时，马魁和汪新站在不远处。陈小飞在家门口站了很久，实在是没有勇气迈进家门。陈母从家里走出来，看到儿子在家门口磨叽，叫他赶紧回家。陈小飞看着母亲，不由得悲从中来。他强忍眼泪对母亲说，他要跟朋友去南方挣大钱，可能得去个两三年才能回来。

母亲听了有些不放心，陈小飞指着不远处的马魁和汪新对母亲说，有大叔和大哥跟他一起去，让母亲放心。他安慰母亲，等他挣了大钱回来，一准给她娶个媳妇生个大胖孙子。母亲这才放下心来。

陈小飞向母亲告完别，转身向汪新和马魁走去。看着陈小飞泪流满面，悔不当初，汪新拍了拍他的肩膀，嘱咐他进监狱后好好改造，争取早点放出来。陈妈站在门口，看着三人走远……

案件告破，刑警大队会议室里，总结和表彰会正在进行。

姜队长首先发言，说了一通官话和表扬之词，便叫马魁讲一下破案经过。马魁直接说，人是汪新先抓到的，让汪新讲。

汪新直言不讳地先将自己夸奖了一番，随即话锋一转，讲了马魁带病蹲守，将自己的功劳全部让给徒弟的大奉献和大无畏精神，值得所有干警学习。

汪新的一席话，让所有人赶紧都拍手叫好。谁知马魁却高声制止，大家收住手。他严肃地作起了自我批评，结合自己在破案过程中出现的错误，大谈经验主义害人不浅。马魁的一番话，让以姜队长为首的所有干警警醒和深思。

掌声经久不息……

第十五章

秋风带着阵阵凉意，让夜归的人想起了家的温暖。

忙碌了一天的马魁，站在大院里，望着沈大夫家紧锁的房门和漆黑的屋子，若有所思。

他在院里站了很久，直到感觉腿有点麻，才往自己家走去。他刚走几步，听见院门口有响动，接着屋里透出微光，转身看见沈大夫提着行李袋，从院门外走了进来。马魁忙迎了上去说："小沈，你这趟家回的，日子可是不短呀！"

沈大夫没说话，她脸色憔悴，勉强地冲马魁笑了笑。马魁接过沈大夫手里的行李袋，疑惑地问："父母都挺好的？""挺好的。"沈大夫回答说。两个人来到沈大夫家门外，沈大夫开门，马魁帮她放好行李袋，一声不吭地回了家。

马魁躺在床上，翻来覆去睡不着。他寻思着沈大夫回老家日子这么久，回来时气色还差，或许真是遇到什么难事了。人家本人不愿提起，他也无能为力。

月光从窗帘的缝隙中透进来，马魁眯着眼，又是一个难眠之夜。

秋高气爽的日子，铁路工人大院里张灯结彩。被红纸包裹起来的四辆凤凰牌自行车整整齐齐停放在院里，引得左邻右舍围观。

蔡小年穿着新衣裳从家里走了出来，马燕第一个冲过去说："小年哥，你今天可真精神！"蔡小年笑得合不拢嘴："这时候不精神，那这辈子都精神不起来了。"

"我要穿上这身，也能挺精神。"牛大力不无羡慕地说。"你不是精神，是牛气冲天呀！"汪新笑着调侃着他。"你们就是捆在一块，也说不过小年这张嘴。"

老陆走过来说。

“他也就是能跟我们要要嘴皮子，等碰上他媳妇，不，是他媳妇的妈，立马就哑巴了。”马燕冲着蔡小年，笑嘻嘻地说。“谁说的，等把媳妇接回家，保准给她管得服服帖帖的。”蔡小年的话，惹来哄堂大笑。

这时，姚玉玲打扮得花枝招展，风情万种地走了过来。

牛大力的眼直勾勾地望着姚玉玲说：“仙女下凡了。”“我的天呀！这到底是谁结婚呀？”马燕看着比新娘子打扮得都光鲜的姚玉玲，禁不住喊道。汪新立马制止马燕，他可不想在蔡小年的好日子，让她俩掐起来。

姚玉玲谁也没有理会，她提醒蔡小年：“是不是该出发了？”

正当蔡小年整装待发时，来参加婚礼的一位同学，慌慌张张地跑到他面前说：“小年，不好了！前方来报，你媳妇家备了八辆凤凰牌自行车，都嘎嘎新呢！”

那同学此话一出，议论声此起彼伏：“小年，咱们只有四辆凤凰车，比你媳妇家少，面儿上不好看啊！”“这不明摆着让咱们跌面吗？”“那又能怎么样，你管得了人家吗？”听到议论，汪新说：“时间紧迫，八辆凤凰牌自行车是凑不上了，干脆拿别的牌子自行车顶替吧！”

“自行车倒是有，只是新旧不一样，骑出去太寒碜呀！”汪永革提醒儿子。“这事好办，咱来个旧貌换新颜。”汪新的话刚落，牛大力立刻意会了：“我明白了，重新刷漆是吧？这事我干过。”

言多必失，牛大力刚说完就看到姚玉玲怒视着他，尴尬地笑了笑：“可是，现在刷漆也不赶趟了呀？”“怎么不赶趟？都听我说！”汪新将自己的想法说了出来。众人按照汪新出的主意忙碌起来，没用多长时间，八辆外观包着红纸的自行车并排摆在院里。

蔡小年由衷地感谢汪新，老蔡过来，睨了儿子一眼，教训他说不要老要嘴皮子，关键的时候要用脑子。

迎亲的队伍闹哄哄地准备出发，等众人上了自行车，姚玉玲朝着汪新走过去。谁知马燕比她机灵，扯住汪新的腰，迅速地上了他的自行车后座，一脸得意。汪新望了马燕一眼，微笑着没说话。

姚玉玲望着马燕，气不打一处来，牛大力扯着嗓子喊她：“小姚，上车！”

姚玉玲万般无奈地坐上牛大力的自行车，憋着一肚子气。

“秋风吹，战鼓擂，我蔡小年怕了谁！出发！”随着蔡小年这一嗓子，迎亲队伍出发了。

一路上，马燕抱着汪新的腰，笑闹着。看着马燕和汪新，姚玉玲像霜打了似的，一路无言。任凭牛大力如何哄她，她都提不起精神。直到牛大力加快了速度，她才勉强抱住了他的腰。牛大力腰间一阵酥麻，如通电般，他铆足了劲向前骑去。

牛大力可劲朝前蹬去，超过了汪新和马燕。马燕一看急了，催着汪新赶超牛大力。汪新加快速度朝前赶去，两辆自行车载着他们的心上人，你追我赶，超过了蔡小年的车。

蔡小年一看，这四人超过了他这个新郎，脚底铆足了劲追了上去。

新娘家外，八辆自行车依次排放，迎亲队伍等候着。

一个长者站在房门口，看了看手表，片刻，高声道："吉时已到，新郎接新娘！"

新娘在父母的陪伴下，走了出来，蔡小年的丈母娘，看着包着红纸的自行车，好奇地问："哟，咋还给裹上了？""这不显得红火吗？"蔡小年赔着笑说。丈母娘的脸一沉，伸手撕掉红纸，露出车标，根本不是凤凰。一旁的手足无措的蔡小年，惊出一身冷汗。

丈母娘厉声训斥蔡小年做事不地道，汪新见状赶紧上前解围，说是他做的。谁知丈母娘并不给汪新面子，情急之下，蔡小年改口叫丈母娘"妈"，但还是没让丈母娘解气，直接告诉蔡小年这婚不结了。见丈母娘把话说到这份上，一旁的老丈人急忙来打圆场。

因为自己的主意出了岔子，汪新十分不好意思，他诚恳地给蔡小年丈母娘赔着不是，将事情的原委说给他老丈人听。听完汪新的解释，在老丈人的极力劝说下，丈母娘松口了，蔡小年如释重负。

丈母娘望着闺女，抹着眼泪，哽咽着对蔡小年说着嘱咐的话。母女相拥而哭，依依不舍。新娘拜别父母，上了蔡小年的自行车，蔡小年得意地大喊一声："带媳妇回家喽！"汪新一摆手，迎亲队伍喜气洋洋地出发了。

蔡小年无意中回头望去，只见身后除了八辆凤凰车外，还有很多辆自行车跟着，每辆自行车头上都挂着大红花。

新娘担心蔡小年面子上挂不住，赶紧解释说是亲戚想要送他们一程。蔡小年笑着说，大喜的日子有人愿意送，他还巴不得呢。

马燕瞧着迎亲时的一幕幕，这会儿又见新娘家多出来这么多自行车，默默替蔡小年鸣不平。汪新劝她说，人家就想争口气，还说等他结婚的时候一定多个心眼。马燕说得看他娶谁了，不是每个人都像蔡小年的丈母娘一样。汪新话里有话地说，某人的爹老狠了，一定得好好防着。马燕追问汪新说的是谁，汪新不作答。马燕掐住汪新的腰眼，汪新赶紧求饶。

望着汪新和马燕一路上说笑吵闹，姚玉玲心里很不是滋味，她恨不得自己眼瞎耳聋。

蔡小年归心似箭，拼命骑着自行车往家赶。突然，他刹住车，自行车队也都停住。只见不远处，马魁一只脚支着包着红纸的自行车，忽然，他一挥手，身后数十辆自行车齐刷刷地冒了出来，每辆自行车都用红纸包裹着。

汪新轻轻地抚了一下马燕搂着他腰的手，对她说，师傅就是师傅，服了。

蔡小年立刻挺直腰板，脸上笑开了花。他高声地喊道："祖国江山一片红，日子越过越兴隆！"

自行车队浩浩荡荡地朝前驶去。

大院内，大桌子一张张摆上，灶台支起来了，炉火熊熊，大锅里面，油烟翻滚。

左邻右舍忙碌着，切肉的，切菜的，收拾鱼的……

牛大力抱着两箱啤酒，从院门外走了进来，他的后面跟着一群抬啤酒的年轻人。

老蔡家外屋里，贴着大红的"囍"字，马魁、汪永革、老陆、老吴等众人把洗脸盆、马蹄表、玻璃鱼、暖壶、痰盂、镜子等物品放在桌上。

老蔡笑呵呵地看着这些物件大呼发财了。马魁和汪永革都替老蔡高兴，汪永革说不知道自己有没有他这个福气。老蔡笑着对两个老哥俩说，早晚的事。汪永革招呼大家把份子钱都交上来，老蔡不好意思起来。

马魁赶紧说，老蔡不收份子钱，大家就没法喝喜酒了。众人跟着附和，老蔡只好收下大伙的份子钱，叫大家一定要吃饱喝好，否则他老蔡就不高兴了。

大家听完老蔡的话，都哈哈大笑起来。

夜幕降临，一百度的大灯泡点了四个，照得院里亮堂堂的。

酒菜上桌，男人上男人的桌，女人上女人的桌，年轻人上年轻人的桌，孩童幼崽桌桌乱窜。

蔡小年带着媳妇，从父母开始，依次给大家敬酒。院子里欢声笑语不绝于耳。

姚玉玲默默地喝着酒，牛大力闷头吃着饭。马燕擎起酒杯，望着汪新："来，咱俩喝一杯。"

汪新劝马燕先吃完桌上的饭菜再喝，还打趣说怕牛大力一会儿吃光了。姚玉玲见缝插针建议，他们四人一起喝一杯，牛大力一听立即来了劲，端起酒杯就要跟姚玉玲碰。马燕挡住汪新的酒杯说，先跟她喝完再说，汪新一边调侃一边跟马燕干了杯。马燕放下酒杯，马上招呼汪新吃菜。

见马燕根本没给她面子，姚玉玲脸上实在是挂不住了，牛大力赶紧解围，他端起酒杯对姚玉玲说："小姚，咱们喝。"姚玉玲没有拒绝牛大力，她一饮而尽，牛大力望着她说："也没让你干了呀！喝多了占肚子，吃不了多少菜。"

自始至终，姚玉玲没有拿正眼看牛大力，她又倒了一杯酒，喝了。牛大力不无心疼地说："这还越说越来劲儿了。"

马燕装没看见，不住地给汪新夹菜："这个菜好吃。""我够得着。"汪新随口说。"可我够不着呀！"马燕冲汪新撒着娇。"喜欢吃哪个？我给你夹。"汪新语气中带着宠溺。马燕指着最远处的那个菜，汪新起身夹给她，马燕脸上笑开了花。

姚玉玲看着俩人，一杯接一杯地喝着闷酒。

另一桌前，蔡小年给汪永革敬酒，说了许多感激的话，老蔡乐呵呵地看着，心里很是满意儿子今天的表现。

敬完汪永革，蔡小年开始敬马魁，他说马魁是及时雨宋江，关键时候总能解了他的燃眉之急。马魁把蔡小年的话掰开来说，小年的意思是汪永革是晁盖，他是宋江，意思是汪永革管着他？蔡小年脑子转得快，赶紧补上一句，后来没管着。

一提到汪永革，马魁的眼神是冷的，脸色是阴沉的，话语都透着风。老蔡多少能看点势头不对。他接过话茬让蔡小年给汪叔和马叔两个铁路大院的顶梁柱敬酒，往后还要向汪叔和马叔学习，跟其他年轻人一起把铁路大院给顶起来。

蔡小年先干为敬，马魁嘱咐他好好过日子。

男人桌上有些风云激荡，而沈大夫那桌，瞧着她一个人默默喝着，老吴媳妇和老陆媳妇有些担心。老吴媳妇故意问沈大夫，是不是私底下偷着练喝酒了，沈大夫笑了笑说今天高兴。

牛大力喝醉了，闷头唱着《白毛女》："人家的闺女有花戴，你爹我钱少不能买，扯上了二尺红头绳，我给我喜儿扎起来，哎，扎起来……"

看着牛大力要酒疯，汪新白了他一眼说："大力，今天是蔡小年大喜的日子，你唱的这是啥玩意呀？""你还没听明白吗？人家的闺女有花戴，就是说小年哥娶了媳妇，大力哥眼气小年哥了，也急着找媳妇了。"马燕说着看向姚玉玲。

姚玉玲像是压根没听见，一个人喝着酒。"就凭我牛大力，找媳妇算难事吗？说找就能找！"牛大力东倒西歪，拍着胸脯说。

马燕给牛大力加油打气，让他赶紧找一个。牛大力醉眼惺忪地指了指马燕，又指了指汪新说，让他俩接着蔡小年结婚的喜庆，干脆结婚得了。马燕和汪新警告牛大力不要胡说八道，牛大力呵呵笑着说，他早就看出来汪新和马燕是蛤蟆瞅绿豆，早瞅对眼了。

马燕毕竟是个大姑娘，被牛大力看穿心思她觉得脸上有点挂不住，小性子上来了，小嘴不停质问牛大力。汪新怕俩人杠上，赶紧招呼几个年轻人将喝醉的牛大力架着送回了家。

马魁还在推杯换盏，马健早就困了。他看到沈大夫，朝她走了过去。沈大夫有点醉了，马健拽了拽她的衣角，叫了一声："沈姨。"沈大夫慈爱地望着他问："咋了？"马健没精打采地说："想睡觉。""那沈姨带你回屋睡觉去，好不好？"马健点点头，沈大夫抱起他往马魁家走去。马魁将这一切看在眼里，他犹豫了一会儿，起身向家里走去。

马魁走到自己门口站住，他敲了敲门，见没有动静，便站在门口徘徊。这时马燕走了过来，问马魁站在门口干吗。马魁说沈大夫跟马健在里头呢。听了父亲的话，马燕推门而入，她来到炕前，只见沈大夫搂着马健躺在炕上睡着了。马燕告诉父亲，沈大夫搂着马健睡着了，马魁让闺女把沈大夫叫醒。

马燕试着叫了几声，又用手推了推，见沈大夫没有反应。马燕对站在屋门口的父亲说，她叫不醒，让他自己去叫。马魁小心翼翼地问闺女，沈大夫是否穿着衣服。马燕一听父亲的话，翻着白眼问他，那人家还脱了衣服睡呀，弄得马魁脸红脖子粗的。他从外屋走近炕前，轻轻推了推沈大夫，奈何沈大夫只是翻了个身，又沉沉睡去。

马魁无奈，刚想找闺女求助，却发现闺女没了影儿。马魁只好又推了推沈大夫，突然沈大夫一翻身，呢喃着说："难受啊，好难受……可怎么活呀……"看着这情形，马魁愣了一会儿，转身走了出来。

院子里，婚礼答谢宴仍在继续，汪新和一桌人干杯喝酒。姚玉玲坐在桌前，拄着头，眼神迷离地望着汪新。

汪新看着姚玉玲，问她是不是喝大了。姚玉玲没接话，反问他马燕干吗去了。汪新如实对她说，马燕跟父亲回家哄马健睡觉了。

姚玉玲有些踉跄地站起来，说自己也困了，准备回屋睡觉。她走过汪新身边的时候，站立不稳险些摔倒，手扶住了汪新的肩膀，让汪新送她回去。汪新犹豫着，姚玉玲催着他，汪新只好站起身搀着她走了。二人走到姚玉玲家门外，姚玉玲迟迟不开门，汪新以为她迷糊了。谁知，姚玉玲一把握住他的手，说什么也不肯松开。

汪新掰开她的手，谁知姚玉玲却向他说出了心里话，诉着相思苦。汪新有些忐忑地劝她开门赶紧进去，姚玉玲借着酒劲质问汪新，心里是不是只有马燕，甚至张嘴骂起了马燕。

姚玉玲的叫骂惹怒了站在房顶上的马燕，她向姚玉玲头上扔苞米。汪新见马燕站在房顶，担心她一不小心摔下来，却被怒目而视的马燕一顿讥讽，汪新尴尬地任凭马燕数落。

姚玉玲见马燕扔苞米打她，嘴上更来劲了。马燕一怒之下从房顶跳下来，姚玉玲怕马燕动手，赶紧往汪新怀里钻。马燕一把抓住姚玉玲的衣襟，嘴不饶人地骂姚玉玲不要脸。汪新推开姚玉玲，连忙劝马燕不要动手。

她们这么一闹，惊动了左邻右舍，老蔡支使着蔡小年赶紧过去看看咋回事儿。

姚玉玲借着酒劲，也抓住马燕的衣襟，两个女人围绕着汪新对峙着。牛大力听到动静醉醺醺地赶来，汪新一把拉住他说，就别添乱了。牛大力瞪着一双布满血丝的眼叫马燕放开姚玉玲，否则他牛大力会六亲不认！牛大力说着，就去拽马燕，马燕一脸委屈地向汪新说，牛大力欺负她。

本来汪新看到牛大力去拽马燕，他就有些不爽，又见马燕委屈巴巴的小模样，拉住牛大力腕子的手不自觉地多出几分力气，叫牛大力别瞎掺和。牛大力借着酒劲不吃汪新那套，对马燕更加不客气起来。

左邻右舍围拢过来，马魁大喝："都给我住手！"随着长辈们的介入，一场闹剧就此结束。

马魁带着马燕回到家里，他坐在桌前沉默良久，问马燕，他去叫沈大夫时，为啥她走了，马燕说自己忙着上厕所了。随后他又批评马燕说，人家蔡小年大喜的日子，你们在那儿胡闹，也不嫌丢人现眼。马燕将前因后果跟马魁说了，强调说如果姚玉玲不张嘴骂她，她也不会搭理她。

马魁不但不替闺女说话，反倒说马燕肯定有姚玉玲骂她的理由。马燕一听急了，说她追求自己的幸福，有错吗？马燕心里委屈，扔下一句："我还是你亲生的吗？"哭着向自己房间走去。徒留马魁一人喃喃自语："那你还能是谁生的？"

马燕走进自己屋，摔上门，把马魁关在了门外。想着真的伤了闺女的心了，马魁低声下气地问闺女他上哪儿睡。马燕赌气地说，爱去哪儿睡去哪儿睡！

马魁站在马燕门口，感慨万千。

汪新家，正进行着一场严肃对话。汪永革眉头紧皱，站在炕旁，对躺在炕上的汪新进行严厉的批评教育。他语重心长地对儿子说，不要卷入莫须有的战争里。汪新用被子蒙住头，说跟他没关系。汪永革警告儿子，院里的这俩姑娘，汪家一个都不能要！

汪新嫌父亲烦，敷衍着说他都不会要。说完蒙着被子，故意打起了鼾声。汪永革望着儿子思绪万千，都这些年了，往事如烟仍缠绕在心间。

秋夜，月凉如水。姚玉玲坐在桌前，提笔写道：

> 亲爱的汪新，你好，我写这封信的时候，已经是凌晨两点多了。但是，我一点都不困。因为，我有太多的话想对你说，汪新，我不能再等了，也等不及了，我必须说出来，否则我睡不着……
>
> 汪新，首先我要向你承认错误，当年是我离开了你，还是在你最艰难最痛苦的时候。这一切都是因为我当时太年轻，不懂事，一时糊涂造成的。其实这几年来，我的心一直不好受，也一直挂念着你，盼着你能回来，盼着我们能再相聚。当你回来的那一天，你知道我有多么高兴吗？那一夜我没睡着，因为你终于回来了，我的期盼实现了……

马燕虽然生父亲的气，但她心疼他常年做乘警的辛苦奔波。她坐在桌前，手里织着围脖，眼睛却不时地望向窗外在院子里打军体拳的父亲。

夜已经很深了，马燕实在看不下去了，走到父亲身边，不由分说地拽着父亲进了自己房间，让他在自己屋里睡。

大院里静悄悄的，姚玉玲从家里走了出来，她朝周围望了望，见四下无人，悄悄地朝汪新家走去。她走到汪新家门外，把一封信塞进他家的门缝里，转身离去。还真是冤家路窄，这一幕不经意间正好被马燕撞见。

马燕心生狐疑，来到汪新家门口，看到塞在门缝的信。她把围脖、毛衣针扔到一边，迫不及待地展开信纸，看着看着，眉头拧成了疙瘩……

晨光微露，沈大夫睁开眼睛，朝周围看了看，她猛地坐起。当她看到马健睡在身旁时，心绪才稍微平和一点。

沈大夫隔着门缝望了一会儿，见院里除了在打扫院子的马魁没有旁人，她打开门轻轻地咳嗽了一声。马魁一边打扫，一边示意她赶紧回家。沈大夫低着头，快步朝自己家走去。

沈大夫从马魁家出来的情形被站在窗口的老陆媳妇看了个清清楚楚，她兴奋地连捶带打叫醒了老陆，把自己看到的绘声绘色地说给老陆听。老陆没睡醒，他半信半疑的没当回事儿，末了，他叮嘱媳妇管住自己的嘴，没凭没据的别到处乱说。说完，倒头又睡下了。

一夜宿醉，汪新起床时已近中午。他洗漱完毕，草草吃了口饭，便匆匆走出大院。在院门外，姚玉玲堵住他问，他去哪儿。汪新说去找同学，姚玉玲说跟他顺道去趟街上。汪新默许，两人并肩朝前走。

走着走着，汪新告诉姚玉玲，他看了信，有些感动。姚玉玲一听，立即热泪盈眶。她还告诉汪新，那都是她的心里话。汪新告诉姚玉玲，过去的已经过去了，叫她不要有任何心理负担，他现在一切都挺好，同时感谢她对马燕和他的祝福。

姚玉玲越听越不对劲，她写给汪新的信里，根本没有什么祝福。她诧异地问汪新是否酒还没醒，她信里的意思是想跟他重叙旧好。汪新告诉她，这事不可能了，祝她幸福。姚玉玲呆站在原地，眼泪涌了上来。

转眼冬至，气温骤降。

大风吹打在身上，刺骨般寒冷。宁阳火车站内，一列开往哈城的火车停靠在站台。乘客争先恐后往车上拥。一个男乘客不停地往车窗里塞着麻袋，全然不顾站在一旁的两岁孩子。

夹在混乱人群中的刘桂英抄着袖子，戴着围脖，用露着的那双眼盯着男乘客。男乘客把最后一个麻袋塞进车窗，长出一口气。这时，他才想起在身旁的孩子，转身一看，孩子不见了。他焦急地四下张望，一边寻找一边喊着儿子的名字，儿子仍不见踪影……

人们陆续上了车，站台上只留下男乘客绝望的呼喊声……

刑警大队会议室内，阴云笼罩，在座刑警个个脸上愁眉不展。姜队长阴沉着脸，质问在座的各位为什么犯罪分子屡屡得手，却偏偏逮不住她！是犯罪分子太狡猾，还是在座的各位业务能力不行！

汪新扭脸看了马魁一眼，见马魁面无表情地坐着，他把想要说的话咽了下去。见大家都沉默不语，姜队长的火气更大，近乎咆哮般地问大家，难道连做刑警的底气都没了吗？在座的刑警面面相觑，都低下了头。

姜队长敲着桌子，目光如炬地扫视着在座的刑警，他将案件更深入地作了解析，并将目击者提供的线索告诉了大家。马魁一听嫌疑人在哈城下的车，他紧皱眉头，这比大海捞针都难。

汪新思索了一会儿，觉得姜队长提供的线索中，嫌疑人跟他以前见过和交过手的嫌疑人特征比较相似。他毅然决然地向姜队长主动请缨去哈城，并保证一定将嫌疑人缉拿归案，一雪前耻。姜队长喜出望外，他征求了一下马魁的意见，马魁也同意跟汪新一同前往。

开往哈城的火车车厢里，马魁和汪新坐在座椅上闭目养神。

火车缓缓驶进永庆站，傻二穿着破棉袄，戴着破棉帽站在站台上，他一边抹着鼻涕，一边焦急地望向列车。傻二拍着巴掌、跺着脚盯着一节节车厢，工作人员伸手护着他。突然，一双棉鞋从车尾门里飞了出来。傻二捡起棉鞋，从棉鞋里掏出一盒握手烟，流着鼻涕高声喊道："妥妥地！妥妥地！"

马魁站在最后一节车厢的门口看着傻二，脸上露出一丝笑容。

火车缓缓驶出永庆站，马魁裹紧棉袄，回到座位坐下。

汪新好奇地问马魁那人是谁，还说感觉那人脑袋有问题。马魁对汪新一顿教训，对汪新讲述了傻二的经历。傻二是孤儿，打小就沿着铁轨捡垃圾，别看他脑子不好使，他可救过一火车人的命。有一回，司机远远地看见傻二蹲在铁轨上，怎么鸣笛他都不走，不得不紧急制动。走到近前一看，原来是有块大石头从山上滚下来，落到铁轨上，傻二就一直蹲在那地方守着，要不是他，没准那火车就侧翻了。汪新听完马魁的讲述，对傻二肃然起敬。

哈城的夜，极度寒冷。小旅馆内，马魁和汪新坐在各自的床上，抱着饭盒吃着面条。汪新一边吃着面条，一边夸马魁家腌的疙瘩丝好吃，马魁斜眼让他别扯吃吃喝喝，讨论一下案子。汪新满不在乎地说没啥好讨论的，反正抓不住那个女人贩子他就死不瞑目。马魁旧事重提，嘲笑他以前帮着女人贩子找回丢失被拐的孩子的糗事。汪新羞愧难当，赶紧岔开话题，追问马魁为什么手劲那么大，是不是专门练了。

见马魁不说话，汪新改变策略，故意拿话刺激马魁，说这里面肯定有什么见不得光的事儿，要不咋不敢大张旗鼓地告诉他。马魁就喜欢逗他这个徒弟，仍然不说话，在汪新再三请求之下，他沉默良久，讲起了一段往事。他跟汪新差不多大的时候，有一回他跟师傅奔哈城出任务，在车上遇见一贼，由于他手劲小，没攥住那贼的胳膊，结果那贼从怀里摸了把刀捅伤了他师傅。

汪新追问马魁，他师傅后来咋样，马魁沉默了，久久地沉浸在回忆里。汪新见马魁不说话，也闭上了嘴。

师徒二人沉默了很久，马魁先打破沉默，问汪新练手劲是不是为了跟他较劲。汪新解释说，上回唐兴国自残那事儿，常在脑袋里蹦跶，如果当时他把唐兴国按住了，也不至于会出那么大的事儿。说到以前的事儿，汪新觉得很愧疚，马魁看着他，心想这小子还算有点正形。但在某些事情上，他还是没有让步的想法。

白雪皑皑的哈城郊区，寒风夹着漫天飞舞的雪花，无情地抽打在人们的脸上、身上。马魁和汪新从目击证人的家里出来，一步一滑地在风雪中艰难走着。

汪新缩着脖子，抱着膀子，打着寒战，蹒跚前行。他抱怨着说北方的冬天太冷了。

马魁看着汪新，嘲讽地说他没觉得有多冷。汪新嘴上也不示弱，提起马魁当年在哈城坐牢的事儿，说马魁在这儿待了十年，老北风都把他的皮磨出茧子了，所以才感觉不到冷。他问马魁就当年那事儿，难道没有一个目击证人？马魁告诉汪新倒是有那么一个人，但是人家死活不承认，好像存心就是想让他坐牢似的。

汪新隐隐感到马魁话里有话，犹豫着说那人是不是他父亲。马魁没回应，只对他说过去的事儿已经过去了。汪新心中虽有疑惑，但马魁不说，他也没办法深究。他向马魁保证，只要马魁有需要，即使豁上命也在所不辞！汪新的一番话，让马魁的心为之一震，竟然湿了眼眶。

马魁怕汪新看出端倪，赶紧把话题转到案子上，师徒二人讨论起案件来。分析了半天，汪新有些泄气，觉得这次到目击证人家里没啥新线索，跟马魁建议直接回去得了。马魁告诉他既然出来了，就去附近再转转。

师徒二人往前走着，碰上一人慌里慌张地朝他们跑来，后面有六个人边追边喊："别跑，再跑追上要了你的命！"

那人越跑离他俩越近，眼看就要跑到他俩跟前，谁知脚下一滑，一个踉跄摔倒在地。紧追的六人蜂拥而上，对摔倒在地上那人一顿拳打脚踢。

马魁见状快步走了上去，汪新一步一滑紧随其后。

马魁上前，大喊住手，六人毫不理会，对蜷缩在地满脸是血的那人变本加厉打得更厉害了。马魁怒了，上手推开下手最狠的打人者，那人一个趔趄差点摔倒。其余五人见状停下手来，愣住了。

被马魁推搡的打人者是头儿，他恼羞成怒，骂骂咧咧地质问马魁从哪儿来的，居然敢推他。汪新一看这家伙敢骂马魁，让他嘴巴放干净点儿。马魁看了汪新一眼，赔着笑说有话好好说，千万别动手打人，万一把人打个三长两短吃官司坐牢就不划算了。

流氓头儿一脸鄙视，告诉马魁让他吃官司的人还没出生。另一个流氓不耐烦地说，别跟脑子有病的人废话，干脆一块儿给他治治算了。流氓头儿说是得治治。两人说完，向马魁步步紧逼，马魁一边往后退，一边求饶。

汪新火了，挡在马魁前面，那俩人抡拳打向汪新，汪新伸手欲擒拿，却被马魁从后面扯住了他的围脖，用力把他拽了一个趔趄。拳头落在了马魁脸上，那俩人顺势对马魁一顿乱踹。马魁也怒了，他一把接住流氓头儿伸过来的脚，使劲掀翻在地。

流氓同伙一看，马魁居然敢反抗，立即招呼其他人一起上。马魁见状，拉着汪新撒腿就跑，打人者纷纷追赶。马魁和汪新气喘吁吁地跑到江边，汪新回头见那六人没追上来，站住身问马魁为啥刚才不让他出手。马魁站住身，大口喘着粗气对汪新说，只要他一亮架势，那伙人可能就看出他的身份，侦破案件没准就没戏了。

汪新不太认同马魁的说法，认为那伙人不一定真能认出他俩的身份。马魁严肃地告诉汪新，那伙人都是在警察眼皮底下混的，贼着呢！汪新满腹牢骚，对干刑警这行都开始怀疑了。马魁瞪着汪新，汪新立刻认㞞不语。

江风怒号，大雪纷纷，汪新冻得打起摆子来。师徒二人正准备找路回去，却被六个手拿短棒的流氓两面夹攻围了上来。

汪新气急，问马魁咋办，马魁让汪新先不要动手，看他的。马魁对流氓头儿说，大家没冤没仇的，犯不着这样吧。流氓头儿叫嚷，敢掀了他一个跟头，这就是有仇。马魁让那家伙掀他个跟头，就扯平了。流氓头儿不依不饶，这事要想了结，就得给他们下跪磕头。汪新大怒，对着流氓吼道："我看你们谁敢动手！"流氓头子喊道："还跟他们啰嗦啥呀，削他！"

众流氓擎着短棍围了上来，关键时刻，贾金龙一溜小跑着过来，问道："这么多人啊，干啥呢？"流氓头子打量着贾金龙问："你是干啥的？"贾金龙说："坐地户呗！你们认识滕瘸子吗？""那是我大哥，咋了？"流氓头儿盯着贾金龙说。

贾金龙客气地说："滕瘸子是我家邻居，我们关系好着呢！兄弟，这俩人是我朋友，哪得罪你们了？给个面子，别难为他们了。"

见流氓头儿犹豫，贾金龙继续说："要不，咱们去找滕瘸子当他面唠唠？"流氓头儿说："这点事儿找我大哥干啥？都是一家人，那就没说的了，给你个面子。"贾金龙拱拱手说："太够意思了，你叫啥名？等我见到滕瘸子，跟他打个招呼。""算了算了，弟兄们，走了。"流氓头儿带着同伙离去。

马魁打量着贾金龙，他笑着对马魁说："还瞅啥呀？走吧！"

仨人边走边聊，贾金龙看上去文质彬彬，说话也和气。他说："我刚好路过，看见他们动手，我也不知道哪儿来的勇气，就喊了一嗓子。""同志，你给我们解了围，让我们怎么感谢你呀？"马魁真诚地向贾金龙道谢。"客气啥，人民警察为人民，人民也得为警察呀！"贾金龙笑着说。

这话听着太耳熟了，马魁与汪新大感疑惑。贾金龙忙解释道：“别误会，有一年在火车上，有一伙人逼大家买烧鸡，让你们三下两下给制服了，我对你们有印象。”

经他这么一说，马魁想起来了，第一个给他鼓掌喝彩的就是眼前的这个人。马魁笑了：“这也算碰上熟人了。”

贾金龙好奇地问师徒俩，为啥这身打扮。马魁说，他出来办点事儿。贾金龙感叹说，他们都是干大事的人。汪新问贾金龙，刚刚那帮人都是干啥的。贾金龙告诉说，他们是本地惹是生非的混子，并开玩笑他可是正经坐地户，平时做点山货和江鲜买卖。那个滕瘸子是当地一个颇有点名气的大混子，他跟滕瘸子也不认识，刚刚情急之下张嘴胡来的。

马魁笑着说：“看来那人挺好使啊！往后，我们去哈城也得把他挂嘴上。”贾金龙急忙说：“别开玩笑了，你们嘴上挂他名，那不是掉了价了。”听了贾金龙的话，马魁和汪新笑了。

分别的时候，马魁想起该问问眼前这位同志的身份，贾金龙将自己的姓名、联系方式都告诉了马魁，汪新认真地写在随身携带的小本上。他还特意跟马魁说，他在哈城多少也认识几个人，遇到啥难事，可以随时找他。

马魁嘱咐贾金龙，他们是警察这事，知道就行了，千万别漏出去。贾金龙向他俩保证，他啥也没看到和听到，跟他俩也不认识。

马魁拱手跟贾金龙道谢，三人就此道别。

第十六章

回到小旅馆，汪新借故上厕所，站在前台背着身给马燕打电话，向马燕诉苦说北方太冷，马燕心疼地让他戴着她织的围脖。

俩人在电话里正聊得热乎，却不知什么时候被悄然站在汪新身后的马魁拽掉了电话线。汪新急了，质问马魁为啥不能给他爸打电话。马魁瞪着眼告诉汪新，少玩那些花花肠子，别打马燕的主意，他们两家不合适。

马魁说完，就往房间走去。汪新跟在他的身后，质问道："既然您这么看不上我，那咱俩还在一块干啥？各走各的得了呗。"马魁点点头说："行啊，赶紧滚蛋！"汪新眼珠一转说："脑袋一热，差点中计了，我可不能走，我得留下来腻歪您。"

回到房间，师徒俩坐在各自的床上，各想心事。汪新打破沉默说："本地公安也联系了，他们也没有人贩子的线索，咱们这成了大海捞针了。"马魁："那也得捞啊，再见见那个目击证人，让他再回忆回忆。""我不抱什么希望，您没看他今天那样，看着都不耐烦了，纯属浪费时间。""可你把话都抡圆了，一雪前耻，这要空手回去，有脸见人啊？"

汪新建议找找贾金龙，他是做买卖的，走南闯北，消息肯定灵通。马魁说，只有一面之交，不能轻易冒这个险。马魁思索了一会儿，告诉汪新，晚上他去办点事儿，见个朋友。他让汪新自己找地方吃饭，别瞎转悠，老实待着。汪新提出跟他一起去，马魁拒绝了。

夜幕降临，马魁裹紧厚棉袄，顶着风雪走在哈城的大街小巷。他来到彭明杰家门口，仔细看了看门牌号，伸手敲门。彭明杰打开门，一看是马魁，一脸惊喜。俩人相互问候后，彭明杰热情地请马魁进了屋。

马魁见屋里还有个中年男人，中年男人看到他们，赶紧站起来，毕恭毕敬地对彭明杰说："领导，我先回去了。"彭明杰对马魁说："老马，你先坐，我送送客。"马魁打量着彭明杰的家，无意中看到那个中年男人坐的地方有个布兜，里面塞着几条烟和白酒。

不一会儿，彭明杰回来了。马魁向彭明杰表示歉意，不知道他有客人。彭明杰招呼马魁坐下，哥俩一边嘘寒问暖，说着客套话，一边喝起酒来。

马魁把来哈城办案的事告诉了彭明杰，他答应帮着打听打听人贩子的事儿。俩人唠得差不多了，马魁起身告别。临走时，彭明杰硬往马魁怀里塞了两条烟，马魁告诉他早就戒烟了。彭明杰说以后办事，会用得上的。马魁欲言又止，最后还是说了："明杰，你现在是领导，收礼这分寸可得拿捏好。"彭明杰表情不太自然地点点头："我知道，放心吧。"

马魁走后，汪新还是没忍住给贾金龙打了电话，获得了重要线索。马魁刚推开小旅馆房间的门，汪新就兴冲冲地从床上站起来，兴奋地说："师傅，您可回来了！有线索了，那两个孩子，很有可能被拐卖到老道沟了。"

"你咋知道的？"马魁满脸狐疑地问。汪新看着马魁，小心翼翼地说："师傅，您别生气啊，我跟贾金龙联系了一下。他说巧了，前一阵他有个朋友，去派出所办事，见到两对农民夫妻，一前一后去派出所给孩子上户口。户籍警问为啥孩子这么大了才来上户口，那两对农民夫妻说，他们领养的是亲戚的孩子。"

马魁一听就火了，说汪新老毛病又犯了，无组织无纪律，再敢擅自行动就滚蛋。汪新嘀咕说，这不也是急着破案吗。事不宜迟，两人连夜便赶往老道沟村。

在当地两个警察的帮助下，马魁和汪新来到一户民宅，对那家农民夫妇进行了询问："你要如实交代，带孩子来这里的那个女人，长什么样？"男主人回忆着："就是一个三十多岁的女人，不胖不瘦，下巴上长个黑斑。"汪新拿出女人贩素描像问："你看看，是不是她？"男主人仔细看了看："挺像的。""那你知道她从哪来的吗？"汪新继续问道。男主人看了看马魁，赔着小心地说："不知道，把孩子放下，拿钱就走了。"

见问不出什么实质性的线索，他们和抱着孩子的当地警察离开了老道沟。被解救的孩子由当地派出所暂时收养，联系孩子的亲生父母后，将由他们接回。

一切安排妥当，已近拂晓。师徒俩告别当地派出所的同志，回到小旅馆时，天已经大亮了。临别之际，马魁和汪新决定好好感谢贾金龙。

三人一行来到哈城的一个饭馆，下酒菜上桌后，贾金龙从热水盆里拿出烫好的酒说：“这是本地的烧刀子，纯粮食酿造，味正着呢！来，尝尝。”

“贾哥，我得给你倒。”汪新殷勤而周到。“客随主便，哪能乱了规矩。”贾金龙说着，给马魁和汪新倒酒。三人满上酒，贾金龙对马魁说：“今天我请客，这事得先讲好了。”马魁摇摇头说：“小贾啊！你帮了我们的忙，我们得请你呀！”“我这是尽地主之谊，要不传出去，我多没面子呀！”贾金龙执意要请，汪新刚想说点什么，就被他打断：“别说了，这顿饭要不是我请，那我就不吃了。”

“行，那就吃你一顿。”马魁笑道。“是先吃我一顿，等我去宁阳，还得吃回来呢！”贾金龙笑着说。听贾金龙这么说，汪新开心了：“说得好，爽快！”贾金龙端起酒盅，对马魁和汪新说：“喝酒更得爽快，来，干了！”酒一入喉，汪新眉头一皱：“这酒，真冲啊！”“冰天雪地的，全靠这酒烘着身子骨呢！马叔，您觉得咋样？”贾金龙笑着问马魁。

马魁一饮而尽，咂摸着嘴大声地说：“我喝得惯。”“贾哥，你连着帮了我们两个忙，我得敬你酒。”汪新一边给贾金龙倒酒，一边向他举杯。“举手之劳，再说了，帮你们做了件好事，做了件积德的事，我也跟着光荣啊！”贾金龙豪爽地举起杯子先干为敬。

三人一边推杯换盏，一边唠着。酒过三巡，贾金龙对汪新和马魁说了些掏心窝子的话：“马叔，汪老弟，说句心里话，我佩服你们，正是有了你们，我们这些平头老百姓，才能过上安生日子。看你们穿的这身衣服，我就知道，你们出来不容易，是喝风咽雪、吃苦遭罪呢！可为啥要这样啊？不就是为了我们吗？一想到这些，我这心啊，暖和着，可又不是滋味。所以说，我得出点力，能使上劲儿，那当然最好，使不上劲儿，我也得把心意尽了。”

贾金龙的一番话，说得汪新异常感动，他心里暖洋洋的：“贾哥，你这几句话，比这烧刀子还上头呢！来，我还得敬你。”马魁动容地端起酒杯说：“来，咱们一块敬小贾！”

三人举杯痛饮，其乐融融……

蒸汽机车停靠在站台上，马魁和提着破旅行袋的汪新走进哈城火车站。“这一趟，总算没白跑啊！”汪新感慨地说着，见马魁不搭话，他上前问道：“还埋怨我呢？”“你都立功了，我敢埋怨你吗？”马魁没好气地说。“我哪儿敢邀功？就算有那么半点功劳，也是您教导有方。”汪新赔着笑脸，一本正经地说道。马魁推了他一下，板着脸说：“少来这套。”

师徒俩正斗着嘴，见贾金龙提着两个袋子从后面追上来说：“马叔，汪老弟，等等我！”他走到二人跟前，递过两个袋子说：“到底是赶上了，我给你们带了点木耳和蘑菇，一人一袋。”

马魁和汪新说什么都不要，甚至还把警队的规章制度都搬了出来。三人推来推去，结果马魁和汪新被贾金龙的“朋友”二字拿下，师徒二人乖乖地收下了贾金龙送的山货。最后三人相约在宁阳相聚。

奔波了几天，师徒俩终于回到宁阳。

马魁和汪新受到了上级的表彰，姜队长满面笑容地对师徒二人说，虽然人贩子还没有抓到，但解救了被拐卖的孩子也很好。他叫两个刑警将师徒二人获得的锦旗挂在警队的墙上，马魁和汪新看着锦旗，露出了欣慰的笑容。

铁路工人大院被冬雪笼罩着。马魁家一片欢声笑语，热闹非凡。马燕、彭明杰和丽丽围坐在摆着炖好的大骨头和几个菜的炕桌前，马魁在一旁的柜子里翻找着东西，问道：“燕子，我那瓶存了二十来年的二锅头，哪儿去了？”马燕装糊涂，说：“我哪儿知道？”马魁一边翻找着，一边说：“不对呀？我记得你妈就放这儿了呀！”

彭明杰笑着对马魁说：“老马，桌上也不是没酒，别找了，上桌吧！”马魁犹豫着上了炕，时不时地瞄一两眼马燕。马燕假装坦诚地迎着父亲的目光。瞧着父女俩眉来眼去，彭明杰拿起筷子，反客为主地招呼马魁吃菜，给父女俩解围。

马魁一边吃一边对彭明杰说着感谢的话，感谢他大老远从哈城给他们家送了那么多肉。同时也担心他身为领导，办出违反原则的事。彭明杰叫马魁将心放进肚子里，送给他家的肉都是用自家肉票买的。

老哥俩在俩闺女的陪伴下，互敬对方，还相互认对方的闺女为干闺女，从此两家人成了一家人。这酒喝得暖心，这肉吃得安心。

马魁把丽丽这个干闺女照顾得无微不至，干闺女一句不习惯睡炕，太热，便为她铺上厚褥子；一大清早就烧好洗脸水，站在门口向干闺女嘘寒问暖……弄得身为亲闺女的马燕都心生嫉妒，忍不住向父亲抱怨。马魁追问马燕，他那藏了二十几年的酒是不是送给汪新了。马燕没有直接回答，说人家把命都豁上了，不得喝点酒压压惊吗，再说了，一台电视机不比酒值钱呀。这番话驳得马魁哑口无言。

寒来暑往，又一个春节将近，宁阳火车站迎来新一轮春运高峰。

广场上飘荡着广播声：“《人民日报》一九八四年一月三日，国务院近日发出通知，要求各地做好一九八四年春节旅客运输工作。预计今年春节客运期间，一月十三日至二月二十一日，铁路、公路、水运、民航客运量约达六亿多人次，比去年春节约增加 8000 万人次……《人民日报》一九八四年一月八日，铁道部积极加强对今年春节运输工作的组织领导，计划增开临时客车 406 列。其中，直通临时快车 21 列、慢车 20 列，各铁路局管内临时慢车 365 列……”

站台上，挤满了黑压压的乘客，他们大包小裹，纷纷挤进车厢门。不少乘客从车窗钻进车厢，站台上的工作人员不断地帮着往车厢门里塞人……

车厢门终于关闭，鸣笛声传来，列车启动，蒸汽机车喷出浓烟，却走不动了。

列检员跑了过来，检查车厢后，又跑到列车长办公席车厢外，高声地喊：“列车长，人太多了，减震弹簧压死了！”

老陆从车窗探出头，高声呼应：“赶紧去通知站里，就说前方站不要再上客了！另外，车上得往下甩人了，让站里安顿好滞留的旅客！”

车厢内，蔡小年满头大汗地挤了过来，他双手力拨众人，艰难地向前移步，同时大声呐喊：“都让让！借个光！车门打不开了！”

乘客紧紧地拥挤在一起都动不了，蔡小年着急地喊：“你们不让开，车走不了！”“我们倒是想让呢，可挪不动脚呀！”一位乘客说。

实在没有办法，蔡小年只好抬起车窗从窗子里跳了出去，他的举动让其他车厢的乘务员一一效仿，都从车窗往外跳。

蔡小年和其他车厢的列车员从外面打开车厢门，车厢门开了一道缝，一个乘客从缝隙里拼命挤了出来，接着，又一个乘客挤了出来……车厢门渐渐地全开了，乘客一个挨着一个地挤下了车。

经过站内工作人员对乘客的疏导和协商，列车再次启动。

满员的车厢内，依旧拥挤不堪。行李架上、地上堆满了旅行袋、麻袋以及各种包裹。蔡小年把着行李架，脚踩座椅背，像猴子一样跳跃着在乘客中穿行，嘴里说道：“都把车票拿出来，提前准备好，查票了！”

厕所外挤满了人，一个乘客捂着肚子嚷：“都借借光，我憋不住了！”他挤到厕所门口，使劲推门，却推不开。好不容易推开一道缝，只见厕所里站了好几个人，把厕所挤满了。

“你们出来，我要上厕所！大便……”他说完，一个乘客体谅地挤了出来，见其他人不动，他继续说：“你们都出来呀！”“进来一个出去好几个，上哪儿落脚去？”另一乘客说道。

片刻后，那位乘客用围脖捂住鼻子，说：“你拉你的吧，没事。”厕所里其他乘客也捂住了鼻子。闹肚子的乘客实在忍不了，他挤了进去，顺手将厕所门关上。

另一节车厢内，一个王姓乘客倚靠在座椅旁，双手紧紧地护着肚子，睁着充满血丝的眼睛，瞄着身边的每一个乘客。

王姓乘客的一举一动，引起了一个乘客的注意，那个乘客打量着他，他躲避着那个乘客的目光。王姓乘客看向另一个乘客，那个乘客也看了看他，转头闭上了眼睛。王姓乘客低下了头，看到躺在座椅下的乘客，露出半张脸正对着他笑。王姓乘客突然面露惊恐，他猛地爬上座椅背，跨坐在上面，紧紧捂着肚子，高声地叫着："来人呀！有人要杀我！快来人啊！有人要杀我！"车厢里开始骚动起来，所有乘客都纷纷朝王姓乘客看过来。

"出事了！我去看看！"汪新说着，朝着王姓乘客的方向挤去。挤不动了，他也像猴子一样抓着货架，踩着座椅背朝王姓乘客赶去。

王姓乘客拼命地喊着，汪新赶到他面前，关切地问："同志，你别着急，出什么事了？"王姓乘客捂着肚子，惊恐地说："有人要杀我！""你先下来，有话好好说。谁要杀你？"汪新看着周围的乘客问道。

王姓乘客没动，他下意识地看了看四周，胡乱指着其他乘客："他，他，还有他！我要是下来，就没命了。"被王姓乘客指的几位乘客纷纷骂他是神经病，脑子被驴踢了。

汪新见王姓乘客胡乱指认，怕引起众怒，劝他赶紧下来。王姓乘客见众人纷纷骂他神经病，于是眼珠一转，指着座椅下的乘客说："对了，是他！"座椅下的乘客一听，恼道："我是杀猪的，你是猪吗？"

看着王姓乘客胡闹，疯疯癫癫，乘客中不时地发出了这样的声音："别听他胡说八道了！大家都看着呢！他就是个精神病！"

汪新沉默片刻说："同志，你先下来，有我在，没人敢伤害你。""你是谁呀？"王姓乘客问完，不等汪新回答，一拍脑袋瓜说："我知道了，是你要杀我！"

"你胡说什么呀！赶紧下来！"汪新说着，就伸手抓他，谁知王姓乘客着急闪躲，一个不小心掉下椅背，一头撞到桌角上。车厢内发出一阵阵惊呼声。

王姓乘客一手捂着肚子，一手捂着被桌角磕破的头，变本加厉地大喊起来："杀人了，杀人了……"

汪新不慌不忙地凑近王姓乘客的耳朵说："别装了，跟我去卧铺车厢！"王姓乘客看了看他，少顷，从地上爬起来，跟在汪新身后往卧铺车厢走去。

王姓乘客磕破了头，汪新给他包上纱布，又给他端来一杯水，说道："同志，对不起啊！刚才不是故意的，你没事吧？要不，到了下一站，送你去医院瞧瞧？"

“算了，我就在这儿眯一会儿，家里老婆孩子都等着我呢！”王姓乘客说着，往卧铺车厢过道的座位桌上趴。汪新指了指他的棉袄问：“都是票子？”被汪新这么一问，王姓乘客下意识地用手捂紧了肚子：“这你都看得出来？”“你这么明显，这不是告诉小偷你身上有钱吗？卧铺这边相对安全，别睡得太死就行。”汪新笑着说。

“谢谢警察同志。”王姓乘客抬起头，点头哈腰地对汪新说。汪新摇摇头说：“你大闹车厢，装疯卖傻折腾一番，就是想混个囫囵觉！”

王姓乘客见汪新一语道破他的伎俩，可怜巴巴地说：“我……警察同志，实话跟你说了吧！我在南方做点小买卖，要过年了，我是紧赶慢赶。这一路上，一站连着一站，地界换了，火车换了，可就是车上的人头数没变，哪哪都是人。人挤人，人贴人，坐票买不到，我是一连站了好几宿，睡睡不着，吃吃不香，再加上兜里揣着过年钱，生怕被贼惦记上，是提心吊胆，紧张得要命。警察同志，你大人有大量，你就让我在这待着吧！”

汪新稍微缓和了语气，说道：“要是其他人也有样学样，那这火车，还跑不跑了？下不为例啊！你跟这老实待着，不许打扰其他乘客。”

王姓乘客一脸惭愧，望着汪新说：“你放心，我就在过道盘着，除了拉屎撒尿，哪儿都不去。”

这时，查票的蔡小年走了过来，看到王姓乘客问道：“同志，你怎么坐过道？票呢？”“我带他过来的。”汪新向蔡小年解释。他把蔡小年拉到一边，跟他说了王姓乘客的情况，蔡小年笑着对他说：“那成吧！让他在这儿待着吧！出了事儿你可得负责啊！”汪新向他摆摆手说：“行行行，你忙去吧！”蔡小年笑着说：“你啊！越来越像你师傅。”说完继续查票去了。

汪新琢磨着蔡小年刚刚说的话，嘟囔着说：“我像老马头？有吗？”

马魁正巧过来，问汪新：“都处理好了？”汪新指指过道里的王姓乘客说：“跟那呢！”看着王姓乘客，马魁不无感慨地说：“一到年关，车上就跟下饺子一样，天又冷，开不了窗，大家都挤在大闷罐子里，一个厕所都能挤进七个人去！这一跑就是成天成宿的，谁不糟心呀！体格弱的，还真就扛不住，所以，闹点脾气，耍点性子，大家都能理解。话又说回来，能千里万里，赶回家过个喜庆年，全家团圆，这就是个奔头，遭点罪也值当。盼着将来，这火车，能再多增加些车次，到时候人人都有座，那该多好呀！”

汪新感同身受地说：“火车能跑得再快点就更好了，大家都不用再遭这份罪了。”

冬去春来，冰雪消融。

铁路工人大院里，老吴老觉得眼睛不舒服，他站在公用水龙头前，一边洗着眼睛，一边揉着。

老吴媳妇走过来，看到老吴的眼睛，吓一跳，问道："你这眼睛怎么了？红得跟兔子一样。"老吴一边用水冲洗眼睛，一边对媳妇说："谁知道呢？"老吴媳妇担心地说："找沈大夫给你看看去。""这点事，找沈大夫干什么？"老吴说着，像没事儿人似的走了。

蒸汽机车行驶在郊野，轰隆隆的声音打破了郊野的寂静。

蒸汽机车驾驶室内，老蔡开着火车，老吴瞭望前方，他不时地眨着眼睛，偶尔用手揉一下。

"老吴，你眼睛不舒服？"老蔡关切地问。老吴眨着眼说："昨晚也不知道咋了，睡不着了。"一旁的牛大力听了，有些担心地说："不说我还没注意。吴叔，你这眼睛通红通红的呀！"老吴用红肿的眼睛瞪了牛大力一眼："关你啥事？干你的活得了。"牛大力有点委屈地说："我这不是关心你嘛！"老吴没好气地对牛大力说："你还是多关心关心小姚吧！"

听老吴提到姚玉玲，老蔡立马调侃道："一提小姚，大力立马就来精神头了。"牛大力听到"姚玉玲"这仨字，长长地叹了口气："她对我是一阵热一阵冷的，弄不明白。"老吴笑道："那不把你弄感冒了？"

牛大力说，他都快发烧了。老吴笑着对大力说，女人心，海底针。老蔡接过老吴的话茬，以过来人的口吻劝牛大力，忙活了这几年了，如果连手都没摸上，干脆就算了吧！

牛大力一听急了，赶紧表明自己已经拉过姚玉玲的手了。老蔡和老吴对视了一眼，哈哈笑了起来。老吴还故意说，如果不直接亲上，都算白忙活一场。老吴的这句话，让牛大力的脸瞬间红了起来，可他的心里却如火烧火燎般地疼痛。他不再答言，任凭老蔡和老吴拿他和姚玉玲开玩笑，低头卖力地干起活来。

一番笑闹之后，老吴感觉自己的眼睛似乎严重了，揉眼睛的频率在升高。牛大力边添煤，边偷眼瞄着老吴。

老吴见牛大力偷眼瞄他，假装生气地问他瞅他干啥。牛大力否认，老蔡发现老吴的眼睛越来越有点不对劲，有些替他担心起来。

最后一节车厢里，马魁和汪新坐在临近过道的座位上，闭着眼睛休息。

汪新想换个坐姿，伸开双手伸了个懒腰，突然发现马魁身边有个小孩。他用手推了推马魁：“师傅，您看。”马魁睁开眼睛，看见一个三岁左右的小孩站在他身边。望着眼前的小孩，马魁想到了自己的小儿子，他慈爱地笑着，小孩也冲着马魁微笑，只听一个女人的声音传来：“小宝，你回来！”

小孩转身走了，马魁和汪新同时望着小孩的背影，却意外地看到了唐兴国和他媳妇站在不远处。

汪新诧异地对马魁说：“是那个拿刀子捅自个儿的唐兴国。”马魁示意汪新别看，小心被对方认出来。汪新感慨地说，如果当初不是他帮唐兴国把表追回来，估计他也不会有今天。老婆没弃他，还给他生了个儿子。

马魁瞄了汪新一眼，话里有话地说：“是得亏他没把自个儿捅死，他媳妇心软了，才嫁给他的。”汪新撇撇嘴：“怎么您一说话，我就堵得慌呢！”“我也堵得慌，方便方便去。”马魁说着，起身朝前走去。

马魁走到车厢连接处，被坐在角落里的老瞎子伸腿绊了一个趔趄。马魁对老瞎子说：“你是不把我绊倒不甘心吗？”老瞎子打趣地对马魁说，对不住了，自己眼睛不好使。马魁也跟他开玩笑说，不是鼻子好使吗？

老瞎子故意叹了口气，说马魁身上味道有点乱，以前抽烟劲大味冲，现在劲小味也小了。马魁笑了笑，从兜里拿出几根皱巴巴的纸烟，递给老瞎子说，老哥你鼻子还真灵。马魁早就戒烟了，有时候遇上熟人非给一根，他就揣兜里罢了。

俩人正唠着闲话，一个女乘客从老瞎子身边走过，老瞎子一皱眉，大声吆喝：“别动！”女乘客愣了一下，忙站住身。老瞎子站起身，凑上前，拿鼻子闻着。女乘客见老瞎子肆无忌惮地在她身上闻，怒道：“你闻啥呢？耍流氓呀！”老瞎子不理，继续闻着。

这时，女乘客的丈夫走了过来问：“出啥事了？”女乘客指着老瞎子，对她丈夫说道：“他调戏我！”“你个老流氓！”女乘客丈夫说着，就要踹老瞎子。马魁上前阻拦：“别打他，他这儿不好。”说着，马魁指了指头。女乘客的丈夫看着老瞎子：“今儿个就便宜你了。”说完，拉着女乘客走了。

等到夫妻俩走远，老瞎子轻声说：“碱放少了。”

马魁问老瞎子啥意思。老瞎子长长地叹了口气，轻轻地说：“没意思，没意思。”说着，他缓缓坐下来。遗失爱女的痛和煎熬，旁人能体会多少呢。虽然他双目失明，但他永远也忘不了当时拐走自己闺女那女人身上的气味。想起自己的闺女如今不知在何处，老瞎子不觉流下泪来。

马魁从未看过老瞎子这般情景，突然意识到了什么，他声音低沉而真挚地对老瞎子说：“用不用我帮你找找？”老瞎子擦干眼泪，摇了摇头：“你鼻子不好使，找不到的。”

春意盎然，温暖的风轻轻吹着。

马燕一进门就看到父亲坐在桌前，一边缝着衣扣，一边还不时地拿起来闻。她盯着马魁手里的衣服问：“这不是丽丽的衣服吗？”马魁抬头看了眼马燕，低下头继续缝着扣子：“衣服扣子要掉了，给她补两针。”马燕撇着嘴，朝自己屋走去。

马魁沉默片刻，问马燕有没有衣服需要缝补，马燕没好气地说，她自己已经缝补好了。

上大学的丽丽放学一回到家，见马魁坐在桌旁摇着脖子，耸动着肩膀，关切地问，他是不是肩膀不舒服，马魁告诉她有点酸胀。丽丽立即上手给马魁捏肩膀，马魁虽然有点不适应，但架不住丽丽一口一个“二爸”地叫，马魁也只得随了她。

马燕站在屋门口，望着二人父慈女孝的温馨场景，她冷冷地笑了笑。

少顷，只听丽丽一边给马魁捏肩，一边向马魁提出，她有个关系特别好的同学，她爸妈要坐火车去秦家口，希望通过马魁的关系给安排个座儿。马魁想都没想就一口答应下来。丽丽高兴极了，更加卖力地捏着马魁的肩膀，嘴里还一个劲儿地说：“二爸，您真好！”

过了一会儿，丽丽告诉马魁，她马上要考试了，为了专心复习，会在学校住几天。马魁体贴地嘱咐她，等考完试再回来住。

马燕帮丽丽收拾好她的物品，马魁早已站在门外等候着丽丽。他拿出一些粮票塞到丽丽手里，丽丽说啥也不要，父女俩来回推辞了一会儿，丽丽拗不过马魁只好收下。临走时，马魁嘱咐她路上注意安全。

父女俩送走了丽丽，马燕想着父亲给丽丽的那一沓粮票，心里有点不是滋味。家里本来就不宽裕，还少了这么些粮票，她难免有怨言：“彭叔是监狱长，丽丽还缺您那点粮票吗？”马魁说：“不管缺不缺，出门在外，兜里宽绰点，心里有底。”“那咱家就紧巴了。”“紧也紧不到你身上。”

这话撑得马燕有点生气，转身就走了。

大院里，老吴的日子实在不好过，他躺在炕上，一边给红肿的眼睛上药水，一边哼哼唧唧地呻吟着。

老吴媳妇担心地问，医生说了是啥病，要不就在家歇两天再上班。老吴哼唧着说，就是感染了，这点小病滴点眼药水舒服多了。老吴媳妇知道劝不住，只好无奈地叹着气。

黄昏隐没了最后一丝光线，夜悄然降临。

大院里一如既往地坐满了等着看电视的邻居。牛大力眼尖，问一旁的老蔡为啥不见老吴，老蔡让牛大力去叫老吴来看电视。

牛大力站在老吴家门口，问老吴媳妇，吴叔今天咋不出来看电视。老吴媳妇告诉他，老吴最近夜里总睡不好觉，困了已睡下了。牛大力有些狐疑，还想问点什么，却被老吴媳妇直接打发走了。

牛大力望着老吴家遮得严严实实的窗户，若有所思。闭着眼睛坐在窗前的老吴，听着电视里的声音，心里隐隐不安起来……

马魁坐在桌前教马健写字，马燕端着装有两条鱼的盆走进屋，说一会儿吃鱼。

马魁随口说了句，等丽丽明天考完试回来再买多好，他的话音刚落就立马招来马燕反驳。父女俩正戗戗着，就听见丽丽叫“二爸”的声音。

马魁喜出望外，问丽丽咋提前一天回来了。丽丽说，提前一天考完了。她还撒娇地对马魁说，想二爸了。马魁问，考得咋样。丽丽眉开眼笑地说，肯定不会给他丢脸。

马魁问起丽丽同学父母坐车的事儿。他这一问不打紧，丽丽满腹牢骚地说，因为马魁托付的列车长临时请了病假，换了汪永革。汪段长先是以宿营车厢没空位为由，让她同学的父母去了餐车等着，老两口熬到后半夜才给安置了一个铺位。就这样折腾了一宿，老太太的高血压犯了，一回来就进医院了。

马魁听出干闺女话里的不满，安慰着她说，火车上本来就人满为患，真要是躺满人了，也不能把人家赶走呀。丽丽点点头说，那倒是。马魁又说，人家能让她同学爸妈去餐车，后来又给腾出铺位来，也算是给面儿了。丽丽忙再次道谢：“二爸，我给您添麻烦了。”马魁摇摇头：“这有啥。”

丽丽带着马健出去玩儿，马魁沉默良久，重重地哼了一声。他原本就对汪永革不满，现在更加厌恶。

春光再好，对大门不能出二门不能迈的老吴来说也是灰暗的。

老吴躲在家里，用手捂着一只眼睛，望着贴在墙上的视力表，在媳妇的指指点点下，他连最后两排的字母都看不清了。

老吴媳妇有些急了，问他到底找的哪个大夫看的，咋越看越严重了呢。老吴支支吾吾地说他没去医院，因为怕影响工作就随便找了个人瞅了一眼。老吴媳妇真跟他急眼了，最后两口子合计了一阵，决定在晚上趁着院里没人的时候，去找沈大夫看看。

当晚，老吴戴着深色水晶镜和媳妇悄悄地来到沈大夫家。沈大夫见老吴夜里还戴着深色眼镜，试探地问他是否眼睛不舒服。老吴急忙点头说是，便把自己眼睛的症状详细地告诉了沈大夫。沈大夫看了老吴的眼睛后，感觉很严重。因为自己是外科大夫，病情拿不准，建议他去医院找专业的眼科大夫看看。同时，将眼科主任齐大夫介绍给了他。老吴两口子谢过沈大夫，请求她千万保密。沈大夫说保护患者隐私，是医生应尽的责任。

老吴两口子从沈大夫家出来，心情无比沉重。他俩的举动恰好被上完厕所的牛大力看到，他暗中琢磨了一会儿，才进了自己家门。

牛大力开始格外关注起老吴来，隔三岔五地就去老吴家，站在门外打探老吴的情况。

这天傍晚，老吴媳妇刚从家门走出来，又碰到牛大力站在她家门外，问老吴在不在家。老吴媳妇借故说老吴累了已经睡下，牛大力就是不走，非要进屋看看老吴。老吴媳妇左右为难，这时老吴叫牛大力进去。

牛大力进屋见老吴戴着水晶镜，打着哈欠正从炕上爬起。牛大力假装关心地问老吴，为啥在家里还戴着眼镜，是不是眼睛不舒服。老吴说自己晚上老睡不着，白天一戴上眼镜就能睡。牛大力眼珠一转，问老吴为啥不看电视了，老吴说看多了累得慌。

牛大力看不出端倪，也套不出老吴的话，还想进一步试探，却被老吴话里有话地训了一顿。他只好灰溜溜地走出了老吴家门。

老吴媳妇进来，问牛大力到底想干啥。老吴没好气地说："那小子恨不得我瞎了眼，他好坐上我的座！"

第十七章

春天进入了全盛时期，铁路大院里的树木成荫，花草在微风的吹拂下，摇曳生姿。

马燕打扮妥当去找汪新，见他独自百无聊赖地坐在桌前，便问他为什么没跟师傅一起去外地办案子。汪新故意逗她说，马魁没告诉他要去外地办案子，估计是想独自出去破案，吃独食拿功劳。他的话引来马燕的一顿反驳和捶打，他再一次败下阵来，不住求饶。

俩人打闹间，忽听有邻居大喊："汪新，有人找。"汪新走出家门，只见贾金龙提着一个旅行袋站在院里，俩人相见后热情地握住对方的手，相互问候。汪新把贾金龙请进屋，沏好茶。马燕识趣地跟贾金龙点头，告辞去了商店。贾金龙问汪新，马燕是不是他对象。汪新有些不好意思地告诉他，八字还没一撇呢。贾金龙安慰说，那一撇早晚都能添上。

哥俩家长里短地聊了一会儿，贾金龙指着放在一边的旅行袋对汪新说，他给马魁和汪新带了两只飞龙，这东西炖汤老鲜了。汪新告诉贾金龙，马魁去外地出差了，他带的东西无论如何都不能再收了。俩人来回推辞了半天，贾金龙犹豫着把来找汪新的原因说了出来。原来他来宁阳办完事，因惦记家中生病的母亲，回去的车票买不着了，万般无奈之下，找汪新看能否帮忙买个今晚回哈城的卧铺。

汪新满口答应，贾金龙也顺势让汪新收下了飞龙。汪新说好备好酒菜与贾金龙好好喝一顿，以感激他在哈城给他师徒俩的帮助，盛情难却之下，贾金龙也答应了下来。

汪新备好酒菜，哥俩一杯接着一杯，喝了起来。都说酒逢知己千杯少，酒过三巡之后，贾金龙觉得时间差不多了，该往火车站走了。汪新也怕误了车点，才就此作罢。一番简单收拾之后，汪新和贾金龙一起直奔宁阳火车站。

在火车站入口，汪新和贾金龙碰上提着鼓鼓囊囊布兜的马燕。马燕将布兜递给汪新，汪新转手递给贾金龙，告诉他这是宁阳的特产，也算是他的一点心意。贾金龙没有推辞，笑着邀请汪新带着马燕去哈城找他玩儿。

汪新和马燕把贾金龙送上火车，俩人一起往家走的路上，马燕问汪新跟贾金龙介绍她没有，为什么贾金龙当着他俩的面儿，让汪新带她一起去哈城玩。汪新一本正经地告诉马燕，他既没有给贾金龙介绍，也不会带她去哈城。

马燕假装生气地对汪新扔下一句："好像谁愿意跟你一起去似的。"快步向前走去，汪新看着马燕生气的小样儿，得意地大步追了上去。

马燕一进家门，见桌上放着一双她上次在商店看到的一模一样的皮鞋，惊喜地拿起鞋，兴奋地大声喊道："爸，您回来了？"

马魁问她去哪儿了，马燕不会撒谎，只得如实相告。马魁一听闺女和汪新在一起，把脸沉了下来。马燕一看，赶紧转移话题，问马魁这鞋从哪儿买的。马魁没好气地说，还能在哪儿买？在商店买的。马燕有些狐疑地看着马魁，昨天她还去商店看了，人家压根儿没货。

马魁嘴硬，说他今天去商店人家就补货了。他让马燕赶紧试试，马燕要挟父亲不告诉她实情，她就不打算要这双鞋。见闺女坚持，马魁只好说了实话。他通过商店拿到厂家的联系电话，给南方那家鞋厂打电话为马燕高价定做了一双，今天刚刚邮寄到家。

在父亲的催促下，马燕一边试鞋，一边感动得差点流下泪来。原来父亲还是很疼爱自己，谁都无法替代她在父亲心里的位置。马燕穿好鞋，马魁蹲下身用手指头插进鞋的脚后跟，然后满意地说："不大不小，刚刚合适。"马燕点点头，眼泪悄然落下。

马魁站起身，一脸愧疚地告诉闺女，他之所以对丽丽好，是因为当年他坐牢的时候，彭明杰救过他的命。多少年来，他一直找不到报答人家的机会，赶上彭明杰的闺女丽丽在宁阳上大学，所以才让她住在他们家，也算是了了他的心愿。马魁说完，抚了抚闺女的头，然后进自己屋休息去了。

等父亲进了屋，马燕脱下鞋子抱在怀里，泪水像断了线的珍珠往下掉……

同住一个大院，哪家哪户家里有个什么事儿，都瞒不过院里人。

因老吴眼睛有问题，他在列车行驶期间还戴着墨镜，未及时发现有行人横穿铁道，要不是老蔡及时发现，采取了急刹措施，差点就酿成惨剧。领导狠狠地教训了老吴一顿，给了老吴病假并督促他赶紧将眼疾治好，否则停了他的工作。

迫于无奈，老吴来到铁路医院眼科诊室找大夫检查。眼科大夫检查后，结合老吴说的一些情况，告诉他很大可能患了葡萄膜炎。他建议老吴做进一步检查，以排除眼底病变或者眼内肿瘤引起的综合征。

听到“肿瘤”二字，老吴如五雷轰顶，身子差点没站住。大夫见老吴反应有点过度，便安慰他不要紧张，做进一步检查只是排除一些严重的病因。老吴完全没听进去大夫说的话，他拿着大夫开好的单子，木讷地站起身，身体不受控制地抖动着，缓缓走出了眼科诊室。

老吴完全不知道自己怎么回到家里的，一到家就躺在炕上，闭着眼睛。媳妇坐在炕沿上，试图宽慰老吴：“这也不是啥要命的病，再说那活咱不干了也挺好，省得起早贪黑烟熏火燎的。咱们就一门心思好好治病，就算治不好也不怕，顶多视力受点影响呗，不耽误过日子。等咱儿子调回来，家里就又多根顶梁柱了，你该歇就歇，咱们照样过安生日子。”

可无论媳妇怎么说，老吴就是一声不吭。他扯过被子，索性蒙头躲进被子里。老吴媳妇无奈地长叹了一声。

老陆、老蔡和汪永革围在老吴家门前，想进屋看看老吴，却被老吴媳妇拦住了。她一脸歉意，老吴说谁也不见。仨人不死心，非要去劝劝老吴。老吴媳妇叹着气说，现在谁劝都没有用。他们要强行闯进老吴家，却发现老吴竟然把自己反锁了起来。急得老吴媳妇团团转，大声叫老吴开门。

仨人有些担心了，怕老吴想不开做啥傻事儿。经过多方苦口婆心的劝说和老吴媳妇的哭诉，老吴这才打开了自己的房门……牛大力站在自家窗前看着眼前这一切，心情沉重地低下了头。

日子如常，只是大院里的气氛有些灰暗。

这天一大早，老吴媳妇提着痰盂从茅厕走出来，正好碰见准备出门的老蔡。老蔡关切地问老吴咋样了。老吴媳妇一脸忧戚地告诉他，老吴现在整天一声不吭，连炕都不下了。

老蔡也不禁着急起来，对老吴媳妇说，要不他现在进屋去看看老吴。老吴媳妇对老蔡说，她很感激左邻右舍关心老吴，就随着他吧，万一逼急了整出点啥事就不好办了。老吴媳妇问这几天咋没看到大力，老蔡告诉她，大力回老家了。

老吴媳妇刚要进屋，就见牛大力径自急匆匆走进了自家，她急忙跟了上去。牛大力进屋见老吴戴着墨镜，靠着被垛坐在炕上发呆，关心地问：“吴叔，您好点了吗？”“你这是打探消息来了？”老吴一听是牛大力，没好气地反问。

气氛瞬间尴尬，牛大力语塞，刚好老蔡见牛大力进了老吴家，也跟着来了。老吴见牛大力不说话，接着说："这下可称了你的心了，睡觉都乐得嘎嘎的吧？"牛大力脸憋得通红，张嘴刚想说什么，却被老吴打断："别说了，说啥都是猫哭耗子，没意思！"

牛大力等老吴说完，平静了一下情绪，真诚地说："吴叔，我是给您送药来了。是这么回事，我老家有个老神医，治眼病很厉害的。我跟他讲了您的症状，他给配了服中药，我寻思给您试试，咱不敢说一定能好用，可万一治好了呢！""大力，你着急忙慌地回家，是为这事呀？"老蔡插话道。"也顺便看看爸妈。"牛大力说着从兜里掏出一张纸，递给老吴媳妇，说："吴婶，您就按着这个方子抓药吧！"老吴媳妇感激地接过药方，牛大力转身就走，却被老吴叫住了，他有些不相信地问："大力，你不是就盼着坐我那座吗？"

牛大力站住身，看着老吴说："我更盼着您的眼睛能好起来。""那我好了，你咋办？"老吴语气不再尖锐地问。牛大力爽朗地说："我岁数小，有的是机会。"

老吴颇感惭愧，他心头一热，低声说道："大力，是你吴叔心小了，对不起。""吴叔，咱们都是一家人，别说这话。"见老吴给自己道歉，牛大力有些不好意思地说。"憋了几天，我想明白了，人这辈子，哪能总是想啥来啥，那不全成你的了？有媳妇有孩子，过团圆日子，这就不错了，得知足。"老吴接着说。

老蔡一看老吴终于想通了，很替他高兴。老吴媳妇这些日子以来绷紧的神经和悬着的心也放松了下来。

老吴还叮嘱老蔡，说牛大力是他俩带出来的，有个自家人在身边也放心。他让老蔡跟领导好好说说，让大力直接接他的班。老蔡也赞成老吴的话，他告诉老吴，回头他跟领导好好说说。

听着两位老叔的话，牛大力很是感动。老吴动情地说："大力呀！你一定要好好干，盼着有一天，我和你蔡叔能坐上你开的火车！"

话都摊开了，两老一小开始了絮叨，牛大力被他们鼓励和暖心的话感动了，哭得稀里哗啦。牛大力在老蔡和老吴的举荐下，如愿以偿地当上了副司机。他抑制不住兴奋的心情，特意约了姚玉玲到街上一家饭馆吃饭。

姚玉玲一看牛大力上了这么一大桌子菜，嗔怪他不会过日子。牛大力掩饰不住喜悦的心情，给姚玉玲夹了一筷子菜，得意地说："当然得过，还得越过越好。"姚玉玲斜睨着他问："看这意思，挣钱了？"

牛大力满脸自豪地告诉姚玉玲，他当上副司机了。他无限憧憬地说："现在是副司机，很快就会升司机，到时候你说快我就开快，你说慢我就开慢，我全听你的。”姚玉玲波澜不惊地说，净吹牛，那火车又不是自家的，哪能听她的。姚玉玲眼界高着呢，甭说副司机，就是副列车长，她也不一定能看在眼里。姚玉玲淡淡地说，她饿了，毫不客气地吃起菜来。

牛大力目光炯炯地看着姚玉玲，他没有动筷子。过了半晌，他试探性地问姚玉玲，他俩是不是可以正式交往了。姚玉玲避开牛大力火热的目光，说她知道牛大力对她很好，只是……牛大力紧张地等着姚玉玲往下说，可她留有余味地没再说下去，而是轻轻地点了点头。

牛大力提到嗓子眼的心终于放了下来，内心一阵狂喜，一个劲儿地往姚玉玲碗里夹菜。姚玉玲看着牛大力的傻样儿，虽然有些不甘，但也觉得自己应该放下了。

光阴似箭，转眼又是一个冬天。

蒸汽机车驾驶室里，老蔡全神贯注地开着火车，新司炉工在往锅炉里添煤，牛大力坐在副司机的位置上，聚精会神地注视着前方。

车厢里挤得满满当当，人声嘈杂，广播里播放着《让世界充满爱》：“轻轻地捧着你的脸，为你把眼泪擦干……”

列车即将进入宁阳站，各车厢的乘客们拥挤在车门口等候下车，乘警小胡在一旁大声提醒：“大家都别着急，再检查检查，别落东西！”

一个中年男乘客提着一个编织袋，袋子蹭到了一个乘客的裤子，乘客伸手摸着裤子，嚷道：“你这袋子里装的啥？湿乎乎的，蹭了我一身！”接着，他随手一摸被蹭湿的地方，抬手一看竟沾着血迹，惊道：“这是啥玩意？血啊！”

那中年乘客迟愣片刻，伸手摸了摸袋子，也摸了一手血。他稍显慌张，面带歉意地说：“这事儿闹的，新杀的猪，没装好，往外渗血了。同志，实在不好意思，对不起了。”“对不起好用吗？我这是新裤子，花了六块钱做的呢！”被蹭的乘客生气地说。中年乘客低下头，拿出六块钱递到被蹭的乘客面前说：“要不这样，我赔你六块钱行吗？”

被蹭的乘客毫不客气地接过钱。一直在旁边观望的小胡挤了过来，看着中年乘客渗血水的编织袋问：“同志，你这袋子里装的是刚杀的猪？”中年乘客见小胡是乘警，点头哈腰地说：“是。”

小胡看着中年乘客说：“打开我看看。”中年乘客下意识地把编织袋往身边挪了挪，赔着笑脸说：“这有啥好看的？”他下意识的动作引起了小胡的怀疑，他严肃地说道：“我让你打开袋子，听见了吗？”

中年乘客脸上的笑容瞬间凝固了，他看着小胡犹豫不决。小胡一把夺过编织袋，打开看了顿时吓得魂飞魄散，他扔掉手里的编织袋，一条白花花的人腿从袋子里掉了出来……周围的乘客也吓得惊叫声不断，连连往后躲。

中年乘客被闻声而来的汪新和马魁擒住押下火车，带到了刑警大队。审讯室里，面对马魁和汪新锐利的目光，中年乘客战战兢兢地说："警察同志，这个袋子是我在宁岗站捡的。要是知道那里面装了人腿，打死我也不敢拿呀！"

汪新做着笔录，马魁厉声说道："你清楚这个案子有多大，要是不说实话，是罪上加罪！等我们调查清楚，你再想翻供，可就晚了。""真是捡的，我要是说了假话，天打五雷轰。"中年乘客急了，他对天发誓道。接着，他把自己从哪儿上的车，在哪儿捡的编织袋，因为怕被失主发现，自己一路都没敢打开看，就用手摸了下见是个硬通货，自己还以为是捡到了猪腿，上火车后他就直接把编织袋放在座位底下等情况，一一向马魁和汪新做了交代。

马魁盯着中年乘客，叫他拿出上车的车票，中年乘客有些慌神，他假装在兜里找车票，找了半天也没有找到。他向马魁解释说，自己平时就是个马大哈，查完票后，随手不知道搁哪儿去了。

马魁和汪新不动声色地相互看了一眼，没再追问中年乘客。

从刑警大队出来，汪新直奔宁岗站，拎着一个编织袋在宁岗站上了车。他坐在餐车的座位上，看了看手表。

火车一到宁阳站，汪新就马不停蹄地提着编织袋走进刑警大队，气都没来得及喘一口就再次坐在审讯室里，面对中年乘客厉声问道："你说当时摸着袋子里的东西硬邦邦的是吧？"中年乘客毫不犹豫地说："没错。"汪新话锋一转："你去松林干什么？""是宁岗。"中年乘客心里一沉，但依然嘴硬地说道。

"宁岗到宁阳，二十分钟，按着那条残肢的解冻缓化程度看，最少四十分钟以上！而松林到宁阳，正好四十分钟，还不说实话是吧？"汪新紧盯着中年乘客问道。中年乘客听汪新这么一说，见实在瞒不住了，只得请求道："警察同志，我都说了吧！这与案情无关，你们得给我保密。"汪新严肃地说："干我们这行的，该保密的必须保密，放心说吧！"

中年乘客说，他在松林有个相好的，被媳妇发现后大闹一场。为了家庭的完整，他骗媳妇说已经跟相好的断了，其实俩人还暗中来往。这次他跟相好的见完面往回赶的时候，在松林站站台上捡了这个编织袋。没想到自己没占上便宜，反倒摊上这么大个案子。

中年乘客交代完细节后，马魁和汪新聚在姜队长的办公室讨论案情。姜队长夸马魁是火眼金睛，马魁摇头说是汪新发现的。姜队长让汪新说说，他是如何发现端倪的，汪新简洁地说马魁在审问嫌疑人时，嫌疑人交代的时间节点对不上号，所以他决定拿块冻猪肉做个实验，没想到居然印证了他的怀疑。

姜队长赞不绝口地夸汪新，能耐噌噌往上长。汪新谦虚地说，都是跟师傅学的。马魁受不了汪新给他戴高帽，连忙说："你可别这么说，那是你自己的眼力好。"

姜队长笑着说："你们师徒俩就别互相捧了，徒弟能进步，肯定是师傅教得好，这没说的。"姜队长说完，拿起桌上的水杯喝了口水，继续说道："案情重大，影响恶劣，上面要求迅速破案。老马，你是老刑警了，我信得过你，这个案子就交给你了，以你的办案能力，我相信很快就能水落石出。"

"千万别给我扣大帽子，累得慌。"马魁谦虚地说。"等破了案，我让你好好轻快轻快。"姜队长说着，从抽屉里拿出一个牛皮纸袋递给马魁，"这是检验检测报告。"马魁接过纸袋，从里面抽出文件翻看着，汪新凑近跟着看："男性，B型血……"

师徒俩走出办公室时，下起了瓢泼大雨，雨水从黑压压的天空倾泻下来，似乎要把大地吞噬。

雨过天晴，道路湿滑。低洼处仍有明晃晃的积水。

马魁和汪新在松林站下了车，朝出站口走去。当地刑警廖广明来接他俩，相互介绍后，三人边走边说，廖广明向马魁和汪新说明情况："从年初到现在，我们这儿确实接到几个人口失踪案，基本上都找到了，只有一个人至今下落不明。具体情况我们到了警队再详细说。"

三人到了松林刑警队办公室，廖广明继续说道："失踪者叫丁贵安，男性，二十四岁。没有正当职业，平常偷鸡摸狗打架斗殴，蹲过监狱，属刑满释放人员。目前掌握的情况，就是这些。"

汪新把廖广明说的情况做了详细记录，马魁思索了片刻，说："你们现在要做的是留意可能出现的人体其余部位的线索。""我们会派出警力，抓紧调查。"廖广明保证道。

师徒俩根据廖广明提供的线索，走到一个胡同里，在一家民宅门口停了下来。汪新敲门，接待他俩的是丁贵安的母亲。听说他俩是警察，丁贵安母亲略显沧桑的脸上满是期待："我儿子找到了？他又惹祸了吧！"

马魁和汪新在屋子里坐下来，马魁环视四周，屋子里黑乎乎的墙上挂着几个相框，除了他们面前的这张破旧的桌子和四把陈旧的椅子，就是炕上那床不知道盖了多少年的被子。

马魁安慰丁贵安的母亲，说正在找，肯定能找到，希望老人家能够给他们说说丁贵安的一些情况，比如他都认识什么人、走的时候有什么异常等。这些线索能让他们缩短时间，尽快找到她儿子。

丁母告诉马魁，儿子走时就说去找朋友玩，常常跟她提起一个叫董钢的人，是他比较铁的大哥。说到董钢，丁母很是生气。那人可不是啥好东西，不但捅伤过人还蹲过监狱，听说两年前放出来了。她早跟儿子说过，要离那种人远点儿，可他就是不听。后来儿子打伤了人，被关了进去。

汪新认真地记录着，马魁问丁母，董钢出狱后是否和丁贵安有过接触。丁母想了一会儿说，她没听儿子说过，不过她觉得自己儿子肯定会跟董钢混在一起。汪新问她儿子是什么血型，丁母说好像是B型血。汪新看向马魁，师徒俩交换了一下眼神，马魁站起身走到相框前。丁母过去指着照片里的一个年轻人告诉马魁和汪新，这个就是她儿子。马魁看着照片里的年轻人，发现他右胳膊手臂上有一个“义”字文身图案。

从丁贵安家里出来，师徒俩走在街上，冷风不停地吹着。丁贵安右胳膊手臂上那个文身图案在马魁脑海里不断闪现。汪新向马魁说起自己对这个案件的推理：“丁贵安也是B型血，跟那个残肢是一样的血型。难道说丁贵安已经死了？”马魁站住身，严肃地对汪新说：“你这句话犯了两个错误。第一，B型血很普遍，赶巧碰上也正常；第二，发现半条腿，就说人死了，这也太武断了吧？”

汪新没有立即反驳，他思考了一下，向马魁承认自己是有点不过脑子，并保证以后说话，先在脑子里转三圈再说。

师徒俩继续往前走，过了一会儿，马魁说汪新表现还不错，问的问题都在点上。汪新有些窃喜，谁知马魁话锋一转：“但是……后面的话我还没想好怎么批评你，等你犯错误再说吧！”汪新悬着的心又放下，暗暗舒了口气。

师徒俩经过明察暗访，顺着线索发现嫌疑人董钢在宁岗开了个小卖部。马魁和汪新商量后决定，蹲守几日摸摸情况。

师徒俩蹲守在董钢小卖部外，小卖部锁着门。汪新一边盯着小卖部，一边作各种案件的猜想。马魁问汪新，他是不是在想董钢已经畏罪潜逃了。汪新一下子愣了，纳闷为啥他心里想的师傅都知道。马魁见汪新发愣，提醒道：“你现在把心思全放在董钢身上也没错，他确实有嫌疑。但是脑袋不能被困住，得转开，眼睛也得抬起来往周围看看，要不会影响自己的判断。”

“这话有道理，我得抬起头来，朝远处看。”汪新抬头一看，竟然看到董钢正背着一个老太太过街，正面朝他俩走来。汪新忙小声对马魁说："师傅，您看那人。"马魁随着汪新看的方向望去，正是他俩要找的人。

董钢背着老太太走到他们面前问道："你们要买东西呀？"马魁不动声色地点了点头。"这位大娘脚崴了，我先把她送回家，就在附近，马上回来。"董钢说完，径自往大娘家走去。

看着董钢背着大娘离去的背影，汪新感慨地说："还是个热心肠。"马魁则陷入了沉思，待到董钢回来，他们进了屋，马魁打量着小卖部说："你这炉子烧得够热乎的。"

董钢笑着开玩笑地说："两位不会是为了跑我这儿取暖来的吧？"马魁也笑了笑，直接问道："请问，你是董钢吧？"董钢不搭话，盯着马魁看，马魁伸出手说："你好，我们是丁贵安的亲属。"

马魁和董钢礼貌性地握了握对方的手，董钢没有说话，只是望着他俩。马魁接着说："是这么回事，丁贵安出门了，也不知道去哪儿了。我们寻思，找你打听打听。"董钢不卑不亢地说："我哪知道他去哪儿了？"

马魁解释道："听我大姐，就是丁贵安他妈说，你是贵安的大哥，你俩老铁了。"董钢摇摇头说："那是以前的事了，现在我俩没联系。"

马魁走到墙角的一张桌前，坐在椅子上说："我腰不好，站久了，酸得厉害，咱们坐下说。"汪新也跟着坐了下来，董钢犹豫片刻，坐在师徒俩对面，说道："有话赶紧说，过一会儿，周围邻居就来打扑克了。"

"我家贵安出去两个来月了，一点信儿都没有，全家人都急死了。你能不能帮我们想想，他能去哪儿呢？"马魁愁眉不展地说。

董钢看着马魁，有些为难地说："这上哪儿想去？""他没来找过你吗？"汪新问。董钢看了看马魁，又看了看汪新，坦诚地说道："我的事你们肯定也清楚，就直说吧！两年前我出狱后，丁贵安曾经来找过我，想让我带他重操旧业。我说我金盆洗手不干了，丁贵安当时不太高兴，可那也没办法，我就是想过个安稳日子。后来，他又找过我两回，也就是闲唠，但是我知道，他还是想让我走回头路。我不接茬，他也没办法，那以后他就没来过。"

汪新想了想，继续问道："他最后一次来找你，是什么时候？""去年冬天。"说到这儿，董钢望着马魁与汪新问："你们是爷俩啊？"马魁笑了："这都能看出来？"接着又问道："他还有什么朋友啊？"董钢想了想，说道："我在监狱待了好几年，后来听说他也进了监狱。他跟我不是一个牢房，他跟谁混，我不清楚。"

马魁一副着急的样子，说道："这可怎么办？眼睁睁地这人就没了。"董钢没说话，他拄着椅子站起身来，问马魁和汪新："还有事吗？"

马魁和汪新也站起身来，马魁看着董钢说："他家在哪儿住你知道吧？你要是有他的消息，麻烦跟他家人说一声。"董钢毫不犹豫地说："行，我知道了。"

马魁和汪新走出了小卖部，董钢望着他俩的背影若有所思。

师徒俩走在街上，冷风吹得汪新直缩脖子。马魁问唠了半天看出有用的线索没。汪新沉默了一会儿，说出了自己对董钢的怀疑。他还特意强调，董钢在跟他们谈及丁贵安的时候，表面看似镇定从容与自己无关，实际上他内心非常紧张。尤其是他站起身来，拄着椅子的时候，手心的汗都沾在椅子上了。马魁故意反驳汪新说，也许人家就是爱出汗的人呢，加上屋里的火炉烧得那么旺。汪新说，他们进屋时跟他握手，董钢的手都是干的。

马魁适时对汪新进行了表扬，不管怎么说，这小子眼力见长，又进步了。汪新听了马魁的话，心里很是受用。

师徒俩走进一家小餐馆，点了两碗热汤面，一边吃着面条，一边有一搭无一搭地闲聊着。

等到傍晚时分，马魁和汪新来到一个隐蔽处盯着董钢的小卖部。

小卖部里不时有人进进出出，汪新哈着气，跺着脚，冻得不行。马魁望着他，问道："你那个大围脖呢，咋没戴上？"汪新哈着气说："忘了。"马魁用手蹭了一下鼻子说："我就知道，你这人记不着别人的好。"汪新不服气地说："谁说的？"马魁紧盯着董钢的小卖部，没再说话。

月黑风高，小卖部里透出昏黄的灯光，进出小卖部的人渐渐少了。师徒俩在寒风中站了好几个小时，汪新想要小便，对马魁打了声招呼就跑开了。

过了好大一会儿，汪新才回来，马魁斜睨着他，说道："这泡尿挺长，你蹲着尿的？我右胳膊弯儿都夹出褶了。"汪新看了看马魁的袖子，笑了："顺道打了个电话。"马魁冷冷地说道："别费心思了，你俩成不了！""守猴得专心，赶紧盯着吧！"汪新没接马魁的话茬，指着小卖部说道。

夜越来越深，师徒俩站在寒风中瑟瑟发抖。时间一分一秒地流逝，终于等到董钢和四个邻居从小卖部里走了出来，他们相互打完招呼后纷纷走了。只见董钢鬼鬼祟祟地朝周围望了望，走进小卖部关上了店门。

过了好一会儿，小卖部的灯熄灭了。汪新关切地让马魁回旅馆休息，他一人盯着就行。不料他的好心被马魁误会，认为汪新嫌他老了熬不住。汪新解释也没用，师徒俩免不了又是一番唇枪舌剑。你一言我一语说得累了，俩人沉默起来。由于在寒风中站的时间太长，马魁有点吃不消。他忍不住打了个哈欠，为了缓解疲劳掏出一根烟，刚要点上，就听汪新说："出来了。"

马魁把烟揣进兜里，抬头看了看天色，估摸快到凌晨了。只见董钢关灯从小卖部里走了出来，锁上门后快步向前走去。

师徒俩小心翼翼地尾随着，董钢在前面走着，时不时地扫视着空荡荡的街。走着走着，他突然蹲下身假装系鞋带，同时往身后看了看，过了片刻才站起身继续朝前走。

师徒俩跟着董钢来到河边，躲在隐蔽处。董钢停下脚步，东张西望地四下看着。师徒俩不禁纳闷，这大冷天的，河面上结着厚厚的冰，他跑这儿是想搞啥？

少顷，只见董钢简单地做了下热身，开始做起广播体操来。汪新不解，悄声说："这大半夜的，怎么还练上了？"马魁没有理会汪新，安静地看着董钢做完了一套广播体操，又开始重复做了一套。最后，他停下来看了看天色，转身往回走。

师徒俩在寒风中守了一夜，没查出什么有用的线索。

第二天，师徒俩继续在董钢的小卖部附近蹲守。汪新抽空去买了一袋包子，递给马魁说："师傅，快吃吧！都凉了。"

马魁没言语，伸手捏了一个包子放进嘴里，紧接着又捏了一个狼吞虎咽起来。直到太阳落山，夜幕降临，师徒俩一直待在冬日寒风中直到黎明。

到了第三天，师徒俩倚着墙根蹲守，汪新有些扛不住了，嘟嘟囔囔地说："这都三天了，他天天做操，咱们也跟着练腿儿了。"马魁眼都没抬地说道："嫌烦了？"汪新有些委屈地说："是不见动静，满身力气没地方使，憋得慌。"马魁没好气地正要教训汪新，这时小卖部的门开了，董钢提着一个编织袋走了出来。他锁上门，看了看四周才转身离开。

望着董钢的身影，马魁嘴里嘀咕着说："终于有点意思了。"他边说边示意汪新跟上他，师徒俩尾随着董钢穿街过巷。三人前后走进一个胡同，董钢站住了身，走到墙根处小便。马魁与汪新躲在一个隐秘的角落，汪新小声地对马魁说："他专拣小道走，绕来绕去的都把我绕迷糊了。"马魁严肃地说："一定要盯住他。"汪新坚定地说："丢不了。"

董钢方便完，提着编织袋朝前走去，越走越偏僻，直到来到一处破房子外，他停了下来。董钢小心地看了看周围，快速掏出钥匙打开房门，走了进去，随即关上了房门。马魁与汪新躲藏在破房子外，密切地关注着房子里的动静。

夜色渐浓，僻静的胡同里，远处的灯光隐约闪烁着。

师徒俩躲在黑暗的角落里，汪新低声对马魁说："我明白了，这小子天天去锻炼身体，是故意晃咱们。”马魁沉思片刻，说道：“这么看来，他确实早就知道咱们的身份了。”汪新感叹地说：“您不是说过吗？这贼啊，都精着呢！能闻出咱们的味儿来，这回我算见识到了。”马魁斜了汪新一眼，正色道：“他犯过案蹲过牢，反侦查能力非常强，咱们得更加小心。”

马魁的话音刚落，董钢开门从里面走了出来。他手里依旧提着编织袋，锁上门后，大步走了。

马魁立即交代汪新：“我跟他走，你在这儿守着，我不回来，你不准行动！”汪新望着董钢快步离去的身影，对马魁说：“我腿快，还是我去吧！”马魁看了汪新一眼，犹豫了一下，就腿脚上来说他不得不服老认输。汪新接着说：“我一定会小心的，绝不会惊动他。”说完，追着董钢去了。

“注意安全。”马魁压低声音说，汪新早没了踪影。

汪新小心翼翼地尾随着董钢走在空空荡荡的街上，走到一个有垃圾箱的僻静之处，董钢把编织袋里的东西倒进垃圾箱后，转身走了。

待董钢走远，汪新跑到垃圾箱前，朝里面望去，甚至还用手拿起董钢倒的垃圾，琢磨了一会儿，才转身回到破房子与马魁会合。马魁见到汪新回来，立马问怎么样了。

汪新告诉马魁，董钢编织袋里装的就是一些生活垃圾和食物残渣。马魁若有所思地望向眼前的破房子，汪新提醒道：“师傅，咱们得进去看看。从目前的情况看，这房子里面一定关着人呢！咱们得赶紧把他救出来，要是拖久了，万一出了人命，就麻烦了！”

汪新的提醒得到了马魁的认同。师徒俩费了九牛二虎之力打开房门进了屋，只见外屋是家徒四壁，什么都没有。

马魁沉默片刻，指了指里屋门。汪新擎着手电筒，推开门，朝里屋照去：只见一个人被铁链子锁在床上，他用手遮着突然照过来的强光。床旁的一张小桌上，放着馒头、咸菜、一盘酱肉和水杯。

马魁和汪新走到那人近前，他吓得身体颤抖着蜷缩成一团。马魁轻声安慰他：“你不要怕，我们是来救你的。”那人听了马魁的话，缓缓抬起头，马魁和汪新一看，此人并不是他们要找的丁贵安。

“你叫什么名字？”马魁看着那人问道。那人嗫嚅地说道：“我……我想睡觉。”马魁轻声说：“我们会保护你，会带你离开这里的。”那人一听，突然对马魁笑着说：“爹，你来了！”马魁一愣，随即那人又大叫起来：“不对，你不是我爹！”他又把身体蜷缩成一团。马魁沉默片刻，对身旁的汪新说：“带他走。”

师徒俩一左一右架着这人，走出了这座破屋，迎着黑夜往松林警队走去。

第四天一早，大雾漫漫，方圆几公里内看不清任何东西。

小卖部外，马魁、汪新和四个当地刑警快步走过来，根据事先制订好的计划，汪新和两个刑警守住后窗逃跑路线，马魁和另外两个刑警从前门进入。

一切准备就绪，马魁和两个刑警先敲了敲小卖部的门，见没有反应，便强行破门而入。出乎意料，屋里却没有董钢的身影。

无功而返，汪新垂头丧气地和马魁坐在早餐店里吃包子，马魁也是一脸的阴霾。这顿早餐师徒俩吃得索然无味，汪新失神地看着手里的包子。马魁沉默良久，催促汪新赶紧吃。汪新咬了一口包子，疑惑不解地问马魁，董钢为啥就跑了呢？马魁看了他一眼，汪新求马魁赶紧说说，让他明白明白。

马魁认真地给汪新分析起来，从他俩蹲守三天和跟踪董钢到破房子的情况来看，这之前他是在试探他俩，并没有对他们的蹲守和跟踪有所察觉。直到他从破房子出来后，将垃圾倒到垃圾箱的过程中出了问题。马魁说到这里，汪新立马反驳说，他跟踪时很小心，董钢应该没有察觉。

马魁思考了一会儿，继续分析说那就是在倒垃圾后，他有可能杀了个回马枪。以董钢的反侦查能力来看，这种推理比较合乎逻辑。汪新听了马魁的分析不是特别明白。他继续问马魁，如果真是这样，他到底应不应该去查垃圾箱。

马魁看着一脸疑惑的汪新，强调说："这就要靠随机应变了，什么时候查，怎么查，都是学问，凭的是大量办案经验积累后养成的直觉，这东西没法说，也没法教。"

"又让我给搞砸了！"汪新一口吃掉手里的包子，垂头丧气地说。马魁安慰了汪新几句，他反倒受不了马魁这种"礼遇"，直到马魁大骂他是"贱皮子"，汪新才适应过来。

师徒俩回到松林刑警队时，廖广明正在办公室等着他们。廖广明将了解到的情况向他俩作了汇报。经过调查，被马魁和汪新解救的那人是董钢的亲弟弟，他患有精神病。董家两兄弟从小父母双亡，二人相依为命长大。后来，董钢弟弟得了精神病，董钢坐牢后，弟弟没人照看，被送进了精神病院。等董钢出狱后，把弟弟接了回来。

"那他为什么把弟弟囚禁起来呢？"马魁问。"这事还没弄清楚，正在调查中。由于董钢弟弟患有精神病，表述不清，需要一定的时间。"廖广明说。"疑点重重，还是得争取时间尽快找到董钢，要不，这案子就进行不下去了。"马魁忧心忡忡地说。廖广明点点头说："我们已经派出警力，在全力搜索。""另外，一定要保护好董钢弟弟。”说完，马魁站起身，敲了敲桌子。“这个你放心，我们在精神病院安排了人手，要是董钢来找他弟弟，一并抓获。”廖广明说道。

师徒俩从松林警队出来，疲惫不堪地回到了小旅馆。

马魁躺在床上，闭着眼睛，汪新坐在自己床上思来想去，对马魁说：“董钢畏罪潜逃，这案子跟他肯定脱不了关系了。”马魁思索了片刻说：“也不一定。”

听师傅这么说，汪新想不通董钢为啥要跑。他琢磨了半天，决定试试撬开董钢弟弟的嘴。马魁见汪新如此执着，便同意了。

第二天一早，汪新和两个当地便衣刑警来到精神病院。精神病房里，董钢的弟弟蜷缩在床上，他背对着汪新。汪新走到他跟前，好言哄说：“来，咱俩唠唠嗑儿。”董钢弟弟背对着他不理。汪新接着说：“我给你讲个笑话。”董钢弟弟背对着他还是不理。汪新便给他讲了个小兔子用胡萝卜当诱饵钓鱼的故事。

汪新刚讲完，董钢弟弟翻过身望向他，说道：“我要吃小白兔！我要吃大鱼！”汪新见他有了反应，进一步用肉来诱导他。

董钢弟弟一听到肉，满眼期待地说：“肉好吃，我想吃。”汪新一看有了进展，马上改变策略，问哥哥为什么要把他锁起来，回答了才能给他吃肉。董钢弟弟没回答汪新的话，突然提出他要出去吃饭。

汪新答应了董钢弟弟的要求。去饭店的路上，董钢弟弟碎碎念说着要吃各种肉，汪新说，不告诉哥哥为啥锁着他，就吃不到肉。董钢弟弟语无伦次，一会儿说哥哥怕他跑了；一会儿说哥哥怕他……汪新好奇地问，哥哥为什么怕他。他说，因为……话没说完，他站住了，眼睛直直地望着远处的一个警察，警察越走越近。董钢弟弟突然疯狂地喊了起来：“我没杀人，我没杀人！人不是我杀的！”说完他转身要跑，汪新紧紧地搂住了他。他一边拼命地挣扎，一边大声喊着：“人不是我杀的！我没杀人……”

董钢弟弟见到警察的应激反应，让汪新看到了线索。他在两个便衣同行的帮助下，将董钢弟弟送回了精神病院。

汪新回到小旅馆，向马魁做了汇报，跟师傅一起分析董钢弟弟的反常言行。有可能他看到董钢杀人，精神受了刺激。董钢之所以把弟弟藏起来，就是怕他说出去。汪新觉得这案子越来越复杂，马魁告诉他处理复杂的案子，要尽量简单化。

对于如何将案件简单化，师徒俩随即开始分析研究起来。

窗外，寒风呼呼地刮着，师徒俩正低声讨论，却听见有人敲门。汪新开门一看，是旅馆前台人员叫他去接电话。

电话是廖广明打来的，他让马魁和汪新赶紧去办公室，说有新情况。师徒俩急匆匆地赶到刑警队办公室还未坐定，廖广明就从一个牛皮纸袋里抽出一沓照片放在桌上。马魁和汪新望去，只见照片上是一条手臂，手握拳，食指弯曲呈钩状，手臂上文着一个“义”字。

马魁让廖广明把丁贵安的照片和放大镜拿出来，他擎着放大镜，仔细对比着两张照片。马魁比对后，又把放大镜递给汪新。汪新接过放大镜，将照片比对了许久，肯定地下了结论，这两个“义”字一模一样。廖广明补充说新发现的右臂残肢不仅是男性，而且也是B型血！

汪新看着照片里的残肢，反复想着残肢的形状到底是什么意思。

刑警大队办公室电话突然响起，廖广明拿起电话，得知董钢被抓了。这无疑是一个天大的好消息，法网恢恢疏而不漏。

审讯室内，马魁、汪新和笔录员坐在桌前，董钢被锁在对面的讯问椅上。看到师徒二人，董钢张口就问他弟弟怎么样。马魁告诉他，他弟弟一切都好，比跟他在一起强多了。马魁让董钢老实交代，并将案件的性质告诉了他。

董钢有过前科，他当然明白马魁说的话代表着什么。于是他便如实交代了自己在五年前因为一点事儿失手弄死道上的兄弟，当时他弟弟也在场，因吓着而疯了。后来他又因捅伤他人，被关进了监狱。由于弟弟没人照顾，被送去了精神病院。两年前出狱后，他想把弟弟接回来，可弟弟一看见他就说，他没杀人。因为害怕弟弟把杀人的事说出去，所以就把他关进老房子里了。直到前两天，汪新和马魁发现了他弟弟，他怕事情败露所以跑了。

马魁追问他关于丁贵安的事，董钢一口咬定他不知道。汪新问，为啥他们询问丁贵安时，他的手紧张得冒了汗。董钢说，当时就看出他俩是警察，因为害怕他五年前杀人的事被发现，所以比较紧张。他还说，自己都把杀人的事供认了，他是真不知道丁贵安的事。

马魁看着董钢沉思了一会儿，和汪新走出审讯室，来到刑警办公室。马魁对廖广明说：“董钢交代了杀人事实，确实也没必要再有所隐瞒了，我觉得他跟丁贵安失踪案无关。”廖广明点点头，马魁感叹说：“目前看来，这个案子只能查到这儿了。”廖广明对马魁说：“我们这边会继续侦查，等有了新线索，再请你们过来。”

双方就案情做了整理交代，这一段时期的工作暂告一个段落。汪新实在是不甘心，一个个悬案让他难以安宁。

第十八章

自从姚玉玲答应了牛大力，牛大力的心里每天都充盈着幸福。趁着俩人都休息，牛大力邀请姚玉玲去看电影。

姚玉玲坐在镜子前化妆，牛大力站在门口耐心地等着。时间一分一秒地过去，姚玉玲还在描眉画唇，牛大力有些看不下去了，说道："看个电影，还用描眉画眼的？电影院里黑乎乎的看不清人儿。"姚玉玲头也没抬地说："可道上有人看。"牛大力一听，有些吃醋地问："你还想给谁看？""给想看的人看。"姚玉玲回道。"还是别弄了，都看你，把你看跑了咋办？"女朋友太漂亮，牛大力既没自信，也没安全感。

姚玉玲说如果牛大力害怕，就对她好点儿。牛大力有些委屈，他对姚玉玲说，自己的心都掏给她了，还要他咋样。

姚玉玲化好妆，抬头一看牛大力的衣服觉得太老气，不满地让他回去重新换一身。牛大力说这身是他最好的了，没的换了。姚玉玲叹了一口气，忍了不满。

俩人收拾妥当，牛大力骑着自行车驮着姚玉玲从院里刚出来，差点撞上穿着时尚、发型时髦的贾金龙。牛大力躲闪之间，把姚玉玲甩了下来。

姚玉玲对着牛大力发脾气，吓得他赶紧道歉，问有没有事儿。谁知贾金龙和姚玉玲像是心有灵犀，异口同声地说，没事儿。牛大力愣住了，过了一会儿，他不好意思地向贾金龙道歉。贾金龙意味深长地看着姚玉玲，说他也有责任，没注意看路。牛大力问，他来找谁。贾金龙说，他是马魁和汪新的朋友。牛大力告诉贾金龙，他来得不巧，这师徒俩去外地办案，都一个礼拜了。

贾金龙问，他俩去哪儿了，啥时候回来。牛大力摇摇头，说他也不清楚。牛大力不想跟贾金龙多聊，这个男人流里流气，眼睛里像是有钩子，整得姚玉玲有点儿走神。牛大力重新骑上自行车，载着姚玉玲往前骑。贾金龙冲着姚玉玲笑了笑，姚玉玲的心猛跳了几下，忙转过脸去。

路上，牛大力问姚玉玲，她同学的婚礼弄得咋样。姚玉玲用羡慕的口吻说，可气派了，什么电视机、自行车、缝纫机还有落地收录机一应俱全。牛大力向姚玉玲承诺说，等他俩结婚的时候，一定比她同学还气派。姚玉玲嗤之以鼻，说光落地收录机这一样，牛大力就弄不起。牛大力说弄一台收音机，再弄一台录音机不也一样吗？姚玉玲反驳说，那可不一样，落地收录机往那儿一放，满屋都亮堂了。她还表示别的她都不想，就想要一台落地收录机。

听完姚玉玲的话，牛大力沉默了。他闷头猛踩自行车顶风而去。

隔天，牛大力去了电器维修店，维修师傅正在修理录音机。一见着牛大力，师傅问咋空着手来了。牛大力说想跟他打听点事儿，那师傅以为牛大力又是来打听维修方面的事，说如果要修东西就将东西弄来，别想着打听完了自己回去修省钱，门儿都没有。

牛大力赶紧解释说，他想问问师傅会做落地收录机吗。维修师傅告诉他，自己只会维修不会做，还问他干吗不买个新的。牛大力直言新的太贵买不起。师傅建议他买个二手的，牛大力一听马上拒绝，因为他吃了太多二手货的亏，害怕了。

回到家里，牛大力找到关于无线电方面的书籍，熬夜苦读。光读书不行，还得实践，牛大力抽空又去了维修店一趟，让维修师傅帮他弄一台无法维修的破落地收录机，即使花点钱买也行，他拿回家拆了研究研究。维修师傅想了想，叫他三天后来拿。

大院银装素裹。

马魁家里，马燕和丽丽姐妹俩围在桌前包饺子。马燕把罩布盖在包好的一盖帘饺子上，然后打开柜门把饺子放进柜子里，关上柜门的时候落下了带着面粉的印记。

丽丽不解地问马燕为啥把饺子藏起来。马燕神秘地说，不告诉她。丽丽眨巴着眼睛对马燕说，不说她也知道。她问马燕跟汪新打算什么时候结婚。马燕有些羞涩地说，她哪儿知道。丽丽笑着问，一点儿不着急呀。马燕言不由衷地说，一个人也挺好的。

姐俩一边聊着一边包着饺子。丽丽把自己毕业后的打算告诉了马燕，还叮嘱马燕要结婚最好趁早，拖太久了不好。

马燕听了丽丽对她自己的规划，笑着说丽丽是啥好事她都想占。丽丽笑了笑，正好马魁从外面走了进来，问姐俩那么开心有啥好事。

丽丽嘴甜，笑着对马魁说："二爸，您回来了，我姐包饺子，要给您接风洗尘。"

"老远就闻见了，酸菜馅的，忘放猪油了吧？"马魁一边脱着外衣一边问。马燕一听，还真是忘了，连忙说："哟，您一说，我想起来了，买了一块板油，忘了熬了，我现在熬去。""算了，算了，都快包完了，留着下回再使。"马魁向马燕摆摆手说。

"二爸，您这鼻子可真灵，这都能闻出来。"丽丽望着马魁，心想着这个二爸太厉害了。马魁笑了笑，转身问马燕，马健呢？马燕告诉他去上学了。马魁摇了摇头地说，看这记性，都忙糊涂了。说着，朝里屋走去。

马魁一进里屋，马燕赶紧给丽丽使了个眼色，丽丽立刻会意，从柜子里拿出盖着罩布的一盖帘饺子，直接奔汪新家去。

丽丽端着饺子站在汪新家门外，对汪新低声说道："汪新哥，这是燕姐包的饺子。"汪新见是一盖帘生饺子，脱口说道："生的？回去跟她说，下回给我送煮熟的。"说完，他接过饺子。

丽丽愣了片刻，然后笑了笑说："行，我这就跟她说去。"见丽丽走了，汪新笑着端着饺子去了厨房，他把饺子放在灶台上，开始生火煮饺子。等水烧开了，他掀开罩布时愣住了，只见盖帘上是一个个面疙瘩……

马燕知道事情的真相后，拦住要出门接马健的父亲，质问他是怎么发现的，为什么这么做。汪新哪里不好，他非得在中间横插一杠子不可。

马魁告诉闺女，都怪她自己不小心，藏饺子的时候柜门上沾着面粉。他之所以给偷梁换柱，是因为他睁眼闭眼都看不上汪新那小子！他还明确向闺女表明，他横的不是杠子，是刀子！马燕气急了，质问他为啥还跟汪新捆在一起。

马魁走到门口，对闺女说窝窝头能管饿，可不一定喜欢吃。他就是嫌汪新穷，就他家那寒酸样，还想娶自己闺女，想得美！马燕的眼泪在眼眶里打转，她不相信自己父亲是这样的人，拉住父亲说："爸，您不是那样的人，您这是没理辩三分，找借口。"马魁挣脱闺女的手，接着说道："我说他穷，是他那一身的穷气。"

马燕沉默片刻，她抬起头，眼含泪水坚定地说："爸，不管汪新有钱没钱，我都想跟他在一起，这事儿就算定下来了，谁也拦不住！"

马魁铁青着脸，吼道："那就试试看！""试试就试试！"说着，马燕朝厨房走去。马魁望着闺女倔强的身影，摔上门，接儿子去了。

同住一个院儿，马魁父女俩的这番争吵，汪永革父子听得真真的。

父子俩望着桌上的一盖帘面疙瘩，面带愁容。汪永革开导儿子："也不错，能蒸锅馒头。儿子，爸还是那句话，马魁不答应，你和马燕就成不了。别耗着了，饺子不能天天吃上，姑娘不哪儿都有吗？赶紧换一家吧！"

汪新觉得委屈："爸，您儿子差哪儿呀？咱家门槛比老马家低吗？还嫌我穷，他家也没好到哪儿去。"汪永革劝说道："就算你再好，人家就是看不上眼，又有什么用？眼看就奔三十的人了，到头来耽误的是自己。"汪新就是不服气，他告诉父亲，他喜欢马燕，就想跟她在一起。为了马燕，他决定跟马魁斗到底！

汪新说着，使劲地揉着面。汪永革看着儿子，长长地叹了口气。

私事归私事，马魁和汪新在工作上是全力以赴的师徒和搭档。

宁阳刑警大队会议室，气氛有点紧张。

姜队长一脸严肃地向大家讲解案情："上个礼拜三，在去哈城的列车上，又发生了一起拐卖儿童案，被拐儿童是咱们本地人，四岁，这是他的照片，大家看看。"姜队长递过照片，马魁、汪新等众刑警传看着。

在大家传看照片期间，姜队长继续说道："这几年来，在咱们管辖的列车上，已经发生了十二起类似案件，被拐人口有的找回来了，有的至今下落不明，但犯罪嫌疑人一直逍遥法外。从各方面汇总的情况来看，这是一个有相当反侦查能力的犯罪团伙，他们长期作案，手法娴熟，行动隐蔽，给我们的侦破工作带来非常大的困难。但不管怎么说，他们让很多家庭支离破碎，社会影响极其恶劣。上级领导压力很大，要求我们全力破案，争取在最短的时间内，将犯罪嫌疑人绳之以法。"

听了姜队长的话，会议室一片沉默。姜队长望着大家说："大家有什么想法，尽管说出来，咱们一块研究研究。"见大家保持沉默，姜队长直接问马魁："老马，你和汪新处理过这类案子，还找回了被拐的孩子，只可惜没抓到那个人贩子，总归是比较有经验，先说说吧！"

马魁沉默了一会儿，说道："怎么说呢？就从汪新同志帮着人贩子找回被拐孩子的事说起吧！"

汪新见马魁提到自己，他望向马魁，眉头一皱。只听马魁继续说道："我提起这件事，不是要翻小肠，而是说人贩子太狡猾了，要想抓住他们，咱们得更'狡猾'。当然，这两个'狡猾'不是一个意思。俗话说，道高一尺魔高一丈，可我觉得应该是魔高一尺道高一丈，我们是警察，必须得降住这魔。那怎么降呢？搞侦查搞追踪，这当然不能少，可光靠我们这点人手，是远远不够的，也就是说眼睛不够用，鼻子不够用。我觉得要想破案，还是得依靠广大群众。这样，我先给大家讲几件事，不一定都跟人贩子有关，但还是可以相互借鉴。”

马魁讲起火车上老瞎子的事儿和他说的话，以及哈城目击证人老刘说的话，这些人在他脑海里一一闪现。最后，他对大家说：“所以我说，群众的眼睛是雪亮的，鼻子是灵敏的，我们要多问问群众，多跟他们请教学习，这样的话，就能从他们那儿得到更多的线索，对破案，会有很大帮助。”

姜队长认同马魁的说法：“老马说得很有道理。同志们，犯罪分子在火车上肆意作案，这是对我们铁路公安的极大侮辱，再不破案，我们无地自容！”

众人鼓掌认同，姜队长刚给大家分配好任务，就接到上级紧急通知，让马魁和汪新立即前往豫州，说是发现了跟上次松林雷同的案件。

马魁和王新一听，马不停蹄地直奔宁阳火车站。

经过长途跋涉，马魁和汪新终于到了豫州，来长途车站接他们的是豫州当地刑警周盛伟。去往案发地的路上，他向马魁和汪新作了案情的介绍：“死者叫刘兰，今年二十六岁，本地人，一个人住，被利器刺伤，流血过多而死。”

一行三人到了竹塘乡，周盛伟带着师徒俩来到一处民宅，马魁和汪新进屋一看，屋里遍地血迹。

“我们来的时候，屋里有酒味儿，但是，没发现酒瓶酒杯等相关物品。经过尸检，在死者体内没有发现酒精，也没有被侵犯的痕迹。另外，死者右手握拳，食指弯曲呈钩状，这是现场照片。”说着，周盛伟递给马魁一个信封。

马魁接过信封，从里面掏出一沓照片，认真看着。汪新望着马魁手里的照片，说道：“又是这个手势，跟那个右臂残肢一模一样！”“所以，急急忙忙地请你们过来了，咱们互通一下情况。”周盛伟说。“没留下指纹吗？”马魁问。“没有，但发现了几根头发。”周盛伟补充道。

马魁点了点头，三人从屋里出来，在民宅的周边看了看，便同周盛伟一起离开了案发现场。

三人来到竹塘乡的街道上，马魁站在街边搓着手，哈着气。

汪新看着照片说：“可以肯定地说，杀人犯是同一个人。师傅，这个凶手，不会是故意这样做的吧？”马魁一语中的：“就是故意的，他是想告诉我们，这一切都是他干的。”汪新眉毛一挑：“这不是挑衅吗？”“这不是挑衅，是嘲笑我们。杀了人，还喝了顿酒，说明他的心理素质非常好。”马魁眉头紧皱地说。

“没留下任何指纹，这说明他有一定的反侦查能力。”汪新看着马魁说道。马魁点点头：“只有经过专业训练的人，或者是跟我们打过多次交道的人，才有这个本事。”汪新指着照片说：“上次是松林，这次是豫州，流窜作案，这案子，是越来越深了。”

听着马魁和汪新的对话，周盛伟感觉受益匪浅，他对马魁和汪新说：“你们刚才的分析，给了我们侦破的思路和方向，太感谢你们啦！”

马魁真诚地说：“甭客气，全国公安是一家。”周盛伟笑着点头：“咱们精诚合作，争取早日破案。”马魁伸出右手：“我们这就回去了，保持联络。”

周盛伟双手握住马魁的手说：“你们刚到一天，还没请你们吃顿饭。”马魁松开周盛伟的手说：“公务在身，我们还得赶上今晚的夜车回宁阳，这顿饭，等破了案子再吃。”

周盛伟将师徒二人送到长途汽车站，双方就此告别。

继上次来铁路大院找马魁和汪新已经好几天了，贾金龙心想他俩应该回来了吧！抱着能见到马魁和汪新的希望，贾金龙再次来到铁路大院。碰到老陆从家里出来，告诉他来得真不是时候，马魁和汪新都不在家。贾金龙有些失望，问老陆他俩去哪儿了。老陆说不知道，因为他俩都是大忙人，所以让他下回来之前，最好先打个电话问问。

贾金龙向老陆笑了笑，他只想给马魁和汪新来个惊喜而已。他犹豫片刻，转身欲走，老陆见状，便问还有别的事儿吗？贾金龙摇摇头说没事了，大步走出院门。

三个小孩在院门外踢球，球滚到贾金龙脚下，他一时兴起，带球和孩子们踢起来。贾金龙飞起一脚，球飞向挎着包走来的姚玉玲。她闪身躲开，大喊道：“踢球小心点儿！”贾金龙急忙走上前道歉：“不好意思，对不起。”

姚玉玲一看是贾金龙，愣住了。贾金龙望着姚玉玲，笑了笑。少顷，姚玉玲向大院走去，贾金龙追上前问道：“这是你的衣扣吗？”说着，他从兜里掏出一个红色衣扣。姚玉玲一看，真是自己的，有些意外地说：“丢了好几天了，怎么会在你这儿呢？”

贾金龙彬彬有礼地说：“好几天之前，我在这儿捡的。我想这个衣扣这么好看，那它的主人也一定会很漂亮，果然是这样。”“谢谢你。”姚玉玲笑着接过衣扣。贾金龙笑着说：“物归原主，这是缘分，有幸相识，更是缘分。我是马魁和汪新的朋友，在哈城做土特产生意，有需要尽管找我。来，我给你留个电话……”

俩人互留了电话，谢别贾金龙，姚玉玲往家走去。回到家里，她拿出红色扣子，站在窗前对着阳光望着，脸上露出了笑容。

此时的牛大力全然不知他和姚玉玲之间即将有一场暴风雨来临。他把自己关在家里，夜以继日地一手拿着书、一手拿着螺丝刀正全神贯注地围着一台破旧落地收录机研究、拆卸……

傍晚时分，马燕下班回来便走到沈大夫家门口，她轻轻敲了敲门。片刻，门开了，沈大夫站在门口。

马燕笑着对沈大夫说："沈姨，我接马健来了。""燕子，马健的作业还没写完。"沈大夫微笑着说。马燕伸头朝沈大夫屋里看了看马健："回家我陪他写。"正在写作业的马健一听，立即大声说道："我要在沈姨家写。"马燕哄着马健："马健，跟姐回家，姐给你做好吃的。""我就要在沈姨家写。"马健耍起小孩脾气。

沈大夫爱怜地看着马健，对马燕说："燕子，你爸不在家，你就在我这儿吃。"马燕不好意思地说："那哪儿好意思。"沈大夫侧身示意马燕进屋："这有啥，我怕你回来得晚，饭都给马健做了，不怕再多你一个，进屋吧！"

马燕看了看屋里的马健，犹豫了一下，说道："那就麻烦沈姨了。"

马燕和沈大夫一起做好饭，三个人围着桌子，有说有笑地吃着饭。马健吃得猴急，马燕叫他慢点吃，马健告诉姐姐，他就喜欢吃沈姨炒的菜。沈大夫看着姐弟俩，笑着对马健说："喜欢吃，就多吃点，吃得越多，长得越快。"

看着弟弟狼吞虎咽的样子，马燕心里有些难受。自从母亲病逝，多数时间马健都托付给了沈大夫照顾。

过了一会儿，马燕问马健还有多少作业没写完，马健说就剩一篇题为《妈妈》的作文了。"妈妈"二字一下子触动了马燕的心，她轻声地对马健说："等回家，姐陪你写。""姐，我的妈妈是什么样的？"马健突然抬头问马燕。

马燕愣了一下，饱含深情地说："妈对你可好了，她起早贪黑地照顾你，给你做好吃的，给你做好看的衣服，陪你玩，在你生病的时候她抱着你……""这不是沈姨吗？"马健看了沈大夫一眼，脱口说道。马健话一出口，马燕语塞，沈大夫也愣住了。只听马健又说："我觉得，沈姨就像我的妈妈。"

马燕有些尴尬地笑了笑，对马健说："你赶紧吃饭。"马健一本正经地说："蔡婶都说沈姨像我妈妈，吴婶也是这么说的。"马健说的话，让马燕无言以对。她怔怔地看着马健，不知所措起来。沈大夫看着姐弟俩，对马燕说："燕子，我给你盛点饭。"马燕慌忙站起身，对沈大夫说："我自己来吧！"说完，逃也似的去盛饭了。马健童言无忌，着实给沈大夫和马燕来了个猝不及防和无比尴尬。

一路紧赶慢赶，马魁和汪新终于在夜里从豫州回到了宁阳。师徒俩一前一后走进大院，快到家门口的时候，马魁见汪新还跟在自己身后。马魁站住身问："你不回你屋，跟着我干啥？"汪新说："我跟燕子打个招呼。""不用，你回屋。"马魁语气冰冷，直截了当地说。汪新站在原地，沉默了一会儿，转身朝自己家走去。

马魁回到家里，阴沉着脸坐在桌前。马燕往他茶缸里倒水，他端起茶缸喝了起来。马燕没注意到父亲的脸色，她放下茶壶说："爸，我得跟您说个事儿。"马魁瞪着闺女，问道："说那小子吗？没门儿！"马燕没好气地说："是沈姨。"

一听是说沈大夫的事，马魁脸色缓和了些。他愣怔地望着闺女，马燕继续说道："您和沈姨，是咋回事呀？院里都传开了，就您这耳朵，还堵着。"马魁沉默片刻说："你沈姨稀罕马健，咱们两家来往得就多了些。"马燕想了想，对父亲说："要我说，就是那回沈姨在咱家睡了一宿，让外人看见了。爸，您看这事儿咋办？"

马魁沉默了一会儿，问马燕："你说咋办？"马燕看着父亲真诚地说："您说行就行！爸，咱说句公道话，沈姨那人确实不错，就是跟您比，嫩了点。这也没事儿，感情这东西，你情我愿嘛！"

马魁试探地问："意思是，在你这儿没说的呗？"马燕眼珠一转，说道："也不能完全这么说，您要是答应我跟汪新的事儿，我就对您和沈姨没意见了，并且全力支持！"

"滚蛋！"马燕话音刚落，马魁怒道。马燕见父亲翻了脸，低声说道："这怎么又火了？"马魁冷笑道："我就算闭眼了，都不会答应你跟那小子的！"马燕也生气了，对父亲说道："这话说的，闭眼您也管不着了。"马魁看着闺女，生气地一拍桌子。

马燕不想跟父亲再交谈下去，说了句："好了，我走了。"径自朝自己房间走去。马魁望着闺女的背影，长长地叹了口气。

第二天一早，马魁在街上走着，看到沈大夫就站在他前面不远处，似乎在等什么人。马魁走到沈大夫跟前，问道："小沈，你这是去哪儿？"沈大夫看着马魁说："等你。"马魁笑了笑，问："有事儿？"沈大夫有些歉意地说："马哥，对不起，我给你添麻烦了。"

马魁明知故问："你是说大院里出了动静了？"沈大夫迟疑地说："实在不

行，咱们就跟大家解释一下那天晚上的事儿。”马魁沉思了一下，说道：“你要是觉得不舒服，那就按你说的办。”沈大夫真诚地说：“我是怕你不舒服。”马魁笑了笑，说：“我这张老脸，比牛皮都厚，扛造。”“要这么说，那就没事了，让他们说去吧！好了，我走了。”沈大夫说完欲走。马魁叫住了她：“你等等。”沈大夫站住身，马魁吞吞吐吐地说：“小沈，我是这么想的。你看哈，马健总缠着你，他就稀罕你，他都把你当妈了。你要是……不介意的话，那就……毕竟这孩子小嘛，没妈在身边，就怕耽误他的成长。”

沈大夫望着马魁，马魁嗫嚅着继续说：“我就是一说，嗯……没事了，你忙去吧。”沈大夫仍然看着马魁，没有说话，也没走。马魁见沈大夫没走，接着说：“可能我这话说直了，你还没有心理准备，算了，就当我没说。”

沈大夫低头沉思了一会儿，然后抬起头，对马魁说：“马哥，我明白你的意思，其实我也想……只是……我还是给马健当干妈吧。”马魁尴尬地说：“干妈也是妈，行。”沈大夫笑了笑：“那就这么定了。”说完走了。马魁望着她的背影，嘴巴动了动，想笑却怎么也笑不出来。

原野，白雪茫茫。

生活就像车轮，从不间断地往前行驶着。

火车车厢内，男乘客站起身，伸了伸懒腰。对面的女乘客望了男乘客一眼，立马扭过脸去叫道：“耍流氓！”

众人纷纷望向那男乘客，他迟愣片刻，指着女乘客问：“你说谁呢？谁耍流氓了！”这时，旁边的乘客说话了：“同志，你裤裆开了！”

那位男乘客这才望向裤子，他的裤子被刀划开了，露了肉，他大吃一惊，连连惊呼：“呀！谁把我裤子划破了？我的钱呢？”说着赶紧伸手摸裤裆。“出血了？”旁边的乘客问。失主望着手摇摇头：“没有，可钱丢了！”旁边的乘客感叹道：“只划开了裤子，没划到皮肉，这贼的水平挺高啊。”

不远处，一个中年老贼坐在座椅上，他闭着眼睛，脸上露出得意的微笑。

乘警小胡闻讯赶来，他将失主请到餐车车厢，小胡坐在桌前做着笔录，失主坐在一旁讲述着事情的来龙去脉。

问完事情经过，小胡安抚了一下失主，让他先回到座位上，他便来到列车长办公席找马魁和汪新。马魁、汪新、老陆和小胡四人坐在列车长办公席的桌前，小胡拿着笔录本向他们三人说明情况后，说：“大概就是这么个情况，看来那贼是个高手。马叔，汪哥，你们看这事儿咋办？”

“老马，我知道，你们是出来办案子的，下车就得忙，趁着没到站，在车上还能休息休息。可碰上这事了，乘警露面太招眼，就得靠你们了。”老陆看着马魁和汪新说。

“老陆，这是我们的分内事，应该做的。”马魁毫不犹豫地应承下来。“怕你们休息不好。”老陆有些过意不去地说。马魁看出老陆的歉意，笑着说：“干我们这行的吃不好，睡不好，多正常呀，得认命。”汪新补充说：“睡觉都得睁着一只眼睛。”马魁笑了，指着汪新跟老陆说：“你看，他都明白。”

小胡立马恭维汪新，说他得了师傅马魁的真传，汪新一听急忙说离师傅还差得远呢。小胡进一步吹捧汪新，跟师兄比，他差得更远，都见不着人影了。

马魁看着俩徒弟捧臭脚，没好气地说：“你俩这不离我都挺近的？”老陆笑了笑，提议厨房给他和汪新炒俩荤菜补补。马魁对老陆说，他俩吃不了荤菜，要不就露馅了。老陆觉得马魁说得在理，便说那就记账上，等下回穿利整了再吃。马魁欣然同意。

马魁和汪新经过商议后，开始各自行动。汪新一身乘客装扮，在车厢内漫无目的地走着，他假装在找空余座位，实际上是在打量着每一个乘客。汪新走到另一节车厢的时候，突然听到小温州的声音。他循着声音望去，只见小温州坐在离他不远的座位上，拿着一副墨镜一边给邻座乘客戴上，一边提醒着：“往外看，哪儿亮往哪儿看。”

邻座乘客望向窗外，小温州又说：“夏天戴不晃眼睛，冬天戴不刺眼睛，瓦蓝蓝一片天，白茫茫一片雪，看得是赏心又悦目，延年又益寿。”“这跟寿命有啥关系？”邻座乘客问。小温州满脸笑容地说：“心情好了，不就活得久。”“你这张嘴是真溜。”邻座乘客笑着说。

“我可不是拿嘴搞钱的人。在哈城，我有自己的摊位，那生意好得不得了。不信你去看看，骗人是王八蛋，丢祖宗的脸！”小温州怕别人误解他是靠嘴皮子骗钱的人，赶紧解释道。

这时，一位乘客忍不住问了一句：“同志，听你这口音是南方人，哪里的？”小温州坦然道：“浙江温州的。”“我听说你们那儿的人特别会做生意。”另一位乘客说。“大哥，你这话，是给我脸上贴金。实打实地说，生意不光是做出来的，更是用心养出来的，不骗人，卖好货，生意还愁不好吗？”小温州真诚地说。

那位乘客点点头：“那倒是，你们除了卖眼镜，还卖啥？”“卖衣服的，卖鞋的，卖包的，卖纽扣的……桥头生意郎，挑担走四方，只要胆子大，吃苦不怕累，财源滚滚来。”小温州扳着手指说道。“小伙子，你这墨镜我买了。”邻座乘客下定了决心。“我就说，你戴上就摘不下来了吧！”小温州得意地朝周围乘客望去，片刻，他的表情消失了。

汪新望着小温州，他赶紧站起身说：“呀！这不是……”汪新一把将他摁住说：“老朋友了。”小温州机灵，瞬间就转过弯来：“对对对，老朋友了。”

俩人一前一后来到车厢连接处，小温州低声问：“哥，我叔呢？”汪新立即制止他说，该问的问，不该问的别问。同时提醒他车上有贼，让他小心点。汪新看着小温州的打扮，夸他混得不错，连铺位都有了。小温州意气风发地邀请汪新和马魁，到了哈城一定要去他那儿坐坐，并把地址留给了汪新。

俩人分别时，小温州说有东西要送给汪新，便向座位走去。汪新看着他的背影，笑了。

马魁也是一身乘客装扮走在一节车厢里，他刚走到车厢连接处，看到几个男青年在抽烟。他们望向马魁，马魁也打量着他们，互相笑了笑，朝前走去……

蒸汽机车停靠在春林火车站，乘客争先恐后地下车。

老瞎子站在车厢连接处，耸着鼻子闻着。一个二十多岁的女青年走了过来，对父亲说：“爸，我帮您拿。”父亲说：“不用，我拿得动。”“看您满头大汗的，给我吧！”女青年说着接过包，从老瞎子身边走过。

面对着女青年，老瞎子仿佛看见了同女青年差不多大的闺女。他凑近女青年，问道：“姑娘，你多大了？”“二十多了，咋了？”女青年看了一眼老瞎子问。“二十几呀？”老瞎子继续问道。“跟你有啥关系？”女青年不耐烦地就要下车，老瞎子一把抓住女青年的胳膊，并伸手去摸她的头。

女青年迟愣片刻，挣脱老瞎子的手，甩手给了他一巴掌，急忙下了车。老瞎子呆住了，片刻后，他追下车，高声地喊着：“朵儿啊！朵儿啊！你别走！”

站台上等候女青年的父亲，问道：“咋了，闺女？”“碰上精神病了，赶紧走。”说着，女青年搀着父亲快步离开了。

老瞎子悲戚地高声喊着：“朵儿啊！朵儿，你回来！你回来！”他没有方向地胡乱走着，呼喊着……

马魁透过车窗，望着站台上的老瞎子，心情无比沉重。

老瞎子坐在车厢连接处的地上，垂着头，轻声地念叨着：“朵儿啊！是你吗？你不认得我了吗？朵儿啊，我的朵儿啊……”马魁站在老瞎子身旁，问道：“老哥，你说的朵儿是你闺女吗？”老瞎子点点头，马魁又问：“朵儿身上啥味儿？”老瞎子摇了摇头：“说不清楚。”

“老哥，你往后可不能再这样了。”马魁耐心地劝道。老瞎子知道马魁话里的意思："你还想把我抓起来吗？""有这个可能。""那你还不如直接要了我的命！""跟我讲讲，说不定能帮上你的忙。""讲了也是白讲，忙你的去吧！"说着，老瞎子抱紧胳膊，蜷缩成一团。马魁望着老瞎子，心里五味杂陈。

忙忙碌碌的工作之余，家就是温馨的港湾。汪新望着坐在他家桌前吃着糕点的马燕轻声问道："好吃吗？"马燕头都没抬地说："味儿不错。"汪新笑着说："这是温州百年老字号的点心。"点心是小温州送给汪新的，他没舍得吃。"没想到你还认识温州人。"马燕一边吃糕点，一边说。"火车上南来北往，哪儿的人没有？"汪新有些炫耀地说。

马燕看着汪新，突然问他有没有小温州的联系方式。汪新把小温州留的地址和电话告诉了马燕，她高兴地让汪新给小温州打个电话，抽空想去一趟哈城见见他。

汪新问找小温州干吗，马燕说，跟小温州取取经。马燕回家后，告诉父亲同学结婚，她要出去两三天才能回来。然后，回了自己房间开始收拾东西。

马魁站在闺女房间门口，瞧着她一副迫不及待要离开家的样子，问她带那么多衣服干吗。马燕说，参加同学婚礼，不得多带两件换洗衣服？马魁反问闺女，参加别人的婚礼倒是积极，临到自己头上咋就不急了？

马燕没好气地说，中间挡着一堵墙，急有用吗？马魁告诉闺女，那堵墙也不是谁都挡，要是换成小胡，立马拆了。马燕目光坚定地看着父亲说，即使拆了，她也会再垒起来。马燕说完，提着行李箱匆匆走出了家门。

马魁见闺女毫不妥协，只得叮嘱她路上注意安全，盯住钱。他的话音还没落，马燕早就没了踪影。闺女和儿子都没在家，马魁心里既失落又无聊。他走出家门，朝院外走去。刚走到大院门口，迎面碰上贾金龙。寒暄几句后，马魁叫上汪新，三人一起进了马魁家里。

哥仨有些日子不见了，聚在一起真是打心里高兴。马魁下厨做了一桌菜，三人落座后，满上酒，贾金龙举起酒盅，深有感触地说起几次来找师徒俩都扑了个空，这次总算全见着，太高兴了。说罢，三人碰杯一起干了。

马魁道歉说，他们这段时间太忙，都在外面出差，如果哪里照顾不周，请他见谅。贾金龙也理解马魁和汪新的工作性质，但没想到会忙到这个份上，便顺口问了句师徒俩是不是破了个大案子，马魁装没听见。贾金龙立即举杯自罚，马魁拦下说先罚他俩一杯，以向贾金龙致歉。

贾金龙向马魁提起上次劳烦汪新买火车票一事，并感谢汪新为他解了燃眉之急，如果他当天没及时回去，就没办法为老母亲做手术签字了。

仨人一边唠着家长里短，一边喝酒吃菜。贾金龙问起师徒俩关于人贩子的事儿，现在抓着没，汪新摇摇头说还没有。贾金龙说这人贩子真是太可恶了，抓着了就要他们的命。马魁笑着说，哪能说要命就要命，得按法律办。汪新借酒发牢骚，说他就是让法律给捆住了，要不就枪毙了他们。

马魁一听，严厉地训斥汪新，借着酒劲儿，师徒俩又杠上了。贾金龙赶紧打圆场，方才化解了。酒足饭饱，贾金龙跟师徒二人道别，马魁和汪新把他送至大院门口，贾金龙让俩人留步。汪新叮嘱贾金龙，下次来时一定要提前联系。贾金龙拱手答应，临走时特意看了一眼姚玉玲家。

次日一早，师徒俩刚进刑警大队办公室，里面早已坐满了人，姜队长等着给大家通报案情。人员一到齐，姜队长便说："最近这段时间，我们连着接到十一起群众报案，说火车上出现了贼王，盗窃手法是相当老练，能划破外衣外裤、背心裤衩，还不伤着皮肉。这么厉害的贼，我还是头一回听说，你们见过吗？"

大家默不作声，姜队长继续说："我们是警察，就是抓贼的，不管碰上多厉害的贼，都必须要碰碰，不但要碰，还要把他碰翻了碰服了！由于这个贼神出鬼没，目前还没有任何线索，所以，从今天起，大家要留意我们管辖内的各次列车，争取尽早把他抓捕归案！散会！"

姜队长说完就走了，大家也尾随而出，只剩马魁和汪新没有动。马魁瞄了一眼汪新，问他是不是睡着了，汪新没好气地说在琢磨抓贼的事。汪新问马魁这贼手法这么高明，是不是一个五十岁左右的。马魁点了点头，讲起当年他碰上一个快七十岁老贼的事儿……

第十九章

师徒俩出差归来，各回各家。马魁走到家门口看到门上挂着一把锁，才想起去兜里摸钥匙，他一边摸钥匙一边自言自语地说：“我记着带着了，放哪儿了？”沈大夫从家门走了出来，看见马魁问道：“马哥，回来了，挺顺利的？”马魁手在兜里摸着，对沈大夫说：“忙活好几天，影儿都没摸着，马燕回来了？”沈大夫说：“还没呢。”马魁随即又问道：“马健在屋里？”沈大夫说：“在写作业。”

马魁从兜里掏出粮票说：“小沈，这点粮票你拿着，多少就这样了。”沈大夫推开马魁的手说：“又来了，孩子能吃几口粮？再说了，我是孩子的干妈，哪有妈管孩子要粮的？”

马魁坚持要给，沈大夫说等她缺粮的时候，再管马魁要。马魁只好说他先攒着，往后再说。说完，他朝汪新家走去。汪新正在收拾出差带回来的衣服，马魁问他马燕到底去哪儿了，为啥到现在还没回来。汪新说不知道，马魁又问他俩难道没联系。汪新装作生气地说：“我倒是想联系，可是您横眉竖眼的，我还哪儿敢呀。”

马魁盯着汪新，弄得他不好意思起来，只好说：“马燕不是跟您说了，她去参加同学婚礼了，给她同学单位打个电话问问，不就行了？”马魁说：“我哪知道她同学在哪个单位。对了，你怎么知道她去参加婚礼了？”汪新一时语塞，随后解释道：“她走那天，我赶巧碰上了。”

马魁神情严肃地让汪新实话实说，汪新一脸委屈地说：“师傅，您就算给我上老虎凳，我也是不知道。要不这样，往后您别管我俩的事了，我跟她多联系联系，帮您盯着她。”马魁一听，气不打一处来，伸手就要打汪新。汪新围着桌子躲闪着，师徒俩围着桌子追赶着，汪新突然灵机一动，朝门外喊了声：“爸，您回来了？”

马魁以为汪永革回来了，便朝门口望去，他一分神，汪新趁机跑出了家门。马魁随即追了出去，喊道：“小兔崽子，有本事你别回来！”

师徒俩正闹呢，马燕提着行李箱回来了。汪新连忙上前打招呼说：“你可回来了，你爸进不了家门，闹得我差点无家可归了！”“爸，同学不让我走，就多待了两天。”马燕给马魁解释道。马魁不高兴地说：“不知道给家里报个平安吗？”马燕说：“我打电话了呀，说您出去了。”马魁沉默片刻说：“我去接马健。”说着朝沈大夫家走去。剩下汪新和马燕俩人，汪新望着马燕的脸，心疼地柔声说：“瘦了。”

马燕满含柔情地说：“掉二斤肉也值当！”汪新把行李箱提到马魁家门口，然后对马燕说：“你先回去，你爸找不着钥匙进不了门。”马燕点点头说：“我一会儿就来找你，等着我。”

马燕到家放下行李箱，立即去了汪新家。汪新关切地问：“你咋去温州了？”

马燕说：“小温州说我本钱少，可以先卖纽扣试试。他给我介绍了温州纽扣厂的人，我一寻思，干脆直接奔过去得了。”汪新看着眉飞色舞的马燕，问道：“他对你咋样？热情不？”马燕显摆着说：“要不是我紧拦着，一天三顿饭，都得让他包圆了。姐姐长姐姐短的，老亲个人儿了。”汪新自豪地说：“那是看在我的面子上。”马燕瞪了汪新一眼：“意思是我得感谢感谢你呗？”汪新得意地说：“不急，先记账上。”马燕伸手要掐汪新：“等我掐你！”汪新急忙躲开：“那就不记了。”

俩人打闹了一会儿，马燕把自己去温州的所见所闻一一说给了汪新听。她从温州人的穿着打扮、待人热情、去哪儿都是买卖人说起，又谈了去纽扣厂参观的种种见闻。她滔滔不绝地说着，眼里闪着汪新从未见过的欣喜。

马燕从兜里掏出一小把纽扣，放在桌上问：“怎么样，好看吧？”汪新看着纽扣点点头说：“确实好看。”

马燕告诉汪新，还有更好看的，但是她带不了那么多。她打算辞掉售货员的工作，从温州进货自己摆小摊当老板，问汪新是啥意见。汪新担心马魁不同意，马燕决定先瞒着父亲。

汪新问做买卖的本钱够吗。马燕如实说，她没有多少钱，打算再借点儿。汪新担心地问不怕赔吗。马燕抱定了决心说，舍不得孩子套不住狼，再说，考虑到汪新的收入有限，为了他们的将来打算，为了让她父亲能看得起汪新，她决定放手一搏。汪新听了马燕的话，觉得有道理，决定拿出点钱来和马燕一起干。

两个人一拍即合，说干就干。

冷风飕飕，胡同里，马燕戴着帽子，用围巾挡着脸站在一旁，地摊上铺着一堆纽扣。她不时地朝四周望着，生怕遇上熟人。两个行人围在地摊前，选购纽扣。顾客询问价格，马燕低声报了价，对方没听见，马燕见状提高音量说，六个两毛四。

顾客没想到这么便宜，建议马燕吆喝两声，马燕有自己的顾虑，只好借故说嗓子不好，没办法吆喝。顾客说这么好看的扣子，得让大家都来买，还说马燕摆摊的地方也不行，应该上大街上去卖。

马燕笑了笑说，看好了就赶紧买，要是人太多不够卖。马燕正跟顾客唠着，汪新不知什么时候走到了马燕的身边，他关心地问马燕嗓子怎么变声了，要不他帮着吆喝几声。

马燕急忙压低嗓门，提醒汪新别吆喝，免得招来熟人就麻烦了。汪新笑眯眯地看着马燕，说这犄角旮旯，哪那么容易碰上熟人。马燕想了想觉得有点道理，于是让汪新吆喝，汪新不知道怎么吆喝。马燕让他直接喊："卖纽扣，卖纽扣，不好看，不要钱。"

汪新觉得直接喊没什么意思，他琢磨了一会儿，清了清嗓子，仿照徐小凤的歌曲《卖汤圆》唱了起来："卖纽扣，卖纽扣，好看的纽扣圆又圆，要买纽扣赶紧来，买了纽扣好团圆，纽扣纽扣卖纽扣，晚来一步只怕要卖完……"

来往行人听见歌声，纷纷驻足……

北风刮着，大院里的树在风中摇曳着枯枝，发出吱吱呀呀的声音。

牛大力刚进院子，就看到姚玉玲推着自行车从院里走了出来，他走上前轻声询问道："姚儿，你去哪儿呀？"姚玉玲答道："我去商店。"牛大力继续问："又买衣服去呀？"

牛大力的这句话，立刻引起了姚玉玲的不满，质问牛大力买衣服怎么了，又没花他的钱。牛大力没眼力见儿，跟姚玉玲掰扯起来，说他为姚玉玲买衣服也出了力，姚玉玲嗤之以鼻地问他出了啥力。于是牛大力便把他俩外出溜达所花费的吃喝拉撒列举了出来。姚玉玲一听，直接撑他说一个大男人让女人去节省，只能说明这个男人没能力！她还撂下话，自己要买的东西，都是她需要的，绝不能省！

牛大力软了下来，委曲求全地说让姚玉玲去买。出院门的时候，姚玉玲告诉牛大力，她在哈城有个同学，叫她去玩几天。牛大力问姚玉玲啥时候去，要不他请假陪她一起去，被姚玉玲一口拒绝。姚玉玲说完，骑着自行车走了。

牛大力站在原地，呆呆地望着姚玉玲的背影……

马魁刚从家里走出来，就看到了马燕的领导老宋站在家门口。马魁迎了上去，请老宋进了屋。老宋一进屋就说，他来看看马燕，马魁一听愣住了。老宋说，马燕请病假一个礼拜了，单位领导挺关心她的，特意派他来看看。

马魁一下子反应过来，他一拍脑门说都忙糊涂了。马燕是病了，他老是东跑西颠没早没晚的，照顾不了她，就把她送到亲戚那儿住了。老宋一听马燕没在家，问她恢复得咋样。马魁说好多了，回头让马燕给老宋回个电话。老宋说行，转身就要走，马魁挽留说坐一会儿，老宋说还有一堆事儿等着办，告辞而去。

待老宋走后，马魁皱起了眉头，决定跟踪闺女，看看她到底玩啥花样。

次日，马燕像往常一样一大早就出门去上班。她骑着自行车来到她的一个女同学家，敲开门之后，俩人相互聊了几句。马燕接过同学递给她的旅行袋，对同学说改天请她吃饭。马燕利索地把旅行袋捆在自行车后座上，骑车走了。

不远处，马魁推着自行车看得清清楚楚，他骑着车远远地跟在马燕后面。

到了街上，马燕摆好地摊，把旅行袋里的纽扣全倒在上面。一会儿工夫，行人不断围拢过来，人越来越多。

马魁走到地摊前，咳嗽了两声，马燕望着他，愣住了。马魁蹲下身，抓起一把纽扣，马燕赶紧走到他跟前，低声地说："爸，咱们有话回去说，当着这么多人，您给我留点面子。""那我的面子谁给留？"马魁没好气地说道。

马燕沉默片刻说："爸，南方人都在做买卖……"马魁压低声音说："少跟我扯南方，跟我回去！""行，等他们买完了，我就收摊。"马燕低声说。

马魁一直压着火，让闺女现在就跟他走。马燕见有客人来买扣子，告诉父亲总不能撵顾客走吧！有个顾客拿起一个纽扣，询问马燕价格，马燕还没来得及张口，忍无可忍的马魁猛地把地摊掀翻，纽扣散落一地，四处翻滚着……

马燕呆住了……

马燕被父亲强行带回了家，父女俩面对面坐着，气氛异常紧张。马魁先开口，像审犯人一样让马燕自己说。马燕一肚子怨气，冷冷地说，没什么好说的，捅破了反倒觉得轻快。

马魁一听马燕话里有话，追问她是不是想扔了能捧一辈子的铁饭碗，去捧泥饭碗。马燕回答得很干脆，说等自己挣了大钱，不仅能有一辈子的饭吃，还可能吃得更好！

马魁气得差点背过气，马燕想辞职做买卖，恳求父亲同意。有小温州这个师傅带她，保证能挣到钱。马魁问她咋会认识小温州，是不是汪新牵的线。马燕说，她去哈城参加同学婚礼，碰巧在火车上认识了小温州。

无论马燕怎么请求，马魁死活就是不同意。他让闺女把心收回来，回单位老老实实上班。他甚至威胁马燕，除非他两眼一闭，否则休想让他同意！

马燕没再说话，提着旅行袋朝自己屋走去。马魁脸色铁青地坐在桌前，心里像打翻了五味瓶。

蒸汽列车行驶在白雪茫茫的旷野上。车厢内，马魁沉默着，斜眼瞄着汪新，汪新心虚地回避着马魁的眼神。

汪新沉不住气了，问马魁是不是有啥事儿。马魁直截了当地问马燕摆摊的事儿，他到底知不知道。汪新犹豫着说，听到点儿动静，他劝师傅只要马燕心情好，她想做就做呗。

汪新的话彻底激怒了马魁，他开口大骂汪新。有乘客望向马魁，汪新让马魁小声点儿，注意自己的形象。马魁低声说："合伙骗我，行，一个个都出息着了！"汪新叫屈："师傅，咱得讲理呀。你们在一个屋檐下，您都不知道的事，还能怪到我头上吗？要不这样，我也到你们屋檐下蹲着去，我给您当卧底。"马魁气得说不出话。这时，小温州正好从过道走过，马魁盯着他的身影跟了上去。

小温州来到车厢连接处想上厕所，他推了推门，门锁着。他犹豫片刻，抬脚刚要走，一只手搭在了他的肩上，他回头一看是马魁。

小温州跟着马魁来到车厢连接处，二人刚站住身，小温州就嘴甜地说："叔，咱们好久不见了，我想您啊！""我也惦记你。""您这是去哈城？""你问得着吗？"小温州一听马魁的话音不对，解释道："我是说，要去哈城的话，等下了车，我请您吃饭。"

马魁斜眼看着小温州，问他是不是又重操旧业了。小温州告诉马魁，此一时彼一时，现在政策都放开了，只要是正当买卖，都可以干。马魁不吃小温州嬉皮笑脸那一套，问他为啥把马燕拉下水。小温州一听恍然大悟，他夸马燕有韧劲，肯吃苦，走得正，将来肯定能成大事！

马魁见他说得头头是道，问小温州是否应该感谢他。小温州调皮地说，只要不埋怨他就行。马魁板着脸，假装伸手要削小温州，小温州吓得一哆嗦，转身往厕所跑去。

马魁出差回到家里，当着闺女的面数落起小温州。马燕一听，原本想跟父亲和好，这下她改主意了。当面锣对面鼓，跟父亲打起嘴仗。她冷着脸说，有火就朝她撒，说人家小温州干什么。马魁说，要不是小温州，她能干这不靠谱的事儿吗？

马燕硬刚地说，就算她没碰上小温州，还可能碰上别人呢，该干一样得干。

马魁怒道："非逼我把你那些破烂烧了不可吗？"马燕冷笑说："想烧就烧吧。"马燕不想再跟父亲沟通，朝自己屋走去。"你以为我不敢吗？""您敢，您都敢把咱家房子点了！"马燕说完，进屋关上房门。马魁气得捶胸顿足，但也无可奈何。

第二天一早，马燕阴沉着脸提着行李箱从自己屋走了出来。马魁坐在桌前沉着脸问她去哪儿。马燕气哼哼地说，这个家她待不下去了。马魁怒火中烧地冲马燕喊，有本事别回这个家！

马燕不搭话，提着行李箱往外走。汪新正巧来找马魁，马燕连他都没搭理，走出了屋门。汪新看向马魁，问道："师傅，这是怎么了？又吵架了？"马魁脸色铁青地沉默着，汪新放低声音说："师傅，关于那个残肢的事，我又琢磨了琢磨，觉得……"汪新的话还没说完，就被马魁的一句"你给我滚"生生顶了回去。汪新无奈地走了出去，马魁气得大口喘着气。

马燕刚走到院里，被闻声而来的沈大夫拦住，把她接到了自己家里。沈大夫和马燕坐在炕沿上，她搂着马燕的肩膀安慰着。马燕抹着眼泪，不停地哭泣。马燕向沈大夫哭诉自己的委屈，汪新在一旁插嘴道："别说你爸，就是换成我爸，也肯定不答应。"

"燕子，小汪，你们的父亲都是过来人，吃过不少亏，都吃怕了。他们就盼着你们能有个稳定的工作，能过上安稳日子。其实他们也没错，说到底都是为你们好。"沈大夫语重心长地说。

马燕抽抽搭搭地说："那就是我错了？"沈大夫语塞，汪新赶紧接话道："你是为我着想，怎么能错？"沈大夫不解地望向汪新问："为你想？到底是怎么回事？跟我讲讲。"

汪新见自己说漏了嘴，忙闭口不语。马燕泪眼婆娑地说："汪新，沈姨不是外人，你就实话实说，看这事儿，到底怪谁！"汪新沉默片刻说："沈姨，这买卖是我和马燕合伙做的。要说我俩为啥做买卖，那也是马燕她爸逼的。"

沈大夫沉吟片刻，决定和马魁唠唠。

沈大夫来到马魁家，与他相对而坐。闲聊了几句，沈大夫说："嫂子跟我说过，你脾气大，看来一点儿没说错，是真够大的。"马魁不以为然地说："那也得看什么事。”“自家孩子的事，好好说嘛。”“根本就说不通！”“可这么又吵又闹的，也解决不了问题呀。”

见马魁还是那么固执，沈大夫说，现在的形势跟以前不一样了，她的几个同学也做起了买卖，大家都是为了过上宽绰日子，这也没什么不对的。再说了，他嫌汪新穷，还不让人家多挣钱，那让孩子怎么办？

马魁见沈大夫向着汪新，心里有点不是滋味，说这事儿跟她没关系，让她别掺和。沈大夫一听，有些生气地说，是她多嘴了，站起身要走。马魁赶紧拦住了她，解释说：“我不是这意思，是说……你就别管了。”沈大夫板着脸说：“好，往后你家的事，我啥都不管了！”马魁无奈地说：“你看，刚说我脾气不好，你这不也是吗？”“我就脾气不好了，不行吗？”沈大夫耍起性子。马魁一时语塞，泄气地说：“行，你咋地都行！”

一物降一物。马魁上前服软认错：“是我脾气不好，你别生气了。”沈大夫消了消气，笑着对马魁说：“马哥，我明白你的想法，你说得没错，马燕做得也没错，既然都没错，那就需要多沟通、多商量。千万不能着急，更不能硬来。”马魁点了点头。随后，沈大夫趁热打铁，说汪新和马燕成双成对的是好事儿，问他为什么就不行呢。谁知这话题像是碰触了马魁逆鳞，他立刻叫沈大夫打住。马魁说，别的事可以商量，就这事儿，千万别劝他。一提那小子，他这脑瓜盖儿就顶得慌。

见沈大夫没能说服马魁，马燕沮丧地说，她还是去同学家里住。汪新分析说，同学家住一两天还行，时间长了也不是个办法。其实，没必要跟她爸硬顶，要有策略，“敌进我退，敌退我进”，悄悄地进村，打枪的不要，等形势越来越好了，她爸也就能慢慢想明白了。

沈大夫从衣柜里抱出被褥，对马燕说，汪新说得没错，好饭不怕晚，得有点耐心。马燕眼泪汪汪地看着汪新说，等她爸想明白了，黄花菜都凉了。别人她不管，有汪新支持就行。

汪新立即拍着胸脯说，他必须全力支持，他俩是一条战线上的。马燕听了汪新的话，破涕为笑。

沈大夫见马燕笑了，她的心情也好了起来：“燕子，你俩的事先别着急，等我跟你爸再沟通沟通。”马燕点点头：“谢谢沈姨，可我还是想去外面住。”“你就不能听沈姨的吗？”“沈姨，我在外面能安心做买卖。我得给自己做回主，就是血本无归，也不埋怨。”

马燕命令汪新帮她拎东西，陪她出去摆摊。汪新满口答应，提着马燕的行李箱走出沈大夫的家。

沈大夫刚送走了汪新和马燕，马魁便过来敲门，说局里通知他去开个案情分析会，请她帮忙接一下马健，晚饭还得在她家吃。沈大夫一口答应下来。马魁转身要走，沈大夫叫住他问，咋不叫马燕回来。马魁说又不是他赶走的，马燕长着腿，要回也是她自己回。沈大夫担心地说，要是马燕一辈子不回来咋办？马魁阴沉着脸，扔下一句“权当白养了”，径自走了。唉，这个脾气，又臭又硬。沈大夫无奈地摇了摇头。

日子一天天过去，大院里人们的生活周而复始地重复着。老吴媳妇和老蔡媳妇在水池旁打水，老吴媳妇一抬头看到姚玉玲烫着时髦的发型，戴着墨镜，穿着红色的羽绒服，背着牛皮小挎包，提着行李箱从外面走了进来。

老吴媳妇看了半天，有些不敢相信自己的眼睛，她对老蔡媳妇说：“这不是小姚吗？”老蔡媳妇一听，抬头一看，大声道：“几天没见，洋气了。”见姚玉玲没说话，老吴媳妇忍不住又问道：“小姚，你这是从哪儿回来？”

姚玉玲一边拉着行李箱往家走，一边回答：“哈城。”老吴媳妇笑着说：“从头到脚跟换了个人一样，差点没认出来。”姚玉玲有点不好意思地说：“看您说的，不还是我嘛！”

见姚玉玲进了屋门，老吴媳妇感慨道：“真是人靠衣裳马靠鞍，这一捯饬，就是不一样。”“那你也捯饬捯饬。”老蔡媳妇打趣她说。“用不着，我家那口子，眼神不好，看不真亮。姐，你可以捯饬捯饬。”老吴媳妇怂恿说。“拉倒吧！万一把我家老蔡的眼睛给晃瞎了，那可咋整。对了，你家老吴眼睛好点没？”老蔡媳妇问。“好多了。得亏我们家老吴命好，做了几回检查，医生说的那些严重的病都给排除了。平时注意休息，按时吃药，就没啥大问题了。也多亏了大力给抓的中药，辅助着医院开的药吃，效果更好。”老吴媳妇喋喋不休地说。老蔡媳妇忙说：“那真是太好了。”

俩人正唠得起劲，就听到小年媳妇喊婆婆，让她帮忙看会儿孩子，老蔡媳妇赶紧回了家。

院子里的动静，被站在自己家窗前的牛大力尽收眼底。他最为关心的是，他朝思暮想的那个女人回来了。牛大力走到姚玉玲家门口，迟疑着敲了敲门。半晌，姚玉玲拉开窗户，探出头来。

牛大力笑着问姚玉玲，回来咋不告诉他一声，她母亲来找过她。姚玉玲有些不耐烦地说，她给母亲回过电话了，说完就要关上窗户休息。牛大力实在憋不住了，问姚玉玲去哈城找谁去了，还说她母亲都不知道她在哈城有同学。姚玉玲一听恼了，质问牛大力是什么意思。牛大力刚要解释，姚玉玲冷冷地说，爱信不信！砰的一声关上窗户，不再理会牛大力。

牛大力站在姚玉玲窗前，心情沮丧到了极点……

院里漆黑一片，各家各户都熄了灯，马魁和汪新风尘仆仆地走进大院。

在列车上熬了好几宿的汪新忍不住打了个哈欠，对马魁说："师傅，我回去了，明儿还得上车。"马魁点点头，朝沈大夫家走去。

汪新走了几步，停下来犹豫片刻，向马魁解释说，马燕不是不想回来，他希望师傅能理解马燕。马魁瞪着眼呵斥汪新，大晚上的别找不自在。热脸贴了马魁的冷屁股，俩人不欢而散。

马魁走到沈大夫家门外，敲了敲门。过了好一会儿，沈大夫才打开门。马魁歉意地解释说，因为案子复杂刚开完会，所以回来晚了。沈大夫是个通情达理的人，对此表示理解，她说马健已经睡着了，还是不要叫醒他为好。马魁再三道谢。

次日清早，汪新接到通知，姜队长让他们师徒赶紧过去。汪新急促地敲响马魁的房门，向他做了汇报。马魁让汪新先去刑警大队，他站在家门口琢磨片刻，然后走出了家门。

数九寒天的大街上，马燕把一堆纽扣摊在地上，准备开摊了。马魁快步走到闺女的地摊前，沉默了一会儿，说他要出门查一个案子，让她回家照顾马健。马燕不冷不热地说，她很忙。马魁问是否连弟弟都不管了。马燕说，她当然会管，如果父亲不同意她做买卖，她就不回家。马魁原想以照顾儿子为由让闺女回家，缓和一下紧张的家庭气氛，可马燕如此固执，他压抑已久的怒火瞬间爆发。

马魁色厉内荏地警告马燕，如果把他逼急眼了，一把火烧了她的东西。马燕根本就不吃那一套，轻描淡写地给他来了一句"野火烧不尽，春风吹又生"。随后马燕就当没看见马魁，开始吆喝起买卖来。马魁看着闺女，既生气又无奈，他脸色铁青地来到刑警大队办公室。接到任务的马魁和汪新，急匆匆地上了火车。

车厢内，十八岁的弱弱，神色阴冷地倚靠在座椅上。马魁和汪新两人戴着棉帽子，围着大围脖，就露出两只眼，他俩一边假装找座，一边巡视。

"找不到狼，就盯着猎物。那些挤在过道的、打瞌睡的，最容易成为目标。"马魁用只有汪新听得见的声音说。

火车行驶着，一个男乘客靠着椅背站在过道处，昏昏欲睡。瘦小的弱弱像个小老头，佝偻着腰走了过来。当他走近男乘客时，站住了身，用手里的一把L形刀片划破了男乘客的裤裆，那男乘客竟完全没有察觉。

突然，火车晃动起来，弱弱手里的刀片一下扎到了男乘客。男乘客一下子惊醒，他高声地喊着：“干什么呢！你……小偷！抓小偷！”

弱弱见男乘客发现了，他挥舞着手中的刀片向前跑去。过道的乘客纷纷躲闪，这时小胡迎面走了过来，望着挥舞着刀片跑来的弱弱，他本能地避开，让了道路。不远处，一个中年老贼站在过道边上，靠着椅背望着这一切。

弱弱一直朝前跑，小胡一看急了，他脱下鞋朝弱弱扔去。鞋子正好打在了弱弱的头上，他停顿了一下，扭回头瞪了小胡一眼继续朝前跑去。他跑到一节车厢的厕所前，欲打开厕所门，可门上着锁。有些慌乱的弱弱只好向前跑去，他还没跑两步，就退了回来，马魁挡住了他的去路。

弱弱挥舞着他的刀片张牙舞爪地叫着让马魁让开。马魁没说话，眼神犀利地盯着他。这时，小胡气喘吁吁地跑了过来，说：“马叔，他就是那个专门划人家裤子的小偷！”

马魁盯着弱弱，冷冷地问道：“这是长得少兴，还是真少兴呀？”“少废话，让开！”弱弱挥舞着刀片，嚷嚷着。马魁掏出手铐说：“是自己套上，还是我给你套上？”弱弱瞪着他，一脸阴沉，慢慢朝马魁走过去。在靠近马魁的那一刻，他突然出刀，马魁躲过他手里的刀片，抓住了他的衣服，不小心一下扯破了。

弱弱气急败坏地又挥刀划来，马魁一把抓住他的手腕子，弱弱面露痛苦状，吼叫着“松手”。马魁趁势欲夺刀，却被弱弱划伤了手。

厕所门突然开了，汪新从里面走了出来。他迟愣片刻，冲向弱弱伸手夺刀。弱弱激烈地反抗，撕扯中被汪新擒住。情急中弱弱冲着汪新的胳膊“吭哧”就是一口，汪新的胳膊上立显两排血色牙印。汪新顺势将他的手臂反拧，将他按在了地上，怒道：“好小子，还敢跟我动家伙，上铐子！”

一旁的小胡，赶紧给弱弱戴上手铐。

被按在地上的弱弱嘴角露出一丝邪笑，他倔强地看着汪新说：“我有……热病。”说着，他瘫倒在地。汪新看着自己胳膊上的两排血色牙印，问道：“啥病？”“热……病……”弱弱有气无力地说。“啥是热病？”汪新皱着眉头疑惑地问。

弱弱没说话，被小胡拽走了。马魁望着手上的血，汪新摸着胳膊说：“多少年没见着彩儿了，到头来，让个小毛贼给挂上了，丢人呀！师傅，您手没事吧？”

“你知道啥叫热病吗？”马魁没回答汪新的关心，反问道。“就是发烧吧！”汪新不是很在意弱弱刚才说的话。看着马魁那张深不可测的脸，他接着又说：

“那小子吓唬人呢！不用理他，我看看您的手。”

不远处的那个靠椅背站着的中年老贼一直观望着这一切，重重地叹了口气。

火车到站后，马魁和汪新俩人一个包扎着手、一个包扎着胳膊走进刑警大队办公室。师徒俩刚一进门，就看到两个穿着防护服的医生站在屋里，俩人不禁愣住了。姜队长戴着口罩，从桌前站起身来关切地问他俩伤势怎样了，有没有什么反应。马魁被姜队长的话问蒙了，他心里有点不踏实，但嘴上却说皮里肉外的事，就出了那么点血，能有啥反应。

这时，医生忍不住问他浑身上下有没有不舒服的感觉，另一个医生也跟着问他有没有哪儿跟平常不一样。马魁被俩医生的反应弄得不知道说什么好，汪新接过话茬说：“有啊！我昨晚回到家特别饿，吃了三个碗大的馒头，吃完就犯困，天还没黑，沾枕头就睡着了。”

听了汪新的话，两个医生心领神会，一个医生说：“这是易疲劳的表现。”“可是，他的食欲不错。”另一个医生说。医生接着问汪新：“你浑身感到乏力吗？”“睡醒了，腿脚发软，等活动活动就有劲儿了。可是看到你们，腿脚又有点软。”汪新带着调侃的语气说。

俩医生没说话，马魁像突然想起了什么，问两个医生：“医生，啥是热病？”医生回答说：“就是艾滋病。”汪新第一次听到这个病的名字，追问道：“艾滋病，是啥玩意儿？”

医生解释给他听：“这个是外国刚发现的一种传染病，发病的时候，跟发烧有点像，但是性质完全不一样。”第一次听说这个病，大家都云里雾里，姜队长不解地追问：“那到底是啥病？”医生严肃地说：“结果不太好，希望你们做好心理准备。”

马魁神情肃穆，没有说话。汪新有些不安地望着医生问：“不太好是什么意思？这病还能要命吗？”俩医生点点头，汪新顿时愣住了。姜队长神色严峻地问：“出了这么一点儿血，就能要了命？”马魁不甘心地问：“这只是刀子划伤了一下啊。”

医生耐心解释说：“如果刀上有那种病毒，就可能通过血液传染给你们。”听完医生的话，马魁沉默了。“这……这是什么病啊？我怎么从来没听说过？”汪新说不出此刻的心情。

医生看着马魁和汪新，继续说道：“这是一种新型病毒，先是在美国发现的，我国目前只发现一例，还是个老外。目前，大家对这个病毒都不了解，但是没发现不代表没有。”

汪新满是疑惑地问："可是那个小偷怎么知道自己得了这病呢？""他说是一个从国外回来的人传染给他的，后来那个人不知道去哪里了。"姜队长说着，看向马魁和汪新，接着说："你们先不要想太多，弄不好是虚惊一场，等北京的有关专家来了再说。另外，为了防止传染给别人，你们得去医院隔离。"

马魁和汪新心里五味杂陈，师徒俩只得跟着两位医生前往医院进行隔离。他俩和弱弱待在医院仓库里，仓库临时改成了隔离病房，屋门上着锁，谁都甭想出去。

马魁和汪新被隔离的消息传到大院，汪永革、老陆、老蔡、老吴、沈大夫都来到医院，站在隔离病房门外心急如焚。汪永革担心地扒着门窗，问汪新身体是否难受。得知汪新没啥感觉，像个好人一样时，老陆安慰汪永革说，听着汪新嗓门挺亮，应该没啥事儿。

毕竟是医生，沈大夫神情凝重地问马魁那个小偷在哪儿。沈大夫这一问，提醒了汪新，他看着蜷缩在床上的弱弱，走上前一把将他拎起来，推到门窗口。沈大夫望着弱弱问他在哪儿染上的，怎么染上的。弱弱耷拉着脑袋不说话。

汪新一看他不说话，气不打一处来。弱弱冷冷地看着汪新，半晌挤出一句话："要死一起死！"弱弱话音刚落，汪新愤怒地踹了他一脚，沈大夫赶紧阻止。

弱弱被踹倒在地，他拍了拍屁股，若无其事地回到床上。

"你们别害怕，这个病也没那么容易传染。你们要相信医学，一定要坚定信心！"沈大夫看了看汪新，又望着马魁安慰道。

汪永革也紧着安慰汪新，汪新本来就没有什么异样的感觉，他让父亲别担心。老陆对马魁说了些宽慰的话，让他放心，马健都安排好了，大家轮流照顾他。马魁心事重重地说着感谢的话，让大伙儿都回去，别耽误工作。

汪永革忧心忡忡地望着汪新，不知道说啥好，待了一会儿，也无奈地转身离开。见大家都走了，汪新刚要拉上窗帘，马燕出现在窗前问："汪新，你没事吧？"汪新笑着说："你看，我像有事的样吗？"马燕探头往屋里看："我爸呢？"

马魁坐在病床上，望着马燕。马燕看了看上锁的门，疑惑地问："怎么还被锁起来了？那是个什么病？"汪新说一两句话说不清楚，等他出去后慢慢讲给她。马燕哪见过这阵仗，焦急地让汪新现在就给她说清楚。汪新说他自己都没弄明白，没法儿讲。马魁忍不住了，把汪新推到一旁，对闺女说："我这儿没事儿，估计用不了几天，就能出去了。这段日子，马健就交给你了。"

马燕望着父亲说："爸，您跟我说实话！"马魁张张嘴，没说出话来，他猛地背过身去，抑制着即将夺眶而出的泪水，汪新和弱弱吃惊地望着马魁……

马燕的眼泪夺眶而出，汪新安慰说他们真没事。马燕哽咽着说：“爸，我这就回家，我会照顾好马健的。”过了片刻，马魁转过身来说：“你有这句话，就还是我闺女，赶紧走吧！”

马燕泪眼婆娑地望向汪新，马魁一把拉上了窗帘。

寒夜，风不止，除了风声，隔离病房的走廊静得出奇。

马魁神色阴郁地坐在床上，看着报纸。弱弱蜷在床上，假装睡觉。汪新起身走到他面前，一把将他拽起来，吼道：“别睡了！”

弱弱被拽到地上，阴狠地看着汪新。“你这个病到底咋得的？”汪新瞪着他问。“怕了？”弱弱冷笑着问汪新。汪新紧攥拳头，咬牙切齿地说：“少他妈废话！老实交代！”“说了你也不懂。”弱弱毫不示弱地从地上爬起来回到床上。汪新又要上前，被马魁大声喝住：“汪新！够了！你弄死他，也没用。”

汪新沉默片刻，走到自己床前倒身靠在床上，闭上了眼睛。

次日，三个护士穿着防护服来到了仓库病房，给马魁、汪新、弱弱抽血。

时隔几日，三个穿着防护服的护士推着护士车再次从外走进隔离病房，汪新坐起身问前几日的化验结果。护士长告诉他，化验结果还没出来，需要再次抽血化验。马魁疑惑不解地问，为啥还要抽血。护士长有些不耐烦地说，她们也不愿意这么做，不都是为了他们好。

汪新沉不住气了，问护士长什么时候能出结果。护士长告诉汪新，她们也不清楚结果什么时候能出来，北京的专家都来了，正在会诊中，让他们放心。

马魁听完护士长的话，无奈地挽起袖子让护士长抽血。一个护士走到弱弱面前，他很不情愿地伸出满是伤疤的胳膊，让护士抽了血。他胳膊上的那些伤疤，马魁一一看在眼里……

第二十章

姚玉玲彻夜难眠，起身在灯下写信……一大清早，她就到了邮筒前，把信塞进邮筒。信邮寄出去了，心也随着去了。

人似秋鸿来有信。姚玉玲天天盼望着来信，盼望的日子真是煎熬。这天，铁路工人大院外响起清脆的车铃声，邮递员推着自行车给邻居们发信，姚玉玲站在一旁，轻声地问："同志，请问，有姚玉玲的信吗？"邮递员摇摇头："没有。"

牛大力收到了信，很是开心。他瞥见姚玉玲满脸失望，好奇地走过去问："你等谁的信啊？"姚玉玲说："我表哥。""表哥？没听你说过。""谁家没几个远房亲戚，反正跟你也搭不着边，还能都告诉你？""不能这么说，你表哥就是我表哥，你是找他有啥事吗？我也能给你办。""你办不了，别问了。"

姚玉玲边说边进了家，砰的一声关上了门，把牛大力关在了外面。姚玉玲越冷漠，牛大力的猜测就越多，想得也越多。

日日夜夜，日子轮回。马燕蹲在炕上铺着被褥，马健从外屋走了进来，她问："都洗干净了？"马健点点头，马燕又说："睡觉吧！"说着，马燕给他盖好被子，反复嘱咐："好好睡，姐出去了。""姐，咱爸什么时候能回来？""姐也不知道，这样，等他来电话了，姐问问。""我都想他了。"

弟弟的话，让马燕鼻子一酸，她摸了摸马健的头说："要是想一个人，就边想边睡，这样梦里就能梦见他了。""真的？那我试试。"说着，马健闭上了眼睛。"姐拍你睡，一会儿就睡着了。"马燕拍着马健，拍着拍着，她的眼泪滚落下来。

此时，医院的病房内，马魁、汪新和弱弱躺在各自的床上，弱弱翻来覆去像烙饼一样折腾。“你能不能消停点？”汪新生气地说。弱弱不搭理他，照旧翻身。

马魁说：“人家就翻翻身，也碍着你事儿了？”“怎么你俩成一伙的了？”说着，汪新裹着被子，背过身去，只听马魁又说：“弱弱，你甭搭理他，睡你的。”

夜已深，弱弱睡着了，打着鼾声，他的被子翻到一旁。马魁从床上爬起身，望着弱弱，汪新说：“这小子，睁眼折腾人，闭眼闹腾人，跟他在一块儿，就是不病死，也得让他磨死！”

马魁站起身，走到弱弱身旁，他发现，弱弱穿着外衣睡觉。衣服前边被撕坏了一大块，他把被撕的口子抻了抻，然后给弱弱盖好被子。汪新不解地望着马魁。猛然间，弱弱惊醒了，一拳打在马魁脸上。马魁摸了摸嘴，看了看手，弱弱也清醒过来，一下子愣住了。

汪新气不过，恶狠狠地说：“小崽子，好心好意给你盖被子，还动手，看我怎么收拾你！”说着，汪新就要起身下床，弱弱立马做出防守状。马魁瞧着汪新，说：“你消停点！”然后又转向弱弱：“你怎么穿着衣服睡觉？多不舒服啊！”“跟你有啥关系？”弱弱一副浑不吝的样子。“师傅，这小子好赖不分！”“关你啥事，睡觉！”马魁说着，上了自己的床，翻身睡去。

汪新瞪了弱弱一眼，也躺下了。弱弱躺下，他默默地望着马魁，内心有所触动。

翌日，医院病房外一个穿着隔离服的护士在喷洒消毒液。稍后，病房门开了，医生和护士穿着防护服，推着小车站在门外喊：“开饭了。”汪新从护士手里接过三个饭盒，马魁问：“护士，有针线吗？”“干啥？”护士立即警惕起来。马魁笑了笑说：“缝衣服呗！还能干啥？”护士说：“一会儿给你拿。”

“今天有没有什么感觉？有没有哪儿不舒服？”医生问。汪新摇摇头，问道：“请问，有信儿了吗？”医生说：“没有。”“那到底得把我们关到什么时候？”“快放出来了。”“我们没病了？”“你们的血液样本送到北京化验了，结果还没出来。北京那边的专家要求亲自给你们做个系统检查，所以你们马上要离开这里去北京，大家准备一下吧！”医生说完，就关上了房门。

一听说要去北京，汪新愣怔了：“还得去北京？你先别锁门！”他的话音伴随着锁门声，他无奈地喊着：“我问你话呢！”只是，再也没有回音。

外面彻底安静了，风都像是静止了。

汪新端着三个饭盒走到床前，望着马魁说：“师傅，他们要带咱们去北京！”“我耳朵好使。”说着，马魁接过一个饭盒。“师傅，这事闹大了！咱不会真染上了吧？”到了这一刻，汪新才开始真正地担心起来。“能死在北京，挺好！”弱弱似乎有点兴奋，他伸手拿饭盒，被汪新一把打掉，饭菜撒了一地。

汪新气急了，嚷道：“都是你害的！”说着，汪新正要上前揍弱弱，马魁一把将他拽走，看着他说：“你打死弱弱，病就好了？”

弱弱若无其事地捡拾着地上的饭菜，放回到饭盒里。马魁把自己的饭盒递给他说：“吃我这份。”弱弱看了马魁一眼，大大咧咧地接过去，旁若无人地吃了起来。看着弱弱一副事不关己高高挂起的样子，汪新气得发抖。

“弱弱，你家里还有其他人吗？要不要帮你通知一下？”马魁问。“死了。”两个字说出口，弱弱红了眼圈。马魁一声长叹，是心酸，也是怜悯。

马魁坐在床上，缝补着弱弱的衣服。汪新靠在床上看着报纸说：“还给他缝衣服，惯的！”马魁没说话，弱弱在一边看着。马魁闻了闻衣服，弱弱问：“啥味儿？”“汗馊味，车厢味，消毒水味，尘土味，各种路上的味儿。”马魁说。“就是没人味儿！”汪新补了一句。

马魁补好了衣服，递给弱弱，收拾着针线。弱弱把衣服穿上，半晌挤出一句：“谢谢您！”“终于说了句人话！”汪新给了弱弱一个白眼。

夜晚，明月挂窗口，月华似水流。

三个人躺在床上，各想心事，都在失眠，床如热锅，煎得他们翻来覆去。马魁问汪新：“你也睡不着了？”汪新担心地问：“师傅，您说咱们能得病吗？”“想交代后事，赶紧说，别到时候来不及。”

汪新沉默片刻，感慨道：“说句掏心话，自打我套上这身警服那天起，就把命穿在外面了。老天爷开眼，能活到退休；老天爷眼一闭，就提前归位了。这些事，我早想好了，临到眼前，也没什么可怕的。只是，觉得有点亏。”马魁问：“哪儿亏呀？”“没娶媳妇，没给老汪家续香火。”“这都是你自找的，活该。”“对，都怪我没本事，迈不过那道坎儿。”马魁听得出来，汪新话中有话。

马魁瞪着汪新，汪新接着说：“您别拿老虎眼瞪我，我说的，可都是大实话。”“还哪儿亏？”“再就是……还没来得及孝顺我爸，孝顺您。”“我这儿你就省省，用不着。”“师傅，我有两件事没弄明白，要是就这么糊涂着走了，那下辈子准投胎成糊涂虫了。”“说吧！我听着。”

汪新好奇地问：“先说眼前的，这小子，把病传染给咱们了，你怎么还对他这么上心？”马魁叹气说：“他没爹没娘的，能活到这个岁数，不容易，一定吃了不少的苦。你看他干巴瘦的，就一层皮包着骨头架子，晃荡晃荡都得晃散了。你没看见，他都穿着衣服睡觉？像他这样的孩子，从小到大到处流浪。走到哪儿，倒头就睡；一遇到情况，撒腿就跑。现在这样，他能吃顿饱饭，能睡个好觉，就算他这一生中的好日子了。”

马魁的一番话，直击弱弱的内心。他闭着眼睛，眼睛里渗出泪水，他没想到这世上还有人这么体谅他。

过了许久，马魁都以为汪新睡着了，他却又问：“师傅，有件事，我一直想不明白，您对我爸没好脸子，跟我也是一阵好一阵坏的。工作上，您对我没的说，可是一说到我和马燕的事，就没好脸子。这些年，我一直在琢磨，这事的根在哪儿？要是我惹着您了，您骂也好、打也好，尽管冲我来就完事了，不会跟我爸较劲。不过，您要是对我爸有意见，那您为什么收我做徒弟，还教我这么多本事？想来想去，越想越乱，都搅成一团乱麻了，我捋不清楚。师傅，您趁我还活着，给我个明白，这样的话，我也算没白活。”

听汪新说了这么多肺腑之言，马魁心有所动，心想也应该和汪新说说当年的事儿了。尽管过去了十年，仍历历在目。

当时，小偷冲进餐车，马魁追进去，小偷又冲进厨房关上门。马魁发现餐车的墙上挂着列车长的衣服。马魁用力踹门，可是厨房门从里面锁上了。他用力踹门砸门，终于破门而入，厨房里空无一人，而窗户却被抬了起来。

马魁看到一个人影，在厨房尽头闪过，便消失了。他趴到窗口，探头张望，发现远处铁轨旁，躺着一个人……为此，他付出了十年光阴。十年牢狱，十年的人生如同游戏，心结难解，悲痛难逝。

回想起来，马魁心潮起伏，那过往的岁月，让他淡定不起来。因为那个十年，他满腔热血一瞬凝固，他所有的向往全落了空。

马魁讲完，他和汪新之间，陷入了令人窒息的沉默。良久，汪新问起那个人，马魁毫不犹豫地回答：“汪永革。”

汪新难以置信，再三追问能确定那人影是他父亲吗？马魁斩钉截铁地说，能确定。汪新心里充满疑惑和不理解，问道：“这没道理呀！要是我爸真的看见了是那小偷自己跳车摔死的，他没理由不给您作证。”马魁说：“这就是我想不明白的地方。”“当年，你俩有过节？”“跟亲兄弟差不多。”“所以这些年来，您一直恨着他，恨他见死不救，恨他害您蹲了十年冤狱？”“倒也谈不上恨。我就是整不明白，这么些年了，他为啥就不能给我句话。哪怕他说瞅我不顺眼，就想让我蹲大狱，我都认了，可是他就是不吐口。”

汪新真是想不明白，又问：“到底为啥？”马魁掏心窝子说：“既然话说到这份上了，就多说两句。汪新，你是个好警察，是个好苗子，看着你从一毛头小子，一天天成熟起来，能独当一面，我也替你高兴，我算没白收你这个徒弟。不过，你跟马燕的事儿，不成！我心再大，也不能答应马燕管汪永革叫爸，你明白吗？”汪新发誓说：“师傅，这次我要是死不了，一定把这事儿整清楚。”马魁点点头说：“行，等你整明白了，到我坟头跟我念叨念叨，要不然我见了阎王也不踏实。”

这时，一直在旁听的弱弱，插了一句：“叔，您蹲过监狱？”马魁点点头。弱弱又望着汪新说：“我听明白了，你爸不是玩意儿，看着自己兄弟遇难，却见死不救！”“你小子说啥？有你什么事儿？”说着，汪新就要动手，马魁连忙阻拦，说：“这孩子的话不中听，但是说得没错。汪新，一码归一码，只要你爸能当面锣对面鼓把当年的事跟我捋清楚，你和马燕好我不拦着。说这些也晚了，马上要跟阎王爷报到了，死不瞑目啊！”

弱弱突然说：“叔，你死不了，我没得艾滋病，我骗你们的。”“你说的是真的？”马魁激动地问。弱弱点点头说：“真的。”汪新欣喜若狂，跳起来冲到窗口使劲拍打，大声喊着医生、护士，马魁劝他别喊了，人家早下班了，明天再说。

随后，马魁又问弱弱：“弱弱，你为啥要编这个病？”弱弱说：“我不想坐牢，也不敢出去，只有这个病，才能在医院待着。”“为啥不敢出去？”“我一出去，我老大肯定饶不了我，非弄死我不可。”

马魁过去撸起弱弱的袖子，看着上面都是伤疤，问：“这都是你老大打的？”弱弱点点头说：“是的，叔。”“孩子，你放心，等我们出去，一定把你老大那帮人一锅端了。但是你得配合我，告诉我他们在哪儿。”

弱弱点着头，马魁真心对他好，他相信马魁的话。这一夜，他们睡了一个安稳觉。

次日，装备齐全的医生护士走进病房，汪新迫不及待地说：“医生，这小子没病，瞎编的，赶紧放我们出去！”医生狐疑地看着汪新，弱弱接话说：“我真没病，我骗你们的。”医生郑重其事地说：“这种事能闹着玩？你说没病就没病！那得专家说了算！车给你们准备好了，现在就出发，请你们配合。”

医生的态度不容商量，汪新望着马魁问：“师傅，现在咋办？”马魁说：“听医生的，这也是人家的工作，正好还能免费去趟北京。”

这时，汪永革、老陆、老蔡、老吴还有沈大夫来了。他们拎着大包小包，里面放着暖壶、洗脸盆啥的，来为马魁和汪新送行。

汪新一见到汪永革，连忙说：“爸，您来得正好，赶紧去找一下院长，我们根本没病，这小子胡编骗人的。”汪永革一听，又惊又喜。“找谁都没用，到北京再说吧！”医生说。弱弱反驳说：“我真没得病，我从收音机里听来的这个病，我说的都是真的！”“你早干吗去了？这会儿说已经晚了，有话留到北京说去。”医生说着，就让两个护士架起弱弱，把他往车上拽。

正当弱弱拼命挣扎时，一个声音传来：“把他松开吧！”走过来的正是院长，他说：“刚刚接到北京的电话，化验结果出来了，所有人 HIV 阴性。”汪新忙问：“啥意思？”院长说：“就是没事儿的意思，用不着去北京了。”马魁笑着说：“我还寻思着，能免费去趟北京。”

气氛越来越轻松，在场的所有人都如释重负。

冬夜，大院里静悄悄的。牛大力从家门走了出来，小心地朝周围望了望，向姚玉玲家走去。他小心翼翼地敲开了门，看到了戴着口罩的姚玉玲，关切地问：“你这是咋了，病了？”姚玉玲警惕地说：“你别过来，离远点。你是不是去医院看过汪新？”牛大力一头雾水地问：“咋了？”“你是不是脑子进水了？我都听说了，他得了不干净的病，会传染！现在，你可能也被传染了，你快走。”说着，姚玉玲就要关门，被牛大力挡住，说：“汪新抓的那孩子，压根儿就没病，吓唬人呢！”

姚玉玲说：“他说没病就没病？万一真有病，故意隐瞒呢？”牛大力解释说：“大夫说了，就算真有病，也没那么容易传染，要么通过血液，要么那啥！”“那啥是啥？”“就是……男女睡觉。”“不要脸。”

牛大力让姚玉玲把口罩摘了，去他屋里一趟，给她一个惊喜。姚玉玲将信将疑，架不住牛大力的忽悠和好奇心的驱使，跟着牛大力去了他家。

一进屋牛大力就关上房门，上了门闩，拉严窗帘，姚玉玲紧张起来，忙说：“你别锁门。”牛大力神秘地说：“好事不能被人看见，走，去里屋。”“我不去，你把门打开！”“你就进去看一眼，行吗？”

“牛大力，你可别动歪心思！”姚玉玲的眼睛里充满了防备。牛大力委屈地说：“我是那样的人？”姚玉玲犹豫了一下，走到里屋门外，朝屋里望去，地上用床单罩着一个东西。姚玉玲走进去，好奇地问：“这是什么东西？”牛大力满怀期待地说：“掀开看看不就知道了？姚儿，这是我送你的礼物。”

姚玉玲沉默片刻，掀开床单，一台落地收录机出现了，她问：“这是花了多少钱买的？”牛大力问：“喜欢吗？”看到姚玉玲点头，牛大力激动得语无伦次：“你这一点头，多少钱都值了。来，咱听听动静。”说着，牛大力插上收录机电源，姚玉玲抚摸着落地收录机，打开收音机，《我的中国心》的歌声传来。

听完歌，牛大力又说：“放个歌听听，里面有磁带。”姚玉玲按下播放键，是张蔷的《路灯下的小姑娘》，牛大力跟着强劲的节奏摇晃着身子，问姚玉玲：“怎么样，好听吧？”姚玉玲说：“这声音，听着有点杂。”

“刚出壳的核桃，搓搓就光溜了。来，录个音试试。”牛大力说着，拿出里面的磁带，把一盘空白带放进带仓，说：“可以录了。”姚玉玲问：“录什么？”牛大力洒脱地说：“想说就说，想唱就唱，你随便来。”

牛大力按下录音键，姚玉玲惊呼一声：“呀，这就开始录了？”“下面，欢迎姚玉玲同志，给大家表演个节目。”牛大力情绪激昂，兴头十足。姚玉玲想了想说：“嗯，这样吧，我就跳段舞？”牛大力提醒说：“跳舞录不上。”“那唱首歌？可是没有伴奏。”

牛大力让姚玉玲说一段，就说说落地收录机，这可是个好东西。于是，姚玉玲清了清嗓子：“落地收录机是个好东西，它能当收音机用，能当播音机用，还能当录音机用，有了它，生活会增添更多的乐趣。”“都有哪些乐趣？”牛大力在一旁配合着。姚玉玲字正腔圆地说：“例如吃完饭，听着美妙的歌曲，跳一段舞蹈，既有助消化，又陶冶情操。想唱歌的时候，把歌声录下来，会成为永久的纪念。”

“姚儿，我今晚吃得有点撑，你教我跳舞吧！”牛大力趁机顺着杆子往上爬，他按下播音键，《路灯下的小姑娘》的歌声传来，他说：“来，姚儿，你跳，我跟着学。最近特流行的那个叫迪斯科。”

姚玉玲随着歌声跳起迪斯科，牛大力也跟着跳起舞来，他跳得很笨拙。姚玉玲忍不住哈哈大笑，笑得腰都直不起来。牛大力一看跳舞能使她开心，跳得更加卖力了，他的身体扭曲夸张，看着越发好笑。

姚玉玲和牛大力围着落地收录机跳着舞，这是牛大力难得的独享开心时光，多少次，他梦寐以求。

突然间，落地收录机冒起一股白烟，紧接着火星四溅，转瞬没了动静。姚玉玲受到了惊吓，躲闪时撞进了牛大力的怀里。牛大力愣了片刻，趁机猛地抱紧了姚玉玲。

夜色让人迷乱，过了好大一会儿，姚玉玲轻声地说：“我都喘不过气来了。”牛大力松开了手，不好意思地搓着手掌，说：“姚儿，你等我再研究研究，我保证，绝不会再出这样的事了！”姚玉玲恢复了理智说：“别费心思了。”“这有啥？为了你，我不怕费心思。姚儿，我现在是买不起新落地收录机，这是一台坏了的，我自己攒的，可我一定会努力的，早晚有一天，你要啥，我给你买啥。”

夜色蛊惑人心，牛大力的话让姚玉玲动了感情，她的眼睛湿润了。牛大力趁热打铁地说：“姚儿，你嫁给我，我会一辈子对你好，一辈子把你捧在手心儿里，搁在心窝儿里！”姚玉玲挣扎说：“我得跟我妈商量商量。”男人的甜言蜜语，是女人的软肋。姚玉玲在这一刻，多少也有点动摇。

“你妈那边，我跟她说去，她肯定会同意的。”说着，牛大力再次拥抱住了姚玉玲，她没有拒绝，他的眼睛炽热如火，她被烧灼着，脑子近乎空白。“那可不一定。”姚玉玲几乎听不见自己的声音。“哎，我陪你做身新衣裳去吧！衣裳做好了，咱拍一套相片去。”牛大力兴奋异常，开始了他的幸福规划。

翌日，牛大力骑着自行车，驮着姚玉玲从铁路大院里出来。突然，他来了一个急刹车，姚玉玲吓得惊声尖叫，赶紧抱紧他。不远处，恰好贾金龙走了过来，他循着姚玉玲的尖叫声，恰好看到这一幕。姚玉玲搂着牛大力的腰，嗔怪着说：“你干什么呀！吓死我了。”牛大力乐呵呵地说：“要的就是这种感觉。”“什么感觉？”“小鸟抱老牛。”牛大力话音一落，姚玉玲就捶了他一拳，只听牛大力说：“再使点劲。”姚玉玲娇嗔：“讨厌！”

两个人像极了打情骂俏，被贾金龙看在眼里，问道：“哟，你们这是去哪儿？”姚玉玲瞟了贾金龙一眼，没有吭声。牛大力盯着贾金龙，说：“是你呀！马叔和汪新的朋友。”“好记性。”贾金龙笑着说，一副潇洒大方的样子。“我跟没过门的媳妇去做身新衣裳去。”牛大力挺直了腰板。“那得祝福你们。”贾金龙说着，笑意更深长，他的眼神扫过姚玉玲。“多谢了，你是去找马叔和汪新？他俩都在家呢。”“不光是找他俩，主要是来看望一个挂在心里、日思夜想的朋友。”贾金龙说完，大有深意地看着姚玉玲。她听出了话外音，低下头去。

牛大力问道：“女的？”贾金龙笑而不语，牛大力说：“不说了，我们去买布去了，等结婚那天，你要是能赶上，喝我们的喜酒。”“行，能赶上的话，一定来。”说罢，贾金龙朝前走去。

从贾金龙出现，姚玉玲就低着头，直到她再次坐上后座，才抬起头来，望着贾金龙离开的方向，她的心有点乱。

骑了一段路，姚玉玲叫牛大力停车，说她的胃疼得不行，要回宿舍休息。牛大力想送姚玉玲去医院，她说家里有药，吃过躺一躺就能好。牛大力没辙，只好掉转自行车往回骑。姚玉玲望着远处的贾金龙，心里有了想法。

回到宿舍，姚玉玲皱着眉头靠在床上，牛大力坐在一旁，关切地问：“姚儿，你好点了？”姚玉玲有气无力地说：“还是不太舒服。”“那咋办？”“刚吃了药，哪儿那么快好？你先回去。”“行，你好好养着。等好了，咱再做衣服去。”“不着急，衣服啥时候都能做。”

等牛大力离开，姚玉玲彻底恢复了冷静。她已做出选择，不容妥协。

傍晚时分，天边的火烧云五彩斑斓。根据弱弱提供的线索，马魁、汪新带着四个地方派出所民警冲进小胡同里的一间民宅。那个老贼正在和四个手下热火朝天地喝酒划拳，被冲进来的马魁等人迅速擒获。

汪新立了功，汪永革高兴地做了一桌子丰盛的饭菜，他红光满面地拧开一瓶酒，说：“行！儿子，这又破了一个大案子，犒劳犒劳你！”“爸，我来倒酒。”汪新说着，从汪永革的手里接过酒瓶子，给他和自己满上。“一会儿，还有酸菜棒骨，锅上炖着呢！还欠点火候，咱先吃着。”“爸，我敬您。”

父子俩碰杯，边吃边喝。“这老贼逮住了，那小贼咋处理？”汪永革问。汪新说：“您说那个弱弱？依法处理，不过他认罪态度倒是挺好，发誓要重新做人，这也多亏了我师傅，把他感化了。”“这老马，还是有两下子，姜还是老的辣，往后，你多学着点。”汪新点点头，又给汪永革斟满酒。

汪新想借这个机会，让父亲说说师傅耿耿于怀的那件往事，于是问道：“爸，在医院的时候，师傅跟我说了一些你俩当年的事儿。”听了儿子的话，汪永革的酒杯放到嘴边，顿了一顿，一口喝掉了。之后，他才轻声问：“是吗，说啥了？”

“当时，我和师傅都觉得死到临头了，好些平时说不出来的话，也都说开了。”

汪永革夹菜吃菜，看起来一副若无其事的样子，汪新看着他，希望得到回复。汪永革打岔说：“你去厨房看看锅去，别潽出来。”汪新明白父亲的心思，他决定打破砂锅问到底：“爸，当年，我师傅在车上抓人的时候，您是不是也在车上？”

汪永革沉吟良久，汪新目不转睛地盯着他。

汪永革没有回答，反问：“他是不是跟你说，我看见他没杀人，是那小偷自己摔死的？”“那您到底看没看见？”汪新急了，这个问题对他很重要。“我要看见了，能不给他作证？我跟他也没仇没恨的，那天我根本没在车上，他看错了。”

汪新还想说什么，汪永革直接打断道：“这事儿，你别打听了，都这么多年了，都过去了。”汪新不甘地说：“可是我师傅过不去。”“他就是认死理，你跟他处了这几年，他啥脾气，你应该有数。现在，老马的案子，该平反也平反了，恢复了警籍，又当回了刑警，领导也信任他、重视他，挺好。你在他手底下，好好干，本事学到手是自己的，其他的事儿，别想那么多，想多了也没用。”汪永革不想和儿子继续这个话题，瞧着儿子还是一副要纠缠的意思，他找借口说：

“我去厨房看看棒骨去，火候应该差不多了。”

看着父亲进了厨房，汪新抿了一口酒，总觉得哪儿不对劲儿，说不通，堵得慌。

厨房砂锅里的棒骨酸菜咕嘟咕嘟冒着泡。汪永革站在一边，拿勺子搅了几下，沉沉地叹了口气。

起风了，雪花飞舞。

大地清寒，一片一片雪花覆盖着它的身体，给它盖被子，给它一个冬天的温暖。

雪停的时候，姚玉玲如约来到了河边，看到了等候已久的贾金龙，他热情地迎了上来，说：“走，我请你吃好吃的去。”姚玉玲冷冷地问：“你到底什么意思？”“边吃边说，行吗？”“不说清楚，吃不消停。”“不都说了，我来宁阳，是惦记一个挂在心里的、日思夜想的朋友。”“你的朋友多了，谁知道是哪一个？”“你上次去哈城，我的一片心意，你还看不出来？”“后来呢，我给你写信，你为什么不回信？”“做生意得到处跑，等回来就晚了。这不，寻思见你当面说。”“可也不能一封信都不回吧？”“回了万一露馅，咋办？玉玲，咱俩这事，不能让马叔和汪新知道，那样的话对你对我都不好。”

姚玉玲不解，这有什么不好的。这个男人的心思太深，她根本摸不透。贾金龙能言善辩，解释说，他来到工人大院，就从那个姓牛的手里把她抢走，马叔和汪新得怎么想他？她姚玉玲背后也少不了闲话，将来在大院跟邻居还怎么处？

姚玉玲觉得这话说得通，问该怎么办。贾金龙让姚玉玲再给他点时间，他会处理好。不过，他没想到，她和牛大力发展得这么快。

姚玉玲说：“那是他对我好！”贾金龙的甜言蜜语张嘴就来：“我会对你更好，比他好一千倍一万倍。玉玲，我一定会尽快处理好我这边的事，然后就把你接到哈城去，请你一定相信我。”

男人不坏，女人不爱。贾金龙身上有一种致命的吸引力，让姚玉玲迷失心智。她沉默片刻说：“我饿了。”贾金龙眼带笑意地说：“走，吃完饭，带你去买几件漂亮衣服。”

姚玉玲脚踩两只船够累的，她打算放弃牛大力，因此看着他闹心。牛大力故意制造在街上偶遇，惹得姚玉玲很反感，认为他在跟踪自己。牛大力丈二和尚——摸不着头脑，问姚玉玲咋不理他，病都好了，啥时候做衣服去。

姚玉玲有过和汪新分手的经验，这事已驾轻就熟，她看着牛大力说：“大力，我觉得一个人挺好的，你能懂我的意思吗？”牛大力忙问：“你不想结婚了？”

姚玉玲点点头说：“是的，真的不想结婚。”牛大力急了：“姚儿，这事儿咱都说好了，咋能说变就变呢？”

姚玉玲不高兴了，让牛大力不要逼她。牛大力哭丧着脸告诉姚玉玲，他不着急，她想啥时候结婚，就啥时候结，他等得起。姚玉玲冷着脸，想早点结束这场对话，让牛大力别等她，可以去找别人，她不想耽误他。牛大力绝望了，问道：“那我们今后咋整？算啥关系？”“同事呗。”姚玉玲说完，快步离开了。牛大力呆若木鸡，觉得活着没啥指望和盼头。

牛大力吃药想结束自己的生命，幸好被邻居及时发现。大家破门而入后，老蔡和老吴抱着牛大力的胳膊，蔡小年按着他的头，汪永革站在一旁，问：“你是自己喝，还是灌你喝？”牛大力满嘴白沫子，绝望地说：“我不喝，我不想活了，让我死了得了！”汪永革焦急地说：“沈大夫，赶紧灌吧！别等了！”沈大夫皱眉头说：“慢点灌，别呛着他。”

众人七手八脚地死死按住牛大力，老陆把一个漏斗塞进他嘴里，汪永革提起水壶往漏斗里边灌水边说：“想吐了，就摇头！”灌了一会儿，牛大力使劲摇摇头。老陆拔出漏斗，沈大夫端过水盆，牛大力吐得天昏地暗。“沈大夫，还用灌吗？”汪永革问。沈大夫说：“得把药都吐干净了，灌！”

一轮轮灌水，一轮轮呕吐，牛大力被折腾得精疲力尽，如同躺尸一动不动。

姚玉玲刚回到大院，老吴媳妇就紧张地对她说：“小姚，你可回来了！牛大力差点没命了。”

了解了事情经过，姚玉玲咬了咬牙，还是去看望了牛大力。见牛大力闭眼躺着，姚玉玲说：“牛大力，你别这样行吗？”牛大力虚弱地说：“是我自己吃错药了，不怪你。”“可是，别人都会以为，是我把你弄成这样的。”“别人是谁？告诉我，我去跟他掰扯。”“你没事就好，我走了。”说着，姚玉玲头也不回地走了。牛大力悲伤地望着她的背影，感觉眼前一阵发黑。

北方的冰，一度封了冬天的伤口。在一场暴风雪来临时，不需要理由。

院里差点闹出人命，姚玉玲虽不是罪魁祸首，但起码跟她有很大干系。几个管事的长辈齐聚姚玉玲家，想问清楚缘由。老蔡打头阵：“小姚，你俩到底是咋回事啊？”姚玉玲委屈地说：“我哪知道？”“你不知道，谁还能知道？你咋把他弄成这样了？”老吴显然对姚玉玲的一问三不知不太满意。姚玉玲哽咽着说：“我……你们都怪我干什么！”“一个巴掌拍不响，不怪你，怪谁？”老吴责备道。

老陆叹了口气问：“小姚，大家都知道你俩的事，不是处得好好的吗？怎么突然就不处了？”姚玉玲赌气反问：“我不想处了，还不行吗？”老蔡和老吴跟牛大力处得久了，感情挺深，一起指责姚玉玲，感情不是买东西，说不买就不买了。姚玉玲脾气上来了，嚷道：“不喜欢了，还非得处不可吗？”老蔡不客气地说：“可是你把他刺激着了，那么生龙活虎的一个人，现在跟傻子一样，你得负责任！”

眼看场面僵持不下，汪永革说：“我说一句，他俩到底是怎么回事，咱们都不清楚。老话讲，解铃还须系铃人，这事还得小姚自己想办法。”姚玉玲辩解说：“我有什么办法？是他自己吃错药了，怎么能怪我？”“你还说跟你没关系？答应好了的事不干。你看大力，都可怜成啥样了！”老蔡说。“大力真要是有个好歹的，咱们可没完！”老吴发火了。

“我算看明白了，你们都是一伙的，一起欺负我！”说着，姚玉玲抹起了眼泪。在她看来，她有选择爱和不爱的权利，谁都不能指责她。

老陆说：“你们都别说了。小姚，陆叔跟你说句话，这事不能全怪你，也不能说跟你一点关系都没有，说到底，你俩不是已经处对象了吗？眼下，他钻了牛角尖，不管你们将来怎么样，你都得好好安慰安慰他。”“老陆说得没错，行了，大家都回去，让小姚自己想想。”汪永革附和着。

众人散去，姚玉玲趴在桌上，委屈地哭了起来。她有自己的人生向往和追求，爱了就去追，不爱了就分手，她没有错。

迫于压力，姚玉玲还是去牛大力家探视了。牛大力靠在床头，朝着姚玉玲傻笑，姚玉玲有点愧疚地说：“牛大力，你别这样，行吗？我知道，我对不起你，可是，你也得尊重我的选择。”牛大力说：“你说啥就是啥，我同意。”姚玉玲问：“那你同意我们分开了？”“你说啥就是啥，我同意。”牛大力重复了一遍。

“牛大力，你再这样下去，我就没法活了！你放过我，行吗？我求求你了。”姚玉玲哀求道。牛大力愣愣地发呆，就是不说话。“你要是不解气，狠狠地骂我一顿也行。”过了好一会儿，牛大力才蹦出“我同意”几个字。姚玉玲说：“谢谢，那我就不打扰你了。”

姚玉玲想快点离开，这里的气氛让她窒息。她走到门口时，牛大力叫住了她：“姚儿，你别闹心了，我一定好好的。”姚玉玲点点头，等她的脚步走远，牛大力钻进被子里，被子颤抖着……

牛大力像是换了一个人，工作时不再爱说笑，老蔡很明显地感觉到牛大力的这种变化。老蔡聚精会神地驾驶着火车，牛大力坐在副驾驶位子瞭望，司炉工小龙往炉膛里添着煤，大家各司其职。牛大力觉得太压抑了，身体里像是有一座火山想要喷发，却找不到出口。过了一会儿，牛大力站起身说：“我干会儿。”说着，他夺过司炉工手里的铁锹。“大力，你这是要教徒弟？”老蔡问。牛大力说：“闷得慌，发发汗、透透气。”

炉火熊熊，牛大力使劲铲着煤，他越铲越快，汗水顺着脸颊流淌下来。老蔡看在眼里，点点头说：“大力一出手，就是不一样，这气儿，立马就顶上来了。小龙，你得有你师傅这股牛劲儿。”“师傅，我给你擦把汗。”小龙说。

牛大力不说话，拼命地添着煤，跟疯了一样。老蔡看不下去了，阻止说：“大力，行了，别添了！”牛大力停住手里的铁锹，急促地喘着，他的泪水和汗水不断地滚落下来。小龙关切地问：“师傅，你眼睛熏着了？”牛大力沉默不语，望着熊熊炉火，眼泪小溪般流淌着。他的心像煤块一样，燃烧过后，变成一堆灰。

蒸汽机车喷着白烟，隆隆驶去。车厢里的人，只看见车窗外的雪落下来了。

下车归来，老蔡与老吴陪着牛大力，在他家喝一场。望着满腹心事的牛大力，老吴问：“到这个时候了，不会还放不下吧？为了那个小姚，就这么难过？”老蔡也跟着说：“不管为了谁，我是你叔，你得跟我讲明白！”牛大力闷声喝酒，就是不吭声，老吴急了：“大力，你想急死我们呀？赶紧说！”

牛大力语出惊人：“蔡叔、吴叔，我不想干了。”“为啥不干了？”老蔡简直怀疑自己听错了，副司机的位置牛大力都心心念念多久了，咋能说放弃就放弃了？老吴更加不解，睁大眼睛盯着牛大力，不知他葫芦里卖的什么药。“我想出去做买卖。”牛大力给出了他的答案。

愣了片刻，老吴说：“大力，你是不是发烧了？脑子烧糊涂了？”牛大力说：“我很清醒。”“就你这脑瓜，做买卖，等着让人家骗吧！”“那可不一定，天底下，总有比我傻的人。”见老吴劝不动，老蔡说：“大力，你跟叔说说，干得好好的，为啥不想干了？你是副司机，等几年，我退休了，到时候你牛腚挪窝，往我那一坐，不就全妥了？”“蔡叔、吴叔，我想趁着年轻，出去闯荡闯荡。”“可是出去了，就回不来了！”老蔡真心为牛大力惋惜，这个年轻人，心眼实诚，一根筋，肯吃苦，肯卖力。

牛大力不吱声，听着老蔡与老吴不停地念叨。过了半晌，他说：“我知道，你们是为我好，不过我真的想好了，你们就别劝我了。”这一次，牛大力是铁了心了，现在他只想勇往直前。

老吴摇着头叹气：“这是上了牛劲儿了！”老蔡语重心长：“大力，这可是你一辈子的大事，千万得想好了。”牛大力听着，却无动于衷，默默地喝酒。老吴见牛大力这样，对老蔡说：“要不，咱们回去吧！让他自己清净清净，等睡一觉，说不定，就寻思明白了。”老蔡点点头，和老吴起身走了。

人穷志短，马瘦毛长。牛大力回想和姚玉玲在一起时，因为没钱闹出许多尴尬，凭着他当副司机这点工资，猴年马月能买得起电视机、自行车、缝纫机和落地收录机。别说娶姚玉玲，任何女人都不愿嫁给穷光蛋。

深夜，酒瓶子都喝倒了，牛大力却像是越来越清醒。他晃晃悠悠出了家门，一步一个踉跄地走到大院中央。牛大力想了想，高声说：“我亲爱的各位邻居们，你们都睡了吗？我牛大力今晚有话要讲！”

听到牛大力的声音，姚玉玲来到窗前，透过窗帘缝，朝外望去。天上飘起了雪花，牛大力头顶大雪，怅然若失，继续呼喊：“各位亲爱的邻居们，我牛大力，要跟你们说声再见了。”听见牛大力的喊叫，左邻右舍家的灯依次点亮。老蔡在屋里喊：“大力，大晚上的不睡觉，瞎嚷嚷啥？”老吴大声问：“谁在院里吵吵呢？大力，是你吗？齁冷的，别冻着了！”听着从各家窗口飘出来的声音，牛大力醉醺醺地说：“一肚子话，憋不住了，不倒出来不痛快！”

马魁撩开窗帘，看向院子。老吴睡眼惺忪，站在自家窗口，冲着牛大力喊：“大力，你先别讲了，回屋睡觉去，等酒劲儿消了，再讲也不晚。”

汪永革父子俩披着棉袄，凑在自家窗户前瞧着，汪永革看了一眼儿子，问：“汪新，大力这是咋了？你要不要出去看看？”汪新说：“又喝大了吧。”

风卷雪花，寒气逼人，牛大力放声诉说过往：“自打我上班的第一天起，就在这院里安了家。这八年来，大家对我，像亲人一样，照顾我，也忍受着我的一堆臭毛病。我这人脑子直，心眼儿少，一身蛮力气，说话不会拐弯，要是哪句话、哪件事，得罪了各位，请你们不要记恨我。比如说，我偷过吴叔家的鸡，也跟汪新动过手，跟蔡小年斗过嘴，还有好多好多，多得酒喝干了，话还说不完。”

“这都是哪年的事了，提它干啥！”老吴说。“牛哥，家里人还磕磕碰碰呢，何况一个院里住着。吵完闹完，就过去了，咱们还是一家人。赶紧回屋睡觉去。”汪新喊。

“大力，有话儿明儿再说，这都几点了？”蔡小年站在窗户边，望了眼炕上的妻儿，看到妻儿也醒了，放开了嗓子。“大力，陈年烂谷子的事儿，别提了，赶紧睡觉去。”老陆说。“我已经决定了，我要辞职！”牛大力此话一出，像是震碎了一地雪花。

汪新第一个跳出来反驳：“大力，你疯了？你辞职，要干啥？”牛大力说：“我打算去南方做买卖去，趁着年轻好时光，折腾折腾。”“大力，别胡说八道了。你这辈子都没去过南方，就你这脑子，干不了倒买倒卖这种事，赶紧回屋睡觉去。明儿醒了，啥都忘了。”“我就知道，这话一说出来，你们保准会笑话我，看不起我。不过，这都没啥，咱不会不怕，可以去学。我牛大力是笨了点儿，可是，我有一把子力气，我就不信，闯不出一片天地来，不信挣不到大钱！”

一脸好奇地趴在窗户边看的马燕，像是找到了知音，兴奋地喊：“说得好，牛哥，我支持你！”听到了马燕的话，汪新冲着她家喊：“燕子，你别瞎起哄，睡觉去！”“大力，别说胡话了。放着好好的饭碗不要，辞职去南方，亏你想得出来，你是喝傻了，还是冻傻了？赶紧睡觉去！”老吴以为牛大力撒酒疯，大声喝止。

马魁从屋里走出来，拎着一件棉袄，来到牛大力面前说：“大力，我来这院时候不长，咱爷俩没太打过交道。不过你这点事儿，我也看得明明白白。与其在一棵树上吊死，不如挪挪窝，再这么下去，媳妇没娶上，人没了。”说着，马魁给牛大力披上了棉袄。

马魁看了一眼姚玉玲家，转头看着牛大力，又说：“想干什么就去干，你身上有股劲，汪新和小年都没有。”“马叔，没想到这院里最了解我的人是您。”牛大力异常感动。“谁都年轻过。我像你这么大的时候，也跟倔驴似的，不撞南墙不死心。想去哪儿就去哪儿，只有离开这院子，你才能好。”“马叔，谢谢您！”说着，牛大力接着高声喊：“左邻右舍们，我今天把话都掏出来了，也掏干净了，大家就睁眼瞅着吧！看我牛大力再回来的时候，是破衣烂衫，还是腰包鼓鼓。最后，再次感谢大家，我牛大力这辈子，都会记得你们的好，记得你们的恩情，有机会一定报答。”

“记住了，不管走到哪儿，这里有你的家，不得劲儿就回来，没有人笑话你。”马魁嘱咐着。姚玉玲透过窗帘的缝隙，怔怔地看着雪中的牛大力，始终一言不发，她琢磨片刻，硬下心进了里屋。

冬日的最后一次雪，无声地下着。大雪在空中飘飘忽忽，坠入夜里，坠入梦中。

翌日，牛大力扛着一个大旅行袋来到宁阳火车站，跟着蜂拥的乘客挤上火车，他要去南方挣大钱。

蒸汽机车轰轰隆隆行驶着。马魁和汪新师徒坐在车上，耳旁回荡着豫州刑警周盛伟的声音：“被害人是女性，叫卢小梅，今年三十二岁，本地人。被害人遭凶手勒颈造成窒息死亡，没有被侵犯的痕迹。”

火车停靠在豫州火车站，师徒俩下车后直奔豫州竹塘乡刑警队，周盛伟接待了他俩，将案情记录本递给马魁。马魁认真地翻看着，汪新在一旁望着一张张现场照片，问目击证人：“同志，您再跟我们说说当时的情况。”“我每天晚上都去那片竹林子里锻炼。那天我一看下雨了，就提前往家走，半路上看见林子里头有个人，拿着铁锹跟地上挖着啥。”目击证人说着，眼里都是恐惧。

汪新问：“那个人的样子，您还记得吗？”目击证人说：“那天雨大，天太黑了，我赶着回家，啥也没瞅见，反正，个不太高，套着个雨衣，应该是个男的。”“您再想想，当时，周围还有别的啥没有？”目击证人摇摇头，再也想不出任何一处细节。

那片竹林，遮天蔽日，繁茂浓密，纵然只是微风阵阵，在初春的光景中，仍略显阴森。周盛伟带着马魁和汪新走了过来，他们在一个用警戒线圈起来的地方站住身。不远处，有几个行人在观望。

周盛伟指着一个大土坑说：“这就是案发现场，我们来的时候，地上只露出了一只手，是右手，依旧握拳，食指呈钩状……”

马魁和汪新望着大坑，听着周盛伟讲述当时的细节，汪新脑海里闪现着这样的画面：“雨中，一个人穿着黑色的雨衣，挥舞着铁锹，大土坑渐渐被掩埋，一只手留在土坑外，那只手握着拳，食指呈钩状。”汪新越想越愤怒，说：“凶手是故意的，这明摆着是挑衅！”“通过种种迹象来看，凶手确实有这种心态。”周盛伟说。汪新愤然地说：“不抓住他，这辈子白当警察了！”

马魁不说话，围着案发现场走着，观察着。这时，被害人父亲搀着被害人母亲走了过来，周盛伟对马魁师徒说：“被害人的家属来了。”被害人母亲一见周盛伟，情绪激动地说：“我认得你，你是警察！”“我们过来复查现场。”“查清楚了吗？”“还没有。”周盛伟的答案显然不能让被害人的父母满意。

被害人父亲说：“翻来覆去地查，可什么都没查到，你们警察是吃白饭的？”被害人母亲跟着大声嚷嚷：“我们都听说了，这不是那个杀人犯第一次作案，他都杀了好几个人了。你们要是能早点把他抓住，我闺女能死吗？”

被害人父母开始对周盛伟、马魁进行言语攻击，引来了群众的围观。

“你们的心情，我们非常理解，可是，我们也在全力破案，希望你们再耐心等等。”周盛伟说。“耐心？我们已经足够耐心了！你就说，我们得等到猴年马月？不会等我们死了，都破不了案吧？我可怜的闺女呀！”说着，被害人母亲情绪失控，号啕大哭。

被害人父亲搂着老伴儿，悲愤地说：“你们是警察，是专门抓坏人的！现在，眼瞅着坏人杀人，你们却连人家的影儿都摸不着，你们还当什么警察？”他的话引起了群众的共鸣，人群中发出了这样那样的声音。“就是，弄得大家心慌慌的，晚上都不敢出门了！”“实在不行，就把警服脱了，省得丢人现眼！”“这年头，警察都这么蠢吗？”

群众的话让汪新面红耳赤，他低下头，恨不得找个地缝钻进去。马魁高声说：“大家说得都没错，骂得好！作为人民警察，就应该给老百姓分忧，应该保护老百姓的安全，这是警察的职责，也是警察的义务！今天，我跟大家交个底，也算是一个承诺，不把杀人凶手抓获，我这身警服就不穿了！”

稳人心、护安康、匡正义，是警察的使命，是挺起的脊梁。

师徒俩一路沉默，回到小旅馆，汪新关上屋门，说：“师傅，我真没想到，您也有火顶脑门说胡话的时候。”“哪句是胡话？”马魁坐在床上问。“说不破案，不穿警服。”“这不是胡话，是大实话！”“这案子确实闹心，可是也不能连警服都不穿了。”“说不穿就不穿，不信你可以监督我。”“别闹了，您回去该穿穿，我就当没听见，我打壶水去。”汪新说着，提起暖壶走了。

深夜，马魁回想起那个民宅内的现场，屋里遍地血迹，一个人的背影坐在桌前，他喝着酒。又想起目击证人讲述的竹林里那一幕，那掩埋尸体的动作，那特意留在外面的一只手……他仿佛能够看见，那个挥动铁锹的人，缓缓转头意味深长地冷笑。马魁心头一震，冷汗淋漓。

月上中天，心事重重。汪新想着什么，反反复复，难以入睡。

黑暗中，深夜里，案发现场，起风了，竹叶随风婆娑着。

第二十一章

回到姜队长办公室，马魁直截了当地说：“豫州那边目前能掌握的线索非常有限，这杀人犯不图财，不图色，动机不明。他作案随机性很强，这比一般的杀人犯更难对付，因为你根本不知道，下一个受害人是谁。”

姜队长沉吟着说：“目前，这个案子线索不明朗，只能先放一放，在新线索出现之前，你俩还是继续跟车。那个小胡还是有点嫩，有你们师徒俩在车上，我这心里才踏实。”

师徒俩点点头，可这个案子像是一个钉子，深深扎进他们的肉里。

汪新按部就班地在火车上巡视。一个车厢里，瘦弱不堪的包家顺精神恍惚、踉踉跄跄地走来，他一路哈欠连天，撞到挤在过道的乘客，连句道歉都没有，只顾着急匆匆地朝前走去，身后传来乘客骂骂咧咧的声音。

包家顺直奔厕所，把门锁好。他哆里哆嗦地从兜里掏出一个皱巴巴的塑料袋，从里面拿出针筒、勺子、纸包、打火机……过了瘾，包家顺神志不清地走出来，看到身前身后有人向他走来，像是要夹击他，吓得他拔腿就跑。

小胡在巡查车厢，突然听到前面有乘客喊：“你要干什么！别跳车！”小胡快速跑到事发处，只见两个乘客拽着包家顺的胳膊，抱住了他的腰。包家顺的半截身子已经探出车外，小胡赶紧冲上前，硬生生将包家顺拽了回来。

包家顺神情恍惚，突然疯狂喊叫：“救命啊！别杀我！我还钱！”小胡忙安抚包家顺，将他带到餐车做笔录。马魁和汪新等在餐车外，望着小胡在餐车里的一举一动。过了一会儿，小胡走过来把笔录交给他们，两人边看边琢磨。

小胡汇报说：“都问清楚了，他叫包家顺，安城人，说是有人要杀他。其实哪有人要杀他，要不是那两个乘客拽住他，他小命都没了。我看他呀，就是喝迷糊了。”汪新摇摇头说：“不对，这里面肯定有事。师傅，去年年关，咱们不是也碰上过一个脑子不正常的人吗？当时，他喊着有人要杀他，闹了个鸡飞狗跳，到头来是兜里揣着过年钱，怕被人偷了去，一直紧张着，再加上车里又闷又挤的，犯了精神病。估计这人也一样，兜里揣钱了。”

马魁没吱声，想了片刻，走进了餐车，坐在包家顺对面，打量着他。包家顺不自觉地躲避着马魁的目光，一副痴痴呆呆、神游太虚的模样。“把手伸过来。”马魁说。“你谁呀？干吗？”包家顺抗拒地问。见包家顺不配合，马魁不容分说，一把抓过他的手腕。包家顺试图挣脱，却被马魁死死按住，撸起他的袖子，胳膊上布满针眼儿。

“身上的东西，是你自己交出来，还是我们帮你拿出来？”马魁怒视着包家顺，一瞬间他像是清醒了一点，装傻充愣。汪新走过来要搜包家顺的身，他拼命躲闪。马魁和汪新摁牢了包家顺，让小胡来搜身。当小胡从包家顺身上搜出吸毒工具，包家顺眼中的绝望感再也掩饰不住，一副万念俱灰的样子。

看着桌上的吸毒工具，师徒几人长吸一口气。马魁朝汪新点了点头，汪新说：“小胡，你做笔录。”随后，汪新又对包家顺说：“包家顺，你赖不过去了，坦白从宽，抗拒从严，自己掂量。”包家顺点头如捣蒜：“我交代。”“为什么要跳车？”

“有人要杀我。”“胡说，那两个乘客根本不认识你，人家是去哈城走亲戚的。要不是人家拽住你，你命都没了。”听到小胡这么说，包家顺一脸茫然，神情萎靡。

马魁抓起桌上的搪瓷缸子，泼了包家顺一脸水，他一个激灵，顿时清醒了些，抹了一把脸说：“我是吸毒的，因为吸这东西欠了很多钱。刚才我以为是债主追债来了，怕他们要我的命。”汪新说：“那你就跳车？就算真是债主，也不能要你的命，你命没了，他们管谁要账去？”“也对。”“你这是吸毒过量，吸没了魂，看花了眼。甭管谁，一沾上这玩意儿，不是死就是残！”马魁给包家顺下了定论。

包家顺低下头发誓：“我保证，我以后再也不碰毒品了。”汪新说：“你不碰了，不代表别人也不碰。在哪儿买的毒品？交易人是谁？你都要跟我们一五一十地说清楚。”“我就是买毒品的，没贩毒。”“贩没贩毒，全凭你一张嘴吗？”“我真没贩毒，我敢发誓，说了假话，我不得好死！”

“你觉得，你现在这样，能得个善终吗？吸毒违法，包庇毒贩可就是犯法了，这事儿你应该清楚吧？”汪新盯着包家顺问。包家顺沉默不语，顾虑重重。汪新继续下料，说道：“我还是那句话，你要是实话实说，算是主动交代，要是顽抗到底，那就是自己给自己找亏吃了。”

包家顺思前想后，觉得还是坦白比较好，交代说：“那个毒贩叫‘耗子’，每次需要毒品的时候，都是提前打电话约见面，然后从他那儿买。”汪新说：“一会儿等下车后，你给那个耗子去个电话。”“那些毒贩子都是看钱不看命的主，杀个人跟踩死只蚂蚁一样。我给你们磕个头，求求你们放过我吧！要不这样，我把那人的电话给你们，你们自己打。”“我们打容易露馅。”“他也听不出你的声音来，再说了，我们有暗号。”

汪新义正词严地说：“包家顺，毒贩是什么样的人，你很了解。他们害了多少人，你可能不清楚。不过，因为吸毒，给你自己带来的伤害，你一定心知肚明。换句话说，如果让你重活一回，你还会沾吗？”包家顺连连摇头：“肯定不会。”

“所以说，你清楚毒品给人们带来了多少伤害，它害死了多少人，拆散了多少家庭，让多少父母流干了眼泪，让多少人痛不欲生，活得人不像人、鬼不像鬼的。这一切，都跟你们脱不了干系！”“我说了，我没贩毒！”

“可是，你买了！要是没人买，毒贩还有生意可做吗？”马魁接过话来。包家顺低下头，汪新说：“包家顺，我希望你能帮我们一个忙，也算给你自己一个赎罪的机会。”

包家顺沉默不语，他的心理防线还没被打垮。汪新望向马魁，该师傅出马了。马魁沉思了一阵，对包家顺说：“小包，你说的我都理解，出了娘胎都是一条命，都是一个价儿，谁也不比谁金贵。你要是害怕，就算了，我们不为难你。”包家顺继续沉默着，马魁问：“娶媳妇了吗？”“娶了，又跑了。”“跑了还能再找，不算事。等回头把毒戒了，重新做个人，再娶个媳妇，好好过日子。转个年，说不定还能生个大胖小子。对了，可别超生，一定要计划生育。”

包家顺听得笑起来：“想得还够远的。”马魁的一番话让包家顺很顺心，轻松了不少。只是那样的生活，对他来说像是奢望。“不想远点，哪还有奔头了。日子就得朝前看。行了，就到这儿吧！”说着，马魁又支使小胡：“小胡，给他倒杯水，饿了，就给他弄点吃的。”

当马魁起身欲走时，包家顺叫住了他，说了那句马魁最想听的话：“电话我打吧！”

师徒俩走出餐车，汪新说，他又学了一招，拿软和话挠犯人的心。马魁语重心长地说：“这话说对了一半，审犯人确实要攻心，不过你也得拿出真心来。这么说吧，我说的那些话，心里也是那么想的，确实盼着他能把毒戒了，能活成个人样来，这跟他能不能跟咱们合作没关系。人家说得明白，这是担着命的买卖，咱们总不能为了成全自己的事，让人家搭上命吧！他合作也好，不合作也罢，不能强求，咱们得体谅他。”汪新点点头：“有道理，我还是短练呀！”“知道短练，就是进步。说句老实话，我在你这个岁数的时候，还不如你。”“那是您没碰上好师傅。”“别转着弯地捧我，没用。”说完，马魁又一拍脑袋：“哟，差点把正事忘了！”

马魁所说的正事，是马上要路过傻二等候的车站，他风雨无阻地等着马魁。

列车缓缓驶过小站，马魁朝外挥着手，傻二站在站台上，朝马魁欢呼跳跃，工作人员时刻不忘伸手护着他。

一个报纸包从车窗里飞了出来，工作人员接住报纸包，傻二开心地喊着：“来家包饺子吃！妥妥地！”工作人员打开报纸包，里面是一个酱猪蹄。

傻二的身影早已望不见了，马魁仍然望着窗外，那是春天的世界，生机勃勃，绿意盎然。

汪新站在一旁，良久后说：“师傅，他让咱们去他家吃饺子。”马魁说：“那你去吃。”“人家好心好意请您吃饺子，就算去不成，总得回句话。”“是他想吃饺子了！话都听不明白，白吃了这么多年的饺子！”说着，马魁就走开了，汪新无语，却是一直紧跟着他。

到站下车，马魁和汪新远远地跟着包家顺。包家顺在街边一处电话亭旁停了下来，马魁和汪新带着两个便衣在不远处埋伏着。打完电话，包家顺走进一个胡同，他小心翼翼，有些紧张地四处观望。

耗子骑着自行车来了，从包家顺身边过去时，回头看了包家顺一眼。包家顺像没事人似的，面无表情，似乎根本不认识耗子。耗子一如从前，骑了一段路，然后掉转车头向包家顺骑来。来到近前，耗子问：“欠的钱都带来了？”包家顺点点头：“带来了。”“上哪儿发的财？”“想办法呗！”“这就对了，留住命，还愁挣不到钱？等钱来了，就能接着享福了，把钱给我吧。”“货带来了？”

耗子拍拍衣兜，面带诡异地说：“有了钱，你想啥来啥。”包家顺掏出一沓钱，递给耗子。耗子迅速接过钱，扫了一眼，揣进兜里。然后，他朝周围望了望，从车座底下掏出一个报纸包，就往包家顺手中塞。

包家顺不伸手，没有去接。耗子催促说：“拿着呀。”包家顺像是没听见，耗子顿觉不妙，他反应很快，立即蹿上自行车，准备逃跑。汪新、马魁像迅猛的豹子，立马扑上来将耗子擒获。

师徒俩在审讯室轮上“夹子”，耗子人如其名，很快就招了。耗子的上家叫三头强，他俩没见过面，一直都是电话联系。不管怎么说，有了这个线索，这案子就亮堂多了。耗子被抓，拖久了怕走漏风声。眼下，他俩得抓紧去深圳找三头强。

汪新还没来过深圳，南方的酷热对来自东北的小伙子而言，实在难以忍受。马魁和汪新提着旅行袋，随着客流走出深圳火车站。汪新抹了一把脸上的汗，说：“这深圳火车站，看起来也不怎么样。”马魁说：“你再看看那边。”

顺着师傅说的方向，汪新望去，只见一排排红黄两色的出租车正等候着乘客。当地刑警陈志杰前来接站，他要替马魁拿行李，马魁婉言谢绝。陈志杰一愣，笑了笑问气候是不是不太习惯。汪新打趣说，比他们那边暖和多了。马魁看了汪新一眼说：“衣裳带多了吧？”“燕子让我多带两件，怕我冻着。”汪新有点不好意思地说。“太太很体贴。”陈志杰不明就里，多说了一嘴。马魁连忙说：“不是他太太，他没太太！”马魁的语气和神情，让陈志杰一脸茫然。

上了出租车，陈志杰坐副驾驶位，马魁和汪新坐在后面。出租车行驶中，汪新好奇地看着窗外，街道两旁林立的巨型广告牌扑面而来，有的写着标语：“时间就是金钱，效率就是生命。”汪新下意识地念了出来。

陈志杰解释说：“本来，这句话是有争议的，说要钱又要命，这不比资本家还恶毒吗？可是，小平同志去年来了后，对这句话给予了肯定，还说我们建立经济特区，实行开放政策，要更加明确一个指导思想，那就是不能收，而是放。”

“这事我知道，还说特区是个窗口，是技术的窗口、管理的窗口、知识的窗口，也是对外政策的窗口！”显然，汪新对这个话题很感兴趣，说话时他情不自禁地提高了嗓门。马魁瞄了他一眼，暗讽说：“这是读了不少报。”汪新笑着回击：“跟您学的，报不离手！”

没想到，他俩的大嗓门让司机不满。司机用广东话说，他俩的声音太大了，耳朵快被震聋了。陈志杰忙解释给汪新和马魁听，汪新笑着说，他还没扯开嗓门呢。

下了出租车，入住小旅馆。陈志杰让他们先休息，然后出去吃饭。马魁是个急性子，说他们不累，还是先研究案情吧。主随客便，陈志杰没啥好说的。

仨人在床上坐下，陈志杰说：“我们调查了那个电话号码的所在地，是广坪街上的一个电话亭。”马魁问：“管电话的有前科吗？”“那人姓王，本地人，没有前科。”“耗子说，他给那个号码打电话后，三头强晚上六点左右肯定会回话。

这就是说，三头强每天会定时去那个电话亭，他住的地方离电话亭应该不会太远。”陈志杰完全同意马魁的说法。

几个人来到那个电话亭外，陈志杰嘱咐了管电话的王师傅几句。马魁对汪新说：“你叫耗子给电话亭打个电话。”汪新点点头：“好来个引蛇出洞！”不一会儿，耗子的电话就打了过来，王师傅拿起电话接听：“宁阳耗子找三头强，要五十个皮包。”“我记住了。”王师傅说完挂断电话。

王师傅告诉马魁，那个人每天晚上六点左右都会来这儿，问有没有人给他打过电话，要是有，他就会给来电话的人回话。马魁问那人的相貌特征，王师傅说，就是一般人，高矮胖瘦跟他差不多，听口音是本地人，好像是做皮包生意的。

马魁叮嘱王师傅，那人来了，就如实跟他说五十个皮包的事。等那人走了，他出来活动活动，给这边一个信号。王师傅好奇，问那人犯什么事了。马魁说，他卖的皮包质量不行。

傍晚，落日缓缓地向地平线沉了下去。马魁和汪新隐蔽在电话亭附近，不时有人过来拨打着电话。汪新看了看手表，说：“六点十五，该来了。”马魁默默地看着电话亭，没有吱声。

三头强走了过来，他来到电话亭外跟王师傅聊着。王师傅递过一个纸条，三头强望着纸条，从兜里掏出个小本，翻看着拿起电话拨打。电话接通后，三头强说：“耗子，你要的五十个皮包没问题，只是这回的皮子是头层牛皮，质量好，用起来就是不一样，一分钱一分货，加一成。”耗子回答：“价钱好说。”“我就爱听这话，耐心等着，我会尽快发货。”三头强说完，挂断了电话。

三头强交了话费走了。王师傅捡拾着地上的垃圾。师徒俩确定了王师傅给出的信号，马魁起身就要走上前，这一次汪新保持着冷静，阻止说：“等一会儿，小心黄雀在后。”“长记性了。”马魁满意地笑了。

深圳的夜，色彩斑斓，五光十色。在某一处，有着眼睛看不穿的黑暗。

富强旅馆是一座两层小楼。三头强朝周围望了望，掏出一根烟抽了起来。过了好久，他才走进富强旅馆。尾随而至的马魁和汪新来到旅店前台，前台服务员十分热情地说：“二位老板，欢迎光临！不好意思，店里就剩一个标准间了，你们看行吗？”马魁说：“生意真不错。”前台服务员说：“南来北往的，都往这儿扎，生意想不好都不行。”

在师傅与前台交谈时，汪新朝一楼走廊望了一眼，琢磨片刻，朝楼梯跑去。前台冲他嚷着：“靓仔！你不能随便上去，要登记！”马魁给汪新使眼色，又对前台和颜悦色地说："不得看看环境嘛！""嗨呀，看吧，看吧！"

汪新上了二楼，在拐角处，他慢慢探出头，望向走廊。走廊里没人，他等了一会儿，果然看见了三头强从走廊厕所里走了出来，汪新连忙缩回身。三头强扫视了一圈，走到212房间门前掏出钥匙，打开门走了进去。

达到了目的，师徒俩来到旅馆外，迅速消失在夜色中。汪新说："怪不得叫三头强，那小子挺滑，进屋前还上了趟厕所，探探尾巴。"马魁警惕地问："你没被他发现吧？""师傅，我跟您学了这么久，要是再犯这种低级错误，还有脸见您吗？""但愿这辈子，你都能留住这张脸。"

汪新告诉师傅，这家伙住在212房间。马魁故意问下一步怎么办。汪新没多想，随口说上去抓他。马魁站住瞪起眼，汪新笑着说："开个玩笑，咱们得看他上哪儿取货，跟谁联系，又是怎么把货发走的。我还知道，您没跟店里的人亮出身份，没直接查，就是怕他们是一伙的。"马魁点点头："妥了，你可以出师了。""又想赶我走，呵，这辈子您老人家可都没戏了！"

马魁让汪新留守监视，自己去找陈志杰。马魁在电话亭拨通电话，陈志杰不在家，他决定亲自走一趟。马魁拦了一辆出租车，坐上去在城市里穿梭。

汪新一直盯着富强旅馆，看着进进出出的行人，不住地抬头看向212房间的窗户。一会儿，窗户打开了，三头强站在窗口，点燃了一根烟。三头强边抽烟边沉思，过了一会儿，他把烟掐灭扔出窗外，然后关上窗子。

深圳闹市的街道熙熙攘攘，人来人往，到处都是地摊，吆喝声此起彼伏。马魁在陈志杰妻子的带领下，寻找在这条街上摆摊的陈志杰。人群拥挤，陈志杰妻子不时提醒着马魁注意小偷。二人挤来挤去，来到一个地摊前。只见陈志杰坐在那里摇着扇子，地摊上摆着帽子、袜子等小商品。

陈志杰一看到马魁，立刻站了起来，问："马叔，您怎么跑这儿来了？"不等马魁说什么，陈志杰的妻子忙说："人家有急事找你！"一听是急事，陈志杰把摊子交给妻子，和马魁往街角走去。陈志杰迫不及待地问："有新线索了？"

"穿上警服是警察，脱了警服，就成买卖人了？"马魁纯属好奇，警察摆摊在他看来有点匪夷所思。陈志杰感叹说："白天上班，晚上抽空摆个摊，上有老下有小的，不多赚点钱，真不行。""你们都这么干？""想干就可以干，主要是我老婆干，我打个替手。""你们可真行。""时间就是金钱，得把时间充分利用起来，要不就是浪费时间。"

马魁沉默了一会儿，回归正题，说："我们已经查到了，三头强住在富强旅馆212房间，汪新正守着呢！下一步，就看他上哪儿取货，会不会还有上家。"

陈志杰说："太好了，您这就叫马到成功。""今晚，我和汪新盯一宿，明天白天，就得靠你们了。""行，我明天一早，就带人过去接班。""你要尽快查清楚，富强旅馆老板的身份。""没问题，我明早一上班就办。"

和陈志杰分开后，马魁走着走着，突然站住身，扭头望向喧闹的地摊，看了许久，想了很多。

重新和汪新会合，马魁立即问："没事吧，有啥情况？"汪新说："一直在屋猫着呢。您去哪儿了，怎么这么久？""这深圳就是不一样，到处都是新鲜事儿。"马魁不无感慨地说。汪新好奇地问："说来听听。""你打破脑袋都想不到，那个陈志杰下了班，摆摊做买卖去了。""这有啥可稀奇的，这是深圳，是开放的窗口。师傅，我觉得您得开放开放了。""你叫我也去做买卖？""您可以不做，但是，您不能不让别人做。"

马魁一听，就听懂了汪新意有所指，脸色一沉，瞪着他，汪新缓和一笑："就事说事，我只是表达一下自己的观点，没别的意思。"马魁说："就算你有别的意思，也不好使！""那是，谁敢惹您？我还不想找死。"

师徒俩在嘴上，谁也没有饶过谁。夜越来越深，212 房间的灯熄灭了。

师徒俩带着一身疲倦，回到了小旅馆。马魁睡了一觉，猛然惊醒后，冲着汪新就问："几点了？"汪新说："不到四点半。""不是让你四点叫我吗？""看您睡得香，没舍得叫您。""什么叫舍不得，咱们是在工作！""心疼您吧，还得挨着骂，里外不讨好。""等我洗把脸，咱俩吃点饭就赶过去。"

汪新心想，做警察这行，别说扛打了，扛饿这一块，就得顶上去。都不记得多少回忘记吃了，不是不饿，是时间让他们忘记了。

传来几下敲门声，是陈志杰来了。他说，从早上交班开始，三头强一直没出过门。他们有个同事跟富强旅馆的老板是同学，对老板知根知底，保证他没问题。老板也知道了这个事，说一定全力配合警方。三头强真名叫罗家强，从去年十一月份开始，就常驻富强旅馆，212 房间都被他包了。罗家强出手大方，对皮包生意很在行。

马魁让陈志杰跟老板说，要留意来找罗家强的人。陈志杰说，他问过了，老板说从来没有人来旅馆找过罗家强。陈志杰建议，晚上由他们派人蹲守，马魁他们大老远跑来，连轴干铁打的身体也扛不住。马魁婉言谢绝，这案子是他们立的，更是他们分内的事，他们必须蹲守。陈志杰说，要是实在太累了，就歇歇，这边能派出人手来。

等陈志杰离开后，师徒俩开始了自己的行动。傍晚时分，三头强去了电话亭，见到王师傅轻声问："有人找我吗？"王师傅摇摇头。三头强叹了口气，说今天喝西北风了。他有一搭没一搭地跟王师傅闲聊，马魁和汪新在隐蔽处盯着三头强。

"我就纳闷了，三头强接到电话，怎么不发货？"汪新说。马魁说："可能是怕发早了，不安全。""这贩毒的是真贼。"

正说着，三头强走了。马魁示意汪新："你在前面，别跟得太紧。"汪新点点头，跟随而去。

到了夜里，马魁又蹲守在了富强旅馆外。汪新背着包走过来，马魁问："都买什么了？"汪新说："弄点小零食，困了嘎巴嘎巴嘴。""你可得把包看好了，我的口粮都在里面。""这事还用您嘱咐？我要是连包都看不住，还……"

汪新话还没说完，一辆摩托车驶来，后座那人一把拽走汪新的包，摩托车朝前驶去。汪新觉得倒霉透顶了，他迟愣片刻，撒腿就追。马魁刚要说话，又闭上嘴。摩托车飞驰远去，汪新望尘莫及。

汪新气喘吁吁地回来了，他站住身，急促地喘着，望着马魁说："您先别训我，等我缓缓气。""我不训你，就想让你把刚才的那半句话说完了。""哪半句？""你说你要是连包都看不住，还什么？""还能出师吗？这回好，老老实实做您徒弟，接着跟您学。""你这人，就是不经夸，给你点好脸色儿，尾巴就能支到天上去。""您说得对，我错了。""主要是这事传出去丢人。""那就别传出去，我丢了人，您脸上不也没光。""你说得在理，那就先压着。等我退休了，出本笑话集，或许卖得不错，还能畅销呢！"

汪新被损得无话可说，一脸无奈，只好盯着 212 房间的窗户生闷气。夜色如墨，街上几乎没了行人，212 房间的灯熄灭了。

院子里的老槐树开花了。春风吹着，温柔的晴天，家家户户的饭菜冒着香气。人间烟火味，最是平常心。

院子内，老吴媳妇在喂鸡，老蔡媳妇站在公用水池子旁刷鞋，姚玉玲端着一盆洗好的衣服，走到晾衣绳前晾晒衣服。老吴媳妇特意走到姚玉玲跟前，说："小姚，你这衣服都是在哪儿买的？真好看，真洋气。"姚玉玲淡淡地说："商店买的。"

老蔡媳妇也聚过来，摇摇头说："咱们这儿的商店里，哪有你这么时髦的衣服？"

"我也没说在咱们这儿商店里买呀。"说这话时，姚玉玲是骄傲的。老吴媳妇纳闷地问："那是在哪儿买的？"姚玉玲说："外地买的。""哈城？"老吴媳妇一猜一个准，见姚玉玲笑了，她又说："等有机会，也给我捎两件回来。"

听到老吴媳妇这么说，老蔡媳妇眉开眼笑地冲着她说："看把你浪的。"老吴媳妇说："再不浪浪，就成老太婆了。"谈笑间，传来了牛大力的声音："哈喽！哈喽！"

院子里的一双双眼睛好奇地望去，只见牛大力提着牛皮包，从外走了过来。牛大力留着长发，戴着鸭舌帽和墨镜，穿着花衬衫、牛仔裤、运动鞋，一副时髦的打扮。老蔡媳妇揉了揉眼睛，不敢相认。老蔡媳妇问了一嗓子："请问你找谁呀？"

牛大力没吱声，看着姚玉玲咧嘴一笑。姚玉玲迟愣片刻问："牛大力？"牛大力笑了，做了个"OK"的手势。牛大力摘掉了墨镜。老蔡媳妇惊讶地问："大力，你咋成这副模样了？""生意人嘛，当然得有个生意样啦！"牛大力的广式普通话腔调足足的。

牛大力回来了，大家伙儿都在看稀奇，亲切又陌生，觉得他像是改变了，又觉得他一切都没有变。对于牛大力自己来讲，他是真的变了，唯一不变的就是对姚玉玲那颗炙热的心。

牛大力带着姚玉玲，到了一家相对高档的饭店，饭店装修得很好，他估计能入姚玉玲的眼。俩人刚进门，服务员就迎过来问："你们好，请问有预订吗？"牛大力用蹩脚的广东普通话说："还用预订？最好的包间给我空出一个啦。""请问你们有多少人？"服务员又问。"就我们两个啦。"牛大力装模作样地说。

服务员一听，就俩人要整一个包间，这不是烧包吗？见服务员有些犹豫，姚玉玲说："咱们随便找一张桌就行。""外面好吵啦，耳朵受不了啦，钱不是问题的啦。"牛大力的腔调听得姚玉玲都想笑了。牛大力拍了拍腰包，服务员也没有再为他省钱的心，说："请跟我来。"

如愿整了一个大包间，点了一桌子丰盛的菜肴，姚玉玲直咂舌，问牛大力咋点了这么多菜。牛大力拿腔带调地说："好久没请你吃饭的啦，得给你好好补补的啦。"姚玉玲实在受不了，嗔怪说："你能不能把舌头捋直了再说话？""你说直，当然可以直的啦。""你还闹？"

服务员上完最后一道菜，说："菜上齐了，请慢用。"牛大力摆了摆手，服务员走了出去。牛大力望着一桌子菜品，说："四个小菜，八个大菜，这叫四平八稳。"姚玉玲的管教果真有效，牛大力恢复了原来的腔调。

姚玉玲好奇地问，财大气粗呀，这是发了多少财？牛大力嘿嘿一笑，没多少，也就吃得起这些东西。他提议喝点酒，姚玉玲想了想说，少来点也行。两杯下肚，闲聊了一阵儿，牛大力又动起了心思，问道：“姚儿，你还一个人呢？”姚玉玲沉默片刻，反问：“怎么了？”牛大力忙说：“没啥，我就是问问。”

牛大力咋想的，姚玉玲门儿清。爱情很短，日子很长。在母亲的言传身教下，姚玉玲将生活和爱情看得很清楚，一句话，她很现实。

知道牛大力在做生意，姚玉玲叮嘱说：“做买卖要专心，更要小心，别让人骗了。”牛大力牛烘烘地说：“谁敢骗我？在南方地面儿上，就我这个头，是横着膀子晃，他们看见我都躲着走。”“做买卖讲究个亲和力，有了亲和力才会有人气，人气来了，还愁钱不来吗？”“姚儿，你还懂做买卖的事？”“听别人说的。”“姚儿，你放心吧！我这儿都挺顺利的，等再干个一年半载的，就回来了。”“回来干什么？”牛大力迟疑了一下，生涩地说：“钱挣够了，回来娶媳妇。”“祝你成功。”姚玉玲笑着说，擎起酒杯，与牛大力干了。

牛大力估摸着火候差不多了，从兜里掏出一个小红盒，递给姚玉玲说：“姚儿，这是送你的。”姚玉玲接过小红盒，打开一看，里面是个金戒指，她摇摇头说：“这我可不能要。”牛大力说：“买都买了，你就拿着。”“戒指哪能随便送人？”“我没随便，是精心为你选的。”“大力，我谢谢你，这东西太贵重了，你还是收起来吧！”“先放我这儿？”

见姚玉玲点头了，牛大力笑着说：“那我就替你保存着，等到时候再说。”在牛大力看来，钱是土壤，感情是种子，日子风调雨顺了，他就不信没收获，总有水到渠成的那一天。

回来这一趟，虽不敢说衣锦还乡，牛大力还是要与大院里的左邻右舍说说话，唠唠家常，干点啥事儿。牛大力站在大院的水池旁，大声说：“各位亲爱的邻居们，我这次回来，没买卖的事儿，全是奔着你们来的，因为我想你们了，我想回来看看你们。”

牛大力这一煽呼，还真煽热了大家的心。汪永革说：“大力啊，我们也想你啊。”老陆说：“我们没事就念叨你，就盼着你能回来。”还是老蔡实在，他说：“你婶子还说，等大力回来，要是胖了，那最好；可要是瘦了，咱们就挨家给他炖肉吃，得把他掉的斤两补回来。”老吴说：“我家肉票都攒着呢！等大力回来过大年。”

听着这些暖心窝子的话，牛大力眼圈红了，说道：“大家都别说了，再说就把我的眼泪拿下来了。我回来后，本想请大家一块去吃顿饭，喝顿酒，咱们在一块好好热闹热闹。不过，我又一想，酒肉穿肠过，香香嘴儿就完了，不实在。那咋办呢？我是紧着琢磨，终于有了主意，我打算把咱们院里的这个水池子拆了！”

大家一听，都傻眼了，不知道牛大力这是要唱哪出戏，七嘴八舌议论起来。“拆了？那我们上哪儿弄水去呀？”“就是，大力呀，你这是什么馊主意！”“大力喜欢开玩笑，跟咱们闹着玩，你们还当真了。”

等大家不再说话，牛大力解释说：“我没闹着玩，我说的，都是实打实的大实话。拆了水池子，再给你们各家各户装个水龙头，往后大家用水，是各用各的，用不着出来排队了。”

这是真的吗？大家你看着我，我看着你，谁都不说话。见大家伙儿都不吱声，牛大力提高了嗓门：“我说完了，只要大家同意，咱们说干就干。”士别三日，当刮目相看。牛大力这番操作，大家着实看不懂，也不敢相信。

看大家还是不发表意见，牛大力诧异地问：“你们咋都不吭声？”

蔡小年抱着孩子，笑道：“牛大力，不对，是牛总，牛总，你是不是喝醉了？”

牛大力摇摇头说：“我没喝酒。”“那就是没睡醒。”“你啥意思，看不起我？”

老蔡忍不住提醒道：“大力，你说给全院各家各户接通自来水，这可不是小活儿，得花多少钱？”明白了大家的担心，牛大力对蔡小年说：“小年，你做个预算，看看得花多少钱。我估摸，我应该能顶得住。”老吴拍了拍牛大力的肩膀，说：“不说别的，敢讲这话，就是牛气冲天。”牛大力说：“牛气有点，可离冲天还远着呢！慢慢来，早晚得冲上一冲。”

“大力，你说的这番话，我们听着都挺感动的。挣钱不容易，我们不能占你的便宜，这份心意我们领了。”汪永革说着，心想，从这个院子里走出去的孩子，不会差了，品性摆在那里。

牛大力动情地说：“以前，都是大家照顾我，尤其是我师傅，明明眼睛治好了，就可以回来上班，还是把那么宝贝的位子让给了我，明明是我在占你们的便宜。现在，我好了，我想为大家做点事，做完了，我高兴，我踏实。好了，话都说出去了，不能改了，就这么定了！”

老吴听着徒弟的心声，格外感动，很是受用。见大家仍然保持沉默，牛大力大着嗓门问：“这点面子都不给？”“大力这么仁义，那咱们就听大力的，大家呱唧呱唧。”说着，汪永革带头鼓起掌来。

掌声响起来，风吹过老槐树，一阵阵槐花香飘过。

马燕高兴地喊着：“牛老板真牛！”“现在是小牛，将来是大牛！”说着，牛大力又转向大家，说：“我今天下午就回深圳了，过一阵我还回来。”一听牛大力要走了，老吴眼中尽是不舍：“这就走了？好不容易回来一趟。”“吴叔，时间就是金钱，深圳那边，还有好多项目等着我签字。”马燕乐着冲到牛大力跟前，问：“牛老板，你深圳那边，都有啥项目？”“很多啦，有机会你去深圳，我慢慢给你讲啦。”“瞧瞧，一说到生意，这舌头立马就打卷了。”“习惯啦。”

大院里一片欢声笑语，最普通的日子就得最简单地过，欢乐就是这么多。

火车载着牛大力，载着他的风尘，载着他的感慨，载着他的留恋，向南开，一直向南开。

深圳这边的案子，虽然有了头绪，却迟迟没进展。傍晚，三头强又来到电话亭找王师傅，问是否有人找他。王师傅告诉他，有人找，都给他记下来了。说着，递过去一个纸条。三头强接过纸条看了看，从兜里掏出小本，翻看着拨打电话。

天黑了，马魁和汪新继续蹲守在富强旅馆。212 房间的窗户打开了，三头强站在窗口，点燃了一根烟。抽了一会儿，他将烟掐灭，扔出窗外。“他怎么还不出手？究竟在等什么呢？”汪新问。“这案子是越来越有意思了。”马魁也在反复琢磨。“难不成还有别的门路？”“沉住气，再等等，不信他不露出尾巴来。”

为了破案，师徒俩改了作息习惯，像猫一样昼伏夜出。正在小旅馆睡觉的师徒二人，突然听到了急促的敲门声，汪新迷迷糊糊地起来打开门。陈志杰急匆匆地走进来，马魁从床上坐起身，汪新关上屋门问：“出什么事了？”陈志杰说：“你们宁阳那边来信儿了，说耗子刚接到电话，两天后取货！这就是说，三头强已经把货运出去了！”“怎么可能？咱们可是二十四小时不眨眼地盯着他呢！”汪新难以置信地说。陈志杰琢磨着问：“他除了给来电话的人回话，没再给别人打过电话吗？”汪新说：“这事我们问过了，他只联系买家。”陈志杰皱着眉头问：“那就怪了，他跟上家是怎么联系的？”“看来一定是我们忽略了哪个环节。大家别着急，静下心来，再好好捋捋。”马魁总觉得哪儿不对，一时也说不上来。

师傅的话让汪新冷静下来，他的脑海里如同播放电影似的，将这几天监视的画面从头到尾过了一遍。三头强每次都站在窗口抽烟，朝着窗外扔烟头。汪新提出这个细节没有关注，难道三头强通过扔香烟来传递情报？仨人分析了半天，觉得这个烟头大有文章。马魁拍板说：“不管怎么说，这是个重大线索，等他下次的交易吧！”办每一个案子，都是与对方斗智斗勇的过程。

深圳的夜，它不打烊。

富强旅馆 212 房间内，夜色从窗口涌入。三头强靠在床上，闭着眼睛打盹。

过了好一阵，他睁开眼睛，看了看手表。然后他坐起身，从烟盒里抽出一根烟，来到窗前。三头强打开窗，点燃了那根烟，抽了两口烟，随之掐灭了，把烟弹出窗外。

香烟落到地上，悄无声息。过了许久，一个长发女人走了过来，她走到那根烟近前，谨慎地注意四周，随后蹲下身迅速捡起烟走了。三头强房间的窗户，也跟着关上了。

看到这一幕，汪新感叹说："果然让她晃了眼睛！"汪新就要去追，被马魁制止："等等！别急！"

三头强房间的窗帘还没有拉上，他的身影一闪而过。等三头强拉上了窗帘，师徒二人紧追长发女人而去。

夜晚的街上，长发女人快步走着，马魁和汪新紧跟不舍。长发女人走着走着，突然站住身回头望去。不远处，马魁和汪新也站住，二人佯装聊天。

长发女人很警惕，她在看到马魁和汪新的那一刻，惊诧之间嗅到了危险气息，她拔腿就跑，汪新飞速追去。

马魁看着他们离开的方向，眼睛眯成了一条缝。

长发女人仗着熟悉地形，跑进一个小巷子，远远地能看见汪新追来的身影。一辆出租车驶来，停在小巷出口，长发女人看到了出租车，边跑边挥手。等她跑到出租车前，车门开了，马魁下了车。前有拦路虎，回过头见汪新拔枪堵住退路，长发女人面如死灰。马魁沉默半晌，走上前说："你认得我，我也认得你。"长发女人尖着嗓子说："你认错人了吧？"马魁笃定地说："跑不了你！"长发女人认栽了，用男人的声音说："让你这双老眼盯上，还真就跑不了。"

"你可真能闹妖，现原形吧！"说着，马魁就拽下了那人的假发，竟然是侯三金。

马魁和汪新将戴着手铐的侯三金押进小旅馆的房间时，侯三金说："这地儿不对。""都是老熟人了，用不着那套，坐吧。"马魁招呼着侯三金。

侯三金无奈地坐在汪新的床上，汪新靠在屋门口。马魁提起暖壶，倒了一杯水，递给侯三金："渴了吧？喝点水。"侯三金接过水杯喝着，马魁打量着他。喝完了，侯三金放下水杯，说："马哥，你瘦了。""你这号的人翻来覆去地折腾，我能不瘦吗？我怎么也想不到，咱俩碰上，是为了这事。""又落到你手里了。""咱俩缘分不浅。""这事也怪了，碰上别的警察，我这两条腿跟踩了风火轮一样，三转两转也就脱身了。怎么偏偏碰上你，这腿就跑不快了呢？跟穿了铁靴子一样，越跑越累。"

汪新盯着侯三金，说了一句："是怕骨折吧？"侯三金反问："你不怕？"侯三金这句话还真戳到了汪新的痛处，他生气地对侯三金说："早知道你干这行，当初就该把你弄残废了！"

侯三金笑了笑不语。马魁问："侯三金，我记着，你前几年倒腾电子表啥的，防盗裤衩里揣了不少钱，活得挺有奔头，咋干起这行来了？"侯三金感慨地说："我做买卖，确实赚了点钱，可是，买卖这东西，有赚就有赔，脑袋稍微转得慢了点，就可能血本无归。也怪我，有点钱就找不着北了，朋友一大堆，整天好吃好喝，满脑子都是酒，糊里糊涂地让人给骗了。本打算借点钱东山再起，只是那帮兄弟，就跟不认识我一样，看我饿着肚子，都没说赏我一顿饭吃。喝大了，要为我两肋插刀，酒醒了捅我两刀，妈的全是狗屁！后来，碰上这行，不用本钱，有胆就行，赚得还多，就干上了。"汪新一听，叹了口气说："贩毒不用本钱？这本钱就是你的命！""你说得没错，富贵本是险中求。"

马魁瞪着侯三金问："不干犯法的事，你就活不起？"侯三金说："是活不好。""那啥叫活得好？""满兜的金银叮当响，吃香喝辣。""把命搭进去了，有命挣没命花，值得吗？侯三金，咱们也算小十年的交情了，给我们透个底吧！""透点你做梦都想不到的事吗？""盼着呢！"

汪新拿出笔录本。沉默了好一会儿，侯三金说："我走到今天这步，算是走到头了。临死前，能碰上老朋友，是缘分，又能痛快痛快嘴，更是福分。从哪儿说起呢？有酒吗？"马魁点点头。

汪新到小商店买了一瓶酒，回到旅馆房间，打开瓶盖递给侯三金。侯三金擎着酒瓶，边喝边叨咕："这小十年来，你追过我，抓过我，把我弄骨折过，断过我的财路。我恨你，恨得牙根都痒痒，我恨不得要你的命！不过，马哥，也奇怪了，这把我落在你手里头，心里倒踏实了。这把我是活不成了，死在你手里，我服。"马魁说："侯三金，你要是能供出从哪儿拿的毒品，谁是你的头头，那就算有立功表现，说不定能有条活路。""不好意思，你问的这些事，我不能说。说了，我儿子的命就没了！"

"儿子？你啥时候有儿子了？你儿子在哪儿？"听说侯三金有了儿子，马魁也是真心为他高兴。"一九七七年的时候，我有个相好的。肚子给弄大了，她嚷嚷着要结婚，可是，我自个儿都吃了上顿没下顿，就让她把孩子给打了。不过，那娘儿们跟我说的时候，已经怀了五个多月了，打不了，我就给她轰走了。就那之后，你们在铁路上抓了我。"说着，侯三金喝了一口酒。

汪新听了，生气地骂道："不是东西！"侯三金点点头说："你说得没错，我不是东西。不过，那女的也不是个当妈的料，我放出来以后，她找到我把孩子扔下就走了。我一看那孩子，浑身的红疙瘩，估摸着也活不了。”

经历的事儿多了，马魁倒是很镇定。不过，汪新越听越惊，忙问：“后来呢？孩子，你怎么处理的？”侯三金说：“后来，我就把孩子给扔火车上了。没想到，那孩子没病没灾的，是个好人儿。马哥，谢谢你。”

马魁瞪着侯三金，汪新震惊地看着马魁，只听侯三金又说：“有时候，大半夜的，我也会想起来，毕竟，那是我侯三金的种，我再是孬种，虎毒也不食子。有好几回，我想着要不干脆把孩子抢回来。可是一看见马哥对他跟亲儿子一样，我下不去手。孩子跟了我也得遭罪，在你手上，能有出息。”

马魁说：“侯三金，你总算还有点人性。我可以告诉你，我儿子长得很好，在他的记忆里，没有一丝污垢，他很快乐。他现在已经上学了，聪明、努力、成绩好，是个善良正直的好孩子，我为他骄傲！”

听到这儿，侯三金失声痛哭。马魁斜睨着他，问：“这是后悔了？”侯三金哽咽着说：“马哥，我知道我罪太大，活不成了。本来，想见见儿子，然后彻底交代。不过，我改主意了。我不能见我儿子，他身上干干净净，我不能让他知道，他有这么一个罪孽深重的爹。马哥，我谢谢你！”侯三金说着，就冲马魁跪下了。

马魁急忙扶起他，说：“你要真想谢我，就把实情交代出来，你放心，没人敢碰我儿子。”

思前想后，侯三金终于点了点头，说：“三头强负责联络，我负责发货，我们的带头人，在北方。”马魁问：“北方哪里？”“听说在哈城，我也没见过。”“他叫什么名？”“不知道。屋里没外人，我劝你们一句，想安安稳稳地活着，就离那帮毒贩子远点，你们惹不起他们！”

听了侯三金的忠告，马魁淡淡一笑：“是他们惹我了。”“还有我！”汪新附和着。正直的人，正直的生活，都可以堂堂正正地晾晒在阳光下。作为警察，他们是擎起阳光的人，不畏黑暗，不惧前路，他们勇往直前，只为守护一方平安。

在路上，不怕荆棘遍布，警察，就是穿过这片荆棘的人。

是动手的时候了，三头强再次出现在电话亭时，汪新和两个刑警包抄上来，擒住了三头强。汪新从三头强的兜里掏出那个电话本。

马魁等人齐聚深圳刑警队会议室，商讨案情。刑警队长说：“电话本上的信息核实过了，没有什么有价值的线索。”此话一出，他明显地感受到了大家的失望，接着说：“不要垂头丧气啦，这么大的案子没有那么容易搞定啦，抓住一个三头强已经是很大的突破。马警官，汪警官，你们辛苦啦。”

马魁和汪新礼貌地笑了笑。刑警队长问：“马警官，您看，这边还有什么需要我们协助的？尽管说。”马魁说：“谢谢，十分感谢咱们深圳警方的大力协助，我们明天就把案犯侯三金押回宁阳了。”“好，晚上两位有什么安排？要小陈带你们看看深圳的夜景？”“不麻烦了，这几天大家都很辛苦。”

见马魁婉拒，汪新说：“我晚上约了几个当地同学，好多年没见了，聚一聚。”

“既然这样，那晚上两位自行安排，有什么需要，尽管跟小陈讲。”刑警队长说。

一番寒暄之后，各自归位。

黄昏，天边的云朵被晚霞渲染成玫瑰色。汪新去了深豪大酒店，当出租车停在门口时，他还踌躇了一会儿，走进酒店。迎宾小姐笑容可掬地说：“老板您好，欢迎光临。”汪新环顾着酒店高档的装潢，显得拘谨，不知所措，忙说：“我不是老板。”迎宾小姐笑着说：“到了我们这儿，都是老板。”这时，有人喊汪新的名字，他回头一看，是同学郝庆军。

郝庆军热情地说：“你可来了，同学们都等着你呢！走，咱们进去。”说着，他搂着汪新的肩膀朝楼梯走去。服务员引着他们走进202包间，里面三个同学纷纷站起身跟汪新打招呼，寒暄了一会儿，郝庆军招呼大家重新坐下。他递菜单给汪新，说：“我们已经点了几个本地特色菜，你想吃什么，再点几个。”几个同学抢着要做东，甚至争论起来：“咱电话里可是提前说好了的，我请。”“我知道，你买卖做得好，赚得比我多，这不就是一顿饭嘛，我请得起。”“不用谦虚了，我都听说了，你刚签了一个大单，赚得是钵满盆满。”

见争执不下，就决定抽签来定，抽到的请客做东。郝庆军说：“汪新，你看同学们多热情，挑好菜点，挑贵的点，千万别跟咱们客气。”汪新翻了翻菜单，说：“我也没什么想吃的，你们都点完了，就这样吧！”“那可不行，你必须点！”

在同学们的起哄声中，汪新勉为其难，又点了几个菜。

上菜也是深圳速度，很快桌上就摆满丰盛的饭菜，郝庆军擎着酒杯，声情并茂地说：“恰同学少年，风华正茂，书生意气，挥斥方遒。就为了这‘同学’二字，我们干杯！”

大家举杯一饮而尽，边吃边谈。同学问汪新来深圳办案咋样了。汪新说，办得差不多了。同学敬佩地说，一头埋在老本行上，初心不改，就为了这个，也得敬汪新一杯。另一个同学说，这话味儿不对，汪新初心不改，那他们改行的叫什么。同学想了想说，响应国家号召，与时俱进。国家建立经济特区，实行开放政策，跟着政策走一点都没错。

汪新感慨地说："真是没想到，你们都改了行，跑这儿做买卖来了。不说别的，就这胆量，也不是谁都有的。""其实，刚出来的时候，胆儿凸的。可是一到了这边，立马就踏实了，政策有了，条件给了，只要老老实实本本分分地干，遍地黄金，还愁捡不着吗？"

接着，同学聊起深圳日新月异的变化和投资上亿、十几亿的大项目，听得汪新目瞪口呆。郝庆军问汪新这些年都破了什么大案，给大家讲讲，让大家过过瘾，饱饱耳福。

汪新寻思片刻，说起前年春天单枪匹马击毙毒贩的事，正讲着呢，传来一阵敲门声。一个助理模样的人走进来，提醒汪新身旁的李姓同学，赵老板在等他签合同。李同学起身抱歉地对汪新说，别走，等着他，去去就来。王同学见状，沉思片刻，说他也有点生意上的事得去处理，回头他们慢慢唠。郝庆军理解地说，都是大忙人，该忙正事忙正事，吃饭不能耽误生意。

汪新咂摸出一点味道，将目光投向在座的赵同学，他忙说："我合同签完了，保证不走。"郝庆军羡慕地说："你真行，一笔好买卖，赚的钱够吃十年的。"赵同学感叹地说："赚得多，花得也多，什么时候能让私人买小汽车就好了，到时候我非得弄一辆不可。"

郝庆军问汪新没想改个行吗，凭他这聪明劲儿，包赚大钱。汪新摇摇头，说他可没长那根筋。赵同学说，过去是想赚钱赚不到，现在是钱摆在这儿，只要伸手抓一下，就能抓一把。

见汪新毫不动心，郝庆军说："老话说，人各有志，不能强求。不过，咱们是老同学，你要是动了这个心，就张嘴说一声，我们一人伸把手，你再上上心，这钱就往你腰包里拱了。"赵同学也说："汪新，干脆你也过来得了，都是老同学，知根知底，互相信得过，咱们捆在一块干，肯定能打下一片天地来。"汪新沉默了片刻，笑着说："我从来没想过这事，冷不丁的，有点蒙。""等大把的钱揣进自己兜里，就不蒙了。""要干得抓紧，先下手为强呀，哈哈！"

推杯换盏中，同学与汪新约定，下次来一定好好招待他，这次太仓促。汪新笑着说，放心，下次可吃定他们了。

深圳的夜晚，春风沉醉。马魁一个人在街上游荡，来到了电话亭边，想到了远在北方家中的闺女和儿子，想念油然而生。马燕接到电话，叮嘱父亲多注意身体，深圳那边特别暖和，一冷一热的容易感冒。马魁让她多留意马健，刚才说的事儿别忘了。

挂断电话，马魁在街边小摊旁溜达，那是几个卖儿童玩具的小摊。马魁在一处小摊旁蹲了下来，看着挑着玩具。摊主说：“老板，买几个玩具吧！外贸货，出口美国的。”马魁挑了一个玩具火车，问：“这个多少钱？”“老板好眼力呀！这个是今年最流行的，给你算便宜点，五块八。”“再便宜点。”“诚心要的话，五块啦，不能再便宜啦，成本价啦。”想到儿子，马魁立刻掏了钱递给摊主。

马魁拿着玩具火车离开时，一个穿着脏兮兮工作服的男子，蹬着三轮车，从他面前驶过。那个背影马魁再熟悉不过，忙跟了上去。

牛大力蹬着三轮车，三轮车的后面放着几个肮脏的塑料桶。牛大力将三轮车停在一家饭店门前，走进后厨，抱着垃圾桶把厨余垃圾倒进三轮车上的泔水桶里。“小牛，那边还有三桶。”厨子说。牛大力说：“好嘞，谢谢，今天生意好啊！”“洒洒水啦。”

牛大力卖力干活，认真地清理着掉落在地上的厨余垃圾，他头也不抬，看到一双皮鞋进入眼帘。“让一下啦，先生，不要搞脏您的鞋子。”说着，牛大力抬头看了一眼，他和马魁的视线彼此相撞。

异乡见面，亲切不改。马魁和牛大力来到街边的大排档吃宵夜，牛大力口沫横飞地说着来深圳的趣事，过了一会儿，他问：“马叔，汪新没跟你一块儿？”马魁说：“跟他同学聚会去了，估摸着也快完事了。”

牛大力给马魁倒满啤酒，马魁欲言又止，牛大力忙说：“马叔，别看我这个工作又脏又累，你是不知道，真挣钱呀！一本万利！不，是无本的买卖，干挣钱！您猜猜，我现在一个月能挣多少钱？”马魁说：“猜不着。”牛大力伸出一根手指头说：“这个数。”“一百？”“马叔，您真逗，一百块钱，我费这工夫？您瞅见没，这条街的泔水全归我，这一晚上就是好几十块，一个月最少一千。”

牛大力的话让马魁很是惊讶，他接着说：“好多人嫌脏怕累不愿干，我无所谓，这点活儿比我从前烧煤可轻快多了。马叔，我永远都忘不了，我走之前的那天晚上，您跟我说的话，树挪死人挪活。深圳遍地都是机会，只要能吃苦就能挣到钱。下一步，我打算成立一个公司，多雇几个人，把这几条街的垃圾回收都给承包下来。”马魁点点头：“大力，你可真行！”“马叔，等下回您再来的时候，我肯定开上小汽车了，到时候带您好好转转。”

“行，我盼着呢！我就知道，你能成。”说着，马魁和牛大力干杯。牛大力一气饮尽，说：“马叔，求你件事儿。别跟汪新他们说，您看见我了。也别跟咱大院的邻居说我收泔水，尤其是别让小姚知道。”马魁点点头，对牛大力说：“你放心，不说。大力，行行出状元，就凭你这股子牛劲，你早晚能赚大钱。”“那是肯定的！马叔，我再敬您一杯。”

两个人干杯，在深圳的这个夜晚，牛大力又醉了。

第二十二章

侯三金呆呆地望着车窗外一一闪过的景色，他不知道今后是否还能看到。

火车停靠在宁阳站，马魁和汪新押着侯三金下车，两个刑警立刻迎了上来，马魁把侯三金交给他们，侯三金被带上警车。

这时，马燕带着马健过来了，马健一边喊着“爸爸”，一边像小炮弹似的冲向了马魁的怀抱。抱了抱儿子，马魁从包里拿出玩具火车递给马健，马健开心得不得了：“谢谢爸！爸爸，您抓住坏人了吗？”马魁说：“抓住了。”“抓住几个，坏人长啥样？”

望着儿子无邪的脸庞，马魁摸了摸他的脑袋，看向警车。侯三金透过车窗望着马健，两眼湿润了……

春天转瞬即逝，天还没热几个月，秋天便悄然而至。

根据侯三金提供的线索，马魁、汪新、姜队长来到安城刑警大队，姜队长说：“这几个月来，我们跟哈城警方联合侦查，可以确定贩毒团伙的主要成员在哈城，这是本案的重大突破。接下来的工作更加重要，就是要进一步排查，准确化涉案人员信息，争取早日破案。”

姜队长话音一落，一个警察进来汇报，刚刚戒毒所来电话，包家顺跑了。马魁和汪新面面相觑，这事真是蹊跷。

紧接着，不好的消息传来，大桥下面发现一具男尸。现场被围了起来，刑警举起相机对着地上的尸体拍照，闪光灯一闪一闪，在场人员个个面色凝重。

一个刑警走过来说：“死者的身份，已经确定了，是包家顺。他的舌头被割掉了，手指脚趾也都没了。”“割了舌头，是不让他说话，手指脚趾没了，是不给他提供证据的机会。”汪新说。姜队长愤怒地说：“毒贩穷凶极恶，我们更应该尽快把他们一网打尽，绳之以法！”“那些毒贩子太凶残了，他们根本不是人，都是鬼！”“那就把鬼抓干净，不让他们再出来祸害人。”

在众多的犯罪中，毒贩是最穷凶极恶的一伙，打击毒品犯罪，是负重前行。每一位警察的肩膀上，都扛着坚定的信仰，他们以血肉之躯，铸就铮铮铁骨！

白驹过隙，秋去冬来。铁路工人大院迎接雪花飘落，每一个季节都有每一个季节的期待。

马魁坐在桌前，抱着一件衣服在纫针。马燕见他笨手笨脚的，走了过来说：“我给您弄吧！”马燕接过针线，很快就纫好针。马魁感叹地说：“老眼昏花，完蛋了。”马燕要帮忙缝补衣服，马魁说他自己能缝。马燕闲着也没事，拿过衣服缝补起来。

马魁眯了会儿眼睛，说：“吃饱了犯困，我回屋眯会儿去。”马燕说：“爸，我还是想做买卖。”马魁没吱声。马燕继续说：“您看人家牛大力，出去就挣了大钱，等再回来，老风光了，又要请大家吃饭，又要给每家每户安装自来水，全院的人哪个不给他竖大拇指。我跟他比，哪也不差，我相信一定会比他干得好。”

“我也没说不让你干呀。”去过深圳的马魁，是真的长见识了，视野开阔了，现实最能给人指教。马燕说：“那您也没说让我干。”“你的意思，是我得给你批上‘同意’两个字？”“爸，您就给我一句话，我到底能不能做买卖？”“干倒是可以，只是不能耽误上班。”“爸，您就让我一心一意做自己想干的事吧！”“别蹬鼻子上脸，得寸进尺！”马魁说着，起身朝自己屋走去。“多谢您网开一面！”马燕高声冲着父亲喊。

马燕所谓的生意，其实就是摆地摊卖纽扣。大冬天的，街上行人稀少，马燕冻得缩脖子跺脚，汪新提着一个饭盒走了过来，说：“饿了吧，也不知道歇歇。”马燕说：“能卖就多卖点。”“这个点儿，都回家吃饭了，哪有生意？”“谁说没有？刚卖了一单。”

汪新建议，不如回去歇着，等晚点，人多了再出来。马燕摇摇头，就算有一个买家，那也是买卖，做买卖，就得吃苦。汪新笑话马燕钻钱眼儿里去了，马燕却说这叫奋斗。汪新打开饭盒，里面是烤鸡架。马燕一看，眼睛瞬间亮了，笑着说：“烤鸡架，你怎么买这么多呀？”汪新说：“不还有我吗，两人份儿的。”“就知道乱花钱。”“这才花几个钱？放心吃吧！养得起。”

马燕边吃鸡架边说，她爸去了趟深圳，回来后是大变样，竟然不管她做买卖的事儿了。汪新撇撇嘴，小平同志都答应的事，他还敢管？马燕让汪新讲讲深圳的事儿。这一趟深圳之行，让汪新大开眼界。深圳人都跟打了鸡血一样，朝着好日子奔。人家警察下了班，没事就去摆地摊。还有他的几个同学，也都辞职不干了，到深圳做生意去了。那十足的派头，就是财大气粗，张嘴闭嘴都是买卖，弄得他都接不上话了。

马燕觉得，就凭汪新这个聪明劲儿，要是做起买卖来，肯定比他的同学都强。汪新想了想，告诉马燕，他的同学也这么说。要是他想做买卖，同学很愿意帮他一把。马燕当时就乐了，这是多好的事，生意不等人，要干得赶紧干。他俩绑一块儿，两个脑袋一块儿转，那钱不得翻着个儿地往他们怀里钻。

汪新忙说："你别见个火苗就使劲扇，我得冷静冷静。"马燕问："怕你爸不让你干？""我爸那儿倒不是大问题。""怕我爸横腿拦一脚？""那老头不好惹，确实难惹！""他都让我干了，你还有什么可担心的？""你是你，我是我，不一样。""爱干不干，谁还求你挣钱？""要不这样，你先给我透透风去，看看他老人家的意思。""还做买卖呢？看你这点胆子。"

二人闲聊之间，就有顾客来买扣子，又卖了一单，身旁还有汪新的陪伴，马燕的心热乎乎的。

黄昏，晚饭的时候，马燕回家了，和父亲、弟弟一吃着打卤面。马健狼吞虎咽地吃完面，说："爸爸，我吃饱了，出去玩会儿。"马魁说："就急着玩，天黑赶紧回来，要不打屁股！""屁股肉厚，扛打。"说着，马健已经远远跑开。

瞧着儿子撅着屁股跑了，马魁说："我也吃饱了。""吃这么少，还剩半盆面呢！"马燕嘴里嘟囔着。"没胃口。""爸，我听说，深圳的警察都摆上地摊了？""你问这话，是想让我也去摆摊？""您想哪儿去了？爸，您也看到了，现在南方人多活泛，那股风早晚得吹到咱们这儿来，到时候估计您的那些同事，也都会按捺不住出门做买卖去了。"

马魁不满地问："都去做买卖，那谁抓坏人？"马燕说："不说他们了，就说牛大力，他这一回来，把咱大院里的人心都翻腾起来了。您是没听见，大家伙聚在一块，张嘴闭嘴唠的都是牛大力，唠得眼睛里都冒出火星子来了。""唠急眼了？""那是羡慕的火星子。""你到底要说啥？我不是已经答应你，可以抽空去做点买卖了？""爸，汪新跟您去深圳走了一圈，他也深有触动。"

马魁心里咯噔一下，忙问："他也想做买卖去？"马燕说："他没说，就算有这个想法也正常，谁能不眼红，谁不想过宽绰日子，大鱼大肉、吃香喝辣的。"

听到闺女这么说，马魁还有什么不懂的，他沉默片刻，笑了笑。马燕不解，她还真有点怵父亲这样的笑容，问："您笑什么？""他还有侦察兵了。行了，你不用说了，让他直接找我来。""那他真要有想法，您能答应？""我也不是没去深圳，都看在眼里了。""行，那我让他跟您当面说。"

得到了父亲的许可，马燕行动极快，把汪新喊到院子里，交代了他几句。汪新还是没弄明白马魁的想法，他也不想去点炮仗去了。马燕嘲讽汪新胆小，做买卖得胆子大，像他这样顾头顾腚的，还能挣到钱吗？汪新说："我得再想想。"马燕催促说："还想什么？你得豁上一头去！要不这辈子，什么事都干不成，只有眼红的份！""那行，听你的，我这条命不要了！"汪新下定了决心。

天，黑透了。零星的雪花飘落，各家各户的灯火，闪闪烁烁。马魁家里，他和汪新坐在桌前，马燕给二人倒了两杯水。马魁支开马燕，开门见山地说："别憋着了，有话直说。"汪新说："您不是都知道了，就是那么点事儿，我是想征求征求您的意见。""我说话好使？""当然好使，您是我师傅。"

马魁点点头说："小子，你这趟没白走，开了眼界，通了脑袋，明了方向。好！很好！好得很！我没看错你，没教错你，等到大鱼大肉吃香喝辣那天，记得招呼我一声，让我也沾沾你的光。"汪新笑着说："咱爷俩谁跟谁，我有好吃好喝的，肯定少不了您的。""真够意思，咱俩没白处一场。行了，我的意见说完了，你可以走了。""多谢您的支持，有您这话，我有底了。"汪新说着，起身准备离开，却听马魁又说："年轻人，就得像你这样，哪儿有钱往哪儿钻，哪儿有热闹往哪儿凑，好样的，真是好样的，我佩服你！"

汪新苦着脸说："师傅，您这么说话，就不实在了。"马魁讥讽说："那你还想让我怎么实在？让我给你拍巴掌鼓掌？再雇个响器班子，给你敲锣打鼓热闹热闹？"到了这份上，汪新算是听明白了，他抿着嘴，马魁的话又递到耳边："明天抓紧辞职去吧！不，今天就去。走，我陪你一块去。"

马魁雷厉风行，就要拽汪新。汪新闪开，说："这都几点了，领导都休息了。"马魁说："那怕啥，我砸他家门去！""师傅，您到底啥意思？我也没说要辞职！""不辞职怎么做买卖？""先抽空做做试试。""心都散了，你还能破得了案？还当什么警察？不管干什么，都得一心一意，不能脚踩两只船。走！"

这一次，马魁下了狠劲，一把拽住了汪新，汪新和他拉扯着说："您别拽我，师傅，我就是来问问您的意见，您要是不答应就算了。我也没说非要去做买卖不可。""以后别叫我师傅了，我教不了你咋挣钱。不过，我支持你，还要泼了命地支持你！"

马魁硬拽着汪新往外走，马燕听着外面的动静，赶紧从房间里出来拦着说：

“爸，您这思想怎么还这么顽固？南方您也去了，该看到的也都看到了，奔好日子有错吗？想吃好喝好有错吗？难道非得一辈子把着铁饭碗不可？说不定，撒了手，就捧上金饭碗了。”

“我明白了，怪不得你俩眉来眼去的，就是因为你，他才成了墙头草！你不是个好东西，他也不是个好东西，你俩都不是好东西！”警察这份职业，在马魁心中，是神圣不可侵犯的，他不容汪新有一丝动摇。他心头正恼怒，听了闺女的话，更是怒火中烧。

“这怎么还怪到我头上来了？是您嫌汪新穷的，没钱不行，想挣钱也不行，那到底怎么样才能行？”马燕也是一肚子委屈。“咋样都不行！滚！”马魁怒道。“您不讲道理！”马燕说完，赌气回了自己的房间。汪新一看势头不妙，借口肚子疼要上趟茅房，落荒而逃。

翌日，汪新和马燕相约在河边。河流冰封，寒风刺骨。汪新沮丧地说：“我就知道会是这么个结果，早知道不招惹他了。”马燕打气说：“挨了两句骂，就打退堂鼓，那还能做成事？你看我都跟他吵了多少回了，到头来不是自己做主了？”“咱俩是两码事，我是警察。”“警察怎么了？警察就一定得干到底，不能选择自己的人生？”“也可能是他舍不得我走。”“你别自作多情了，有你没你，我爸他一样能破案！”“那倒是，可我总觉得这事不牢靠。”汪新的心是乱了，在马燕面前，他的心乱糟糟。

“你深圳的那帮同学，都摆在你眼前了，人家怎么就能干？像他们那样活着，不好吗？再说了，做警察，多么危险，万一……”说到这儿，马燕停顿了一下，没再说下去。汪新望着马燕，她的意思不言而喻。马燕继续说：“这话不好听，可都是事实。说到底，你也不是我爸生的，他捆不住你的腿，根本不用听他的。趁着年轻，趁着好时候，想干就干，不管能不能干成，等老了的那一天，躺炕上动不了，回想这一辈子，也活得值得！”

汪新找了个地方坐下，马燕说得也有道理。马燕在他身边坐下，继续煽呼：“只要你爸那边同意，辞职信我给你写，保准能拿下领导的眼泪来。”汪新问：“领导怎么会掉眼泪？”“感动的呗，这年轻人，真有出息，是国家的希望、栋梁之材。”“你可别扯了。”“要不这样，你请个病假，咱俩出去倒腾一把，摸摸门路。要是能行，回来再辞职也不迟。”

汪新担心病假条不好整，马燕让他找沈大夫，就说腰疼得养养。汪新顾虑重重，家里这边怎么说呢。马燕谎话张口就来，跟汪叔说，腰疼得厉害，深圳有同学认识好中医，叫去看看腰。汪新摇摇头，问马燕张嘴就能编一套，这骗人的本事，跟谁学的。

马燕一点都没不好意思地说："都是这些年被我爸逼出来的，我想干的，他不让干，只能跟他绕圈子。我还总结出一个道理，没直道走，就得转着弯儿走，只要是一直往前走，就早晚都能走到地方。"

汪新点点头，琢磨开了。最后，两人下定决心，分头行动。

汪新也是行动派，边收拾行李，边对父亲撒谎。汪永革瞧着他挺利索，疑惑地问："你的腰到底痛不痛？"汪新理直气壮地反问："不痛大夫能给我开诊断书？""痛，还到处乱跑？不是越跑越严重？""我都说了，深圳那边有好大夫，人家祖传秘方，用上就能见效。要是有人问我，千万别提深圳的事，就说我去我老叔家了。"汪新嘱咐着父亲。

汪永革奇怪地问："你出去看病，有啥不能说的？"汪新说："人言可畏。""我看你就是想出去溜达溜达。""爸，我这腰疼是一方面。另外这些年来，我就没消停过，身体累，心更累，我也想出去散散心。""这倒是句老实话。"

马燕这边倒没啥阻力，她提着行李箱从自己屋里走出来，看到马魁坐在桌前看着报纸，说道："爸，这几天，就得靠您照顾马健了，我上完货立马往回赶。"马魁叮嘱说："道上注意安全。""您放心，我也不是头一回去。那半锅粥今天得喝完，要不该馊了。""行了，快走吧！"

蒸汽机车停靠在站台上，马燕提着行李箱走了过来，她站住身朝周围望着。乘客匆匆忙忙，人群中不见汪新的身影。马燕正纳闷，人呢？哪儿去了？正在这时，马燕听到了汪新的声音，她循着声音望去，只见车窗里汪新朝她挥着手。汪新戴着草帽，遮住了半张脸，不仔细看还真不容易发现。

马燕笑了笑，提着行李箱登上火车，径直走到汪新跟前，问道："你怎么不等我一会儿？"汪新警惕地说："下面眼睛多。""你这是警察病犯了。""别乱说，来，把行李给我。"

汪新接过马燕的行李箱，放在行李架上。等二人坐下身，汪新依然用草帽遮住脸。"连我都不让看了？"马燕不满地问。"等车跑远了再看。"汪新谨慎地说。"你就把心搁肚子里吧！""别说话了。"

蒸汽机车缓缓启动，慢慢加速行驶，汪新和马燕默默地坐着。过了好一会儿，马燕说："帽子摘了吧！"汪新说："再等一会儿。"马燕一把拽掉他的草帽，汪新诧异地问："你干什么？"马燕把草帽戴在自己头上，汪新望着她抱怨："你也就能揉搓揉搓我。""揉搓的就是你，不乐意？""不敢不乐意。""你同学那边，没问题吧？""都说好了，等一到站，他来接咱们，然后请咱们吃饭。""吃饭不重要，得谈买卖。”“我同学说了，不能让我白跑一趟，怎么也得让我这腰包鼓起来。”

两人畅想如何挣钱，聊得不亦乐乎。马燕问汪新带了多少钱。汪新让她小声点儿，车上不能问这事。马燕不以为然，说满耳朵轰隆隆的，别人听不见。汪新提醒她，这她就不懂了，做贼的都是顺风耳。

突然，一个声音传来：“谁说的，我也是顺风耳！”汪新吓得一激灵，师傅马魁追来了。马燕结结巴巴地说：“爸……您……您怎么来了，真是太巧了。”“确实挺巧的，在哪儿都能碰上。”汪新跟着附和。

马魁冷冷地让汪新跟他走，汪新有些迟疑，不知师傅想干啥。马燕挺身而出，要跟汪新一起去。汪新摆摆手说，用不着，一人做事一人当。

师徒俩来到车厢连接处，马魁站住身，问：“腰不痛了？”汪新心虚地说：“本来挺痛的，现在好多了。”“去深圳干吗？不会是在那边找个神医吧？我这老腰杆子也痛，正好借你的光，治一治？”汪新闷着头不说话。马魁瞅着他：“哦，不想让我借你的光？”“师傅，我这假都请了，您就通融通融，让我去一趟吧！”

马魁严肃地告诉汪新，他都不知道自己犯的错误有多严重，这叫欺骗组织！是要被处分的。汪新沉默良久，让马魁别吓唬他，他就想多挣点钱。马魁纳闷地问：“挣钱干啥呀？”汪新说：“在你眼里就不穷了呗。”“我啥时候嫌弃你穷了？”

“不是你跟马燕说的嫌弃我穷吗？”马魁回避说：“你……钱这个东西，是你说挣就能挣到吗？”“我总得试试吧！”“找到挣钱路子，抬腿就跑了。等碰个灰头土脸以后，再回来接着干你的本行，如意算盘打得不错，好事全成你的了！”

汪新还没明白师傅的深意，分辩说：“我可以边干边挣钱啊，不耽误。”马魁质问：“怎么不耽误？你光顾着挣钱去了，哪还有心思破案啊？你一直以来的理想不是做一名刑警，不是还让我瞧好了吗？你的理想被狗吃了？”“我也没说不干警察呀？”

马魁动了感情，说道：“当年在车上，我师傅被贼刺伤，浑身就跟血葫芦一样，眼看着快不行了，我抱着他，临走时，他就问我一句话，还想当警察吗？”

汪新神情凝重，看着师傅。马魁停顿了一会儿，接着说：“你是个好苗子，能成为一个好警察。别人我管不了，但你是我徒弟，就不行！你要干就踏踏实实干，不能半途而废，更不能三心二意。干咱们这行不容易，有危险，又辛苦，还没时间陪家人，可你把案子破了的时候，是不是觉得很有成就感啊？老能耐了！”

汪新不自觉地点了点头。马魁让汪新自己拿主意，是走是留自己看着办。

马魁说完就转身走了。汪新叫住马魁，问他当初是怎么回答师傅的。马魁说，他用实际行动回答了。马魁说得正气凛然，汪新肃然起敬。

汪新内心被深深触动，他怀着复杂的心情回到马燕身边，马燕关切地问："我爸骂你了？"汪新摇摇头。"一脸挨骂的样儿，还嘴硬。没事，你要是铁了心想干，我爸也管不了你。"汪新笑了笑。"你可以跟深圳的那个同行一样，边干警察边做买卖，要是工作忙，我就多跑跑。"汪新沉默不语。马燕继续叨叨着："不管干什么，都不会一帆风顺的，磕磕绊绊很正常。但是，只要咬紧牙关坚持住，等干成了，回头再看，那都不算事。"汪新应付地点点头说："昨晚没睡好，我眯会儿。"他闭上了眼睛，琢磨着师傅说的那些话，想着最初的梦想，反复问自己，那份初心还在不在。

蒸汽机车缓缓停靠在宁岗车站，马魁下了车，他回头看看车厢门，不见汪新的身影，他的眼里是无尽的失望。车厢门关闭了，火车启动朝前驶去。马魁望着远去的列车，沉沉地叹了口气。

过了好一会儿，有人朝马魁走过来，他眼前一亮，忙掩饰着，随即看着远处的铁轨。来人是汪新，他平静地说："再不走，赶不上回去的车了。"马魁面沉似水地问："急着回去写辞职报告？""别打扰我，正措辞儿。"马魁笑了，汪新也呵呵笑着。师徒如父子，心气相通，安危与共。

马魁一回宁阳，就去铁路医院找了沈大夫，问她为啥给汪新出诊断书。沈大夫沉默片刻说："为了成全两个孩子。"马魁态度生硬地说："我早就跟你说过，他俩成不了！""可你没说为什么成不了。"马魁语塞，一时不知如何解释。沈大夫说，是汪新找的她。两个年轻人真心相爱，马魁却以汪新家里穷为由设置障碍，他俩只好去深圳闯荡挣钱解决困难。

两个年轻人苦苦哀求，马燕甚至说："沈姨，您就帮帮我们吧！我和汪新的感情是真的，爱了这么久，该有个结果了。"马燕发誓，非汪新不嫁！汪新说，非马燕不娶！这辈子，就她了。面对如此相爱、信誓旦旦的两个人，沈大夫焉能不动容、不心软，哪怕是违规受罚，她也在所不惜。

听了沈大夫的诉说，马魁怨气未消，问道："就因为他们说了这些，你就由着他们了？"沈大夫坦然道："我可怜那俩孩子，我盼着，他俩能成个家。""糊涂！小沈，这里面有很多事，你不清楚！""嫂子清楚吗？"

沈大夫这么一问，马魁顿时语塞，她接着说："要是嫂子在的话，她会不会答应这俩孩子的事？马哥，事儿我已经承认了，也都办完了。你要埋怨，就只管埋怨，不过我不服气！"

就连知书达理的沈大夫都在自己面前耍起了脾气，马魁觉得这一切像是脱离自己的掌控了，他沉默不语。沈大夫继续说着："马哥，我知道，你肯定不是为了钱，才拦着那俩孩子的。可是到底为了啥？我猜不到。不过，不管咋说，孩子是孩子的事，你是你的事，你不能为了你的事，耽误孩子的事。"

马魁仰头望天，无奈地说："算了，这事儿，是唠不明白了，往后……"沈大夫直接打断说："不要再说了，我知道了。"说着，她快步朝医院大门走去。马魁一阵心慌，忙问："你知道啥了？"沈大夫回道："离你远点！"马魁望着沈大夫的背影，陷入沉思，他想沈大夫一定遇到啥事儿了。

街上，夜色弥漫。沈大夫下班回家，她瞅见马魁站在街边不远处，就像不认识他似的，径直走开。马魁不远不近地跟着沈大夫，她走走停停，他亦是如此。

在一个街角，马魁鼓足勇气，拦住了沈大夫。沈大夫绕过他，他又挡住。两个人绕来绕去，沈大夫无法绕过马魁，他像一堵墙，为她抵御着街角的寒风。

沈大夫委屈地问："还没骂够？""我没骂你。"马魁忙辩解。"是责怪，可以了吧？""小沈，你这火气有点太大了。""我就这样，你也不是没见识过。""好，咱不说火大火小的事，你怪我不跟你说清楚，那你也没跟我说清楚。""我不是都承认了？""不是这事。""那是什么事？""你瞒不过我的眼睛的，你家里碰上难事了吧？"沈大夫不想说。马魁继续说："我都跟你说了，有事儿吱一声，就算帮不上，讲出来也能好一些，总比憋在心里强。"

沈大夫不想和马魁说这些话题，转身想要离开。马魁又一次拦住了她，说："小沈，自打你嫂子走后，你对我和两个孩子，都非常关照，这情分我一辈子都忘不了。我也盼着能帮你做点啥，却又不知道该做啥。这么说吧，不管你碰上啥难事，我都会掏心掏肺地擎着你、护着你。这话我今天放这儿，只要我还活着，就都算数！"

马魁的话让沈大夫顿时破防，她泪流满面……

汪新改了主意，马燕只好灰溜溜地回了家。因为彭明杰父女要来家里，她少不了得张罗一番。马魁一家和彭明杰父女俩坐在桌前，桌上摆着丰富的酒菜。马魁感叹说："这一晃，丽丽都毕业了，日子过得真快。""可不是嘛！马健都上学了。"说着，彭明杰摸了摸马健的头。马魁望着儿子，鼓励说："马健，你得跟丽丽姐学，将来也得考大学！""我都跟丽丽姐说了，我的目标是清华大学！"马健胸有成竹地说。"你要是能考上清华，那你们老马家，可了不得了。"马魁有点醉了，嘴不怎么听使唤。

"怎么是你们老马家，是咱们老马家。"马燕纠正着父亲。"喝点小酒，嘴就瓢了，咱们老马家，可了不得了。"马魁由衷地为儿子骄傲。"到那时您出门，都得横着走，是吗？”见父亲喝多了，马燕调侃了一句。“我倒着走！”马魁说。

一阵哄堂大笑后，马魁举起酒杯：“别跑题，今天，是庆祝丽丽大学毕业，来，喝酒！”干杯之后，丽丽说：“二爸，我跟您汇报个事。”“汇报，看来是正事。”马魁的表情认真起来。“二爸，我有对象了。”“这是喜事呀，刚处上的？”“都处了快两年了，等毕业了，就准备结婚。”“这么重要的事，怎么不提前跟我说？还拿我当二爸吗？”“我跟燕姐说了，她还一直帮我出谋划策来着。再说了，我也没跟我爸说，我怕你们会说我耽误学习。”

听到闺女这么说，彭明杰也是连连感叹：“有句老话，叫儿大不由娘，这闺女大了，也不服管。还好，那小子看起来挺精神，又朴朴实实的，是个过日子的料。丽丽，赶紧给你二爸敬酒！”“等我拿个酒盅去。”马燕说。

马魁叫住了马燕，说：“别拿了，姑娘家，最好别动酒。”回头又对丽丽说：“丽丽，你能找个好对象，二爸打心眼儿里高兴，盼着你们能心想事成，稳稳当当的，走进一家门。”“谢谢二爸！二爸，等我结婚那天，您给我当证婚人。”“证婚人，得讲话吧！我这拙嘴笨舌的，怕讲不好。”

彭明杰一听，就不乐意了：“她二爸，你这嘴要是笨了，那别人就不用说话了。”马魁说：“这可是大事，泰山压顶，我得好好琢磨琢磨。”随后，马魁问丽丽：“你们结婚后，打算把家安在哪儿？”“宁阳这地方不错，我也待习惯了，不想走了。”“太好了，要的就是这句话！你们要是暂时没地方住，就把家安在二爸这里，二爸给你们收拾出一间新房来。”

马魁盛情相邀，丽丽看向了自己的父亲，彭明杰说：“她二爸，你这话说到我心坎儿里去了，他们在你这儿住，我最放心不过了。只是，这屋里多了两口人，麻烦肯定少不了，得多操许多心。”“停停停！明杰，你要还拿我当兄弟，就别说这话。来，干了这杯酒，这事就定死了！”

马魁和彭明杰一起擎起酒盅，彭明杰说：“水萝卜就酒嘎嘣脆，说的就是你老马！”两人干杯，屋子里又是一片片笑声。

第二十三章

冬天，河边的风像是丢刀子，寒气逼人；空中飘落着零星的雪花。

临江市河边，一个女人趴在淤泥里，一个刑警举着拍照。受害女人的右手背在身后，握着拳，食指呈钩状，地上有一串凌乱的脚印。尸体是早上几个来河边钓鱼的人发现的，受害人叫陈丽梅，今年二十四岁，已婚。

临江市刑警向汪新介绍案情，根据尸体僵硬程度，估算死亡时间距离发现尸体的时间大约六小时左右，也就是说，她是凌晨一点钟左右遇害的。陈丽梅是临江第一纺织厂的女工，她凌晨下了夜班后，在回家途中遇害，案发地点是她每天回家的必经之路。

对案情有了初步了解之后，汪新和当地的刑警再一次去了案发现场。现场被围了起来，尸体已经被抬走，只留下周围用喷漆画出来的轮廓。轮廓附近的淤泥处，有一串凌乱的脚印，汪新小心翼翼地走到尸体轮廓旁边，看着那串脚印。

汪新掏出米尺，测量脚印长度、深浅，说道：“四二的脚，嫌犯身高应该在1.75米到1.8米之间，根据脚印深浅估算，嫌犯的体重应该在八十公斤左右。”身旁的刑警在本子上记录着，汪新让他们先查一下陈丽梅周围的同事。

暂时处理了临江的案件，汪新返回宁阳。回来的路上，汪新感觉压力山大，这一个个案件悬而未破，受害者不断出现，他却束手无策，他很灰心，觉得自己真无用。他的心像是被穿了个洞，寒风顺着洞口吹得他骨头疼。汪新垂头丧气，不禁埋怨起自己。

汪新来到师傅家，看他哭丧着脸，马魁整了两个小菜，拿出一瓶酒。汪新蔫头耷脑地坐在桌前，马魁喝了一口酒，问：“又瘪茄子了？”汪新叹气说：“临江刑警队来信了，陈丽梅所在工厂筛查了一遍，凡是符合特征的，全都有不在现场证明。”“那就说明，嫌犯跟死者不是一个单位的。”“眼瞅着凶手疯狂作案，又抓不住他，闹心呀！这案子多拖一天，就可能多背上一条人命。”

汪新问马魁他那边案子怎么样了。马魁说，电话本上的那些人都是买家，他们对毒贩子的事知道得太少，都说不到根儿上。汪新气馁地抱怨起来，连环杀人案、贩毒案、拐卖案，所有的线索都断了。

马魁打气说：“蔫了？线索没了就再找，嫌犯要不出现，咱就等，只要他敢再出来犯案，我们就能逮住他。”“师傅，您说得都对。可是身上背的案子越多，心里就老不得劲，这东一头西一头的，感觉像被犯罪分子遛着玩呢！这么长时间过去了，我觉得自己很无能，自信都没了。”说到这儿，汪新真的怀念刚上车时，那个意气风发的自己。

“臭小子，你这不把我也捎上了？觉得自己无能，那说明你上道了。案子不破，消耗了你的心气儿，你痛苦难受，当然会觉得自己无能。所以，你得铆足劲钻进案子里，把案子给破了，痛苦就少了，心里也就舒坦了。”汪新认真听着，觉得这话说到自己心里去了。马魁继续说：“既然说到这儿了，师傅也掏掏心窝子。那天去火车上追你，我是心里真没底。脚长在你腿上，你真坐着火车南下了，我也没办法，就是可惜了。汪新，作为师傅，我会尽我一切所能地去教你、去帮你，别的就靠你自己了。”

马魁说完，端起酒盅喝着。汪新眼窝一热，差点落下泪来。马魁笑了，问：“你这是干啥？”汪新哽咽道：“这么多年，您头一回把心端在嘴上。”“就是说，我平常口不应心？”“有点这意思。”“小瘪犊子玩意儿，我可把自由给你了，你自己不走的。”“我是真想走，又怕走了以后，这身警服就穿不回来了。”“没了你，日子还不过了？有你没你，一样能把案子破了。”“那可不一定，有我在您边上，案子破得可能会快一点。”“别把自己拿得那么重。”

汪新倒了两盅酒，他擎起酒盅：“师傅，多谢您把我拽回来，让我还有机会做个警察。您放心，我再也不会犯浑了，一定要跟您一块，把案子都破了，也一定要像您一样，做一辈子的好警察。我敬您，师傅。”“甜嘴巴舌谁不会？少来忽悠我，实打实地干，我睁眼瞅着呢！”马魁嘴上这么说，心里很受用，觉得有这么个徒弟，值了。

傍晚，天空开始飘着小雪。铁路工人大院飘着食物的香味儿。汪永革父子俩正在吃饭，听到姚玉玲的叫门声，汪新起身开了门，请她进来。

姚玉玲淡淡一笑，跟汪永革打招呼。姚玉玲说，她打算辞职，辞职报告已经交上去了。父子俩大吃一惊，汪永革忙问姚玉玲，她要干啥去。汪新想当然地说，玉玲姐不会是去找大力哥吧。姚玉玲不方便说，让他们别问了。

姚玉玲想请汪永革帮个忙，她辞职后，那间房子就不能留了，她还有些东西一时半会儿搬不走。想麻烦汪永革跟领导说一声，给她留一阵，等她安顿好了就搬走。汪永革满口应承下来，说这点小事，不算啥。他觉得列车广播员挺好的，就这么不干了，怪可惜的，希望姚玉玲想清楚了。姚玉玲态度很坚定，说她早想清楚了。

姚玉玲走了，汪永革有些伤感地说："院里的人，越来越少了。"汪新说："爸，我猜得准没错儿，姚玉玲肯定是去找牛大力去了，好事儿。""那她为啥不说？谁都知道，牛大力惦记着她。"汪永革摇摇头，并不赞同儿子的想法。汪新解释说："她肯定不好意思，那会儿她眼皮里头不夹牛大力，现在牛大力发财了，她又上赶着，那不显得她嫌贫爱富。"

汪永革见多识广，眼睛很毒，担忧地说："虽说小姚这姑娘，不是个过日子的人，但也没啥坏心眼，别让人骗了就行。她要真去找牛大力，那倒让人放心了。"

汪新说："您就别替人操心了，操操儿子的心吧！我和马燕，就这么晃着可不成，逮机会您得跟我师傅说道说道。""你就非马燕不行？你师傅见了我，就跟见了仇人似的，我能说啥？"汪永革面露难色，神情复杂。"爸，您跟我师傅，这扣就系死了，是吧？咋着都解不开了？""过去这么多年了，这翻来覆去的，也跟他解释了无数回了，可是你师傅那人就认死理。"

汪新郑重地看着父亲说："我师傅那人吧，是脾气倔，不过他毕竟是老警察，那眼神是出了名地好。他说得那么肯定，能错吗？我都有点含糊了。爸，您跟我说实话，是不是有啥事儿瞒着我？我也大了，又不是三岁孩子，有啥事儿，咱爷俩关起门来好好说。"汪永革有点生气地说："你这话啥意思，连我都不相信？你是信老马，还是信我？""不是不相信您，一个是我爹，一个是我师傅，都是我最亲的人，我是不希望你俩有疙瘩，没准将来，我还得管我师傅叫声爹呢！"

"儿子，你和马燕的事儿，只要你师傅同意，我不反对。我汪永革这辈子光明磊落，没干过对不起人的事儿。"汪永革说得掷地有声。汪新点点头说："爸，我信您。""吃饭吧！"说着，汪永革长长地叹了一口气。

儿子的情感拖到今天，是因缘啊，还是姻缘，千丝万缕，难抽一线。

辞别了汪家父子没几天，姚玉玲说走就走。她挥挥衣袖，不带走宁阳的一片云彩。这天，她拎着行李上了火车，找到座位坐下，透过车窗玻璃上的冰花望着外面，她无心看风景，耳边响起列车广播：尊敬的旅客朋友，宁阳开往哈城的列车马上就要开车了，请大家放好行李对号入座……

列车缓缓地启动，等待的人还没来，姚玉玲看了一下手表，有点不淡定了。突然，她眼前一亮，神情变得愉悦，一个男人坐在了她的对面，他是贾金龙。两人四目相对，男的淡然浅笑，女的笑靥如花。

铁路工人大院走了牛大力，又走了姚玉玲，大家的日子一如往常。马燕提着旅行袋走到父亲的屋门口，招呼道："爸，我出去了。"马魁在屋里应了一声："这么早？""今天休息，早点支上摊，能多挣点。""天多冷，歇歇吧！""要这么说，您也别出去忙了。""这不是一回事。""怎么不是一回事，您上班是工作，我出去摆摊，也是工作。要是怕冷怕热的，还能干成事？"

斗了几句嘴，马魁告诉马燕，他要出去几天，家里她多上上心。锣鼓听音，马燕听出了老爸的潜台词，不快地说，这话说得好像她不顾家一样，一年到头，这家不都是她盯着。马魁马上认错，承认闺女为这个家付出了很多，值得表扬，还要再接再厉。马燕不依不饶地抱怨："我到现在才知道，我妈有多累，一个人当警察，全家跟着遭罪。"马魁立即接话说："你这话算说对了，找谁都不能找警察，所以我一直跟你说，不能跟那小子有牵扯。"马燕哼了一声，走了出去。

马魁内心十分矛盾，闺女和汪新都是好孩子，青梅竹马，真心相爱。眼下，他俩年纪都不小了，早该谈婚论嫁，可他心里有一道过不去的坎儿，打死也不能跟汪永革做亲家，因此苦了俩孩子。马魁转念又一想，他们这是自找苦吃，自作自受！

马燕刚打开门，就被一阵风顶回了脑袋，她缩了缩头，却听到了丽丽的声音："燕姐，你要出去？""丽丽来了，赶紧进屋。"马燕招呼着丽丽。马魁闻声走了过来，问："丽丽，你这是从哪儿来？"丽丽说："我一直在哈城，这次回来是准备上班了。"

马魁问候了老朋友，丽丽笑说，她爸能吃能喝睡得香，一个冬天胖了好几斤。马燕问丽丽跟对象处得咋样了。丽丽说，他俩打算结婚，日子选在了五一劳动节。马魁点点头说："这日子好，结了婚，不能坐吃山空，得劳动。越劳动，越富裕，越劳动，日子越红火。""您说得对，就是这个寓意。二爸，证婚词您想好了吗？""他还没打草稿。"马燕笑着打趣着父亲。

马魁瞥了闺女一眼，对丽丽说："都在肚子里转着呢，到时候你竖起耳朵就是了。”丽丽抿嘴笑着。马魁想了想说：“还有两个多月的时间，我得抓紧给你们布置新房了。”丽丽说：“二爸，其实我们也可以出去租房子住。”“哪有让自己闺女出去租房子住的？你这不是打二爸的脸吗？”“二爸，我是怕您不方便。”“怎么不方便？那屋空着也是空着，你们来把屋子住满了，这才热闹，才有人气，是家的味儿。”

马燕见父亲如此热情，少不得也要说两句：“丽丽，你就听你二爸的，你住这儿他高兴。”丽丽笑着说：“那行，我就不客气了。”马魁忙说：“这就对了，燕子，你赶紧帮我琢磨琢磨，丽丽那新房得添点啥。”“有什么用什么，不用再添东西了。”丽丽是真心不好意思。“那怎么行，新婚图的就是这个‘新’字！燕子，你拿纸拿笔记一下。”

马燕从包里拿出笔和记账本，认真地听着马魁说：“一、墙面得粉刷一下，要记住，不能只刷婚房，咱家所有的墙面都得刷一遍。”见如此兴师动众，丽丽忙说：“二爸，不用都刷吧？”马魁不容置喙地说：“进屋就得新，不差这点。二、所有家具重新刷遍漆、上遍油；三、咱家的地面都要洗刷干净；四、找木匠打个新床，双人的。”

亲闺女的婚事没影儿呢，嫁干女儿就激动成这样，马燕白了父亲一眼，说：“这还用说，肯定是双人的。”马魁解释说：“我怕木匠弄错了，你得提醒他。五、给丽丽和她对象做一床新褥子、新被子，还有两个新枕头，枕巾别忘了。”“您慢点说，我都记不过来了。”“二爸，褥子、被子，这些东西您不用管，我们自己买。”丽丽忙说。“还是那句话，闺女结婚，老爸能让闺女自己花钱？有那样的老爸？”

干爹这样热情，丽丽不知说啥好。马魁被打断，像是忘了什么，问马燕：“我都说什么了？说到几了？”“该说的您都说了，该说六了。”“六、添置新洗脸盆、新毛巾、新碗、新筷子。对了，还有新暖壶、新痰盂什么的，灯泡也得换新的。总之一句话，用的东西都得是新的，新人新气象。七、大红囍字不能少，大胖小子的剪纸贴窗上，红灯笼也得来两个。我得找你沈姨求副喜联去，你们先唠着，我一会儿就回来。”马燕问：“这事儿急啥？”“我得让她先有个准备，好好措措辞儿，写出来的，跟别人不一样。”马魁说完，就急奔沈大夫家去。他一直处于兴奋状态，开心得像是找不到方向。一旁的丽丽感动得眼里泛着泪花……

你来我往中，感情日积月累越处越深，可像马魁这样的实诚人越来越少了。

马魁的喜悦之情还没维持几天，就被女大学生拐卖案激怒了，光天化日之下如此作为，真是太嚣张了。姜队长、马魁、汪新以及四个刑警围坐开会，一个刑警介绍情况："前天中午，十二点半左右，在咱们车站里有一个女大学生失踪了。有人看见，那个女大学生下车后，被一个中年妇女拦住，跟她唠了一会儿。女大学生跟着中年女人出了站。她们在站外街上逛了一会儿，之后女大学生就再也没了消息。经过调查，这个女大学生是瓦河人，在宁阳念书，在宁阳市内没有亲属。"

汪新面色凝重地问："目击证人没说那个中年女人长啥样？"那个刑警说："他没留意。""那女大学生有什么特征？""短发，中等个头，不胖不瘦，穿着军绿色棉袄，背着书包。"汪新思索着，马魁说："我们现在能做的，是抓紧时间，去站外调查访问，争取找到更多的目击证人。""行，我这就去。"

汪新来到宁阳火车站广场上，转了一圈后，他去了旁边的一家饺子馆。服务员看到汪新进来，热情地招呼着他，汪新环视四周，说："你好，我来打听个事，请问前天中午，你们看到一个穿着军绿色棉袄、背着书包的女大学生吗？"服务员点点头说："看到了，她们还进来了。"

服务员告诉汪新，陪女生一起进来的是个中年女人，她嫌这里的饺子贵，要换一家便宜的地方吃饭。见服务员很配合，汪新问得很细致，诸如那个中年女人什么长相、脸上有什么特征等。服务员想了想说，长相普通，穿得破破烂烂，下巴处有块斑。汪新明白了，那中年女人是罪行累累的惯犯，自己曾栽在她手里颜面扫地。

汪新忙问："那她们离开后，去哪儿了？"服务员摇摇头说："这就不清楚了，我还能跟着她们出去？""你要是再看见那个中年女人，一定要报案。""好，她犯啥罪了？"服务员好奇地问。"这个你就不用管了，谢谢。"

出了饺子馆，汪新又去了别的饭馆，各处小摊子和杂货店，还跟一个卖瓜子的唠透了，他给汪新指了一个方向……

一趟走下来，汪新人困马乏，却收获甚少。汪新和马魁在宁阳火车站碰面，他向师傅汇报了情况。各家店面他都交代了，一旦发现那个女人，务必迅速报案。马魁说，人贩子利用女学生的同情心，把人拐走了。他要去瓦河走一趟，跟失踪者的家里了解一下情况。

马魁让汪新留在宁阳，扩大走访范围。最好跟队里汇报一下，请地方公安配合警务协作。他晚上可能赶不回来，转告马燕一声。汪新点着头，叮嘱师傅当心，注意安全。

忙完工作，汪新一路心事重重地往家赶，刚走到大院外，就看到贾金龙提着旅行包从院里走出来。汪新一脸诧异，继而热情地打招呼，贾金龙笑着说："正念叨你，转眼就碰上了，真是缘分。”“贾哥，这又是为买卖的事来的吧？”“两说，也想你们。”“走，咱们进屋唠。”

汪新沏茶倒水热情招待，两人落座闲聊了一会儿，贾金龙打开旅行包拿出一件牛仔服，让汪新试试。哪个小伙不爱潇洒，尤其是像汪新这样的帅哥，他客套一下，接过牛仔服穿上。贾金龙站在一旁，笑呵呵地说：“真是人靠衣装马靠鞍，这身衣服一穿上，你立马走在时代前头了。”汪新照了照镜子，说：“贾哥，这衣服真时髦，我在深圳都没看到过这么好的款式。”“你啥时候去深圳了？”“就是前一阵。”

贾金龙好奇地问，是出差还是旅游。汪新苦笑着说，干警察这样的，哪有工夫旅游。贾金龙纳闷了，啥案子，还得跑深圳去。汪新长叹一声，唉，说来话长。意识到自己的嘴越界了，贾金龙忙说：“看我这嘴，不该问的瞎问。”汪新笑了笑，贾金龙转移话题说：“这衣服可是实打实的欧洲货。”“你还能弄到欧洲货？”“做生意哪儿的朋友不都得有几个，你要是看中眼了，我再给你弄几套，这点本事哥还是有的。”“可别弄了，这衣服得老贵了。”

贾金龙是个大方人，让汪新别管贵不贵，当哥的送给兄弟，穿就完了。汪新摆摆手，那可不行，多少钱，照付不误。贾金龙说，朋友没管他要钱，他一张嘴，就送给他了。当警察的警惕性就是高，汪新笑了笑：“送得这么准？大小正正好。”“咱哥俩高矮胖瘦差不多，我能穿，你保准也能穿。”

白话了半天，汪新死活就是要给钱。贾金龙不高兴了，一件衣服罢了，几块破布一凑，能金贵到哪儿去？汪新要是再外道，他就把衣服烧了。听贾金龙这么说，汪新犹豫了片刻，便接受了。贾金龙高兴起来，让汪新请他喝顿大酒，就完事了。汪新笑着说，想吃啥，随便说，都给整上。贾金龙想了想，跟自家兄弟就不客气了，弄条大鱼炖上。汪新笑呵呵地说，妥了！晚上爸临时替人顶班，就他一人在家，哥俩慢慢吃，慢慢地喝。

一番忙碌之后，天色便暗了下来。或许每个吃货都是一个出色的厨子，汪新在厨房煎炸煮炖连番操作，大菜炖鱼色香味俱全，还有四个小菜。

哥俩坐在桌前，汪新倒着酒，听贾金龙说：“马叔是真忙，我来来回回多少趟了，没见着几回影儿。”汪新感叹说：“你也是赶巧了，他今儿刚走。不过，话说回来，我们确实挺忙的，接到任务，不管白天晚上，抬腿就得走，走了，还不知道啥时候能回来。没办法，干的就是这活，吃的就是这碗饭。”“这就叫吃得苦中苦，方为人上人。老弟，你们警察，在我们老百姓心里头，那绝对是这个！”贾金龙说着，竖起了大拇指。“哪有你说的那么好？”“你还不了解我？我这人，可是有一说一，好就是好，孬就是孬，从来不说捧人话。”“就为贾哥这性情，老弟敬你。”“咱哥俩，谁跟谁？不用敬，喝就完了。”

酒过三巡，菜过五味。贾金龙见汪新打不起精神，问他咋没精神头，是没睡好，还是遇见啥难事了。汪新摇摇头，他都是让案子愁的，背了一堆悬案，破也破不了，折磨人。贾金龙说：“你们当警察的是真累，可也好，人民警察地位高，走到哪儿，都有头有脸的。”“还有脸？案子破不了，受害人家属恨不得啧你一脸唾沫星子！我都没脸见人。”“干啥都不容易呀，哥哥看你这个样子，心也疼得慌。老弟，需要我帮忙的话就直说，能伸上手的不说二话。人贩子还没抓住？你跟我说说情况，我再给你留意留意。”

汪新沉思了许久，终于问出了口：“贾哥，在哈城，你听说过有人吸毒吗？”“那不犯法吗？”贾金龙反问汪新，汪新揉了揉脑袋，说：“没听说过，是吧？”

“还真没有，哈城有吸毒贩毒的？就算有，那也是哈城的事，也不归你管呀？”

“不瞒你说，在我们管辖的火车上，发现了毒贩子，这个案子就归我们破了。”

“原来是这个规矩。”“贾哥，往后你要是赶巧摸着啥风了，就跟我说一声。”

贾金龙没再说话，汪新喊了一声：“来，喝酒。”

干完杯中酒，贾金龙放下酒盅，严肃地说：“老弟，哥哥没见过吸毒的，更没见过贩毒子，可是也听过那帮人是咋回事。咱是好兄弟，你听哥哥一句话，那些人都是要命的阎王，为了钱他们啥事都干得出来，可以说是人挡杀人、佛挡杀佛！你要是把他们给惹毛了，你自个儿好不了，你全家都好不了！”汪新认真地说：“贾哥，听这话音儿，你对他们的事很清楚？”

“天南海北地闯，进耳朵的杂七杂八事儿多了去了。再说了，就算哈城有，我也准保躲得远远的，不敢蹚这要命的浑水！”说着，贾金龙自顾自地喝酒。汪新望着他，思前想后，说：“贾哥，你帮过我们不少忙，我和马叔都很感谢你，也非常信任你。不瞒你说，我们正在办这个案子，也抓了不少人，但就是挖不到根儿。你要是能帮我们摸摸哈城的底，不光是帮我们破了案子，还能救太多的人，这可是积大德造大福的事。”

贾金龙顾虑重重地说：“老弟，你说的我都明白。只是我有一家子人，我就算不顾自己的死活，也得顾着他们的死活。”汪新说：“贾哥，我能跟你保证一件事，绝对不会把你露出去。这事天知地知，你知我知，要是不想让马叔知道，我也不会告诉他的。”“我信得过马叔，他是个谨慎人儿。”“那你就是肯帮我们的忙了？”

看着汪新心里眼里尽是期盼，贾金龙叹了口气，说：“老弟，你都把话说到这份儿上了，我要是再不吐口，就不够意思了。行，我摸摸看，要是摸不着，你可别埋怨我。”汪新说：“这是啥话，哪能呢？”“来，给哥讲讲，你们是咋抓到那些人的？他们都长啥样呀？是不是老凶了，可怕不？”“他们连这个都敢动！”说着，汪新伸手做出持枪的动作。“哎哟，我的娘呀！吓死人了！”“可在我们警察面前，都不好使。”“你和马叔赶上了？快给我讲讲！”

汪新喝了一口酒，讲起了之前在三山县击毙毒贩的经过。就为这事，处里还奖励了他一台电视机。贾金龙听了，眼眶发热，没有吱声。汪新见贾金龙神色不对，问他这是咋了。贾金龙眨眨眼，感慨地说，当哥的心疼老弟，这多险，稍有不慎就要命呀。汪新还是那句话，当警察干的就是这活儿。

贾金龙嫌小酒盅喝着不过瘾，提议换碗喝酒。汪新豪气顿生，去厨房拿来碗，跟贾金龙大碗喝酒。没一会儿，两人喝得醉眼蒙眬，贾金龙拉着汪新说：“兄弟，你把心交给哥哥了，哥哥也得把心交给你，这忙哥哥帮定了！”“谢谢哥！来，咱俩再喝点。”汪新说着，又给贾金龙倒酒。“古有桃园三结义，咱哥俩也得拜个把子，拜了把子，往后哥哥的身家性命，就全在你身上了。”“哥，老弟就一句话，我认你做大哥，你的命就是我的命，只要我活着，就保你平安无事！”“痛快！喝了这碗酒，咱哥俩就捆在一根绳上了！”

二人端碗，又是一轮，喝啊喝，喝透了这个夜晚的老北风。

翌日，听说马魁回来了，汪新立即去见他，迫不及待地问瓦河那边是啥情况。马魁说，孩子的父母都是老实人，据说没跟谁结过仇怨。汪新告诉师傅，这边走访了一圈，也没发现新线索。贾金龙来了，他俩喝了顿大酒。

马魁看了汪新一眼，像是没听见，把脱下的外套挂在衣架上转身欲走。汪新忙说，贾金龙是来看他俩的，这酒菜钱他也得担一半。马魁觉着酒菜都吃进了汪新的肚子，跟他没啥关系。汪新故意跟师傅逗着玩儿，坚持说贾金龙是冲着他俩来的。马魁皱着眉头，让汪新去他外套兜里掏钱。汪新瞄着马魁，他刚要翻马魁的衣兜，就听到马魁咳嗽一声，吓得赶紧收回手。汪新很不满，问马魁啥意思，他说嗓子不舒服。五次三番，弄得汪新意兴阑珊，灰溜溜地跑了，这便宜是没捞着。马魁哈哈笑着，跟他老马玩这套，没门儿。

跟马魁互有好感的沈大夫遇见一件怪事儿，一个叫刘明的中年男人来到诊室跟沈大夫套近乎。刘明曾找沈大夫瞧过病，马上要过新年了，他来看看沈大夫，想意思意思。刘明从棉袄里掏出两盒午餐肉罐头，放在桌上。沈大夫站起身，婉拒说：“你这是干什么，快拿回去。”刘明忙说：“沈大夫，要不是你医术高超，我现在能不能活着都两说，你治好了我的病，我感谢你。”“这有什么可谢的，我是大夫，就是治病的。”“那也得谢，行了，不打扰了。”说着，刘明就要走，沈大夫大声叫住了他，说：“你要是不拿走，我可扔了！”刘明见沈大夫态度坚决，只好把罐头塞回棉袄里，留下一句“哪儿哪儿都好，没挑的”，转身走了。望着他的背影，沈大夫满腹猜疑。

生活就像是一个难题接着一个难题，一头雾水连着一头雾水。

这天，沈大夫下班回家，刘明骑着自行车追赶而来。他推着车来到沈大夫跟前，打招呼说：“沈大夫，你这是刚下班？”沈大夫看着他眼熟，一时想不起来，刘明提醒道：“刘明，午餐肉罐头。”“哦，想起来了，我记得你。”“来，上车，我送你。”沈大夫不想跟他拉扯，婉言拒绝。刘明这人脸皮厚，非要陪着沈大夫走一段。两人默默地走着，谁也不说话。

过了好一会儿，刘明说：“沈大夫，我想请你吃饭。”沈大夫问：“为什么请我？”“你治好了我的病，感谢你。”“我都说了，这是我应该做的。”“我知道你做好事不图回报，可是吃顿饭能咋的。这不也赶上饭点儿了，你就答应了吧！”沈大夫说：“我家里还有事，谢谢了。”

刘明没辙了，笑了笑不再说话，跟在沈大夫身后。沈大夫有点气恼，问刘明到底去哪儿。刘明扬了扬下巴说，前面。沈大夫沉默片刻，说她的东西落在医院了，得回去拿。

望着沈大夫快步离开，刘明神情失落。人的情感，往往都在一念之间。若是一念不生，则无怒无嗔、无怨无悔，岁月静好。

第二十四章

火车驶过冬日的原野，天寒地冻，气象预报说有雨夹雪，天气有点儿反常。

火车减速，缓慢路过小站，马魁望着车窗外，他把一个牛皮纸袋扔出车窗。傻二伸手接住牛皮纸袋，工作人员伸手护着他。傻二从纸袋里掏出一个大包子，咬了一口，高声地喊："肉蛋蛋，妥妥地！""妥妥地！"远远地飘来了马魁的声音。

马魁完成这个任务后，走出餐车，想去车厢巡查。他在车厢连接处迎面遇上走来的老瞎子。马魁打趣说："猫了一个冬天，胖了点。""再不养点膘，连猪都不如了。"老瞎子自嘲道。马魁笑了笑，转身欲走，却听到老瞎子问："听说，站里又有个孩子被拐走了？""正查着呢！""都查了几年了，连个影儿都摸不着。"

"摸着了，可还没摸到底。""在你退休前，能摸到底吗？"

马魁听了这嘲讽的话，一点儿也没生气，说老瞎子小看他了。老瞎子叹气说，他倒是盼着能高看他们。马魁拦住老瞎子，要跟他比比谁的鼻子更灵。老瞎子点点头，这可有点意思呀。

两人靠边站着，有乘客走了过来，马魁抢先说，有股鸡窝味儿。老瞎子说，那是鸡屎味儿。马魁认为味道都差不多，老瞎子却说鸡窝、鸡屎、鸡蛋、公鸡、母鸡、鸡崽子，味都不一样，差远了。

这时候，又一个乘客走过来，匆匆从他们身边走过。马魁说："腥了吧唧的，是鱼味儿！"老瞎子问："啥鱼？""这你都能闻出来？""开个玩笑。"说话间，另一个乘客走来，马魁嗅了嗅，说："这男的，咋香喷喷的，扑粉了？""边上坐个大姑娘吧？""有这个可能。""你这鼻子练得不错。""跟你比，还差得远。”“想练成我这样，就得瞎了眼。”

两个人谈笑风生，小胡走了过来，他的身后跟着两个穿便衣的警察。小胡附耳对马魁小声说：“马叔，这两位是哈城公安局的，有一个通缉犯在咱们车上。”

马魁会意，和小胡他们一起去了餐车，了解具体情况。当得知全部详情时，马魁面色凝重，神色肃然。接下来，马魁和他们各自穿梭在车厢分头寻找。

在一节车厢内，马魁似乎有了发现，迎面而来的便衣警察也有所警惕。一个戴着草帽的“农民”，坐在靠窗的座椅上，头伏在茶几上埋着脸。马魁望向农民，向准备上去盘问的警察示意不要动。过了一会儿，马魁走过去。

农民伏在茶几上，埋头沉睡。马魁在农民的身旁坐了下来，伸手拍了拍农民的肩膀。农民抬起头，他竟然是彭明杰，马魁面无表情地望向车窗外，没有看彭明杰。彭明杰呆呆地望着马魁，苦苦一笑，轻声地说：“怎么会有这么巧的戏？这就叫无巧不成书吗？”

“我也没想到，也不敢想，我更不愿意相信，这是真的。”马魁本能地排斥着真相，他的心里难过极了。彭明杰沮丧地说：“脚下的泡都是自己踩的，我认。”马魁质问：“那你还跑？”“不跑咋办，坐那儿等着？等人随时来抓我？在车上坐着，还能眯一会儿，在家里我一分钟都睡不着。那种滋味太难熬了，我熬不下去了。”“往后丽丽怎么办？她还没结婚，还等着你亲手把她交给那个男人。你出了这事，让她怎么活？在金钱面前倒下了，值吗？”“不值，可是已经晚了。”后悔为时已晚，一想到闺女，彭明杰的眼泪情不自禁地流淌下来。

马魁恨恨地说：“我提醒过你。”彭明杰说：“全当了耳边风。老马，我求你件事，行吗？”“你说。”“我原本想着，丽丽马上就要结婚了，我得过去把她的婚事办妥当。现在，我是赶不上了。看在咱俩的交情上，你替我先瞒着，成吗？至少，让丽丽好好嫁人，你替我看着她，风风光光地嫁人，等事都了了，帮我给孩子捎句话，就说……”

彭明杰哽咽着，语无伦次。马魁不等他说完，打断说：“你不用说了，我都明白。”彭明杰点点头问：“有烟吗？给我一盒。”“你不是不抽烟吗？”“我想抽了。”马魁从衣兜里掏出一盒“握手牌”香烟，递给彭明杰。彭明杰接过香烟，苦笑着说：“握手烟。”他就把烟揣进衣兜里。

马魁脱了外衣，盖住彭明杰双手，悄悄地把一副手铐戴在他的手腕上。彭明杰的泪水吧嗒吧嗒滴在了衣服上。生活是现实的，命运是残酷的，即便平平淡淡，也不能放任自己掉以轻心。谁也不知道，前面哪一个坑等着你。

汪新和马燕约在兴旺面馆见面吃饭，马燕掏出一个眼镜盒，递给汪新说：“进货的时候，我一眼就相中了，这可是最新款，快戴上试试。”汪新开心地接过墨镜，立刻戴上显摆：“咋样，好看不？”“当然好看，也不看谁挑的。”

兴旺面馆是一家夫妻店，男人掌厨，媳妇甜甜是服务员。甜甜端着两碗面走过来放在桌上，面上盖着厚厚的酱肉片。马燕咂舌说：“这么多肉，这面得多少钱？”汪新把墨镜收起来，问甜甜：“你家掌柜的今天又高兴了？”甜甜说：“让你说着了。”“他怎么总有高兴的事儿？”“我哪儿知道，你们赶紧趁热吃。”说完，甜甜就走开了。

马燕吃了一口肉，赞叹说：“真香！”她想了想，接着说：“我还没说完，肉好吃，面一般，你还得请我吃顿好的。”汪新摇摇头说：“怎么说都是你有理！”

有个顾客从外面走进来，要了碗酱肉面。一会儿，他的面端上来，马燕发现那碗里的肉比他们的少多了。汪新好奇心顿起，问甜甜她家掌柜的在吗。甜甜犹豫了一下说，掌柜的出去了。汪新不再多言，和马燕低头吃面。

谁知结账的时候，又出了情况，甜甜对他俩说：“我家掌柜的说，今天第二桌的客人免费，让你俩赶上了，不用花钱了。”汪新说：“这可不行，哪能白吃你们的。”“掌柜的都发话了，你要是把钱交了，我该挨骂了。”

马燕琢磨片刻说：“那就谢谢了，往后我们常来。”说完，她就拽着汪新走了出去。来到兴旺面馆旁的街上，汪新越想越觉得不对劲儿，忍不住说：“这事儿，也太巧了！”马燕说：“长这么大，头一回占这么大的便宜。”两人猜了半天，也没猜出点儿眉目，汪新决定再回去一探究竟。

汪新和马燕再次走进面馆，看见陈小飞身穿厨师服，跟甜甜和她怀里的孩子一起玩耍。陈小飞以前偷铁道扣件被汪新和马魁逮住，汪新让他进去好好改造，争取早点出来。如今，陈小飞刑满出狱后开了这家面馆。

汪新望着陈小飞，笑着说：“我就说这事不对劲儿，原来是你，陈小飞！”陈小飞问：“哥，你这是拿我当案子办了？”汪新呵呵笑着说：“面馆悬案，破了！”“就没有哥破不了的案。哥，咱们屋里说。”

汪新、马燕跟着陈小飞进了面馆后面的房间，汪新见到了陈小飞的母亲，忙跟她打招呼。小飞妈感激地说：“托你的福。小飞跟我说了，当年多亏你帮衬他，带着他赚钱，他才能开面馆。”“是小飞自己努力。”汪新说着，拉过马燕介绍，“我媳妇，你嫂子，马燕。”“嫂子好！”陈小飞和甜甜异口同声地叫着，屋子里传来一片笑声。小飞妈夸马燕长得好看，说汪新有福气。

这时，躺在床上的孩子哭了起来，小飞妈连忙起身，说：“你们年轻人聊，我去看孩子。”说着，她就抱着孩子走开了。

汪新环视四周，点点头说：“不错，你小子，整得挺利索。”陈小飞感激地说：“哥，这都多亏了你，咋谢你都不为过。”“你还谢不够了，以后不准再提。你看你，店开起来了，婚结了，孩子也有了，都是好事。”“是的，都是好事。”陈小飞说着望向甜甜，“是甜甜不嫌弃我，我俩心齐，一起干，有奔头。”

“这就对了，哥为你高兴。小飞，看到你今天这个样子，我太开心了，你们肯定会越来越好。”汪新真心地说。“大恩不言谢，也谢不起。小弟的面馆没什么档次，不过味道还行，往后你只管来吃，不要客气。”陈小飞热情地说。“吃倒可以，但必须花钱。”“一碗面的事，用不着。”“你是想让我犯错误吗？刚才那两碗面多少钱？”“这回就算了，下回再说。”见两个男人推来推去，甜甜笑容可掬地说：“小飞，汪哥都这么说了，那就收了。要不往后咱们该见不着汪哥和嫂子了。”

汪新鼓励陈小飞要加油干，好日子都在后头。又聊了一会儿，汪新还有事情，与陈小飞夫妻挥手作别。

汪新感触很深，他和马燕在街上边走边聊。他告诉马燕，当警察最高兴的事是把案子破了，能让犯罪分子认识到错误，并改正错误。现在他很有成就感，感受到了做警察的意义。马燕笑着说，汪新越来越像她爸了。汪新动情地说：“我相信，师傅早就有了这种感受，所以不管经受多少痛苦，他都会毫不动摇地坚持走下去。”马燕点点头，寒风中，她的脸白里透红。

汪新说：“燕子，我忽然觉得很光荣。”马燕问：“你叫我什么？在别人面前敢叫，到了我这儿，就胆虚了？”汪新忙解释：“不是还没过门嘛，心里有就行。”

“咱俩就这么耗一辈子？”“要是你爸同意，我今天就想娶你。”“他要是一辈子不答应，你就一辈子不娶了？”“那你让我怎么办？”“这是你的事，我哪儿知道？撑死胆大的，饿死胆小的，说到底，就看你有没有那个胆儿了！”

经马燕这么一逼，汪新像是来了灵感：“你是说咱俩私奔？”马燕叫道：“我差哪呀？用得着偷偷摸摸的？你要是有胆子，就用红衣大马、八抬大轿，敞敞亮亮地把我抬走！”“我还想雇个百儿八十人的响器班子。”

马魁和汪新被叫到刑警大队领导办公室，姜队长交给他们一张照片，是中年女人刘桂英和女大学生的身影。汪新恨恨地说：“就是这个女人，这么多年过去了，她也见老了，可是烧了她的骨头，我都认得她的灰！”马魁问：“这张照片哪来的？”姜队长说：“地方公安提供的。目击证人爱好摄影，事发当天，他正好在新华街拍摄街景，赶巧拍到了这两个人。他还说，那个女大学生看有人拍她，有些不好意思了，挡住了脸，所以他对那个女大学生的印象很深刻。”马魁又问：“那他说她们后来去哪儿了吗？”姜队长说：“进了一家包子铺，后来他也饿了，去包子铺买包子吃，不过没看到那两个人。”

知道那家包子铺在新华街上，汪新自告奋勇立马要查查，马魁说跟他一起去。那家包子铺店面很小，光线阴暗，只有三张桌子。见马魁师徒进来，店主过来招呼，问他俩吃素的还是肉的。马魁环视着小店，让汪新点餐。汪新要了素包子和小米粥。

马魁望向小店后门，琢磨片刻，压着嗓门对汪新说：“你去后面看看。”汪新站起身朝后门走去，他发现后门上着锁，透过窗帘能够看到后门外是个院子。汪新从兜里掏出开锁工具，迅速打开锁头。此时，店主端着两盘包子从厨房走了出来，看到了汪新，忙问：“你去那边干啥？”“尿急，上趟茅房。”汪新说着，就拿掉锁头。“你咋把锁打开了！”店主说话时，汪新直接开门走了出去。

“你等等！”情急之下，店主想要叫住汪新，他把包子放在马魁桌上，快步朝后门走去。汪新没有理会他，进入了包子铺后的小院子。店主追赶过来，质问：“你是怎么把锁打开的？”汪新说：“本来就没锁。”“不可能，我记着我锁了。那你也不能到处乱走，把这儿当成自己家了！”“我都说了，上趟茅房。”

店主没辙，指着拐角处说：“去吧，去吧！茅房在那边。”汪新假装憋不住了，急匆匆地朝茅房走去。进了茅房，汪新关上厕所门，透过板障子朝外望去，店主竟然守在外面。过了一会儿，店主喊道：“撒泡尿，咋这么慢？快点。”“这一进来，肚子又不舒服了，我还得蹲一会儿。”

听那语气，店主已经丧失了耐心。汪新正琢磨着说辞，却听见师傅在小院子里冲店主发脾气：“恶心死我了，你家这包子，是人吃的？”店主有点慌，忙问：“咋了？”马魁让店主自己进去看看，包子里吃出了虫子，黑乎乎的，恶心死人。

店主望着厕所犹豫不决，马魁生气地嚷嚷说：“还不信是吗？我这就把你的店砸了！”说完，他愤然离去。“你别火呀，有话好说！”店主吓得追了过去，马魁暴跳如雷的样子真挺唬人的。汪新笑了，师傅真会演戏。

马魁和店主前后脚一离开，汪新就从厕所里走出，在院里搜索着，不放过任何一个角落。他走到小仓房门前，轻轻打开门朝里面望去……

这边马魁假戏真做，跟店主争得面红耳赤，店主不想生事，说：“算了，这顿饭，就不用你们花钱了。”马魁气哼哼地说：“你说得轻巧，要是我吃中毒了，怎么办？你不得给我治病？”“那你说咋办？”“你就说，你认不认账？”“我算弄明白了，你俩这是给我下套！”“这话怎么讲？”“一个故意把我引出去，一个留在这儿，往包子里塞虫子，然后，要我赔偿，讹我的钱！”“你可以呀！三言两语，你就把这官司给颠倒过来了。”“就是这么回事，跑不了。我告诉你，能在这街面上混，谁不认识几个人，真要把我惹毛了，就是天王老子来了，我都不怕！”

店主正在冲着马魁放狠话，汪新从后门走了进来，望着店主说：“舒服了，是一身轻快，还能多吃几个包子。”店主硬气地说：“话我说完了，你们看着办，走了，一分钱不用花，要是非要讹到底不可，那咱们就碰碰。”汪新给马魁递了个眼神，马魁领会，无奈地说：“这是碰上狠茬子了，走了。”师徒俩离开，店主得意地冷笑：“跟我玩这套，你们嫩着呢！”

在回刑警队的路上，马魁问汪新：“我配合得怎么样？”汪新说：“师傅，我正想让您来帮忙，您果然就来了，咱俩真是心心相印。”“这词儿听起来有点别扭。”“师徒同心，其利断金。”“这话还不错。”

汪新忍不住问师傅，咋不问问他查得怎么样。马魁稳稳当当地说，肯定是摸着东西了。狗肚子里装不了二两香油，小腚早颠起来了。汪新感叹了半天，还是城府不深，在师傅眼里都成了透明人。

汪新从兜里掏出一个红色手绳，马魁接过手绳端详着。这个汪新在后院小仓房里发现的手绳，让马魁感到有点疑惑。包子店主是个谨慎小心的人，如果手绳是那个女大学生的，这么显眼怎么会不收拾干净？

汪新思索着，这个手绳是在一堆杂物里找到的，有没有可能是人贩子将女大学生关进小仓房里，她故意留下来的证据，他们没有发现。马魁说，立刻找女大学生的家人确认一下。

很快，红色手绳得到了女大学生母亲的确认，包子铺店主被带到了刑警队的审讯室。汪新站在审讯椅前，举着红色手绳问：“这是谁的？”店主摇摇头反问：“这是哪来的呀？”“在你包子铺后院找到的。”店主沉默了一会儿，说：“是我媳妇的。”“你媳妇说了，不是她的。”店主哑口无言，心知要露馅了。马魁坐在桌前观察着店主，笔录员做着笔录，汪新继续说：“不用再装了，这个东西是谁的，你一清二楚！”不管汪新咋问，店主装傻充愣，说啥都不知道。

汪新掏出目击证人拍的照片，递给店主看：“有目击证人看见照片上这两个人进了你的包子铺，这是人证；女大学生的红色手绳出现在包子铺的后院里，这是物证。证据都齐了，你觉得，你还能脱得了身吗？”店主默不作声，他掂量着轻重。汪新继续说：“摆在你面前的，有两条路，一是主动交代，你也算立功了，估计判得能轻点，早出来一天，就早自由一天。要是拒不承认，你应该知道后果的，后果非常严重！总之，八个字‘坦白从宽，抗拒从严’！”

店主低下了头，汪新动之以情、晓之以理：“你是有媳妇、有孩子的人，不给你自己积点德，也得给他们积点德吧？好人好报，恶人恶报。我在给你为媳妇、为孩子积德的机会，也在给你能早获自由的机会，能不能抓住这些机会，全靠你自己了，好好考虑考虑吧！”

汪新把话说透了，店主的心理防线崩溃了，连声说：“好，我说，我全说。”“这才是聪明人！”马魁微微点了点头，起身走了出去。

店主哭丧着脸说：“那个中年女人是个人贩子，她装可怜拉拢女孩，利用她们的同情心，把女孩骗到我的包子铺里来。”

店主回忆着当时的情景：刘桂英带着女大学生来到包子铺，她们一进屋坐下来，店主就走到店门前，插上门锁。

“包子都蒸熟了？”刘桂英问店主。店主点点头：“熟了。”刘桂英望着女大学生说：“我得上趟茅房，闺女，你去吗？”女大学生说：“去一趟也行。”

刘桂英带着女大学生一起走进小院子，突然钻出两个男人，一个勒住女大学生的脖子，把堵嘴布塞进她嘴里；另一个用绳子捆住了她。任凭女大学生如何挣扎，也逃脱不开。刘桂英一声令下：“关进小仓房，天黑带走。”

两个男人像捆货一样，把女大学生丢进小仓房。刘桂英捡起地上的书包，望着地面细心地查看一番。

收拾好一切，刘桂英掏出一沓钱，递给店主，威胁说：“一定要看住小院子，任何人不准进去，要是出了事，我们跑了，你倒大霉！”

女大学生被捆绑着坐在地上，挣扎着，面带泪水，痛苦而绝望。过了好一阵子，她把手腕上的红色手绳拽了下来，扔进杂货堆。

汪新破了一个又一个案子，皮厚了，心糙了，沉稳了，可人贩子利用女大学生的善良，干出这等丧尽天良的事儿，还是惹怒了他，说道：“你们可够狠的！”店主说：“不是我狠，是他们狠。”“你是帮凶！”“我错了，我该死！警察同志，知道的我都说了，算是弃暗投明、主动交代了吧？”“那个女贩子，叫什么名？”“这个不知道，他们都叫她英姐。”

汪新问了半天，店主苦着脸说一概不知，他的包子铺就是个临时中转站，只负责提供场地，赚点好处钱。汪新有点泄气，有价值的线索不多。

审讯完下班，汪新径直去了师傅家。马魁坐在桌前，喝茶看报纸，汪新一进屋就问：“师傅，您怎么走了？”马魁说：“你一张嘴就够用了，我在那儿待着，不是扯闲篇吗？”“您一张嘴，我不就闭嘴了？”“我刚要问，你就把我想问的话全问了，那我还说什么？”“您这是表扬我，还是批评我？”“甩句文词儿，动之以情，晓之以理，句句都在刀刃上，你是越来越能耐了，老厉害了。”“您老别夸了，我都如坐针毡了。”

“确实不错，好好干！”说着，马魁笑了。“师傅，您这一笑，还挺可爱的。”在师傅这里，汪新真是给点儿阳光就灿烂，还开起了师傅的玩笑。果然，马魁立马沉下脸：“可爱？”“不可爱了。”说完，汪新悻悻离去。

这个冬夜，无风作乱，异常平静。下班之后，沈大夫走在回家的路上，隐隐约约觉得她被人盯梢了。果真，在她反复观察之后，她发现了刘明。刘明走过来，笑着跟沈大夫打招呼，沈大夫有点生气地问：“你还有完没完了？”刘明说：“我担心你呀。”“我不用你担心！”“你不用，我也担心，这东西控制不了，抓挠得我坐卧不安。”“你要是再这样下去，我可叫警察了！”“我也没干啥，警察来了，还能抓我？”“你跟着我了！”“谁能证明？我走道还不行？”刘明有些耍无赖。

沈大夫懒得再搭理他，加快了脚步往家走去。不过，她仍然甩不开刘明，慌张之下，她跑了起来，刘明也跟着跑。夜幕之下的你赶我追，甚是诡异。

沈大夫边跑边回头望，猛地撞上了前面的马魁，吓得惊声尖叫。马魁惊讶地问：“喊啥呀，吓我一跳！”沈大夫喘着气说：“马哥，你可来了！有人跟着我！”

此时，刘明已经追赶过来，马魁打量着他。刘明满脸带笑，对马魁说：“你好，我是沈大夫的朋友。”“他是我的患者，我跟他不熟！”沈大夫立即撇清关系。马魁盯着刘明，问：“同志，你跟着沈大夫是啥意思？”“你是谁？”刘明没有回避马魁的目光，问得理直气壮。“关你啥事？”“你不说清楚，我凭啥跟你说？”

马魁沉默片刻，说：“我是沈大夫她大哥。”“原来是大舅哥！”刘明立即热情地要与马魁握手，马魁闪开皱眉头说：“哪来的大舅哥，你跟谁攀亲戚？”“你好，我叫刘明，关于我的具体情况，已经跟沈大夫全都说清楚了。这样吧，明天我请你吃饭，咱哥俩好好唠唠。”“唠啥？”“哥，我就跟你直说了，我喜欢沈大夫，想跟她处对象。”

不等马魁说什么，沈大夫直截了当地拒绝了刘明。“沈大夫，我只求你，能给我一个相处的机会，至于能不能处得成，我都认。”刘明依旧想要纠缠，他心有不甘，总觉得有了攻势，就能拿下。马魁瞪着刘明说：“同志，你听我说，想处对象没问题，但是你不能强迫人家跟你处。”“我没强迫。”“你尾随人家，不是强迫是什么？”“大晚上的，我是在保护她。”

瞧刘明还没有放手的意思，沈大夫的情绪大了，近乎尖叫：“我不用你保护！”马魁沉思一会儿，说：“这样吧，往后我来保护，你就省省心。”刘明委屈地说：“见不着沈大夫，我心里就没着没落的。”“那是你的事，不能为难别人。”“我这人有个长处，就是碰上困难绝不认输，不战胜困难，绝不罢手！有挑战才有意思。”“那就试试，看你能不能战胜我！”

两个男人较劲，寸步不让。马魁扯了扯沈大夫的衣袖，说：“走了，咱们回家。”望着那两个人结伴而去，刘明的心情像是跌落到十八层的地狱里，他无法呼吸。窒息，是他这个夜晚唯一的感觉。

马魁和沈大夫走到铁路工人大院外，沈大夫说：“马哥，多亏你了。”马魁站住了身，问：“这样的麻烦，你咋不早点跟我说？”“说了，你还能天天接我？”“我在家的话，你要是再这么晚回来，就招呼一声。我不在，你就尽量赶着白天回来，知道吗？”

沈大夫点点头，马魁对她摆摆手说：“回屋吧！”沈大夫好奇地问：“你去哪儿呀？”马魁说：“队里有事。”沈大夫叮嘱他注意安全。

马魁点点头，沈大夫转身进了大院。

冬天的夜晚，月光皎洁而清冷，马魁踩着嘎吱作响的积雪，向警队走去……

雪花飘飘，院里的灯都熄灭了。夜已深，处处寂静。

牛大力从院门外走了进来，他穿着破棉袄，顶着破棉帽，戴着口罩，抄着袖子。他朝周围望了望，径直朝自己家走去。

牛大力轻手轻脚地走到自己家门口，伸手推门，门反锁了。他刚要敲门，又收回手。他来到窗前，推了推窗，窗户开了。他朝里面看了一眼，从窗户爬了进去，随手关上了窗户。

天亮了，雪停了，白雪覆盖着大院。牛大力的工友从自己屋里走出来，他提着痰盂，打着哈欠。工友来到房门前刚要打开，突然停住手。牛大力屋里传来隐隐的鼾声，工友循声音望去，愣怔一会儿，朝牛大力的房间走去。他来到屋门前，贴门听着，过了一会儿，他轻轻推开一道门缝，看见有个人像只大狗熊一样蜷缩在床上。

工友迟愣片刻，咣当一声推开门，叫嚷：“你谁呀？哪来的！”半梦半醒之间，牛大力以为自己遭遇了什么，猛地坐起身，四下寻找着家伙。工友吓得抡起痰盂，里面的尿洒了自己一身，牛大力缓过神来，忙说他是牛大力。

听见动静，大院里的人都围了过来，好奇地往屋里看。老蔡招呼牛大力到他家来，大家吃惊地看牛大力穿着破棉袄，一时竟然不知说啥好。牛大力瓮声瓮气地问：“你们都瞅我干啥？不认得了？”“大力，你这是咋了？”老蔡关切地问。“我挺好的，回来看看大伙。”牛大力嘴硬地说。老吴实在没眼看了，脱着棉袄说：“破衣烂衫的，当我们瞎呀！”他脱下棉袄：“来，换上！”

牛大力一听，却笑了：“你们不明白的啦，在深圳趿拉鞋逛街的，说不定就是大老板啦。”看着众人的目光又聚在了自己的破棉鞋上，牛大力接着说：“这么说吧！这叫富不外漏。”说着，他脱掉破棉袄，眉头微皱，花衬衫露了出来。

马魁盯着牛大力，眉头紧锁。马燕跳了出来，打趣说：“看来还是咱牛老板！”“牛老板，这回打算咋安排我们？”汪新跟着起哄。“我家窗户总漏风，该换新的了。”蔡小年忙架秧子说。“芝麻小事，别跟牛老板提。”马燕向蔡小年眨巴眨巴眼。“那把咱院里的茅房垒个新的吧？”蔡小年越来越上劲了。

马魁来到牛大力近前，伸手拍了拍他的后背，他忙笑着打招呼。马魁抓了抓牛大力的肩膀，疼得他一缩脖叫嚷起来：“哎哟，马叔，您这老鹰爪子，我可扛不住。”“唉，你小子。”马魁长叹一口气，牛大力憨憨地笑了笑，汪新望着他俩，若有所思。

马魁招呼马燕回家吃饭，马燕不太想走，无奈马魁拽着她，只好说：“大力哥，等我下班了，再来看你。”一直沉默不语的汪永革说：“大力，你回来咋不告诉我们一声呢？我们也好提前把屋暖上。”“冷不丁冒出来，才有意思。”说着，牛大力开始东张西望，问：“小姚呢？”

气氛一下安静下来，蔡小年说：“她辞职了！”“就显你嘴快！”老蔡呵斥蔡小年。蔡小年不服气地说：“就算不说，他早晚也能知道。”见牛大力神情黯然，汪永革说：“就前段日子的事。”牛大力不死心，还想再问几句，老蔡媳妇的声音传来：“都让让，饭来了！”随即，老蔡媳妇端着一大碗热汤面，老吴媳妇端着一盘炒鸡蛋，从门口的人群中挤了进来。

二人把热汤面和炒鸡蛋放在桌上，老蔡媳妇招呼着牛大力：“大力，你先吃碗热汤面，暖暖身子垫垫底，等晚上蔡婶给你炖肉吃。”老吴媳妇一听，立马说：“嫂子，肉我包了，我杀只鸡！”牛大力连忙摆手：“不用了，不用了，大鱼大肉腻得慌，吃碗面条，清清爽爽，热心暖胃。”

“大力，你慢慢吃，我先回屋了。”汪永革起身就走，汪新跟上说：“爸，咱一块走。”他转回头，告诉牛大力哥俩回头再唠。

邻居纷纷散去，老陆说：“我也得回去了。”“你们该忙忙，晚上都到我家来，咱们跟大力好好喝两盅。”老蔡盛情邀约。

“小姚为啥辞职啊？她去哪儿了？”牛大力不死心地问，没人能回答这个问题。老蔡让大力赶紧趁热吃，得会心疼自己。

吃完早饭，师徒俩结伴上班，汪新问：“马叔，人家牛大力回来了，您咋连个笑模样都没有？”马魁说：“笑不出来。”“您别瞅见人家收泔水就看低了人家，只要挣到钱了，那就是能人！”“小子，你还嫩呀！”“我看出来了，他膀子伤着了。”“这买卖，不是谁都能干的，大力他遭了大罪喽。”

老蔡媳妇忙乎了一个早上，来来回回往返于灶台与牛大力之间。牛大力狼吞虎咽地吃着面，像是饿死鬼投胎。老蔡一家抱着空碗，望着牛大力不胜唏嘘。牛大力捞起大碗里的最后一根面条，吸进嘴吃了下去。老蔡这才小心翼翼地问：“大力，吃饱了没？”

牛大力沉默片刻，端起大碗把面汤也喝了。蔡小年震惊了：“我的娘啊！牛魔王变成猪八戒了！”“这事真怪，本来不咋饿，可一张嘴，就……”牛大力话没说完，就呕了一下。蔡小年一看这架势，赶紧去拿盆，却被牛大力叫住：“我没事。”

牛大力回去睡觉，一阵慌乱，终是偃旗息鼓。

老吴媳妇在院里喂鸡，突然，牛大力的工友跑出来喊：“都谁在家？快来人呀！”老吴媳妇忙问：“出啥事了？”“牛大力……抽风了。”

众人听见都慌了手脚，急忙进了牛大力的房间，只见他仰靠在床头，挺着肚子，双手攥拳，边使劲边哼哼着。“大力，你要是实在难受，就吐出来。”老蔡说。牛大力痛苦地说：“吐不出来。”老吴端着盆站在一旁说：“老蔡，你说你让他吃那么多干啥！”老蔡说：“我看他吃得香，就没舍得拦他。”

沈大夫看过后，告诉牛大力，他这是吃积食了，没大事，等消化了，就好了。沈大夫回屋拿来山楂丸，牛大力接过山楂丸想吃，却苦着脸停住，面条都堵到嗓子眼儿了，实在是没缝儿再吃山楂丸了。

老吴夺过山楂丸，塞进牛大力嘴里：“那也得吃，咽不下去，就含着。”沈大夫一脸倦意，说：“我昨晚值了一宿班，困得眼皮都抬不起来了，先回屋睡会儿，有事儿，赶紧叫我。”说完，她走了出去。

“大力，你这是饿了几天了？”老吴问。“小姚保准回老家了，我得找她去！”牛大力答非所问。老吴摇摇头说：“这时候，还惦记呢？”“一唠到她，我这肚子，就能好受点。”“没出息的玩意！”“吴叔，我都急死了！”

老蔡坐到牛大力身边，轻声问：“大力，你到底摊啥事了？”牛大力嘴硬地说："不都说了，我挺好的。"老蔡正色地说："你要是不把我跟你吴叔当自家人，那就不用说了。"沉默了许久，牛大力终于说出了口："倒腾点货，让人给骗了，货没了，钱也没了。"老吴一听，火大了："你是不是还找人家说道去了？"牛大力问："您咋知道？""就你这牛性子，受不了这气。""他们也就是仗着人多，要不，我吃不了这亏！""给我瞅瞅，伤着哪儿了？"

见老吴坚持要看，牛大力扯开花衬衫领子，肩膀一片瘀青。老吴瞅了瞅问："棒子削的？"牛大力说："没吃着亏，那棒子也折了。"老吴拍了一下牛大力的脑袋叫道："虎啊！"老蔡叹了口气："一个人在外面闯荡，不容易。大力，你能回来，就是把这个大院还当成你的家，把我们还当成你的亲人。"牛大力感动地说："我就是想你们，才回来的。"

老吴可心疼坏了，他鼻子一酸，说："钱没了，可以再挣，只要人好好的，这都不是事。""你吴叔说得一点不假。大力，回来就别走了，眼瞅着要过年了，咱们一块过。红红火火，冲冲晦气。"老蔡跟着说。

回到了大院里，就是红火火的日子，红火火地过。

寒冷的冬夜，几个哥们儿相聚在小饭馆，桌上摆着酒菜。蔡小年就是嘴欠，调侃牛大力："要我看，大力灰头土脸地回来是好事。"马燕撇撇嘴："你这是啥词儿？"汪新说："就是，往后咋教你儿子。"

马燕和汪新先后出言挤对蔡小年，两人配合默契，蔡小年白了他俩一眼说："咱就这么说，大力要真成大老板了，那咱还能请得起他？就这几盘菜，进得了人家的眼吗？"牛大力激动地说："小年，我牛大力把话撂桌上，不管啥时候，咱都是好兄弟，有汤喝汤，有肉吃肉，我要是敢夹着眼皮儿，老天爷都不答应！"

"行了，行了，大力，你别说了，喝酒喝酒。"汪新笑眯眯地说。几人举杯饮酒，马燕真诚地说："大力哥，其实我老佩服你了。不管你挣没挣到钱，就凭你敢单枪匹马地闯出去，我就服你！"汪新听了，看了她一眼："你谁都服，就不服我。""我嘴上说不服，心里服就行。"蔡小年就像是个挑事儿的："那就是说，嘴上服大力，心里不服？"

"你们看小年哥，他总挑事！"马燕气得鼓起了腮帮子。"话赶话，图个乐和，别生气。"蔡小年赶紧圆场。"大力哥，你还打算走？"马燕轻声问。"走啥走，别遭那罪了。"汪新说。

"干啥不遭罪？躺着舒坦！"马燕不乐意听汪新说这话，风平浪静，岁月静好，那不是她想的。她想，在这改革的浪潮中，就是要去闯一闯，身为女子，一样有骑马挎刀闯天下的勇气。"总躺着也累。"蔡小年感慨地说。

“人活着，不就图个奔头？有光亮就得奔，摔个跟头，怕啥？再爬起来。”马燕一副壮志在胸的模样。“你说得容易，大力的本钱都没了，爬起来也是两眼一抹黑，朝哪儿奔？”汪新的态度，始终保持谨慎。“大力哥，我看好你，你要是还想走，我多少可以给你拿点钱。”马燕的一句话，点燃了牛大力的希望，他望着马燕，却听她又说：“是借，有钱了，你得还我。”说完，马燕把目光聚在了汪新与蔡小年身上，问道：“你俩跟大力哥是铁哥们儿，还能见死不救？”

“还说我呢，你这词儿用得也不恰当。”蔡小年说着，揉了揉脑袋，一提钱他就有点头疼。“少打岔，就说你们支持我大力哥不？”此时，马燕像个小棒槌似的，处处敲打。汪新说：“主要是我手里也没多少钱。”“一分钱也是情义！”“行，燕子，那你拿多少我拿多少。”敲定了汪新，马燕望着蔡小年说：“小年哥，你都有家有口了，就算了。”蔡小年来劲了，说道：“那哪儿行，哥们儿的事儿我也得吐口血。这样，这顿饭我请了，行不？”马燕说：“一顿哪行，得一直请到大力哥走的那天。”蔡小年确实不敢接话了，马燕笑了：“看把你吓的，都接不上话了。”蔡小年眉头一紧，一拍桌子，下了决心：“行，我这日子不过了！”

牛大力默默地望着三人，眼睛湿润了。汪新的肚子咕噜噜叫，说：“咱们净顾着唠嗑了，菜都快凉了，赶紧吃，吃个爽。”

热血滚烫，兄弟情长。牛大力放下筷子，哽咽着说：“你们这一个个的，都干啥？想烫死我？我的心都被你们烫没了。”说着，他擎起酒瓶，朝三人晃了晃，然后喝了起来。

冬夜的酒，烧得心儿滚烫；冬夜的灯，照着酒杯里的悲伤。哪里跌倒，哪里爬起来，牛大力暗下决心，一定要闯出个名堂。

翌日，老吴和媳妇提着一双棉鞋、抱着棉袄棉裤，一起朝牛大力房屋走，老吴媳妇忍不住问：“这棉鞋能合脚吗？”老吴说：“那小子下巴上长几根毛，我都清楚。”夫妻俩正说着，迎面碰上了老蔡媳妇，她抱着一床被褥从家里走了出来，说：“你们等等我！”“送礼还得搭伴？”老吴媳妇笑着说。“这不显得更热乎。”“我家一套棉袄、棉裤、棉鞋，你家一床棉被褥，这大力是从头到脚，都嘎嘎新了。”

两家媳妇一唠上，倒显得自己是多余的，老吴问：“老蔡呢？”“在家剁肉馅，说晚上叫大力去吃饺子。”老蔡媳妇回道。“我家也有饺子，大力得上我家吃。”“那你得跟我家老蔡打个招呼，要不他该不乐意了。”“这事好办，一家吃半顿，不就妥了。”

说笑之间，三人来到了牛大力家，发现屋里空无一人。老吴媳妇纳闷地问：“这人去哪儿了？”老蔡媳妇从床上拿起一封信，老吴接了过去，展开看信：

> 亲爱的邻居们，我走了，我这次回来，就是想你们了，想看看你们。等跟大家一照面，我这身子骨儿立马就热乎起来了，也更有劲、更有奔头了。本来，我想过完年再走，可又怕这热乎气儿软了腿脚，走不动了。你们不要担心我，我会保护好自己的，盼着大家都能好好的，我一定会腰包鼓鼓地再回来。

光阴似水，转瞬而逝。

迎喜饭店外，《咱们工人有力量》的歌声隐隐传来：“咱们工人有力量，嘿！咱们工人有力量！每天每日工作忙，嘿！每天每日工作忙，盖成了高楼大厦，修起了铁路煤矿，改造得世界变呀么变了样。”

四个红幌随风摇摆着，人人喜气洋洋。耿建国穿着中山装，招待前来的宾客。几个人抬着啤酒箱子、饮料箱子走进饭店，有人挂好了鞭炮，婚庆的景象在人前招摇。

饭店的包间内，丽丽穿着大红的衣服，坐在镜子前化妆。都到了这个时间，还没有看到彭明杰，耿建国心下焦急，走过来询问：“丽丽，咱爸怎么还没来？”

丽丽镇定地说，可能是火车晚点了。耿建国说，他打听过了，火车准点到站。丽丽让耿建国别操心了，赶紧去外面招待客人，别怠慢了大家。耿建国转身要走，丽丽叫住他，问这妆化得咋样，耿建国夸道，她是天下最漂亮的新娘子。丽丽望着镜子，甜蜜地笑了。这是她生命中最重要的时刻，是她倾尽感情期许的时刻。

饭店大厅内，背景墙上贴着大红字“耿建国、彭永丽结婚典礼”，大红字两旁挂着婚联“连理枝花开并蒂，比翼鸟永结同心”，横批“百年好合”。大厅内摆了六张桌子，丽丽和耿建国的同学、同事坐在桌前，服务员不断上菜，很热闹。

马魁带着马燕坐在主桌，耿建国的父亲也在。耿父一见到马魁，连忙打招呼：“请问，您就是马魁同志吧？”马魁点点头说：“是我，您听说过我？”“何止听说过，耳朵都磨出茧子了，我们亲家没少提起您，说您是他最好的兄弟。丽丽在宁阳念书的这几年，您把丽丽当成自家闺女一样。”“这话都没错，丽丽就是我闺女。”“我还听说，他们结婚后，要在您家住。”“婚房都准备好了，从里到外全是新的，您放心，我保准把你们的两个心肝宝贝，都养得白白胖胖的。”“这真是那俩孩子的福气，等开席了，咱们得好好喝两杯。”“没说的，都是一家人，往后有事只管说话。”

两人正说着话，主持人走到背景墙前，拿起话筒说：“婚礼马上开始，大家请就座！”众来宾纷纷坐下身，耿父左顾右盼，却不见彭明杰，问：“亲家哪儿去了，咋还没来？”马魁像是没听见，马燕也是面无表情。

主持人擎着话筒，动情地说：“尊敬的各位来宾，尊敬的各位亲友，你们好，欢迎大家来参加耿建国同志和彭永丽同志的新婚典礼。时值美好的日子，两位新人在这么好的日子里走到一起，带上了幸福的气息，未来充满希望和美好，让我们祝福他们！”

雷鸣般的掌声响起，伴随着主持人高昂的声音：“下面，请新郎和新娘上场！”

《婚礼进行曲》传来，丽丽和耿建国走了过来，她望向主桌，迎来的是马魁与马燕亲切的笑容，这让她的心得到了短暂的安定。

“首先，请证婚人上场！”主持人说完，马魁站起身走了过去。在一片热烈的掌声之后，马魁致证婚词：“大家好，我以证婚人的身份来参加婚礼，感到非常高兴。在证婚前，我得先说明一件事。丽丽的父亲彭明杰同志，由于工作原因，今天不能来到现场，他很遗憾，委托我代他讲几句话。”

来宾神情各异地望着马魁，耿父感觉不妙，琢磨着马魁话里的潜台词。

马魁接着说：“丽丽父亲说，他的女儿能遇见值得托付一生的男人，这是丽丽的幸福，也是丽丽的福分。从今天开始，丽丽能有人照料，能有一个宽厚的肩膀可以依靠，在她高兴和难过的时候，都有人陪着，那作为父亲，就可以放心了。”说到这儿，马魁的声音有些颤抖。

丽丽望着马魁，流下了泪水，在这一刻是感恩、是感动。

马魁继续说：“丽丽父亲祝福他的女儿和他的女婿，希望他们能把心贴在一块，好好过日子，过好日子。丽丽父亲还送给女儿女婿几句话，说人活一辈子，穷也好，富也好，最重要的是走正路、走直道。不管碰上什么困难，都要坚持这个‘正’字，人正了，才能活出个人样来，才能家庭美满，才能幸福到底。丽丽父亲的话，也是我想对二位新人说的话。丽丽，建国，你们还年轻，人生的路还很长，你们要努力，要奋斗，要做自己。关上门，要擎起一个家；打开门，要拼出一片天地来！”

一席话说完，马魁有些哽咽，来宾一阵阵鼓掌喝彩。

马魁中途退场，他从饭店走了出来，天空飘起雪花。立身于雪花中，马魁神情落寞，双眼含泪，他的身后传来喜宴上的欢声笑语。这一片一片落雪，也是赶来庆祝的吧！它们来凑热闹，在白日里放着白色烟火，大地白茫茫一片。

马燕走到父亲身边，轻声呼唤：“爸。”马魁连忙掩饰，挤出一丝笑容。马燕伸手把一颗喜糖递到他的面前，说：“爸，看您咋都没吃啥东西。”马魁接过糖说：“高兴的。”“真高兴？”

马魁剥开糖放进嘴里，麻木地嚼着，不说话。突然，鞭炮点燃，伴着飘雪，父女俩静静地看着，身后的玻璃大厅里是热闹的敬酒现场。一场婚礼，轰轰烈烈，是两颗心的碰撞。

婚礼结束之后，丽丽满腹心事。一到家，她没卸新娘妆就去马魁屋里一探究竟。丽丽敲门进来，见马魁神情木然地靠在被垛上，闭着眼睛。丽丽走到炕沿前，望着马魁问：“二爸，我爸去哪儿了？他在哪儿呢？为什么不参加我的婚礼？”丽丽出口的每一个字、每一个发问，都透着万般委屈。

马魁闭口不言，不知该怎么说。马燕忙过来解围：“丽丽，你二爸喝多了，等醒酒了再问。”“不行，我等不及了！燕姐，你知道我爸在哪儿吗？你和二爸知道是吗？赶紧告诉我！”丽丽上前抓住马燕的胳膊，摇晃着她，情绪有些失控。马燕支吾着说：“我……我什么都不知道。”

“不，你们全都清楚，就偏偏瞒着我！燕姐，你跟我说，你快点跟我说。”丽丽叫嚷起来。马燕左右为难之际，马魁睁开了眼睛说：“丽丽，你先坐，我说，我都给你说清楚。”“二爸，我都急死了，您快说。”“丽丽，二爸知道，你是个乐观、坚强的姑娘。所以，二爸就不瞒着了，再说了也瞒不住，你早晚都得知道。丽丽，你爸他收了人家的钱，犯了罪，已经被关起来了。”

丽丽像是遭了雷击，一下子呆住了。马魁让她缓缓情绪，接着说：“这事儿是应该跟你说，只是赶上婚礼了，就暂时搁置了。”“这是什么时候的事？”“大概十天前。”“那我给他打电话，他是怎么接到的？”“我安排的。”

在丽丽的追问下，马魁坦诚地说：“是我抓的你爸。我不希望抓他的人是我，可是偏偏就让我赶上了。我本来想躲掉，可又一想，我抓他，总比别人要好一些，起码当着满车的人，我会给他留住面子。丽丽，这是我的职业，希望你能理解。”“说到底，我爸还是落在您手里！您抓了他，让我今后还如何面对您？”丽丽悲伤地说。

马魁伤感地说：“孩子，我还是那句话，我不想抓他，可这是我的职业！”丽丽点点头说：“我去收拾收拾，今天就走。”“你这是干什么？”瞧丽丽赌气不理解，马魁急了。“这道坎我迈不过去。”丽丽沉默片刻，说完走了出去。

刚刚举办婚礼就搬离，左邻右舍都在，难免遭到非议。事已至此，丽丽也顾不上这么多了。马魁和马燕站在新房门口叹着气，丽丽和耿建国提着行李箱从婚房里走了出来。马魁故作轻松地笑了笑："闺女，你怎么说走就走？"丽丽会意，说道："我奶奶病了，还病得不轻，我和建国临时商量了一下，还是抓紧时间回哈城。"马魁问："这么急，明天再走不行吗？""是呀，今天刚结婚，不差这一天。"马燕插了一句，她不想让父亲心里太难过。丽丽说："老人的病拿不准，我怕耽误了时间，再看不到她老人家。"

马魁默不作声，丽丽说："二爸，您别生气，我奶奶要是没事，我再回来。您要保重身体，您的腰不好，要注意休息，您的胃也不好，别吃凉的酸的。""还是我干闺女疼我，等到了哈城，给我回个电话，报个平安。""有建国在，您放心。"

耿建国听了，立刻说："叔，我一定会照顾好丽丽的。"接着，他又说："你们先聊着，我去叫个三蹦子。"

耿建国出去了，马魁从兜里掏出一沓钱，塞给丽丽："孩子，这点钱你带着，是二爸的心意。"丽丽摇摇头说："不用了，二爸，我有的。""拿着吧！这是二爸给你俩的份子钱，必须得收。"说着，马魁把钱硬塞进丽丽手里。"二爸，那我们走了。"丽丽说着，向院门口走去。

丽丽在院门口，站住身扬起手，把那沓钱高高地抛向脑后。钱从空中飘飘洒洒地落下，马魁望着这一切，如木雕一般，马燕搀住他的胳膊，他的身子抖动着。

他一直看到丽丽的身影消失……

寒夜，风中飘来雪花的叹息。马魁等候沈大夫下班，在合适的时间、合适的地方。沈大夫快步走来，刘明又在尾随，马魁立即上前拦住刘明。见了马魁，刘明客气地打招呼："大舅哥，你好。"马魁冷冷地问："没完了，是吧？""我就是想跟沈大夫处对象，想跟她结婚，谁也阻挡不了我！""人家不想跟你处，哪能死缠烂打？""我这不是死缠烂打，是坚持，坚持就是胜利！""女人有的是，你非盯着她不可吗？""我就看沈大夫好，哪儿哪儿都好，她已经钻我心里去了，掏不出来了。"

马魁沉默片刻，突然说："你想跟她过日子，那我呢？"马魁此话一出，刘明和沈大夫同时盯住了他，不知他唱的是哪一出。马魁又说："跟你露露底吧！沈大夫是我媳妇，明白吗？"刘明如五雷轰顶，不敢置信。马魁看着沈大夫说：

“你说句话。”沈大夫冷静地点点头说：“对，他是我男人！我男人在这儿，你以后少胡来了。”刘明不死心地说：“沈大夫，你不是没对象吗？我都打听过了。”

马魁见状气哼哼地说：“这是我俩的事，你就记住一条，沈大夫有主了。你尾随她，我治不了你，但是你想在我俩之间插一脚，那可讲说不起了，抓你蹲牢房去！别惦记有主有家的，好女人多着呢！等我抽空，给你介绍介绍。”马魁说着朝沈大夫探出胳膊，她犹豫了一下，挽住了他，二人亲昵地走了。

夜风中，刘明蹲了下来，双手捂着脸，流下了眼泪。

走在风雪中，二人的心里感觉很温暖。沈大夫回望了一眼，说：“那人没影了。”马魁没说话，沈大夫欲抽回手，马魁紧紧地夹住她的手。沈大夫颇感欣慰，再次挽紧了马魁的胳膊，身体不自觉地朝他依靠……

马魁和沈大夫的关系有了进一步发展，他的心情好了许多。这天马魁在巡视车厢时，见老瞎子满身泥垢，手缩在袖子里，气味儿大得熏人，便打算带他去洗个澡。

老瞎子身上太埋汰了，估计没哪个澡堂子敢让他洗，马魁索性将他带回了家。老瞎子站在马魁家门口，提鼻子闻着，说道：“味儿不对，这不是澡堂子！”马魁说：“你管是哪儿，能洗就行。”“算了，我走了。”

马魁一把拽住老瞎子，说：“你教我闻味儿长能耐，我请你洗澡，没毛病吧？”老瞎子点点头说：“这倒有的一说。”“那不就成了，跟我走。”说着，马魁搀扶老瞎子朝屋里走去。

马魁在厨房烧好洗澡水，然后在里屋帮着老瞎子脱外衣，脱袖子的时候，老瞎子哎哟叫了一声，马魁忙问咋了。他留神一看，老瞎子手上沾着血迹，这是受了伤。马魁用湿毛巾擦净老瞎子的手，给他的手涂药，然后包扎。

老瞎子问：“你为啥对我这么好？”马魁说：“我都说了，于情于理，亦师亦友。”老瞎子笑了笑不再说话，马魁问他这是咋伤着的。老瞎子说：“摸着个味儿，紧着追，一脚没留神，掉马葫芦里去了。得亏有人赶上了，把我给救了，要不然可见不着了。”“老伙计，往后你可得小心点。”“有味儿我就得追，就是追死，也得把我闺女找回来！”“那个味儿准成吗？”“要是能再细闻闻，就好了。”

厨房里换了一锅又一锅沸腾的水。经过一番收拾，老瞎子再次出现的时候，精神面貌焕然一新，他头发湿漉漉的，依旧穿着自己那套衣服。马魁抱着一摞衣服，让老瞎子换上，他执意不肯，说那不是他的味儿。

老瞎子摸索到墙边的棍子说：“多少年了，没这么热乎过了，谢谢。”马魁说：“咱哥俩外道啥，天快黑了，我看你就在这儿待一宿，明天再走。”老瞎子摇摇头，马魁接着说："就当陪陪我。"老瞎子又摇摇头，马魁说："总得垫垫肚子吧？"

老瞎子是个讲究人，说道："你给我留点脸。"马魁解释说："就当徒弟孝敬师傅。""带我来家里，给我治了伤，又给我洗了澡，够意思了。没报恩的本事，就不能受人家的恩情，这是规矩。"说完，老瞎子就摸索着走了出去。

"等等。"马魁又一次叫住了老瞎子，"咱老哥俩都认识这么多年了，我还不知道你叫啥名，贵姓？""贱命一条，孟青山，你呢？""我叫马魁。""马魁，忘不了了。"老瞎子说着，拿棍子探着路，朝院门走去。

马魁站在门口望着老瞎子的背影，渐渐消失在黑夜里……他怅然若失。

转眼大半年过去，时光溜走，啜饮哀愁，又是一个秋天。

满大街播放着崔健的《一无所有》："告诉你我等了很久，告诉你我最后的要求，我要抓起你的双手，你这就跟我走。这时你的手在颤抖，这时你的泪在流，莫非你是正在告诉我，你爱我一无所有……"

落叶飘，秋意浓，马燕摆着地摊，汪新坐在她的身旁，跟着唱歌。马燕心烦意乱，让汪新别唱了，人家是抓着姑娘的手，扯着往前走。汪新可好，就知道唱，有什么用？想到两个人的婚事八字没有一撇，马燕就心浮气躁。

马燕告诉汪新，有个同学给她介绍个对象，说人挺不错的。汪新笑嘻嘻地问，打算相相去？用不用他陪着？马燕心里那个气呀，这小子混账，一点都不着急。她一脸淡定地说："可以，到时候你帮我参谋参谋。"汪新自信满满地说："不用参谋了，保准没我好。""好有啥用，也不是我的。""我这不正琢磨，怎么才能成你的？我也想成为你的。""都琢磨多少年了，再琢磨琢磨，我都成老太婆了。"

汪新辩解说："我也着急，做梦都是红衣大马、八抬大轿去娶你，娶你回家做媳妇。"马燕赌气说："你也别急了，也别做梦了，要不干脆咱俩就散了。"汪新一听愣了，盯着马燕问："你说真的？""我等不起了。"一想到这些年的时光，马燕心下黯然，她爹像是一堵翻越不过去的墙，让她看不到光亮。

汪新被激得冒火，打算豁出这一百多斤去，跟师傅硬刚一回。马燕夸他，这才是爷们样儿。汪新顿时清醒，说道："我这一百多斤轻了点，要不，你把你这百儿八十斤也加上，咱俩凑够二百斤，胜算更大。"马燕撇撇嘴："刚夸完，你就现原形。"汪新无奈地说："没办法，师傅那大炮火力太猛啊！"本来是情情爱爱的事儿，硬被两个人整成了战争场面，这场硝烟看来难以避免。

汪新装模作样地来找马魁，说要跟他唠唠案子。马魁招呼汪新坐下，说这才是正经精神头。汪新问：“师傅，这人贩子没动静了；毒贩子也没动静了；连环杀人案也消停了。这是怎么回事？”马魁反问：“没动静还不好？你还盼着他们闹动静呀！”“总得把案子破了吧！”“欠债还钱，早晚的事。”

汪新唠得没词了，马魁看他一眼问：“唠完了？”汪新忙说：“没有呢，远着呢！”这时，汪新听到马燕在屋里的咳嗽声，这是在给他提醒，他正襟危坐，说：“师傅，有件事我想跟您商量商量。”见马魁不搭理他，汪新试探着说：“那我说了？”“没堵住你的嘴。”“师傅，您觉得我这人怎么样？”“你什么样，还用问我？自己撒泡尿，照照不就完了。”“自己瞅自己，是瞅哪儿都好。”

马魁不动声色，放过了汪新释放的侦探气球。汪新试探了半天，也不得要领，马魁都懒得搭理他，自顾自地看起报纸。汪新被尴尬地晾在了那里，马燕站在自己屋门前，清了清嗓子。汪新鼓起勇气说：“师傅，我就跟您直说吧，我想娶马燕。”马魁完全无视他，置之不理。

汪新接着说：“师傅，我一定会好好对马燕，也一定会孝顺您。我知道，这话，不是说出来的，得做出来。我跟了您这么多年，您也知道我是什么人，请您相信我。”汪新说完，马魁一抬手，吓得他赶紧往旁边躲闪。谁知马魁挠了挠头，又把手放下了。

汪新心里犯嘀咕，这是逗自己玩呢！事情到了这地步，咬着牙也得上，他真诚地恳求：“师傅，您就成全我俩吧！马燕做买卖，我也掏本钱了，眼下多少挣了点家底。您放心，往后这钱会越挣越多的。”

马魁听了，突然哈哈大笑，整得汪新丈二和尚——摸不着头脑。“这笑话真有意思，可笑死我了，这都谁编的。”马魁说了这一句话。马燕真是服了汪新，在老头儿跟前没走几个回合，就败下阵来。她实在没辙了，只得亲自出马：“爸，汪新跟您把话都说了，我也是这个意思，我要和汪新结婚！”

马魁不看马燕，也不说话，把他俩当空气。马燕豁出去了，说：“我们明天就去领证，不说话，就当您答应了。”马魁冷冷地说：“两杆枪都顶在脑门上，哪儿敢不答应？想去就去。”马燕要户口本，马魁让她自己找去。马燕望向汪新，嘱咐说：“你回头就去单位打报告申请结婚，咱一趟就把家伙什儿都置备齐了。”“打报告？”汪新有点不相信，师傅就这样轻易松口了。马燕气哼哼地说：“不乐意就算了！”汪新高兴地说：“乐意！我这就去。”

汪新速战速决，很快就办妥了各种手续。马燕兴奋地说：“这下证明、报告都齐了，等明天拿上户口本，咱一早就去办！”事情太过顺利，汪新觉得有点不妙，问马燕能拿到户口本吗。马燕让他放心，他们分头行动，明天直接在结婚登记处那里会合。马魁在屋里不动声色地透过窗户看着这一切。

汪永革虽然反对儿子和马燕结婚，但儿子一旦动了真格的，他还是不想让儿子伤心。汪永革将户口本放在桌子上，汪新不安地说：“爸，师傅一直反对我跟燕子的婚事，就这么同意我俩去领证，我怎么心里毛毛的？”汪永革问：“你师傅真的同意了？”“摸不清他想法，师傅说想去就去。我怎么感觉有点太顺利了，透着不正常。”汪新说着，将户口本收好。

见父亲不语，汪新接着说：“他不会又在憋什么歪招吧？趁他没反悔，明早上登记处一开门，我俩就去。”汪永革点着头说：“介绍信啥的，都想着拿上，别白跑一趟。对了，还有户口本。”说着，他就忙着翻找。汪新告诉他，户口本他已经收好了，汪永革感叹说：“瞧我这记性。”

马燕一起床就翻箱倒柜找户口本，遍寻不见，她直接去找马魁，问他把户口本放在哪儿了。马魁说在老地方，要是找不到就是她自己的事了。马燕说：“您把户口本藏起来了？”马魁说：“你说话得讲证据，我在这儿可是一动没动。”“您平时对汪新那么好，为啥一到我俩的事上，就不依不饶？”“这事儿都磨叽多少年了，唾沫星子都够把人淹死了！”马魁说着，回了自己屋，关上了屋门。

马燕轻手轻脚地走到屋外，透过门缝朝屋里望去。只见马魁走到衣柜前，打开柜门摸了摸悬挂的警服，然后关上柜门。

马燕躲回自己屋里，伺机而动。过了一会儿，马魁提着布兜子走到她门前，说：“我去买点菜，顺便去接马健。”“知道了。”马燕回答得甚是乖巧。

马魁一走，马燕就快步走进父亲的屋里，打开衣柜从警服里兜掏出户口本，直接放进包里，飞奔出门……

汪新和马燕在民政局会合，走进婚姻登记处填写《申请结婚登记声明书》……两人相视而笑。接下来，汪新拿着材料，两人排队等候着，马燕止不住地感叹：“好不容易，走到一起。”汪新搂着马燕的肩膀安慰说：“好事多磨，等领证了，我请你吃好吃的去。”马燕说：“省点钱，还得过日子。”“省钱，也不能省在你身上，我得把你养得白白胖胖的。”“对了，婚礼咋办？”“我早寻思好了，咱们找个大馆子，最少摆十桌，得把锣鼓队请来，再买两挂鞭，非得闹点大动静不可。你都不知道，多少回了，我梦中都许你红衣大马，八抬大轿，嘀嘀嗒嗒，娶你回家。”“我觉得不用太铺张，能省就省点。”“那不是亏待你了？”“心里有就行。”“这媳妇，上哪儿找去？天上没有，地上没有，就我这独一份。”

正说着，轮到他们了，两人递过登记表等材料，马燕从包里拿出户口本递上去。工作人员仔细审核着，两人站在一旁，彼此对望。突然，工作人员问：“马燕同志，你拿错了，咋拿个作废的户口本来？”

马燕愣住，像是明白了。

第二十五章

马燕和汪新一致认为，这是马魁早就设好的圈套。汪新说，她爸是老警察，玩的就是这套本事，她弄不过他。这事闹的，让他看笑话了，看来，姜还是老的辣。马燕觉着汪新是闲着看眼儿，很不满意。汪新苦着脸说，他可没法子，弄不过她爸。马燕气呼呼地说，弄不过，就打光棍。

马燕甩开汪新，怒气冲冲地朝前走去。汪新一边追赶，一边说："那你倒是想个法子啊？都朝我发火，我就是个受气包、窝囊废！"

马燕回到家里时，马魁正在厨房炒菜，她一进厨房，就接过手说："我炒吧！"马魁递过锅铲，马燕炒起菜来。马魁望了闺女一会儿，见她神色平静，有点纳闷儿，说道："看着点儿火，别炒煳了。""您放心，我手里有准儿。""真有准儿？""练练就更有准儿了！"

马燕这是话里有话，马魁还能听不出来？他懒得去咂摸，出了厨房，哼起了样板戏《白毛女》："门神门神骑红马，贴在门上守住家，门神门神扛大刀，大鬼小鬼进不来，哎，进呀进不来。"

马燕手里炒着菜，脑子里却走了神，只听马健一声惊叫："姐，菜煳了！"马燕回过神，望着锅里炒煳的菜，真想大哭一场。

秋日阳光金灿灿的，像是粘了一层层蜜糖。

姚玉玲窝在沙发里听着音乐，直到贾金龙掏出钥匙开门，提着行李包进来，她才从深深的陶醉里醒来。贾金龙放下行李，脱掉外衣，换上拖鞋，整理一番才来到她身边，问道："你在家？敲门咋不开呢？"

姚玉玲没有理会，拿着勺子搅拌着一杯咖啡，落地收录机里放着音乐，妙音绵延。贾金龙打量着姚玉玲，说她小脸都快耷拉到脚背儿上了，这是咋了。姚玉玲追问贾金龙去哪儿了，跟谁一起去的。贾金龙一一回复，但还是不能哄姚玉玲开心。他从怀里掏出一条金项链，递到姚玉玲眼前问："玲玲，漂亮不？""还行。"姚玉玲轻描淡写地说。贾金龙感叹地说："看来，这玩意哄不住人儿。""你还哄过谁？""你看你，净钻我的话空子。来，我给你戴上。"说着，贾金龙就给姚玉玲戴项链，却发现她脖子上挂了长长短短的好几条，问道："哟，这脖子上是挂了几条呀？""我出门也没事可干，就在家戴。"

姚玉玲跟贾金龙说，她想上班，整天除了吃就是睡，他还不着家，连个说话的人都没有，快闷死了。贾金龙看了姚玉玲一眼，沉默不语。姚玉玲让贾金龙给她找个工作。要是能帮他忙生意就更好了，她不怕累。

贾金龙端起茶几上的咖啡，喝了一口，说："味儿不错，手艺见长。"姚玉玲跟了过来，说："我跟你说正经事呢！""玲玲，你跟我不是受苦受累来了，是享福来了。就你这小脸蛋儿，多嫩呀，我舍不得让它风吹雨打呀。""你那么多朋友，可以给我找个办公室坐着呀。""那不也得挨人管？我就见不得我的女人看旁人的脸色！""我就是想上班！你要是不答应，我就回宁阳！"

贾金龙开玩笑地问："回去干啥？找那个牛大力去？"姚玉玲生气地说："别没事找事！""玲玲，你就听我的，在家好好养着，再给我生个大胖儿子，等孩子大点了，你要是还想出去，我就给你开个店，到时候，你当老板，行不？"

姚玉玲高兴起来，贾金龙让她收拾收拾，晚上下馆子去。姚玉玲想吃西餐，贾金龙说东南西北，只要她乐和，吃啥都行。姚玉玲开心地笑了。贾金龙是情场老手，哄起女人来，还不是手拿把攥的事儿。

贾金龙交际广泛，人脉资源多，他还真就给汪新提供了一个很有价值的线索。马魁带着汪新在当地刑警的陪同下，来到哈城郊区一户民宅去解救那个被拐卖的女大学生。户主是个老头，他打开门锁，推开屋门，只见窗上挂着窗帘，黑暗中，那个女大学生坐在炕上，她披头散发，脸上挂着伤，嘴被堵住了，手脚被捆绑着，目光惊恐……

成功解救了那个女大学生，汪新对贾金龙深表感谢。贾金龙盛情满满，挽留汪新多待一天。汪新遗憾地说，他任务在身，家里一堆事等着他呢。贾金龙表示理解，这叫身不由己。汪新笑了笑，低声地问："哥，你这边儿，一点毒贩子的风都没有？"贾金龙说："有了能不跟你说？你们不是抓着人了？顺藤摸瓜，还查不到线索？""说容易，做起来难。"

这时，马魁走过来说：“小贾，你又帮了我们的忙，太感谢了。”贾金龙说：“马叔您又说两家话，咱们是朋友啊，我出点力不是应该的吗？”“话是这么说，可还是得谢谢你。”“其实我也没帮上啥大忙，那个人贩子不还是没逮住嘛。”“能把人救了，这就是万幸啊。看把那孩子造的，人不人鬼不鬼的，要是让她爹娘看到，得心疼死。”“这人贩子太可恨了，千刀万剐的货！”

马魁和汪新公务在身，要即刻返回宁阳，上车后跟贾金龙挥手告别。

送走汪新他们，贾金龙又在外面喝了一场。他喝醉了，一步三晃，回家时已经很晚。落地钟的运转声不断传来，姚玉玲坐在沙发上，她抱着胳膊闭着眼，彩色电视机里闪烁着雪花点。

开门声传来，惊醒了姚玉玲，她看着醉醺醺的贾金龙，既失望又哀伤。贾金龙来到沙发前，一头趴在沙发上，姚玉玲赶紧起身躲开了。贾金龙迷迷糊糊地哼哼着，姚玉玲看了他一会儿，转身进了卧室，关上了房门。

贾金龙躺在沙发上睡着，阳光铺在他脸上，他翻了个身，滚落在地，猛然惊醒。贾金龙躺在地上，缓了缓神，叫了几声：“玲玲！玲玲！”无人应声。贾金龙爬起身，睡眼惺忪地朝卧室走去，他推开门，里面空无一人。

不一会儿，姚玉玲挎着精致的牛皮包回来了。贾金龙问：“你去哪儿了？”姚玉玲冷冷地反问：“用你管？”“你昨晚没在家？”姚玉玲没说话，脱下外衣，挂在衣架上。贾金龙望着她，问：“我睡沙发上，咋没人管了？原来是你不在，你昨晚去哪儿了？”“醉醺醺的酒味儿，熏得屋里都待不下去了！”

听到这儿，贾金龙的脸上才有了笑意，说：“明白过来了，你是今天出的门。昨晚，我确实喝大了，可没办法，人家紧着敬酒，我不能不给面子。”“那你就喝，喝死拉倒！”说着，姚玉玲径直朝卧室走去。

贾金龙紧跟着一起进了卧室，装出一副可怜样：“你还埋怨起我来了，你咋不把我扶床上去？”“扶不动，不行吗？往后再喝大了，就别回来了！”“那我去哪儿睡？你就不怕大姑娘占我便宜？”“贾金龙，你在外面花天酒地，让我在家熬日子，你还有良心吗？”“这不都是为了买卖？”“我就问你，是买卖重要还是我重要？”“这还用问，你在我心尖儿上站着呢！”“说的比唱的还好听！”姚玉玲说着，就往外走。

贾金龙一把抓住姚玉玲的胳膊，急切地说：“玲玲，都是我的错，我认错，行不？”姚玉玲欲甩开他，却被他紧紧抱住，她挣扎着说：“你松开我！”“玲玲，我下回少喝点，保证早点回来。”“哪回都是这句话，让我怎么信你？”“走，咱去床上说，我要表表我的决心。”“我不去！”说着，姚玉玲想从他的怀抱里逃开，贾金龙的欲望被点燃了。他直接抱起她，关上房门，倒在床上。姚玉玲娇嗔说：“满身酒味儿，你先洗洗去！”贾金龙喘着气说：“洗完了，就没劲了！”

卧室里，粗重的呼吸，破门而出。细密的声响，是山与水的碰撞；她起伏，他沉入，忘我亲热，都在这美好时光。

天黑了，院子里大槐树的树枝上挂着冰凌，披着雪花。一切都是静悄悄的，各家各户都熄了灯。

沈大夫家的门开了，她朝外望了望，提着小铁锹轻轻关上房门，轻手轻脚地朝院门走去。她的身影很快神秘消失在夜色里……

翌日，马魁约了沈大夫，两个人在一家饭馆见面。马魁好奇地问：“小沈，你身上咋有股中药味儿？”沈大夫闻了闻衣服说：“有吗？”“研究上中医了？”

“当大夫，多学点有好处。”两个人沉默了一会儿，沈大夫笑着问：“怎么想起请我吃饭了？”“这家馆子的味不错，让你尝尝。”

沈大夫拿起筷子，吃了一口菜，点点头说：“嗯，好吃。”马魁乐了，跟沈大夫边吃边聊。“马哥，你是不是有事跟我说？”“没事。”沈大夫狐疑地望着马魁，他犹豫着说：“也不能说一点事儿都没有，吃完再说吧！”“不说就不吃了。”沈大夫说着放下筷子。

马魁吐了一口气，说：“这个马健，整天念叨你，白天念叨，晚上念叨，没你，他都睡不好觉了。我就说，这孩子也不小了，不能总黏糊人。可又一想，他打小没了妈，怪可怜的。再说，人就是这样，越缺啥越想啥，也正常。”马魁边说边打量沈大夫。

沈大夫默不作声，马魁接着说：“另外，上回跟那个叫刘明的人，说咱俩是那啥。说完后，我这心，一直放不下，就怕他跟别人胡咧咧，传出去对你影响不好。所以说，那话是我说的，我得负责任。”见沈大夫一言不发，马魁有些急：“你别光听着。”“马哥，你这话绕了一大圈，不累吗？”“是有点费劲。”

沈大夫想了半天，说道：“马哥，你的话说到这儿了，那我也掏掏心。咱们这几年相处下来，我很踏实，也很暖和。你是个铁骨铮铮的汉子，我欣赏你，也看重你。其实，我早就想进你家的门了，早就想和你一块过日子了。”她的话很直白，这是她真实的心声。马魁说：“那你不早说？给个话头，我就能顺上。”“可是我不能说。”“怕招来闲话？”“是怕给你带来麻烦。”“小沈，我这儿没问题，马燕也同意，马健就更没说的了，全等你一句话。你有难处，尽管说，咱们一块解决，你还信不过我吗？”

沈大夫眼里仿佛有泪光，她问："有酒吗？"马魁给她和自己斟满了酒，两个人默默地喝着。空了酒杯，道尽了委屈，倾出了心腹事儿，那些难言之隐。

微醺之后，沈大夫说："马哥，这回你知道我这些年为啥一个人了？"马魁点点头。沈大夫又说："要不是有这事横着，我还用当马健干妈吗？我早就让他叫我一声妈了！马哥，底我都露完了，你觉得，咱俩还能成？"

马魁话还没出口，沈大夫就阻止了他，说："就是不成，也不用解释，没事，真的没事，不怪你，全都怪我。"说完，沈大夫喝起酒来。她害怕听到他的答案，害怕听他拒绝的话，害怕熄灭了生活里的这束光，这些年，她都是靠此支撑着。

马魁望着沈大夫一杯杯地喝，说："再喝就大了。"沈大夫伤感地说："醉了才好，一醉解千愁。""我是怕你喝大了，再倒我炕上去。"说完，马魁就笑了。"怕了，让我吓着了？"沈大夫借着酒胆，挑衅着他，酒醉的眼神迷离。"怕，怕你上去了下不来！""为啥下不来？""不让你下来。"说完，马魁笑着。他的炕，何尝不是她的向往。

两颗心乱了，过了一会儿，马魁郑重地说："小沈，你说的事儿，确实是个事儿。不过，对于我来说，根本不算事儿。"沈大夫问："你真不在乎？""天知地知，你知我知，到此打住。咱俩过咱俩的，把日子过好就行了，有我护着你，啥事都不怕。"沈大夫眼睛湿润了，她没看错人。马魁接着说："咱俩先跟大院里的邻居们招呼一声，往后，来往走动就方便多了。"沈大夫说："等过段日子再说吧！""通个气儿也不费劲。""你就听我的。""行，全听你的。"

酒入愁肠，两两相望。爱意，从来不拘泥于年纪；枯木逢春，也能生长出希望的枝叶。

马魁回到自己家时，看到了惊人的一幕，马燕正处于呕吐状，一看到他立即捂住了嘴巴。马魁皱着眉，问："这是咋了，没吃顺当？""没事儿。"马燕说着，又呕了起来。"要是哪儿不舒服，赶紧去医院看看。""不用，好多了。"

马魁瞥了闺女一眼，想和她说沈大夫的事儿，刚刚提起马燕就干呕不停，让他说不下去。"你到底咋了？"见闺女眼神躲闪，马魁厉声逼问："说话，说清楚！"

马燕忽然一笑，说："爸，我好像有了。""有了，有啥了？""算了，没事了，说不定没有呢！"马燕故意和父亲卖关子。

马魁算是听出苗头了，加重语气说："你赶紧给我说明白！"马燕假装害怕："您这样，我哪敢说？""我保证不发火，你说。"马魁强制压下心中的怒意，想要听闺女嘴里的实话。"爸，我感觉，我是怀上了。"

马魁的脸顿时黑了，表情像是被冰封了，马燕说：“您要是实在压不住火，要打要骂，只管来。”马魁不说话，端起茶缸子，喝了起来。马燕豁出去了，站在一旁说：“生气别喝水，容易呛着。”

马魁想了想，似乎看穿了，笑着说：“呛着也是笑呛的，你们想什么法不好，编了这么一个烂幌子。我告诉你，就这套路数，我见得多了，少拿来忽悠我。”“您不生气就好。”说完，马燕笑着走开。马魁有点没底了，追问：“你去医院做检查了？”“再等等，说不定没怀上。”马魁刚要说话，又闭上嘴。

十岁的马健长得虎墩墩的，他一到家就冲到马魁屋里，高兴地说：“爸，您回来了。”马魁问：“表现得好不好，挨没挨老师批评？”“今天还得了一朵小红花。”“我家马健真厉害，过来让老爸稀罕稀罕。”马魁说着，搂住马健亲了一口。

“爸，您给我带好吃的了？”“就惦记吃。”说着，马魁从兜里掏出一把水果糖。

马健开心地接过去，剥了糖纸就往嘴里塞。

马魁想了想，问：“马健，爸问你个事儿，这两天你看到你姐吐了吗？”马健点点头说：“看到了，今天早上，她还说恶心想吐。”“那昨天呢？”“昨天晚上，她也没怎么吃饭，说没胃口。爸，我姐是不是病了？”“可能没吃顺溜，没大事儿。”“那我出去玩了。”

望着儿子一溜烟儿跑开了，马魁陷入了沉思，闺女这是把生米煮成熟饭了。

马魁拿闺女没辙，收拾起汪新还是很有手段的。汪新是个机灵鬼，早就嗅到了危险气息，尽量躲着马魁。

深夜，餐车里只有马魁和汪新，汪新吃着泡面，跟马魁隔着两个卡座。马魁让汪新离他近点，这样说话方便。汪新死活不肯，马魁板着脸下了命令，汪新只得过去。他们彼此心知肚明，一个有意躲着，一个伺机而动。

马魁说：“我就琢磨，你说那个人贩子，能不能就在咱们身边？”汪新摇摇头说：“怎么可能？她躲咱们都躲不及。”“最近，我总觉得背后有两双眼睛，在盯着我。”“真的假的，还两双眼睛？”“你没有这种感觉？”“师傅，您是不是太紧张了？”“为什么这么说？”“就算是那个人贩子盯着您，也是一双眼睛。”

马魁摇摇头说：“我的直觉错不了，恍恍惚惚的就是两双眼睛，那眼睛长什么样，我都能感觉到。”马魁说着，声音越来越小，透着玄乎。汪新有点好奇，慢慢凑近马魁。马魁小声说：“两双眼睛，一个是男的，一个是女的。那男的眼睛长得像贼……就是你这双眼睛！小子，原来是你在琢磨我！”说话的同时，马魁死死盯着汪新。

等汪新反应过来，马魁就上手了，他刚要闪避，马魁一把扣住他的手腕子。汪新反手扣住马魁的手腕，两人板着脸较劲。马魁点点头说：“行，有长进。”汪新不甘示弱，说：“跟您学的。”

师徒一起使劲，憋得面红耳赤。马魁怒问：“说，你俩怎么回事？”汪新说：“您不是都知道了？”马魁眼神像是钉子，汪新低下了头，不与他直视。“心虚了？”“您拿眼睛盯着我，怪吓人的。”“怕就对了，赶紧老实交代！”“师傅，要是真有了，您是不是就答应了？”“我答应，我答应要你小子的命！”“那您外孙可就没爹了。”“你小子胆肥了，我弄死你！”

两个人谁也不放过谁，互相捏着对方的手腕，使出了全部的力气。汪新忍了忍，说：“老马，这么下去，咱俩得同归于尽。”马魁点点头说：“行！又叫上老马了。”马魁说话时，汪新猛然加力，把他的手腕按到桌上，然后说：“我赢了！”马魁冷着脸说出狠话：“行！小子，有本事！有本事你就弄死我，弄不死我，我就弄死你！”“师傅，您就认输吧！”说完，汪新把头转向了窗外。黑夜里迷雾散不开，就像师傅对父亲的误会。

汪新给了马魁重重一击，马燕这边也拿出实锤。马燕将一张孕检报告放在桌上，马魁拿起看着。突然，他把孕检报告拍在桌上说：“假的！”马燕不服气地问：“您说假的就是假的？”“你去的是哪家医院？”“那上面不都写着呢？”“走，咱俩现在就去医院。”“等我换件衣服。”马燕说着，朝自己屋走去。

等马燕换好衣服，挎着包从自己屋里走了出来，催促父亲走时，马魁却是坐着不动，形如木雕。“不早了，大夫快下班了。”马燕再次催促，朝房门走去。“你给我站住！”马魁怒喝。

父女俩怒目而视，相互对峙。过了一会儿，马燕叹气说：“打小，我妈就告诉我，要做个诚实的人。所以，我不能骗您。”“马燕，你到底想干啥！”“我在追求我自己的幸福。”“你放屁！”马魁说着，抡起茶缸子摔在地上。

这时，汪新从外面走进来，问：“这是怎么了？”没人应他，只听马燕说：“爸，您就是把咱家全砸了，把房子烧了，这事儿也是真的。”马魁气得身体颤抖。马燕真的豁出去了，她不想再后退一步。

马燕捂起了肚子，似乎是不舒服了，她安抚着腹中胎儿说：“别怕，爸妈都在呢！没事儿的。”“对，都在，不怕。”汪新跟着说。

马魁沉默良久，拿起孕检报告起身朝马燕走去。汪新挡在马燕前面说：“师傅，我一人做事一人当！这事跟马燕没关系，都是我的错。”“你错了？”马燕一时蒙了，误会了汪新的意思，好像他俩的感情是个错误。汪新连忙解释说：“我没错！我是说，我这一百多斤，就放这儿了！”

马魁怒斥，让汪新走开。汪新真切感觉到了马魁的恨意和恼怒，生怕马燕挨揍，拦住马魁不让他前进一步。汪新喊道：“马燕，你快跑！”马燕有着和马魁一样的脾性，她一把推开汪新，冲在父亲面前说：“要活一块活，要死一块死，三条命，都给他了。”

马魁气血上头，脑子嗡嗡作响，他身体颤抖着怒骂：“这话讲得真脆生，行，就当白养了，我成全你！”马魁暴跳如雷，怒火如一锅滚水泼向马燕。他抡起巴掌抽向马燕，汪新早有防备，蹿过去护住马燕，脸上结结实实地挨了一巴掌。汪新冷冷地说：“师傅，手劲不行，再使点劲！”马魁怒吼道：“你给我让开！”“我媳妇要是当着我的面让人打了，我还是男人吗？”“我教育闺女，滚蛋！”“您冲我来，行吗？”

马魁没说话，黑着脸绕过二人，走出了房门。

马魁一走，汪新仰着有点红肿的脸在马燕面前表现：“媳妇，我刚才表现得还行吧？”“头一回看你这么爷们儿，疼吗？”汪新笑了，抹了一把脑门的汗说：“腿也哆嗦。”马燕也笑了，她笑着笑着，猛地扑进汪新怀里，哭了起来。马燕的每一滴泪水，都落在了汪新的心里，他紧紧地拥抱着她。

在闺女那里受了一肚子气的马魁，直接去了铁路医院，他一进诊室，就把孕检报告拍在了沈大夫面前，问道：“这又是你帮忙弄的？”沈大夫拿起看了看说：“在一个地方绊了跟头，还能在同一个地方再绊跟头？来，坐下说。”“我坐得住吗？小沈，你仔细瞅瞅，这报告是假的吧？”沈大夫沉默着，叹了口气，马魁疑惑地问：“真怀上了？”

沈大夫又叹了口气，马魁急了：“不行，我得让马燕到你这儿检查检查。”“到我这儿，你就信了？马燕要是怀上了，到哪儿检查都是一个结果。要是没怀上，你就算把她捆来，人家不让检查，我们也不能强迫。马哥，我必须得说，俩孩子都到这份上了，你拦着，还有意思吗？”

马魁望着沈大夫，沉默不语，转身朝外走去。沈大夫让马魁把报告拿走，他再也没回头，一直往前走。在路上，马魁的脚步乱了，有点走不稳，站不住。那十年的记忆又朝他袭来，让他无法呼吸。人生难看破，他还在挣扎，他怎么可能让闺女在他的是非里寻找爱情？

月落日升，那把尖刀仍旧插在心头，隐隐作痛。

马魁回到大院，刚要进家门，差点撞到马健，马健正向汪家方向望。“干啥呢？”心情糟糕，马魁吼了儿子一嗓子。马健小心翼翼地说：“爸，我姐搬去姐夫家了。”“谁？”瞧爸爸那怒不可遏的样子，马健立即改口：“是小汪哥哥家！”

马魁气得发抖，冲进马燕房间一看，里面的东西的确少了。他冲出来环视四周，似要抄家伙，马健看着害怕了。马魁怒吼道：“他们这一家人，想怎么着？坑我们一代还不够？”马健壮着胆子，拉着马魁问：“爸爸，你干啥呀？你为啥不让我姐幸福？”“你懂个屁幸福！”“我姐原先那么爱笑，可她现在总哭，她偷着哭，你听不着，我能听着！你干啥总拦着她？”听了儿子的话，马魁迈向门口的步子停了一下，但是望向汪家时，怒火再次燃起，他冲了出去。

此时，汪新正不明所以地望着马燕，她搬着行李闯进来，气呼呼地说：“跟我爸谈崩了，家里住不下去了。”汪新说：“那你现在搬我家来也不合适，你等我名正言顺……”马燕喊叫着打断：“我等不了！”汪新看着马燕，心疼又感动。

马燕颤抖着声音问：“我真的想不明白，汪新，你告诉我，我们两家人到底有什么事儿？为什么解不了？”汪新痛苦地说：“能解，肯定能解。不过，你现在得回去，师傅他知道了，会打死我的……”汪新知道，如果真的留下马燕，会出人命，他不想将两个家庭置于绝境。“我不回去！他敢吵，就让他吵！我就是让所有人都知道，我马燕就是要嫁你！”为了自己的爱情，马燕孤注一掷。

汪永革从里屋走出来，问：“燕子，这是咋回事？”马燕说：“汪叔，从今天起，我就在你家打地铺。”汪永革吃惊地摇摇头：“不行，绝对不行，你们还没有成亲。”“叔，你能不能帮帮我俩？就没人能帮帮我俩？”“燕子，没有你爸的话，叔不敢留你。”“你和我爸，为了啥？就不能说清吗？”汪永革张着嘴，却什么也说不出。

屋外，马魁的声音传来，杀气腾腾：“马燕！你给我出来！”汪永革轻声说：“燕子，听话，跟你爸回去。”见马燕不动，汪永革催着汪新说：“先送燕子回去！”

见儿子也不挪脚，汪永革叹气，近乎恳求：“燕子，听叔一句，好好跟你爸说，这么硬顶着也不是办法，不能这辈子不见面了。”

汪永革话音一落，房门就被踹开了，马魁站在门口，气愤地看着眼前的三人，最终，瞪向汪永革：“行！老汪，计谋得逞了，是吧？”马魁说着，一手抓起行李，一手抓马燕。

马魁直视着汪永革，字字喷火：“仇是仇，怨是怨，你少在这儿给我玩‘和亲’的把戏，我马魁的闺女，不嫁丧良心的人家！”

汪新望着父亲，瞧着他吞咽下的怒意，也瞧着他的心虚不安，他像是窥探出了一些隐秘。事到如今，总要有个了结，马魁下定决心要个明白。他让汪新和马燕都出去，他有话和汪永革说。

汪新拉着马燕往院外走，有邻居好奇地探头看着。汪新紧攥马燕的手，心里像憋着一股劲儿，他打气说："燕子，你的话我都记住了！我也是！""你也是什么？"马燕抹了一把眼泪，明知故问。"非你不娶！"

马燕几乎是被汪新拖着快走，心里眼里全是感动。汪新说："你先好好在家待着，有解儿的！咱俩这事儿，必须有解儿！父一辈，子一辈，他们有什么事，跟咱俩没关系。燕子，你记住，就算是天塌了，咱俩也得抱紧了！严丝合缝！"

听着汪新的话，马燕目光坚定，跟着他到了自家门前。

汪新停住脚步说："我必须得知道，他俩到底是什么怨。燕子，我的媳妇，你听话，回家等我信儿。"马燕乖巧地点点头，安顿好了她，汪新跑向自家。

屋子里两人似乎已僵持了许久，马魁努力压着怒火，汪永革率先开口说："老马，坐下说。"马魁问道："那小子生米煮成熟饭，逼我吃上一口，是你出的主意吧？""一对小鸳鸯，你情我愿的，这不是好事吗？"说这话时，无论语气还是神态，汪永革都近乎卑微。"这么多年，我一直不答应他俩的事，你不清楚是为啥吗？我绝不可能让我闺女管你叫爸！""她愿意叫我啥都行，我不在乎。老马，这是孩子们的事儿，我心疼汪新，你不心疼燕子？""我心疼她十年没爹！"

马魁的话捅了汪永革的心肺，他将心比心，设身处地想着马魁的遭遇，心怀愧疚。见汪永革走神，马魁痛心疾首地说："那十年，我有我的苦，燕子她们娘俩吃的是另一份儿苦，那苦不比我的轻！她能忘？她要是知道，她爹十年冤狱，就是因为你胆小怕事，不敢出来为我作证！就燕子那性格，我就不信，她能张嘴管你叫爹？""老马，为啥是因为我？我咋给你作证？我当时不在那车上。"

时至今日，汪永革还不改口，马魁重重地拍着桌上怒斥："汪永革，你就不怕老天爷罚你？当时我看到你了，看到你从车厢门外跑了，慌得像条狗！那个背影，我记一辈子！十年，监狱里，我每天晚上，都回忆那个背影。汪永革，那就是你！我能看错？那是我哥们儿，我们一前一后，在宁哈线的火车上走，我看你的后背，看过多少年！"

汪永革不语，将头转向窗外。马魁继续说："我躺在监狱的通铺上，每天都在想，你为啥这样做？你是想让我死，我做过什么对不起你汪永革的事儿？我想不明白！死不瞑目！"说着，马魁随手抓起一样东西，猛摔在地上。

汪永革的防线快要崩溃了，他强迫自己冷静下来。片刻之后，他面色不改，低声说："你看错了，那不是我。"马魁彻底心寒了，失望了，他平静地说："还有你的衣服！餐车里挂着你的衣服，那袖子上有你列车长的袖标！"说话时，马魁抓住汪永革的一只袖子。

汪永革的脸有些扭曲，肌肉似乎不受控制，这是脑出血的前兆。伴着痛苦、纠结、心虚……汪永革神情恍惚起来，喃喃地说：“车上……那是我吃饭时挂在那儿，忘了带走，我没在车上，我没法给你作证！”“汪永革！我就想知道，为什么？为什么？”

汪永革几乎祈求地看着马魁，语气酸楚地说：“老马，我求求你，把那件事忘了吧！你已经苦尽甘来了，你放过孩子们，放过自己，放过……”那个“我”字，他无法说出口。

马魁摇着头，狠狠地看着汪永革质问：“告诉我，为什么？”“我没看到。”汪永革大口大口地喘气，像是一下子就要断了呼吸。身影闪动，汪新在门外听着，满脸震惊，心情沉重。

四目相对，马魁目光如火，一直燃烧；汪永革眼神黯淡，一片死灰。马魁松开汪永革的胳膊，愤怒地转身离开。

被马魁撞开的门重重砸在汪新身上，汪新似乎已无知觉。他遭受了打击，变得迟钝麻木。马魁的身影如一阵怒风，席卷而去。

马汪两家的事儿如疾风骤雨爆发，惊得大院里的老邻居目瞪口呆，他们谁都不敢来劝，躲在门后，躲在窗帘后，紧张地张望着。

马魁沉着脸回家，马健紧张地看着他，假装做作业，又憋不住小声通风报信：“爸爸，我姐回来了。”“我知道了。”马魁说话的声音有点颤抖，余怒未消。

马魁站在闺女屋子的门帘外，透过缝隙看到马燕趴在床上。马魁缓了缓神，说道：“燕子，这事儿，别想了……你早晚能明白。”马燕把头埋进枕头，肩膀抖动，无声抽泣。马魁看着她，心痛不已。

马健拿起书本，假装看书，小眼神在爸爸和姐姐之间小心地移动。过了一会儿，他试着喊：“爸爸。”“嗯？”马魁本能地应着。“我有点饿。”马魁木木地走进厨房，呆呆地看着锅，身子却似僵了。汪永革那些话回荡在耳边：“我没在那车上，那不是我，我没看到，你看错了。”

汪永革抵死不认，若不是那份记忆刻骨铭心，马魁都要怀疑上自己了。往事一幕幕浮现眼前。

一九六八年，马魁来到餐车，他从车窗口回头，看到一个匆匆离开的背影。那人也回了头，虽然只是一瞬间，但马魁看清了，他是汪永革。那是他的好兄弟，哪怕仅仅是气息飘过，马魁都能闻出他的味道。更何况，餐车的椅背上挂着汪永革列车长的衣服……

儿子的到来打断了马魁的回忆，把他从思绪里牵扯出来。看到儿子正在向炉灶里加煤，懂事得让人心痛。马魁鼻头一酸，对儿子说："去问问你姐，想吃啥？"马健一听，一边应声，一边就跑开了，屁股后带着风。

汪家的气氛更加沉闷，父子俩安静地吃着饭，都默不作声。汪永革看了儿子一眼，突然起身往外走，汪新拦住他问："爸，您干吗去？""头疼，出去透透气。"汪永革说着，低头就走。汪新再次挡住他，逼问道："您那天在车上吗？""什么车上？"

见父亲还是揣着明白装糊涂，汪新真的有些生气："当年出事的那趟车，我师傅被人冤枉的那个车厢，您在车上吗？"汪永革看了汪新几秒，猛然抓起饭碗直接摔在地上。人人都可以怀疑他，质问他，唯独儿子不行。

"老马审我，就算了，我儿子也开始审他老子了。"汪永革说着，身体微微摇晃，汪新没有察觉。"对，我是您儿子，那您为啥这么多年不跟我提这件事？""你懂什么？"汪永革吼着，这吼声穿透耳膜。"如果您真没在那车上，您为什么不敢跟自己儿子提这件事？""混账！啥叫不敢说？""您就在那车上，对不对？您什么都看到了，就是不给我师傅作证，对不对？"

汪新一连串的发问，让汪永革无言以对，父子之间像是对峙的敌手。汪永革恼羞成怒，骂道："你放屁！我凭什么跟你说？我是犯人？我是你的犯人吗？""为啥？作个证能怎么着？您怕啥？您是那怕事儿的人？我觉得，我爹不应该是……"这话像是子弹，射进汪永革的心脏，他压抑了十年的情绪火山般爆发。他用尽全力掀翻了桌子，随即重重地摔倒在地。汪永革绝望地看着儿子，汪新的表情从愤怒转为慌乱，大声喊着"爸爸"。汪永革的视线模糊了，他抓住汪新含混不清地说："我……都是为了……你啊……"

周围的一切变成一片白光，汪永革仿佛听到了遥远的火车声，转而进入了一种幻象。

餐车车厢跟当年出事时一样，车厢里空空荡荡。车窗外是晃动的白光。火车骤然驶进一条隧道，车厢里霎时一片漆黑，只有隧道的照明灯，随着火车的行驶，划出一条明黄色的线……

马魁家的餐桌上，摆着简单的饭菜，只有马魁和马健默默地吃饭。马魁给自己倒了小一盅白酒，没滋没味地喝了一小口。突然，院里传来一阵慌乱的声音，隐约听见汪新在喊"爸"，众人手忙脚乱地帮忙。

马燕也听到外面的声响，猛然坐起，趿上鞋就跑。经过外屋时，她看了一眼马魁和马健，停了一下脚步，转身冲出门外。

汪新背着父亲，沈大夫指挥着大家将汪永革放到三轮车上。汪新看到穿着单衣的马燕，说："你快回家去！我爸好像中风了。"说完，汪新骑上三轮车，在一群热心邻居的护送下向医院骑去。

马燕在慌乱的人群中无所适从，心痛地看着汪新他们远去，低头看自己的脚，鞋只剩了一只。马燕返回家时，马魁斜眼看着她说："不怕冻死？"说着，缓缓给自己的小酒盅倒酒。"汪新他爸中风了，他们往医院送呢！刚才看着好像要没气儿了。"马燕难过地说。马魁倒酒的手顿了一下，随后放下酒瓶，说了一句："苍天有眼！"他举起酒杯，一饮而尽。马燕吃惊地看着父亲的反应，真心觉得他疯了，气愤地扭头进屋。马魁看着王素芳的遗像，抿了一口酒。酒断人肠，也能愉悦身心，更能麻痹感情。

马燕回屋后，一边抹眼泪一边快速穿上棉衣。她冲出门外时，太阳西落，暮色降临。仍在喝酒的马魁看了她一眼，未加阻拦。"姐你干啥去？"马健在身后叫着。"去干人该干的事儿！"马燕特意加重了"人"这个字的语气。"姐，我跟你一起。""马健，去你姐屋写作业去。"马魁一嗓子，把儿子吼消停了。马健快速扒拉完最后几口饭，进了里屋。

马魁起身倒了一小盅白酒，缓缓走向王素芳的遗像。他把酒摆在那遗像面前，望了一会儿，双手扶着那张小桌低下头。马魁的背影苍老、疲惫，一身尘埃。

手术室外，汪新一直紧张地咬着手指向里张望。他的耳边回荡着父亲的声音："我都是……为了你……"汪新看到自己的手指都咬破了，攥了攥拳，发现那手仍在抖。蔡小年走过来轻声说："我让几个老的先回去了，帮不上忙，在这儿干着急。"汪新机械地点点头，蔡小年指了指旁边的椅子说："坐吧，挨累的日子在后头。你还得伺候叔，别现在就把自己整趴下了。""能让我挨着累就行，我就怕没机会了。"说着，汪新又咬着手，若是十指连心，这痛能感应，他希望父亲能平安醒来。"那么丧气呢！刚才，从三轮车上往下抬，叔的手，抓着那车边的杆子，抓得紧紧的，老有劲儿了，我掰了半天。我告诉你，肯定没事儿。"蔡小年的话，让汪新的心稍稍安定。

医生从手术室里出来，汪新和蔡小年立即围上了他。汪新迫切地问："大夫，我爸怎么样了？"医生说："比预想的轻，脑部血肿已基本清除了，颅内压现在也正常，手术比较成功，病人暂时脱离危险了。"

汪新如释重负，回身看到刚刚赶到的马燕，似乎又想起了什么，笑容僵在脸上，问："你咋来了？"马燕担心地问："叔咋样？""说是暂时脱离危险了，你来干啥？”“我来看叔，是你说，让我等信儿。”

汪新看了看马燕，又看了看手术室，满脸悲伤，不知如何回答。稍稍冷静一下，他把手搭在马燕的肩上，轻声说：“乖，听话，先回家。”“汪永革家属。”手术室里出来人叫汪新，他急忙跑过去签字，马燕站了一会儿，落寞地离开。

过了好几个小时，汪永革从手术室转移到病房。他躺在病床上，头上包满纱布，旁边挂着输液瓶。

夜已深，汪新望着雪白的天花板，渐渐地闭上了眼睛，他趴在父亲的脚边沉沉地睡着。汪永革看着儿子，努力动着自己的手指，汪新一个激灵，醒了过来：“爸，您可醒了，您先别动，我这就去叫大夫。”

汪永革平安度过危险期，接下来，他就开启了住院的日子。在这段时间里，汪新忙前忙后，无微不至地照顾他，每一口饭，每一口米汤，都是亲自做、亲手喂。望着儿子，汪永革眼中，全部是心疼。

病情好转时，汪永革在儿子的搀扶下，尝试着在医院的走廊里行走。

在陪伴父亲住院的日子里，每一个黑夜，汪新看着熟睡的父亲，心情复杂而沉重。他不知道，在未来的日子里，他和马燕会面临什么样的悲剧。

左邻右舍均来探望汪永革，老邻居一来，病房里总是热热闹闹的。汪永革能说话，可坐起，还能在走廊里走几步，他虚弱地笑着，在大家的环绕之间，他的目光时不时看向门口。汪新望着父亲，知道他在期待谁。

冬天的心，埋藏得有点深。雪花潇洒地从天而降，飘落在地就变成另一种模样，就像梦想照进现实，残酷而卑微。

贾金龙最近是浪子回头，经常在家陪姚玉玲。这天，他和姚玉玲在厨房边包饺子边说笑。姚玉玲的生日马上到了，贾金龙问她打算咋过。姚玉玲说：“不用太费心，差不多就行，我不在乎这东西。”贾金龙说：“满心思给我省钱，这媳妇上哪儿找去。”“只要你能陪着我，比啥都强。”贾金龙听了，笑了笑，不再言语，专注地包饺子。这女人呀，物质生活有了，精神层面可能会少了点儿，寂寞也随之而来。

姚玉玲喜欢这一刻的温馨，她端着两盘饺子，从厨房走了出来，把两盘饺子放在餐桌上。贾金龙坐在桌前，边给小碟里倒酱油边说：“别忙了，咱俩够吃了。”“行，那就先吃着，不够再煮。”姚玉玲说着，在他身边坐了下来。

贾金龙吃了一个饺子，却皱起了眉头，姚玉玲紧张地问：“不好吃？”贾金龙说：“真香！”姚玉玲嗔怪道：“那你皱啥眉头？”“我就是想不明白，这么好的媳妇，咋跑我手里来了。”“你本事大。”“玲玲，咱俩在一块都这么久了，你咋才想起来给我包饺子？”“其实，我早就想包给你吃了，可是你天天在外面，我也就没那个心劲儿了。金龙，你要是多在家待待，我天天给你包饺子吃。”说这话时，姚玉玲尽显一个女人的温柔。

贾金龙笑着问：“那吃够了，咋办？”姚玉玲语塞，这一语双关，让她无法回答。贾金龙笑了起来，他的笑容里夹着暧昧：“开个玩笑，只要是你包的，我天天吃都不够。”“好听的，谁不会说？”“可是好看的不多。”“饺子也堵不住你的嘴，快吃吧！”

敲门声传来，姚玉玲起身就要去开门，却被贾金龙按住了：“我去。”贾金龙走到门前问：“谁呀？”“哥，是我，大猛。”

贾金龙打开房门，大猛低声说：“哥，咱卖给刘总的那批货，出了点问题。刘总说想找你唠唠，你要是不去，他就不给钱。”贾金龙琢磨片刻，望向餐厅，高声地说：“怎么啥事都找我，你们就不能让我省省心？就不能让我在家好好陪陪你嫂子？你看你嫂子，一个人在家，忙里忙外的，多不容易。”见姚玉玲没言语，贾金龙接着说：“你就跟刘总说，他爱买不买，我宁可不挣这个钱了，也得在家陪我媳妇！”说着，他朝大猛使眼色。“哥，那可是不少钱，脱手了，多亏得慌。”“亏就亏吧！再多钱，跟陪你嫂子比，都是狗屁！”

姚玉玲实在听不下去了，走了过来，说：“你俩别演戏了。”贾金龙说：“没演，说的都是大实话。”“那就关门。”“行！”说着，贾金龙就要关门。

贾金龙眼中的犹豫，姚玉玲已经看透，她明白，与其勉强，不如识大体。她说：“好了，有事就去。”贾金龙抱歉地说：“媳妇，我对不起你。”“知道就好，快走吧，早点回来。”

贾金龙走后，姚玉玲来到餐桌前坐下，望着满桌的饺子，愣怔了一会儿，夹起饺子，一个人没滋没味地慢慢吃起来……

这日，姚玉玲刚睡醒，打着哈欠从卧室里走了出来，一脚踢到门口的大纸盒子。她把纸盒放在客厅的茶几上，打开后是一个精美的女士挎包，她笑了笑说：“别藏着了，出来吧！”“祝我最亲爱的玲玲生日快乐！”贾金龙笑着从另一个屋里走了出来。“算你还有良心。”“良心大大地有！”

姚玉玲挎起新包，打量着新包，贾金龙靠近她，裹着暧昧的气息，问：“喜欢吗？”姚玉玲说：“只要是你送的，我都喜欢。”“这可是外国货，名牌！馆子订好了，晚上给你热热闹闹地过生日。”“我不是都跟你说了，别花太多钱。”“挣钱就是给媳妇花的！”“我是怕你挣钱太辛苦，心疼你。”“嘴上说心疼有啥用，也不来点实在的。”说着，贾金龙拍了拍自己的脸。

姚玉玲捧过他的脸亲一口，贾金龙笑着说：“就这一下，花多少钱都值了。玲玲，我得出去一趟，晚上回来接你。”“行，快去忙。”

贾金龙收拾好出门了，姚玉玲洗过之后，站在镜子前吹着头发。姚玉玲走进衣帽间，换上一件颜色鲜艳的裙子，站在试衣镜前，前后左右照着。

姚玉玲化着精致的妆容，戴上帽子，一切穿戴整齐，只等贾金龙回来接她。

客厅里的落地钟指向晚上八点十三分，貌美如花的女人坐在沙发上，默默地望着落地钟。秒针不断地运转着，她的失望和怒气一点点地累积着。

深夜了，客厅里黑着灯。贾金龙从外面应酬回来，打开灯轻手轻脚换上拖鞋，朝客厅望去，见客厅没人，他朝卧室走去。贾金龙轻轻地推开卧室门，卧室里透出灯光，他朝里面望去。

一个枕头飞了过来，吓了他一跳，赶紧避过。紧接着，又一个枕头飞了过来，还有书、被子等物品。整个卧室，软硬乱飞，一片狼藉。贾金龙叫道：“停！别扔了。”“你别回来了，给我出去！”姚玉玲是真的怒了。“玲玲，你听我说句话，行吗？”贾金龙耐心地哄着。“我不听！”姚玉玲吼道。

贾金龙沉默片刻，关上门走了。过了好一会儿，贾金龙觉得姚玉玲应该冷静下来了，又试着进卧室：“玲玲，我要进来了。”姚玉玲蜷缩着坐在床上：“你敢！”说着，就下地抄起拖鞋。

卧室门开了，姚玉玲刚要扔拖鞋，又停住手，只见贾金龙擎着马勺挡着脸，露出眼睛。姚玉玲佯装要扔拖鞋，贾金龙赶紧遮挡。拖鞋扔出去没砸着，姚玉玲哭着说：“你骗我！我不跟你好了！”

贾金龙提着马勺说：“玲玲，都是我不好，你不解气的话，就削我一顿。”姚玉玲问：“咋削呀？”“家伙什儿都给你备好了，看拿着应手不？”说着，贾金龙从后腰抽出擀面杖。“给我。”姚玉玲没有犹豫，接过擀面杖，“屁股！”贾金龙侧过身，姚玉玲抡擀面杖就打，他赶紧用马勺遮挡，擀面杖打在马勺上，传来当的一声。“你又骗我！”姚玉玲又号叫了起来。“你还真打，好好好，你打！”说着，贾金龙把屁股让给了她。

姚玉玲抡起擀面杖狠狠打在贾金龙屁股上，他痛得哎哟一声。姚玉玲惊住了，她没有想到，贾金龙真的会让她打，忙问：“你咋不挡了？”“这是下狠手了，打在骨头上了，疼死我喽！”贾金龙捂着屁股说着。姚玉玲焦急地说：“没打坏吧？快给我看看！”

闹够了，该说正经事儿了。姚玉玲坐在沙发上，贾金龙蹲在她膝盖近前说：

“玲玲，你过生日这么大的事，我能忘了？我也想回来，可是买卖谈得正上火候，我走不了。”姚玉玲问：“你们在哪儿谈的，几个人？”

贾金龙真真假假地回答，应付着姚玉玲。姚玉玲突然凑近贾金龙闻了闻，没有说话。贾金龙急了：“你还信不过我吗？媳妇，我对灯说话，家里有你这个小仙女儿，我这眼里还能装下别人吗？”姚玉玲撇撇嘴：“再好的饭，吃久了，也会腻的。”

低声下气地哄了半天，姚玉玲才怏怏不快地起身去了卧室。贾金龙拄着沙发缓缓站起身，坐在沙发上，敲着发麻的腿，长叹一口气。

窗外，飘飘洒洒的雪花，在这个夜里，结了什么缘？埋下了什么秘密？

新的一天开始，天亮好办事。姚玉玲没那么容易放过贾金龙，她在一家西餐厅约见了大猛。服务员端着两杯咖啡走过来，姚玉玲和大猛坐在桌前，服务员把咖啡和牛奶放在桌上，旁边摆着几样精致的点心。

姚玉玲招呼着大猛：“来，咱们边喝边唠。”大猛说：“嫂子，我喝不惯这东西。”“你还不愿意吃药呢，不也得吃？”大猛被姚玉玲说得一愣，无话可说，姚玉玲拿起牛奶，倒进他的咖啡里。“嫂子，我自己来。”“嫂子为你们这帮兄弟也做不了啥，也就能端个茶倒个水，打个下手。”“嫂子，您这话说哪儿去了，我都接不住了。”“不用接，拿真心换真心就行。”“嫂子，我跟我哥一条心，那跟嫂子您，也是一条心。”

姚玉玲沉吟着说：“我也没说咱们隔着心，你哥是有家的人了，你们不能让他天天在外面忙吧？生意上的事，得多替他分担分担，让他多歇歇。”大猛说：“嫂子，这买卖的事，我们兄弟做不了主。”“能不能做主，还不是嫂子一句话。嫂子问你，昨天晚上，你哥跟谁在一块？”

大猛一听要坏菜，小心应对，还是让姚玉玲抓住了破绽，她说：“那女的，挺有本事。”大猛笑了笑，没有否认。姚玉玲又问：“你们就一直在宾馆里唠？”

大猛说：“后来，打了两圈麻将。嫂子，我哥本来想走，可三缺一，他就没走成。”“腿长在他身上，咋就走不了？”姚玉玲问得大猛哑口无言，他只好借机走开。姚玉玲一个人喝着咖啡，品尝着孤独寂寞的滋味。什么都有了，这日子咋还那么难熬？她心里一阵酸楚。

晚上，贾金龙回到家里，坐在沙发上一拍茶几，质问道：“你找大猛，是什么意思？”“谁让你不跟我说实话的！”姚玉玲抱着胳膊倚在电视柜旁。“有必要说得那么清楚？说了，也是惹你生气！”“我是你媳妇，你不跟我说实话，就是心里有鬼！”“我看你就是在家闲的，都闲出病了！”“我都说了，我想上班了，是你横挡竖拦。我还纳闷，你宁可陪他们，也不回来给我过生日，你哪儿来那么大的瘾？现在我明白了，你是让那女人给勾的，魂儿都给勾走了。”

贾金龙怒道：“你懂个屁！那女的比我大十多岁，来头不小，把她伺候好了，我这生意才能做得更大！”姚玉玲抱怨说：“说到底，你心里装的全是买卖！”“装别的，也不当吃喝。玲玲，你跟了我，好吃好喝好穿戴，花多少钱都行。只有一条，不要掺和我生意上的事，明白吗？”贾金龙说完，倒了一杯水。“我就掺和了，你能把我怎么样？”

贾金龙拿着水杯，盯着姚玉玲，姚玉玲气哼哼地问：“怎么，你还想打我？”

忍了又忍，贾金龙擎起水杯，一饮而尽。随后，贾金龙把水杯蹾在茶几上，说：“疼你，还疼不过来。”说完，他强势抱住她，不留一丝反抗的余地。疼她，往死里疼她，毁天灭地地疼，谁都不能停下来。

提心吊胆的日子，像是形成了一个漩涡，把姚玉玲拉扯进去，绞杀得片甲不留，她终日心神不宁。姚玉玲忍不住将大猛和二猛叫来家里，质问他们贾金龙的下落。两人口径一致，都说不知道贾金龙去了哪里。姚玉玲焦急地问：“都四天了，他能去哪里？”“嫂子，我们也着急，已经跟我哥的朋友都说好了，大家正一块找着呢。”大猛说。姚玉玲又问：“可是，还是没见人影儿？”

大猛、二猛低头不语，姚玉玲看他俩也没什么辙，就说要去报警。大猛忙拦住说：“嫂子，你不能报警！”姚玉玲疑惑地望着大猛，他解释说：“我哥保准不会有事的，嫂子照顾好自己，放心就好了。”姚玉玲凝视着大猛，逼问道：“你们一定知道你哥在哪儿，快说！”见大猛、二猛仍然闭口不言，姚玉玲下了最后通牒：“不说，我还非报警不可了！”大猛急了：“嫂子，我哥他不让报警！”

实在没办法，大猛和二猛带着姚玉玲去见贾金龙。他们走进一处普通民宅，来到卧室里，贾金龙盖着被子趴在床上，吃惊地望着他们。沉默片刻，贾金龙盯着兄弟俩问：“咋还把你嫂子带来了？”大猛说：“哥，嫂子要报警，我们瞒不住了。”贾金龙说：“净让你嫂子担心！”

姚玉玲来到贾金龙近前，她沉默一会儿，掀开被子，只见贾金龙的后背缠着绷带，纱布渗着血迹。“你这是咋整的？”姚玉玲吃惊地问。贾金龙说：“皮里肉外的小伤，没事儿。”“你快跟我说说！”姚玉玲说着，就在床边坐下来。“有批货是我先看上的，后来有人也想要，不讲理不说，还硬抢。这我能答应吗？闹着闹着，就动上手了。”“你就让给他们呗。”“这回让了，下回咋办？成了软柿子，就得挨人家拿捏。”

姚玉玲疑惑地问：“那你为啥不报警？”贾金龙解释说：“都是买卖圈里的

事，往后抬头不见低头见的，不能结死仇。肉摆在那儿，谁都想吃，不出把力气，就吃不上。”“你还非吃不可？”“我可以不吃，但是不能让你饿肚子。”“我也可以不吃！”“玲玲，我还是那句话，你跟我是来享福的，不是遭罪的。我就是豁上命去，也得让你过上舒坦日子。我受伤不敢回家，就是怕你心疼，你别埋怨我。”

贾金龙的一番话，让姚玉玲流下眼泪，她拍了贾金龙一把：“你可气死我了。”

贾金龙说：“别拍，疼！”“疼，疼死你。”说着，姚玉玲抱住了贾金龙。

第二十六章

日复一日，昼夜交替。大院里的生活，每天就像等一个太阳落，等一个月儿升，来来往往之间，日子就过去了。

汪永革出院回家，有空就做康复训练。家里桌子和椅子摆成两排，好让汪永革扶着练习走路。汪新端着饭从厨房里走出来，说："爸，您别太着急，这才出院多久。"汪永革说："得赶紧好利索，你得早点去上班。"

汪新听到老蔡的喊门声，忙去打开门，只见老蔡端着满满一盆汤进来，直接放在桌上，手烫得直咧嘴。"早市遇着卖羊骨头的，上面肉还挺多，我就给包圆儿了，熬了俩钟头，汆了萝卜条，让你爸多喝，这东西补气。"老蔡说。汪新感激地说："谢谢蔡叔，总惦记我们。"

老蔡看着汪永革迈步，开玩笑说："行啊！老汪，这是下个月要去参加运动会啊？瞧这劲头，有力。""对，双杠……"汪永革说话语速慢几拍，呜呜嘟嘟的，他一着急就用手比画动作。老蔡夸道："嚯，这嘴比以前还厉害了，看来恢复得很快。"汪永革叹了口气，明显心情并不好。

马魁拎着出差的包走进大院，他立在大院里，站了一会儿，思绪回到了十年前在车上的场景。这时，老陆的声音从身后响起："老马，出差？"马魁回头说："嗯，最近两头儿跑得多。""就你自己？汪新最近也没上班。"马魁敷衍地"嗯"了一声，目光落在老陆列车长的袖章上，他有些走神。

"汪新他爸，平时看着身体挺好的，说倒就倒下了。"老陆说着话，伴随着几声咳嗽。马魁问："你咋了？""前一阵感冒，落下点病根儿。""那可得抓紧看，燕子她妈就是这毛病，拖着不治，拖出大病。"马魁惨笑着说，"她拿啥治病？我蹲着大狱，她娘俩吃饭的钱都没有，哪有钱吃药？”

老陆叹了一口气，想劝说两句，可马魁转身走了。

汪新忙完厨房里的活儿走进外屋，看到父亲正在翻找东西，地上和桌子上一片凌乱，便问他在干啥。汪永革说，上次买的锁头找不着了。他还问汪新怎么下班这么早。汪新无奈地告诉父亲，自己在家照顾他，没去上班。

汪新知道，父亲的大脑还没恢复，不仅记忆衰退，还出了问题。汪新劝道：“您要不休息会儿吧！医生嘱咐，不让您活动太厉害了。”“真是有点困了。”说着，汪永革就去炕上睡觉。

汪新收拾着父亲留下的乱摊子，一转身发现马燕站在门口，她说：“你家门没关。”汪新默默无言，走了过去，马燕眼眶微红：“汪新，你啥意思？最近为啥躲着我？”“哪儿躲你了？”汪新说着让马燕看身后的乱摊子，“都是我爸造的。”

马燕一边帮着汪新收拾，一边疑惑地问：“那天，汪叔和我爸俩人到底说了啥？你不是回来听了吗？你听到啥了？你爸又到底是为啥突然就脑出血了？”

汪新欲言又止，马燕停下手中的活儿，盯着他说：“是你跟我说的，天塌了，咱俩也要抱紧了；你还说，你也是非我不娶；你还说，咱两家的事有解儿……”马燕哽咽着说不下去。

马燕不想让汪新看到她软弱，转身继续干活。汪新走上前，忍不住从后面抱住马燕。马燕再也忍不住，哭出声来。马燕觉得汪新有事瞒着她，再三逼问到底是咋回事儿。汪新犹豫着说：“当年师傅的冤案，我爸可能就在现场，但他怕事儿，没替你爸作证，这才有了那十年……”马燕仔细地听着，神情悄然发生了变化。汪新继续说：“我爸说，他当天没在那车上，他什么都没看见，也不能作伪证啊……”

马燕脑子乱了，身子软了，顺势坐在床边。汪新告诉马燕，不管他爸怎么解释，师傅就是不信。马燕问汪新他相信谁，汪新支吾着没说话。马燕逼问：“你相信的是我爸，是不是？”汪新痛苦地说：“燕子，我不能再逼我爸了……他都那样了……”

汪新望向父亲的房间，发现他愣愣地站在门口，显然听到了两个人的话。汪新忙放开马燕，马燕心情复杂地看着汪永革。汪新问道：“爸，您没睡，您要干啥？”汪永革半天也说不出话，他心疼地看着眼前的两个孩子，痛苦至极，慢慢地说：“我找钥匙，我想开锁。”

三个人各自站着，心中各有苦楚，陷入了漫长的沉默。

下雪了，地上覆着薄薄一层雪。天已黑，大院里一片安静。马燕满怀心事走向自己家，留下一串脚印。到了自家门口，却又不进门。她不想进任何一家的门，只是在汪家和马家之间，漫无目的地走着。雪地里，两栋房子之间，留下来来回回的无数脚印……

夜已深，汪永革踢了被子，汪新起来给他盖上。此后，汪新辗转无眠，觉得夜黑得无边，冷得彻骨，他和马燕的婚事如此遥远，可能如浮萍漂散。

早上，等汪新出了门，汪永革来到医院，找到主治大夫说了自己最近的病况。主治大夫沉吟着说："这个情况也是比较常见的，脑出血的病人会有记忆混乱，甚至失语，大都会出现肢体运动障碍。你也不要太担心，随着身体的康复，很多症状也会慢慢消失。"汪永革说："我最近总忘事儿，是不是后遗症？""有可能出现中风后遗症，每个病人的情况不一样，大脑是很复杂的，几句话还真说不清楚。得亏你出血面积小，现在说话还能跟正常人差不多，这已经算不幸中的万幸了，注意观察，有问题及时复诊。"

回家的路上，汪永革面色沉重，陷入沉思。汪永革进了家门，默默地坐了好一会儿，起身给妻子灵位上香，他静静地看着妻子的遗像说："秋萍，原以为要找你做伴去了，可阎王爷不收我。兴许是还有事儿没了干净。有些事儿，该了了，是结束的时候了。我怕再不说，就忘了。"

天黑了，马燕推着装货的小车往家走，汪新远远站着看她。见马燕推得很吃力，汪新上前帮忙。马燕看了眼汪新，索性松开车把，任由汪新推着。二人一路无话，竟慢慢拉开些距离。

此时，汪永革决心已下，到了马魁家门口，往事一幕幕涌来，他不自觉地后退一步，左右徘徊。马魁在家里忙着，一边把给马燕留的饭放进锅里热上，一边瞄着马健写作业。汪永革敲着门喊："老马。"马魁停下手里的活儿，皱起眉头。汪永革见没有动静，继续敲门喊话："老马……你开开门，我想说几句话……"

马魁起身站到门前，冷着脸一动不动。马健说："爸爸，好像是我汪叔。"汪永革放下自尊，哀求说："老马，我知道你在家，我求你开门。"马魁说："马健，你进里屋写。"马健很乖地抱着书进屋。

汪永革说："老马，那天的话，我没说完。"马魁冷笑说："你不是都说过了吗，你没在那车上，你什么都没看到。怎么，老天爷给了你点颜色儿，你怕了？""我是怕了，我怕再没机会了。老马，我的脑子快不行了，再不说，就没机会了。"

马魁将门开一道缝，隔着缝隙说："回吧，老汪！咱俩这辈子，就这样吧！算我求你，别太不要脸，我还是那句话，我马魁的闺女不能进汪家的门！"说完，马魁就要关门，汪永革的手死死抓住门边，马魁险些夹住他的手。

“老马，那天我在……在那车上！”汪永革坦白道。这句话让马魁头发晕，眼发花，如五雷轰顶。隔着门缝，汪永革用手一边捶门，一边双膝跪地，他哽咽道：“我在那个车厢里，我什么都知道……还有，还有……”

马魁打开门，跪在面前的汪永革满头白发，虚弱苍老。他情绪崩溃地说：“那个人，是我杀的！那个人，是我杀的啊！”

风卷着雪花吹进门，两个人僵在风雪中，门外门内，一跪，一站。

马魁终究让汪永革进了屋，两个人在桌前，面对面坐了下来。

一院风雪，夹杂着一屋子回忆。

那年，汪永革三十四岁，独自在餐车厨房里干着活，列车长制服外套挂在外边。当时，汪永革正想着，火车马上就要到站了，他准备给汪新带点肉回去吃。儿子爱吃肉，把儿子养成一个小白胖墩子，是他这个做父亲的成就。

事发突然，一个人冲进厨房，把门锁上，神色惊惶。“你是谁？”汪永革刚问出口，那人抡起一拳就打到他，他继续问：“你什么人？要干什么？”那人抄起一把尖刀比画着，汪永革惊恐地说：“你把刀放下。”

那人猛地一刀刺向汪永革，他闪过，尖刀扎在车厢墙壁上。随之，汪永革反应迅速，上前夺刀，那人将他打倒。这时，汪永革听到有人在厨房外面踹门。那人情急之下，抬起车窗要跳车，汪永革随手拿起洗菜盆砸向他，正中他的头部，他向外倒去。

汪永革冲上前，试图拽住那人的脚踝，却没抓住，他重重地摔向了铁轨。汪永革大惊，趴在窗口向外看。火车依然在行驶中，躺在地上的他渐渐变远，他脑后枕着一汪血泊。

惊慌失措的汪永革跑向厨房后门。嘭的一声，马魁撞开厨房门，冲到窗口张望。汪永革回头看了一眼，迅速逃离，马魁回头望向汪永革逃离的方向。那瞬间的一眼，使二人虽然兄弟一场，却站在了对立面。

汪永革说完了，这段话几乎耗尽了他的全部体力，他坐在桌前，全身颤抖，满脸泪痕。马魁怔怔地看着汪永革，一只手抓着桌子的边缘，手指仿佛要刻进木中。马魁抓住汪永革的脖领怒吼：“你为什么要告诉我？你咋不带你的秘密去死？”汪永革说：“我是想去死！我现在生不如死。可是我得说出来，我的债，我来还，求你，我求求你，别拦着两个孩子了。”“还？你还得起？”

汪永革痛哭流涕：“我还不起！只是我没有办法，那年汪新才八岁。”汪永革话音一落，风猛然从门外吹进来，他和马魁都向门口看去，门口的地上，汪新扛着的货包散落一地。马燕的眼泪夺眶而出，冲着汪永革说：“叔，那年我也才七岁啊！”

马魁看向马燕，心痛无比，他欠妻女的太多了。汪永革踉跄地走到马燕面前说：“燕子，对不起！叔对不起你！汪新从小没妈，如果我进了监狱，他就是孤儿，他就得进孤儿院。”“我宁愿进孤儿院，我宁愿进孤儿院！”汪新一声大过一声地说。

汪新要去拉马燕的胳膊，马燕拨开了他的手。汪新的手无力地垂下，他神情痛苦，知道他俩之间难以挽回。马燕的眼睛里透着决绝，看得汪新冰冷刺骨，她转身回了自己的房间。

汪永革内疚地说：“老马，我明白，我欠你的，这辈子根本还不完。老天罚我半条命，我自己再罚半条！”父亲的话让汪新紧张起来，他说：“爸，您要干什么？”“有用吗？现在有用吗？我要你的命干什么？滚！”马魁说着，目光看向王素芳的遗像。媳妇曾经交代他，真相显露，事情一发不可收拾时，要试着原谅，试着宽恕，留一条退路。他是答应了媳妇的，可他却做不到。

“老马！”汪永革悲痛欲绝地喊着，想要再次下跪，被汪新拉住了。马魁手指门口喊道：“你和你的儿子，别再踏进这个门！”

马燕直愣愣地坐在床边，听得一清二楚，面如死灰，心如死寂。

雪越下越大，铁路大院里的灯一个个熄灭了。覆雪的大院，静默在黑白之间。

安静的房间里，父女俩分坐桌子两端，马魁泥塑般一动不动，马燕强忍着不哭。俩人沉默许久，马燕起身从挂在墙上的衣服兜里，拿出那张验孕单，走到马魁面前撕碎。马燕坦白，她没怀孕。马魁点点头，说他知道。马燕哽咽着认错。

马魁不语，轻轻摇头。

马燕望着父亲泪落如珠，快步走上前，紧紧抱住他。马魁缓缓回身搂住马燕，轻拍着马燕胳膊，眼睛湿了，说道：“你有什么错？爸欠你的，都不知怎么还……我现在真不知道该咋办了……”

望着闺女苍白得如生了一场大病的脸，马魁又一次心碎了。这样的局面，真的是他想要的吗？他有点茫然，质疑起自己的初衷。

夜苍茫，风雪交加。这一夜，有人像是经历了一生。

汪永革平躺在屋内炕上，似是睡着了。汪新站在炕边，看着父亲的呼吸渐渐平稳，他愣愣地站了一会儿，转身走了。听着儿子的脚步声远去，一大滴眼泪顺着汪永革的眼角流下来，他压抑着，抽泣着，却不敢发出一点声音。

天亮了，大院如平日般热闹起来。

汪新和衣睡在床上，猛然惊醒，顺着门看向里屋，发现父亲愣愣地坐在床边，他的心猛地抽搐着。汪新来到院子里，看向马燕房间的窗，帘子一直拉着。事已至此，说什么都已无用，他满怀痛苦地离开。

老蔡一家边吃早饭边闲聊，老蔡媳妇问儿子："汪新和马燕最近是不是闹别扭了？"蔡小年说："没有吧！这些天忙，没见着汪新。""马燕这两天，脸色看着是不太好。"蔡小年媳妇说了一嘴。

老蔡媳妇嘱咐儿子："你这两天休息，见着汪新问问，一个院住着，处了那么长时间了，分了可惜。""知道了，妈。估计是我汪叔和马叔有什么事吧？你看汪叔住院，马叔都没露面，连个问候也没有。"老蔡听了，摇摇头说："那就更不应该了，半截身子入土的人了，有什么不能挑明了说。"

不管能否挽回，汪新都在努力。他用板车拉着煤球往大院走，沈大夫正好从对面走来，问道："汪新，买煤球了？"汪新点点头，停下板车，看向马魁家。沈大夫笑了笑："给师傅？"汪新"嗯"了一声。沈大夫告诉汪新："我托朋友联系了省城医院的专科医生，下周带着你爸去看看。""谢谢您了，沈姨。""傻啊！还跟我客气。"

汪新将煤球一块块放在马魁家门外，马魁从窗边看到，面无表情地转过身。汪新放完煤球，立刻就走了。

汪新带父亲去省城医院看完了病，拿着药坐火车回家。汪永革坐在餐车一角，神情颇为不安。汪新安慰说："沈大夫介绍的这个医生，还挺靠谱的。爸，您可得按时吃药，等过一个月，咱们再来复查。"汪永革一会儿糊涂，一会儿清醒，他要喝水，汪新倒给他喝。汪永革看见包里有药，便想打开看，然而手不受控制，药不小心撒了一地。见汪永革茫然不知所措，汪新忙安抚说："爸，没事儿，您别动了，我来收拾。"

汪新俯下身把药捡起收好，将包放到行李架上。汪永革问："吃了这药，能有劲儿？"汪新说："能有劲儿。""有劲儿好，有劲儿，能干大事。"汪新不解地看着父亲，不懂这话的意思，但也未过多留意。汪永革看向窗外，似想着心事，他的嘴角有些病态的抖动。

马魁走到餐车门口，看到这父子二人，冷着脸转身离开。汪永革看着马魁的背影，起身就要去找马魁，嘴巴颤抖着喊："老马……老马……""看错了，爸，不是的。"汪新赶紧上前，拉汪永革坐到座位上。

汪永革木然地望着儿子说："我能看错吗？我俩就在这车厢过道前后脚儿地

走，一走就是好几年。”说完，汪永革有些发呆，这话很耳熟，他像是听过，只是想不起来谁说过。

冬夜，马燕拉着货回家，看见门把手上挂着个袋子，她打开一看，看到里面是治疗冻疮的药。马燕看着那药，回头看看亮着灯的汪新家，想了想将药重新挂回门把手上。

早晨，汪新站在马家门口，看着仍旧挂在门把手上的冻疮药，房前的煤球也一块未动，知道这个死结很难解开。汪新怅然地站了一会儿，转身离开。马燕背靠在窗边的墙上，看着汪新的一举一动，眼睛湿润，表情却依然倔强。

汪新终究还是不忍心放手，放不下马燕。他悄悄跟着马燕，见她拉着一车的货物吃力地走着，实在是心疼便上前帮忙。马燕积压的情绪爆发了，撒开手叫嚷起来：“汪新，你换个对象处吧！只要不是我，你想娶谁娶谁。”“我知道，就凭我爸做的那个事，我八辈子都不配娶你。可是我换不了对象，不是你，这辈子就是不行！我过不下去！”汪新越说越激动，这心尖上的姑娘要是没有了，这不是扎心，是割心。

马燕忍不住流泪，快步向前走着。汪新推着车，在后面跟着她，想要追又不敢追，那么一点点距离，让他心痛到极点。仿佛这个世界所有的痛苦，都是为相爱的人准备的，有了最爱，就有最痛。

看马燕哭了，汪新慌了：“燕子，你别哭，你一哭，我更不知道该怎么办了。”“我不哭，我从小就不爱哭，我把眼泪都咽肚子里了。他们骂我是劳改犯的闺女，我不哭；他们往我身上泼泔水，我也不哭！我就是不哭！我一哭，那些欺负我的人，就更高兴了。我十四岁，我妈高烧晕了，半夜，我背着她去医院，大夫说是肺炎，住院得交钱。我没钱，就问大夫，我能不能把血卖给医院？那大夫哭了，我也没哭……”马燕哽咽着说。

汪新想跟近一些，想靠近马燕，给她安慰。马燕突然回过身，满脸泪痕地说：“七岁到十七岁，我咽到肚子里那么多眼泪，现在才知道，这些眼泪，都是你们家给的！”汪新被她的神情吓住，不敢再向前一步。“我承认，我天天想你，不过，我不想再见到你了。看到你，我就想起我妈，我就想起那十年，我们娘儿俩受过的苦，还有我爸在监狱里过的日子。我不知道，我爸能不能过得了心里这道坎，但是我知道我过不去。”纵使万般纠结，是爱是恨难分清，但结局在她心里，却已泾渭分明。

马燕抢过汪新手中的车把，瘦小的身躯，倔强地推着车，踉跄地走着。远处，马魁站在树下等着女儿。马燕看到父亲，快速擦干眼泪。马魁接过女儿的小车，回头看了一眼汪新，推车往家走。汪新站在原地，看着他们远去，一切都像是在梦中。

昏暗的小路上，父女无话，马魁能感受到女儿的绝望和悲伤。马燕的爱情，一步一步走向悬崖峭壁，直至无路可走。

夜已深，整个大院都安静下来，只有雪花轻轻地飘落。汪新呆呆地坐在床边，在黑夜里戴着一副墨镜，用墨镜来掩盖情绪，不想让人看见他在流泪。

汪永革偷偷看了一眼儿子，轻轻地关上门。大错已成，他早已没了回头路，他仅有的念头就是要给儿子一条道，他过去的所作所为，却把儿子往绝路上逼。

汪永革在自己屋子里哭，在妻子的遗像前哭，在儿子的门口哭，多少眼泪都不能洗净他的罪恶。他给兄弟插刀子的那一刻，就给自己套上了刑具。

雪停了，出太阳了，大院里的人忙碌起来。

汪新疲惫地睁开眼，习惯性地看向父亲的房间，里屋门开着，父亲不在。整个大院，顿时陷入了慌乱。老吴媳妇跌跌撞撞地跑进家门，冲着老吴喊："汪新又找不着他爸了。"老吴说："出去遛弯了吧？""汪新找了一上午，也没找着。"

"一上午，能丢哪儿去？""汪新说，他爸最近经常记不住道儿。""那别真走丢了，都去找找。"老吴说着，匆忙穿上外衣，快步走出家门。老吴媳妇追出去，给他扣了顶棉帽子。

老吴走出家门，看到老蔡正开自行车锁，问："干啥去？也去找老汪？""不找咋整？老了也不省心，腿脚儿磕磕绊绊的，还瞎溜达！"老蔡一边责怪一边担忧。"你往哪片儿找？""我上东边看看，小年他们往南街那边去了。""那我往北边，你也小心着点儿，都是老柴火板子了！"瞧着老蔡骑车像镜头放慢了似的，略显迟钝笨拙，老吴提醒了一句。

老吴出了大院门，确定方向后，努力快步走着。老吴一边走，一边左右看。"一转眼，都老了，都老了啊！"老吴连连哀叹，带着几分悲凉。

一个时代过去了，他们老了，老掉牙了，头发白了。他们曾热血沸腾，气壮如牛，犹如铜墙铁壁，刀枪不入。可惜，老了以后四处开裂，甭说刀枪了，就是随便一道坎儿，一根细小的枝条，都能绊倒戳翻他们一个跟头。

大家纷纷加入了寻找汪永革的队伍，他们在附近的每一个角落里穿梭。

谁也没想到，汪永革居然会去投案自首。他在宁阳铁路公安分处门外蹲了很长时间，吞云吐雾，脚下扔了好多烟头。最终，他扔下烟蒂，毅然决然地往里走。临进大门时，汪永革回头看了看熟悉的街道，百感交集。

胡处长接待了汪永革，见老汪衰老成这样，他大吃一惊。汪永革神色庄重地自我介绍，胡处长关切地说：“老汪，你还用自我介绍吗？听说你最近病了？咋样了？”汪永革深吸一口气说：“我要自首。”胡处长以为自己听错了，一头雾水。汪永革重复说：“我杀人了，我要自首。”“谁？什么时候？在哪儿？”胡处长感到汪永革的精神状态有点不对，向同办公室的民警招手。那个民警走过来，不解地看着他们两个。

汪永革坦白说：“那是一九六八年的事儿，我当时失手杀了个人，后来我嫁祸给了当时的乘警马魁。”胡处长看着他没说话，感到问题很复杂，民警走到汪永革的身后，等待处长指示。

汪永革颤巍巍从衣兜里掏出几张信纸说：“我最近脑子得了病，经常会忘事儿。我怕说着说着就忘了，就把所有的事儿都写在了这材料里。”胡处长接过纸，仍然满脸震惊，难以置信。只听汪永革补充说：“指天发誓，句句属实。”

胡处长快速看过手中的自首材料，一时难以决断。汪永革环顾四周，对身后的民警说：“小同志，把你的手铐拿出来，我是杀人犯。”说着，他举过双手。

胡处长和民警望着汪永革，不知该怎么处理。

等汪新得到消息赶来的时候，天已经黑了，父亲被带进了审讯室。汪新坐在审讯室门外走廊的长椅上，头发凌乱，疲惫不堪，双手紧张地搓着脸。

审讯室内，胡处长和另一个刑警在隔间看着汪永革，讯问已完毕。胡处长收起笔录本问：“老汪，你说完了？就这些吗？”汪永革点着头说：“就这些，句句属实，你们赶紧放了马魁！”“马魁早放了。”胡处长明白，汪永革又有些记忆混乱了。“放了？那太好了，太好了，真快！我想见他，求你们让我见他一面，我坐牢前，总得见他一面。”一听说马魁放了，汪永革两眼放光，吵闹着要见马魁。

汪永革一脸期待地望着胡处长，胡处长无奈地看着他连连叹气，然后转身离开审讯室，留下一个刑警看着汪永革。

胡处长看见汪新，问道：“给你爸送药？”汪新点点头：“是的。”“交给里面的小李，让他赶紧把药吃上，一会儿明白，一会儿糊涂的。不过，那自首材料写得真清楚。”“我爸，他说的啥？”胡处长看了一眼汪新，他立刻意识到不该问。

胡处长说：“虽是快二十年前的事了，也得按着流程来，整件事搞清楚之前，你爸一时半会儿还走不了。去把药给小李，待会儿等手续办完了，暂时把他转到看守所去。”

胡处长说完，摇了摇头，走了几步又回头说：“你爸想见马魁，我看看能怎么办吧。就算合规，也得看人家老马愿不愿意见他，是不是？”

汪新看着走远的胡处长，深深地低下头，万般滋味在心头。

夜，越来越深。汪永革在看守所单人间里呆坐，他形容枯槁，想了想站起身，用手摸着看守所里简陋的一切——铁窗、铁门、冰冷的床……摸着摸着，他老泪纵横，深切感受着马魁当年所经历的苦……

胡处长叫来马魁，无奈地对他说，汪永革喊了好几天要见他。老汪脑子出了问题，一会儿糊涂，一会儿明白。调查还没结束，真怕他出事儿。这时，门外有个刑警敲门进来，请胡处长去开会。

胡处长起身，叹着气说："老马，按规定你俩也不可能单独见，我们得派人跟着。你也不用说话，听着就行。当然，见与不见，得你自己定。你先想想，回头告诉我。"

胡处长走了，马魁坐在办公室里，面色阴沉。那个十年，是他生命的哀歌，这歌声唱得太久太长了，几乎耗尽了他的精气神，甚至连累妻女备受屈辱……思来想去，马魁决定走一趟，他在两个刑警的陪同下，去了看守所的会见室。

隔着铁栅栏，马魁看到已满头白发的汪永革，仿佛再次看见了淹没自己的那场暴雪。汪永革一看见他，立即兴奋起来，叫道："老马，老马，我终于把你'换'出来了。"马魁冷冷地看着他，一声不吭。

汪永革激动地喘着气，转而捂着额头说："这一激动，还忘了，要跟你说啥了。"马魁淡淡地说："那就忘了吧！""忘不了！这几天，躺在床上，吃着饭，我就想，老马就是这么过了十年。"汪永革嘴皮子不太利索，一字一顿地说。"那时条件没现在好。"马魁惨然一笑。

汪永革看了马魁一会儿，笑了："老马，都说这人老了，是'近事儿记不清，远事儿忘不了'，还真是的。我最近，突然想起好多事儿，那会儿你还是乘警，我刚当上乘务员。咱俩一趟线一趟车，就数咱俩岁数小，也是一起瞎折腾。结果，写检讨你都不知道改改字儿，你也不想想，两份一样的交上去，可不得挨车长骂。回头你还嫌是我写得不好，那是写得不好的问题吗？"汪永革忘记了自己身在何处，像唠家常一样和马魁唠着。

马魁静静地听着，往事一幕幕浮现，有憎恨的十年，也有暖暖的时光。

汪永革继续唠着："你头一回跟嫂子见完面，就拉着我喝酒，可给你高兴坏了。因为喝多了，第二天一大早差点误了点，咱俩那真是飞奔着赶时间。后来，你跟着你师傅干了刑警，只要你上了车，我这心就稳当了。你师傅走的时候，你啥话也不肯说，拉着我一个劲儿地喝酒，我就陪你喝。结果到最后，是你把我送进的卫生所。这事儿，我一想起就哭笑不得。跟你说，我现在酒量可好了，就算到了下辈子，我也得跟你拼桌。”

马魁将目光从汪永革的脸上移向别处，曾经的那种愤怒，此时变成了无奈。

汪永革还在没完没了地说：“再后来，你上我的车抓贼。”说到这时，他突然惊慌了，温暖的笑意从他脸上慢慢消失，回到了现实。马魁看向他，等他往下说。

“我对不起你，马魁。这么多年，我快憋死了，说实话，也就在这看守所的硬床上，我睡了几个踏实觉儿。你就让我死在牢里，你们就让我死在牢里！我求求你老马，求求刑警们，让我死吧！”汪永革越说越癫狂，他像疯了一样，又磕头又作揖的。马魁几次让他别说了，可他都像耳聋了一般，根本就听不见。

马魁转过身，背对着汪永革深吸一口气，走了出去。汪永革呆呆地看着马魁的背影，安静了下来。

火车行驶，窗外是一片田野，雪有些化了，大地已有春的气息。

马魁坐在餐车的一角，因为不是饭点，餐车里的人并不多。阳光照在马魁脸上，那光随着火车的行驶而闪动。马魁看着窗外，此时的他，看起来内心平静。

马魁下车后，走进胡处长办公室，问找他有啥事。胡处长告诉他，跟他说说汪永革的案子。今天老汪放出来了，汪新一早就去接他回家。马魁面若静湖，平静地点着头。

胡处长说：“细节都调查清楚了，汪永革当年只是过失致人死亡，死者持刀行凶，犯罪行为在先。关键是这案子已经过了追诉期限了，所以案件撤销了。老汪现在这个样子，在里面熬了这么些天，也算受到惩罚了。本来是可以取保候审的，家属也申请了，不过老汪他坚决不同意。”

胡处长说这话时，心里是忐忑的，毕竟马魁十年冤狱，这个心结搁谁都不好解开。他观察着马魁的情绪，见他一直平静无波，心下有许多感慨。

“依法处理，你看我干啥？我当年的冤案国家也早给落实了政策，日子还得继续过，是不是？”马魁的语气平平淡淡。

听了马魁的话，胡处长释然地笑了，他站起身拍了拍马魁的肩膀，带着某种崇敬。人在做，天在看。上天饶过谁？最终能够放过自己的只有自己。

汪永革回到家后，像是丢了魂儿，打不起一点儿精神。他坐在炕边上，昏昏欲睡，没什么力气，汪新给他脱衣服，照顾他休息。

汪新说：“爸，我发现您瘦了不少。”“是吗？有钱……难买老来瘦。”汪永革反应迟钝，说话也慢。“我给您送进去那些药，您都按时吃了吧？”“按时吃了，一顿不差，小黄片一天两次，每次三片；那个带糖皮儿的，一天一次，一次两片儿。”汪永革细细数着，慢慢说着。

“爸，您这记忆力，好像还比以前好了。”汪新鼓励父亲。“那是，我最近睡得好，踏实。”说这话时，汪永革的表情像是个乖孩子受了表扬似的，带着些许骄傲。汪永革问：“你和燕子，挺好的吧？”汪新沉默了，过了好一会儿，说：“她挺好，我也挺好。”汪永革躺在炕上，昏昏欲睡，汪新的眼睛湿了。

在外人看来，汪永革似乎有所好转。下班回家，老蔡媳妇告诉汪新，他爸气色挺好的，又开始给他买菜了。天儿好，刚才他又出门了。汪新说，是得多溜达，他爸就是爱睡觉。

进了屋，父亲果然没在家，桌子上凌乱地放着一些纸，被子也没叠。汪新顺手叠被子，整理枕头时，几张稿纸掉落下来。汪新拾起来看，是份写了一半的自首材料，他再看桌子上竟也是写了一半的自首材料。这样的纸满地都是，他吃惊地看着，说不出一个字。

汪永革又去了胡处长的办公室，他憔悴的模样让人不忍直视。他掏出叠得整整齐齐的自首材料，向胡处长坦白自首。胡处长与办公室里的刑警面面相觑，只好通知汪新，让他将汪永革接走。

汪新看着父亲百感交集。都说父爱如山，可他如今像一张薄薄的纸片，写满了懊悔和愧疚。汪新推着自行车，后座上载着父亲，一路碎碎念，一如父亲对他的那些年。“爸，跟您说了多少次了，上个月二十三号就撤销了案件。”他们路过一家饭店和澡堂子，汪新手指着说：“您出来那天，咱俩在这儿吃的饭，在前面洗的澡。爸，您记住了吗？”“记住了，你这么一说，我都想起来了。”“想起什么了？”“想起我没受着罪啊！这不行，这样真的不行！我得去坐牢，我得改造！儿子，我要去找警察，让他们抓我，不要抓马魁！”汪永革说着说着，就狂躁了。

汪新像哄孩子一样安抚父亲，直至他平静下来。汪新推着自行车，疲惫前行。

有时，马魁与汪新在街上出外勤，师傅在前，徒弟在后，他们几乎不沟通交流，两人相隔一米左右。马魁不经意回头，看了看汪新疲惫的脸，汪新在走神毫无觉察，师徒俩形同陌路。

没过两天，汪永革又拿着自首材料坐在铁路公安分处门口的台阶上，冻得瑟瑟发抖。汪新赶过来，给父亲穿上大衣，背起他就走，汪永革很顺从……这已成为一种日常生活。

这天，汪新接到通知，他父亲又来找胡处长自首。汪新真是累啊，他埋怨说：“爸，您是真忘了？胡处长都帮您数过了，这已是第五次了。”汪永革眯着眼唠叨：“累啊？”“这么天天折腾，能不累吗？”汪新一手推车，一手扶着打瞌睡的父亲，慢慢地往前走。

路过电影院门口，汪新放慢脚步。马燕正在卖货，生意不错。马燕看到路对面的汪新，两人对望，各自感伤。“那不是马燕吗？叫她一起回家。”汪永革不知何时醒了。汪新叹了口气，加快脚步，离开马燕的视线，继续前行。

“爸，如果我这辈子不结婚，您不会骂我不孝吧？”汪新说着，一回头，发现父亲睡了。他索性敞开心扉，对着睡着的父亲，把心里憋的话都说了：“爸，我和马燕这辈子是不可能了。我想过下辈子，可是不相信有下辈子。我也想好了，马燕肯定能碰上比我好的，她长得好看，性格还利落。而我……我觉着我是碰不到了，到时候她结婚生子，过好日子，我就悄悄地护她周全。她小时候命苦，后半辈子，谁也别想欺负她。”

心里的话倒出来，敞亮多了。突然，汪新低头发现汪永革的自首材料掉在了地上。他一边扶车，一边弯腰捡纸，车子突然失去平衡要摔倒。一双大手从身后及时扶住了汪永革，汪新回头一看是师傅。

“车把稳了！”马魁严厉地说，像是责怪汪新不小心。汪新不敢再说话。马魁弯腰拾起那张纸，看着上面的字，心里五味杂陈。

汪新专心推车，马魁扶着汪永革，师徒俩保持着沉默。他们迎着风，亦步亦趋地向前走，汪新逐渐湿了眼窝。车过一道沟，险些失去了平衡，马魁下意识地抬脚踢了汪新的屁股。汪新忍不住叫出来：“哎哟，疼！”马魁呵斥说：“不踢你，连个车都推不好！”这对话，这场景，让师徒俩一怔，感到既温暖又熟悉。

汪永革被吵醒了，愣愣地看了身旁的马魁半天，痴痴笑着说：“马魁？你咋整的，啥时候长了一脸褶子？”马魁板着脸说：“回家照照你自己的老脸吧！”汪永革听了认真地摸着自己的脸。汪新忍着，继续推车。终于，他还是咧嘴笑出来，笑着笑着，又想哭了，不自觉地泪流满面。

三个人的身影消失在夜色里，“自首信”随风飘走……

这天一大清早，马燕被剁饺子馅的声音吵醒，走出房间见父亲正剁着酸菜。“爸，不是说好了，我做早饭吗？”“突然很想吃饺子。”马燕笑父亲嘴馋，就往厨房走。路过小餐桌，发现户口本放在桌上。马燕呆住，拿起户口本看，又看向父亲。马魁装得无事儿人似的，继续剁酸菜，随口说：“年纪也不小了，别总赖在我的户口本上。”父亲放下了，马燕心里便释然，她一时不知说什么，眼泪夺眶而出。

马燕走出家门，看向对面；汪新正站在自己家门口，向这边儿张望。两人看到了彼此，阳光照在他们脸上，两颗备受煎熬的心慢慢靠近。

汪新和马燕再次来到民政局结婚登记处，材料齐全，一切顺利，工作人员递过两个结婚证，他们像是领了两张奖状，拿着结婚证百感交集……

回首过往，情窦初开。她十七岁，他也刚刚十八岁，这一路走来，染过了岁月，爱意不曾改变。

儿子有了自己的生活，开启了新的人生之路，汪永革心满意足了，死也能够瞑目。给妻子上香，感慨地看着遗像，似有千言万语，却不知说什么，只是久久地凝视着。

夜晚的故事和秘密比白天多。这不，蔡小年抱着两岁的孩子回家，就发现了沈大夫的秘密。他看见沈大夫趁着夜色掩护，提着小铁锹走出院门，来到一棵树下，朝周围望了望，然后挖了起来。

沈大夫挖了一个土坑，从怀里掏出一个报纸包，把报纸里的药渣滓倒进土坑里，又用土埋上。沈大夫的一举一动都被蔡小年看在了眼里，记在了心里。

一夜过去，天色大亮。老蔡一家坐在外屋，围在桌前，研究起沈大夫填埋的药渣滓，老蔡拿捏着药渣，放在鼻子前闻着。蔡小年好奇地问："爸，这是治啥病的药？""我哪知道？不过，这肯定是中药。""沈大夫得病了？"

老蔡媳妇想了想说："我看她气色挺好的，不像得病的样。"蔡小年说："那就是病得轻。""有病就治，为啥趁天黑背着人把药渣滓埋起来？"老蔡媳妇想不通。"悄没声地埋药，应该就是怕咱们知道她病了。估计呀，还得是大病！爸，平时沈大夫对咱们都不错，谁家有个头疼脑热的，连医院都不用去，省了多少事。眼下她病了，咱们可不能不管不问。"蔡小年脑子一向机灵，觉得自己猜到了根子上。

老蔡听儿子这么说，笑了："我一个老爷们儿，还能上门打听去？""这有啥，等我跟她唠唠去。"老蔡媳妇接过话茬。老蔡媳妇的性子风风火火，说去就去。

老蔡媳妇敲了敲沈大夫的屋门，沈大夫打开门问她有啥事。老蔡媳妇说，去屋里说。沈大夫堵着门说："不好意思，屋里没收拾，乱哄哄的，就在这儿说吧！"老蔡媳妇迟疑了一下，问道："沈大夫，你挺好的？""嫂子，你这话是什么意思，我哪儿不好了？""我看你最近气色不太好，若是碰上了为难事就说出来，大家都能伸把手。""最近医院忙，可能是累着了，歇歇就好了。""对，能歇就多歇歇，这活儿啊，一辈子都干不完，得抻着干，别把身子累坏了。”“多谢嫂子关心。”

老蔡媳妇伸头朝屋里看，沈大夫见她还不走，态度冷淡下来，问道：“还有事儿？”老蔡媳妇不甘心地说：“没事了，回去了。”

老蔡媳妇走后，沈大夫关上门，走到墙角，拎起一双解放鞋扔进水盆里。

回到家里，老蔡媳妇立即汇报：“老蔡，沈大夫家满屋子药味，都顶出门了！”“那就是真病了。”老蔡一边喝着茶水一边说。“对了，猜猜我在沈大夫屋里看见啥了？”老蔡媳妇神秘兮兮地说着，眼瞅着老蔡。“看到啥了？”“一双男人的鞋。”

老蔡觉得媳妇少见多怪，有可能是马魁的鞋呢，沈大夫跟马魁不是挺近的吗？老蔡媳妇问：“中药是咋回事？”老蔡说：“人瞅着挺好的，那就不用管了。”

“你说，老马和沈大夫到底是咋回事？弄得不明不白的。”“跟你有啥关系？咸吃萝卜淡操心。”“没事唠唠嗑儿。”老蔡媳妇说完，就去忙自己的。

这时，马健和两个孩子在大院里热火朝天地踢球。

沈大夫抱着被褥走出家门，她来到晾衣绳前晾晒起被褥。一个男孩飞起一脚，足球飞向沈大夫家，撞开门滚进屋里。马健和两个孩子冲向沈大夫家去捡足球，沈大夫急了，边大声阻止，边飞奔回家，可还是晚了一步。

沈大夫拽着两个孩子的胳膊，怒气冲冲地拉出家门，马健抱着球跟在后面。沈大夫把两个孩子推到一旁，严厉地怒斥道：“你们怎么能随便进别人家里？太没家教了！”沈大夫的愤怒让马健和两个孩子都愣住，大气都不敢出。

“干妈，对不起。”马健乖巧地走上前道歉。“算了，没事了。”沈大夫连连叹气，走进家门，把门关得紧紧的。

马魁正在厨房揉面，听到儿子讲说经过，他一时怀疑自己没听清，问：“你说啥？你干妈家有个人？”马健说：“爸爸，我看见了，就在床上躺着呢！”“男的女的？”“蒙着被子，还没等看清楚，我们就被干妈赶出来了。爸爸，您都没看见，我干妈可吓人了，就跟变了个人一样。打小去她家，她从来没对我这么凶过。最近这段日子，我干妈都不让我去她家了。”

马魁想了想说：“孩子，你不小了，得明白事了。你干妈是女的，你不能说进门就进门，得提前打个招呼。”马健点点头：“我知道了。”“还有，你给我记住了，你干妈家里有人的事，千万不要对外人讲，包括你姐！”“可是，不光是我一个人看见了，他们也都看见了呀！”“别人看见是别人的事，你不能出去乱讲，明白吗？”

马健点点头，被爸爸打发回屋写作业去了。马魁一边揉面，一边想着那日在饭馆里，他和沈大夫之间的对话。原来沈大夫的难言之隐在这里。

住在这样嘈杂的大院里，想隐藏点儿秘密实在不容易。很快，两个派出所民警登门来访，点名要找沈秀萍——沈大夫。

老陆正在院里打蜂窝煤，他认识其中一个姓张的民警，便问道："小张，有事儿？"小张没回答，反而问老陆："沈秀萍住哪屋？""那间，啥事儿？"老陆指了指，带着些许不安。小张说："您先忙着。"然后和另一个民警朝沈大夫家走去，左邻右舍好奇地看着，议论纷纷。

过了一会儿，俩民警从沈大夫家出来，老陆忍不住又问了一嘴："小张，咋了？""哦，没啥事儿，有个刑满释放人员住这院里了，我们过来核实一下情况。"老蔡媳妇听了，一声惊呼："啊！刑满释放人员在沈大夫家？"小张说："是的，是她的父亲。"

大院里顿时炸了锅，众人惊得目瞪口呆，小声议论着。老陆问："小张，她父亲犯的什么罪？"小张说："你们别打听了，反正人都出来了。""别呀！这话哪有说一半的，到底怎么进去的？"老蔡想要一探究竟。小张迟疑了片刻说："这个……说出来不好听，流氓罪。"老蔡媳妇又是一声惊呼："啊？流氓罪？""我说最近沈大夫神神秘秘的。"老吴媳妇说。

民警走后，新搬来的女邻居一脸鄙视地瞥了一眼沈大夫家，抱怨说："真晦气！刚搬来就碰上这事儿！咱院里怎么还有这种人！""嘿嘿嘿，嘴上有个把门的，不爱住这儿，可以搬走。"老陆听不下去地说道。"凭什么呀！好不容易分套房子，要搬也是那屋搬。"说完，她扭头走了。

沈大夫家的屋门打开，沈大夫神情严肃地走出来，院里的议论戛然而止，瞬间安静下来。沈大夫看了大家一眼，径直向马魁家走去。老蔡媳妇凑近老吴媳妇，小声说："我就说有事，前些天，我可亲眼看见了。""唉，小声点，可别让沈大夫听见。""好了，都散了。"随着老陆一声吼，众人各回各家，院子里消停了。

沈大夫到了马魁家，两个人静静地坐着，默默无言。过了好一会儿，沈大夫说："马哥，他来了。"马魁问："你为啥不早跟我说一声？""说了有啥用？我还能不收留他？""我的意思是，总比这锅盖让人家掀开了强，咱俩可以商量商量，想个万全的办法。""没有办法，他来了，我就得管他。该来的，早晚要来，躲不过，就面对吧！""家家都有本难念的经，只是就算再难念，也总能念过去，你得挺住了。还有，碰上实在过不去的坎儿，就跟我说，多少能托你一把。"

沈大夫点点头，起身离去。望着她的背影，马魁想起那日在饭馆，她边喝酒边说：“一九八三年，我爸和我妈离婚后，和一个女人在一起了。他们在小树林里见面，被警察抓住了，由于没结婚，判了流氓罪。当时，我都不想回来了，我丢不起人呀！”

那次，他陪着她一起喝了许多酒，一起想过以后，一起遥望过余生，一起算过接下来的日子。

沈大夫回家后，来到厨房和面烙火烧。她将烙好的火烧放进布兜里，拎着回了屋。床上躺着那个让她又爱又恨的人，沈大夫轻声说：“你的病治不好了，也只能这样了，走吧！”

见他不说话，沈大夫接着说：“烙了一袋火烧，你带着。”沈父依旧默不作声，他重病在身，活不了几天了。沈大夫哀求说：“求求你了，让我轻快轻快吧！”

沈父的身子颤抖着，传来抽泣声。过了一阵子，他爬起来，穿好衣服，戴着帽子和口罩，抱着一个布兜，在女儿的陪同下来到屋门前。沈父低声说：“我还是从后窗走吧！”“不，你从大门走。”说着，沈大夫欲开房门。“这样对你不好。”“这是我的事，不用你管。”说完，沈大夫打开房门。

沈父犹豫片刻，走出房屋，沈大夫跟在后面。沈父说：“你不用送我。”“我应该送送。”父女俩穿过院子，走出院门。

沈父停了片刻，大步而去，他的背影越走越远。沈大夫突然高喊：“爸，您保重啊！”接着，她蹲下身，埋头哭了起来。

这是最后一场雪，每一片雪花，都带着记忆和伤痛。雪花飘落，潜入大地的睡眠，来年化作水，滋润万物。

第二十七章

父亲连夜离开，沈大夫心里难安。左思右想之后，她决定跟马魁好好谈谈。

沈大夫来到马家，将自己的想法和顾虑和盘托出：“他今年出狱后，得了肺病，才找到我这儿来了。我怕这事传出去，坏了自己的名声，受了他的拖累。我熬了一晚上没合眼，他是我父亲，我不能不管他。”马魁皱着眉头问：“你也要走？”“马哥，我当时想得好好的，只要你能接受我，那等他走后，我就跟你一心一意过日子。可现在他的事儿大伙都知道了，我实在没脸再在大院待下去了。”

马魁默默地看着沈大夫，听她继续倾诉：“他是我父亲，不管他有什么错，我得认他。该说的都说完了，我回去了。”沈大夫站起身，走到房门口。马魁冷静地说：“我不在乎！”沈大夫背对着马魁，哽咽着说：“可是我在乎，我不能连累你，有你这句话，我就知足了，马哥，对不起。”

马魁看着沈大夫走了出去，沉默许久后站起身，来到院子里。马魁将左邻右舍都招呼出来，说是有事情要宣布。在众人好奇询问的目光中，马魁朗声说：“今天，把大家都叫出来了，我想说两句掏心话。”

沈大夫悄然立窗口，偷偷地望着院子里的马魁，她的双眸含情又含泪。

马魁清了清嗓子，说：“这些话，本来想等一等再说，可事到眼前，我等不及了，今天必须一吐为快，要不就得憋死。我媳妇王素芳，已经走了好几年了，这几年里，我是一个人带着两个孩子过日子。我这工作，没早没晚，说走就得走。这期间，大家都对我非常关照，尤其是沈秀萍同志，她一直帮我照看马健，帮我照看这个家。我感谢小沈，也对小沈有了感情，小沈对我也是重情重义。”

老邻居都熟悉沈大夫的为人，也都希望马魁能和她走在一起。

马魁接着说：“没有不透风的墙，我和小沈的事，大家都多少能咂巴点味儿出来。这也没啥，我一个人，她也是一个人，我俩在一起不犯毛病。本来想找个日子，我和小沈一块儿跟大家把我们俩的事说明白，一句话，我俩想成个家。只是就在这段日子，小沈那儿出了点事，我不说，大家也都清楚。不管别人怎么看、别人怎么说，也不管这事儿能掀起多大风浪来，我马魁不怕，也铁了心，要把小沈迎回家，要跟她一块过日子！”

掏出了心里话，马魁转头望向闺女和儿子：“马燕，马健，你俩没意见吧？”马燕大声说：“爸，沈姨是个好人，对我和马健好，对您好，所以我这儿没说的，同意！”马健更是大力支持：“爸，我干妈对我就像亲妈一样，我早就想让她来咱家了。”

听闺女和儿子都表了态，马魁笑了：“你姐弟俩有情有义，是老马家的孩子！”接着，马魁又看向汪新问：“汪新，你跟马燕已经领证了，我家的事儿，跟你也有关系，你的意见呢？”汪新笑着说：“师傅，您说啥是啥，我全听您的。”“是听马燕的吧？”“对，您和马燕都领导我。”马魁满意地点点头，望向汪永革，汪永革像是急于表现似的：“老马，甭看我，我站你这边！”

老蔡媳妇跟老蔡嘀咕：“汪段长啥时候跟老马穿一条裤子了？俩人不吵吵了？”老蔡说：“别打岔。”马魁看了看满院子的人大声说：“那就好，事儿我已经说清楚了，等汪新和马燕结完婚，我和小沈……”刚说到这儿，马魁的话就被沈大夫打断，她走过来说：“马哥，你是不是喝酒了，咋说起糊涂话了？”马魁说：“没喝酒，清醒得很！”“事儿还没定下来，咋就说了？”“咋没定？我说定下来了，就定下来了！”“马哥，我知道你敢担事，也言出必行，可是有些事儿，不是你想的那么简单。”“就算来座山，我也顶得住！就算塌了，也是咱俩一块塌，我陪你走到底！小沈，我今天能当着大家的面，把咱俩的事儿说出来，那就是已经想好了、想透了。咱俩的事儿，铁板钉钉，只要我还活着，就谁也拦不住！”

沈大夫望着马魁，感动得眼泪滑落。

马魁昭告工人大院，当众向沈大夫表白，自然赢得老邻居的支持。此后，沈大夫出入马家也就名正言顺了。这天，沈大夫抱着一摞被褥走了进来，对马魁说：“新做的。”说完，她抱着被褥朝马魁屋走去。马魁紧跟着进了屋，沈大夫把那摞被褥放在炕上，说：“看看，够不够喜庆？”马魁摸着被褥说：“这东西还用你费心，都怪我这段日子太忙了。”“自家事儿，叫费心？”“我不是这意思。”“枕头够用吗？”“我这儿就有一个，你等我，我给你准备。”“你想哪儿去了？”说着，沈大夫扑哧一声笑了，“这是给马燕和汪新做的！”

“这事闹的，我还以为是你和我。小沈，等那俩孩子结完婚，咱俩再办。”马魁说着，有些不好意思。“咱这儿就别太声张了，过得去就行。”“全听你的。”

马健回家看到马魁和沈大夫，就乐了：“爸爸，我回来了，看到爸爸和干妈在一起，真高兴。”沈大夫拉过马健，柔声问：“马健，晚上去干妈那儿吃？”“太好了，走。”望着刚进家门就要走的儿子，马魁无奈地摇摇头，板起脸来，拽回儿子说：“先把作业写完再去。”

马魁说着，摘掉马健的书包。他望着马健的后背，顿时愣住了，只见马健后背的衣服上，歪歪扭扭写着“小流氓”三个字。马魁赶紧用身体挡住了马健的后背，训斥着儿子：“看你这衣服造的，快脱了，换身干净的。”说着，就脱了马健的外衣。

尽管马魁百般遮掩，沈大夫还是清清楚楚地看清了那三个字，在那一刻，她坚定了心里的想法。

回到家，沈大夫静静地坐在桌前，桌上摆着一张白纸和一支笔。想了好久，她拿起了笔给马魁写信，她和马魁交往的点点滴滴，浮现在眼前……

马魁说的那些话，她一辈子也忘不了，也不能够忘记，可她不能拖累马魁，不能让马魁和孩子背负污点。

字落白纸，如飞鸟飞过白色的天空……

天黑了，月明星稀。马魁坐在炕沿上，面沉似水，手边是一封未拆开的信。他有一种不好的预感，迟迟不敢拆开这封写着“马魁大哥敬启”的信件。

这个时候，沈大夫拎着行李箱缓缓向宁阳火车站的站台走去，她神思忧虑，步伐沉重。

马魁拿起信封，有点颤抖着拆开。

马哥：这段日子，我想了许久。我曾经以为，这辈子就这样了，一副碗筷，一床被子，一个枕头，一个人过一辈子……是你烫活了我的心，点燃了我的生命，让我对家有了盼头。

然而，思来想去，我还是决定离开。天下无不是的父母，他终归是我父亲，他生着病来找我，我不能就这样让他一个人离开，我得去照顾他。

马魁抬起头，像是看见沈大夫一身孤独落寞，慢慢朝车厢门走去……

认识你们一家是我这辈子的福分，素芳姐还在的时候，就拿我当亲妹子看待，你们就是我的家人。原本我想着，就这样安安稳稳地过也知足了，谁承想还是因为我父亲的事连累你们……

当着大院人的面你站出来的时候，你不知道我心里有多感激，我身边还有你们在，真的什么都值了。你对我说的话，我一辈子都会记在心里。可我还是迈不过自己心里的坎，我实在没这个脸面再留在这里。

沈大夫拿着行李箱上车，在车厢里寻找着座位。

我父亲的事儿不光彩，他的错，我认；邻居们当笑话看，我忍；但这迟早会影响到你，你可以不在乎，但孩子们呢？你的前途呢？你们是我珍视的家人，健健是我亲手带大的孩子，我不能连累你们跟我一起承担，我更不能眼见着你们遭到这些本不该承受的麻烦却无动于衷……

马哥，我走了，原谅我选择不辞而别，归根结底还是缘分浅，没能成为一家人。燕子马上要成家了，健健也到了懂事的年纪，将来他们都会有自己的生活……

以后你一个人要多上心，好好照顾自己！

沈大夫眼眶湿润，低头坐在座位上；马魁埋着头，沉默着。隐隐的火车汽笛声传来，火车缓缓开走了……

春天来了，春色满地。这是马燕的婚前夜，床上整齐地摆放着结婚礼服，她坐在一边，对着镜子梳着头发。

马魁的心情似乎比闺女还紧张，他进屋扫视一圈问：“都拾掇好了？”马燕说：“都好了。”马魁坐下来，看着闺女说：“燕子，从小到大，都是你妈给你梳头扎辫子。爸从来没有给你梳过，马上就要嫁出去了，今天我给你梳一回吧！”

马燕望了望马魁，点点头，把梳子递给他。马魁一边给闺女梳头一边念叨：“要是他们家住着不习惯，就回来，屋子都给你留着。”“爸，我天天都回来看您，就在隔壁，多方便啊！”“我这个当爹的不称职，我不在的那十年，你和你妈遭了太多罪。别家的姑娘上学念书，你得去挣钱养家，难为你了。燕子，是爸对不起你。”“爸，您别说这个，我现在不挺好吗？”

看着镜子中的闺女，马魁感慨万分地说：“我闺女真漂亮，以后成了人家媳妇儿，可不能再任性了。两口子过日子，磕磕碰碰的很正常，不能老甩脸子，要多包容。”“行，我知道了！”“但是，更不能让自己受了委屈，那小子要是敢欺负你，老子就是不宰了他，也断了他的腿！”狠话放出来之后，转而又一想汪新在他们父女俩眼前的表现，说，“哼！我谅他也不敢！”“爸，您就放心，这就嫁在家门口，汪新要是敢欺负我，我就喊一嗓子，您过来给我撑腰。”

马魁一副依依不舍的样子，他有点走神，手上便没了轻重。马燕疼得轻轻叫了一声。马魁忙问咋了。马燕说，梳子齿都快扎她头皮里了，还是她自个儿来吧。马燕接过梳子自己梳头。

马魁看着女儿梳头，想起她从小到大的过往，感慨地说：“这日子过得真快，转眼你都要嫁人了。你爸大老粗一个，好些个结婚的规矩我都不懂，要是你妈在就好了。闺女，你妈要是能看见，得多高兴。”

此时此刻，此情此景，马魁想到了王素芳，想到了随着他命运颠簸的媳妇，心里又泛着苦水。

听父亲提到母亲，马燕止不住地悲从中来，涌出泪水。马魁忙连声安慰：“别哭，闺女，这大喜的日子，再把眼睛哭肿了，瞅瞅，这都赖我。”马魁说着，拿起手绢给闺女擦泪水。

小时候，父亲是多疼爱她呀。哭了擦眼泪，饿了喂饭，睡了抱着，摔了扶着，好吃的好玩的都尽着她。七岁的记忆很短，父爱很长；她缺失过父爱，他现在填补着……

春日的光，羞答答的，胆怯怯的，映照着铁路工人大院。大院外，鞭炮点燃了，噼噼啪啪作响。

左邻右舍齐聚在马魁家里，屋子里摆得满满当当。老蔡媳妇向外面看了一眼说：“来了，来了，新郎官来了！”汪新在蔡小年和几个男同事的陪伴下，走了进来，簇拥着他来到马燕房门口，汪新大喊：“燕子，开门！”

马燕穿着结婚礼服坐在床上，马魁和马健在一边陪着她。马健走到门边，对着那边喊：“想娶我姐，没那么容易。”门缝里塞进来一个红包，马健笑嘻嘻地收起来喊：“算你识相！不过，红包开路这招儿，今天可不灵了！我问你仨问题，答得好，就给你开门。”

汪新笑了，竟然被这小不点小舅子为难上了，说：“嘿，你这小子，还来劲了。行行行，你问。”“第一个问题，你跟我姐头一回那啥，是啥时候？”“那啥是什么呀？”汪新顿时迷惑了，马燕也被傻小子弟弟整害羞了。“就是亲嘴！”

“你个臭小子，问这干啥？不告诉你，开门！”

“我有个提议，汪新答不上来，就罚他一百个俯卧撑，咋样？”蔡小年在一旁起哄说。“不行！这仨问题我和我爸想了一宿，必须回答！”马健说着，冲着马魁点点头，一副得逞的小样儿。马燕那张脸，羞得像极了含苞欲放的月季。

瞧着汪新难为情，蔡小年继续瞎起哄：“汪新招供。”“汪新招供，汪新招供！”伙伴跟着附和。“好好好，我招了。我在红阳站那会儿，有一回燕子来看我，正好赶上了下大雨，我俩被困在一个碉堡里，待了一宿。那晚上我跟燕子……呵呵，就那啥了。”“啥呀？”伙伴又起哄。“没啥，黑灯瞎火的，没看清，就碰一块去了。”汪新不自觉地想到当时，他的脑子里一片空白，仿佛头朝下坠入幸福和甜蜜里。

新房里传来马魁的吼声：“臭小子，我就知道你没安好心。”“爸，您别生气，婚礼完后，我就来负荆请罪。”汪新忙道歉。

“第二个问题，结婚后，你能不能保证，节假日、休息日把家务活给承包了？”汪新说：“这算啥问题，那必须的。干咱这行的，一走就好几天，家里都照顾不上。别说节假日、休息日，只要我在家，家务活都必须是我干！”伙伴齐声叫“好”。

这个答案让马魁很满意，他微微笑着，频频点头。“大家可都听见了，说话算话！”马健的表现像个小大人似的。

“最后一个问题，以后，家里的钱，归谁管？”

“我们两家，就这么一个女领导，当然是女领导管钱。以后，每个月的工资都上交，还有奖金、补贴都归她，我就留个块儿八毛的零花就行了。零花钱，也得是你姐给，给多少算多少。”“行，算你过关！姐夫！”

马健开了门，汪新走进去，和马燕四目相对，两个人都红了眼眶。历经挫折，他俩终是等到了一个花好月圆。

汪新抱着马燕从马魁家出来，虽然只在一个院子里走，这段路曾经那么漫长而艰难。马魁走到门口目送闺女，汪永革则站在门口迎接儿媳。马魁和汪永革目光交会，神情复杂，他俩没想到还能和解成为亲家。

马燕回头望了一眼，带着眷恋；父亲含泪相望，带着不舍。

鞭炮声声，院子里喜气洋洋。汪永革家里，汪新和马燕跪在汪永革和马魁面前。马燕给汪永革敬茶：“爸，我给您敬茶了。”接过茶的汪永革，甚是激动。马魁的心情是五味杂陈，汪永革看了他一眼，他勉强挤出一丝笑容。

汪永革喝了茶，掏出一个厚厚的红包，递给了马燕：“好好地过你们的小日子，爸希望你们幸福。”“谢谢爸。”

汪新给马魁敬茶，两人对视片刻后，汪新说："爸，我给您敬茶了。"马魁接过茶杯喝了，掏出一个同样沉甸甸的红包。汪新接过后，立即把红包交给马燕，她满脸开心地揣好红包。周围的人使劲鼓掌喊好。

"马叔，汪叔，给你们拍张全家福吧！"蔡小年笑着说。

于是，马燕和汪新站到汪永革和马魁身后，蔡小年按下了快门。

大院里播放着《花好月圆》的乐曲，婚礼热热闹闹地进行。台子背景板上写着"汪新、马燕结婚典礼"，下面张贴着大红的"囍"字。

台下摆了十张桌，马魁、汪永革、胡处长、姜队长等人坐在主桌前。老陆家、老蔡家、老吴家等坐在主桌旁边，其他桌也坐满了人。左邻右舍、亲朋好友齐聚，为了这个美好的日子。

汪新和马燕站在邻居桌前，给大家敬酒。主桌前，不断有人来给马魁和汪永革敬酒。这时，主持人小胡走上台喊："大家安静一下，下面让我们有请新郎新娘的父母。"话刚出口，小胡就意识到说秃噜嘴了，连忙改嘴："哦，是父亲，请父亲上台讲话，为新人送上祝福。"

在热烈的掌声中，汪永革和马魁嘀咕着。汪永革说："老马，叫你呢，上台讲话。"马魁说："按老例，你先说。""行，那我抛砖引玉了。"说着，汪永革走上台。

汪永革接过话筒："诸位来宾，诸位亲朋好友，感谢大家百忙之中参加小儿的婚礼。今天，我很激动，也很感慨，我好福气。我要特别感谢我的好亲家、我的好兄弟马魁，感谢他养育了一个这么好的闺女。汪新，你要好好待她，做个好丈夫，做个好女婿，更要撑起这两个家来。"

汪新在台下点着头，马燕也被汪永革的话热了心腹，非常感动。

说到这儿，汪永革看向马魁："老马，下辈子咱俩换换，我来吃苦，你来享福。"台下的很多人并不清楚这句话的含义，小年轻们更是瞎起哄，这辈子还没打够，咋还扯上下辈子了？汪新和马燕却是门儿清，父辈的恩怨让他俩在爱情路上吃尽了苦头、尝尽了心酸。

马魁脸上挂着些许笑意，活到这个时候，或许他和汪永革都懂了。

"最后，我祝愿两位新人，百年好合，白头偕老！"汪永革说完，把话筒交给小胡。小胡立刻亮着嗓子："让我们有请新娘的父亲马魁同志上台讲话。"马魁走上台，接过小胡手里的话筒，敲了敲："喂喂！"

全场安静下来，所有的目光都在马魁身上汇聚。

马魁望着大家，说："大家好，欢迎大家参加我闺女的婚礼。在座的诸位亲朋，有很多都是看着我闺女长大的。都说闺女是父亲的小棉袄，可是今天，我这棉袄让这小子给穿走了，这便宜可捡大了。但是，我又一想，我能陪闺女多久？早晚还得靠人家陪着，这么一来，心里宽绰多了。”

在一片笑声和掌声中，马魁接着说：“汪新这孩子，是不错。这些年来，是大跨步地前进，在业务上已经很成熟了。不过，他身上的小毛病还是不少，还需要继续进步。我这个当师傅的，也会一如既往地监督他、帮助他。”

马魁打住话，盯着汪新，郑重地说：“老实说，这些年，我一直阻拦你和燕子，那是认为你还不够优秀，娶我闺女，还不够格。”

“马叔，那现在汪新够资格了呗。”爱起哄的蔡小年，不放过任何一个时刻，带着一众伙伴发问。

“凑合吧！昨天还是师傅，今天变成岳父，没承想他还真喊我一声爸！这也是缘分哪！汪新，做一个合格的铁路警察不容易，风餐露宿的，一年到头不着家。燕子，往后汪新不在家的时候，你可得把这个家撑起来，得全力支持他的工作，不能拖后腿。”

看到闺女眼神坚定，冲他点头，马魁笑了：“这俩孩子，打小就认识，算是青梅竹马。现在，终于走到一块了，我真是打心眼儿里高兴！从今儿起，我们两家各添了一个儿子、一个闺女，盼着你俩好好过日子，让我们两个老父亲放心，你们就算尽孝了。最后，我要感谢今天在座的各位亲朋好友，酒有的是，大家可要敞开了喝，喝不好，我找你们算账！”

在台下的一片哄笑声中，蔡小年张开嗓门高喊：“马叔，您放心，我们保证，把酒都喝光了！”

欢声笑语，满满一院子。说是天作之合，一点也不过分，看上去百分百般配，所有的人都笑得合不拢嘴，到处洋溢着喜气。

马魁看着汪新和马燕幸福的模样，感慨地久久望着，端起酒杯喝了一口，很欣慰地笑了。

天高云淡，秋色渐浓。汽笛声传来，蒸汽机车吞吐着白色的蒸汽，缓缓地驶入宁阳火车站的车库……

一台内燃机车从车库里冲了出来，拉响了汽笛，掀开了新的序章。汽笛声中，内燃机车飞驰着，飞过收获的原野。

一九九五年的秋天，北方的山山水水、林植草木，皆比往年早了一点儿披上了秋天的颜色。时代，是真的进步了。在伟大的变革中，在历史的进程里，就算是普通而平凡的人，都在努力拼搏，为时代定义。

三十五岁的汪新已变得成熟稳重，他巡视到软卧车厢连接处时，听到一个熟悉的声音："喂，喂，你听不见我说话吗？喂，喂喂……"汪新循着声音望去，只见姚玉玲正擎着大哥大寻找信号。她烫着大波浪卷的发型，背着精致的小挎包，穿着很时髦。姚玉玲望见汪新，迟愣片刻，笑了笑："真巧。"汪新也笑了："还真是你，我说这声音咋这么耳熟。""还能记得我的声音，咱们没白认识一场。""这一晃小十年没见了，你去哪儿了？"

姚玉玲告诉汪新，她在哈城做生意。汪新感慨万千，怎么都做起生意来了。他身边的人好像都很热衷于生意，纷纷加入了做生意的大军。姚玉玲说："有钱不赚，那是傻子。"汪新听了姚玉玲的话，顿时无语。姚玉玲找补了一句："我没说你，别误会了。"说着，她从小挎包里掏出一盒万宝路香烟，抽出一支递给汪新。汪新摆摆手说："我不抽烟。"

姚玉玲掏出打火机，点燃香烟，瞄着汪新问："对了，你和马燕怎么样了？"汪新说："结婚了。""有情人终成眷属，我得恭喜你们。"说这话时，姚玉玲心里有点儿泛酸水。

聊了几句，汪新托词还有事，姚玉玲让他去忙，她去休息了。姚玉玲掐灭了烟头，走进软卧车厢。望着姚玉玲的背影，汪新总觉得哪儿不对劲儿。

汪新回到马魁身边坐下，还在琢磨姚玉玲咋变得都不认识了。马魁冷眼瞧着他说："你这一泡尿，可够长的。"汪新说："碰上熟人了，姚玉玲，唠了两句。"

"这倒是个新鲜人儿。""爸，姚玉玲她……"

马魁打断说："跟你说了多少回了，在工作上咱们是同事关系！"汪新感慨地说："师傅，姚玉玲可不是以前的姚玉玲了，她鸟枪换炮，大变样了。当了生意人，手提大哥大，抽外国烟，坐的还是软卧！这软卧是能随便坐的？得有符合国家规定的证件，或者有介绍信，她一个生意人，哪有这个资格？她这套路数，挺神道。""后悔了？当初你要是娶了姚玉玲，你现在不也能揣大哥大、睡软卧了？""就是不娶她，我也能睡软卧。""人家是躺下安安稳稳地睡，你是闭一只眼、睁一只眼地蹭地方睡，不一样，太不一样了。""有什么呀？我才不羡慕。"

"但愿吧！"作为一个父亲，马魁可不会忘记，汪新曾为了姚玉玲伤害过他闺女。

"我就是跟您说说姚玉玲的情况，怎么还教训起我来了？"汪新委屈地说。马魁一本正经地说："没教训你，我是替你惋惜。"汪新还想说几句，就看到老瞎子跑了过来，发疯似的喊叫："她跑了，她跑了！赶紧抓人，抓人啊！"

马魁快步走着，在乘客中搜索寻找着。汪新也在一节节车厢里穿行，他的眼睛，扫过每一个乘客，尤其是女乘客的脸。小胡带着一个乘警快步走来，一位中年女乘客伏在桌上，小胡拍了拍她的肩膀，她抬起头，诧异地望着小胡，小胡仔细地打量着她。

马魁和汪新一路巡查，不放过车厢任何一个角落，却都一无所获。

在车上搜寻无果，眼看火车就要在前面的小站停车了，马魁只好给汪新和小胡布置了任务，三人各自在自己的区域范围内查找。

火车停靠在一个小站，马魁率先下了车，乘客也纷纷下了车。小胡带着其他三个乘警盯着下车乘客。汪新去了出站口，他重点盯着出站的女性乘客。无论马魁他们怎么努力，依旧没有发现一丝线索。

火车重新启动，开出了小站，马魁、汪新、小胡及乘警回到了车上。

餐车里，老瞎子站在桌前，身体随车晃动着。马魁和汪新刚一进来，他连忙问道："抓住了？"马魁沉默片刻，说道："我们搜查了大半个火车，没看见你说的那个人。后来，赶上车到站，我们下去找，还是没找到。"

这样的结果，让老瞎子难以接受，他高声喊道："没找到是你们眼睛瞎了！刚才，她就在车上！就在车上！"

火车晃动，他没站稳，险些摔倒。马魁上前扶住了他，他猛地推开马魁，马魁一个趔趄。汪新忙扶住马魁，望着老瞎子说："您别只怪我们，也可能是您弄错了！"

汪新的话让老瞎子愤怒至极，他咆哮着说："我没错，我敢押上这条命！是你们太废物了，你们都是废物，废物！我的老天爷啊，你要了我的命吧！"说着，老瞎子瘫坐在地上。

马魁把老瞎子扶起来，让他坐在桌前。过了一会儿，马魁看着脸上挂着泪水的老瞎子，轻声问道："老伙计，你好点了吗？"老瞎子不说话，汪新给他倒了一杯水，说："喝口水吧！"老瞎子没动，过了许久才轻声地说："我没说错，她出现了，她真的出现了，快三十年了，我终于等到她了……"

老瞎子脑海里，不断闪现他在这趟火车上碰到刘桂英的情景……

听了老瞎子的讲述，马魁沉思了一会儿，问道："你怎么会认识那个女贩子呢？"沉默良久，老瞎子说道："那是一九六三年，就在这趟火车上，我闺女被她拐走了。当时我恍恍惚惚看见她的下巴上有一块黑斑。让我最难忘的，是她身上有一股馒头味，是那种碱特别大的馒头味，除了碱味，还有一种说不清的特殊味道。我为了寻找这个味儿，在这趟火车上待了三十多年了。"

马魁和汪新望着老瞎子，深深地被他这份坚持和不可思议的父爱感动了。

老瞎子停顿了一下，继续说道："我这双眼睛就是闺女丢了后，上火哭瞎的。这三十多年来，我吃在这趟车上，睡在这趟车上，就是盼着老天爷会让我碰到我闺女，盼着能找到那个人贩子，把我闺女救回来。"

"您闺女，当年多大？"汪新问。"那时，她才两岁，穿着粉色的小裙子，长头发马尾辫，扎着红头绳。三十多年了，她已经三十四岁了，模样都变了。"老瞎子感慨地说道。

"都三十多了，应该成家了，可能都有孩子了，是不是，师傅？"汪新笑着问马魁，马魁点点头。老瞎子一听，也笑了："那她就有人捧着了，有人护着了，能活得暖烘烘的。"汪新急忙说："是呀！所以说，您得放宽心。"

老瞎子笑着，转瞬，笑容消失了："找了这么多年，都找不到她，她会不会已经……我的闺女，我的闺女！"老瞎子哭了起来。汪新赶紧安慰道："叔，您别哭了，我相信您的闺女一定会吉人自有天相。"

老瞎子哽咽着说："吉人自有天相？""您想啊，人这辈子都是公平的，您闺女小时候受了苦，长大了不就享福了吗？""你这话说得在理，我闺女一定能活得好好的！"

汪新语气坚定地对老瞎子说："叔，我们一定会抓住那个人贩子，把您闺女找回来。"老瞎子淡淡地说："但愿那时候我还没死。"汪新给老瞎子打气："您就好好活着，等到那一天。"老瞎子点点头，马魁默默望着老瞎子，心里不是滋味。

师徒俩下车后，回家的路上，一路沉默。汪新看着马魁阴沉着脸，一副心事重重的样子，终于忍不住问道："爸，您这脸色不太好看，哪儿不舒服？"

马魁没好气地说："你是不是没事闲的？""我关心您，您有心事？""瞎关心什么？想你自己的事儿。""下了车，您一句话不说，脸跟上了霜一样。""眼看着人贩子从眼前溜走了，能笑得出来？"

汪新琢磨了一会儿说："咱们好几个人一顿搜，连影儿都没摸着，您说能不能是他弄错了？""我相信他。""他就靠一个鼻子，能闻准吗？这也太神道了。""你要是瞎了眼睛，就知道鼻子有多好使了。""那人贩子跑哪儿去了？"

"净问废话，我要是知道，不早把她逮住了！"

汪新一看马魁的脸色，觉得再问下去肯定会被教训。于是不再说话，俩人继续保持沉默地往家走去。

秋风瑟瑟，大街上，人群中，小温州夹着手机包，擎着大哥大边走边打电话：

“货款不急，咱们这些年能脚踩浪花扭腰撅腚，还不掉下去，靠的不就是‘诚信’那俩字嘛……行，这事定了，等见面喝茶。”说完，他站住身，抬头望去。

他刚要往“新燕商贸”走，电话又响了：“货款不急，咱们这些年能脚踩浪花扭腰撅腚，还不掉下去，靠的不就是‘诚信’那俩字嘛……行，这事定了，等见面喝茶。”

他挂断电话走了进去，马燕正在帮一个女顾客试鞋，看到他，招呼了一声：“哟，黄老板！”“先忙生意。”“那您稍等。”说着，马燕继续帮女顾客试鞋。

小温州环顾着小店，货架上摆着各式皮包和皮鞋，展示柜里摆着各式纽扣。

试了半天，女顾客说：“我对这鞋的款式，还是不太满意。”马燕爽快地说：“不满意就不要买，您再看看其他的。”“再说吧！试了这么长时间，真不好意思。”

马燕笑着说：“这有什么，您就是把店里的鞋都试了，最后能选到自己喜欢的，我也高兴呀。”“你这么说，我更不好意思了。”“没事，您再去别人家看看，要是没有相中的，就再回来。”“行。”说着，女顾客换上自己的鞋。

女顾客走到店门口，突然站住身说：“对了，那双鞋可以买给我妈穿，她应该能喜欢。”“老人家穿多大码的？”“36码的。”

马燕从柜子里拿出一个鞋盒：“这就是36码的，您拿回去，给老人家试试，她要是没看好，可以退货。”女顾客笑了：“太好了，在你这儿买东西，放心。”

马燕笑着给女顾客开票结账，随后她把女顾客送到店门口：“欢迎再来。”

送走女顾客，马燕对小温州说：“黄老板，坐。”

小温州目睹了马燕卖鞋的全过程，他由衷佩服道：“以退为进，你这招是孙子兵法呀！”马燕笑着说：“我可不懂什么兵法，就知道以诚待人，将心比心，保准错不了。”“千般本事，不如一招鲜，有这个‘诚’字就够用。”小温州坐在椅子上，马燕给他倒水：“黄老板，您这是从哪儿来？”“我从温州来会几个朋友。”“是找商机吧？”“顺便的事。对了，生意怎么样？”“还不错。”

马燕递给小温州一杯水，小温州接过水说：“那就好，你阿爹还埋怨我吗？”

马燕笑了：“都是哪年的事儿了，他早不管了。”“好好干，争取搞个大门市，脸上闪光光。”“那还得靠您多帮忙。”“自家人别说客气话，我和你阿爹的交情，那是顶呱呱，深着呢！他身体怎么样？”“都挺好的，有点小毛病。”

小温州喝了一口水：“好几年没见着了，别说，我还挺想他老人家的。”“那今晚到家里吃饭，你们好好唠唠。”小温州犹豫片刻，说：“算了，还是等他退休后再说。”“为什么呀？”“我一见着他，就心发虚腿发软，浑身冒冷汗。等他退休了，不当警察了，我就轻快多了。”“您可笑死我了。”

这时，大哥大响起，小温州从包里掏出大哥大，对马燕说：“我先走了，有事给我打电话。”“赶紧去忙吧！”

小温州一边朝外走，一边接听电话：“赵经理，您好啊，我这儿没事，您尽管吩咐……”

生活就是这样忙忙碌碌，不分四季地南来北往。

马魁和汪新拎着包匆匆下楼，汪新一边走一边叨咕：“刚回来，屁股蛋子还没坐热，又得走，还不让人歇脚了。”“这是叫苦了？”“我是陈述事实。”“你要是不放心你爸，可以跟领导请假，他要是不给假，我替你说情去。”“我还不放心您呢！”“我用得着你照看？”“咱们这回办的是毒品案子，毒贩子，可不是好对付的！”“我可以带别人去。”“就怕都没我用着顺手。”“整得还非你不可了。”“本来就是。”

说话间，师徒俩走到居民楼外，马魁嘱咐汪新：“这样，你去跟马燕打个招呼，我去队里再跟领导碰碰案子，咱爷俩火车站见。”汪新点点头，这时老蔡的声音传来：“哟，这是又要出门？”

马魁和汪新抬头望去，老蔡站在自家阳台上，朝楼下看。

马魁望着老蔡说：“老蔡，你没事儿总盯着外面干啥？都成哨兵了！”“老马，你得感谢我，前两天我还喊走了一个小偷。”老吴从阳台探出头，反驳老蔡：“人家不是小偷，是捡破烂的！”“那不也是捡咱楼里的东西？”“行，往后把不用的破烂，都塞你家里！”“那你得给我换个大房子！”

马魁无心听老蔡和老吴的嘴官司：“你俩慢慢唠，我们走了。”俩人见马魁走了，也随即进了屋。

深圳火车站出站口，众乘客纷纷朝外走去，拥挤不堪。

马魁和汪新缓缓地跟在人流中，只听到一个大嗓门在喊：“借个光！借个光！”马魁和汪新回头望去，只见牛大力夹着大哥大包，向他们挤来。

“大力，我们在这里。”汪新喊着。“哎哟，我的娘呀！可找到你们了！”牛大力满头冒大汗地说。

马魁瞪了汪新一眼：“汪新，咱来了，你跟他说干啥？”“想他了，寻思着顺道看看他。”“那你咋不提前跟我说一声？”“这点小事儿，不用汇报吧？”说完，汪新又朝着牛大力挥手：“大力，你别急，咱们外面见！”

牛大力开着小轿车，开心地说：“怎么样，深圳变化大吧？”汪新坐在副驾驶位说："没你变化大，大力，你这车是花多少钱买的？""别谈钱，俗气。""那你还赚钱？""悄没声地赚，就不俗气了。"

汪新笑了，望向马魁："爸，您看大力，这回可是牛气冲天了！"马魁坐在后座上，望着窗外，始终没言语。

"BENZ 没开上，还得加油！"牛大力说着，加大油门，加速朝前驶去……

深圳的一处老旧居民楼外，在夜幕下，静悄悄的。

马魁和汪新带着两个便衣警察走进楼里，另外两个便衣警察站在楼外，盯着二楼的窗户。他们顺着楼梯轻手轻脚地来到二楼，房门突然打开，马魁和汪新等人擎着手枪冲了进去。

一个中年男人躺在床上，猛然惊醒，他的手刚伸进枕头下，汪新敏捷地一跃而起，双手紧紧按住他枕头下的手。马魁和另外两个便衣警察上前擒住他，枕头掀开了，下面压着一把手枪……

深圳的街上，人潮川流不息，虽然已经是秋天，但阳光依然很炙热。

马魁和汪新默默地走着，汪新一副愁眉不展的样子。

马魁望着汪新："咋愁眉苦脸的？"汪新没精打采地说："好容易逮住个毒贩子，可是他也是单线联系的，哈城那边还是两眼一抹黑。""不管咋说，咱们把他们在这边的交易线给切断了，也算没白忙活。""也只能这么想了。""回去收拾收拾，打道回府。"

汪新一听，急忙说道："牛大力还说，请您喝酒。"马魁摇摇头："算了，别让他破费了。""可咱们大老远过来，就在车上跟他照了个面儿，临走咋也得招呼一声吧？咱们要是悄没声地走了，那成啥事了。""行，就让他再嘚瑟嘚瑟。"马魁明显话中有话地答应了下来。

一家高档饭店的包间内，牛大力宴请马魁和汪新。一进门，马魁打量着包间摆设。"马叔，这馆子可以吧？"牛大力望着马魁问道。马魁没说话，汪新却说："大力，你整这么大排场干啥？不是糟践钱？"牛大力操着广东腔说道："你们都是我贵客中的贵客，必须好吃好喝好招待，再说了这点小钱儿算啥？洒洒水啦。"

说话间，门开了，一个二十来岁的小伙子走了进来，说："牛总，菜我都点好了。"牛大力大手一挥："走起！"小伙子毕恭毕敬地问："好，那我是等您，还是回去？""回去忙吧！""那您有事就 call 我。"小伙子说完走了。

马魁没听懂广东话，不解地问："靠你？"牛大力擎起大哥大包，解释说："就是给我打电话，洋词儿。""大力，他是谁？"汪新问。"我助理，来，咱们坐下唠。"说着，牛大力又朝向马魁，尊敬有加地说："马叔，您坐主位。""我可没钱，上不了这台面。”“又开玩笑。”说着，牛大力一把把马魁按在主座上。接着，他又对汪新说：“汪新，咱俩一左一右护着马叔。”

一番笑谈中，饭菜摆满桌。

牛大力擎着一瓶高档白酒说：“这事闹的，我特意备了一瓶好酒，你俩还不能喝。”“没办法，公事在身。”“可我不能不喝。”“都是自家人，没那些说道。”“那咱们就以茶代酒，这瓶酒给马叔拿回家喝。”

马魁见牛大力和汪新唠得火热，本不想插嘴，但他一听牛大力的话，没好气地说：“你可拉倒吧！我这嗓子眼儿不认得金贵东西，喝不进去。”“马叔总是这么幽默。”牛大力说着，给马魁和汪新倒茶。

“我自己倒。”汪新刚伸手就被牛大力推开：“老实坐着。”汪新笑了：“这动静都不一样了，真是底气十足。”

牛大力擎起茶杯说：“菜齐了酒满了，那咱就开席吧！多了不说少了不唠，热烈欢迎马叔和汪新来深圳。到了这儿就是到家了，推门进屋脱鞋上炕，咋地都行。小牛我没大本事，吃喝保证管到底。来，干杯！”“大力，你是不是没睡醒？我们都要走了，你这套嗑也不对路。”“这本来是你们下车迎宾宴的嗑，没想到你们急着办案，饭没吃成，我这套嗑也没用上。眼下你们要走了，我这送别嗑还没想好，只能拿这个先顶上了。”

马魁一听，没憋住扑哧一声笑了：“大力，你真是太可爱了，马叔是真喜欢你。”汪新也乐了：“不管啥嗑，是实心儿话就行。我说大力，你这嘴皮子练得挺溜，都跟蔡小年有一拼了。”“他那算啥？都是陈芝麻烂谷子的套嗑，我这嘴一张开就不重样。不信你叫他过来，我都能把他的嘴唠瓢了！好了，不瞎白话了，我先干为敬！”说完，他把茶一饮而尽。

马魁和汪新也把茶当酒，一口干了。

牛大力见状高兴坏了，他招呼道：“来，咱们开造，先把这佛跳墙整了。”

一番大吃大喝之后，牛大力问道：“菜味儿行不？”“那还说啥了。”汪新说着，瞄着马魁。

马魁看着牛大力说：“马叔我借大力的光喽。”“马叔，汪新，你们就是我的亲人，是我最亲的人，我都恨不得把心掏出来给你们看。”“大力，大伙都惦念着你。”“他们都挺好的？”“都好。”

牛大力犹豫了一会儿，问道：“对了，小姚有信了吗？”师徒俩沉默了，不知道怎么回答他。牛大力一看俩人的反应，顿时明白了。他苦笑着招呼马魁和汪新吃菜。

从饭店出来，师徒俩和牛大力告别。牛大力坚持要送他俩，被马魁拒绝了，牛大力只好一个人开车走了。马魁随手叫了一辆出租，让司机紧随其后。

汪新坐在出租车里说："我说您咋不让大力送咱们，看来您还是不信他。""打肿脸充胖子，他也不是头一回了。"马魁说道。"爸，大力的生意真做得不错。""你看着了？"马魁这一问，汪新顿时哑口无言。

牛大力在小巷子里一处老旧房子外停下车。只见他下了车，夹着大哥大包朝一家名为"摇啊摇商贸有限公司"走去。

牛大力进了屋，刚在一张破桌前坐下来，就看到马魁和汪新紧随而至。牛大力愣住了，那个助理小伙子站在一旁，不知该说什么才好。马魁一脸严肃地不说话，打量着屋内陈设……

牛大力站起身，望向助理吩咐："瞅啥呢？这是贵客，赶紧沏茶！沏好茶！"

马魁走到牛大力近前，语重心长地说："大力，我早就跟你说过做人得实诚，有就有，没有就没有，不能虚里冒套硬装能耐梗！这一照面，白白话话，吹吹嘘嘘，顶数你最能！可你瞅你待这屋，还商贸有限公司，还有助理，车是租的吧？那包里装的是砖头吧？那一桌子酒菜，是咬着后槽牙点的吧？大力，你这心就不慌吗？屁股不觉得扎？"

马魁的一番话，说得牛大力耳热，他和汪新在边上沉默着。

见牛大力低头不语，马魁继续说："大力，你能来接马叔能请马叔吃顿好的，这是一份厚情义，马叔谢谢你。不过马叔还是盼着你能踏踏实实地做人，踏踏实实地做事！"说完，他从怀里掏出钱包，又看了看汪新："你也掏点，这顿饭不能让大力一个人花钱，咱多少得给他回点本。"

牛大力刚要张口拒绝，又听马魁说："都明晃晃地摆在这儿了，还说啥？"

这时，只见房门像是被冲开了，七个人从门外拥了进来。其中一个人张口就问："牛总在吗？"其他人也说："我们找牛总，牛大力！"

牛大力刚要说话，马魁朝他一摆手，牛大力闭上了嘴。马魁望向来人问："你们都是干啥的？有事跟我说！"

有人问马魁："你是牛大力？""你们找牛大力干啥？他得罪你们了？我告诉你们，有仇有怨找警察处理，寻私仇打人可是犯法的！"马魁警告道。"别仗着人多就呜嗷喊叫的，我们可不怕你们！"汪新瞪着那帮人道。

七人中领头的那人一听，这误会大了，急忙解释说："这说哪儿去了，你们弄错了，我们都是做生意的。最近货源比较紧张，我们听杨总说，牛总这儿有货就赶紧过来签合同。"

听到这里，马魁和汪新顿时无语，牛大力急忙上前："我就是牛大力，杨总说得没错，我这儿确实有货。"领头的那人大步上前，握着牛大力的手说："牛总，货钱我们都带来了，只要货没问题，你有多少我们要多少，包了！"那人话音一落，其他人纷纷朝牛大力拥去，把他围了起来。

牛大力被人围着喊："都别着急，一个个来。"

马魁望着这个场面，满脸喜色。汪新伸着脖子对牛大力说："大力，你忙你的，我们先走了。"他扭头对马魁说："爸，咱走吧！"

马魁瞅了瞅汪新，又望着牛大力，高声喊道："大力，稳当点儿！"

"马叔，您就放心。"牛大力喊了一嗓子，又被人挤走了，"大家先不用掏钱，看完货再说。一堆嘴冲着我，我先跟谁说呀？都别堵着了，给我留道缝透口气。"

从大力的办公室出来，马魁和汪新满面笑容地走在深圳的街上，望着这日新月异的变化，心里有了希望和奔头。

秋天的傍晚，光晕变得异常柔软。

马魁正在厨房切肉，马燕回来了。已经三十四岁的她一进屋，就爽朗地问道："爸，您回来了，去深圳顺利吗？"

"还行。""您都连轴转了多少天了，赶紧歇歇，我来弄。"说着，马燕洗了把手，就上手夺菜刀。马魁躲过她要来拿刀的手："油渍麻花的，我都沾上手了，你把豆角择了。""行。"马燕一边择豆角，一边说："爸，我前些天碰上小温州了。""那小子，横着走了吧？""没，脚印儿溜直。他还紧着打听您，说想您了。""挂嘴上有啥用？虚里冒套的。""他是怕您不敢来。爸，您当年是怎么吓他的？都留下病根儿了。""你把他揪过来，我给他治治！"

马燕看着父亲，犹豫了一会儿："爸，我想跟您商量个事。是这样，店里不是雇了个人帮我打替班嘛，我这一算账一年得发出去不少工钱。要是我一个人干就能省下这些钱来。""蹬鼻子上脸。"一听闺女的话，马魁立刻沉下脸。

马燕见父亲变了脸，但她仍要不吐不快："爸，我的心已经不在班上了，就是逼我干也干不好。再说了，牛大力您也见着了，他干得多好。我这脑瓜不比他灵？""我就说在深圳，汪新咋把牛大力给叫来了，原来全是给我看的！""也不能这么说，他也想见您。""你别光瞅人家眼下的好就忘了他之前混成了啥样子，做生意今儿个站板凳上，明儿个说不定就一脚踩空掉下来，摔个骨断筋折！"

"爸，眼下形势越来越好，我相信只要我一心一意做买卖，坚持住，用不了几年我就能把小店开成大店。然后再开分店，一家一家开，早晚有一天这满大街上到处都是我的店。”马燕说起生意经，说起她的美好愿景，整个人都透着光亮。

见父亲不吭声，马燕上前抱住马魁的胳膊撒起娇来：“爸，您就放手让我去干吧！能不能听我的做一个听话的爸？您也上了年纪了，以后指着闺女，闺女赚钱，养您老不好吗？”

“你就是说破天也不好使！”马魁甩开马燕的手，走了出去。

父亲如此顽固不化、软硬不吃，马燕欲哭无泪，垂头丧气地回到了自己家里。

汪新坐在床上，一边泡脚一边看着她。

马燕坐在桌前，拿着笔：“我都是奔四十的人了，还做不了自个儿的主？想想都可气。”“哪有，明明才三十出头。”“你瞅我像三十多？”“没，也就十八。”“马屁都不会拍，拍过头了。”“主要是马性子太烈，平常不敢练手。”“你说谁？”汪新笑了，指了指脚盆说：“给我添点热水。”

马燕起身提起暖壶，来到汪新近前：“我就问你，你信不信我能把买卖干好？”“牛大力都行，你差啥？我坚决相信！”“那我今晚写好辞职报告，明天就去辞职！”“可是万一把咱爸气个好歹的，咋办？”“能够吗？”“他那气性有多大，你又不是不知道。”

想到父亲，马燕沉默了。汪新提醒她道：“倒水。”她给脚盆里添着热水。

汪新继续说道：“燕子，我觉得你还是再做做咱爸的工作，别为了这事再闹得你爷俩不痛快。”“我也不想惹他不高兴，你瞅瞅他，好说歹说他就是不答应。”“三顾茅庐才请出诸葛亮，你得有耐心。”汪新话音刚落，紧接着就是一声哀号：“哎哟，妈呀！烫死我了！”马燕慌了神，忙扔了保暖壶。

隔日，马燕去找父亲，见他坐在沙发上正在给皮鞋上油。马燕一边拿着笤帚扫地，一边说：“爸，您这鞋穿太久了，抽空去我店里给您换双新的。”“花那钱干啥？穿着舒服就行。”“等我这买卖做大了，包您天天穿新鞋。”“用不着，怕磨脚。”

马燕岔开话题说：“爸，我得多挣点钱，等您退休了带您出去旅游，国内游、国外游，想去哪儿游，就去哪儿游。”“我哪儿也不想去！”马魁瞄着闺女，知道她又要在自己面前耍心眼子。“那您想吃啥喝啥？我不得给您买呀？”“我啥也不想吃！”“这嗑没法唠了！”马燕拿着笤帚撮子进了厨房。“那就不唠，我跟你说了多少回了，你要是把铁饭碗折腾没了，就得饿死！”

听父亲这么说，马燕从厨房折回来。她走到马魁身后给他按摩肩膀说：“不是还有您呢！有我爹在，还能亏了我？”“那等我死了呢？”“净说晦气话，快呸呸呸！”“有这闲工夫，多琢磨琢磨生孩子，那才是正事！”“这不是不敢生嘛！”“怕啥？”“生孩子养孩子，不都得拿钱顶着？”“谁说的，咱家没钱照样把你和你弟弟养大了！”“我不是想养得更好嘛。”“你的意思是，我和你妈亏着你了？”“怎么会呢？别胡思乱想地冤枉人。”

马魁不想跟闺女再唠下去，他狠心说道：“马燕，我就一句话，你要是敢辞职，咱俩就当谁也不认识谁，这辈子没照过面！”“您舍得吗？”马燕说着，继续给父亲按摩，马魁气得推开闺女，提着皮鞋就走。

父女俩又一次闹得不欢而散。

马燕一到家直接冲进了卧室，躺着一动不动，一句话也不说。

汪新站在一旁哄着：“咱爸说的都是气话，你咋还当真了？”“气话也扎心。”“好了好了，先把饭吃了。”“吃不进去！”“那嚼两口，行吗？”

马燕蹬了汪新一脚说：“扯皮你最能耐！有本事你把咱爸拉到咱们小分队里来！”“你都不行，我能好使？这不是难为我？”“我不管，生意上你帮不上我的忙，家里事你必须得伸把手！要不我就不吃饭！”在父亲那里受了一肚子气，她得在汪新这里找补一下，连带着威胁上了汪新。

一听到老婆要绝食，汪新眼珠一转，顿时来了灵感，他如此这般地对马燕说了自己的想法，马燕一听，乐了。

晚上，马魁正在卫生间洗衣服，见汪新急匆匆地跑来，告诉他马燕突然病了。马魁有些不相信：“真病了？”汪新一脸担心地说：“还病得不轻！”“啥病？”“不吃不喝卧床不起，小脸儿煞白都抽抽了。”“那就饿着，我看她能挺几天。”

“都说虎毒不食子，看来这话也不准。”汪新察言观色地刺激马魁。“你们这把戏，也不是头一回玩了，好好演，让我看个过瘾！”马魁说着冷笑一声，拧干衣服，走出卫生间。

汪新也笑笑不语，对付老狐狸得使连环计。

马魁刚在卧室眯了一会儿，就听到儿子在客厅里紧张地呼叫：“爸，我姐真病了。”马魁穿着外衣从卧室里出来，望着已经十七岁的马健，只听儿子又说：“爸，姐好吓人，我跟她说话她一声不吭。”“就是不认人儿了呗？”“不知道认不认识，瞧着怪可怜的。爸，我姐她到底咋了？”“耍小性子。”“为啥事儿？”“少操没用的心。”“这是咱家的事，我就得管！”“这倒是句爷们话。”“爸，您快跟我讲讲。”

爷俩便开始唠起来，马魁将事情的原委告诉了儿子。爷俩越唠越投机，马魁看着面前的儿子，有种恍如隔世的感觉。

秋风凌乱，马魁和汪新走在街上。汪新观察着师傅的神色，然后说道："开了半天会，一丝线索都没有，可愁死人了。"马魁沉声说道："靠人不如靠己，有空咱们还是得多跑跑。"

汪新站住脚步，望着马魁，犹豫地说："对了，爸，我得给燕子买点药去。""啥药？""治厌食的。""她几顿没吃了？""两天了。爸，我去了。"

看着汪新离开，马魁冷笑连连。

马魁通过房门门镜，看到汪新搀着汪永革从家里走出来，他也打开门往外走。"爸。"汪新叫了一声。马魁没有理会他，而是直接跟汪永革打招呼："老汪，这是遛弯去？"汪永革笑着点点头。马魁问："我是谁？""老马，亲家。"马魁一听，笑得哈哈的。

汪新说："全家人我爸谁都能忘了，就忘不了您。""是我老马有福气。"

"爸，您这是去哪儿？""去朋友家串个门。"

汪新伸手欲关门，马魁阻止了："我关，你俩赶紧走吧！"

汪新笑了笑，有意抬高声音："爸，您一定要把门关严了，燕子在屋别进坏人！""我看你就是坏人！"汪新笑着搀着汪永革下了楼，望着他们的背影，马魁说："小心走路，慢着点儿。"马魁望向汪新家半掩的房门，琢磨片刻，推门走了进去。

马魁朝客厅的周围望了望，茶几上摆着几个苹果，有一个苹果咬过几口，牙印看上去挺新的。

卧室门半掩着，马魁推开门走了进去。一进卧室，马魁就看到闺女蒙着被子躺在床上。马魁伸手掀开被头，马燕的脸露了出来，只见她闭着眼睛，头发凌乱，面色煞白，看起来十分憔悴。

马魁冷眼瞅着说："这脸上抹粉了？"马燕闭眼不说话。"话都说不了了，嘴病吗？""没力气。"马燕虚弱地回了一句。"那也是自己作的！这戏还越演越长进了，接着演！"

马魁说完抬脚就走，他走到门口时，站住了，回头说："对了，你有件驼色毛衣在我那儿，还要不要了？""不要了，怕是穿不上了。""我看还挺新的。""到时候，收拾收拾，一块烧了吧！""什么玩意！"马魁气哼哼地走了。

马燕听见父亲关门出去的声音，不禁偷着乐了。

片刻，外面传来开门声，马燕睁开眼，用手抹了抹脸，下了床。

马燕哼着歌，从卧室走到客厅，她拿起茶几上之前啃了几口的苹果吃了起来。这时，卫生间里传来冲水声，她朝卫生间看去，叫了一声："汪新？"

卫生间门开了，马魁走了出来，马燕拿着苹果呆住了。

马魁看着闺女："本来想走，让尿给憋回来了。"马燕呆呆地看着父亲，说不出话来。"瞅我干啥？接着吃，可劲吃，吃完了我给你买，管够！"说罢，他顺手关上门走了出去。

被父亲当场戳穿，马燕气恼地把苹果往茶几上一扔，走进屋把自己蒙进被子里。

汪新的妙计前功尽弃。他坐在床上，气得直拍大腿："你说你，着急下地干啥？再等等多好！"马燕坐靠在床头说："我听见开门声和关门声，以为他走了，万万没想到啊！""你是你爸的亲闺女不？他那些弯弯绕绕，你都忘了？""主要是防不胜防。""这话没错，能跟他掰手腕的，也就得我。""那你赶紧想想，下一步咋办？"

见汪新迟疑，马燕继续说："你可是刚说过，你能跟他掰手腕的。""可是，掰上了，也不保证能赢。""我不管，说到就得做到，这事儿就靠你了，办不成，这笔账我记你一辈子。"马燕又威胁上了汪新，汪新一脸无奈地说："一来这动静，就是油锅，我也得跳呀！"马燕一听汪新的话，愁眉舒展。

日子如常，转眼又是新的一天。

马魁走进厨房，从水槽里拿起一条鱼，收拾起来。汪新走进来："爸，今晚炖鱼呀？""等炖好了，盛一盘回去，你爸最爱吃我炖的鱼了。""行，今晚有口福了。""过来啥事？""想跟您唠唠案子。""哪个案子？"

汪新没回答："您说这么多年过去了，老孟叔的闺女还能找到不？""不管能不能找到，都得找。""其实，我特心疼老孟叔，那么大岁数了，眼睛还瞎了，摸摸索索地把着火车盼闺女，盼了几十年了，可还是盼不着亮儿。"

"是个命苦的。"想到老瞎子，马魁也不禁叹气。"您说，要是哪天老孟叔找到闺女了，他得乐成啥样？""不好说，千般滋味吧！""但有一条是保准的，他闺女不管长成啥样，不管是干啥的，他都不会在乎的。"

听到这里，马魁算是听出味儿来了，扑通一声，他把鱼扔进水槽里。"爸，我说得没错吧？"汪新看着马魁，想着马燕的话，他怎么着也不能退缩。马魁看着汪新，一把抓起菜刀，汪新紧张起来，往后退了一步："干啥呀？""切葱花！""爸，我通过老孟叔找闺女这个事，想明白一个道理，人这辈子得知足，不能身在福中不知福。"

马魁神情冷峻地朝汪新挥起菜刀，汪新又往后退了一步："又要干啥？""剁鱼！”“鱼还用剁？”“对，多余！”说罢，马魁抓起鱼，手起刀落。

汪新斗不过马魁，只能借故狼狈地落荒而逃。他心情沮丧地来到马燕店里，摆弄着陈列的鞋子，对马燕说：“媳妇，我是真没招了，你就别逼我了！”

马燕站在收银台里没理他，对着账本敲着计算器。汪新可怜兮兮地看着马燕说：“他都跟我动刀了！我挨刀不怕，你咋整？”“我也不怕！”“我看还是等等再说。”“等我老得掉渣？我就是想不通，咱爸是警察，办案子得公平公正，在家那也得公平公正，不能仗着是长辈就说啥是啥！还是那句话，我们都这么大了，不能全听他的。”马燕气呼呼地说，把计算器敲得噼里啪啦响。

汪新沉默着，看他不说话，马燕问：“你咋没动静了？”“媳妇，你这话讲得好。”“哪句呀？”“又来招了！”说着，汪新就把自己从媳妇话中得到的新灵感，想到的新鲜招数，一一讲给媳妇听。

夫妻俩一合计，当晚就找上了马魁。

客厅里，汪新和马燕坐在沙发两头，等马魁走过来，马燕拍着中间座位：“爸，您坐。”马魁放眼瞧着说：“这是玩上左右夹攻的战术了？哼！我还怕你们不成！”说罢，他抱着膀子坐到沙发中间。汪新和马燕相视一笑。马魁瞥了他们一眼：“有招赶紧出，我候着呢！”说完，他闭上了眼睛。

“爸，您总教导我们，不管啥事都得讲个理字。”“有理走遍天下，没理寸步难行。”听着闺女、女婿一唱一和，马魁闭着眼睛说：“更不能没理辩三分！”

马燕正视着马魁说：“好，咱就辩辩理。这么说吧！您是警察，办案抓人得有凭有据，不能说抓谁就抓谁吧？”“废话！”“我看也是废话，咱爸是天下最公平公正的人。”汪新的马屁拍得响。

“爸，那您对外人一碗水端平，对家里人也得不偏不倚吧？”一听闺女说这话，马魁睁开眼瞄着马燕。“燕子的意思是说，有事儿得大家一块商量，不能一张嘴堵住所有嘴，不让人说话。”汪新补充说。

“爸，我觉得对于我辞职的事，咱们家应该公平公正地投票表决。”“投票好，这样才能让人心服口服！”“咱家人全算上总共五口，我代表辞职，爸您代表不辞职，另外三人举手投票表决。”

听着这两口子的算盘打得震天响，马魁仰头大笑。突然，马魁收住笑：“你们可真行，这招儿都能憋得出来！”“爸，您不会不敢吧？”马燕挑衅着问。汪新搂住马魁的肩膀说：“说啥呢？咱爸是冬瓜胆子？”

“少来这套！”马魁说着，推开汪新的手，站起身。马燕也紧跟着站了起来，说：“说不过就想跑呗？”汪新也站起来起哄：“又胡说，咱爸那可是钢筋铁骨的硬气人儿！”

汪新话音一落，马魁大手一挥：“行了，行了，激将法是不？不废话，我接了！”说完就大步离开。

夫妻俩见父亲这么痛快，窃喜的同时又总觉得有点不对味儿，却又琢磨不出来。

汪永革坐靠在床头，马燕给他捶腿，汪新给他按摩胳膊。汪新对马燕说：“咱爸答应得是真痛快，我还以为得费老劲了。”“那就是说，他心里压秤砣了。”“不应该呀！你这儿我一票，马健一票，对了，马健那儿保准吗？”“他敢不听我的，手拿把掐！”“那咱这儿不就板上钉钉了吗？咱爸哪来的底气呢？”“我也在琢磨。”

汪新望向汪永革说：“他不会朝这儿使劲吧？我爸在你爸面前可从来不糊涂。”“那也就是认个人儿，他能听明白投票的事？就算听明白了投给我爸，也就是一票。”“你爸是觉得我爸能投他，马健能投他，才拍了板的。”“放心，咱赢定了。”此时，马燕信心十足，放弃汪爸的票不管，自己的爱人和弟弟，都掌握在她手里。

这边的两口子在算计，另一边马魁正和儿子攀谈。马健坐在沙发上，为难地说：“爸，您这不是让我得罪我姐吗？”“得罪怕啥？你也是为了你姐好！”马魁坐在他旁边劝说着，见马健犹豫不决，一嗓子吼出：“臭小子，你啥意思？跟爹不一条心了？”

“哪能呢！只是爸，就算我投您，我姐夫肯定投我姐，我汪大爷听我姐夫的，那我这一票也没用。”“你就只管投我，其他的事儿不用你操心。”

马健一脸无奈了。

第二天，汪新搀着汪永革从楼门里刚走出来，就听到马魁在身后喊：“等等。”汪新问马魁：“爸，您这是去哪儿？”“出去溜达溜达。汪新，我自己溜达也没啥意思，干脆陪你爸走走。”“行，那咱们一块儿。”“汪新，你这一天天地忙工作，回到家还得照看你爸，太累了。这样，你回家歇着，我陪他。”“爸，我不累。”“不累，你就给我查案子去！”说着，马魁搀过汪永革，冲汪新说，“快回去陪陪燕子，我们老哥俩走喽！”

马魁搀着汪永革一边走一边说，汪永革似懂非懂，马魁说什么，他都把头点得像拨浪鼓似的。

“老汪，我都讲了一道了，你听明白了？”“明白。”“说一千道一万，拧成一句话，我是为孩子好，你也得为孩子好。”“那是。”

二人说着来到楼房旁的小公园，在长椅旁，马魁说：“走了半天了，来，咱俩歇歇腿儿。”

二人坐下身，马魁坐在汪永革左边：“老汪，咱俩先走个场。来，请老汪举手。”汪永革颤颤巍巍地举起右手。“我在这边，举左手！”

汪永革愣住了，陷入呆滞中。马魁想了想，站起来说：“算了，我还是坐这边。”说着，坐在汪永革右边：“咱再试一回哈，请老汪举手！”汪永革举起右手。“妥了。”

训练好汪永革，马魁胸有成竹地回家带上马健，一起去了汪永革家。

一家四口坐了下来，马燕坐在汪永革右边，指挥着马魁：“爸，您坐我对面。”“当面锣对面鼓？”“这样方便投票。”

马魁没听闺女的，他反过来指挥马燕：“你去那边坐。”“为啥？”“我就稀罕你这座，不行？”“坐哪儿不都一样？”马燕白了父亲一眼，起身坐在了之前马魁座位上。

马魁如愿坐在了汪永革右边，这时，汪新凑过来说：“我要挨着我爸坐。”“两口子中间，哪能隔个人儿？”汪新刚要坐，就被马魁拦住，他喊着马健，让他坐过来。

马燕懒得和父亲在座位上计较，看着汪新说：“就听咱爸的。”

四人坐好后，马燕进入正题：“爸，事已经说明白了，咱就不再啰唆了，开始举手投票表决吧？”“可以。”“爸，今天全家人都在场，咱可说好了，表决结果得算数。”“唾沫星子掉地上砸个坑！”“好，那就先从汪新开始，汪新你投谁？”

媳妇发问，汪新故意望着马魁：“爸，我是您徒弟，更是您女婿，我的选择必须是媳妇。”“懂了，你俩本来就是一伙的，废话就别说了。”“我就说，咱爸不是平常人，那眼睛是雪亮雪亮的。”汪新举起左手，冲媳妇使眼色。

马燕看着马健说：“下面，请马健投票。”马魁握着汪永革的右手，盯着马健，马健看看爸爸，又看看姐姐。马健犹豫着，眼前闪现姐姐把他喊到店里，给他试穿一双崭新的旅游鞋的情景。马魁看着儿子心不在焉，问道：“老儿子，你寻思啥呢？举手！”

马健一副生无可恋的样子，望着马燕说：“姐，我知道你疼我，可我出了这个门得回对面门里待着呀！”“这话啥意思？不爱待就走！”随着马魁一声吼，马健一闭眼，举起了右手。

小两口顿时惊呆了，马魁笑呵呵地说：“好儿子，晚上老爸带你下馆子去，想吃啥就吃啥。”

马燕反应过来，大为光火："马健你等着，看我咋收拾你！"马健默默地低下了头，马魁对他说："老儿子你不用怕，你姐就是过过嘴瘾，她舍不得。"

马燕被父亲掐住了命门，只听父亲接着说："一比一平局，开始最后一票。老汪，你投给谁？举手吧！"汪永革没反应，马魁轻轻地拍了拍汪永革的右手："老汪，亲家，老马我在这儿呢！"马魁说着，不动声色地往上托了托汪永革的右手。

汪永革缓缓抬起了右手，马魁一拍桌子："二比一，赢了！"

只见汪永革虽然抬起了右手，却挠起了头。"不对，他举手不是投票，是挠头。"原本沮丧的马燕，此时跳了起来。"对，挠头思考思考。"汪新紧随其后。

"思考个屁，这就是举手了！愿赌服输，认账吧！"

小两口无言以对，只见汪永革站起身，朝自己屋走去。走到屋门口，停住了，回身看着他们，又颤颤巍巍地举起左手，冲他们竖起大拇指："好儿子，好儿媳妇，好亲家，都挺好。"

马魁神气地坐在沙发上，汪新和马燕站在一旁，垂头丧气。马燕不满地说："爸，您不能说话不算数。""我都说了，是你爸那票不算数，他都离开座了。""可咱也没说，不能站起来投呀？汪新，你给作个证。""有一说一，确实没说。"汪新是铁杆，站在媳妇这边。

"那我不管，都是坐着投的，凭啥他站着？再说了，要是有投票箱你把票投外面了，能作数吗？""这不是没投票箱，咱就说开大会举手投票，站着投，坐着投，不都一样？""你就是说破天也没用，就是一比一打了个平手，这职不能辞！""行，那咱再投一回。"

"你当我哄你们玩？没那闲工夫！"说罢，马魁就要走。"爸，您就让我透口气吧！行吗？"马燕的情绪有些崩溃，她近乎哀求，眼中含泪。"你透气了，我得堵死！"说着，马魁走进卧室，关上了门。

马燕快步来到卧室门外，想要开门，发现门反锁了，她喊着："爸，您别锁门，话还没说完。"马燕伸手欲敲门，被汪新拦住："别敲了，敲也敲不开，走，回屋说。"

"我就不信，他一直不出来！"说完，马燕一屁股坐在沙发上。

汪新望向马燕，又望向屋门，沉默良久后说："爸，燕子是我媳妇，是我最亲的人，她想干的事只要是正事，我就会掏心掏肺地支持她。她高兴我就高兴，就算买卖没做成，她不后悔我就不后悔。我俩往后不管是大鱼大肉，还是吃糠咽菜，都是我们自己折腾出来的，我们都认。"

屋子里没响动，汪新继续说："爸，我知道您是怕燕子辞了职，往后买卖再没做好，她会受苦受穷。这些我都理解，做爹娘的都会有这个顾虑。可是您别忘了，她不是一个人，还有我在，我是她身后的山，我能管她饭，让她依靠。"

"就你那点工资，顶个屁用！"马魁吼道。"就算不够用，我少吃少喝，我勒紧裤腰带全给燕子花，我养她！养她一辈子！连下辈子也承包了，三生三世我都养着。"

见马魁没吱声，汪新又说："爸，其实我也有顾虑，可是看燕子这么坚持，我心软了。我就想这个时候，家里人要是不擎着她，那她还能指望谁呢？我心疼她，我得成全她。"

汪新的话把马燕感动得一塌糊涂，她哽咽着说："汪新你别说了，我不辞职了！"

正在这时，门开了，马魁走了出来，他盯着汪新："小嘴叭叭的，话撂得叮当响！""都是掏心话。"马魁伸手捶了捶汪新的胸口："这些话我可都记下了，说了不算，别怪我翻账本！""翻碎了，我再给您写上。"

马魁松口了，彻底放手了，汪新长舒一口气，马燕兴奋地朝父亲的背影喊了一句："爸，我谢谢您！"

汪新把马燕拉起来，马燕看着汪新破涕为笑。

内燃机车向前开着，姚玉玲闭着眼睛躺在软卧卧铺上。一阵吵闹声传来，更惹她心烦气躁。吵闹声从隔壁卧铺传来："你能不能别吃了，弄得满车厢都是味儿！熏死个人！""我也没吃你的，你吵吵啥？""你熏着我了！""那有啥办法？我也管不住味儿！"

一个乘务员从姚玉玲包厢门外走过，朝吵闹声走去。姚玉玲也坐了起来，随后跟着走了过去。乘务员站在包厢门口，姚玉玲也朝包厢里望去。

牛大力坐在下铺，他一手握着鸡大腿，一手拿着一根大葱。桌上摆着一饭盒泡面、一瓶白酒、两个酒杯，还有烧鸡、猪蹄、大蒜、大葱和大酱。牛大力的一个朋友坐在桌对面，他手里拿着猪蹄子，啃得正欢。

一个老干部模样的人靠在对面上铺，冲着牛大力梗着脖子说："你这人怎么不讲理呢？""是你多管闲事。""就是，你管天管地还管得了我吃啥喝啥、拉屎放屁吗？"牛大力的朋友跟着附和。

"满嘴粗话，就你们这种人怎么能坐软卧？"老干部一副干部做派，鄙视地望着他们说。这话刺激到了牛大力，他恼了："你这话就过分了，我们是哪种人？你得给我说清楚！”牛大力的朋友也说：“不说清楚，信不信我揍你！”

“大家都别吵了，有话咱们好好说。”乘务员介入，制止他们继续争吵。

“乘务员同志你来得正好，这俩人一上车就连吃带喝，吵吵巴火的，吵得我睡不着觉。”老干部委屈地说。

牛大力怒视着老干部说：“这大白天的你上车就睡觉，还不让别人说话了？是什么道理？”“你们吃的这些东西，味太大，呛鼻子。”“这都是家常便饭，你没吃过？”牛大力的朋友望着乘务员说：“他就是找事，一上车就斜着眼睛看我们，满脸的瞧不起。跟他来个笑脸吧，他理都不理还把头扭过去了！”

老干部满脸不屑地说：“那我还非得回个笑脸不可吗？”“这么说吧！你要是好好说话，我们可以小点动静，也可以捂着嘴吃喝，咱们可以商量着来，可是你张嘴就是雷烟火炮，这谁忍得了！”

见他们互相指责，谁也不让谁。乘务员说：“大家静一静，听我说一句。这出门在外，得互相理解。这两位同志你们可以吃饭，但是不能太吵闹，毕竟这周围还有很多同志需要休息。另外上铺的这位老同志，您说他们吃的东西呛鼻子，我看了一下他们吃的、喝的，确实都是我们常吃的东西。再说他们也不会一直吃，等吃饱了就没味了，您也多理解理解。”

老干部模样的人不服气地说：“我就不明白了，这软卧是谁都能坐的？他们有单位吗？有享受软卧条件的证件或者介绍信吗？”“我啥都没有，可我就坐这儿了！”牛大力理直气壮。“那就该把你们赶出去！”“赶我？谁敢？我真金白银买的票！”“有钱就能买到软卧票？怎么能这么干呢？干了个体户，一夜暴富就不知道自己姓什么了，这还了得？”

乘务员语重心长地对老干部说：“这位老同志您听我说，列车软卧管理出了新规定，车站、列车凭旅客的身份证，外籍旅客凭护照，港澳台旅客凭回乡证，发售软卧票。”

乘务员的话音刚落，就听老干部模样的人说道：“这规定说改就改，成何体统！这种人进来了，还怎么保证我的安全！”“我警告你，你要再说这话，我这鸡屁股就塞你嘴里去！”老干部的话，让牛大力大为光火，他拿着鸡指着老干部。

姚玉玲抱着胳膊看着，扑哧一声笑出来，牛大力扭头望去，见到姚玉玲的同时以为自己在梦中。

软卧车厢外，姚玉玲打量着牛大力：“看样子，这是发达了？”“还行吧！想吃啥吃啥想喝啥喝啥，不用精打细算了。”“不错。”“你也挺好的？”“你看呢？”他问，她反问。照她的模样做派看来，是过上天堂般的日子了。牛大力无法形容自己的心情，迟疑地问道："结婚了？"

姚玉玲笑着说："儿子都上小学了，你呢？""一人吃饱，全家不饿。""就你这条件，应该不缺人儿。""一堆大姑娘成天围着我转，都看花眼了。""奔四十的人了，该成个家了。""男人四十一朵花，正是好时候，等玩两年再说。""也是。"唠着唠着，两个人莫名陷入了沉默，过了许久，姚玉玲说："走，咱们回去吧！"

牛大力站着不动，姚玉玲看着他，牛大力闷声问道："他对你挺好的？""心里装的都是我。""他是干哪行的？""怎么问起这个来了？""我就是想看看啥样人能占了你的心。""这都是多少年前的事了。"姚玉玲欲走。

"你离开那年，是不是奔他去的？"那个人，在牛大力心中呼之欲出。

"人得信缘分。"和贾金龙在一起，姚玉玲归于缘分。姚玉玲的话让牛大力印证了自己原来的猜想："那就是了。""现在，提起那些事来，还有意思吗？""我就是不想糊涂着。""我一直记得你对我的好，真的。"说完，姚玉玲径直走进车厢。

为什么每一次都是她先一步离去？这个问题牛大力一直在问自己。但这一次，他没有悲恸，也没有流泪……

第二十八章

火车行驶着，车厢里的厕所门开了，老瞎子从里面走了出来。一个十岁左右的小男孩，啃着馒头走来，撞到了老瞎子。老瞎子一把抱住他，小男孩迟愣片刻，对老瞎子说道："对不起。"老瞎子没松手，用他的鼻子嗅着小男孩身上的味道。

小男孩把手里的馒头递给老瞎子，说："你是不是饿了，给你吃。"老瞎子接过馒头，小男孩走进厕所，关上门。老瞎子嗅着馒头，小胡走了过来："叔，您要上厕所？"老瞎子没说话，他用颤抖的手指向厕所。小胡一开始没明白，直到小男孩从厕所走出来，他才恍然大悟。

小胡假装查座跟着小男孩向前走，小男孩走到刘桂英身旁，挨着过道处坐下身。小胡从刘桂英身旁走过，转身望着刘桂英：只见她看起来有四五十岁，戴着口罩，头上裹着绿围巾。小胡记下了刘桂英的特征，然后走了。

不一会儿，汪新戴着厚棉帽，围着围脖，围脖挡着他的脸。他装作找座位的乘客从刘桂英身边走过，并暗中观察着。他走到不远处，站住身，转身望向刘桂英，琢磨片刻，又朝刘桂英走去。

汪新走到刘桂英座位近前，对小男孩说："这车也太挤了，一个空座都没有。小朋友，给叔叔搭个边儿，让叔叔歇歇腿。"小男孩望向刘桂英，刘桂英不说话。"好事不白做，叔叔这儿有好东西。"汪新说着，从兜里掏出一瓶强力荔枝饮料，递给小男孩。小男孩望着饮料，又望向刘桂英。刘桂英朝里面挪了挪，小男孩也朝里面挪了挪。

汪新挨着小男孩坐下身，敲着腿说："这腿都快站瘸了，累死了。"小男孩望着饮料，打不开盖儿。“来，叔叔帮你打开。”汪新打开饮料，递给小男孩。小男孩接过饮料，喝了一口，笑着说：“真甜呀！”汪新笑着说：“小馋猫，多大了？”

“十岁。”小男孩脆生生地说道。“这是出去玩呢？”汪新看着小男孩问。小男孩喝着饮料，说：“回家。”

一直不说话的刘桂英突然瞪了小男孩一眼，小男孩不吭声了，低头喝起饮料来。刘桂英的举动让汪新察觉到了，他仍然笑着对小男孩说：“你别光顾着自己喝，给你妈妈尝尝。”

听了汪新的话，小男孩将饮料举起来说：“妈，你喝。”刘桂英看着小男孩说：“妈不渴。”汪新进一步说道：“你妈是舍不得喝，孔融让梨的故事，你听过吧？想做好孩子，有好吃的，不能自己都吃了，得给长辈尝尝。”“妈，你就喝一口。”小男孩缠着刘桂英说。

刘桂英犹豫片刻，她提起口罩，露出嘴，喝了一口饮料，她的下巴处很干净，没有黑斑。汪新望着刘桂英，心里不禁犯起嘀咕。刘桂英拉下口罩挡住嘴，把饮料递给小男孩，小男孩接过饮料，继续喝了起来。

内燃机车宿营车内，马魁和老瞎子坐在桌前，马魁闻着馒头。

老瞎子嘴里轻声地说：“就是这个味儿，就是这个味儿，可不能让她再跑了。”“别急，我们已经盯住她了。”马魁安抚老瞎子道。

这时，汪新快步走了进来。马魁立即问他：“怎么样，是她吗？”“她下巴上没黑斑。”汪新没有直接回答马魁的问话，而是说出了自己的疑惑。马魁沉默了一会儿，继续问道：“那长相呢？”汪新无奈地说：“她不肯摘口罩，没看见脸。”马魁不语，汪新像想起了什么，说道：“对了，听那孩子的语气，应该是她儿子。”

“弄不好也是拐来的，不管咋说，这个味儿，错不了，一定是她！你们赶紧把她抓起来！”老瞎子激动起来。马魁问汪新：“谁在那儿呢？”汪新回答道：“我叫小胡盯着呢！”

老瞎子见马魁和汪新没动静，似乎对他们失去了信心：“算了，用不着你们了，我自己去！”说着，他站起身来。马魁也赶紧站起来，拦着他说：“老哥，你不能去！”老瞎子着急地说：“可你们再不抓她，她就又跑了！”马魁语重心长地说：“你听我说，抓人得讲证据，要不，抓了也是白抓，弄不好，还会打草惊蛇。这样，你把她交给我们，要真是那个人贩子，我们一定会抓住她！”

老瞎子无奈地一屁股坐下，他轻声地说：“这可能是最后一次机会了，不能再让她跑了呀！”

火车停靠在北岭车站，乘客们纷纷下车。

刘桂英领着小男孩下了车，朝出站口走去。马魁和汪新也下了车，在后面紧跟着。刘桂英和小男孩走进麦香面食店，马魁和汪新站住身，麦香面食店不远处，是回味面食店。马魁交代汪新盯着麦香面食店，他则朝回味面食店走去。

马魁一进店里，店主就招呼起来：“早了不如巧了，刚出锅的大馒头，来几个？”“你这馒头好吃吗？”马魁指着馒头问。店主笑着说：“不好吃不要钱。”

“这话讲大了吧？”马魁假装不相信地说道。“不信你尝尝。”店主说着，就撕了一块馒头，递给马魁。

马魁尝了一口馒头：“嗯，还不错。”店主有些得意地说：“卖个馒头，还能骗你？”“可货比三家，我再去前面那家看看。”说着，马魁假装要走。店主一看，急忙说道：“你说的是麦香面食吧？她家的馒头，除了碱大点，跟我这不能比。”

“这话就又伤和气了吧？”马魁看着店主说。“不信的话，你出去打听打听，我家店在这条街上开了十来年了，她家才开三年。算起来我这也是老字号了。”马魁随口问道：“他们是外地人？”店主说：“不知道从哪儿来的。”“那你知道他们以前是干什么的？”马魁漫不经心地问。店主看着马魁说：“不清楚，他们来了，就开了那家店。”

“刚才，我看见一个女人领着一个小男孩进了那家店，是那个女人开的店吧？”马魁继续问道。店主耐心地说：“谁知道谁开的，她闺女管着。”“那小男孩是她什么人？”马魁进一步问道。

“她儿子。不是，你到底买不买馒头？”店主反应过来，有点不耐烦地问马魁。马魁立马笑着说：“听你这么一说，我还能不在你家买吗？给我来六个大馒头。”“这就对了嘛。”店主笑着拿了六个馒头递给马魁。

马魁接过馒头，付完钱走出了回味面食店，直奔北岭刑警大队。

北岭市冬季的傍晚，寒意加深。

汪新站在不远处，目不转睛地盯着麦香面食店。马魁和一个便衣刑警快步走了过来：“怎么样，人还在吗？”汪新搓着手说：“一直没出过门。”马魁给汪新和冯永庆相互做了介绍，冯永庆说：“您好，汪新同志，我们已经查过了，你们要找的这个女人，没有留下任何个人资料。这个店，是用她女儿名字注册的，她女儿名叫朱月珍，老家在三道沟村。”

汪新问冯永庆，这儿离三道沟远不远，冯永庆说得有一百多里路。汪新建议赶紧去，冯永庆看了看天说，马上就要天黑了，让他俩歇一宿明天一早再去。汪新征求马魁的意见，得到了马魁的赞同。他还叮嘱冯永庆派人盯着麦香面食店，冯永庆立即响应。

一切安排妥当之后，他们一行三人披星戴月开车前往三道沟村。

深夜，三人到了三道沟村村长家。一番介绍之后，村长坐在桌前，抽着烟袋锅。马魁、汪新和冯永庆坐在一旁。

村长对马魁说："刘桂英年轻的时候就东奔西走的，不咋着家，大家对她不是很了解，也不知道她在外面忙活啥。但看得出来，她不缺钱，还挺富裕的。她男人老实巴交，在家务农，看孩子。刘桂英做面食有一手，蒸的馒头不光碱味大，还有股说不出来的味道。她一蒸馒头，左邻右舍就都追着味来了。"

"她男人在哪儿？"汪新问。"三年前就死了，刘桂英就带着闺女和儿子走了，至于去了哪儿，我不清楚。"村长抽着烟说。"刘桂英的下巴上，是不是有块黑斑？"马魁问村长。"没有，挺干净的一个人。"村长看着马魁说。

三人听完村长的话，沉默了。

沉默片刻，汪新继续问村长："她有照片吗？"村长磕了下烟袋说："她亲戚在村里，等我问问。"村长说着，站起身来去问刘桂英亲戚去了。

半晌的工夫，村长回来将一张泛黄的老照片递给汪新，汪新拿着放大镜，这张标明拍摄日期为一九八〇年五月的老照片上是刘桂英和一群亲戚的合影。坐在一旁的马魁问汪新："是她吗？"

汪新抬起头："除了下巴上没长斑，长相跟我记得的差不多。可是毕竟都过了这么多年了，我也不敢确定。"马魁沉默着，汪新接着说："咱们可以让那些受害人帮着掌掌眼，还有那个开包子铺的！"

马魁望向当地刑警冯永庆，冯永庆点了点头。

三人谋定而动，连夜直奔麦香面食店。

麦香面食店外，一堆人围观。汪新和冯永庆押着刘桂英从面食店里走了出来。

刘桂英挣扎着喊："你们要干啥？凭啥抓我？"汪新厉声道："你自己清楚！""我就是开面食店的，惹着谁了？"刘桂英问道。"你拐卖的人都已经看到你的照片了，他们都认得你这张脸！"汪新对她说。刘桂英还想装糊涂："你在说啥？我听不明白。"汪新直视着刘桂英说："别以为你在下巴上弄了块假斑，就能逃得掉！"刘桂英还想垂死挣扎，她扭着脸说："啥斑？我哪儿有斑？你们一定是认错人了！"

“不会错的，因为你已经刻在他们心里了，是他们一辈子的噩梦！”在一旁的马魁厉声说道。刘桂英一时语塞，顿时像泄了气的皮球——蔫了。

刘桂英被带上了内燃机车餐车。餐车内，刘桂英戴着手铐，老瞎子站在她近前闻着。“你要干啥，离我远点！”刘桂英躲着老瞎子，怒道。“就是这个味儿，没错，就是你！”老瞎子露出了笑容。

刘桂英惊恐地望着老瞎子，只见老瞎子突然伸出双手，一把掐住她的脖子，大喊大叫：“你把我闺女弄哪儿去了！你说！你说！”马魁和汪新赶紧上前拉开老瞎子。“叔，您可以问她，但不能伸手。”汪新说。老瞎子喘着说：“一九六三年秋天，十月十一日，宁阳火车站站台上，我闺女两岁，马尾辫，扎红头绳，穿粉裙子，你记得吗？”

刘桂英沉默着，马魁气得厉声道：“你说话呀！你说话！”刘桂英瞪着马魁说：“你别催呀，越催我越想不起来了。”

老瞎子嘴唇哆嗦着说：“想不起来？是你拐卖的孩子太多了，你不是人，你是鬼！是恶鬼！”马魁望着气得浑身发抖的老瞎子，汪新严肃地对刘桂英说：“刘桂英，你好好想想，他说的那个孩子，是不是你拐走的。我告诉你，现在你只有一条路可走，就是坦白交代！”

沉默良久的刘桂英突然说道：“我记得那个孩子。”老瞎子一听，迫不及待地问道：“你把她拐哪儿去了？她现在在哪儿？”刘桂英淡定地说：“出站的时候，我感觉被警察盯上了，就把那孩子扔火车站了。”“扔火车站了？”老瞎子质疑道。“对，我没拐走她。”刘桂英坚定地说。“不可能，我找遍了整个火车站，都没找到她！你在说谎！”老瞎子歇斯底里地说。刘桂英补充说道：“我记得，是把她扔在一个破仓库里了。”

听完刘桂英的话，老瞎子沉默着，突然，他的身子晃了晃，腿一软，坐在了地上。汪新见状赶紧上前搀扶他，马魁也一脸难过地望着眼前这个几十年如一日奔波在火车上找寻闺女的老瞎子。

人口拐卖案件算是告一段落，师徒俩一边走一边唠着。

汪新深有感触地说：“总算把这只老狐狸逮住了，顺藤摸瓜，就能揪出一堆人贩子来，把他们一网打尽！太痛快了，多少年了，我终于出了这口恶气！”马魁沉默不语，汪新没注意到马魁的情绪，继续说道：“但愿能借着这个好势头，把剩下那两个大案也破了，那咱这辈子，可就值当了。”

马魁依旧不语，汪新这才扭头看了一眼马魁，见他一脸心事重重的样子。于是试探道：“爸，您这段日子到底怎么了？”马魁头都没抬地问汪新，他哪儿不对吗？汪新笑着说马魁有心事，马魁嗤之以鼻地说是有心事，因为老琢磨他。汪新告诉马魁，他们爷俩都多少年了，瞒不住他的。马魁不屑地说，汪新弄得自己好像挺能耐一样。说完，他大踏步朝前走，汪新讪笑着紧随其后。

时间飞逝，转眼到了一九九六年春节。

铁路大院里，各家各户都贴上了春联，一对对红灯笼随风飘摆着……小孩们在燃放鞭炮和烟花……

汪新和汪永革坐在桌前包着饺子。外面传来隐隐的鞭炮声，电视在播放春晚小品《过河》……

马燕抱着一摞衣服，提着一双新鞋，从里屋走了出来说："爸，这是我和汪新给您准备的新衣服、新裤子、新鞋、新袜子，您一会儿试试。"汪新望着媳妇问："你爸的呢？"马燕笑着说："都准备好了。""我有衣裳。"汪永革没抬头地说。"那不是旧的吗？明天您去拜年得穿新衣裳。"马燕朗声说道。

汪永革看看手里的饺子皮，有些茫然："拜……年？汪新，今天啥日子？"汪新对父亲说："爸，您过迷糊了，今天年三十，明天大年初一。""哦……过年了，过年好……"汪永革不停地念叨着。"爸你……没事儿吧？"见父亲突然这样，汪新有些担心。

汪永革停下包饺子的手，突然对马燕说："没事儿，没事儿，过年了……好，燕子你赶紧回家吧。"马燕被汪永革的话说愣住了："爸，我是您儿媳妇，我得在这儿过年。"汪永革先是一愣，然后絮叨着说："你是我儿媳妇了？哦，对，对……"汪永革继续包饺子，似乎想着什么。

汪新和马燕相互对视了一眼，两人都不禁忧心起汪永革的精神状态。突然，汪永革像是想起了什么，对汪新说："老马呢？叫老马过来吃饺子。"汪新一愣，让马燕去叫她爸过来一起吃饺子。马燕高兴地进屋，把给父亲和弟弟的新衣服抱着往马魁家走去。

马魁有些不高兴，正和已年满十八岁的马健在外屋桌前包饺子。马健见马魁脸色不好看也不说话，劝父亲大过年的喜庆点儿。还说家里是得有个女人，要不没个家样。马魁包着饺子问儿子是不是搞对象了。

还没有等到马健搭话，马燕就抱着几件叠好的衣服走了进来。马魁见闺女进来，有些不悦地问，不在公公家待着，瞎跑啥。马燕见父亲满脸不高兴，赶紧说给他俩送过年的新衣裳了。她还打趣地说，马魁就是偏心眼，咋不问问她的新衣服呢。

马魁不言语，放下手中的饺子，擦了擦手进自己屋了。马健立即对马燕说："咱爸生气了。"马燕说："我就是开了个玩笑，应该不会生气。"马健说："姐，你不是说咱爸是老小孩吗？"马燕一听也是，弄不好真是生气了，她准备上马魁那屋去看看。没想到马魁抱着一摞衣服走了过来，塞给了她。

马燕惊喜地发现，是父亲为自己准备的新衣服。马魁看着闺女说，他知道马燕不舍得给自己花钱，不管她相中不相中，他都给她准备好了，明天一定要穿上！

他从兜里掏出两个红包，分别递给自己的儿女一人一个。

姐弟俩说都多大了，都不好意思要，马魁眼中满是慈爱地对一双儿女说，不管多大，在老爸眼里，他们都是孩子，少废话，赶紧拿着！姐弟俩接过父亲给的压岁钱，笑得嘎嘎响。

马燕把汪永革请父亲和弟弟去家里吃饺子的事儿说了，马魁不但没答应，反倒让汪永革一家来马家。马燕为难地说，这样是否不合规矩，马魁说一家人哪来啥规矩，让马燕只管去叫，看他俩谁敢支棱毛儿！

马燕笑着调皮地说："谁也不敢，您最厉害！"说完转身出了门，去叫汪新父子了。马魁眼含笑意地继续包着饺子，窗外的鞭炮声更响亮了……

大年初一一大早，汪新就被马魁急促的敲门声惊醒。

汪新披上衣服刚打开门，马魁就说："宁阳通往哈城的火车上出现了毒贩，毒品是运往哈城的，咱俩得立刻赶过去！"汪新急忙一边往里屋走，一边说："好，我跟燕子说一声，马上出来！"

熹微晨光中，师徒俩急速奔往宁阳火车站。

火车行驶着，车窗上贴着福字，车棚上悬着彩纸花，一派过节的气氛。

餐车内，马魁、汪新、列车长老陆、副车长蔡小年、乘警小胡等吃着饺子聊天。汪新正闷头吃着，蔡小年问他餐车上的饺子是不是好吃。汪新跟蔡小年说跟家里包的不是一个味儿。蔡小年问他那是啥味儿，汪新打趣地说，怎么说呢，就是别人家的饭菜最香。老陆笑了，对汪新说那就多吃点儿。

马魁望着老陆，感慨地说大过年的还得跑车，真的不容易。老陆说，你们不也一样。老哥俩相互怜惜着，说着暖心的话。最后马魁举起饺子对大家说借着这饺子，祝大家在新的一年里，都顺顺利利的。马魁说完一口吞了饺子。

蔡小年举着饺子说："我祝大家一帆风顺，两全其美，三阳开泰，四季平安，五福临门，六六大顺，七星高照，八方来财，九九同心，十全十美。最后，祝大家新春佳节，万事如意！"

蔡小年一口气说完，马魁一拍桌子说他讲得好，自从小年当了副车长，这嘴更溜了，干了！马魁夹起一个饺子，汪新等众人都笑了，纷纷夹起饺子，碰在了一起……

广播里播放着春晚小品《三鞭子》……

车厢内乘客不多，有的躺在座椅上，用杂志蒙着头睡觉；有的聚在一起，擎着啤酒互相拜年；一个男青年头戴耳机听着随身听；一个中年人埋头吃着碗装泡面；一个女青年对着小镜子在化妆……

马魁从厕所里出来，往餐车走。他走着走着，被绊了一脚。他低头一看，一双破棉鞋，从座位底下伸了出来。马魁蹲下身望去，只见老瞎子躺在座椅下正熟睡着。

马魁叫醒老瞎子，俩人一起来到餐车坐下。马魁把一个饭盒放到桌上，又从兜里掏出半瓶酒和酒盅，问老瞎子："老哥，人贩子已经抓着了，你咋还在车上？"

老瞎子感慨地说："在这儿待了小三十年了，下了车我找不着北，还是在这儿踏实。"马魁看着老瞎子，心里莫名地有些伤感："过年了，车上人不多，有空座，不用躺地上了。"老瞎子笑了笑说："没花钱能坐上车，就已经占便宜了，不能蹬鼻子上脸。"

马魁没说话，他倒了一盅酒。老瞎子鼻子灵，说道："高粱烧。"马魁抓起他的手，把筷子塞进老瞎子手里，又拿着老瞎子的手摸寻着说："这是饺子，这是酒，赶紧趁热吃。"老瞎子抬起头："咋想起我来了？"马魁笑道："绊了一脚呗！"老瞎子也笑了："看来，躺地上就对了。"

老瞎子夹起一个饺子，闷头吃了起来。"饺子就酒，越喝越有，来，喝一口。"马魁说着把酒盅递给老瞎子。"你能喝？"老瞎子接过酒盅问。"我还有事，不能喝。"马魁说道。"看来，你不如我自在。"老瞎子说着，刚要喝酒，就听马魁说："老哥，老哥，给你拜个年，祝你……健健康康的。""你该祝我早一天能找到我闺女。"老瞎子说着，把酒喝了。

马魁望着老瞎子，良久："我答应你，一定会把她送回到你身边来。"老瞎子知足地说："你就不用安慰我了，大过年的能来看看我，还好吃好喝供着，我都不知道该咋谢你了。"马魁动容地说："我说的都是大实话，也是心里话。"老瞎子放下酒盅，问道："你真能找到我闺女？""你要相信我。"马魁给他满上酒，"快吃，一会儿该凉了。"

老瞎子轻声地说："我闺女又长一岁了，她也在吃饺子吧，吃饺子好啊，吃完了就团团圆圆喽……”老瞎子说完，继续吃了起来。

马魁望着老瞎子，心酸不已……

火车朝前驶去，驶过冬雪覆盖的大地……

火车开始减速，即将路过小站。马魁站在窗前，他抱着一个大塑料包，朝外望着。火车缓慢开过，站台上，傻二不见了。马魁望着站台若有所思，他缓缓拉上车窗……

师徒俩风尘仆仆地赶至哈城，在哈城刑警大队办公室刚落座，就听当地刑警郭队长说道：“毒贩子抓住了，刚审了没五分钟，突然倒地上就起不来了，翻白眼吐白沫。”

“装的吧？”汪新随口说道。郭队长说：“查过了，确实有病……是癫痫。”汪新不解地问：“癫痫？”郭队长解释说：“也就是羊角风。”“现在人呢？”一旁的马魁问道。

郭队长告诉他们人已经送人民医院了，并且也派人守着。马魁问大夫说什么时候能醒来，郭队长告诉他拿不准。汪新提议去医院看看，被郭队长拦下说，病人经不起吓唬，如果病情加重就更不好办了。汪新又问之前都审出啥了，郭队长说就交代了他的上家是本地的，其他还没有准确的线索，他们也不敢轻举妄动，怕打草惊蛇。

汪新点点头说：“这个事儿，让我想起当年的包家顺，就是被灭口了。”马魁赞同汪新的话，他看着郭队长叮嘱说：“这回咱可一定得守好了，不能出岔子。”郭队长让马魁和汪新放心多待两天，等他给他们消息。

师徒俩离开刑警队，鞭炮声不断传来，一步一滑地走在哈城的大街上。

马魁边走边说，看来这个年，他俩要在哈城过了。汪新打趣地说：“有我陪着，在哪儿过不是过啊！”马魁说：“有你陪有啥用，你又不会给我做好吃的。”汪新笑着说：“我不会做还不会买啊！”马魁就等着汪新这句话呢，他立马报上菜名和酒名，让汪新找个像样的馆子。汪新一听，问马魁这么多菜能吃完吗。马魁说吃不吃得完是他的事，有没有吃的是他汪新的事儿。

师徒俩一路笑唠着行走在空旷的街上，踅摸着街边饭馆。

无巧不成书，贾金龙拎着大包小包的年货，从一家店走出，抬眼瞧见俩人，立即热情地打招呼：“老弟，马叔，好久不见。”马魁见是贾金龙，有些意外地说：“好久不见啊，小贾，真没想到大马路上都能撞见。”贾金龙笑着说：“这得亏街上没人，你们怎么来了？”

汪新告诉贾金龙，他们在哈城有个案子。贾金龙问汪新为啥来了不跟他打个招呼。汪新说，大过年的，怕麻烦他。哥俩唠着客气话，马魁一直没说话。

这时，一个女人开着大吉普停在三人面前，她摇下车窗，对贾金龙抱怨说，车停得太远。看到马魁和汪新时，她瞬间愣住了。

姚玉玲烫着波浪卷，穿着貂皮大衣，戴着墨镜。她摘下墨镜的刹那，汪新吃惊得说不出话来。汪新疑惑地望向贾金龙，贾金龙有些尴尬地对汪新说："这是你嫂子。"

三人上了贾金龙的车，马魁和汪新坐在后座，贾金龙开车，姚玉玲坐在副驾驶座上。姚玉玲从车内后视镜看了汪新一眼，汪新埋怨贾金龙，他俩结婚的事对他都藏着掖着。姚玉玲看着贾金龙，告诉汪新是她不让告诉的。

汪新问他俩啥时候认识的。贾金龙说，去工人大院找他俩时，认识了姚玉玲。俩人看对眼，处了一段时间后，就结婚了。

马魁问他俩有没有孩子，姚玉玲语气中透着显摆地说，孩子都上学了，特闹腾，根本管不住。

马魁笑而不语，轻轻地摸了摸鼻子，不经意地通过后视镜扫了一眼前排的俩人。马魁语重心长地说："小姚，其实这事儿，你没必要隐瞒，说出来大家也都会为你高兴的。"姚玉玲说怕别人误会，不想让人在背后说三道四。

马魁认同地说，他能理解。贾金龙见得到了马魁的认同，高兴地说以前是邻居，现在亲上加亲是一家人。

车往前开着，过了一会儿，马魁突然说他刚想起点事儿，要去一趟刑警大队。贾金龙看了看表，对马魁说应该下班了吧。马魁说这人上了岁数记性不好，有个材料让他去取却给忘了。他拜托贾金龙跑一趟。汪新有些诧异地看着马魁，贾金龙一口答应。

四人到了刑警队，马魁一人下了车。吉普车内，汪新、姚玉玲和贾金龙等候着，贾金龙不时地透过车窗望向刑警队，对汪新说："你们可真够忙的，大过年的都不歇。"

汪新无奈地说："没办法，干的就是这活，吃的就是这口饭。"姚玉玲望着汪新，说："汪新，你们这回赶着过年来的，都把老家的年味带来了，我看到你们，感到特别地亲切。你们可得多待几天。"汪新笑着说："就看工作顺利不顺利吧！"

说话间，马魁折回来了，他拉开车门，坐进车内。贾金龙问马魁："马叔，事办妥了？"马魁叹了口气说："让你说准了，他们下班都回家过年了，白跑一趟啊！"

贾金龙笑了笑说："老弟，马叔，晚上想吃啥？我做东。""这大过年的，就不麻烦你了，我俩随便找个地儿，对付一口就成。"马魁婉拒说。"马叔，你这么说就是不把我当自己人。这事儿包我身上，咱们一块过个年，好好喝两口，热闹热闹。"马魁随口说道："既然小贾这么热情，那咱就客随主便。"

见马魁松口了，贾金龙对姚玉玲说："咱们一会儿就到，玉玲，你马上给安排一下。"姚玉玲从包里掏出大哥大拨打电话，贾金龙启动吉普车朝前驶去。

吉普车在玲玲歌舞厅外停下，四人从车上下来，朝歌舞厅走去。门口的服务生见到贾金龙和姚玉玲都礼貌地叫他俩"贾哥、玲姐"。

贾金龙对马魁和汪新说："自己家的小买卖，平日里招待个朋友啥的，图个方便。""小贾，小姚，你们这买卖做得不小啊。"马魁扫视四周，惊叹连连。"自家的小生意，马叔，汪新，以后就把这儿当家。"姚玉玲热情地说。

汪新欲言又止，他看向马魁，一脸为难："爸，我俩这身份……进这地方，怕不合适。"见汪新打退堂鼓，贾金龙搂住他的肩膀说："有啥不合适的，警察也是人，这大过年的放松放松唱唱歌咋了？是不是马叔？"马魁想了想说："来都来了，那就进去坐坐。"贾金龙趁热打铁地说："就是，兄弟，你老丈人都说话了，你还有啥不放心的？"

汪新迟疑地跟着马魁他们进了包房。包房内，贾金龙的两个朋友等候在里面，一看到他们进来，立刻站起来，很是恭敬。

贾金龙向马魁介绍说："马叔，这是我两个好朋友，他叫大猛，他叫二猛，是亲哥俩。"大猛、二猛点头哈腰，齐声地喊："马叔好。"接着，贾金龙指着汪新："这是我汪老弟，你们得叫汪哥。"他刚说完，大猛和二猛又点头哈腰，齐声喊道："汪哥好。"

姚玉玲站在一旁招呼着说："都别站着了，赶紧坐吧！"于是，一行人坐下来，桌上摆着一桌子菜，啤酒、洋酒，还有各色果盘。

姚玉玲问马魁："马叔，您想吃什么喝什么尽管跟我说，这是自家买卖，到了这儿，就是到家了。"马魁说："别麻烦了，这已经够丰盛了。""马叔，您喝什么酒？"贾金龙问。马魁笑着说："弄点洋的。""我给马叔倒酒。"大猛讨好地说。贾金龙又问汪新："老弟，你呢？"汪新看了马魁一眼，说："我喝啤酒。""我来倒。"二猛给汪新献殷勤。

旋转灯闪烁着，贾金龙、大猛、二猛轮番敬马魁和汪新，马魁和汪新不动声色地喝着……

包房里热闹非凡，马魁搂着大猛唱 KTV，大猛唱着《花心》；贾金龙搂着汪新聊天喝酒；马魁一会儿又搂着二猛唱歌，二猛唱着《吻别》……汪新靠在沙发上，他抱着胳膊，眯缝着眼睛望着马魁，就像不认识这个师傅了一样。

贾金龙和姚玉玲也在跳舞，只听马魁喊他："小贾，你这俩兄弟……不行……酒量不行……"

贾金龙对大猛二猛说："你们去把小薛和小阮都叫过来！"片刻之后，又来了两个人陪着喝酒，包间里的人越来越多。

马魁、汪新、贾金龙以及贾金龙的四个朋友坐在桌前，众人干杯喝酒……

马魁和贾金龙的朋友们时而推杯换盏，时而随音乐跳舞，一副完全沉迷其中、不可自拔的样子。

酒过三巡，马魁醉眼迷离地说："这回……要不是来办案子，咱们还真……遇不上，都是缘分！小贾，走一个！"贾金龙顺势问道："马叔，你们办的啥案子？"马魁大舌头般地说："抓了一个毒贩子。"贾金龙举杯说："那是好事儿啊！案子破了，那更应该庆祝庆祝了。"马魁东倒西歪地说："哪儿那么容易，那毒贩子就是个……碎催，犯了羊角风，在医院躺着呢，他后头还有大头呢！"

贾金龙搂着马魁的肩膀说："马叔，有没有啥需要帮忙的，在哈城，我认识几个专治羊角风的专家。"马魁大手一挥："也不是……疑难杂症，人民医院那边……派了专家了。"

汪新看着马魁，有些担心地说："爸，您少喝点。"说完，汪新就去拿马魁的酒杯，马魁一把攥住他的手腕："还管上我了？今天高兴，你一边去！"马魁捏着汪新的手腕，看了他一眼，那一刻汪新看到他的眼神是清醒的。马魁将汪新的手甩开，眼神立刻涣散，端起酒杯喝酒。

汪新立即意识到了什么。

"老弟，今天过年了，让马叔敞开了喝。"贾金龙劝解汪新道。"我是怕他……喝坏了胃，回头我媳妇该削我了。"汪新解释说。贾金龙笑了："哈哈哈，老弟你也怕媳妇，咋没看出来呀。"

"就我媳妇那脾气，玉玲姐知道，咋咋呼呼的。我这趟出来，一再跟我说，看着点她爸，别让喝多了。下午还呼我来着，我这一着急，都忘了回电话了。"贾金龙一听，立即说道："那赶紧给弟妹回个电话。"汪新向姚玉玲借大哥大："玉玲姐，你大哥大借我用一下。"姚玉玲拿出大哥大，递给汪新说："给马燕带个好，让她有空来玩。"

汪新拿着大哥大晃晃悠悠地出去了，马魁醉醺醺地和边上的人划拳。片刻后，汪新回来了，把大哥大还给姚玉玲。

深夜，狂欢才结束。

贾金龙将吉普车停到小旅馆门口，他走下车，汪新扶着马魁从车上下来。贾金龙走上前，凑近马魁问道："马叔，您没事儿吧？""没，没事……接着喝……"马魁含混不清地说。"马叔，咱先回房间，没喝透，咱明天继续。"贾金龙说着，要帮汪新一起搀扶马魁。汪新有点喝大了，说话不利索："贾哥，不……不用，有……有我呢……你回吧……"

马魁醉眼望着贾金龙："你……赶紧回去睡……明天继续……"贾金龙对马魁说："睡不了，店里还有事，我得回去先忙。"马魁摇头晃脑地说："那你先忙……明继续……"汪新吃力地搀扶着马魁，晃晃悠悠地走进小旅馆。

贾金龙看着师徒俩走进小旅馆，驾驶着车离去。

师徒俩一进房间，汪新随手关好门。马魁立刻恢复了正常，俩人对了个眼神，心照不宣。马魁撩开窗帘缝，朝楼下看了一眼，楼下街道空空荡荡，他向汪新点点头，俩人坐下来。

马魁问汪新："怎么样？看明白了？"汪新答道："一开始有点蒙，后来就看明白了。"马魁示意汪新："说说。"汪新说他从头捋捋，于是他就从马魁上了贾金龙的车后，折回刑警大队，到去 KTV 活跃得有些反常，还故意漏给贾金龙毒贩的消息。到了那会儿，他咂摸出味道了，忙配合演戏，借用姚玉玲的大哥大给郭队长报信……

马魁听了汪新的话，对他说："行，你小子长本事了，打完电话，那通话记录处理了？"汪新狡黠地笑着说："早想着呢！挂完电话，就删干净了。"马魁看着汪新说："算你机灵。""爸，还没问您，您到底是怎么发现贾金龙有问题的？"汪新继续问马魁。

"我一上车，就觉得不对，他车上有股味儿。这个味儿很特别，侯三金身上和包家顺身上都有。后来，去了 KTV，贾金龙手底下这帮人，身上全有这个味儿，是一伙人。"马魁说。

"爸，您跟老瞎子大叔学的这招，算是派上大用场了。"汪新由衷地赞叹道。马魁真诚地说："小子，你也出师了。"得到了师傅的认可，汪新欣慰地笑了。

小旅馆里，汪新抬起手腕看了看表，时间已经过了凌晨。

突然，汪新的 BP 机响了，他迅速起身，摘下 BP 机看了一眼。然后快速出了房门，往小旅馆前台回电话，电话那头的郭队长向他说着什么，他越听神色越凝重。

挂了电话，马魁跟汪新对视着，汪新说："大鱼上钩了！"俩人扭头往外走。

汪新和马魁上了一名哈城当地便衣刑警的车，身着便衣的郭队长坐在副驾驶位上，马魁和汪新坐在后座。

“他们果然去医院了，有人要灭口，幸亏埋伏得及时，当场按住了两个，跑了两个。”郭队长说。汪新迫不及待地问：“抓住的那俩人什么特征？”郭队长说：“那俩人都是板寸，胳膊上有个龙头文身。”汪新有些兴奋地说：“就是 KTV 里的那帮家伙，果然是贾金龙派的人，他们成天对着贾金龙点头哈腰的，显然贾金龙就是他们的老大。”

马魁点点头说：“咱们可要抓紧，这次，决不能让他们跑了。”

贾金龙的车停在一处僻静而黑暗的街道一隅，他隐藏在后车窗边观察。一辆警车驶过，大猛和二猛慢慢坐起身。贾金龙长嘘一口气：“看来，咱回不去了。走！”二猛看着脸色阴沉的贾金龙问：“嫂子那边……”

贾金龙没有说话。过了许久，他发动车，黑着灯疾驶而去。

玲玲歌舞厅收银台内，姚玉玲和收银员在算账，服务员收拾着，姚玉玲对照着账本，按着计算器。

马魁、汪新、郭队长和便衣刑警一起走了进来，他们来到收银台前，姚玉玲抬起头，有些诧异地问：“马叔，你们这是……”马魁神情严峻地问：“小贾呢？”姚玉玲看着马魁说：“刚刚他把你们送回去……就回家了。”

马魁对姚玉玲说：“给他打个电话。”姚玉玲犹豫了一下，汪新在一旁催促道：“玉玲姐，你还愣着干吗？赶紧打电话呀。”姚玉玲拿起大哥大，拨打号码：“关机了。”

这时，郭队长的电话响起，他转身低声接电话，并用手指示便衣刑警挨个包间搜查。同时他给马魁使了个眼色，马魁跟着他走了出去。

姚玉玲有些傻眼，不知道发生了什么事，她直愣愣地看着汪新问：“咋了这是？”汪新没有搭话，一脸惋惜地看着她。

一番搜查后，刑警将姚玉玲拽出收银台，戴上手铐。姚玉玲一脸茫然地看着汪新问：“汪新，到底出啥事了？”

汪新看着她，欲言又止：“玉玲姐，你知道贾金龙到底是干啥的吗？”姚玉玲既惊讶又茫然地摇了摇头。

“把所有人带走。”一个刑警大声喊道。

歌舞厅外，郭队长挂断电话对马魁说：“出城的路都封了，他跑不出去。”马魁怕节外生枝，问郭队长：“还有别的线索吗？”郭队长说：“被抓的那俩交代出的几个据点都被咱搜遍了，没有找到他们。”

汪新跟着刑警们，押送嫌疑人从舞厅内走了出来。

姚玉玲被两名便衣刑警押上一辆车，她一步一回头地看着汪新，神色茫然而无助。汪新怜悯地看了她一眼，转身走到马魁身边，说："师傅，你觉得贾金龙会去哪儿？"

马魁看了看表说："现在，他恐怕就只有一条路了。"

第二十九章

凌晨，天上飘起了雪。警车疾驰在空荡街道上。

火车站的站台上，一列火车停在那里，稀稀拉拉的乘客排队上车。乔装打扮的贾金龙带着大猛和二猛拎着行李包，警惕地看着周围，混进排队人群。

车厢里很空，零星坐着一些乘客。贾金龙扫视了一圈车厢，示意大猛和二猛挑选弱小的乘客附近分散坐开，面向车厢两端。

贾金龙看着车窗外，外面光线昏暗，什么都看不清，只看到大片的雪花、昏黄的灯光和站台上影影绰绰的乘客。

列车广播传来："旅客朋友，大家好！本次列车在优美、欢快的音乐声中离开了哈城火车站，您的旅行和我们的服务工作同时开始了，在这里，我们全体乘务人员向您问好，并祝愿旅客旅行愉快，一路平安……"

列车缓缓启动，贾金龙松了口气。

车厢连接处厕所过道，一名乘客关上厕所门离开。门后车厢过道，汪新、马魁及多名便衣刑警巡查旅客走近，巡查人员从火车两头车厢向中间搜查。

贾金龙警惕地注意着走动的行人。突然，他看到二猛神色异常，发现汪新和马魁带着四名刑警向这节车厢走过来，贾金龙暗暗摇头示意。

马魁和汪新沿过道巡查，路过贾金龙座位不远，汪新跟着马魁停下了脚步。马魁感觉到异样，转身观察，悄悄摸枪。

贾金龙意识到不对，猛然掏出一把五四手枪挟持了旁边的女性乘客。汪新也掏枪指着贾金龙。

三人对峙。乘客惊慌失措，呼喊着四处逃窜。

大猛见状也掏出自制火枪，顺势抓过一名妇女，转过身枪口顶在她脑门上叫嚷道："我看谁敢过来！"

三名乘警从贾金龙身后包抄过来。二猛转身也要挟持旁边的人质，人质激烈反抗，贾金龙一枪打在那人的手臂上。那人痛苦地捂着手臂，连连哀号。贾金龙虽被前后夹击，但依然嚣张地大喊："谁敢动！"

警察顾及人质安全，不敢乱动，众人对峙着。

贾金龙眼睛通红，对马魁和汪新说："马叔，汪老弟，是酒没管够还是饭没吃好，挑我理来了？"

马魁对贾金龙说："小贾，把人放了，枪放下，前后都是我们的人，你跑不了。"贾金龙冷笑了一声："那可说不好，满车的人命，给我铺着路呢！"

贾金龙此话一出，被劫持的人质吓得浑身颤抖，场面依旧僵持不下。

马魁紧盯着他说："小贾，咱也算朋友一场，让我这个老头子跟她们换，把她们放了！"

这时，汪新走上前挡在马魁面前，盯着贾金龙说："贾哥，咱俩是拜把子的兄弟，我来当你的人质！"贾金龙沉默片刻，冷笑一声："行啊！我的好老弟，你来换！"

汪新的举动让马魁大为光火，他试图把汪新拉到身后，却被汪新制止。马魁沉声问道："臭小子，你想干吗？"汪新转身握着马魁的手，把枪交给马魁说："师傅，我会随机应变的。"

汪新一边走向贾金龙，一边举着手并转身示意自己没有武器。马魁焦急地看着他的背影，汪新走到贾金龙面前说："贾哥，现在，能把人放了？"

贾金龙掉转枪口，指着汪新的脑门对马魁说："你们所有人都退后！"众警察在马魁的指挥下退后。贾金龙指着座位说："汪老弟，坐！"汪新被贾金龙的枪指着，缓缓坐下。之后，在贾金龙示意下，大猛和二猛放了人质。

几个人质吓得连滚带爬地跑向警察，马魁拉住颤抖的受伤乘客推到身后："快，赶紧走，给他治疗。"一个警察带着受伤乘客离开。

贾金龙坐下，枪口一直对着汪新。马魁等人慢慢地撤到车厢两端，等待时机。

汪新借机对贾金龙说："贾哥，咱俩唠唠呗。"贾金龙冷笑。

大猛和二猛观察着车厢两侧的警察，退到贾金龙身旁，一前一后紧张地持枪对着车厢两头。

贾金龙盯着汪新说："行啊！汪老弟，唠唠呗！咱哥俩，好久没好好唠了。”“贾哥，你是咋发现自己暴露的？”“你咋发现我的，我就咋发现你的呗！我倒想搞明白，你俩啥时候开始怀疑上我的，咱跟街上遇到的时候，你俩可不像是特意奔我来的。”“还是那句老话，魔高一尺道高一丈，到头来你这个大魔头，终究没跑出我师傅的鼻子去。”“说明白点？”“我师傅在你车上闻到了毒品的味道。”“所以他就抱着我那几个兄弟又唱又跳的，也是为了闻味呗？他还故意把医院的消息漏给我，等我上钩，这个老狐狸。”

汪新叹着气说：“姚玉玲也是你们团伙的骨干吗？”“她不知道我的事，我也不可能让她参与。”哥俩唠到这儿，贾金龙突然高声冲马魁喊：“马叔，劳烦您给我跟汪老弟准备台吉普车，要加满油，停在下一站站台上。还有，等火车到了站，站台上不能有人，不然就只能让汪老弟的尸体陪我下一程了。”

马魁脸色冷峻，沉着地说：“好，我马上就给你安排。”说完，他向旁边的警察要了手机，当着贾金龙的面打电话。

这一刻汪新倒是冷静的，他继续和贾金龙攀谈：“贾哥，咱哥俩认识多少年了？”“得有十五年了吧！”“时间过得真快。这些年，你帮过我很多忙，帮我解救过被拐的孩子跟女大学生，给我们提供了很多有价值的线索，这都是大大的功劳。哥，放下武器，好好交代，争取立功，没几年就出来了。”

贾金龙摇摇头说：“几年？嘿嘿，我干这行的时候就知道，要么不出事，出事就是死。”“那你现在还能怎么着？你觉得跑得了吗？”“别这么肯定，还没玩到底！”

贾金龙沉默片刻说：“当年，你一枪打死我的手下，断了我一条运输线。为了这条线，你知道我搭了多少钱进去。”汪新想了想：“哦，是当年三山县被我击毙的那个毒贩吧？你老来找我们，是为了打探什么消息吗？”“倒也不用打探，你们忙就代表路线上有案子，我们就不动，你们闲就代表没事，我们就可以运货。”

汪新由衷地说：“真是贼精贼精的。”“彼此彼此。”“这么说来，我那台大电视，还得算是你送的了。”“你也就趁现在还能过过嘴瘾，不过有你陪着，我去哪儿都不怕！”“你一个人是不怕，可你走了，嫂子咋办，孩子咋办？你不为他们娘俩想，总要为你手下这些兄弟考虑吧！那你想想，你这俩兄弟，你一根筋地往死了奔，兄弟们答不答应？人家犯的可不是死罪，你这么对得起兄弟吗？”

“你少跟这挑拨我们兄弟的感情。”贾金龙明白汪新的用意，顿时火了。汪新变本加厉，对大猛和二猛说：“大猛，二猛，你俩自己想想，你们也就是个从犯，表现好的话，判个几年就出来了，未来日子还长着呢！没必要把命搁这儿。”

大猛、二猛有些犹豫，眼神闪躲。贾金龙一看大猛和二猛的反应，有些慌了，说道："大猛、二猛，别听他的，咱这事儿，抓住了，就是个死。"

汪新真诚地说："贾哥，咱俩是拜把子的兄弟，我会帮你的。""拜把子的兄弟？说得好，咱俩不求同年同月同日生，但求同年同月同日死，今天没准儿就成全咱俩了。"

马魁面露急色，悄悄在身后把手枪上膛。突然，汪新提高嗓门，厉声说道："贾金龙，你想清楚了吗！你要有本事，就打死我！"接着，他扯着嗓子呐喊："师傅，兄弟们，都听好了，只要听到枪响，你们就开枪！"

"收到！"众警察齐声回应，大猛、二猛被气势镇住，稍显慌张。

汪新针对大猛、二猛又是一轮怀柔政策攻击："大猛，二猛，路给你们码好了，就看你们怎么选。我死了还能捞个一等功，你们死了，就是活该被击毙的毒贩子，老婆孩子都被人看不起。"

汪新一再挑衅，贾金龙看着他惊呆了，这家伙真不怕死。

贾金龙身后的大猛犹豫着悄悄往后退，他准备放下枪示意自己要投降。站在贾金龙身前的二猛，一脸诧异地看着大猛的行为。贾金龙看到二猛神色不对，回头见到大猛的举动，怒骂一声："×！"随即抬手连开两枪，击倒大猛。

汪新瞬间冲上去，上手死死抓住贾金龙的枪，俩人陷入激烈的争夺。大猛被冲来的警察拖走，二猛赶忙放下枪趴下。

马魁举枪上前，边走边瞄准扭打中的贾金龙，但二人动作太大无法瞄准。路过二猛的时候，他将枪踢到一边，后面的警察马上抓捕了二猛。

汪新和贾金龙扭打在一起，马魁收起枪，冲上去帮忙。三人扭打在一起，摔倒在地。汪新在地上夺过贾金龙的枪，随后赶来的警察冲上前将压在马魁身上的贾金龙铐上带走。

汪新喘着气站起身，伸出手想拉马魁起来，却发现他的脸色异样。汪新往他腹部一看，一把匕首插在他的腹部，身下晕染出一大摊血迹。他立即将马魁扶靠在自己身上，托住他的上半身，用手紧紧按压住伤口。

马魁脸色煞白，他竭尽全力微微抬起手，汪新紧紧攥着说："爸，我在呢！"马魁轻声地说："他们一伙三个人，你解决了俩，比我强呀。""可要不是您出手，躺下的人是我。""臭小子，干得不错，你出师了。""早着呢！我还得跟您学。""没啥可教你的了。留下两件事，你要是都能办妥了，就算我们师徒没白处一场。"

汪新含泪望着马魁，马魁用微弱的声音说道："第一件事，马燕捧在你手里，你要照顾好她；第二件事，一定要把连环杀人案破了，破案后，你要到我的坟前念叨一声，让我痛快痛快。”

汪新的眼泪涌了出来，哽咽道：“爸，您别说这话，您一定能好起来。”马魁用尽最后的力气对汪新说：“你答应我！”

汪新点着头，泪如泉涌……

车窗外，狂风呼啸，大雪纷飞……

火车即将路过小站，车速慢了下来，汪新站在车窗前，朝外张望。

傻二站在站台上，盯着火车，工作人员站在一旁。汪新朝车窗外高声地喊：“傻二！我在这儿呢！我在这儿呢！”傻二默默地望着汪新，汪新把一个鼓鼓的大塑料包扔出车窗，大塑料包落在傻二脚边，傻二没动，依旧默默地望着汪新。

汪新望着傻二，挥着手，火车缓缓从小站驶过。

工作人员迅速捡起大塑料包，从里面掏出一件新羽绒服，披在傻二身上。傻二望着汪新，突然号叫一声，猛地把羽绒服摔到雪地上。傻二朝火车跑去，被工作人员紧抱住，他拼命地挣扎着、号叫着……

汪新望着傻二，傻二的身影渐渐模糊，远去了……

高铁列车呼啸着从远方驶来，飞速驶过，老瞎子在铁网外听着高铁的动静，风吹起他的头发和胡子，他脸上神情平静。

白天的哈城商业街上，熙来攘往的行人中，有人边走边吃着冰棍，有人在拍照……

到了夜晚，商业街上更是热闹非凡。

一个露天烧烤摊前，烟气缭绕中，烤炉上烤着一排羊肉串，一个女人熟练地翻烤肉串，添加各种调料。她穿着沾满污渍的厚羽绒服，显得很臃肿，厚围巾挡着脸，两只绿色大手闷子挂在衣兜两侧。

一个穿着时尚的年轻女孩抱着胳膊走了过来，操着一口广东普通话：“烤好啦？”

烤串女人递过一串羊肉串说：“尝尝咸淡。”

年轻女孩接过羊肉串，吃着说：“怪不得哈城的烤羊肉串好大的名气，味道不错的啦。”“你是广东来的？”“广州人啦。”“冬天来哈城看看雪景，挺好的。”“可是，你们北方好冻人哦。”“习惯就好了。你的羽绒服真好看。”“法国名牌，好贵的啦。”

烤串女人没说话，她像是陷入了久远的回忆。

这时，已经五十六岁的牛大力走过来问："烤好了呀，好不好吃？"年轻女孩一见牛大力，娇嗔地说："老公，你哪里去了哦，让人好久等哦。"牛大力望向烤串女人："给我来一串。"烤串女人望着牛大力，牛大力愣住了："姚儿？"

姚玉玲低下头，默默地递过羊肉串。牛大力没接，木讷地望着姚玉玲。年轻女孩没看出俩人的异样，她问牛大力："老公，你说什么，还想要？"牛大力沉默片刻说："要……再烤两串。"

年轻女孩接过羊肉串，递给牛大力说："吃完再要的啦。"牛大力接过羊肉串，怔怔地望着那烟气飞舞中姚玉玲闷头翻动烤炉上羊肉串的手。

年轻女孩见牛大力拿着羊肉串没动，问道："老公，你怎么不吃哦？"牛大力抽回目光吃了起来，他打量着姚玉玲，她戴着露出手指的脏手套，她的手指沾满了油渍，冻得通红通红的。牛大力的眼睛不知不觉湿润了。

年轻女孩满脸幸福地抬头望着牛大力问："好吃吗？"牛大力嚼着羊肉串说："嗯，好吃。"

这时一个二十多岁的男青年走了过来："妈，我来了，您去暖和暖和。"姚玉玲低着头走了。牛大力望着姚玉玲的背影，眼泪涌了出来。

不明就里的年轻女孩看着牛大力，说："老公，你都冻出眼泪啦。"牛大力抹了一把眼泪，掩饰地笑了笑说："是挺冷的。"说着，他偷偷从包里翻出当年给姚玉玲买的金戒指，悄悄地放到烧烤炉旁边，看着姚玉玲的身影远去……

时光荏苒，如白驹过隙，一晃就过去了数年。

已经五十七岁的汪新坐在书房的电脑前，仔细看着屏幕上定格的一个跟他年龄相仿的男人照片，他滑动鼠标，男人的身份信息显现出来：丁宝成，五十七岁，松林人……

汪新总觉得这张照片上的男人有些面熟，好像在哪儿见过。他努力寻找着记忆深处曾经复刻的影子，猛然想起数年前他跟马魁在松林的那起残肢案，照片上的男人就是丁贵安！

记忆如潮水般涌来，与师傅马魁在一起的时光像影片一样闪现……

汪新闭着眼睛靠着椅背，十四岁的儿子汪浩洋拿着一把核桃仁走了过来："老爸，我给您剥的核桃仁。"

汪新睁开眼睛，摸了摸汪浩洋的头说："儿子，爸爸是个笨蛋！"汪浩洋笑着说："那多吃点核桃，就变聪明了。"

汪新苦笑着接过儿子手中的核桃仁，眼眶有些湿润。

确认了嫌疑人，经过一番严密的抓捕计划，汪新和两个刑警走进了一家小便利店。五十七岁的丁贵安抱着三岁的孙子坐在收银台里看着动画片。他一直没抬头，只是随口说了一句："想买啥，自己拿。"汪新看着他说："来个打火机。"

丁贵安顺手拿了个打火机递给汪新。汪新一把抓住他的右手，撸起他的衣袖，只见丁贵安的手臂上，有一处洗掉文身留下的疤痕。丁贵安想抽回手，但没抽动，俩人对峙着。

这时，丁贵安的孙子害怕地叫着："爷爷，爷爷！"汪新看了一眼孩子，松开了手。丁贵安立即把孙子抱起来轻声哄着。不一会儿，一个青年男人走了过来，说："爸，我吃完了，您去吃吧！"

丁贵安摸了摸孙子的小脸蛋，又亲了亲，然后放下孙子。他站起身望向汪新，轻声地说："走吧！"

审讯室里，汪新和一名警察坐在桌前，那名警察在电脑前做着笔录。

丁贵安坐在审讯椅上，抽着烟。

汪新看着闷头抽烟的丁贵安说："丁贵安变成了丁宝成，又娶了媳妇，还有了儿子和孙子，你活得是真潇洒。"丁贵安不语。"还用我多费口舌吗？"汪新严肃地问道。

丁贵安深深地吸了几口烟，淡定地说："不用，一句话，那些人都是我杀的，我认罪。"

"你为什么杀人？"汪新问。"开始为了抢钱，等失手杀了人后，就停不下来了。""文着'义'字的残肢是怎么回事？""为了让你们相信我已经死了，我故意在死者的胳膊上文的。这样，我再杀人，你们也怀疑不到我身上了。""那血型怎么跟你一样，都是B型血呢？""这个我就不懂了，可能赶巧了。""被害人的手势，是你故意摆出来的吧？"

"那时候觉得好玩，想跟你们开个玩笑。"丁贵安笑了笑说。"后来，为什么收手了？""娶了媳妇，生了孩子，想过安稳日子了。""你手上沾了那么多人的血，能过上安稳日子？就不怕有今天吗？""开始怕，可是，熬过这么多年，我以为，你们已经把我忘了。"汪新冷笑道："怎么会？我把你刻在我的骨头上了！"

沉默良久，丁贵安缓缓地说："全家人聚在一块的时候，夜里睡不着的时候，我就想啊，要是当初没杀人，我就能安安心心地陪媳妇、陪儿子、陪孙子，那该多好呀。要是能重活一回的话……算了，不说了，没用了……"

法网恢恢，疏而不漏。丁贵安的案子总算尘埃落定了。

汪新家里，已经八十岁高龄的汪永革站在镜子前，整理着已经严重掉色的旧版列车长制服。

他用嘶哑的嗓子喊道：“汪新——”

听到父亲的呼叫，汪新和马燕快步走了过来，他望着父亲：“哟，爸，你咋把这身衣裳找出来了？”汪永革看了他一眼，茫然地问：“你是谁？”汪新哭笑不得：“我是您儿子呀。”汪永革看着汪新：“胡说！我儿子十四，你多大了？”汪新无奈地朝房间里喊着：“浩洋——”

汪浩洋从房里出来，汪永革看着汪浩洋说：“汪新，我上班去了，你在家好好的啊，别调皮捣蛋。”汪浩洋迟疑地“哦”了一声。

汪永革说完，蹒跚地往外走。马燕对汪永革说：“爸，今天不上班。”汪永革站住身，看着马燕：“你是谁呀？”“我是马燕啊，又不认识了？”“马燕？你也叫马燕？我有个兄弟叫马魁，他姑娘也叫马燕。”“是吗，真巧！”“今天值夜车，再不走，就赶不上发车了。”“刚刚机务段来电话了，给您调班了，让您明天再跟车。”马燕说着，就给一脸茫然的汪永革脱外套制服。

马燕一边帮他收拾，一边和他唠着：“您刚才说的，马魁是干啥的？”一听到“马魁”的名字，汪永革暗淡的眼睛突然有了神采：“你说老马，那可是个能人！了不得！”“咋了不得？”“那本事大着呢！不过，本事再大，也离不了我。”“那为啥呀？”“我是列车长，他是列车刑警，我俩得打配合……”

瞅着媳妇和父亲唠嗑，汪新对儿子说：“浩洋，回屋学习去。”汪浩洋听话地回了房间。马燕转头对汪新说：“你也去忙吧！我看着爸就行。”汪新朝书房走去。

马燕给汪永革脱下制服，汪永革继续说道：“老马跟我说了，这几天有伙贼老去餐车偷东西，让我帮他盯着点。”马燕笑着说：“是吗？那您可当心点。”汪永革一脸的自豪：“放心吧！有老马在，出不了乱子。”

父亲无意识地提起师傅，勾起了汪新对马魁的想念。他坐在桌前默默地望着电脑屏幕上没穿警服的马魁的照片……

这时，马燕走了进来，他望着她问：“爸没事儿吧？”马燕轻声地说：“睡了，你也早点睡。”汪新不说话，操作着电脑。马燕望着电脑屏幕，父亲的音容笑貌似乎就在昨天……

墓园肃静异常，冬日就更鲜有人来扫墓。

已经中年的丽丽搀着七十六岁的父亲彭明杰，站在马魁的墓碑前，墓碑上刻着“慈父马魁母王素芳之墓”。

彭明杰看着墓碑说：“老马，我和丽丽看你来了，你走的时候，我没赶上，这是我一辈子的遗憾。当年，是我犯了错，你身为警察，应该履行你的职责，丽丽更不该怪你。你替我照顾闺女，又替我送闺女出嫁，反倒是我们父女俩，该好好谢谢你才对。”

丽丽流着眼泪，哽咽着说：“二爸，您对我的好，我至今都没忘，那些光景总在我眼前晃来晃去的，就像在看一部老电影。当年是我不懂事，不理解您，可等后来我想通了，我又没有勇气去见您。等我爸出来了，我们想来看望您了，您却先走了。二爸，您永远是我的二爸……”

彭明杰从衣兜里掏出一盒“握手牌”香烟，抽出三支，点燃了，插在香炉上。

汪新抱着一个用黑布包裹的东西，身后跟着马燕、马健和汪浩洋走了过来。

看到彭家父女，马燕对彭明杰说：“彭叔，谢谢你们来看望我爸。”“这话说的，你爸是我一辈子的好朋友、好兄弟。燕子，我们就不打扰你们了，等回头咱们一家人吃顿饭吧！”马燕点点头，丽丽搀着父亲走了。

汪新抱着用黑布包裹的东西，望着墓碑，说道：“爸，这些年来，都是燕子和马健来看望您，我却没来，您是不是生气了？着急了？其实，我也想来呀，可我不敢来，我没完成任务，没脸见您呀。”

马燕和马健打扫着墓碑。

汪新望向马燕，郑重地说：“您老临走时交给我两个任务，一是照顾好燕子。燕子，你说说吧，这些年，我对你怎么样？”

马燕打扫着墓碑说：“爸，汪新是个好男人，我没看错他，您也没看错他。”

汪新把汪浩洋往马魁墓碑前推了推说：“这是您外孙子，浩洋，跟姥爷说说话。”汪浩洋对着马魁的墓碑说：“姥爷好，爸爸妈妈总跟我讲起您抓坏人的故事，虽然我没见过您，但您是我的爱豆，我是您的铁粉。”

汪新提醒儿子说：“‘爱豆’这词儿你姥爷听不懂。”“就是说您是我的偶像。”汪浩洋更正道。汪新赞许地对儿子说：“小话讲得不错，你姥爷爱听。爸，最后咱说说案子的事。”

汪新展开黑布，里面是一个相框，汪新把穿着警服、扣着警帽的相框放在马魁墓碑前。汪新说：“案子已经破了，凶手是丁贵安，幸亏当年您让他们把那几根头发保存了起来，您老可以穿上这身警服了。”

马燕抹了一把眼泪，马健的眼睛湿润了。

汪新接着说：“您老临走时交代给我的两个任务，一个已经完成了，另一个还得再接再厉，您就放心吧。对了，跟您汇报一下，我提干了，我现在是局长了，比您官大呀。我知道您会说，小子，你又要小腚飘轻、脚底板打滑了吧？其实我稳着呢，因为我知道，没有您，我破不了那些闪亮的案子，得不到那么多响亮的名声；没有您，我没有底气，也做不成今天这样的人……”

汪新哽咽了，过了一会儿，他泪如雨下：“师傅，我想您！爸，我想您……”

马燕轻轻地抱着汪新，安慰着。

沈大夫从远处缓缓走来，马健叫了一声：“干妈！”马燕转头说：“沈姨，您来了。”

沈大夫点头回应，她走上前将一束鲜花放在墓碑前，站起身，望着墓碑……

汪新跟随着师傅马魁，从蒸汽机车到内燃机车。现在，他带着妻儿坐着高铁，感慨万千。

“浩洋，你知道这车能跑多快吗？”汪新问儿子。

“听说一小时二百多公里。”“那是没撒开欢儿呢，这车是奔着三百五十公里设计的。从蒸汽机车到内燃机车，再到现在的高铁，这速度是噌噌往上长，不可想象呀。”汪新自豪地说。“说不定，再过几年，火车跑得比飞机还快。”汪浩洋一本正经地说。汪新笑了：“那不成飞车了，不可能。”马燕在一旁说道：“怎么不可能，当年坐蒸汽车的时候，你能想到现在？”“想不到。”“老师说，得先相信，然后才能做到。”“这话有道理，老爸服气。”

“小舅也服气。”做乘警的马健走过来说。汪浩洋笑了，他摘掉马健的警帽，戴在自己头上。马健笑着问：“浩洋，你长大了，也想当警察？”“不想，我要造机器人。”

“弄那东西干啥？”汪新不解地问。“有了机器人，您就不用去抓坏人了，我妈不担心，您还能在家陪我。”“看来，你这孩子嫌我陪少了，没事儿，等老爸退休了，天天在家陪你玩。”“那时候，您都老了，是我陪您玩。”

汪新笑了：“这话听起来也有道理呀。”马燕和马健都笑了。

商务车厢内，七十岁的卢学林坐着，老伴坐在旁边。卢学林站起身，告诉老伴他去趟卫生间，然后朝卫生间走去。一个老太太从卫生间里出来，迎面走来。卢学林仔细地看着老太太，正是年老的白玉霞：“玉霞……”白玉霞看着他，半晌才认出：“学林。”

两人对视良久，然后来到高铁餐吧。卢学林端着两杯红茶，一杯放到白玉霞面前。白玉霞客气地说：“谢谢！”卢学林说：“不客气。”

俩人开始唠起来，感慨岁月的蹉跎和生离死别……

汪新走到商务车厢外的卫生间处，商务车厢门打开了。唐兴国的声音传来：杭州召开了G20峰会，主题是“构建创新、活力、联动、包容的世界经济”，是希望从创新增长方式、完善全球经济金融治理、促进国际贸易和投资、推动包容和联动式发展等四个重点领域达成有价值、有执行力的共识。

汪新朝商务车厢里望去：只见唐兴国拄着拐在召开会议，几个人坐在商务座椅上倾听着……

汪新看着唐兴国意气风发的样子，再和曾经记忆里的他相比，简直判若两人。

“‘杭州共识’已经达成，任务和方向都已经明确，我们集团的下一步发展，就要看在座的各位了。”唐兴国拄着拐，兴奋地对其他人说。

汪新看着他，由衷地笑了。

小温州从马燕身边走过，马燕低头削着苹果，猛一抬头看到熟悉的身影，迟愣片刻喊道：“小温州！”

小温州站住身，说：“能叫我小温州的，一定是老熟人，原来是马总啊，好久不见，甚是想念。”马燕笑了：“确实好几年没见了，看你这肚子，得减肥了。”

“没办法，小温州变成老温州，发福了。”小温州坐下身。“还是得瘦点，健康最重要。”“多谢关心，马总，听说你买卖红火，日进斗金，好得不得了。”“哪儿有，跟你没法比。”“新燕商贸公司，搞了十一家门市店，在网上也搞了旗舰店，月销量在那儿摆着，都看得见。”“你这是盯上我了？”“必须盯着，你越好，我越高兴。”小温州的话把马燕笑得合不拢嘴。

小温州问马燕：“你这是去哪儿？”“我们一家人旅个游。”小温州叹了口气：“当年老爷子走了，你也没招呼一声，等到了日子，帮我烧点纸吧！就说我想他，钱我微信转你。”马燕点点头。

列车高速行驶着。

蔡小年在车厢中巡视：“南来的，北往的，佳木斯鹤岗的，看微信的，刷抖音的，那位网红直播的，不耽误您卖货，请听我咣当几句。”

乘客们抬起头看着蔡小年，网红把镜头对准他。

蔡小年接着说道：“各位乘客，大家好，我是本次列车的列车长蔡小年，很高兴今天和大家相逢。我们来自千万家，到了列车就是一家，有什么问题和困难就找我。今天是我在这趟列车上的最后一班岗，有点小激动，想说两句。”

乘客们鼓起掌来。

蔡小年继续说：“我在列车上从二十岁跑到今天，从蒸汽机车到内燃机车，跑到今天的动车高铁，真是一车的故事，一车的人生酸甜苦辣咸，上趟列车上，一个老太太认出来了我，她说孩儿，你还在车上呀。我认出来了，四十年前她逃票，带着三个孩子，衣衫褴褛，我给她补了票，现在她是一个闻名东北的大企业家了。火车跑得越来越快，奔的是红日头，甩下的是昨日的黄昏，是吧？”

“这话不掺假！”乘客中有人高声说。

蔡小年最后说道：“一辈子在列车上，下了车我就退休了，一句话，舍不得！在这里，我祝大家一路顺风，平安到达，日子越过越好，祝咱们国家更加繁荣富强！有缘再见，相逢言欢！”

所有的过往，随着高铁的行驶，淹没在时间的长河里。

小站站台上，六十岁的傻二坐在地上。他穿着羽绒服，戴着棉帽子，身边站着工作人员。

傻二面前放着一排烟盒，有人参烟、握手烟、阿诗玛、红塔山……还有一张发霉的饼，一根乌黑的香肠……

高铁从远方驶来，越来越近，傻二颤巍巍地爬起身，盯着高铁。高铁驶过小站，傻二摘下帽子，他的头发全白了。他朝高铁挥舞着帽子，呼喊着：“来家吃饺子！来家吃饺子！妥妥地……”

在傻二的呼喊声中，高铁飞驰，远去……

图书在版编目（CIP）数据

南来北往 / 高满堂，李洲著. -- 北京：作家出版社，2024.2
ISBN 978-7-5212-2638-6

Ⅰ. ①南… Ⅱ. ①高… Ⅲ. ①长篇小说-中国-当代
Ⅳ. ①I247.5

中国国家版本馆 CIP 数据核字（2024）第 002037 号

南来北往

作　　者：高满堂　李　洲
编　　写：亚　亚
责任编辑：韩　星
装帧设计：刘红刚
剧　　照：上海剧行天下影视传媒有限公司
出版发行：作家出版社有限公司
社　　址：北京农展馆南里 10 号　　**邮　　编：**100125
电话传真：86-10-65067186（发行中心及邮购部）
86-10-65004079（总编室）
E-mail: zuojia@zuojia.net.cn
http: //www.zuojiachubanshe.com
印　　刷：三河市紫恒印装有限公司
成品尺寸：170×240
字　　数：560 千
印　　张：31.5
版　　次：2024 年 2 月第 1 版
印　　次：2024 年 2 月第 1 次印刷
ISBN 978-7-5212-2638-6
定　　价：68.00 元
